U0530319

晚年的威廉·福克纳

　　福克纳对小说结构有很大的创造，他的小说结构非常细腻、复杂，把不同的叙述者组合在一起，使内容更紧凑。他是第一个让我一边看小说一边记笔记的作家。

——诺贝尔文学奖得主　略萨

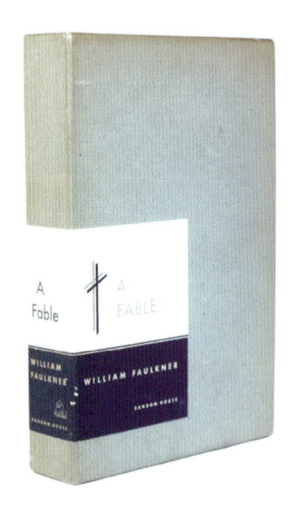

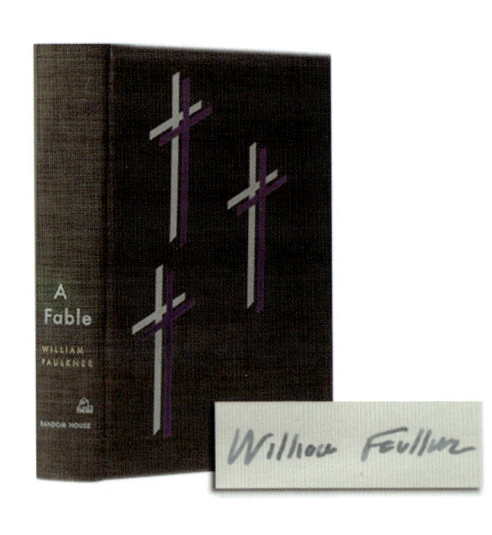

《寓言》初版（1954，兰登书屋）

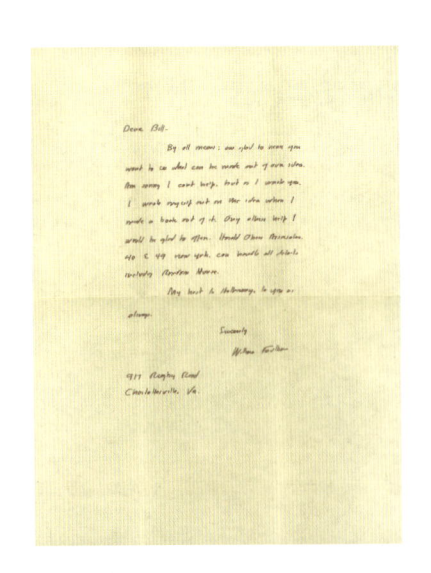

福克纳给友人的信中提到《寓言》的创作

福克纳自称《寓言》"也许是最后一部大型的、充满雄心的作品……"。这部小说创作历时十年：一九四三年八月开始构思大纲，一九四四年十二月动笔，期间数次搁笔，遭遇重重困难和沮丧。一九五三年五月，福克纳回到奥克斯福，把《寓言》七天内发生的故事大纲写在书房的墙上，开始专心写作。一九五三年十一月最终完稿。他在稿子的最后一页上注明："一九四四年十二月奥克斯福，一九五三年十一月纽约普林斯顿。"

福克纳书房里的《寓言》写作大纲

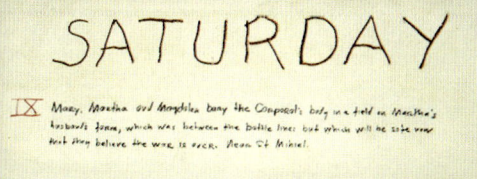

"士兵"福克纳

福克纳在《寓言》获得国家图书奖后发表演讲（1955）

  《寓言》完全脱离了作家惯常立足的南方语境，而是取材于作家自身参加第一次世界大战的个人经历……这部作品将背景置于现代战争这样一个高度浓缩了人类现代性危机的社会权力场域，其反战意图昭然若揭，可谓福克纳毕生至高、至理、至纯的一份人本主义宣言。显然，作家试图借此将自己一生的创作理念化作千言万语，一股脑都付诸笔端——把写作当成"一项艰辛而痛苦的毕生投入的人类精神的工作，既不为名也不为利，而是要从人类的精神原材料中创造一些前所未有的东西"。

——林 斌

福克纳作品

寓 言
A Fable

[美]威廉·福克纳 著　林　斌 译

北京燕山出版社

目录
CONTENTS

序 / 001
译　序 / 003

星期三 / 001
星期一，星期一晚上 / 016
星期二晚上 / 048
星期一，星期二，星期三 / 076
星期二，星期三 / 110
星期二，星期三，星期三晚上 / 126
星期三晚上 / 195
星期四，星期四晚上 / 288
星期五，星期六，星期日 / 357
明　天 / 375

译后记 / 408

序

陶　洁

　　福克纳的《寓言》是他最艰涩难懂的一本书，也是他写得最为辛苦的小说，从构思到完稿断断续续花了十来年的时间，甚至为了提醒自己小说的脉络还把大纲写到书房的墙上。小说发表以后，他得了两个大奖——一九五五年度的美国国家图书奖和普利策小说奖。然而当时的书评都是批评多于赞扬。书评者对小说从结构、主题、手法等各方面都加以批评，认为小说杂乱无章，难以理解。即便是大批评家，在肯定小说有"极具震撼力的场景""雄心勃勃的构思"等优点的同时，总还是颇有微词地提出一些不足之处。最严厉的是著名诗人、小说家和新批评理论派的主将罗伯特·佩·沃伦。他直截了当地说，小说是"巨大的失败，也是极其令人厌烦的一本书……其构思混乱不堪，实现这些构思的过程也混乱不堪"。有意思的是，福克纳自己却认为《寓言》是他的"杰作"，他想通过小说告诉人们那些在他看来是"非常重要的事情"。

　　对我来说，《寓言》也是我一直琢磨不透的一本小说。我在为上海外语教育出版社写《福克纳研究》时，原计划要有一章专门讨论福克纳不以虚构的约克纳帕塔法县为背景的几部小说。由于不知怎么处理《寓言》，我的书迟迟不能完稿。最后出版社催急了，我只好不写那一章，至今认为是这本书的一大缺陷。所以，我很佩服林斌敢于接受翻译《寓言》的重任。

做过翻译的人都知道，出色的译文首先需要对原文的正确理解，其次是用精确的文字完美地表现原文的含义。用当年朱光潜先生对我们班的教导，就是"不仅要把字面上的意思，还要把字里行间，甚至字背后的意思都传达出来"。我知道林斌是竭尽全力要达到这个高度。我在美国常常发现她在厦门凌晨两三点钟还在反复修改她的译稿。我无法提供任何帮助，只能叮嘱她注意健康，早点休息。尽管如此，我觉得她这样精益求精的态度还是值得提倡和学习的。

林斌翻译的《寓言》还可能对我们的福克纳研究起促进作用。迄今为止，中国对福克纳的翻译和研究仍然局限于他所构建的约克纳帕塔法王国，对他的非南方背景和主题的作品，无论长、短篇小说都很少研究，甚至可以说，还没有触及。但在美国和其他地区，福克纳研究从二十世纪八十年代已经开始扩充研究范围，探讨新问题，使用新的理论……对于《寓言》这本小说有了很多新的看法，不再强调这是他江郎才尽的表现。有位学者说，福克纳写《寓言》就是要推翻把他从故纸堆里发掘出来的马尔科姆·考利替他总结的约克纳帕塔法神话王国的理论。也有人否定"福克纳不关心政治、不探讨政治题材"的说法，凯瑟琳·迈尔斯论证了《寓言》是部劳工小说，反映了福克纳对资本主义的仇恨；理查德·金认为第二次世界大战后，福克纳成为公众人物，他越来越关心政治，并在他的小说，尤其是《寓言》里有所反映。问题是他深受他所在地区的政治文化的影响，没有能够在作品中提出系统的政治思想。即便是过去讨论过的关于小说中的耶稣形象等宗教隐喻，现在的看法是，福克纳并不在探讨宗教，他是借用宗教来传递政治观点。

我真心希望，随着《寓言》中文版的问世，我国的福克纳研究能够出现新气象。

二〇一七年三月十六日于美国加州

译 序[①]

一

威廉·卡思伯特·福克纳（William Cuthbert Faulkner, 1897—1962）出生于密西西比州新奥尔巴尼，是默里和莫德·巴特勒·福尔克纳夫妇（the Falkners）的四个儿子中的老大，他后来自作主张在姓氏里面加了一个字母"u"。一九〇四年，一家人移居到密西西比州奥克斯福的大学城，福克纳在此度过了大半人生。福克纳是以曾祖父命名的，他的曾祖父"老上校"是参加过内战的老兵，修过铁路，写过一部名叫《孟菲斯的白玫瑰》（*The White Rose of Memphis*）的畅销浪漫小说，当过密西西比州议员，最后死于跟一位心怀不满的商业伙伴的决斗。福克纳与这位精力充沛的祖辈有缘，经常说自己继承了他的"墨水"衣钵。

福克纳从不喜欢上学，在高中足球季结束的时候便辍学了，开始在他祖父的银行里工作。一九一八年，他打算迎娶恋人埃斯特拉·奥尔德姆为妻，但遭到了双方家庭的阻挠，随后他便申请参军做一名美军飞行员，却因身高、体重不合格而被拒绝。他去了加拿大，在那里假装英国人，参加了英国皇家空军的培训项目。尽管他直到战争结束才完成培训，从

---

① 本项目系国家社科基金规划项目《麦卡勒斯与美国南方的现代性写作研究》的阶段性研究成果，批准号：12BWW026。同时得到厦门大学校长基金项目"美国现代派作家福克纳后期小说的翻译及研究"（ZK1052）资助。

未参战，但他还是穿着军装返回家乡，吹嘘说自己在战争中负过伤。他在密西西比大学学习了一段时日，同时开始发表诗作。福克纳后在纽约短暂居留，随后又回到了奥克斯福，在大学的邮局里工作。

一九二四年，福克纳的第一本书——诗集《大理石牧神》(The Marble Faun)，自费出版。一九二五年，他在新奥尔良见到作家舍伍德·安德森(Sherwood Anderson)，这位资深作家鼓励他尝试小说创作，次年他的首部小说《士兵的报酬》(Soldiers' Pay)出版，接下来便是《蚊群》(Mosquitoes)。下一部被他命名为《坟墓里的旗帜》(Flags in the Dust)的小说遭到他的出版商和其他十二家出版社退稿，最终被编辑做了大幅度改动，以《沙多里斯》(Sartoris)之名面世（原稿在他去世后才得以出版）。同期创作的《喧哗与骚动》(The Sound and the Fury)，经过一家出版社退稿后出版于一九二九年，虽然销量不佳，却备受好评。同样，他的新小说《圣殿》(Sanctuary)最初也遭到出版商拒绝，这次的答复是"太过令人震惊"。一九二九年，福克纳一边在一家电力厂值夜班，一边创作出他坚信会是他的杰作的《我弥留之际》(As I Lay Dying)。这部作品花了大约七周的时间完成，出版于一九三〇年，又是好评如潮，但销量平平。

一九二九年，福克纳终于迎娶了青梅竹马的恋人埃斯特拉，这是在她与第一任丈夫离异之后的事情。一九三一年，他们的早产女儿阿拉巴马在出生十天后夭折；一九三三年，二女儿吉尔出生。

一九三一年，福克纳最为轰动、最为暴力（同时也是至此最为成功）的小说《圣殿》终于出版，福克纳应邀为米高梅和华纳兄弟写剧本，海明威的《有钱人和没钱人》(To Have and Have Not)和钱德勒的《夜长梦多》(The Big Sleep)以及许多其他影片里的大部分对白都出自他手。他继续写长篇小说，并在流行杂志上发表了很多短篇故事。《八月之光》(Light in August, 1932)是他首次涉足南方种族问题，这在《押沙龙，押沙龙！》(Absalom, Absalom!, 1936)和《去吧，摩西》(Go Down, Moses, 1942)之中得以延续。

到了一九四六年，福克纳的大部分小说都在美国绝版（尽管在欧洲仍然备受关注），他被视为次要的地方作家。不过，当时颇具影响力的编辑、评论家马尔科姆·考利（Malcolm Cowley）结集出版了《福克纳袖珍文集》(The Portable Faulkner)，考利早年也支持过海明威、菲茨杰拉德和其他当代作家，《文集》的出版使得福克纳的才华再次得到认可，这次是永久性的。一九四九年，他因为"对当代美国小说做出了强有力的和艺术上无与伦比的贡献"而荣获诺贝尔文学奖。他一生斩获许多其他奖项和荣誉，其中包括美国国家图书奖、美国艺术文学院金奖和法国荣誉骑士勋章。

除了几部短篇小说集以外，他的其他长篇小说有《标塔》(Pylon, 1935)、《没有被征服的》(The Unvanquished, 1938)、《野棕榈》(The Wild Palms, 1939)、《村子》(The Hamlet, 1940)、《坟墓的闯入者》(Intruder in the Dust, 1948)、《寓言》(A Fable, 1954)、《小镇》(The Town, 1957)、《大宅》(The Mansion, 1959)、《掠夺者》(The Reivers, 1962)。

一九六二年七月六日，福克纳在密西西比州奥克斯福心脏病发作，长眠于斯。

据编者注，一九五四年面世的《寓言》构思于一九四三年，始于第二次世界大战期间好莱坞的一场讨论，话题涉及一部有关"无名士兵"的电影拍摄计划，参与者包括福克纳、制片人威廉·贝彻、导演亨利·哈撒韦。有人提议说"无名士兵"可能是耶稣基督转世，带给人类最后一次和平的机会，福克纳听到这个说法时表现得非常兴奋。尽管他们最终没能把这一设想拍成电影，但是这个基本构思耗去了福克纳十余年的时光，其间他挤出了少量时间来写电影剧本、《康普生附录》、《坟墓的闯入者》，以及那些将会收入《让马》和《修女安魂曲》的短篇小说。《寓言》最初的打字稿和手写稿有几百页，其中一部分标注的日期是一九四七年，打字稿副本是由不同段落的几个不同版本的打字页拼凑而成的，至少是在两台不同的打字机上完成的，呈现的显然是这部小说十年创作期间的素材。一九五三年十一月五日，福克纳把《寓言》的打印稿交到了兰登书屋，不久便到欧洲待了四个月，在那里拜访朋友，为霍华德·霍克斯创作电影。一九五四年四月，他在罗马读校样时给兰登书屋拍电报说，他忘记在《明天》这一章里加入有关"犹大之殇"的材料了，回到纽约后他提交了那部分材料。一九五四年八月二日，兰登书屋出版了这本书，编辑自作主张做了大大小小几百处改动。

本书是根据诺埃尔·波尔克（Noel Polk）于一九九四年所做的校正版所译。该版本最初是用色带打字机打出的，其复印件收藏于弗吉尼亚大学奥尔德曼图书馆，正文后面附有关于波尔克所做更正的编者按，以及由约瑟夫·布洛特纳（Joseph Blotner）所做的三十九条英文注释。按照编者的说法，这部作品创作时，美国英语仍处于不稳定的状态，比如，一个单词的拼法可能有不止一种，即便在同一部作品里也是如此；逗号有时用来生动地表现声音的波动；大写字母有时旨在赋予一个单词在小写时所没有的意义。由于标准化处理会抹去这种效果，该版本保留了波尔克核定的文本的拼写、标点、大小写和措辞，编者声称根据现存的证据，尽可能做到忠实于福克纳的用法。编者建议，更详尽的注释、其他研究文献、更多作家背景信息可参见：第十一版《韦氏高校词典》、约瑟夫·布洛特纳的《福克纳传（上、下）》（纽约：兰登书屋，1974）、约瑟夫·布洛特纳《福克纳传（全本）》（纽约：兰登书屋，1984）、约瑟夫·布洛特纳主编的《威廉·福克纳书信选集》（纽约：兰登书屋，1977）、卡尔文·S.布朗《福克纳的南方词典》（纽黑文：耶鲁大学出版社，1976）。本书的中文注释均由译者所做。

二

提到福克纳的作品，书评界普遍有这样的说法：如果读者想要接触到诙谐轻松、平易近人的福克纳，那他该尝试《我弥留之际》；要想寻求侦探小说般的新鲜刺激感，可以去找《圣殿》来读；假如想读有一定难度却能令人收获颇丰的福克纳，那就要把《喧哗与骚动》推荐给他；倘若要选出福克纳一生中最伟大的作品，那该是《押沙龙，押沙龙！》；万一有人追求的是阅读难度和挫败感的刺激，那就试着读一读《寓言》吧。最后一点虽为笑谈，却也不失真实性：这部以战争为背景和题材的作品的确是被全世界的读者贴上了晦涩难懂的标签，几乎将其打入了冷宫。

正像前文所提到的那样，《寓言》从构思到出版，前前后后花去了福克纳十来年的时间。借用评论家的话说，这是"一个关于基督第二次降临、竟然降临到第一次世界大战战壕中的含糊不清的寓言故事"①。作品讲述了发生在第一次世界大战期间法军战壕里为期一周的"兵变"事件。那是一九一八年春天，星期一上午九点钟，法军前线某军团中士以下的三千名士兵在一名下士领导下的十二个普通列兵的影响下集体拒绝进攻，使得对阵的德军也暂时放下了手中的武器，当天中午法军全线停火，下午三点钟以后西线战事随之全部沉寂；对阵双方的高层将领经过紧急密谋，竟然下令朝手无寸铁的士兵们开火，并且还当众处决了引发兵变的那名下士，同时也将力主惩罚全团士兵的该团所在师的师长秘密杀害。这样一来，这场战争便能得以继续下去。小说详尽叙述了法、英、美三国军队将领如何着手调查此事，与德军高层秘密会晤，想方设法掩盖真相，神不知鬼不觉地惩处勇者，通过暗箱操作让战争继续进行下去的全过程。

小说特别聚焦于这场兵变的始作俑者下士、请命将他麾下的参与兵变的三千名士兵全部以军法处死的师长、与下士原本有着不为人知的父子血缘关系却最终亲自下令将其处决的盟军最高统帅，以及深受下士影响并深得其真传的英国传令兵。故事情节沿以下几条线索展开：

---

① 引自丹尼尔·J.辛格《威廉·福克纳：成为一个现代主义者》，王东兴译，哈尔滨：黑龙江教育出版社，二〇一六年，第四六六页。

其一，师长深知自己被上司选中来发动一场毫无胜算、注定以失败告终的进攻，正当他为前途无望而黯然神伤时意外地遭遇了兵变，他认定这场兵变是自己军事生涯中令自己荣誉扫地的一次个人挫败，同时也有损于该师有史以来的光荣战绩，于是便要求上级以军法处置那个引发兵变的下士以及全团士兵；其二，哨兵和传令兵这两名英国列兵由于对战争的不同立场发生争执，前者一怒之下将后者打伤，而后者发动的第二场兵变使自己身残，也使前者死于非命；其三，法军暂时全线停火，一名胸怀英雄情结的英国年轻飞行员奉命飞赴前线攻击德军高层将领座机，后来通过试验发现自己飞机上装载的竟是空包弹，随即意识到英雄梦已无望实现便饮弹自尽；其四，前来见证枪决的人聚集在城市广场上，由其中一个年轻女人引出了发动兵变的下士和老元帅之间不为人知的父子关系。结尾处，引发第一场兵变的下士已被处死，传令兵发动了第二场兵变，正当手无寸铁的法、德两支军队即将握手言和之际，双方阵地上的大炮一齐开火，将士死伤无数，战火随之继续蔓延开来。小说结尾处将围绕下士、元帅、师长、传令兵、军需总长等人分别展开的多条情节线索一并收拢，交代各自的结局，从而彰显出作品的道德立意。

作品最为突出的情节是，这一兵变事件背后的故事与《圣经·新约》中的耶稣复活经历形成了互文类比，其他诸多文本线索也进一步确立了这一互文性关联。耶稣基督及其十二门徒（包括叛徒犹大）——法军下士和他的十二名追随者是这一兵变事件的始作俑者，他们在两军对垒的前线阵地上私下里与盟军士兵串联，言传身教地传播和平福音，四处宣扬非暴力抵抗和兄弟情谊的理念，让士兵们明白自己手中其实是握有放弃战事、阻止杀戮的权力的。其间，由于追随者中的"犹大"出卖，双方军队首领闻讯后便开始紧锣密鼓谋划如何挫败这一行动，以确保战争继续进行下去。虽然兵变遭到挫败，但他们在和平主义的旗帜下虽败犹荣。根据《圣经·新约》中的《四福音书》及《使徒行传》

的记载,耶稣被钉死在十字架后安葬于各各他[①]附近的一个墓室,于三天后复活,其门徒打开墓室,里面没有了遗体,只留下当时缠裹耶稣身体的布。而下士被绑在木桩上与两名小偷一起处决后,其尸体竟如同被钉在十字架上一般情形:"下士的木桩可能是坏掉了,甚至腐烂了,因为尽管一排齐发的子弹仅仅干净利落地斩断了把拉平和第三个人捆到他们的木桩上的绳子,使他们的尸体瘫倒在每根木桩脚下,但是下士的尸体,连同木桩以及捆绑的绳子一起,像一个整体似的向后翻倒在后面填满垃圾的壕沟边缘。"随后,这具尸体刚被他同母异父的两位姐姐和与之订立婚约的女孩一起拉回故土掩埋起来,堤坝上的坟墓在猛然再起的一阵炮火下被炸平,只剩下一些棺木残片,而"那具尸体却不见了踪影"。其下落,在小说的结尾章节里是这样交代的:战后由十二个士兵组成的小分队被派往那片正在清理的战场,目的是找寻一具完整的法军无名尸体来作为"无名士兵"的代表加以祭奠,他们竟在途中把原先得到的尸体卖了换酒喝,为了交差便又从当地农夫手里买了另外一具尸体;而这具尸体正是下士失踪的尸身,当时被炮火炸飞,完好无损地落到了邻居家的地里,此时阴错阳差地获得了隆重的国葬殊荣而终得其所。

作为福克纳的第十五部作品,《寓言》一经推出便率先在欧洲获得了评论界的首肯,随后才在美国引起关注,这也是他的两部获得普利策小说获奖的首部[②],一九五五年还斩获了美国国家图书奖[③]。在福克纳获得一九四九年诺贝尔奖殊荣之后,美国这两大文学奖项不仅为作家

---

① 各各他,耶稣被钉死在十字架的地方。
② 另外一部是福克纳于一九六一年完成的最后一部小说《掠夺者》,获得一九六三年普利策奖。福克纳于一九六二年突发心脏病逝世,这是普利策奖第二次颁给不在世的作家。
③ 这是福克纳第二次获得美国国家图书奖,一九五一年第一次获奖是他的短篇小说集。有趣的是,这些奖项都是在福克纳获得诺贝尔奖之后颁发给他的,而代表福克纳文学成就的"约克纳帕塔法世系"均未获得如此殊荣。之前仅有短篇小说《烧马棚》获得一九三八年的欧·亨利奖,这是他第一次获得文学奖项。

的声誉锦上添花，而且还使这部作品的官方认可从一开始就不逊于代表他毕生主要文学成就的"约克纳帕塔法世系"[①]。

不同于福克纳的主要代表作，《寓言》完全脱离了作家惯常于立足的南方语境，而是取材于作家参加第一次世界大战的个人经历，尤其是对战争场景的描述在很大程度上是历史的真实再现。事实上，正是第一次世界大战缔造了"迷惘一代"[②]。"从军"经历给予了福克纳不同于以往的创作素材，同时也成为他南方身份认同过程中颇具现代性意义的一个里程碑。

这部小说尽管表面上愤世嫉俗，但不失理想主义成分，甚至颇具乐观主义精神，充分展现了作者对人际冲突、人类道德和人文精神的深度关注，亦即：他在一九五〇年十二月十日诺贝尔奖颁奖典礼上获奖致辞中提到的"处于矛盾冲突中的人类心灵问题"[③]，这与他的大部分作品是一脉相承的。如致辞所言，这恰好代表了一种超越肉体恐惧、通达人类灵魂的严肃写作态度。他告诫年轻的作家同行，"工作中除了心灵的正直诚实不要给任何东西留有空间，过去的那些正直诚实的普遍品质包括爱情、荣誉、怜悯、尊严、同情和牺牲，缺乏了它们，任何作品都是短暂的和注定要失败的"。在他看来，"人类不仅会延续还会胜利。他是永生的，不是因为只有他在万物生灵中拥有不倦的声音，而在于他有灵魂，能够同情、牺牲和忍受的灵魂"，而"诗人和作家的职责就是歌颂这些。通过提升人类的心灵，提醒他们牢记勇敢、荣誉、希望、尊严和同情这些昔日的光荣，来帮助人类生存下去，这是作家的荣幸。诗人的声音不仅是人类的简单记录，而且还是能够帮助人类

[①] 这个绕口的名字来源于契卡索印第安语，意为"河水慢慢流过平坦的土地"，是基于福克纳"邮票般大小的家乡"的文学虚构场所。

[②] 这个名词源于斯泰因·格特鲁德，被海明威借用作其成名作《太阳照常升起》(1927)的题词，由此成为描述第一次世界大战后年轻一代的一个标志性代名词。

[③] 引自福克纳《接受诺贝尔文学奖时的演说词》，李文俊译《密西西比》，广州：花城出版社，二〇一四年，第一四九至一五一页。下文同。

持续和获胜的支柱之一"。对于"迷惘一代"来说，这些价值观由于第一次世界大战的冲击而受到挑战和质疑，突如其来的信仰危机使得饱受战争创伤的年轻人无所适从，于是在摒弃传统道德原则的世界观框架下对所谓"海明威式硬汉"[①]的广泛推崇便应运而生，人人自危的存在主义一跃成为社会价值观的主流导向。在这种语境下，福克纳这份掷地有声、铿锵有力的高调宣言所力图重申的不仅是美国南方的精神内核，以及代表着南方昔日荣耀的传统价值体系，还指明了解决现代性价值认同的内在矛盾的一条出路。从这个角度看来，《寓言》构成了作家身上承载的现代性价值冲突的一种特殊言说方式。

《寓言》这部作品将背景置于现代战争这样一个高度浓缩了人类现代性危机的社会权力场域，其反战意图昭然若揭，可谓福克纳毕生至高、至理、至纯的一份人本主义宣言。显然，作家试图借此将自己一生的创作理念化作千言万语，一股脑付诸笔端——把写作当成"一项艰辛而痛苦的毕生投入的人类精神的工作，既不为名也不为利，而是要从人类的精神原材料中创造一些前所未有的东西"。那么发人深省的问题是，这些所谓"前所未有的东西"在这里的表现形式是什么呢？可以说，不同于通常意义上的反战作品，福克纳在一九五三年年底或一九五四年年初为作品出版所做的说明中明确指出，"这不是一本和平主义的书"。"如果说这本书有什么目的与寓意……它是想用富于诗意的类比和比喻来显示，和平主义是不起作用的"；同时，他为《寓言》写的未被出版商采纳的封面推荐文字也声称"和平主义没有用，对付不了制造战争的那些力量"。在他看来，考虑到人类好战的天性及其固有的权力欲，"不想要战争的人可能必须武装自己准备上战场，通过战争的方式来打败权力联盟"，其中能起作用的最重要因素还是自身的人性动机："因为他们害怕战争，不敢冒险发动战争，因为他们知道在战争中他们

[①] 又称"准则英雄"，即遵循"重压下的优雅风度"原则的主人公，着重强调其在战后虚无化的存在主义逆境中勇敢无畏的性格特征和顽强不屈的精神品格。

自己——不是作为国家、政府或是政治意识,而是作为简简单单的人、很宝贵不应战死与受伤的人——会首先成为被消灭的对象。"[1]如评论家一语道破:"在《寓言》中,福克纳感兴趣的是在战争期间和战争间隙将芸芸众生牢牢控制住的权力机制。"[2]这里所谓的"芸芸众生"首先指的是被当权者当作炮灰来保全自身的众多普通士兵,而那些当权者打着冠冕堂皇的旗号,暗地里却出于共同的利益不惜超越国界勾结共谋。从这个意义上讲,福克纳"十年磨一剑"的这部殚精竭虑之作旨在揭开战争幕后的权力操手的神秘面纱,探索人类心灵的未知领域,集中体现了他对曲折微妙的人性和极端复杂的人类境遇的深刻沉思。而且,剑走偏锋,此为一例——其反战主题思想以这样一种方式达到了前所未有的深度,对读者提出的挑战自然是不言而喻的。

如福克纳坦言,支撑他最终完成这部难产作品的是"审慎的意志力而不是真正的灵感"[3]。从文体特征看来,小说行文中显得颇为混乱的人物关系、朦胧含混的意义堆叠和抽象理念的大段铺陈之间的内在逻辑直到结尾处才浮出水面,这是福克纳小说的惯用笔法。这种笔法在《押沙龙,押沙龙!》《我弥留之际》等代表作里面被运用到极致,有效地迫使读者积极投入到文本意义生产的过程之中,自觉发现现实的复杂多面性和真相的无限多重性;而相比之下,在《寓言》中的运用似乎相形见绌,大结局在情节设置、人物塑造等具体方面未能达到"点石成金"的升华效果,唯起到了越发强化整部作品的寓言性、抽象性和普适性的作用。甚至有读者认为这部小说像一匹神秘怪兽,将福克纳小说写作的特有缺陷集于一身,并发挥到极致,使其尽显无余,比如:

---

[1] 引自福克纳《关于〈寓言〉的一点说明》,李文俊译《密西西比》,广州:花城出版社,二〇一四年,第三十三至三十四页。

[2] 引自 Noel Polk and Ann J. Abadie, eds, *Faulkner and War: Faulkner and Yoknapatawpha*, 2001, Jackson, MS: UP of Mississippi, 2004, p.vii.

[3] 引自丹尼尔·J.辛格《威廉·福克纳:成为一个现代主义者》,王东兴译,哈尔滨:黑龙江教育出版社,二〇一六年,第四六七页。

几个貌似与故事情节无关但为下文埋下伏笔的背景故事铺叙，一连串从句嵌套、重峦叠嶂的复合句，一整段连绵不断、中途甚至有跑题之嫌的长难句等。这些无疑给译者的工作带来极大困扰，译者在翻译策略上只能在意义表达与文体风格之间适当地做一些折中处理，以便尽可能做到二者兼顾。

三

如评论家所说，《寓言》创下了福克纳文学生涯中的几宗"最"：它是福克纳全部作品中写作历时最长、篇幅最长、叙事最宏大、人物最多的一部，也是福克纳倾注最多心力、寄予期望最大的一部。尽管在作品发表后引发的公众反响里面诋毁远远多于赞誉（官方授予的奖项除外），评论界为了掩饰长久期许名家佳作之后的失望与尴尬而把它戏称为一场"高尚或英勇的败仗"，福克纳还是一度将其视为珍宝，在他的书信里面几次称之为他的"史诗""杰作"，乃至他的《战争与和平》；即便在他自我怀疑的时刻也表示："这是一个宏大的想法，把它写出来让自己满意很困难是因为它是鸿篇巨制，而自己又一直离它太近。这就像是近距离地站在一头大象身边；过了一阵子，你就根本看不见这头大象的全貌了。"[1] 为了便于读者站在一定的高度全面理解并准确诠释这部作品，译者接下来将着眼于小说标题的立意，从作品的人物塑造和情节设置这两个方面加以说明，以期加深对福克纳的现代性写作主题、表现手法和文体特征的认识。

《寓言》这部小说人物众多，绝大多数不具姓名，就连有名有姓的主要角色也通常被冠以语焉不详的称呼，比如："下士"、"中士"、"军士长"、"副官"、"哨兵"、"传令兵"、"参谋长"、"指挥官"、"师长"、"总督"、"老将军"、"军官"等军衔或职位称谓，或者"男人"、"英国

---

[1] Francois Pitavy, "The Two Orders in A Fable: A Reappraisal of Faulkner's 'Elephant'" *in The Mississippi Quarterly* 62. 3—4 (Summer-Fall 2009), p.381.

人""女孩"等宽泛指称,从而在一定程度上剥夺了这些人物的个性深度和情感诉求表达,使其沦为戴着人格面具的物化工具,并由此赋予了整部作品一种普适性的寓言特质。有评论家指出,小说中的"人物多半以群体而不是以个体的形式出现,淹没在人群里,而人群本身则具有一种复合的面孔和(人格)力量。理应是主人公的那位'英雄'下士的身影依稀出现在远处,始终没有血肉,即便在面对死亡的时刻也是如此"[1]。也有批评家称,由于福克纳"试图以一种抽象、分析、直言的方式说出在他的最好作品中根植于黑暗经历的东西","把思想强加给了历史……而没有让它们自然生长",因此作品便充分暴露了他的弱点,以至于"我们或许不得不说福克纳写出了《寓言》,却伤害了自己"[2]。的确,从译者的角度看来,这种手法也大大降低了众多人物的辨识度和作品整体的可读性,给读者造成了一定的阅读障碍,更是构成了一大翻译的难点。因此有必要从人物塑造入手寻求突破口。

就上述情况,评论界普遍表达的一个困惑是:尽管反战主题本身充满了人文情怀,但约克纳帕塔法系列所彰显的作为福克纳作品标签的人性关怀在该作品中缘何缺席于人物塑造这个层面?这到底可归结为小说本身的一大缺陷呢,抑或是福克纳有意而为之?若是后者,这位资深的诺贝尔文学奖获奖作家采取这种打破常规的做法,究竟意欲何为?读者普遍认为,福克纳此举意在彰显故事情节与耶稣基督在世的最后时日的平行线索,通过类比来突出各个场景、每个人物所承载的意识形态理念,由此便相应地弱化了圆形人物身上通常具备的鲜明个性和多重维度。然而,译者认为,虽说人物出于情节设置的考虑而不具名,但是他们也并非类型化的扁平人物。基于此,以下将对作品中的主要人物及其关系逐一做出分析,透过文本解读逐层揭开他们身

---

[1] Francois Pitavy, "The Two Orders in A Fable: A Reappraisal of Faulkner's 'Elephant'" in *The Mississippi Quarterly* 62. 3—4 (Summer-Fall 2009), p.382.

[2] Michael Novak, "Introduction" in *A Fable*, New York and Toronto: New American Library, 1968, p.viii.

上笼罩的神秘面纱，发掘字里行间潜藏的人物个性，尤其是要从人物塑造的特殊性出发来反观其对反战主题的贡献。

这部作品中的主要人物身份以及他们之间的关系如下所示：

元帅：亦称作老将军、盟军指挥官，早年为孤儿，家族背景强大；

下士：斯蒂芬，元帅的私生子，这场兵变的发起者；

玛莎：下士的同母异父姐姐，嫁给了法国农夫；

玛雅：玛莎的弱智姐姐，比玛莎大两岁；

年轻女人：先前是一名马赛妓女，后与下士相识，二人订有婚约；

军需总长：诺曼农民出身，元帅的军校同学，年逾七旬，比元帅大五岁，曾经视之为天之骄子、救世主，后因政见不同而改变态度；

英国传令兵：先前是一名军官，后自觉放弃官阶，做回普通列兵，在了解真相后继承了下士衣钵，在下士及其手下的人被挫败之后试图发起第二次兵变；

英国哨兵：哈里，先前是一名马夫，也是唯一能够驾驭"三条腿赛马"的人，参军后在士兵中间靠打赌赚取钱财；

托比·萨特菲尔德牧师：即"托利曼"，非神职黑人牧师，先前在马厩工作，后来通过改名成为"全球会"代言人；

戴维·莱文：年轻的英国空军飞行员，被蒙骗护送德国将军前来会晤，悟出真相后饮弹自尽；

格拉格农将军：下士所在军团的师长，请命将该军团的三千名士兵全部以军法处死；

拉尔蒙将军：法国集团军司令，格拉格农将军及其唯一的军长朋友的上司。

福克纳在《关于〈寓言〉的一点说明》一文中特别提到了书中的三个人物——飞行员莱文、军需总长、传令兵，并指出他们"代表着人的意识这三位一体的三个方面"：

> 莱文，年轻的英国飞行员，他象征着虚无主义的那个三分之一；那位年老的法国军需官将军，他象征着被动的那个三分之一；那位英国的军营里的奔跑者，他则象征着主动的那个三分之一——莱文，他见到了恶，以毁灭自我的方式表示拒绝接受；他说，"在虚无与邪恶之间，我宁愿选择虚无"，他实际上是在毁灭邪恶的同时，把世界也给毁灭了，这里指的是，代表着他，代表着他自己的那个世界——那位老军需将军，他在最后的一场里说道："我不是在笑。你们见到的其实是眼泪。"这就是说，世界上是存在着恶的；对于这两者，即恶与世界，我都会加以忍受，并为它们感到悲哀——而军营里奔跑的那个人，那个明显可见的疮疤，他在最后的一场里说："那很对，正是颤抖。我不打算死——永远也不打算。"也就是说，世界上存在着恶，对此我是准备采取一些行动的。①

另外值得一提的是，与莱文的心路历程如出一辙，遭受幻灭打击而选择"毁灭自我"的还有被老元帅派到监狱去说服下士的那位随军牧师：他假借信仰之名信誓旦旦地奉劝下士放弃信仰，自己意识到这一点之后在羞愧、迷惘和绝望的复杂情绪驱使下自杀身亡。显然，在面对盟军元帅所代表的战争机器的邪恶行径及其给人们带来的信仰危机的压力之下，莱文、军需总长和传令兵分别做出了截然不同的三种选择——或放弃自我，或委曲求全，或抗争到底。这也是人类在身处

---

① 引自福克纳《关于＜寓言＞的一点说明》，李文俊译《密西西比》，广州：花城出版社，二〇一四年，第三十四至三十五页。其中，"奔跑者"一词在军事用语里应为"传令兵"。

逆境时通常所做的三种不同反应。

与此同时,作品中的主要人物——执意将下士及兵变军团三千士兵悉数处死的盟军师长、作为下士生父却又不能与之相认的盟军元帅、深受下士影响并得其真传的英国传令兵——三者的命运均与这场兵变的始作俑者法军下士发生了密切的关联,并通过各自对下士的态度分成了善恶对峙的两大阵营。在作品中,下士的名字"斯蒂芬"(Stefan)快到尾声才出现了一次,这也是全书自始至终唯一的一次:在战火停歇并即将再起的那个夜晚,他同母异父的姐姐玛莎躺在自家的炕上辗转难眠,突然间意识到"斯蒂芬死了;一切都完了,结束了,了结了,一去不复还"。当军队上层做出处死斯蒂芬下士的决定时,他本人坦然地接受了这一裁决,未做任何反抗。盟军元帅试图向他阐明战争的目的并且劝说他接受这一事实,但他誓死坚守自己的反战立场,使得对方没有了退路。正像代表着人类信仰的耶稣基督一样,下士是人类生生不息的博爱和同胞情谊的理想化身,他要"你捍卫一个神秘莫测的王国,它承载着人类那无垠的希望和无限的潜能——不:激情——对于非客观存在的事物"。与之相反,下士的生父、盟军最高统帅作为父权的绝对权威的象征,代表着俗世个体一心想要出人头地的利己主义欲望;这正是人类矛盾冲突、权力纷争之所以存在的根源,而战争正是这种内在需求的最为极端的体制化表征,人类却在这一等级分明的组织架构里面安之若素,有些人甚至如鱼得水。无独有偶,下士所在师的指挥官格拉格农将军之所以被选中要发动一场注定失败的有损于自身名誉的进攻,其被迫做出的个人牺牲只是为了满足上级指挥官拉尔蒙将军(绰号"比岱大妈")个人升迁的需求;而格拉格农将军要求将拒绝进攻的兵变军团全体正法,虽是打着军纪军法的旗号,实际上也是出于一己私利——他将这次兵变视为个人军旅生涯中的奇耻大辱,一心想要以三千士兵的鲜血来洗刷污点,证明自身的清白。具有讽刺意味的是,格拉格农将军最终还是没能摆脱沦为战争机器的炮灰的宿命:他被盟军派来的三名不明就里的美国士兵枪杀,且刻意制造了他在率领全师将士冲锋陷阵时头部正面中弹的假象,以掩盖他的部队并没有向敌军发动进攻的事实。在这架冷酷无情的战争机器所制造的种种丑恶现实面前,下士终将为自身的理念付出代价,但他慷慨无私地向人类伸出的橄榄枝却会恒久传承下来;如他的精神传承人传令兵在小说结尾处所说:"我死不了。永远不会。"这种坚定的信念在他那残破不堪的躯体的反衬下定会给人以巨大的心灵震撼。

此外,如同福克纳许多其他作品的人物关系,一些主要人物之间还构成了两两对位的关系,共同体现了人类个体所拥有的互为矛盾的情感冲动,以及人性的多维度和多面性,比如老元帅与下士的父子对抗、老元帅与军需总长的同学情谊、传令兵与哨兵的敌对关系。其中最为重要的莫过于老元帅与下士这一对奇特的父子关系,它不仅与作品的主题直接相关,而且还将这部小说与贯穿福克纳文学创作始终的一条主线联系起来,即:理想与现实之间的冲突;同时也可以说,下士与老元帅的父子对峙场面不啻为善与恶的道德力量的一场终极交锋。如下士的两位同母异父的姐姐在老元帅面前所陈述,下士是老元帅的私生子,是他三十五年前与中欧某地一位美丽的乡村少妇私通的产物,这段孽缘拆散了一个完整的家庭,使得被迫带着两个孩子离家出走的孱弱孕妇在分娩时带着屈辱客死他乡,两位自身尚且年幼的姐姐带着弟弟过了十年的漂泊生活,终于借着二姐玛莎的跨国姻缘来到了法国,随后弟弟又以法国人的身份服了兵役。就在下士命悬一线之际,两位姐姐带着老元帅当年留给母亲的信求情未果,却促成了父子相见摊牌那堪称经典的一幕。在这一幕中,老元帅以无所不能的上帝形象自居:对于芸芸众生,他居高临下地俯视着人类"那沾沾自喜的、无法根除的愚蠢,以及他被引领、被迷惑和被欺骗的不灭激情",自信能够将其玩弄于股掌之上,使用暴力将普通士兵有能力自主选择和平的希望扼杀在摇篮之中。在那段颇具震撼力和感染力的大段独白中,他以自由、权力和生命为筹码,提出要拿整个世界来换取下士的回心转意,劝下士面对现实,通过背信弃义来保全性命,并威胁说:"我明天早上就能毁掉你，保全我们自己——暂时保全。确切地说，是在我的有生之年。但只是暂时。如果我必须这样做，我就会去做。因为我在人类的能力和局限的范围内信任人类。我不仅相信他有忍耐力，能够坚持下去，而且他必须忍耐，至少坚持到他为自己发明、开发、制造出一个比他自身更好的工具来代替他……"他这番有关人类的"忍耐力"的冠冕堂皇的崇高言辞以及接下来一抹"血红残阳"的世界末日图景勾勒，似乎与福克纳诺贝尔颁奖典礼上的演说词有着异曲同工之处，几乎掩盖了他作为战争恶魔化身的本来面目，令人不禁联想到作品中反复出现的老元帅如同一个"华丽俗艳的玩偶"的外在形象描述；再者说，即便在作品之外，这一处文字上的关联也为福克纳对于诺奖桂冠加身这件事本身的真实态度额外增添了一层颇为可疑的反讽意味，甚至会让人怀疑到他领奖致谢的诚意。[①]

　　作为至高权力的代言人，老元帅从上帝到恶魔的人物形象转变还在他与老同学军需总长的对位关系上得以间接体现。这位老军需官对他说："我过去不仅是信任你。我是爱你的。从四十七年前在我那扇门里看到你的第一眼起，我就相信你是上天注定来拯救我们的。你被命运之神从你那矛盾重重的背景中拣选出来，做了一个与自己的过去自相矛盾的人，为了摆脱人类的过去，成为普天之下那个没有恐惧、软弱、怀疑等复杂情绪羁绊的人，正是这些情绪使得我们其他人无法拥有你的能力；而你以你的超群能力甚至会帮助我们从自身软弱和恐惧所带来的失败中解脱出来。"这位仰慕者没有对方的强健体魄和家族背景优势，但在军校时成绩仅次于对方而在班上排名第二。他一路追随老元帅的足迹，也曾遭

[①] 如迈克尔·诺瓦克在一九六八年企鹅公司推出的"印章现代经典"版《寓言》的《序言》中所说，由于福克纳在这段气势恢宏的独白中倾注了过多的共鸣，许多评论家把老元帅视为福克纳的代言人，因此"在这个关键点似乎没能抓住全书的要点"。他指出："在某些方面，福克纳似乎在嘲讽自身的一些倾向，甚至嘲讽自己在诺贝尔颁奖典礼上所做的演讲，通过更为言之凿凿地重申一个悖论来否认自己先前的立场。"详见 Michael Novak, "Introduction" in *A Fable*, Signet Modern Classics, 1968, p.xii.

遇坎坷，从病危中侥幸回生，三年前被老元帅亲自任命为军需总长，虽目睹对方在战争中不择手段的所作所为——与敌军将领合谋挫败反战行动、开枪射杀手无寸铁的兵变士兵、处决下士等——却由于自身的怯懦而未加阻止，事后在懊悔自责之中当面质问对方，试图递交辞呈。他痛切地向对方发出警告："散布在地球上的我们这个被遗弃的无家可归的小物种整体，不仅不再属于人类，而且甚至不再属于地球本身，因为我们不得不孤注一掷地下了这个最后的卑劣赌注，为了保住我们在这里的最后一席朝不保夕、岌岌可危的位置。"然而，他的辞呈被对方打着下士的旗号做出的一番铿锵有力的诡辩驳回——

"可你能吗？"老将军说，"你敢吗？让我帮你个忙，更不要说从我手里把它接过去了。这等好事，"老将军的语气仍旧温和，声调几乎没有起伏，"一个人就要死了，是那种世人所谓的最卑鄙、最可耻的死法：在保卫他自己的——至少是养育他的——国土的过程中因怯懦而被处决。这个无知的世界就会这么说，因为他们不会知道他因为坚持原则而被谋杀，而你却由于愤愤不平的自我裁决而无法为之冒生命和名誉的风险。可你并不想要那种活法，而一味要求被解职。一个姿态。一种牺牲。这能和他相提并论吗？"

"他不愿意接受那种活法！"对方喊道，"要是他愿意——"然后停下来，张口结舌，带着不祥的预感和绝望，只听见那个温和的声音继续说：

"要是他愿意，假如他接受他的生活，保住他的性命，他早就放弃了自己所做的姿态和牺牲。要是我今晚给他一条性命，而你所说他的牺牲代表的希望和梦想，我就等于宣布其无效。通过明天早上夺取他的性命，我将永远确立这样一个信念：他根本没有白活，更不要说白死了。现在告诉我，谁害怕呢？"

当对方故意拿下士为信仰忍辱负重、勇敢献身的行为大做文章的时候，老军需官张口结舌，无从辩驳，在自身的怯懦中败下阵来。即便如此，他一针见血地指出老元帅及其代表的权力顶层所对抗的正是"简单的人那简单、一致的希望和梦想"，这种极具人本主义内涵的说法表达了饱受现代化战争摧残、遭受现代性价值冲击的人类心灵的向善渴求，使其擢升为信仰危机时代的精神代言人。

与之相同，英国传令兵也在炮火的洗礼中经历了一场思想转变，他与老军需官相比虽说身份迥异、地位悬殊，但二者在人本主义精神上是共鸣相通的；他与哨兵之间发生的矛盾对抗也是理想与现实、善与恶之间价值冲突的体现。传令兵先前由于立功的缘故已经被提升为军官，后自行要求放弃官阶，想方设法通过违反军纪做回了一名普通列兵，其原因——背后的人本主义动机在他与连长的这段对话中展露无遗：

"……当我完全是出于偶然的机会，外衣上佩戴了这个小小的勋章，不仅有了权力，得到了整个武装政府的支持，能使一大群士兵们听命于自己，而且在他们违反命令的时候还有权惩罚他们，可以亲手开枪打死他们，这时我才意识到他们是多么值得恐惧和憎恨啊。"

"不只是你的憎恨、恐惧和厌恶。"连长说。

"对，"他说，"我只是无法面对。"

"不愿面对。"连长说。

"无法面对。"他说。

"不愿面对。"连长说。

"好吧，"他说，"所以我必须回到污泥中去，和他们待在一起。那样我可能就解脱了。"

在军队的权力阶层与普通士兵之间自然分化而产生的对抗性两极，他选择了后者的阵营，从而迈出了反战的第一步。在他了解到这场兵变背后的真相以后，他又选择了继承下士的衣钵，在下士及其手下被挫败之后号召士兵们放下武器，走出战壕，与敌军在战场上握手言和，不料这第二次兵变却招来了一场血腥屠杀；他本人虽然侥幸活了下来，却也在重新开战的炮火中严重致残，失去了一条腿和一只胳膊，半边身子变成了一个"直立行走的伤疤"。就在他发动第二场兵变之前，传令兵与哨兵之间有过一大段对话并以后者对前者大打出手告终。这名哨兵（名叫哈里）曾经是马夫，参军后在士兵中间发展兄弟会成员，没有法定继承人的士兵都自愿把他当作人寿保险受益人；此外，他利用士兵们在战场上生命朝不保夕、趁自己还活着便及时行乐的普遍心理，广泛开展了高利贷业务，比如："你先从他那里拿十先令①。然后从下一个发薪日开始，连续三十天，你每天还他六便士。"传令兵试图接近夜间在哨位上值班的哨兵，唠唠叨叨地给他讲述自己了解到的停火真相和亲眼目睹的军方高层筹备秘密会晤的情形，想要劝说他参与和平行动，以借助他的兄弟会在士兵中的影响力，结果却遭到咒骂和殴打。哨兵也因此被关了禁闭。接着，传令兵进一步行动，先是争取到了哨兵昔日同伙老黑人的支持，然后闯入地下禁闭室劫持哨兵，逼他做出代表兄弟会身份的标志性手势；哨兵对此嗤之以鼻，不肯配合，但还是被裹挟着加入了地面上的第二次兵变人群，在军方屠杀无辜的纷飞炮火中断送了性命。哨兵打着"法国全球众友会"的幌子，假借兄弟情谊、博爱慈善之名，以士兵们的生命做赌注大发战争财，这在很大程度上代表了庞大的战争机器中的资本运作方式及其背后的工具理性逻辑。由此可见，战争与资本在人的物化方面颇具相通之处，其勾连共谋也是必然的结果，正如老元帅自身作为实业大亨和实权政客的后裔的强大家族背景所示。从这个角度上看，传令兵与哨兵的这场对决可谓意味深长，暴露出少数人借助多数人牟利并实现其个人价值的资本主义与人本价值之间本质上的对立关系。

---

① 一先令相当于十二便士。——译者注

全书是以劫后余生、肉体虽被摧毁却精神不灭的传令兵躺在满怀悲悯之情、泪水长流的老军需官的臂弯里结束的。这是在战后六年老元帅的隆重葬礼上：传令兵冲出哀悼的人群，对着老元帅的棺椁以"公然挑衅的姿态"抛出了一枚曾被他视为护身符的军功章，并以嘲讽的语气大声地喊出了那些曾给人类带来灾难的战争宣言，在被警察殴打倒地后仍然挣扎着朝围观的人群发出豪迈不屈的笑声；老军需官"跪在他身边，用一只胳膊支起他的脑袋和肩膀"，眼里流下的泪水决非是为了他曾经崇拜、追随的权力偶像，而是为了人类。如果说传令兵和老军需官可以分别看作下士的精神载体和老元帅的他者自我，那么他们在作品结尾处的这个亲密相拥场面也便间接地代表了耶稣基督和上帝之间、父与子之间超越战争所浓缩的社会权力关系体制的禁锢而暂时达成的精神和解，从而最终指向了人类未来之希望所在。如此内涵丰富的结尾堪称完美地诠释了标题"寓言"所指的主题意义。

四

谈到《寓言》这部小说的体裁类型，福克纳研究专家诺埃尔·波尔克认为，它尽管将主要事件都建立在耶稣基督复活的神话原型上面，但是算不上基督教小说；它虽说取材于第一次世界大战，却并不以战争为情节框架，而是刚好相反，把叙事焦点放在拒绝战事上面，因此不同于埃里希·马里亚·雷马克的《西线无战事》(1929)、诺曼·梅勒的《裸者与死者》(1948)等这类战争小说；它尽管涵盖和平反战的主题，但不是乌托邦小说；它虽然揭露了军事上的黑幕，却也不是类似于约瑟夫·海勒的《第二十二条军规》(1961)的反乌托邦小说；传令兵等主要人物所经历的道德立场转变使其局部看来像是成长小说，但基于下士与老元帅之间的道德抗衡的整体情节设置让这部作品更倾向于归入"哲学小说"的范畴，或者更确切地说，

"思想小说"。① 因为其中的哲学思考并非是用抽象字眼来表达的，而更多是通过人物和情节来传达的，故所谓"思想"便显得格外纷繁复杂，将作者有关宗教、政治、道德伦理等方方面面的深刻思考编织成一张密密的网，再加上现代性叙事颠覆时间框架的写作手法，以至于让读者深陷网中，不免感到其意晦涩难懂。给读者造成阅读障碍的尤其是夹杂其中的三段与动物相关的故事，分别涉及骆驼、赛马和小鸟，而且恰好还都是罪犯的故事。在译者看来，这些插曲虽貌似突兀，颇有跑题之嫌，但与主题"思想"的表达相辅相成。下文将依次对这三个小故事加以说明，着重探讨它们与战争相关情节之间的意义关联。

就作品整体而言，这是福克纳唯一一部将背景设定在美国国界以外的长篇小说，所有的主要事件全都发生在法国，并且通过第一次世界大战的既定格局涵盖了几乎整个欧洲和北美，甚至还借助于二十世纪初帝国殖民扩张的特定历史把目光投向了遥远的非洲，这样的大手笔、大格局无疑前所未有地体现了福克纳打破身份疆界、超越南方地域主义的国际视野和恢宏气势。从这个角度纵览全局，作品的反战主题就不仅仅停留在敌我双方的力量抗衡和善恶对决的浅表层面上了，更是有关权力秩序与道德良知这两种势力的终极较量的深度思考，其中还包含了有关生与死、灵与肉的哲理性反思。

首先是一头骆驼的启示，故事发生在蛮荒沙漠中的某个法国殖民地村落，主要是透过老军需官的视角来讲述的。老元帅在四十年前刚从军校毕业时作为少尉自愿来到法国北非殖民地一个最偏远的沙漠哨所担任指挥官，他手下的士兵是"十六名没有国籍的亡命徒"，其中一名隐姓埋名、逃脱法网的罪犯与当地里夫部落的一个女人有染并杀死了她。酋长掳走了一头骆驼（即指挥官的坐骑），并下了一道最后通牒，

---

① Noel Polk, "Imagining the Abstract: Faulkner's Treatment of War and Values in *A Fable*" in Ann J. Abadie, ed., *Faulkner and War: Faulkner and Yoknapatawpha*, 2001, Jackson, MS.: University Press of Mississippi, 2004, p.120.

勒令指挥官在第二天黎明之前交出主犯，否则就要一举摧毁他的哨所和卫戍部队。指挥官当即派遣这名肇事者趁着黑夜去搬救兵，就这样以军人荣耀之名把罪犯送进了对方手里，事件因此得以平息。尽管他成功地化解了一场战争，却因为那头骆驼的缘故遭遇了有生以来的第一次重创，上司借口丢失那头上好的骆驼的失职行为给政府造成了财产损失而罢免了他："指挥官在这个事件中的唯一失职就在于他避免了一场地方战争。这样说不对。他没有阻止一场战争：他只是没有发动它。这不是他在那里的目的，也不是他被考查并认定有能力担任指挥官的原因：不是不发动战争，而是保全政府财产。"就这样，在军人职业生涯的起步阶段，他便初步见识了权力秩序的残酷真相，领略到战争和资本二者共同的实用主义内在逻辑。之后，他流落到西藏喇嘛庙忏悔疗伤的结果便是接下来事业上的飞黄腾达，直至抵达权力的巅峰。这段早年经历的叙述显然预示着老元帅与体制同流合污的未来发展，况且最初的受害者自身为了达到目的不择手段乃至不惜违背人性的潜质也得到了很好的开发，使之最终演变成了非人体制的帮凶和化身。

　　这个故事引发的思考还不止于此，至少还有以下两点对于官僚体制的强烈反讽意味。一方面，把惨死的罪犯尸体运回哨所的是另外一头骆驼，"当然不是走失的那头肥硕的，而是一头邋遢患病的老骆驼……而且，在一份交通事务处的报告里一头骆驼看上去跟另一头没有两样"。这样一来，从数量上看，"政府财产"并不存在损失；所谓"损失"不是个借口，便是吹毛求疵。另一方面，罪犯被哄骗"献身""殉国"，虽然从某种层面上讲也算罪有应得，但还是获得了军方嘉奖。这段情节以一名参谋上尉的视角向后来的老军需官叙述展开，采用了极具荒诞性的表现手法来描述，对此人表达了人道主义的同情：

　　　　"他是个男人……即便死了，天使们——正义的化身——仍旧为他而战。你那时不在，所以也没听说过这个。那是在签署那份颁发玫瑰形勋章的嘉奖令的时候。办事员（私生活中是一名业余的阿尔卑斯山登山运动员）捧着羊皮纸递给坐在办公桌后面的总司令官要求签名,他趔趄了一下,碰翻了一只一升装的墨水瓶,墨水洒在文件上,不仅弄脏了获奖者的姓名,而且还把整个功绩记录都搞得一塌糊涂。于是,他们制作了一张新的羊皮纸嘉奖令。它一拿到办公桌上,还没等总司令伸手拿笔,不知从什么地方刮来一阵风(如果你认识马特尔将军的话,你就知道无论他在哪个房间里逗留的时间足以需要脱帽,这个房间一定密不透风的)——风不知从什么地方刮来,把那张羊皮纸刮出了二十米,飘过房间进了火炉,它像赛璐珞一样嗤的一声就消失不见了……"

这个由骆驼引发的事件影响到的不仅是当事人——当年的老元帅,而且还有听故事的人——当年的老军需官。不久以后,他便拖着羸弱之躯自告奋勇去非洲哨所填补老同学被解职留下的空缺,在那次大难不死的病危之时,他"脸上流淌着平静的泪水",护士的一句不经意的评论竟使他产生联想,将他带回到这个场景之中:"对,他曾经是个男人。可他当时还年轻,比孩子大不了多少。这些泪水不是痛苦:只是悲伤。"可以说,这同一事件给两个人物造成的影响为二十五年后的冲突和分歧埋下了巧妙的伏笔,造就了这一对老同学之间自我与他者的二元对立关系。

第二段插曲是三条腿赛马的奇闻逸事,同样包含近乎荒诞的成分。它发生在密西西比河谷腹地,背景又回到了福克纳所熟悉的那个"邮票般大小的地方"的周边地带。故事主要讲了哨兵参军前当马夫的一段奇特经历,由萨特菲尔德牧师向传令兵讲述,构成了作品第六章的主体部分,占了相当大的篇幅,因而意义更显非凡。[①] 因着机缘巧合,

---

① 这个故事的初稿《盗马贼手记》在《寓言》面世前三年以单行本的形式出版并限量发行,当时印刷九百七十五本,上面都有福克纳亲笔签名。详见 William Faulkner, *Notes on a Horsethief*, Greenville, MS.: Levee Press, 1951.

这名英国马夫变成了一名笼罩着英雄光环的盗马贼。一匹阿根廷烈马只服从此人的驾驭，天作之合使这匹马在赛事中无往不胜，第一次在南美夺魁破纪录时被一个美国石油大亨看中并高价买下，来到美国以后在新奥尔良遇见黑人牧师萨特菲尔德，二人连同一个身为骑师的黑人孩子搭伴一同照顾马匹。不料，一次外出途中，他们乘坐的火车从被洪水冲垮的高架桥上一头栽下，虽说大家都死里逃生，那匹马却不幸摔瘸了一条腿，这群人从此便一起踏上了近两年的不寻常的漂泊之旅。在搜捕队的追击和大范围的通缉下，他们艰难地服侍那匹马痊愈，随后继续转战南方各地的马赛。虽然那马靠着三条腿仍然神勇无敌，奇迹般地接连获胜，但马夫早已放弃了赌博，维持昔日的荣耀似乎只为创造生命的奇迹，而并非为了盈利。在被捕之前，马夫亲手杀死了那匹马，以避免它落到主人手里，被当作种马而活在屈辱之中。面对这名桀骜不驯的囚犯，联邦副执法官表现出异乎寻常的理解和宽容，他说：

"换作我，我当然也会这么做。但是告诉我为什么——不，我知道为什么。我知道你这样做的理由。我知道这是真的：我就是想听你亲口说出来，我们两个人都把它说出来，这样我就确信无疑了……你原本可以随时把那马交出来的，它原本可以活下来的，但事实不是这样：并不只是为了让它活着，也并不是为了人们一直坚信你从它身上赚来的那几千或几十万美元……好吧，好吧。原因就在于，这样的话那匹马就可以跑，一直跑下去，至少可以一直输掉比赛，至少可以完成比赛，尽管它确实不得不只靠三条腿来跑，它也确实是只靠三条腿跑的，因为它卓尔不群，甚至不需要三条腿来跑，只需要有一条腿末端带有马蹄它就够格成为一匹马了……"

由此可见，对他来说，生命本身的尊严和自由远远超过了铁面无私的法律。在马匹的合法主人的威逼利诱下，这位联邦副执法官宁愿选择辞职,也不肯合作执法;相反,为了维护心中至高无上的理念,他与律师、狱吏合伙放走了盗马贼,因为"也许是公正,当然是正义,或许还没有占上风,但某种更重要的东西已经占了上风","真相、爱、牺牲,以及甚至比它们还更重要的东西:人与人之间的纽带,或人对他的手足兄弟产生的情谊,甚至比松松垮垮地箍在人类那摇摇欲坠的地球上的金制镶锛还要坚固"。

借用评论家的话,这段插曲与作品整体在主题上存在的关联在于:这匹三腿马及其随从人员的"道德成就在于他们在无望的逆境中勇敢而坚定的抗争与下士及其追随者的行为如出一辙。在这两件事上,少数人的英勇行为对很多人产生了巨大影响,因为他们打破了既定权力的现状和常规"。二者之间的区别在于:"下士挑战的是军队机制的权威和自足,而赛马小组挫败的是腰缠万贯的有产者";而且,"主导主要情节的是军队统治的专制,而赛马一章则着眼于美国民主体制"。[①]可以说,在人类呵护下自由驰骋的三腿马身上所承载的美国价值和南方精神赋予了它传奇般的神话色彩,正如老黑人牧师通过把马夫发展成"一名虔诚的浸礼会教徒"和"一名共济会会员"而加在他身上的理想主义光环一般耀眼夺目。遗憾的是,事实证明,理想在现实面前往往会变得软弱无力,不堪一击。盗马贼在逃脱法网后参了军,摇身一变成为哨兵,彻底抹去了这段非凡经历的影响,甚至在与患难朋友、精神导师老黑人再次会面时拒绝相认;他重新操起了赌博的旧营生,在军营里打着兄弟会的旗号,化作资本与战争勾连的拜金主义势力的代表,这与他先前盗窃赛马并非为盈利的行为形成了相当鲜明的对照。

最后一段故事出自于老元帅之口,意在劝说下士改变心意,放弃初衷;其场景同样设定在密西西比,发生在小鸟与死囚之间。在自由

[①] Noel Polk, "Imagining the Abstract: Faulkner's Treatment of War and Values in *A Fable*" in Ann J. Abadie, ed., *Faulkner and War: Faulkner and Yoknapatawpha*, 2001, Jackson, MS.: University Press of Mississippi, 2004, p.129.

和权力的诱惑都遭到下士抵制之后,老元帅拿出了最后一道杀手锏——生命。正是在这个生死攸关之时,小鸟与死囚的寓言被用来证明信仰在生命面前的虚无。故事本身很简单:密西西比州的一名谋杀犯一直拒不认罪,直到在神父的反复感化下"杀人凶手最终交代了他对人类犯下的罪行,从而与上帝达成了和解","怀着信念和不可动摇的信仰"准备好坦然接受死刑带来的救赎和解脱;然而,行刑那天早上,他在监狱的院落里看到一条探入高墙的枝丫上突然飞来一只小鸟,让他感到了生命的可贵,于是信仰便瞬间坍塌,但一切都为时过晚——

"……附近一棵树上的一条枝丫探过了屏障,仿佛送上祝福,这是地球为他赦罪的最后一个姿态,尽管他很早以前就已切断了与这世界之间残留的最后一条脆弱的连线;这时,突然有一只小鸟飞上枝头,停在那里,展开它那小小的歌喉——不到一秒钟之前他一只脚已从尘世的悲伤和痛苦踏入了永恒的和平,此刻却抛下天堂、救赎、灵魂永生及一切,用力想要挣脱捆绑住的双手,以便摆脱那套索,大声喊着:'无罪!无罪!我没有杀人!'可那地上的陷阱,尘世上的一切,在他脚下塌陷了——皆因一只小鸟……"

在老元帅的讲述中,小鸟的意象与生命的脆弱紧密地联系在一起:这是"一个身形轻盈、生命短暂的生物,还没等太阳落山,老鹰就可能会朝它俯冲下来,某个闲来无事的男孩也会用陷阱、石灰或随意射出的弹丸将它毁灭"。老元帅进而指出,它的价值在于生生不息:"不过,明天、明年还会有另外一只小鸟,另一个春天,重新长出叶子的同一条枝丫,另外一只在那上面唱歌的小鸟,只要他在这里听到它,只要他活下来。"因此,他奉劝下士:"关上那扇开向那毫无根基的梦想的窗子吧。打开这另外一扇:也许你将会——能够——在窗外只看到一片灰暗——除了那条枝丫,它总在那里;那条孤零零的枝丫总是等在那里，随时迎接那身形轻盈、生命短暂的负担。拿去那只小鸟吧。"

然而，在生命和信仰之间，二者相较取其轻的结果如何呢？"生存还是毁灭，这是一个问题。"的确，这是一个哈姆雷特式的存在主义命题，在老元帅的大段独白所构成的上下文中产生了直接与作品主题相关的两重含义，即：生命虚无与精神荒原。

一方面是生命虚无。没有了信仰的生命显然无足轻重，只是"简单地呼吸、简单地活着"；如老元帅所讲："你早晚会变老，到那时就会看到死亡。然后你就会意识到没有任何什么——没有任何什么——没有任何什么——权力、荣耀、财富、享乐，甚至没有痛苦的自由，像简单地呼吸、简单地活着那么珍贵，即便有不得不回忆的遗憾和无法修复的衰败躯体；单是知道你还活着。"这里，肉体不可逆转的衰败与"不得不回忆的遗憾"相提并论，描述中隐含了这样的信息：在肉体与精神的二元对立关系中肉体始终处于次要从属地位，而身体所固有的回忆功能使人类从根本上难以摆脱历史的重负。[1] 在这个意义层面上，小鸟就不单单是生命的象征了，它更是昆德拉笔下所谓的"生命不能承受之轻"。

另一方面是精神荒原。正如莎翁笔下的哈姆雷特所面临的两难困境，窗外那"一片灰暗"和那条作为生命依托的"孤零零的枝丫"正是现代人的普遍生存境遇的真实写照；同时，这一场景描述犹如点睛之笔，颇具意象派风范，与庞德著名的《在地铁站》有异曲同工之妙[2]。在这个语境下，与死亡相比，活下去似乎需要一种更大的勇气。

---

[1] Barbara Ladd, "William Faulkner, Edouard Glissant, and a Creole Poetics of History and Body in *Absalom, Absalom!* and *A Fable*," in Robert W. Hamblin and Ann J. Abadie, eds., *Faulkner in the Twenty-First Century: Faulkner and Yoknapatawpha, 2000*, Jackson, MS.: University Press of Mississippi, 2003, p. 44.

[2] 美国现代派诗人埃兹拉·庞德（1885—1972）的意象诗代表作，是他根据在巴黎协和广场地铁站的印象写成的。目前已有多种译本，此处选取台湾诗人余光中的版本供参考："人群中，这些面孔的鬼影；潮湿的黑树枝上的花瓣。"

下士在听闻这个故事之后第一反应就是指责对方贪生怕死，但是老元帅出人意料地回复道："害怕人类的不是我，而是你；不是我，而是你相信只有死亡才能拯救人类。我比你更明事理。我知道他身上有种东西，使他可以比他发动的那些战争更为长久。"他接下来便勾勒了一幅极具未来主义科幻色彩的末世荒原图景，并指出这是人类失去信仰后肉身存在于世的猥琐生命状态，而这一切皆源自于人类作茧自缚的恶行与愚蠢，唯一的应对方法只有"坚忍"（endure）。至此，福克纳本人在诺贝尔奖致辞中的以下片段或可提供一个恰如其分的注释：

> 我拒绝接受世界末日的观点。不是简单地说人类能够持续就说人类是永恒的；当命运的最后钟声敲响，当傍晚的最后一抹红色从平静无浪的礁石退去，甚至不再有其他声音，人类的无尽的不倦声音还在争鸣，我不认输。我认为人类不仅会延续还会胜利。他是永生的，不是因为只有他在万物生灵中拥有不倦的声音，而在于他有灵魂，能够同情、牺牲和忍受的灵魂。

引文中的"持续"一词对应的正是上文所译的"坚忍"，这也是福克纳全部作品中反复出现的一个主题关键词。从这段引文看来，在灵与肉的终极较量之中，福克纳强调的是灵魂带来的永生。也就是说，归根到底，让人类获得永生的还是信仰，这是对抗精神荒原的唯一力量。

至此，译者已无需赘言。在福克纳短短六十五年的人生中，他花费了十年的功夫、倾注了太多的心血、调动起毕生的功力在《寓言》中构建了一个如此复杂而丰富的精神世界——它是现代人类社会的缩影，字里行间回响着荡气回肠的喻世明言。其良苦用心呼唤读者待之以同样的真诚，让我们一道在福克纳的文字中再一次感受那心灵的震撼和涤荡。

献给我的女儿吉尔

献给加利福尼亚州比弗利山庄威廉·贝彻和亨利·哈撒韦,正是基于他们的想法,本书得以发展成形;献给詹姆斯·斯特里特,我在他的作品《左顾右盼》中读到了有关被绞死的男人和鸟儿的故事;献给利维出版社的霍丁·卡特和本·沃森,他们出版了有关被偷的赛马的故事的初稿限量版,我谨在此深表感谢。

——W. F.

星期三

　　早在城里的军营和外围的临时宿营地上传来第一声号角之前，城里多数人都已醒来。这些人住在蜂巢般密集排列的旧公寓里，无需从草垫和又薄又窄的硬板床上起身，因为除了孩子以外几乎没有人躺下来休息。相反，他们整夜都挤在一起，围坐在火光微弱的炭盆和壁炉边上，同病相怜的恐惧和焦虑将他们笼罩在一张无言的巨网之中，直到黑夜最终一点点消逝，又在焦虑和恐惧中开始了新的一天。

　　这个军团最初就是在该地区集结起来的，事实上是由后来成为拿破仑手下的元帅的那些风光一时的军棍当中的哪一位亲自召集的，他把军团送到了皇帝本人的手上，随之也就成了璀璨群星里面最亮的明星之一，以它预兆未来的潜力照亮了半边天穹，以它闪电般的光芒点燃了半壁江山。后来补充的兵源多数人也是来自同一地区，结果是多数老人不仅在他们自己的有生之年是军团的退伍老兵并承诺等到他们的男性后裔长大成人之时也要送来当兵，而且所有这些人都是父辈和亲属，也不光是那些命定的士兵的实际父辈和血亲，同时作为父母、姐妹、妻子和情人，若不是偶然的机缘和运气，其儿子、兄弟、丈夫、父亲和情人可能就曾在那些命定的士兵中间。

　　还没等军号的回声消散，他们就开始从人满为患的外围地带不断拥来。一名法国、英国或美国飞行员（或者还有德国飞行员，倘若他有匹夫之勇和侥幸之运的话）可能会看得最清楚：人们从茅舍和公寓里倾巢而出，走入小径、巷道和无名的死胡同里，再从小径、巷道和无名的死胡同汇集到街上，就像是由涓涓细流变成小溪，又由小溪变成河流，直到整个城市的人流似乎都尽数倾泻到一条条宽阔的林荫大道上，从那些车轮辐条般的林荫大道上朝着城市广场汇合，将整个广场填满，然后人群靠着自身集结的力量向前推进，像一股勇往直前的波浪那样一直拥向市政厅，空落落的大门前三国联军的三个哨兵分立在三根空落落的旗杆一侧，迎候三面旗帜同步升起的那一刻。

他们在此接应首批抵达的部队。这是一支驻防骑兵队，聚集在从广场到旧城门（古时这里曾是东城墙）之间那条宽阔的主干道的入口处，已各就各位，整装待发，低语声犹如洪水来临之前的那阵汩汩水声，直接传入了小镇驻军少校本人的卧室。但是，人群对骑兵队置之不理。队伍继续前行，拥入广场，此刻它由于自身庞大而拥挤已不堪重负，于是放慢速度，停了下来，只是内部还在不断地轻微起伏、波动，人群在那逐渐升起的天光中呆呆地耐心凝视着市政厅的大门。

随后，日出时分，枪炮声从老城堡里传来，在城市上方轰然炸响；三面旗帜不知从什么地方同时冒出来，爬上了三根旗杆。它们出现、攀爬并登顶的时候天色才刚蒙蒙亮，片刻一动不动地悬垂着。但是，当它们在第一阵晨风中飘扬起来的时候便沐浴在阳光里了，将三种共有的色彩倏地抛洒进晨光之中——红色代表勇气和骄傲，白色代表纯洁和坚贞，蓝色代表荣誉和真理。接着，骑兵队身后那条空寂的林荫大道突然间阳光充盈，光线猛然把士兵与马匹的高大身影投射到人群上面，犹如骑兵们朝着人群冲将过去。

只不过，其实是人们冲向了骑兵队。人群悄无声息。几乎井然有序，像是由许多水滴组成的一个浪头，其中的个体虽然柔弱，但因步调一致而带来的合力却不可抗拒。那一刻，骑兵队没有任何反应——现场有一位军官，尽管只是一名军士长，但看上去是个头目。稍后，这名军士长大喊了一声。不是下命令，因为部队纹丝不动。事实上，这一声叫喊听起来什么都不是：难以分辨：一个孤零零的尖细声音，消逝前的瞬间在半空中停留了片刻，犹如此时回荡在城市上空的那些高不可见的云雀所发出的来路不明的微弱婉转的鸣叫中的一声。不过，他的下一声叫喊是一声口令。可是已经太迟了；人群已经从下方朝骑兵队席卷过来，那种顺从的、无往不胜的卑微不可抗拒，裹挟着它那不堪一击的血肉之躯冲进了马蹄和军刀构成的铁轨之中，带着一种几乎是无所谓的漠然、一种低眉顺眼的被迫做出的睥睨姿态，如同进入狮群竞技场的烈士。

骑兵队又坚持了片刻。甚至在那一刻，队伍也没有散掉。它仍旧面朝前方，只是开始向后退，仿佛是被连锅端起——拽紧缰绳的马匹翻了白眼，高高在上的骑手目瞪口呆，在高高举起的军刀下发出微弱的喊声，他们全都向后退去，像是从毁损的宫殿、大厦或博物馆里走出来的兵马俑，在摧毁那些荣耀而私密的石穴的洪水席卷之下，瞬间化为一片瓦砾。然后，骑在马上的那名军官脱身出来。一时间看起来只有他一个人在动，因为只有他一个人鹤立在人群上方一动不动，而人群此刻在他两侧分成两路，向前奔涌。接下来，他真的行动起来，向前跑去，用胸膛顶住仍然缰绳紧勒、铁甲披挂的马匹，冲进并穿过移动的人群；马匹下方某处传来一个叫喊的声音——是个孩子，一个女人，也许是一个被恐惧或痛苦阉割了的男人的声音——他策马向前，左躲右闪地穿过那不加避让的人流，这匹马轻易汇入了人流，就像河流接纳乘风破浪的船头一般。随即他就不见了。此刻人群加速拥上了林荫大道。它把骑兵队甩到一边，继续向前奔涌，漫过沿途纵横交错的街道，如同洪水泛滥的大河淹没了它的支流一般，直到那条林荫大道最终也变成了一处人潮汹涌、湍流涌动的无声湖泊。

然而，此前步兵团已经赶到，还没等骑兵军官向当日轮值官汇报、当日轮值官指派侍卫、侍卫传唤勤务兵、勤务兵中止洗漱并放下手里正给副官刮脸的活计、副官从睡梦中唤醒镇上驻军长官、驻军长官打电话或派传令兵去找城堡里的步兵指挥官，他们就早已从广场上出发，逼近了人群的后方。这是一整个陆军营,除了没打背包以外全副武装,排成纵队将广场团团围住,打头阵的是一辆防护板闭合、蓄势待发的轻型坦克,行进中如雪犁一般分开人群,再把分开的人群从路边两侧重又猛推回去,就像被雪犁翻搅的雪团似的,步兵营呈两路平行纵队跟在前行的坦克后面,最后从广场到老城门之间的整条街道又变得清净空旷,街道两边各有稀稀落落的一行刺刀交错的步枪。刺刀篱后面某处忽然响起一阵轻微的骚动,但是仅仅波及不到十英尺的一段距离,没有扩散开来,只有附近的人知道要出事或者出了事。一名副排长弯腰用肩膀挤开众人,钻进林立交错的步枪下,发现也没什么可看的:只有一名年轻女子,一个衣着单薄寒酸的女孩,她昏过去了。她躺在倒下的地方:穿着破旧褴褛、风尘仆仆的单薄衣衫,似乎是走了远路而来,多半是步行或乘坐农用拖车,她蜷曲着身子,躺在人们因她倒地而为她腾出的墓穴状的狭小空间,假如这符合她本意,那她就是要死在这里,那些人显然没有给她留出足够的空间站起来呼吸,人们按惯例静静地低头看着她,直到有人率先采取行动。是那名中士。

"至少要把她扶起来呀,"他粗野地说道,"把她从街面上弄走,免得被人踩死。"一名男子应声而动,可就在他和中士弯腰之际,那名女子睁开了双眼;在中士用力拉她站起来时,她甚至试图帮忙,中士的动作不算粗暴,只是对平民们一直呆若木鸡地站在那里添乱的做法有些不耐烦,尤其是眼下这个事情让他脱离岗位回去不得。"她是谁家的?"他问道。无人应答:眼前只有那些安静而专注的面孔。显然,他并没有期待回应。他开始四下里张望,尽管他很可能已经发现根本不可能把她从人群里弄出去,即使有人主动提出关照她也是无能为力。他又看了看她;再次开口讲话,这次是对她讲话,可是欲言又止,极力克制着怒火——一名身材粗壮的四十岁男子,蓄着像西西里半岛匪徒一样的小胡子,制服短上衣上面别着在三大洲、两半球服役和参战的各色军功绶带,一百年前拿破仑把这个种族的身高缩短了两三英寸,正如恺撒大帝拉低了意大利人的身高,汉尼拔元帅[①]降低了给他带来荣耀的那些无名山麓的高度,——一位丈夫、父亲,假使他和巴黎集市被安置在别的舞台上,那他应该(或许甚至能够并且愿意)成为巴黎集市上的葡萄酒桶守护人。他再次瞟了一眼那些耐心的面孔。"难道没有人——"

"她饿了。"一个声音说。

"好吧,"中士说,"你们谁有——"可一只手已经把面包递了过来。这是一块面包皮,脏兮兮的,装在衣袋里掏出来时还带着一点余温。中士把它接过来。但是,在他递给她时,她马上拒绝了,飞快地四下里望了望,脸上、眼里带着某种类似惊恐的神情,仿佛是在找寻一条逃跑的通道。中士把面包塞到她手上。"拿着,"他厉声说道,这种粗鲁绝非恶意,只是不耐烦而已,"吃吧。不管你愿不愿意,你也得留下来看看他吧。"

然而,她又一次拒绝了,不肯接受那块面包,并不是不愿意领情,只是拒不接受那块面包,也并不是针对那位不知名的赠予者,而是针对她自己。她似乎在刻意转移视线,不去看那块面包,而且知道自己不能去看。甚至就在他们看着她的时候,她屈服了。尽管嘴上拒绝,可她的眼睛连同整个身体都在反抗,还没等她伸手来拿那块面包,她的眼睛已经露出如饥似渴的神色,她一把从中士手里抢过它来,双手捧着凑到脸上,既像是要把面包藏起来,不让垂涎者看到,又像是要掩饰她的贪婪吃相,不让观众看着她像某种啮齿类动物那样啃食面包,她不时从遮住面孔的手上抬起眼帘,迅速一瞥,目光既不鬼祟,也不躲闪:只是充满了焦虑、警觉、惶恐,——就好像她朝着一块煤炭吹气,它一明一灭地闪烁,随即重又发出亮光。可她现在没事了,中士正要转身离开,这时那个声音又开了腔。毫无疑问,它出自递来面包的那

[①] 汉尼拔·巴卡(前247年—前183年),北非古国迦太基军事统帅,古罗马时代的伟大军事战略家。

只手的主人，不过，即便是中士此刻注意到了，他也未形于色。但也毫无疑问，他这时确实注意到，这张面孔压根不属于这里，此时此刻也不该出现在此地——不仅是指法国，也是指西线四十公里以内，在一九一八年五月下旬的这个或是任何一个星期三——；一个其实已不那么年轻的男人，只是看上去富有青春活力，不仅是跟站在他周围的其他男人形成了对比（或者说，高出他们一头；他个头那么高，那么完美无瑕），身体健壮挺拔，站姿轻松随意，身穿褪色的工装、粗布的裤子和污迹斑斑的鞋子，像是一名养路工或泥水匠，他能在这个日子里出现在地球上的这个地方，那一定是安然无恙、心安理得地伤残退役的一名士兵，自从大约四年前的八月五日之后便已彻底出局，但是，倘若事实果真如此，他并没有表现出来，如果那名中士注意到或是想到了的话，那只是他目光间或一轮的瞬间暴露了他的经历。那名男子第一次开口时是对着中士讲话的；这一次，中士确信无疑了。

"可现在她吃了面包，"那人说，"有了那一口吃的，她该不会再忍饥挨饿了，不是吗？"

事实上，中士已转身正要离去，这时那个声音发出的喃喃低语使他驻足——那种低语与其说温柔，不如说平静，淡然大于试探，在所有的声音特质当中它最终归于圣洁：结果是在那一秒钟，他停顿的那一瞬间，甚至还没等转回身来，他就看到、感觉到所有人都转过脸来专注地静静观望，不是看他，也不是看那个说话的人，而是仿佛在看那人的声音在他们二人之间的空气中制造出来的某种无形之物。随后，中士也看见了它。是他身上穿的衣物。他转过身来，回头看着那个刚才开口讲话的人，也看着他周围的所有那些面孔，带着一种疲惫不堪的、旷日持久的、无所不在的悲伤和哀愁，这种情绪积蓄已久并且习以为常，此时当他碰巧想起它来，它甚至都已不再是遗憾，他仿佛隔着军人天职和谋生之道这一无法逾越的屏障在看整个人类，二十年前他为之献身，放弃的不仅是自己的人生，而且还有自身的血肉之躯；在他看来，那围成一圈的安静而专注的面孔全都染上了一层淡淡的、无法抹去的来自地平线的苍色反射光。历来如此;只是色调深浅有所变化——沙漠和热带的寡淡苍白、旧时军装那对比鲜明的大红和正蓝,眼下还有三年前才穿上的这身军装那变色龙般的蔚蓝。这个他已经预料到,不仅预料到了,而且也接受了这渐趋萎缩的意志力、对于挨饿的恐惧,以及为了保住每天几个苏[①]的薪水甚至放弃特权和利益的决定,其代价不过只是服从命令,将不堪一击的血肉之躯置于炮火之中去冒险,还有对于自身那正常的口腹之欲的免疫力。于是,二十年来至今他一直在那种无可置疑的免疫力所带来的孤立、隔绝之中望向那平民世界的芸芸众生,带着一种类似于毫无权利而言的外来入侵者的轻蔑和单纯的忍耐,他本人和密不可分、休戚与共的同胞在勇气和坚忍中结成了牢不可破的兄弟情谊,跟随着那星条旗和彩带飘扬、劈波斩浪的锋利船头勇往直前,犹如一艘披铠挂甲的大船(或者,在过去一年来,更像是一架坦克)从一大群鱼当中穿行而过。可现在却出了岔子。他环顾四周那些等待的面孔(除了那名年轻女子以外;唯她一人没有看他,那块面包皮仍旧捧在那双沾满灰尘的修长的手里,遮住她那大口咀嚼的面孔,因此无独有偶,是他们两个,他和那个举目无亲、一文不名的年轻女子仿佛站在一口死气沉沉的狭窄井中),他略带惊恐地意识到自己才是异类,不仅是异类,而且已经老旧过时;二十年前的那一天,为了换取在炮火浸染的外衣前襟挂上那道象征着英勇、坚忍、忠诚、伤痛和牺牲的彩色条纹绶带的机会,他出卖了自己生为人类一员的权利。可他此时却不露声色。那彩色条纹绶带本身就是他不能那么做的理由,而它们佩戴在他身上则证明他也不会那么做。

"那又怎样?"他说。

"当初是整个军团,"高个子男人以他那阳刚而温柔的、近乎若有所思的低沉男中音,梦呓般地喃喃说道。"所有人。气温零度,没有人离开战壕,除了那些军官和几名军士。就是这样,说对了不是?"

[①] 苏,昔日法国的一种铜币。

"那又怎样？"中士又说。

"德国鬼子为什么没有进攻？"高个子男人说，"当他们看到我们没有攻上去的时候？发现进攻出了什么问题的时候？猛烈的火力还在继续，还有轰隆隆的密集炮弹，只是在它停下来，到了进攻的时刻，爬出战壕的只有那些小队长，士兵们都没上来？他们肯定都看到了，不是吗？在你一连四年都要面对仅隔千米开外的另一座阵地之后，你能看出一场攻势未能展开，很可能也明白这是为什么。而且你不敢说这是因为炮火密集；这就是你们为什么率先爬出战壕冲锋；为了避开别人的子弹——有时是自己人的子弹，不是吗？"

中士只是看着高个子男人；他无需去看更多人，因为他能够感受到其他人的存在——那些安静的、专注的、屏息凝视的面孔，仔细倾听，一字不漏。"陆军元帅，"中士说道，声音带着怨恨和轻蔑。"或许是该有人查查你身上穿的那件军装了。"他伸出手去。"让我们好好看看吧。"

高个子男人居高临下地投来冷静、平和的目光，在他身上又多停留了片刻。接着，他的手伸进上衣里面，重新伸出来，将证件递过去，文件折了一道，污渍斑斑，脏兮兮的，折痕处卷起边来。中士接过来，打开它们。可即便到了这时，他似乎还是没看那些文件，而是目光再次飞速扫视其他那些静默而专注的面孔，高个子男人仍然俯视着他，安详地等待，然后他又开口了，语气冷淡、镇定，几乎心不在焉，如同聊天一般：

"昨天中午，我们整个前线都停火了，偶尔虚张声势地开几炮，每隔一万米就有一个炮台开一炮，到了下午三点钟英军和美军也停了火，当一切安静下来时你就能听到德国鬼子也做了同样的事情，结果到昨天太阳落山之前法国已不再有炮火了，除了那些象征性的枪声以外，既然枪炮声一直持续不断地响了四年，他们就不得不让它再响得更久一点，否则突然从天而降的沉寂可能会将人类毁灭——"中士一下子迅速重新折起文件，正要把它们递还给那个男人，或者说貌似做了这么一个动作，因为还没等对方抬起手去接，中士的手已经一把抓住了他的上衣前襟,同时也一把攥起皱巴巴的文件和卷作一团的粗布衣料,猛地一拽,高个子男人原地没动,中士凑上前去,匪气十足的脸几乎贴到了对方的脸上,鼻尖相对,腐烂变色的牙齿张开,正要讲话却哑口无言,对方仍在不慌不忙地平静低语:"现在格拉格农师长正要把这群人统统带回到这里,请大元帅允许他将其处决,因为那毫无预兆地降临到人类头上的和平和寂静——"

"根本不是什么陆军元帅,"中士强压怒火,以克制的语气说道,"一个煽动者。"他那严厉、愤怒的低语并不比对方刚才讲话的声音更大,围在他们四周的那些静止而专注的面孔刚才在对方讲话时没在听或者没有听见,此时似乎也同样没在听,也没有听见,正像那名年轻女子一样,她还在不紧不慢地撕咬着手里捧着的那块面包,只是观望着他们,如同聋人那样专心,那样淡漠。"你来这里看望的那些杂种,你问问他们是不是觉得有人当了逃兵。"

"这我也是知道的,"对方说,"我刚才就这么说过。你看了我的证件。"

"宪兵司令副官也要看一下。"中士说道,猛一挥手,并没有把对方甩脱,而是自己急回转身,手里仍然紧握着那些揉成一团的文件,这一次手肘并用,打开一条通道,返身回到林荫大道上;然后他突然又停下来,猛然抬起头来,在众目睽睽之下,他似乎拔高了整个身体,为了从挤作一团的人头和人脸上方看过去,望向旧城门的方向。随后,他们都听到了,不仅是那位已经重新钻到交错的步枪下面的中士,就连那个年轻女子也听到了,手上捧着面包却停止了咀嚼,侧耳聆听着,密密匝匝的人群齐刷刷地把脑袋和身子从她那里转向了林荫大道,这不是因为他们看轻了她的苦难所带来的震撼以及帮助她消灾的场面,而是因为来自旧城门方向的那种声音顺着林荫大道一路传来,如同乍起的风声一般。除了马路牙子两边部署的步兵小分队的队长们发出的口令以外,那个声音不是人声,却似一声叹息,长出一口气,沿着林荫道从一人胸中传到另一人胸中。那在黑暗中只是让人为之担惊受怕的事情等到天亮便会真相大白，一度在等待的重压之下悄然蛰伏的暗夜焦灼此刻仿佛正在集结并将他们吞噬，就像伴随一个巨大的光波而至的白昼本身，这时第一辆汽车驶入了这座城市。

车里坐着三位将军。车开得飞快，速度快得令小队长们的口令声和步枪的撞击声不仅绵延不断，而且交错重合，每个小分队都举枪致敬，听到"稍息"的口令便咔嚓一声收回去，汽车仿佛是在铁器碰撞所发出的一阵不绝如缕的绵延回响中前行，如同乘着一双无形的钢铁羽翅——一辆风尘仆仆的加长型敞篷汽车，漆得像一艘驱逐舰，上面飘扬着代表所有盟军的最高指挥官的三角旗帜，三位将军并排坐在汽车后座上，在一群身姿笔挺、服饰光鲜的副官中间，——三位老人各自统领三支部队中的一支，其中一位被一致推举出来掌握全军的最高指挥权（在这个位置上，他有权统领这战火纷飞的半个大洲的地下、地上和半空中的一切）——英国人、美国人，还有夹在他们之间的最高统帅：一个身材瘦小的男人，头发斑白，面容透出智慧、聪颖和多疑，除了他自身的幻灭、才智和无限的权力以外已不再相信任何事物——汽车一溜烟地穿过惊得目瞪口呆的人群，消失不见了，小队长们再次喊了口令，靴子和步枪咔嚓一声，重又恢复了原先的警戒姿态。

那些卡车紧随其后。它们也开得飞快，一辆紧挨着一辆，一眼看不到尽头，因为整个军团都出动了。但还是没有步调一致、明确无误的人声，这一次就连劈啪作响的敬礼声都没有，只有人群自身的起伏波动，人们在那片静默之中目测着第一辆卡车的距离，仍旧目瞪口呆，感到几乎难以置信，每开过来一辆卡车，痛苦和恐惧就增加一分，在它经过的时候将其包围，如影随形地伴它加速而去，只是时不时被什么人——一个女人——打断，那些面孔一闪而过，她朝着某一张脸大声喊叫——由于卡车速度很快，等到这张脸在被确凿无疑地辨认出来的那一刻，它早已闪过，不见了踪影，等到认出它来的人开口喊叫之时，下一辆卡车的喧嚣声早已淹没了这个声音，结果是这些大卡车看起来似乎比那辆小汽车开得更快，仿佛那辆使得半个大洲都臣服在它的引擎盖前的汽车天然拥有闲暇的禀赋，而这些目的地近在数以秒计的咫尺间的卡车却只有仓皇赶路的份儿。

　　它们都是四敞大开，四面装有高高的板条护栏，貌似用于运输牲口，上面像牲口一样挤满了站立的男人，头上没戴帽子，手里没拿武器，浸染着前线的战火硝烟，胡须未剃、睡眠不足的脸上带着绝望、桀骜的表情，他们怒目俯视人群，就好像从未见过人类，或者此刻对其视而不见，抑或至少是无法将其视为人类。他们带着类似梦游者的面孔，隔着梦魇回望过去，认不出任何人，辨不清熟悉的事物，越过那个不可挽回的逃遁时刻向下俯视，仿佛他们正被驱车送往刑场，这些面孔一闪而过，飞速前行，一个接着一个，带着奇特的相似性，与每个人都有独特的个性和姓名这一事实并不矛盾，而是原因恰在于此；相似不是因为完全相同的悲剧宿命，而是因为每个人都将一个姓名和一种个性带入了那个共同的宿命，还有那种最为彻底的隐私：对于孤独的承受力，每个人都会在其中死去——他们一闪而过，仿佛置身度外，且神情淡漠，甚至都没有意识到自己是以怎样的迅猛速度僵直前行的，犹如幻影鬼魂一般，或许是从马口铁或硬纸板上剪切下来的扁平人形，受人摆布下，以重复的动作猛地掠过为了一出痛苦和宿命的哑剧而布置的一个舞台。

　　这时响起了一个整齐划一的声音：始于城市广场某个地方的一声微弱呐喊，此刻第一辆卡车就快要抵达那里了。声音高亢，由于隔着一段距离而显得尖细，拖着长腔，没有报复的恶意，却充满挑衅的意味，同时还有一种不带个人情绪的奇怪特质，仿佛发出这种声音的那些男人不是在制造、产生声音，而只是穿行其中，就像穿过一阵突如其来的、嘈杂喧嚣却无伤大雅的春雨。事实上，它来自于市政厅，第一批卡车眼下正经过那里，三名哨兵伫立在三面静止悬垂在无风的半空中的旗帜下，黎明的微风已停止吹拂，门前的石阶上站着老元帅，另外两名将军也已紧随其后下了车，老元帅此刻停下脚步，回转身来，那两名次级将军也跟他一同停下来转过身，两个人站在更高一级台阶上，因此比他高出一截，跟他同样头发斑白，并排站立，位置稍稍靠后一些，这时第一辆卡车经过，车上载着那些没戴帽子、衣衫褴褛、如若梦游的男人，此刻醒来或许是因为看到了那三面旗帜，或许是因为在经过了人群拥挤的林荫道之后看到了那三个孤形吊影的老男人，但无论如何还是清醒过来了，在同一瞬间他们猜测着，辨认出那三个盛装披挂的老男人的身份，不仅凭借与他们同时出现的那三面旗帜，而且也凭借他们离群索立的状态，就像三名瘟疫病毒携带者站在一座居民仓皇逃逸一空的城市那空寂无人的中心地带，或者也许是三名幸存者身处一座瘟疫肆虐过的城市，拥有百毒不侵的免疫力，身披俗艳的戎装，看起来似乎不为时间所累，就好像过去这五六十年来一直在一张褪色的老照片上保持着同一姿态——但是——卡车上那些男人——无论如何还是清醒过来了，步调一致，而且异口同声地呐喊，朝着下面那三个岿然不动的身影挥动攥紧的拳头，呐喊声从一辆卡车传到另一辆卡车，每一辆卡车都依次冲进声浪并飞速前行，直到最后一辆仿佛车后拖挂着一团被遗弃抛下的晦气，充斥着那些龇牙咧嘴的面孔和咄咄逼人的拳头，如同它自身扬起并逐渐消散的尘土。

它就像尘土一般，长时间地悬浮在空中不散，而产生它的那辆汽车——运动、摩擦、车体、冲力、速度——早已消失不见了。因为整条林荫道此刻都充满了呐喊声，不是抗议挑衅，只是惊讶怀疑，两排向后平行延伸的人肉堤岸，人挤人人挨人，苍白的面庞目瞪口呆，带着狂乱的祈求神情。因为还有一辆卡车。它也开得飞快；尽管在它和前面最后一辆车之间有两百码①的距离，但这辆车看似比其他车开得要快一倍，正如其他卡车先前看似比那辆载着三位将军的旗舰车开得要快一倍。不过，它似乎悄无声息地移动，带有近乎鬼鬼祟祟的气息。其他车辆经过时噪音很大，几乎来势凶猛，带着某种告别耻辱和绝望的决绝，而这辆车来去无声无息，神速地销声匿迹，好像开车的人所

---

① 码，长度单位，一码等于三英尺或三十六英寸，或零点九一四四米。

嫌恶的根本不是它所驶向的终点，而是车上载的人。

像其他卡车一样，它是敞篷式的，除了车上载的乘客以外，与它们并没有区别。因为其他卡车上挤满了站立的男人，而这一辆才载了十三人。他们没戴帽子，也是脏兮兮的，战争在他们身上留下印记，但他们都是镣铐加身，铁链将他们彼此锁在一起，拴在卡车上，像一群野兽，以至于第一眼看上去他们不仅像外国人，而且像是来自另一个种族，另一个物种；异类，稀奇古怪，怪模怪样，即便他们的领徽标有同样的军团番号，对于军团的其他人来说就是这样，其他人走在他们前面，不仅有那段无法缩短的间距，而且看起来甚至像是要从他们身边逃离，不仅是因为他们的锁链和孤立，还因为他们的表情和态度本身：其他那些飞速奔逃的卡车上的众面孔失神而憔悴，就像被乙醚麻醉很久的人们，而这十三个人的面容只是肃穆、专注、警觉。随即你会发现这十三个人里面只有四个真正是外国人，他们之所以显得另类，不仅是由于戴着脚镣，被军团其他人孤立起来，而且是由于他们与卡车飞奔而过的整个城市和土地的全景格格不入——这是四张山民的面孔，而这个国家没有山，这是四张农民的面孔，而这片土地上已没有了农民阶层；即便在跟他们手脚都锁在一起的另外九个人当中，他们也显得另类，因为其他九个人肃穆、警觉，有一点——并不太多——忧虑，这四个人不是法国人，其中三个只是有一点点茫然，还有警觉，近乎庄重，好奇而关切：貌似山民的这些人，可以说，是第一次进入一个坐落于山谷的奇特市镇；他们突然就被一阵喧嚣声淹没，这种语言他们没指望能够听懂，其实对此兴趣不大，因此也就不关心它的意义；——不是法国人的那四个人中有三个是这样的，也就是说，由于人群此刻已经看清楚第四个人不知何故甚至对于其他三位来说也是异类，于是便把他当成了谩骂、恐吓、泄愤的唯一对象。因为人群正朝着——针对——这一个男人，抬高了嗓音，举起了紧握的拳头，对于其他十二个人几乎都没瞟上一眼。他站在前排附近，双手安静地搭在顶端那根栏杆上，于是两只手腕之间的那段锁链和衣袖上的下士条纹臂章都清晰可见，还有他那张与所有其他十二个人相似的异国面孔，与最后那三个人同样的山民面庞，比他们之中的一些人略显年轻，他正看着下面那片飞速闪过的人潮，那些眼睛、张大的嘴巴和拳头，脸上带着与其他十二个人一样的警觉神情，只是没有困惑，也没有忧虑：——脸上仅有兴趣、关注和冷静，其中还有一种其他人都不具备的成分：领悟，理解，丝毫没有恻隐之心，仿佛他已经预料到与疾驶的卡车相伴而生、并驾齐驱、尾随其后的那阵喧嚣声，而且不带任何责备或怜悯。

它接着又经过了城市广场，那三位将军仍然保持着拍集体照的姿态，站在市政厅大楼的台阶上。或许这次因为刚好赶上三面旗帜开始在日间刮起的反向风中飘动着交叠在一起，不是法国人的其他三个人似乎没有注意到这三面各色旗帜的意义，可能其他十二个人都没察觉到这一点，他们甚至没有看到旗帜下站立的三个佩戴星标和穗带的老人。只有第十三个人似乎注意、看见、察觉到了；只有下士在经过时凝神观望，他与那位拥有至高权力的老将军相互对视了片刻，其他任何一辆卡车上没有人敢说将军曾正眼瞧一眼他们当中的任何人，由于车辆高速前行，对视不可能长久，——在那飞驰的卡车上的下士肩章和带着镣铐的手腕上方那张农民的面庞，市政厅的台阶上代表着至高军衔的星徽和象征着光荣、荣誉的鲜艳绶带上方那张表情深不可测的灰色面孔，在那飞逝的瞬间相对而视。紧接着卡车就不见了。老元帅转过身来，两名同僚也随他一起转身，在他两侧站出僵硬的军姿；当身手矫健、神采奕奕的年轻副官跳起来开门时，那三名哨兵咔嚓一声跺脚，举枪致敬。

这一次，这阵骚动几乎没有人注意到就过去了，不仅是因为呐喊和喧嚣，而且因为人群此时活动起来。又是那个年轻女子，刚才晕倒的那一个。当最后一辆卡车开过来的时候，她还在啃食那块面包。随即她停了下来，离她最近的人们事后记起她站起身来，大声喊叫，试图冲破人群跑到大街上，似乎想要拦截或赶上那辆卡车。她嘴里含着一团嚼烂的面包，极力想要说些什么，但当时他们都挤向大街，就连她用手抓挠他们的后背，对着他们的脸哭泣也不管用。于是他们便彻底将她抛在脑后，只剩下给她面包的那个男人，她一边还在用抓着面包屑的那只手捶打着他的前胸，一边使劲朝他喊着什么，嘴里含着那团湿乎乎的面包糊。

然后她开始朝他大吐嚼过的面包，不是故意地，并非有意，而是因为没有时间容她扭过头去，清空她的嘴巴讲话，她一边喷射出咀嚼物，一边朝他大声尖叫什么。可那个男人也跑了起来，一边用衣袖擦脸，一边消失在人群里，人群终于冲破了交叠的枪林，一窝蜂拥上了街道。她也跑了起来，手里还抓着剩下的面包。有一阵子，她甚至跟上了他们，在他们中间奔跑、穿梭，显然比他们更加急迫，整个人群追赶着那些疾驶而去的卡车，拥上了林荫大道。可是过了不久，她赶超的那些人渐渐反超上来，从她身边经过；很快她就跑在逐渐消散的人群末尾，气喘吁吁，跌跌撞撞，似乎与全城人、全世界人的行动相比之下是在筋疲力尽地挣扎着反向退行，因此当她终于抵达城市广场并停下脚步时，全人类好像都已如潮水般退去，不见了踪影，遗留给她的是重新归于空寂的宽阔林荫大道和广场，甚至此刻就是城市和地球本身；——一个瘦小的女人，站在空旷的广场上绞着双手，她看起来年纪很轻，曾经美貌如花，假如让她睡够了觉，吃一些东西，给她一点温水、肥皂和一把梳子，再从她的眼神里抹去一点什么，她还会恢复美貌的。

星期一,星期一晚上

当进攻的命令最初下达给他的时候,统领这个军团所在师的将军立刻说道:"当然。谢谢。这是什么情况?"因为在他看来,他多年来需要并且想要的机会终于来了,等了多少年他已经不屑于回忆了,此刻他意识到,过了这么多年,他其实已经放弃了得到它的希望。因为在过去某个他甚至无法准确推知的时刻,他出了事,至少是他的事业出了问题。

他觉得自己命中注定就是个完美的士兵:没有过去,不受限制,全心全意。他记忆中的第一个印象是比利牛斯山脉①的一家由天主教妇女团体开办的孤儿院,那里没有任何关于他生身父母的记录,压根没什么可隐瞒的。十七岁时,他参军当了普通列兵;二十四岁时,他已是三年的中士了,发展势头很好,他的团长(本身就是白手起家,从普通一兵成长起来的)不让任何人安宁,直到他带的士兵也像他那样有机会去上军官学校;到了一九一四年,他已作为沙漠驻扎的斯帕希骑兵②上校而立下辉煌战功,刚到法国时作为旅长也开创了无可指摘的业绩,因此对于那些信任他并关注他的事业的人(他既没有影响力,也没有朋友,除了靠自身的努力和业绩赢得、争取到的,就像他担任中士时期的那位默默无闻的上校一样)来说,他似乎前途无量,只可

---

① 比利牛斯山脉,位于西班牙同法国的交界,是两国的天然国界。

② 斯帕希骑兵,指法国军队里的阿尔及利亚骑兵。

惜战争过早地结束了。

后来出了事。不是出在他身上：他还是没变，依旧称职能干，仍然不受限制，全心全意。他似乎只是在某个时刻在哪里丢掉或遗落了那几乎一成不变的常胜不败的旧习惯、职责、光环（或是亲和力），成功曾经与他如影随形，近乎单调，现在放慢了脚步的仿佛不是他本人，而是他的命运，并非发生了实质改变：只是暂缓而已：他的上司们似乎都是这么想的，因为他还是如期（其实比一些人稍稍提前了一点）得到了他军帽上的下一颗星，相伴而来的不仅是晋升师长，而且还有一些机会，这表明他的上司们仍旧相信他随时都可能恢复，或者找回昔日成功的秘诀。

可那已是两年前的事情了，最近一年来就连机会也不再光顾，好像就连上司们也终于认同了他本人的想法，觉得他的希望和梦想的高潮在三年前就已开始退去，他命运的最后一次回流最终在他脚下落潮，把他困在一个区区师长的职位上，还在打一场三年前便大势已去的战争。它——这场战争——当然也还要拖上一阵子；美国人，那些无辜的新来者，大概还要再花上一年的时间才发现你其实无法打败德国人：你只能把他们拖垮。甚至有可能再拖上十年或者二十年，到那时作为军事乃至政治联合体的法国和英国将会无影无踪，这场战争将会变成少数美国人的事情，他们就连回家的船只都没有，打仗用的是被炮轰得七零八落的树木上的枝丫、损毁的房子里的椽子、杂草丛生的田地周边的围墙上的石块、折断的刺刀、锈蚀的枪托、坠毁的飞机和烧焦的坦克上拆下的生锈部件，对抗的是德国连队的残兵败将，被像他本人一样强悍的一些法国人和英国人折磨得冥顽不化，仍旧负隅顽抗，正如他一贯的做法，不分国籍，不知疲倦，甚至不去想输赢——他希望自己在那之前死掉算了。

因为他通常相信自己没办法抱有希望：只有胆量，在命运那坚硬如铁的简单框架内，没有恐惧、疑虑、悔恨，他相信只要继续保持毫无疑问、疑虑和悔恨的胆量，命运就不会背叛他，可是命运显然已经弃他而去，只留给他冒险的能力，直到两天前军长派人来找他。军长是他在法国的唯一朋友，或者说在地球上的任何其他地方也是如此。他们曾同在一个团里做陆军中尉，他就是在这个团得到军官委任的。然而，拉尔蒙虽说也是穷人，但不仅有能力，而且人脉充足，这不单使其在同样长的服役期内跨越了师、团指挥官的鸿沟，还将其置于下一名填补军队指挥官空缺的优势地位。尽管在拉尔蒙说"我有些事要告诉你，如果你想要听的话"的时候，他意识到在弱者赖以生存的那种毫无根基的希望的驱动下，他先前视为敢于冒险的能力还是打了一点点折扣。可那也还算不错了：即便他显然已被命运抛弃，但先前那样的献身精神还是没错的：即便他已被抛弃，可他从未放弃自己选定的事业；而且果然在他需要的时候，这份事业还惦记着他。

于是他说："谢谢。什么事？"拉尔蒙告诉了他。随后有一阵子，他觉得自己没听明白。

可这一刻稍纵即逝，因为下一刻他就全都明白了。这次进攻在酝酿中就已注定了失败的结局，无论由谁来指挥、由谁来实施都会与之命运与共。不是因为他训练有素的职业判断告诉他，局势如同军长所述将会一触即发，因此格外难以预料。这也阻止不了他。相反，这会成为一个挑战，仿佛昔日的命运并未弃他而去。这是因为那训练有素的职业判断马上让他看到这一场进攻是预定要失败的：在某个更为宏大的计划内已经策划好的一次牺牲，在劫难逃，结果怎样都无所谓，无论进攻失败与否：只是必须发动这场进攻；而且更有甚者，在此整整二十余年的长期训练和付出赋予了他超人的洞察力；他看这件事不仅从前线和公众的角度，而且也从它的幕后来看：损失最小的进攻莫过于必输无疑的一场，假如由既没有朋友也没有影响力的一个人来发动这场进攻，就既不会让总参谋部的五星上将们和法国外交部的佩戴红色玫瑰花结的文官们感到局促不安，也将无损于所有人的利益。他就连一刻也没去想绍讷蒙①市政厅里的那位白发老人，甚至更没花一点心

---

① 绍讷蒙，疑指绍讷，是法国皮卡第大区索姆省的一个市镇，属于佩罗讷区绍讷县。

思去想：拉尔蒙是在自保。他想到的——而且现在他知道自己的确是输了——是比岱妈妈[①]。可他只是说：

"我可输不起呢。"

"将来会有嘉奖的。"军长说道。

"我不够资格受用他们颁发的战败奖。"

"够了，"军长说，"这一次够了。"

"这么说有那么糟糕，"师长说，"那么严重。那么急迫。在比岱和他的指挥棒之间只有一个步兵师呀。而且是那个师，我的师。"他们相互对视。随后军长正要开口。师长没让他说话。"住嘴。"师长说。也就是说，这就是他所表达的意思。他用的是在非洲兵团里做士官时的一个短语，简明、直白、淫秽，那个兵团是从欧洲的监狱和贫民窟里面搜罗到的社会渣滓，那是在他和军长相识之前的事情了。他说道："那么我没有选择喽。"

"你别无选择。"军长说。

师长总是从最近的一个前方观察员哨位那里观察他的进攻；那是他一贯的做法；也是他的业绩的一部分。这一次，他命人特别准备了一个哨位，在一处高地上，用铆钉和沙袋固定在一块钢板后面，有一条电话线直通军部，另一条通向炮兵指挥官；在这里，当开战的连发炮弹呼啸着，带着刺耳的尖叫声从头顶上飞向德军铁丝网的时候，他手里拿着校准的手表，俯视他自己的前沿阵地和对面的敌军前线，就连分配给他攻击任务的那些人都没打算把它攻破，他宛如坐在剧院的楼座上观看歌剧。或者是包厢的席位，并且不是随便什么包厢，而是皇室专用包厢：这个倒霉鬼得到皇家特许，独踞显赫位置，观望为他的行刑赴死所做的这些准备，眼前不是歌剧的终场，而是他自己的终结，然后他就要万劫不复地被永久打入冷宫，接受那个地区的后方新

[①] 比岱妈妈，此为集团军总司令绰号"Bidet"的法语音译，意译为"浴盆妈妈"，详见后面相关注释。

019

岗位，其职责就是为那些光荣赴死、青史留名的作战部队提供武器和装备；从现在起，他所收获的将是每一个希望，除了荣耀以外；他所拥有的将是每一项权利，除了为之赴死的机会以外。当然了，他可以当逃兵，可是逃往何处？投奔何人？唯一愿意接受一名失败的法国将领的就是那些至今仍未参战的人：远离德军的常规入侵路线的荷兰人，穷得连两天短途行军的费用都负担不起的西班牙人，而葡萄牙人与之路途相近，却为了刺激和新鲜感而赶来参战——在这种情况下——要是去西班牙——即使冒着生命危险，再押上残存的名誉，这么做却根本没有回报，随后他转念一想：战争和酒是男人从来都不会穷得买不起的两样东西。他的妻子和孩子们也许没有鞋子穿；有人总会给他买酒，购武器，他想不仅如此。假如一个男人打算借钱去做葡萄酒生意，那他绝不会去找一位与之竞争的葡萄酒商。而一个准备打仗的国家却会向它意欲摧毁的那个国家借钱。

接下来，他就连失败也没有得到。他得到的是一场兵变。当炮火停息的时候，他根本没在看下面的场景，而是在看手表的表盘。他不需要观望。自从担任军官职务以来他已经看了他们三年，现今已成了行家，不仅在预见失败上，而且几乎可以准确地预测何时何地、在什么时间和地点上他们会变成无用无害之物，——即便在他不熟悉进攻部队的情况下也是这样，就像眼下，他在前一天选定了这个军团，因为他一方面既了解这个军团的情况，又清楚统领它的上校对它有信心，而且也有带它打胜仗的战绩；另一方面也明白它与这个师的其他三个团相比的价值；他知道它所发动的进攻会最大限度地接近上司对他提出的要求，但是假如早已注定的失败意味着暂时溃败，抑或从此一蹶不振，那么对于全师的实力和士气来说，这与其他三个团中的任何一个相比都无足轻重；只要他活着，他就不会相信，甚至也不会有人对他说，他从他的师里选出这个团的标准与军长从全军范围内选中这个师如出一辙。

于是，他干脆盯着手表上跳跃不已的指针，等待它指向所有那些将要穿越铁丝网的士兵都通过的那一刻。然后他抬头观望，什么也没有看见，在铁丝网后面的那块空地上什么都没有，那里此时本应满是奔跑和倒下的士兵；他只看到几个人影蹲伏在他的防御工事前的矮墙边，丝毫没有前行，但显然是在朝着下面的战壕里手舞足蹈地大声呐喊、尖叫——这些军官和军士，连长和排长显然跟他一起都被出卖了。因为他立刻明白发生了什么事情。他十分镇定；他甚至没有感到惊讶，无动于衷地心想：看来这也是为我量身定做的喽。他把双筒望远镜扔回胸前的镜盒里，啪的一声关掉了盒盖，指着军部的电话线对身旁的副官说道："就说进攻部队没有冲出战壕。叫他们批准让我使用炮火。说我马上就要出去了。"他自己拿起另一部电话，低头对着话筒说："格拉格农。我需要两批连发炮火。一批改朝敌军铁丝网开火。另一批对准第Ⅹ军团后面的交通壕，连续开火，直到总部下达撤退命令。"说着便放下话筒，转身朝出口走去。

"长官！"副官在另一架电话机旁喊道。"是拉尔蒙将军本人！"然而，师长并未停下脚步，径直前行，一直来到隧道出口的光亮处，随后仅在那里驻足片刻，倾听头顶上炮弹飞过划出的尖利呼啸声，带着一种心不在焉、超然物外的专注神态，仿佛他是一名跑腿听差的信使，派到这里来只为确认炮火是否还在继续，然后再回去汇报。自从他接受并确立了他的宏伟事业的第一块基石以来，至今已过了二十年，他衣袖上的第一条穗带尚未失去光彩：一位指挥官必须为他的部属所憎恨，至少是令他们害怕，在那种怒火的庇护下他们会随时随地勇于冒险。他站在那里，并未停留，只是驻足，还扬起了脸，就像是传令兵为备不时之需，考虑到要他报信的那些人可能会要求得到他目光的证实，或者可能会命令他全程走回去纠正失察的疏忽，心里想着：只是我没有料到他们会这么恨我，居然到了拒绝进攻的地步，我以前想不到一名指挥官会被如此憎恨，甚至显然到今天早上都不知道作为士兵还能有如此深仇大恨；他静静地想：当然了。撤销密集火力攻击的命令，停下来，让他们过来吧；那么整个战事都会荡然无存，被彻底抹去，我只消说他们还没等我发动进攻就已做好了准备对付我，由于逆我者亡,所以无人反驳我;他这么想着,觉得自己的态度既算不上讽刺,也算不上机智,仅是幽默而已:把守前线的这支军团已然兵变,他们会在十到十五分钟以内掌控并摧毁全师的。事后,就连那些把指挥棒交到他手里的人都会认识到他们所给予的恩赐的价值;——他已再次迈开脚步,继续向前走了一千米,快要走到交通壕的尽头了,他的汽车将会等在那里;这一次他完全停下了脚步;他不知道炮火持续了多久,甚至也不清楚自己倾听了多长时间:此刻已没有哪一个军团的阵地后面发出微弱的密集枪声;他似乎可以听见沿着整条前线从一个炮位朝着另一个炮位双向蔓延的怒火,直到整个战区的每支部队都被卷入激战之中。他们到底是打过来了,他心想。他们来了。已经全线溃败;不仅是一个兵变的军团,而是我们的整个前线;他情不自禁地转身跑回了战壕,自言自语道,太晚了;你现在没办法及时赶回去了,——他回过神来,至少是恢复了训练有素的军人的逻辑和理智,即使他为此不得不动用他所认定的幽默(这一次也叫作机智,或许是绝望下情急生智):胡扯。他们有什么理由在此刻发动进攻呢?德国佬怎么会在我之前就知道我手下的一个军团即将发动兵变呢?而且,即使得知了此事,他们又怎么能够以一次一个军团的速度把德国元帅的指挥权拱手让给比岱呢?——他又迈开脚步,镇静地大声自语道:"这就是一个败将搞出的动静吧。"

两门战地榴弹炮几乎就从停在那里等他的汽车上方开了火。黎明时分他把车子停在那里的时候,它们还不在那里,如果他开口讲话,他的司机也听不到,所以他什么都没说:上车时他果断地做了一个手势,坐下去腰板笔直,态度冷静,有那么一阵子跟无声的炮火平行前进,炮弹的喧嚣声已消失,射程超过了听力能及的距离;在军部下车时他仍然十分平静,一开始甚至没有看见等在门口的军长,他半路上掉头径自朝汽车方向走回来,军长赶上来,一把拉住他的胳膊,开始把他朝等在一旁的军部汽车上拉。军长说出陆军司令的名字。"他在等我们呢。"他说。

"那么,比岱,"师长说,"我要比岱亲口下令把他们枪决。"

"上车吧。"军长说着又去拉他,几乎把他强行推上了汽车,然后自己也跟着上车,亲手关上车门,汽车已经发动了,勤务兵只好跳上脚踏板;很快他们也开始沿着地平线疾驰,头顶上是平行的喧嚣炮火,师长身体僵硬,坐得笔直,一动不动,目视前方,军长向后靠在座位上看着他,或者说,看着他那张隐约可见的平静而坚毅的脸。"要是他拒绝呢。"军长说。

"我希望他拒绝,"师长说,"我只想在被逮捕后送往绍讷蒙。"

"听我说,"军长说,"你没看出来吗?失败与否、如何失败,甚至是否开战,对于比岱来说都无足轻重。无论怎样,他都会加官晋爵的。"

"即使德国佬把我们灭掉?"

"把我们灭掉?"军长说,"听。"他朝着东方猛一挥手,尽管他们的车开得飞快,但师长此刻可能已经意识到耳朵跑得虽快,喧嚣声却传得更远、更快。"德国佬不想把我们灭掉,就像我们不想灭掉他们一样,况且这么做的代价也太大了。难道你不明白吗?我们两个之中少了一个,另一个就不复存在?就算法国没人能够活下来授予比岱军权,即使只剩下一个普通士兵,某个德国佬也会被选出来,提升到法国军队的高位去做这件事?比岱之所以选择你来做这件事,原因不在于你是查尔斯·格拉格农,而是因为你现在是格拉格农师长,就在今天,就在此刻?"

"我们?"师长重复道。

"我们!"军长说。

"这么说我输了,不是今天早上六点钟输在前线上,而是前天在你的指挥部里——或者可能是十年前,也可能是四十七年前。"

"你根本没有输。"军长说。

"我失去了整整一个团。而且还不是败在进攻,而是倒在宪兵司令的机枪队的枪口之下。"

"他们怎样赴死有那么重要?"

"对于我很重要。如何赴死正是死去的理由。那会是我的业绩。"

"呸。"军长说。

023

"因为我失去的只是查尔斯·格拉格农,而我拯救的却是法国——"

"你拯救了我们。"军长说。

"我们?"师长再次重复道。

"我们,"军长说,声音洪亮刺耳,语气流露出自豪,"那些中尉、上尉、少校、上校和士官全都享有同样的特权:有朝一日会有机会躺在一个将军或元帅的棺椁里,四周环绕着象征国家荣耀的旗帜,在那伤残军人的荣誉殿堂里——"

"不过,美国人、英国人和德国人不把他们称作'伤残军人'。"

"好吧,好吧,"军长说,"——只是为了换取忠诚、奉献,接受一点风险,押上一小笔赌注,一旦没有了荣耀,那么首先就连草芥都不如,造化弄人,终究会落得个湮没无闻的结局。打败仗,"他说,"打败仗。查尔斯·格拉格农从士官升至师长,当时还不到四十五岁——应该说是,四十七岁——"

"然后就一败涂地。"

"两个月前在皮卡第①统领那支军队的英国中将也是如此。"

"还有三年前在比利时失联或是丢失了地图和指南针的那个不知名的德国佬,"师长说,"还有在凡尔登②自以为他们能安然过关的那个人。还有觉得贵妇人路③有个女性化的名称就容易攻陷的那个人。"他说:"所以说不是我们彼此征服,因为我们甚至还没有朝对方开战。只是这场无名的战争使我们的部队伤亡惨重。我们所有人:上尉和上校,我们和英国人、美国人、德国人,肩并肩,背朝那道由我们的光荣传统构筑的坚不可摧的长城,给予和索取……索取?就连安营扎寨都不接受——"

"呸,"军长又开口道,"人类才是我们的敌人呢:那熙熙攘攘、庸

---

① 皮卡第,法国北部旧省。

② 凡尔登,法国东北部城市。

③ 贵妇人路,位于法国埃纳省,是建在山脊上的一条三十五公里长的步行道,十八世纪因路易十五的两个女儿阿德莱德和维克托瓦尔走过而得名。第一次世界大战期间,它在法军占据的西线以内,具有重要的战略地位,曾有三场主要战役在这里打响。

庸碌碌、死气沉沉的芸芸众生。在它不光彩历史的每一个时期，我们中的一个都曾以一种巨人的姿态横空出世，毫无预兆地降落在一个民族中间，就像是牛奶场女工走进一间食品储藏室那样自然，他以剑为桨，一跃而起，重重地敲打着温顺的人群，使其变得强硬起来，甚至一度让它变得有凝聚力和目标感。但是，从来不会持久，而且根本过不了多久：有时还没等他转过身去，它就已经放弃了，解体了，越来越快地流动起来，试图回归它自身卑微无名的原初状态。就像今早那边战场上的情况——"军长再次做了那个有指向性的简单手势。

"就像那边战场上的什么情况？"师长问道；军长立刻说出了答案，与集团军总司令在此后一个小时之内即将给出的答案几乎如出一辙：

"你不可能就连发生了什么都不知道吧？"

"我失去了查尔斯·格拉格农。"

"呸，"军长说，"我们毫发无损。我们面临的只是职业危机，来得毫无预警。我们拉着他们的鞋袢把他们从耻辱的泥沼里面拉了出来；稍稍再过片刻，他们就有可能改变这世界的面貌。可他们永远都做不到。他们崩溃了，就像今天早上你的人马一样。他们总会这样。可我们不会。我们无论如何也要拉他们一把，及时地把他们拉上来，他们还会崩溃。可我们不会。不会是我们。"

陆军司令也已等在那里；汽车几乎不必停下来等他。等汽车再次启动时，师长又一次提出了请求，声音平淡、冷静，几乎不带感情色彩："我要枪毙他们，当然了。"陆军司令没有应答。师长并未期待他应答。反正他也听不进去，因为他根本没在听其他两个人简短飞速、有头无尾的低语，军长向陆军司令汇报了一些数字和番号，关系到他自己两翼的其他分部各军团的情况，最后那两个声音把话题锁定在整个军队条块分割的前线配置，长长的马赛克拼图一般，一个团、一个团地讨论下来。

而且——这里不仅此刻没有枪声，也还从来没有过——他们在庄园门口被盘问之后开进了园子，这时踏板上多了一名向导，因此他们根本没在洛可可式雕花大门前停留，而是径直绕到了一侧，穿过一个院落，此处勤务兵、通讯员人头攒动，摩托车马达轰轰作响——师长既没有注意到，也不关心这里的情况——两辆汽车上飘扬着另外两位陆军司令的三角旗帜，第三辆是英国车，第四辆车尚未在大西洋这一侧生产制造，他们一直开到庄园后身的车辆通道，直接进入比衣橱大不了多少的那间破破烂烂、凌乱不堪的小屋，这间小屋在庄园里意大利风格的小巧别致的房屋当中犹如结婚蛋糕里一把生锈的马刺，集团军总司令就在这里部署他的军机要务。

他们人都到齐了：组成集团军的另外两支参战军队的两位陆军司令都留着茂密浓重的八字胡，形似中午吃饭用的汤匙；英军司令佩戴着鲜艳绶带、黄铜色丝德、猩红肩章，头发和髭须花白，蓝眼睛就像战争一样冷若冰霜，即使在他的军装外面直接绑上紧身胸衣也不会让他的身姿显得更加年轻挺拔，更加盛气凌人；美军上校则长着一张波士顿船运大亨的面孔（他当真就是一位船运大亨，至少是一位船运大亨的限定继承人）——或者不如说，他长着一张十八世纪的脸：那位先人或老祖在二十五岁那年就已发家致富，从中央航路[①]的一位奴隶主的后甲板上退休，三十岁时便已在比肯山[②]教堂长椅上方的彩色玻璃上镌刻下自己的名字。他是客人，特权阶层，三年来他自己的国家根本没有参战，他给这次秘密会晤带来了特权嘉宾所特有的矜持，并且略带未出阁的老姑娘似的不忿——既是一种风度、内在气质，也体现在外表上，事实上是近乎维多利亚式的装束，他穿着舒适的老头鞋、诺森伯兰牲口贩子式的朴素皮革绑腿（二者——鞋子和绑腿——打理得很漂亮，但一看就是在不同的时间和地点买的，因此颜色颇不匹配，而且它们都与武装带不匹配，后者显然也是在两个不同的地方

[①] 中央航路，也称"中间通道"或"中途"，指的是奴隶贸易船从欧洲、非洲到美洲再回到欧洲的"黑三角"的航行过程中，从非洲西海岸横渡大西洋的那段旅程。据历史学家估计，从一五〇五年到一八六五年，约有一千万非洲黑人经此路被运抵美洲被贩卖为奴。

[②] 比肯山，美国马萨诸塞州波士顿市的一个地区，以历史住宅、砖铺人行道和别致的皇家马厩而闻名。

买到的，于是就有了四种不同的皮革色调），还有与短尾夹克剪裁自同一匹布料的式样简单的哑光马裤，夹克直到喉结突出的脖颈处未加任何铜扣装饰，亚麻布领口开在后面，镶着中规中矩的滚边，就像是牧师制服上的白色硬立领一般。（关于那件制服有一个逸闻趣事，或者说是关于制服的主人，那位上校的，六个月以前在军官餐厅之间流传开来，讲的是在美军指挥部设立后不久一名尉官——不是波士顿人，这一个：是纽约人——有天早上来到上校面前，身穿一条英国军官的贝德福德灯芯绒裤子，一件由伦敦裁缝剪裁的裙式束腰长袍，长袍上面竟有紧扣脖颈的高领；上校此后将会见到很多这种穿着打扮的人，可那是一九一七年，当时还很少见；这名年轻人看起来有点胆怯，大概还有一点害怕，也许是像先前许多其他先驱者一样后悔没让别人当先吧，在他的上司那如同银行家一样冷冰冰的眼神注视下马上开口说："你觉得我不该这样穿吗？样式不好，品味也不好，模仿——"；随即上校立刻愉快地答道："怎么不好啦？在一七八三年，他们输了我们一场战争，却教会了我们战争的艺术；到了一九一七年，他们该不会反对借给我们衣服，让我们替他们打赢第一次世界大战吧。"）

  而且，最引人注目的是，面对浴盆[①]妈妈、柜橱将军、马桶元帅之流，师长镇定自若，带着冷冰冰的执拗，不仅是为了维护他自身的正义，更是为了证明他的军旅战绩无懈可击，他——集团军总司令——二十五年前带进非洲那刺目明艳阳光下的不是好战精神（这一点日后将会显现），甚至也不是单纯对荣耀和地位的正常渴求，而是对于扣在军裤里面的那层分泌黏液的薄膜的冷漠无情的执着，它伴随着他（甚至在他之前就已存在），从骑兵连到中队到团到旅，从师到特种部队到军到集团军，逐步进阶升迁，随着军衔提升，也随着他的战争天才找到了用武之地，对于伤害他便越来越无动于衷，却也不再毫无怜悯之心——这个健康的小个子男人大腹便便，看上去像是一名五十岁便兴

[①] 此为法语"比岱"一词的意译，后面的其他杜撰字眼有谐谑调侃之意。

高采烈地退了休的蔬菜杂货商,十年后不太情愿地穿上一套上面一道彩条都没有、甚至没有任何军衔徽章的不合体的列兵军装去参加一场化装舞会,而他的真实姓名十五年来已在军校学员中间成为一种如何保持军队战斗力的权威,四年来已在战地指挥员中间成为一个如何带兵打仗的代名词。

陆军司令和军长就座的时候,他没让师长坐下;师长可以肯定的是,集团军总司令甚至都没有注意到他的存在,只管让他站着,他的注意力不自觉地、不经意地记下了那些有关团和师的乏味陈述,不仅是它们在前线的方位,还有它们过去的战绩、来自于哪个地区、军官的姓名和履历,陆军司令在讲话,快速而简练,声音里仍旧没有惊惧,也没有多少担忧:只有警觉、仔细、关切。师长看起来也是这样,他在观望——眼睛并没有特别盯着总司令看,因为他其实并没有在看什么:就像他刚进来的时候那样,只是目光一直定定地望着,或者说,望向总司令,突然意识到他不但想不起来自己上次眨眼是什么时候了,而且觉得没有眨眼的必要——他也察觉到总司令这会儿也在听,之前也一定在听,一言不发,彬彬有礼,心不在焉;突然,师长意识到司令在盯着自己看,已经有那么几秒钟了。随后,其他人似乎也察觉到了;陆军司令停止了讲话,接着说道:

"这位是格拉格农。就是他带的那个师。"

"啊,好吧。"总司令说。他用同样的语气直接对师长发话了,和蔼可亲,声调平平:"多谢了。你可以回你的部队去了。"然后再次转向陆军司令。"有问题吗?"接着又讲了半分钟,是陆军司令的声音;此刻轮到师长了,腰板挺直,连眼睛都不眨一下,目光根本没看任何人,一直腰板挺直,眼睛不眨,直到陆军司令的声音再次停下,师长甚至都没有把投向远处的目光收回来,就连总司令再度对他发话也不为所动:"有问题吗?"

师长的站姿并非立正,眼睛没有在看什么,只是直勾勾地盯视着总司令头顶上方的水平位置,他正式提出枪决整个团的请求。总司令听完了他的话，脸上什么表情也没有。

"收到，已批准，"他说，"回你的部队去吧。"师长一动不动，可能根本就没有听见。总司令靠在椅背上，头也不回地对陆军司令说道："亨利。请把几位先生带到小会客室，好吗？给他们拿些葡萄酒、威士忌、茶，看他们喜欢喝什么吧。"他用还算说得过去的英语对美军上校说："我已经听说了你们美国的可口可乐。我很遗憾我还没有那个给你喝，非常抱歉。不过，希望我们很快就有了，哈？"

"谢谢您，将军，"上校说道，法语说得很是流利，"在欧洲国家提出的条件里面，我们只拒绝接受德国的。"

然后他们就走了；门在他们身后关上了。师长还是一动不动。总司令看着他。他的语气依旧只有和蔼，甚至没有质询的意思："一师之长。你是从遥远的非洲来的吧，格拉格农中士？"

"你也是吧，"师长说，"——比岱妈妈。"——他讲话的语气冰冷，语调平淡，没有起伏抑扬，也没有重点强调，这个绰号是在总司令刚刚作为副官来到非洲军团时拜那些军官所赐，与其说保密，还不如说只是不让他本人听到，或许还不至于此，只不过因为他们当时还不是军官，所以就有不受侵犯的绝对安全感，当时师长在这个团里已是一名中士。"很远呢，柜橱将军先生，未来的马桶元帅先生。"而总司令仍旧面无表情；他的声音依然镇定自若，只是此刻悄然多了一丝别的什么情愫，若有所思，甚至有一点讶异，尽管师长后来表示他至少那时没有察觉到。接着总司令说道：

"我好像做得再正确不过了，甚至超乎我的所知、所望。你刚才进来的时候，我觉得自己也许应该向你道个歉。现在我确信如此。"

"你委屈自己了，"师长说，"一个人若非对自己不会犯错深信不疑，怎能升至如此高位？而一个人既然位高权重，又怎么会心存疑虑呢？"

总司令又看了师长一会儿。然后，他说道："你不可能还没意识到吧，这三千人或者那四个人死还是不死，已经不再重要了。即使处决的人数两倍于三千也于事无补，什么都改变不了，这件事已远非如此。"

"也就是你会这么想，"师长说道。"我所见过的死去的法国人是这三千人的十倍。"他说，"你会说，他们是被其他法国人杀死的吧？"他重复道，像是背书一样呆板，语气平淡，几乎是电报式的："钢铁锻造商会。铁路公司。飞机制造商协会。比扬库尔市人。更不要提那些英国人和美国人了，因为他们不是法国人，至少在他们征服我们之前还不是。当那三千人或是十倍于三千的人死了，这会与他们有什么关系呢？如果我们成功了，杀死他们又有什么关系呢？"

"你所说的'成功'就是'胜利'吧，"总司令说，"而'我们'自然是指法国啦。"

师长用他平淡、冷淡的声音重复了康布罗纳传说[①]中的那个简单直白的士兵咒语。

"一个事实，但不算回答。"总司令说。

师长又把那个字眼说了一遍。"对我来说，明天会得到嘉奖；于你而言，临死之前会得到军权。既然我的嘉奖只值一个团，那么你的自然是太过廉价。"

总司令立刻答道："其实你向我索要的是，批准你上军事法庭受审。你给我的选项是，把你交给最高司令官，或者逼你去自首。"师长一动不动。他不打算动。他们两个人都很清楚这一点。"回你的总部去吧，"总司令说，"在那里你将得到通知，老元帅什么时候会在绍讷蒙见你。"

他和陆军司令一起回到了军部，上了他自己的汽车；他大概都想不起陆军司令没有请他吃午饭，即便当时想到了也不介意，无论如何他会一口回绝。集团军总司令让他回他自己的指挥部：一个命令。他甚至很可能都没意识到他是在违抗军令，他上了车，对司机简短地说了句："前线。"尽管为时已晚。快到两点钟了；军团早就撤离，被缴械

[①] 康布罗纳传说，相传一八一五年六月十八日标志着拿破仑惨败的滑铁卢之战中近卫军被英军包围受到劝降时，近卫军指挥官皮埃尔－雅克－艾蒂安·康布罗纳伯爵将军用法语骂了一句类似于"去他妈的！"的粗话来回敬。

并换防了；此时已来不及亲眼看它经过并亲自监督这个过程，正如他在交通壕里停下脚步，确认炮火还在继续的时候，一切都已结束。这无异于一个厨子在烧菜后两三个小时再回到厨房，菜早已烧焦，也许连锅都炸了，回去不是为了帮忙清扫或是提什么建议，而只是要看看杂物清除之后还会剩下些什么；不是为了表示悔恨，因为那纯属浪费感情，而只是看看，清查一下；他甚至没有多想，什么也没想，坐在开动的汽车里一动不动，沉着冷静，内心却像是一只装满液体的密封真空瓶，冷酷无情、斩钉截铁、不容置疑地下定决心，不惜任何代价要对得起自己的军衔，维护自身的清白履历。

于是，他一开始没有意识到是什么使他不安，令他吃惊。他突然说了声"停"，然后坐在那戛然而止的车里，周围是噪声响亮的沉寂，他甚至对此充耳不闻，因为他以前在这里从未听到过枪炮声以外的任何声音：此刻他不再是法国前线后面的指挥车上独坐的一名军官，而是趴在比利牛斯山村外的一堵石墙上的一个孤独男孩，根据所有的记录和人们的回忆，他在那个山村一生下来就成了孤儿；此刻听着同样的吱吱蝉鸣从残垣断壁后被无烟火药烧焦的杂草丛里传来，这是去年冬天一架坠毁的德军飞机的残存尾翼扫过所留下的痕迹。然后他也听到了云雀的叫声，高高在上，不见其形，几乎如液体般流转，但并不完全如此，就像是四枚小金币一样不紧不慢地落入一杯软饮里面，他和司机互相凝视片刻，随即他粗暴地大声说："继续往前开！"——车子又开动了；果然，云雀又来了，不可思议的安详，随后是金子般的静默，令人难以忍受，以至于他想要用双手紧紧捂住耳朵，埋下头去，直到云雀终于再次打破了沉寂。

尽管藏在隐蔽角落里的两门大炮此时都没开火，但它们不仅还在那里，而且左右两侧都部署了一部分重型榴弹炮，炮手们一声不吭地看着他迈着有力的小碎步一路走过来，昂首挺胸，阳刚气十足，表面看来刀枪不入，坚不可摧，位高权重，在地面上这个特定的视野之内，仍然高高在上，无所不能，但他正是因为自己的官阶，不敢问这里的长官他是什么时候停火的,更不要说他这么做是听命于何人了,心里想着他在整个军旅生涯里一直听到的关于战争如何在一个人的脸上留下不可磨灭的痕迹的说法,他先前还从未亲眼目睹,但至少此刻看到了和平在人们的脸上留下怎样的印记。因为他现在知道沉寂的范围已远远超越了一个师的前线,甚至超越了两个侧翼的前线;也明白了军长和总司令两个人在说出几乎同样的话的时候是什么意思:"你该不会连正在发生什么都不清楚吧?"他心想我连为无能失职而上军事法庭的机会都不会有了。既然战争已经结束,他们就不会送我上法庭,因为没有人再关注此事,没有人会迫于压力按照简单的军事规则去确保我的履历受到公正对待。

"谁是这里的指挥官?"他说。但是,还没等上尉应答,一名少校从大炮后面走了出来。"我是格拉格农,"师长说,"你要坚守岗位,理应如此。"

"是,将军,"少校说,"那命令是跟召回令一起下达的。有什么问题吗,将军?出了什么事?"——最后一句话是朝着师长的背影说的,因为他已经转身大步前行了,腰板笔挺,只是有一点盲目;随后一门大炮开了火,在南边两公里,或许更远处:一阵齐射,隆隆的炮声参差不齐;他迈着有力的小碎步,脚步不紧不慢,身形魁梧健硕,坚不可摧,他的内心突然爆发出一阵宣泄的冲动,一股情绪涌上来,假如他还是那个无父无母的男孩安然躲在废弃的比利牛斯城墙后面,他就会流下泪来,如那时一样无人能见,亦如那时一样不是出于悲伤,而是出于执拗。接着又是一门大炮开了火,一阵炮火齐鸣,这一次就在不到一公里开外,师长脚步毫不迟疑,只是中途改变了方向,没有走进交通壕,而是飞快地爬上了陡坡,钻进坡后那片坑坑洼洼的田地,仍旧没有奔跑,只是走得飞快,在下一阵炮火袭来之前他已经走出去好一段距离了,这一次是他刚刚离开的那几门炮之一,轮到它一阵连发,仿佛先前制造出一片沉寂的什么人在以缓慢而有节奏的隆隆声来强化它,以引起人们的注意,爆发出的每一阵微不足道的喧嚣声都在说:"听见没有?听见没有?"

他麾下第一旅的指挥部设在一座被夷为废墟的农场的地窖里。那里有几个人，即便他想要或试图辨认，但由于进去时间不够长，便没能认出其中的哪一位。他几乎马上又出来了，胳膊从副官的手里挣脱出来，这位副官在进攻失败的时候就跟他一起待在观察哨位。可他却拿了酒瓶，经过喉咙咽下的白兰地没有劲道，就像放陈了的水一样寡淡无味，略带着副官的体温。因为在行使指挥权的孤独与荣耀之中，眼下终于等到了某个难得的机会，他可以只管做格拉格农将军，而不必同时做格拉格农师长了。"什么——"他说。

"来吧。"副官飞快地答道。可师长再次把胳膊从副官的手里挣脱出来，抢到副官前面，拉开一小段距离，走进了农家院落，然后停下来转过身。

"到了。"他说。

"他们都没跟你讲吗？"副官说。他没回答，一动不动，像头公牛，坚不可摧；而且，如公牛一般，坚不可摧，相当镇定。副官把情况跟他讲了。"他们要阻止行动。我们的整个前线——我指的不光是我们师和我们军，而是整个法国前线部队——正午撤兵，除了空中巡逻队和炮兵部队，比方说，远处角落里的那个炮位。空军的人不能越界：只是在我们的前线上空来回逡巡，给炮兵部队的命令是调整射程，不要对准德国佬，而是对准我们和他们之间的地带，朝那被美国人称作无人区的地方开火。而且，德国佬也是同样指挥他的炮兵和空军的；命令已下达，让英国人和美国人十五时撤兵，看德国佬是否要赶在他们前面下达同样的命令。"师长瞪眼看着他。"不只是我们师：是他们所有人：我们，还有德国佬。"然后副官意识到，甚至到了现在师长还是没弄明白。"是那些人，"副官说，"普通士兵。不仅是那个团，也不仅是我们师，而是我们整个前线的普通列兵，还有那德国佬，我们一停火，他也就叫停了，其实那是他进攻的好时机，因为他肯定发现我们那个团拒绝合作，闹了兵变；他比我们做得更彻底，就连炮兵都没用：只有他的空军，也没有越界，只在他的前线上空来回逡巡。虽然他们当然

033

不能确知近在眼前的英国人、美国人和德国佬将会做何反应，要等到十五时。是那些人；就连士官们都不知道，也没起疑心，没有任何预警。没人知道他们是否刚好预先选定了一个日期，碰巧与我们的进攻重合，或者他们是否预先设置了一个信号，由我们团的人发出来，一旦他们确知今早一切都会结束——"

"你撒谎，"师长说，"那些人？"

"对。前线上中士以下的所有人——"

"你撒谎，"师长说，语气中带着一种宽宏大量、无可奈何、刚直不阿的坚忍，"难道你不明白吗？难道你没看到二者的区别吗？一个团突然乱了阵脚——这种情况可能随时会发生在任何一个团；而这同一个团昨天才打下来一条战壕，仅仅因为今天临阵脱逃，明天就会打下一个村庄，甚至一座四面筑有城墙的城池吗？你试图告诉我的就是这个（再次使用士兵嘴里常用的那个简练字眼）。那些人，"他说，"军官们——元帅和将军们——今早颁布的那个命令，把它当作一个早已注定的败局；参谋和专家们是按照失败的规格制订的那些计划；我用一个兵变的军团提供了失败的形式，还有更多的军官和将军、元帅将会受到我的牵连，并会为此承担代价。可是那些人，我一生都带着他们征战，总是与他们共浴炮火。我让人把他们杀了：没错；但是我也在那里，领导他们，直到有一天他们给了我那么多颗星，也会禁止我继续这么做。可是那些人不然。他们理解我，即使你们不能。就连那个团也能理解；他们很清楚自己在拒绝离开战壕的时候冒着多大风险。风险？确凿无疑。因为我别无选择。不是为了我的声誉，甚至也不是为了我自身的业绩，或者我所指挥的那个师的战绩，而是为了士兵们将来的安危，所有其他团、师的普通士兵明天或明年可能会因为另一个团逃避、反抗并拒绝行使职责而丢了性命，所以我已经决定将其处决——"他心想，已经。我刚才说的是已经；不是将要：是指过去发生的事情，副官带着一副难以置信的愕然神情，定定地看着他。

"这可能吗？"副官说，"你当真以为他们停战就是为了剥夺你的权力吗？作为该师的指挥官，处决那个军团的权力。"

"不是为了我的名誉，"师长快速说道，"甚至不是为了我自己的业绩。而是为了这个师的履历和声名。还能是什么呢？他们还能有其他什么理由——"他飞快地眨巴着眼睛，面露苦楚，副官从他的衣袋里掏出酒瓶，拧开盖子，把它塞到师长手里。"那些人。"师长说。

"拿着。"副官说。师长接过酒瓶。

"谢谢。"他说着，举起酒瓶，正要送到嘴边。"那些人，"他说，"部队。他们所有的人。公然蔑视和反抗，不是针对敌人，而是我们这些军官，我们不仅跟他们同甘共苦，而且在前线率领他们，身先士卒，对他们的期待只是荣耀，对他们的要求只有勇气……"

"喝吧，将军，"副官说，"来点吧。"

"啊，好。"师长说。他喝了酒，把瓶子递还回去；他说："谢谢。"做了个手势，但还没做完，副官就已拿出一块洗得干干净净、熨得平平整整的手帕，手帕仍然保持着熨烫时折叠的形状。自从他晋升旅长之时，这名副官就一直与他朝夕相伴。"谢谢。"师长又说了一遍，接过手帕抹了抹胡须，然后站起身来，手里拿着散开的手帕，飞快地眨着眼，一脸痛楚。接着他简单并清晰地说了句："这就够了。"

"将军？"副官说。

"嗯？怎么啦？"师长说。随后，他又开始眨眼，这一次是不紧不慢的，没那么痛苦了，也没那么快了。"好了——"他说着，转过身去。

"我也要去吗？"副官说。

"不，不，"师长说着已经迈开脚步，"你留在这里。他们可能需要你。也许还会有别的事情……"他的声音不是渐渐远去，而是干脆、戛然而止，人已又迈着小碎步走开了，强健有力，势不可当。炮手们此刻在对面的悬崖顶上列队站立，他走上前时手里还拿着那块散开的手帕，就像是奉命举着一面休战旗，这使他难免感到羞耻而难过。少校向他行了个礼。他回敬了一个，上了汽车。车子立刻发动了，司机已经掉转了车头。德军坠毁的飞机就在不远处，他们很快就到了。"停在这里，"

他说着下了车，"继续开吧。我一会儿就会赶上去。"还没等汽车开动，他就从堤岸爬进了被火药烧焦的杂草丛里，手里还拿着那块手帕。就是这个地方；他在这里做过记号，当时他的突然出现自然也惊动了那个小动物。可它还在这里，他蹲下身来搜寻，带着足够的耐心，轻轻地拨开野草根，他大概是在比利牛斯山脉的草丛里见过它，匍匐在地上，一点都不害怕，只是等待他安静下来，恢复那与生俱来、祖上传承的孤独。那些修女——神父本人，他到来时目光痛切而坚定，虽无子嗣，但他有一双温柔的手，从不带着愤怒、爱、恐惧、希望、骄傲等情绪来抚摸或打击男孩的肉身，这肉身源自于他的血肉，有着同样褊狭的爱、希望和骄傲，背负着他的不朽。神父或许比修女们更有智慧，不如她们温柔，但是不乏同情心，与修女们一样毫不知情——说道："基督的母亲，是众人之母，也是你的母亲。"这还不够，因为他不想要众人之母，也不想要基督的母亲，他想要属于自己一个人的母亲；只是有必要静静地等待，直到那个弱小生灵习惯了他的突然出现，然后就会发出第一声响动，试探性的，简简单单的，逐渐由弱变强，几乎是一个质询的升调，几乎像是在测试他是否确实等在那里并且准备好了；然后他会对着面颊下被正午的阳光晒得滚烫的那块石头轻声说句话，并且他猜对了：自然不是比利牛斯山脉的蝉，而是它的北方姐妹，细若游丝的叫声急促执着，持续平稳，不带感情色彩，不显得突兀，在那些生锈的马达和枪支、烧黑的铁丝、焦煳的枝条所构成的杂物堆中间的某个地方连续不断地鸣响——这是一种轻快而柔和的声音，如同他想象中婴儿在睡梦里用没牙的小嘴吮吸沉睡的母亲的乳头一般。

　　他的师部被它的主人称作乡间别墅，建造者曾在巴黎证券交易所赚了几百万资产，然后回到他的出生地养了一个阿根廷情妇，不仅建起了这座具有象征意义的纪念碑，而且将他的成功佐证带回了童年和青年的成长之地，似乎在向那些长者、市长、医生、律师、法官宣告着他们的预言的破产，这些人都曾说过他是不会有出息的。当军队要征用此地时，迫于压力那个阿根廷女人已经先行离开了巴黎，他便打着他的爱国热情还有忠诚的旗号给他们做了一个顺水人情。

有来自军部的消息正等着他：绍讷蒙，明日十五时，前来报到。在指挥部不得离开，等车来接你。他把字条揉成一团，跟副官的手帕一起放进了上衣口袋里；现在又到家了（他还有什么家呢，十八岁就穿上了军装，从那以后军装就成了他的家，如同龟以壳为家），他面前展开的是接下来天黑之前五六七个小时无所事事的一片空白。他想喝酒。他不是个酒徒；若非看到酒瓶，他绝不会想到喝酒，仿佛已经忘记了酒的存在，直到有人生生把它放到他的手上，就像副官把那个酒瓶递给他一样。但他马上彻底放弃了这个念头，即使他是个酒徒，也会因为完全相同的理由而放弃：尽管他在收到军长给他签发的逮捕令之时就不再是官方认可的格拉格农师长了，但是格拉格农将军还能再活上五六七个小时，甚至也许还有一两天的时间呢。

然后，他突然意识到自己该怎么做了，于是离开军部，回到他的私人住所，经过他自己的卧室——一个镶着嵌板的小壁橱，它被那位百万富翁称为炮室，里面放着一门从未开过火的大炮，高处有一只雄鹿的头颅（质量不是很好）和一条填充起来的鳟鱼标本，这两个物件跟大炮一起购自同一家店铺——随后他走进他的三名副官睡觉的房间——这就是那间爱巢，似乎仍旧保留了那个阿根廷女人的某些特质，尽管没人说得出名堂来，既然她没有留下什么踪迹，除非是某个无法安宁的鬼魂，由北方人构想出来并且信奉不疑，用来对抗力比多所带来的癫狂——他在那个破烂不堪的箱子里找到了那册书，其中一个副官的职责就是用这箱子搬运指挥部随从人员的非官方物品。此时这本书死去的主人也再次现身了：是他以前的一个手下，身材细瘦，个子过高，体质柔弱，甚至软弱无力，师长曾经怀疑过他的性取向（很可能是错的），但他并不是很在意这样或那样的结果。此人在他担任师长不久便来到了（当时）准将的军队大家庭，将军发现他也是来自一所孤儿院的无名小卒——师长在某些独处的场合下带着一种妄自菲薄的痛切感受暗自承认，正是这个事实，而不是这本书，也不是阅读这件

037

事本身，使他一直都很清楚对方并非轻酌浅饮似的慢慢品味，没有饥不择食般地囫囵吞下，当然也从未沉溺于其中无法自拔，因为他这个副官当得还算令人满意，直到师长最终发现那本被翻烂并折角的书就是他的副官，而他本人却只是这个副官的勤务兵：有天傍晚，他们在等前线派来的传令兵捎来有关几名囚犯的批复，一名旅长先前忘记签字了（副官是他所在的师的军法处长），他问了一个问题，然后带着不动声色的惊讶，漫不经心地听到对方应答：

"我以前是个女装裁缝。在巴黎——"

"是什么？"师长问道。

"我制作女装。我很在行，有朝一日会做得更好。可那不是我想要的。我想要做个勇敢的人。"

"做什么？"师长问。

"你知道的：当英雄。可我是做女装的。我想过要当演员——亨利五世——达尔丢夫①也凑合吧——哪怕是西哈诺②也行。可那只是演戏，装腔作势——演的是别人，不是我自己。然后我知道自己要做什么了。写作。"

"写作？"

"是的，剧本。我自己写剧本，而不仅仅是表演别人关于什么是勇敢的想法。我自己创造出一些光荣的行为和场景，自己塑造一些能够演出、面对和包容这一切的人物。"

"那不也是虚构的吗？"将军说道。

"但它们是由我来执笔、构想、创作出来的呀。"将军当时也没察觉到谦卑：一种谦卑却又执着的特质，即使有些绵羊似的胆怯。"至少我尝试过了。"

"哦，"将军说，"就是这本书喽。"

"不，不，"副官说，"这本书是另一个人写的。我的还没写出来呢。"

---

① 达尔丢夫，法国十七世纪喜剧作家莫里哀喜剧《伪君子》中的主人公。

② 西哈诺，法国十九世纪浪漫主义戏剧家埃德蒙·罗斯丹的名剧《西哈诺·德·贝热拉克》中的主人公。

"你还没写出来？在这里你有的是时间呢。"他甚至不自觉地流露出了不屑，也并没有试图掩饰它，或许他试图这么做来着。这时，副官不再谦卑，就连执着也谈不上了；当然，将军察觉不到绝望，尽管他可能看出了对方的执拗：

"我懂的还不够多，不得不停下来，等着去了解——"

"在书里吗？书里有什么？"

"关于勇敢。关于荣耀，人们如何获得它，在得到以后又是如何秉持，其他人在他们获得荣耀之后如何与他们相处；还有荣誉和牺牲，以及与荣誉和牺牲相称的怜悯和同情心，怜悯所需的勇气，支撑勇气所需的骄傲——"

"勇气，怜悯所需的？"将军问道。

"对，勇气。当你停下来怜悯的时候，世人会把你踩在脚下。要想做到如此勇敢，需要骄傲来支撑。"

"何以骄傲？"将军问。

"这我还不知道。这就是我试图去了解的。"将军当时也没能认识到对方的诚意，因为他大概会冠之以其他名称。"我会找到它的。就在书籍里面。"

"在这本书里？"将军问。

"对。"副官说，但他死了，或者说，将军有天早上发现他失踪了，找了整整一个上午都没找见人影。两个小时以后他得知了副官的去向，又过了三四个小时他才准确了解到副官的所作所为，但他不知道副官为何出现在那里，以及他是如何跑到防线里面去的，师长的助理军法处长是没有任何权利或理由到那里去的——根据那名传令兵的说法——他坐在一个团部传令兵身旁，在一堵墙后面的一个角落附近，军官的车辆经常停在那里，传令兵声称他跟副官说过敌军就在那天早上还将一门大炮对准了这里。而且人人都得到了警告，可那辆车还是开过来了，即便在副官跳起来挥动双臂，试图阻止那辆车之后，它还是径自前行。就连副官跑上开阔的路面，极力挥手把车赶开，它还是不肯停下来，传令兵说此前他能听见炮弹呼啸而来，而且副官本人也肯定听到了；副官不可能预先知道车上不仅有一位富有的美国侨民，这个寡妇的独子就在几公里以外的法国飞行中队服役，她在资助一所巴黎附近的战争孤儿收容所，而且还有一位人脉甚广的巴黎参谋少校。勋章颁发下来的时候没有地方可别，也没有可以辨认的尸骨随它一起掩埋，于是这枚勋章也还放在那个破旧的箱子里，在副官的继任者们的监管下从一个哨所辗转运到另一个；师长把那本书取出来，看了看标题，然后带着越来越大的怒气又看了一遍，朗声读出来，几乎是在大声地说，好吧。是布拉斯写的。可那本书叫什么名字来着？他突然意识到自己在看的正是书名，因此这本书约莫是关于一个男人的事情，他心里想着对呀，脑子里响起了两年前那天晚上的一些支离破碎的记忆的回声，这一次他大声地说出了那个名字："吉尔·布拉斯"①，然后便专注地倾听，合上的书页间是否会传出声响，透过封皮进入那个简单的名字，一种隆隆的回响，兵戈相撞，号角嘹亮——它是什么呢？他想。光荣、荣誉、勇气、骄傲——

他带着那本书回到了卧室。除了他的行军床、箱子和书桌以外，家具还都属于房子的主人和那个阿根廷女人，而且看起来也像是全部从同一家店铺买的，大概是通过电话购得的。他把唯一的一把椅子从摆放着那只鱼标本的窗边拖到了光亮处，坐下来开始阅读，缓慢地，一板一眼，甚至没有翕动嘴唇，带着坚忍和痛苦一动不动地坐着，如同五十年前坐在那里被人画肖像一般情形。不一会儿，天色便暗了下来。房门开了，迟疑片刻，又开大了一些，一名勤务兵轻轻地走了进来，来到桌边，准备把桌上的台灯点上，师长没有抬头，说了声"好"，一团柔和的灯光突然亮起，无声地照亮了他手上打开的书页，勤务兵走出去的时候他还在读书，直到托盘放在台灯旁边的桌上，勤务兵又

---

① 吉尔·布拉斯，法国十八世纪著名作家阿兰-勒内·勒萨日（Alain-René Lesage, 1668—1747）同名长篇小说中的主人公，讲述一个出身微贱的西班牙青年在封建制度瓦解、资本主义关系上升时期的法国社会的奋斗经历。

走了出去。随后，他小心翼翼地把那本书放下，转向了托盘，面对着它停顿了片刻，就像他先前打开书时对着那本书的样子，托盘上放着加了盖子的菜肴，还有面包、餐盘、餐具和水杯，以及一瓶葡萄酒、一瓶朗姆酒和一瓶黑醋栗酒，三年来他在这只托盘上一直看到这些东西——同样的酒瓶，他从来都没碰过，每天开启同样的软木塞，然后又塞回去，然后又重新除过尘，每个酒瓶里的液体都在同一水平线上，与酿酒人和制酒师装瓶的时候并无两样。他独自从托盘上取食的时候也不用刀叉，吃得很斯文，进食一点也不显粗鄙：用手指或者面包蘸食，只是把食物迅速、高效地吃下肚去。吃罢仅稍作停顿，不是迟疑不决，只是想一下哪只衣袋里放着副官的手帕，把它取出来仔细地擦了擦胡须和手指，然后把手帕丢进托盘，从桌边推开椅子，拿起那本书，再次停顿片刻，一动不动，把书举在半空中，没人说得出他是在看那翻开的书页呢，还是望向面前敞开的窗子外面，看那窗框里春意满盈的黑暗，听那万籁俱静的沉寂。随即他又向上举了举书本，大踏步地走进其中，就像病人在支付账单之前来到牙医诊所做最后的小小修整。他又开始读书，一丝不苟地缓慢翻动着书页，只字不落，带着一种冷淡、疑惑、恭敬的惊异情绪，不是针对那些男男女女的影子，因为他们是虚构的人物，他自然不相信他们的真实性——那是很久以前发生在另外一个国度的事情，因此纵然他们是真人真事也不会妨碍、影响到他自己的生命进程及其毁灭——而是对于能够铭记这一切并将其记录下来的那个男人的才华、勤奋以及能力（这一点他承认）。

　　他打了个盹便立刻醒来，完全神清气爽。他在看手表之前捡起了掉落的书本；他并未开始焦虑，也并无慌张，仿佛事先就知道天亮前会有充足的时间赶到那座庄园。不是说早去能改变什么；他只是计划今晚去见集团军总司令，所以没打算睡觉，不料却睡着了，不必被人叫醒就自己醒了，严格说来，至少时间还是今晚，完全来得及见总司令一面。

　　天还没大亮，传达室的哨兵给他放行（他独自坐在车里，是自己开的车），车子穿过大门，上了先是笔直、后又呈拱状的车道，穿过了回荡着春日黎明前夜莺的响亮啼叫的黑暗，一直来到别墅前。一名成功的拦路强盗建造了这所别墅和它坐落的园子，一位法国王后的远亲把它修复成他的故国的意大利风格；他的侯爵子孙们成了它的主人；然后收归共和国所有；接下来是拿破仑手下的一名元帅；随后是一位黎凡特①百万富豪；在过去四年间，出于各种实用的目的，它成为统领法国军队外围部队的将军的财产。师长进了园子才注意到那些夜莺，约莫就在此刻他意识到自己这两样都不会得到：无论是军权还是庄园，或者说夜莺的歌声，它们是为那些前来告别自己的过去和未来的分区指挥官们唱挽歌的。天还没亮，他猛地刹了车，停在那黑乎乎的一团暗影前面，这所建筑的风格与其说是路易时代的，不如说是佛罗伦萨的，而且与这二者相比更像是巴洛克。刹车时车身剧烈晃动，正如他那饱受摧残的坐骑马匹，他下了车，把车门朝身后一甩，响声打破了暗夜的寂静，亦如他把缰绳甩给马夫，甚至都不停下来看看那匹马的脑袋是否安在，随他便登上那些宽阔、低矮的台阶，来到装有雕花栏杆、摆着雕花装饰的石鼎的石砌露台上。那些旧时代的哥特式痕迹尚未消失殆尽：两、三天前留下的一堆马粪在露台门边，仿佛那位老王族大盗本人重新回归，或者也许是前天才刚离开此地，师长在经过的时候瞟了它一眼，心想这北方的白垩土壤里长出的草料使得马匹徒有其表，使它像空气吹起来一般，白白长了个大块头却不中用：速度和后臀都不如沙漠上出生的骨子里天生的彪悍、瘦削、轻盈的马匹，那些马几乎没有什么吃不了的苦，甚至蔑视这一切。不仅仅是马：人也一样，他心想，再次看到法兰西之前我曾所向无敌②，他寻思着人的寿数总要比他的生命来得更长，我们的贫困都是自己造成的，玩忽职守的结果；正如先人在他之前所思、所言，不应该允许士兵在经历过他有生以来

---

① 黎凡特，就地理概念而言，包含现今地中海东岸的黎巴嫩、叙利亚、约旦、以色列、巴勒斯坦自治区、塞浦路斯等大片地区。

② 原文套用戏仿"看到厄尔巴岛之前我曾所向无敌"（Able was I ere I saw Elba）这个著名的英语回文句，即：从左读或从右读都是同一句话。厄尔巴岛位于意大利西岸，拿破仑落败后遭放逐于此，写下了这句话。

的第一次炮火洗礼之后活下来。然后，他排除杂念，迈着有力的小碎步走到门前去敲门，故意先发制人，把门敲得很响。

  他看到了烛光，听到有脚步声。门开了：不是衣冠不整的圣日耳曼法布区副官，此人不过是一名列兵：一个中年男子，步兵靴没系鞋带，裤带耷拉着，一只手端着蜡烛，另一只没端蜡烛的手提着裤子，脏兮兮的淡紫色便服衬衫没有衣领，领口扣着一只失去光泽的铜扣，大小和形状像一颗狼牙。这个男人看上去并没有特别之处，当然了，那件衬衫除外：他（师长）有可能回到了十五年前的那一天，比岱终于晋升了上尉，还在军官学校① 得到了教官的职位，他和他太太终于又可以每晚睡在同一屋檐下了，她作为随军家属跟着他来到非洲，到了奥兰② 当地之后便暂时栖身于一间阁楼，当时也是同一名士兵侍奉，只是脏兮兮的淡紫色衬衣外面扎了一条绿色台面呢围裙，在他擦洗门廊或楼梯的时候，这位太太像一名中士一样高高在上地站在他身边，腰上别了一大串钥匙，她一朝他低语，他便吓得直抖，这一大串钥匙也跟着叮当作响，如今他扎着同一条绿色台面呢围裙上桌伺候一日三餐；显然是同一个士兵（或者至少这个同样是大块头），只是八年后无疑还穿着同一件衬衫，比岱那时已是上校，军饷也足够养一匹马了。这个士兵此刻身穿无领衬衫，外面系着一条白围裙，货真价实的锦缎衣服或是丝绸丧服上挂着一大串钥匙，随着他的一举一动叮当作响，围裙下同一双沉重的皮靴在食物的香气中散发出马厩粪肥的气味，同一只巨大的拇指浸在汤碗里面。

  他跟随烛光的引导走进卧室。倘若那位骑士般的、带有些许帝国元帅气度的江洋大盗看见这间卧室，他会嗤之以鼻，表示难以置信，而佛罗伦萨人的侯爵后裔有可能在这里住过，也有可能没住过，但那黎凡特人无疑在这里住过。他此刻意识到，还另外看见了一些意想不到的变化，尽管这在对方的意料之中。他站在床脚，隔着磨损的油漆

---

① 指当时位于圣西尔的步兵骑兵军官培训学校。
② 奥兰，阿尔及利亚的一座城市。

雕花床尾板，直接面对那位靠在枕头垛上的集团军总司令，对方戴着同样的一顶法兰绒睡帽，穿着同样的一件法兰绒睡衣，二十五年前的那一天他自己也带了那样一套去非洲，当时他和妻子都没有钱（他是一位寡妇的独子，母亲靠着——或者说尽力靠着——在萨瓦当小学教员的丈夫的抚恤金维持生计，而她则是一名退役的海军军士长的六个女儿之一），他不得不把妻子留在那所奥兰当地房子的炙热的屋檐下，丈夫第一次踏上外出戍边之旅，离开将近两年的时间；——此人甚至到现在看起来也不像一名法国士兵，二十五年前第一天看上去就像罪犯一般，完全不符合角色要求，而他自己当时活像是一名得了肺痨的小学教员，注定不仅只是要承受失败的命运，另外还有贫穷和自毁前程。他那时体重还不到一百磅（现如今他的身子骨结实多了，体型其实近乎肥胖，在事业发展的某个阶段就像是一架延迟发射的火箭似的，就连眼镜也摘掉了），戴着度数很高的眼镜，不戴眼镜就近乎失明，即便戴着它也几乎什么都看不见，因为有三分之一的时间镜片都被汗水浸染得模糊一片，他花去了另外三分之一的时间用斗篷的一角将它们擦干，只为赶在汗水再次将它们打湿之前能够看个清楚。他把苦行僧的气质带入了那个沙漠骑兵团的战地生活之中，就像是冷冷地、恶狠狠地怒视他人，眼睛不眨，毫不宽容，午夜时分在临床医疗或科学研究的专用无菌实验室里燃烧：对人的那份无情关注，不是作为一种帝国工具，更不是作为那个勇武、瘦小的生物，在他羸弱的血肉之躯上无所畏惧地背负着自身那不可名状的、无法理解的历史传统和漫长征途的巨大负荷，事实上甚至不是作为一个生龙活虎的动物，而是作为一架正在运转的机器，就像蚯蚓一般：活着的目的很单纯，只是为了搬运，自己其实一动不动，搬运的距离就是自己的身长，身体就是它居住的媒介，假以时日，它会把整个地球挪动那微不足道的一英寸，最终让它自己那张贪得无厌的嘴巴在那令人眩晕的深渊上面盲目地咀嚼着虚空：言语间对身体孔洞、黏膜的过分关注，冷若冰霜，尖刻犀利，充满轻蔑，就好像他自己没有这些器官，他宣称军队连肛门都不如，因为即便没有脚，它还会向前爬行、挣扎呢；由于他对自己的这个学说笃信不移，于是便得了一个外号——人们提起它来，先是报以轻蔑和嘲笑，然后是警觉和恼火，接下来是愤怒，而后变成了忧虑和无能为力的暴怒，因为他执意要证明自己的学说，不久便超出了他自己所在的排的范围，延伸到了连队和中队的层面，他当时还只是一名骑兵少尉，连卫生干事都不是，所以根本没有权利和权限这么做；后来再提起它，就不再是嘲笑了，甚至也不是轻蔑和愤怒，因为不久整个非洲统治集团得知了他是如何坐在营帐里吩咐他手下的团长连夜救回两名被某马背部落团伙俘虏的侦察兵，那伙人事后像羚羊一样四散奔逃了；事情办成了，后来，还是坐在营帐里，他告诉将军本人如何给一个迄今为止干旱的前哨基地持续不断地供应饮用水，那件事也办成了；他于一九一四年从一名纸上谈兵的上校升任为战地师长，三年后成为一名称职的、成功的集团军总司令，并且已被非正式地认定为接替元帅的第二人选，眼下他还不到五十五岁，穿着法兰绒睡衣，戴着法兰绒睡帽，坐在装饰俗丽的床上，勤务兵放在床头桌上的马口铁烛台里的劣质蜡烛照亮了洛可可风格的房间，他就像一位杂货商出身的议员到了一家奢华的妓院里那样，做出惊讶状，但是并无惊愕，也没有担忧。

"你算是说对了，"师长说，"我是不会去绍讷蒙的。"

"你做了一夜的思想斗争，"总司令说，"跟哪位天使搏斗来着？"

"什么？"师长说。他只眨了一秒钟眼睛，然后就像坚定地迈步走进没有一丝光亮的黑暗之中一般，从上衣里面掏出一张折叠的纸来，把它扔在总司令那盖着被子的双膝上。他坚定而冷静地说："没花那么久。"

总司令没去碰那张纸。他只是看了看它，愉快地说道："是什么？"

"我的辞呈。"师长说。

"那么，你觉得一切都结束了吗？"

"什么？"师长说，"哦，战争。没有，它没有结束。作为平头百姓，他们会给我找事做的。我过去还当过不错的兽医呢，也当过马蹄铁匠。或者，也许我还能到军工厂去，管理一条生产线，他们是这样叫的吧，不是吗？"

"然后呢？"总司令说。

师长看了看他，只有一秒钟的时间。"哦，你是指战争结束吧。我会离开法国。也许会去南太平洋，一个岛屿……"

"就像高更①那样？"总司令轻声说。

"什么人？"

"另一个人，有一天发现他也已经受够了法国，于是便去了南太平洋，成为一名画家。"

"这是另外一个地方，"师长即刻答道，"那上面不会有太多人需要粉刷自家的房屋。"

总司令伸手拿起了折叠的纸张，转过身去，捏住仍然折叠的那张纸的一角，把它凑近烛火，它被点燃，随即迸发出剧烈的火光，总司令又坚持了一秒钟才撒手，它嘶嘶地落入床头的痰盂里面，而他同时身子向下一出溜，再次倚靠在枕头垛上，把被子向上一拉。"绍讷蒙，"他说，"明天下午三点——哎哟，现在已经是明天了。"师长也跟着意识到了这一点：日期更迭，明天总是不可避免地到来，令人不易觉察，人类无法改变，它也不受人类左右；就在不久前的昨天，他动了怒，明天一到他和他的怒火就会被一起遗忘。过了一秒钟左右，他才意识到总司令还在对他讲话："——如果世人觉得他们想要停止争斗二十五或三十年，那就随它去吧。但不是以这种方式。这可不像一群农民，土地耕种了一半，便扛起镰刀和午餐提盒，说走开就走开了。今天下午你要去绍讷蒙。"

"因为军有军规，"师长粗声粗气地说，"我们定下的规则。我们必须要执行，否则就死定了——这些上尉和上校们——无论付出什么代价——"

---

① 保罗·高更（Paul Gauguin，1848—1903年），法国后印象派画家、陶艺家、雕塑家及版画家，同塞尚、凡·高并称为法国后印象主义的三大画家。四十三岁那年，高更卖掉部分作品以筹集路费，前往南太平洋岛屿塔希提，在一个小村庄里居住下来。

"可发明战争的不是我们，"总司令说，"是战争塑造了我们。从人类无法根除的疯狂贪欲之中，那些上尉和上校应运而生。我们就是他的职责所在，他不能推卸责任。"

"但不包括我。"师长说。

"也包括你。"总司令说，"我们可以偶尔允许自己带的兵让我们失望；注定一直做一名普通士兵是他们的宿命，这是先决条件之一。他们甚至可能会阻止战争，以前这么做过，以后还会这么做；我们很清楚能够完成这个壮举的其实是他们，所以我们的职责只是不让他们知道这一点。如果他们愿意，就让他们联合起来大张旗鼓地阻止战争吧，只要我们能不让他们知道他们已经得手就好。刚才你说我们必须执行规则，否则就去死。废除一条规则不会毁了我们。没那么严重。只消把一个字眼从人类记忆中抹去就够了。可我们就安全了。你知道是哪个字眼吗？"

师长看了他片刻，问道："是什么？"

"祖国。"总司令说。这时，他掀开了被头，正准备拉起来蒙上他的头和脸。"是的，让他们相信自己能够阻止战争，只要他们不怀疑自己得手就行。"被子向上动了一动，现在只有总司令的鼻子、眼睛和睡帽露在外面了。"让他们相信自己明天就能结束战争；然后他们就不会去想也许今天能够做到。明日复明日，明日何其多。这就是你牵制住他们的希望所在。格拉格衣中士获得这三颗星全凭自身的努力，既没有人类的帮助，也没有上帝的庇佑，但是这三颗星已经让你万劫不复，将军。就把你的努力看作这个世界的殉道吧，你会拯救世界的。今天下午去绍讷蒙吧。"

现在师长已不再是一名将军了，还不如二十五年前的那名中士呢，他那时有着不屈不挠的自尊，不向任何人低头认输。"可我呢，"他说，"我的下场会是怎样？"

这时就连睡帽也不见了踪影，被子下面传出那个瓮声瓮气的声音。"我不知道，"那声音说，"你就要光荣了。"

星期二晚上

那个星期二午夜过后不久（此时已是星期三），两名英国列兵正在贝休恩矿渣堆下面的一条前线战壕内的射击踏台上坐着休息。两个月前，他们看它不仅要从另一个角度，而且还要从另一方向；在此之前，前线与它的关系似乎早就存在，比记忆要更久远。但是，自从突破它以来就没有固定的前线了。原来的廊道自然还在，上空笼罩着无烟火药的刺耳呼啸和刺鼻气味，但是只有两端连着地面了：一端位于海峡①某处，另一端位于法国屋脊②某处，在条顿③人狂风暴雨般的猛烈攻势下，廊道仿佛中间鼓胀起来，就像即将被风刮跑的晾衣绳似的。自从昨天下午三点之后（应该是昨天早上，法国人是中午停战的），它在日耳曼空军被压制的强攻下不堪重负，摇摇欲坠，但还是苦苦硬撑着，眼下就连顶篷也不见了；黑暗里，最后一架巡逻机也已回巢了，只剩下从暗哑的铁丝网后面迸发出的火光，带着微弱的嘶嘶声，一种拖着长腔的轻声抽泣声，那火光在夜空中如烟花般绽放，又如降落伞般坠落，与一个警局太平间里的作业照明灯发出的色调浓重的冷光交相辉

---

① 指英吉利海峡。
② 亦称"欧洲屋脊"，指位于法国和意大利边境地区的勃朗峰，海拔四千八百一十米，是阿尔卑斯山脉的最高峰，也是欧洲最高峰。
③ 指德国，同下文的日耳曼。

映，随后静静地隐没在夜空里，就像滴在窗玻璃上的油脂一般，远处向北有一门炮间隔一段时间就微光一闪并隆隆作响，是门大炮，接下来却没有爆炸声，好像是朝着海峡——北海五十英里以外的地方开火，或者也许是朝向比它更加广阔、更加刀枪不入的某个目标：向着宇宙、太空、无限远的地方，朝着绝对法则、终极自我发出它的无伤大雅的声音：阴曹地府的无牙铁嘴，不知疲倦、无可奈何地咆哮怒吼。

　　列兵中有一名是哨兵。他站在射击踏台上，轻靠在墙上，旁边就是沙袋堆放形成的孔隙，里面竖着子弹上膛的步枪，保险关掉了。参军之前，他无疑是一名马夫，因为即使身着卡其色军装，作为步兵已参战四年，他走路、站着的时候仍会发出一种气息，带着马厩和饲料的恶臭——他有一张严肃的面孔，身材像赛马骑师那样瘦小，那扭曲变形的双腿似乎给法国和佛兰德斯地区①的淤泥里带来了某种强悍、轻盈、机敏的马匹和赌徒的气质，钢盔还是像从前那顶脏兮兮的厚格绒便帽一样歪戴着，那顶帽子可是他旧日亡灵召唤和献身的勋章。但这只是猜测而已，基于他的外表和气质，不是基于他曾经讲述给任何人听的故事；就连他同一个营的战友们，虽然仍然活着与他相识四年之久，但对他的过去还是一无所知，就好像他没有过去，直到一九一四年八月四日才来到世上似的——他是个自相矛盾的人，本就不该来步兵营，在一定程度上是个谜，甚至就在他入营（约莫是一九一四年圣诞节）六个月之后，指挥该营的上校被白厅②召去专门汇报了他的情况。因为政府当局发现该营有十一名列兵把他列为自己的士兵人寿保险受益人；而当上校到达战争部的时候，这一人数已增至二十人。尽管上校在离开军营前做了两天的集中调查，但他所了解到的并不比伦敦方更多。因为连队长们对此并不知情，他从士官那里得到的也只有谣言和道听途说的消息，至于列兵们自己，他惊讶地发现大家虽对此人尊敬有加，

---

① 佛兰德斯地区，位于北欧，欧洲著名的工业发达地区，包括现比利时的东佛兰德省和西佛兰德省以及法国北部部分地区。

② 白厅，英国政府的代名词。

但对他的具体情况却一无所知,其结果是(当陆军部收到第一份报告时有十一人,等到上校抵达伦敦时有二十人——而现在上校离开军营已有十二小时——谁知道人数至此又增加了多少呢),士兵们全都老老实实地定期去找该营的军士长,显然是出于自愿,提出请求,他们由于自己没有法定继承人,因此有权这样做,而大英帝国也应予以默许。至于此人本身——

"是的,"负责对此事进行非正式问询的参谋少校说,"他是怎么说的?"然后,过了一会儿:"你难道就没有问问他?"

这一次,上校耸了耸肩。"有必要吗?"他说。

"也是,"少校说,"但我本想去问问的——哪怕只是了解一下他能卖给他们什么也好。"

"其实,我更想知道那些有法定继承人、不能转让保险的列兵是怎么给他报酬的。"上校说。

"很显然,他们的灵魂呗,"少校回答,"既然他们注定一死。"情况就是这样。在全部的国王律例之下,所有身穿卡其色或者蓝色军服的人员可能从事的每项活动、做出的每个姿态和想法都要经过筛选、检验和证明,既有针对它的规章制度,又有关于违反此规章制度的惩罚措施,但唯独就没有这一条:他(此人)没有违反任何纪律,未曾与敌人私通过,还总能把铜扣擦得锃亮,把绑腿扎得整齐,向长官敬礼也算规矩。然而,上校仍然坐在那里,少校这下子就不止是好奇了,他说:"怎么啦?说吧。"

"我说不出来,"上校说,"因为我能想到的唯一字眼就是爱。"接着解释说:他是一个傻呵呵、暴脾气、脏兮兮、孤僻而不讨人喜欢的人,显然既不赌博,也不喝酒(在过去两个月里,该营的军士长和上校的勤务兵中士牺牲了不少闲暇和睡眠时间——当然是不代表官方的——他们会突然走进防空洞、营舍和小酒馆,查实这一点),他白天似乎根本没有朋友,可每当军士长或勤务兵中士走进一个防空洞或营舍时,他们便会发现里面挤满了人。而且还不是同一批人,每次都会有一批新面孔，因此在两个发薪日之间的那段时间就会有人被选派坐在此人的床铺旁边，整个营所有士兵们的名字都会被点到；千真万确，在发薪日那天，或者随后一两天内，大家都知道队列常会一直排到街上，就像人们排队等着进电影院那样，防空洞、房间里都顶门挤满了人，他们或站或坐或蹲，挤在床铺旁或房间角落里，而那人经常是躺在那里睡着了，表情郁郁寡欢，无可奈何，连话都不讲，就像那些在牙医接待室里等候的人——等候，没错，准尉副官和中士都意识到，如果不是别的什么，那就是在等他俩——离开。

"那你为什么不给他的臂章上增加一道呢？"少校问，"假如是忠诚，那何不利用它来为英国军队赢得更大的荣誉呢？"

"如何利用？"上校问，"此人已经赢得了整个营的人心，难道能用一个小队就把他收买了吗？"

"也许你也应该把你自己的保险和存款簿转给他。"

"是的，"上校说，"如果他给我点时间的话。"情况就这样。上校陪妻子待了十四个小时。第二天中午，他又回到了布伦①；当天下午六点钟，他的汽车开进了村庄，那时全营士兵都在宿舍里休息。"停车。"上校说，他在车里坐了一会儿，看着士兵们排着队极其缓慢地向大门口移动，走进一个湿漉漉的石头庭院；一千年来，法国人已在皮卡第省、阿图瓦省和佛兰德斯地区的乡下各处建起这些庭院，显然是在战役间隙用来安置前来帮忙保护他们的同盟国军队的。不，上校心想，不是电影院；他们没抱那么大的期望，尽管迫切心情有两倍那么强烈。他们就像排队上厕所一样。"继续往前开。"他说。

另外那名列兵是营里的传令兵。他正坐在踏台上，步枪已从肩上卸下，支在身旁，自己也半倚半靠在壕壁上，靴子和绑腿上没沾上战壕里的干泥巴，只是新近落上薄薄一层来自公路的粉尘；他并未表现得有多慵懒，只是疲惫而已，体力已经耗尽。不是那种筋疲力尽，而

---

① 布伦，法国北部港市，即滨海布洛涅。

是恰恰相反：这背后流露出莫名的紧张，因此他似乎并未被疲惫所控制，反倒像是做出的疲态，就好像落在他身上的尘土，他在那里坐了五六分钟，一直在不停地讲话，声音里也没有丝毫的疲惫。在过去那被称作和平的转瞬飞逝的岁月里，他不仅是一名成功的建筑师，而且技艺也十分精湛，即使（私下里）是个唯美主义者，甚至有点矫揉造作；在过去那些沉闷无趣的日子，每到这个时间点，他就会坐在伦敦索霍区的一家餐馆或工作室（或者，运气好的话，甚至会在梅费尔高级住宅区一家的客厅或者——至少一两次，也许有三次——闺房里），过分喋喋不休地谈论着艺术或政治或生活，或者其中的两者，或者全部三者。他曾是第一批伦敦志愿兵之一，也是卢斯地区的一名列兵；早先离开他所在的排的时候，他的臂章上连一等兵的条纹都没有，后来在运河①对岸活着把它赚了回来；他在帕斯尚尔②当了五天的排长，职位得以确认，从战场调到军官学校，佩戴着他那唯一的成果过了五个月，到一九一六年那天晚上，交接班后他走进了连长的防空洞，连长那时正蘸着一只麦科诺基铁皮罐头③盒里的水刮胡子。

"我不想干了。"他说。

连长手里的剃刀未停，也没挪动一下去看对方镜子里的映像，说道："我们又何尝不想呢。"然后，他停下手来。"你是认真的吧。好吧。从战壕走上去，朝自己的脚开一枪。当然了，这样做的人从来都没真正逃过惩罚。但是——"

"我知道，"对方说，"不，我不想出走。"他用右手指尖快速地碰

---

① 指比利时西部的伊普尔运河，第一次世界大战期间西线最大的一次战役发生于此。该战役于一九一五年四月二十一日由德军对英法联军发动，这是人类战争中第一次大规模使用毒气。

② 帕斯尚尔，指比利时的帕斯尚尔，因历史上的帕斯尚尔战役而闻名。该战役于一九一七年七月三十一日爆发，交战双方英国和德国经历了长达四个多月的拉锯战，盟军伤亡三十二万五千人，德军伤亡二十六万人，最后以英军攻占帕斯尚尔告终。

③ 第一次世界大战期间的军用罐头品牌，内装烩菜、肉之类的方便食品。

了碰左肩上的那个标记。"我只是不想要这个了。"

"你是想做回普通士兵吧,"连长说,"你对人类那么有爱,所以必须和他们同舟共济吧。"

"让你说着了,"对方说,"刚好相反。我非常憎恨人类。听到他的声音了吗?"他的手又动了动,这次是朝向身体以外,做了个手势,然后又放了下来。"再闻闻他的气味吧。"尽管那还是在防空洞里面,地面以下六十个台阶:不仅是隆隆声和低语声,还有那恶臭,那样的气味,那样的污秽,简单的日常生活产生的那股臭气:不是那早已烂在污泥里的死人的骨肉,而是因为活人也在这同样的污泥里吃、睡了很久。"我了解自己的过去、现在和未来——当然要假设我未来还有幸活着,继续做这天之骄子,这我大概会的,我们中有些人显然不得不活着,也别问我这是为什么——当我完全是出于偶然的机会,外衣上佩戴了这个小小的勋章,不仅有了权力,得到了整个武装政府的支持,能使一大群士兵们听命于自己,而且在他们违反命令的时候还有权惩罚他们,可以亲手开枪打死他们,这时我才意识到他们是多么值得恐惧和憎恨啊。"

"不只是你的憎恨、恐惧和厌恶。"连长说。

"对,"他说,"我只是无法面对。"

"不愿面对。"连长说。

"无法面对。"他说。

"不愿面对。"连长说。

"好吧,"他说,"所以我必须回到污泥中去,和他们待在一起。那样我可能就解脱了。"

"从哪里解脱呢?"连长问。

"好吧,"他说,"我也不知道。也许是不必再没完没了、不可避免地不时展开对人类的意淫,也就是人们所谓的希望。这就足够了。我想过直接去找旅长。那样能够节省时间。不过,上校可能会因为被忽略而生气。我正在找《皇家条例命令》里面所称的渠道。只是我好像不晓得有谁读过那本书。"

这事没那么容易。营长拒不支持他的做法；他发现自己面前是一位二十七岁、从桑赫斯特①出来还不到四年的旅长，身上佩戴着蒙斯星章②、军功十字勋章及彩色条纹绶带③、金十字英勇勋章、法国十字军勋章，还有比利时国王授予的奖章以及三条战伤标志，他甚至不能——不是不愿，而是不能——相信自己的耳朵，更不用说听懂那个说客在说什么了，他说："我敢说你早已想过朝自己的脚上开一枪了吧。先把手枪举高六十英寸。你倒还不如从胸墙上跳下去，是吧？还有更好的呢，顺便从铁丝网钻过去吧。"

可这事说难也不算难，他终于想到了一个办法。他一直等到自己该休假的时候。他不得不这样做；他绝对不想开小差。在伦敦他找了一个女孩，一个年轻女人，不是职业妓女，也算不上信誉良好的业余者，已有两三个月的身孕，而孩子的父亲可能是三个男人中的一个，其中两人在两周之内相继战死在涅普森林相隔一英里的地方，另外那个现在在美索不达米亚，也不了解情况，因此（他当时是这么想的）愿意帮他一把，出了个价——两倍于她提出的价格，是他在考克斯银行与军队代理公司的账户里的全部余额——编造的情节之俗气、粗陋也只有美国电影才比得上：他们两个被当场公然抓了个令人发指的现行，完全供认不讳，却做不出另外一种解释，以至于任何人，甚至连那些负责监督盎格鲁－撒克逊出身的初级军官们行为举止的校级道德说教者，都会直截了当地拒绝接受或者相信它。

不过，这个办法奏效了。第二天早上，在骑士桥兵营的接待室里，

---

① 桑赫斯特，英格兰南部的一个小镇，英国陆军军官学校设在那里。

② 蒙斯是比利时西南部城市，一九一四年八月二十三日发生了第一次世界大战期间著名的"蒙斯战役"。英国远征军与德国第一集团军之间展开的这场激战双方伤亡惨重，最终比利时军队和法国军队成功在依瑟集结，从而保证了马恩河战役的最终胜利。该勋章授予一九一四年十一月二十三日之前在法国和比利时军队服役的士兵。

③ 该勋章授予军官，以表彰其英勇行为；绶带，表示受勋者曾参加过某次战役或第二次获同一勋章的金属带。

一位参谋发言人提供了一项特殊待遇,作为保护军团荣誉的备选方案,他先前已先后向连长、营长提过这个要求,三个月前最后还在法国向旅长本人提过;过了三天三夜,他路过维多利亚火车站,排队走进一个挤满列兵的车厢,十天前他就是坐着这趟返程车的军官一等座从多佛回来的。他这才发现自己以前误解了那个女孩,她刚开口对他讲话时他一开始都没想起来她是谁。"那么做不管用的。"她说。

"不,"他说,"管用了。"

"可你要回去了。我还以为你不想当军官,这样你就不用回去了。"然后,她紧紧地抱住他,一边骂他,一边哭。"原来你一直都在撒谎。你说想要回去。你只是想再做回一个可怜的、该死的列兵。"她拉扯着他的手臂。"来吧。趁着门还没关。"

"不行,"他说着,犹豫了一下,"不要紧。"

"来吧,"她说着,猛地拉了他一把,"这些事情我了解的。早上有一趟列车你可以坐;明天晚上到了布伦,你才会被上报缺席。"排队的人们开始移动。他试图随着队伍一起走。但是,她却抓得更紧了。"难道你不明白吗?"她大声喊道,"我到明天早上才能拿钱还给你哦。"

"放开,"他说,"我必须上车找个角落睡上一觉。"

"火车两个小时以后才开呢。你以为我见过他们多少人离开呢?来吧。从这里去我家用不了十分钟。"

"放手,"他说着就走,"再见。"

"只有两个小时。"一位中士朝他喊了一声。已经很久都没有士官这样对他说话了,他一时没反应过来对方是在跟自己说话。但是,他已经突然挣脱开来,动作迅猛有力;一个车厢在他身后打开了车门,他随即上了车,把背包和步枪胡乱扔到其他一堆东西上面,跌跌撞撞地跨过一片横七竖八堆叠在一起的腿脚,正要把身后的车门拉上,可她朝着车门的缝隙大声喊道:"你还没告诉我把钱寄到哪里去呢。"

"再见。"他说着关上车门,把她留在了台阶上,火车开动以后她还紧追不舍,她那张大嘴巴的急切面孔在无声的玻璃外面随火车平行移动,直到站台上的一名宪兵猛地把她拉了下去,而她的脸,不是火车,似乎也突然消失了,一瞬间便不见了踪影。

他在一九一四年被派去跟一群伦敦人为伍,就在他们中间编入现役。这一次,他将被派往诺森伯兰边境居民组成的一个营。人还没到,他的事迹早已先行;一名下士正在布伦码头等着带他去铁路运输管理处的接待室。中尉曾经与他上过同一所军官学校。

"这么说,你给他们派了任务,"中尉说,"不要跟我讲:我也不想知道为什么。你是要去第X营吧。我认识詹姆斯(指挥它的陆军中校)。我去年第一次上战场就跟他一起在先遣队来着。你不想去排里当兵吧。话务员怎么样——在军士长手下工作?"

"就让我当个传令兵吧。"他说。就这样,他成了一名传令兵。铁路运输管理处的中尉对他评价甚高:先于他传到这个营的不仅是他的履历,还有他过去的事迹,他来这个营还不到一周,就连中校本人也有所耳闻,这可能是因为他一个传令兵竟有资格佩戴陆军上校(他也不是一名职业军人)才能佩戴的彩色条纹绶带(他已经不戴它了,因为那是军官授勋的标志,而且现在他天天和列兵们吃在一起,睡在一处,要是在列兵军装上衣再挂上那条绶带的话,就会被勒得喘不过气来了);这一点,还有另外一件事,但他从来都不会相信这二者之间的联系不仅仅是巧合。

"你看,"上校说,"你来这里可不是惹是生非的。你应该清楚唯一的可能性就是继续做下去,把它做完,而且还要做好。我们已经有个可能会制造麻烦的人——除非他做事越了雷池,我们也不知道他在打什么坏主意。"他还提了那个人的名字。"他和你是一个连的。"

"我不会,"传令兵说,"他们至今还不肯跟我讲话。就算他们愿意和我说话,我也想跟他们说,我大概还是说服不了他们做任何事情。"

"连他(上校又提了那个列兵的名字)也不行吗?难道你也不知道他在打什么主意吗?"

"我可不是个挑事儿的人,"传令兵说,"我又不是间谍。记住,事到如今,一切都结束了。"他说着,伸出一只手轻轻地碰了碰自己对侧的肩膀。

"可我觉得你不会忘记自己曾经是吧,"上校说,"你是在拿自己开玩笑呢,你很清楚。如果你真的憎恨人类,你只需要拿回你的手枪,到厕所干掉自己,就摆脱了。"

"是,长官。"传令兵说,他完全怔住了。

"如果你非要恨谁的话,那就恨德国人吧。"

"是,长官。"传令兵说。

"怎么?不说话了?"

"所有的德国人,再加上他们的亲朋好友,还不足以构成人类。"

"对我而言,这样就足够了——现在,"上校说,"最好对你来说也是这样。不要让我逼着你才记起军服上的那颗星。哦,我也知道:有些人为了作为业绩昭彰的首相或者内阁大臣名垂青史,拿这个来欺世盗名。有些人为了成为百万富翁,供应枪支和炮弹;有些人一心想着有朝一日被人称作陆军元帅或马桶塞街[①]子爵或者茅坑[②]伯爵,发明了他们称之为计划的赌博游戏;有些人为了赢得一场战争的胜利,费尽心机,哪怕挖地三尺,即使凭空捏造,也要找个敌人出来打仗。这就算答应了吗?"

"是的。"传令兵回答。

"好吧,"上校说,"继续做吧。只是要记住这一点。"他记住了,有时是在值班的时候,但大多数时候趁着全营士兵待在宿舍休息,他肩上背着没装子弹的步枪,这成了他身份的标志、职责的象征,衣袋里塞着一张——无论什么——纸条,上面有上校或者副官的亲笔签字,以备不时之需。有时他会设法拦下过往的车辆搭个便车——卡车,空救护车,没坐人的摩托车挎斗。有时在休息区他会假借通讯员之名,连哄带骗地征用一辆摩托车;人们会看见他坐在侦察机、战斗机、轰炸机中队的飞机库里的空汽油罐子上,在火炮或运输车场的材料棚里,

---

[①] 普洛格街林地(Ploegsteert Wood),也被英国士兵戏称为"插电街"(Plug Street),是第一次世界大战时期西部战线的一部分,位于比利时西北部瓦隆地区的普洛格街村附近。此为该地名的谐音意译,有讽刺调侃之意。

[②] 卢斯的谐音,此为该地名的意译。

在实地观测站、医院和师部城堡的后门,在厨房、食堂和乡村小酒馆的迷你吧台,就像他对上校说过的那样,他一言不发,只是倾听。

就这样,他几乎马上了解到那十三名法国士兵的情况——或者说,身穿法国军装的那十三个人——他们最近一年来在英军,显然也在法军的中士级别以下的所有作战部队中间广为人知,他同时意识到自己不仅是整个盟军前线中士级别以下的士兵当中最后一个听说他们的人,而且还了解到这其中的原因:他在五个月前还是一名军官,军装上衣上面还别着徽章,因此被永久地剥夺了怀抱简单的激情、希望和恐惧的权利和自由——包括对家乡的思念之情,对妻子和养家费的担忧之心,还不够买低度淡啤酒的每天一先令的工资,甚至连害怕死亡的权利也没有——所有那些同胞情谊的联盟使得人们承担起了战争的重负;其实,意外的是,由于他曾当过军官,他获准去了解那十三个人的情况。

给他提供信息的是陆军后勤部队的一名六十多岁的老列兵,此人是萨瑟克区①一个新教小教会的成员和非神职牧师;他身兼二职,一边做守门人,一边做贴身侍从,像以前他的父亲和以后他的儿子那样隶属于律师公会②的一家法律事务所有着无懈可击的记录,但是一九一四年春天在老贝利③巡回审判法庭上,他的儿子本会因入室盗窃被判入狱,只是首席法官不仅是一名人道主义者,而且跟那家法律事务所所长同为一家邮票研究协会会员;于是他的儿子转天获准参军,八月份去了比利时,然后被通报在蒙斯失踪,一切都发生在三周之内,大家都接受了这个事实,唯独这位父亲无法接受,他从法律事务所获准休假去报名参军,而法律事务所准假的唯一原因是他的雇员们都认为他通不

---

① 萨瑟克区,英国泰晤士河的南岸地区,为伦敦的自治区。

② 英国的律师公会起源于十三世纪后期,是当初居住在伦敦威斯敏斯特区三大中央法庭所在地附近的客栈或酒馆的法律学徒自发组成的具有自治团体性质的、行会式的小型法律学院;十四世纪以后逐渐形成了后来著名的四大律师学院,即林肯律师学院、中殿律师学院、内殿律师学院和格雷律师学院,具有很强的行会性质。

③ 老贝利,此指英国伦敦老贝利街的中央刑事法庭。

过体检；八个月后，这位父亲也到了法国；事情已经过去一年了，他仍在努力请假，因为没能获准，随后他又调到蒙斯附近的部队来寻找儿子，虽然他已经很久没有对一个接一个前来接管圣奥梅尔后面的弹药库的小字辈们（对他来讲是这样）提起儿子了，似乎已经忘记了出发的原因，而只记得目的地，他仍是一位非神职牧师，还在一边做守夜人，一边身兼看护，没有任何不良记录。但有天下午，在弹药库他对传令兵讲起了那十三名法国士兵的事情。

"去听听他们说什么吧，"这个看门老兵说，"你会说外语，你能听懂他们的话。"

"我记得你说过有九个人应该是讲法语的，却不说法语，剩下四个人什么也说不了。"

"他们不需要说话，"老兵说，"你也不需要听懂，去看看他就行。"

"他？"传令兵问，"现在只有一个人了吗？"

"难道以前不就是只有一个人吗？"老兵说，"有一个人不就够了吗？他对我们说着两千年前人们所说的同样的话：我们所需要的只是说一声，够了；——我们，甚至还不是那些中士和下士，而只是我们，我们所有人，德国人、殖民地居民、法国人和其他困在这泥泞之中的外国人，异口同声地说：够了。让那些已经死去的、伤残的、失踪的人们安息吧——这件事如此容易，如此简单，哪怕是罪孽深重、愚蠢至极的普通人这一次都能够理解并且相信它。去看看他吧。"

但是，他没去看他们，至今还没去。倒不是因为他找不到他们；无论任何时候，他们都在英军区，在色调单一的卡其色军装当中，那十三名士兵穿着战火熏染的天青色军装，就像苏格兰城壕里的一簇风信子，煞是显眼。他还没试过。他也不敢；他自己当过军官，即便只有短短的八个月，即便他放弃了，但有些无法磨灭的东西却仍然残留下来，就像被剥去法衣的牧师虽然本质上不再是神职人员，或者表示忏悔的谋杀犯虽然内心里有所悔改，但身上始终都带着旧时那种无法磨灭的气质，像催化剂一样；他似乎不敢走近那些人身边，哪怕只是在聚拢的人群外围，就连走过、路过那一小簇代表希望的蓝色都做不到，更不要说停下来了；即便他对自己说他不相信，这不会是真的，不可能，就算有可能是这样，那也无需向上级隐瞒；上级知晓与否并不重要，因为面对那不做反抗、不提要求、消极怠工的一群人，那残酷无情、无所不能、不可挑战的当权者也会无能为力。他心想：即便耗尽最后一支步枪和手枪，打光最后一发炮弹，他们也只能处死我们这么多人。想象一下：首先，那些无名无分的副官和初级职员们（他也曾经是其中的一员），被贬黜到车床和齿轮处，保证它们运转起来，安装步枪管，填充炮弹壳；接着，狂热和恐惧升级，蔓延到上一个阶层：上尉、少校、秘书和专员们全副武装，披挂整齐，身披绶带，穿着条纹裤，夹着公文包，来到油罐和飞轴中间；然后是陆军校官：上校、参议员和众议员们；最后，终于轮到了大使、部长和上将们，他们自己也在速度减缓的齿轮和逐渐熔化的轴承中间，变得疯狂起来，手足无措，而那些老人，剩下来的少数几个国王、总统、陆军元帅、烂牛肉和鞋钉男爵们，背对着他们那个真实、可信的世界的最后一堵摇摇欲坠的城墙，已经筋疲力尽，不是因为彻底厌倦了血腥，而是因为瞄准使他们目力衰竭，指手画脚使他们肌肉劳损，扣动枪机使他们的手指痉挛，他们向海面虚弱无力、散乱、无目地齐发了最后一阵乱枪。不是我不相信，他说。是因为这不可能是真的。事到如今，我们已经没救了；就连上帝也已经不想要我们了。

于是，他认定自己并不是在等什么：只是在观望。又到了冬天，从阿尔卑斯山脉一直不间断地延伸至大海的长长战线，几乎如休眠一般静静地躺在失去生机的污泥里；这正是他们的大好时机，就连前线部队也有了一段闲暇时间，回忆起他们那些温暖、干燥而整洁的日子；对于他和其他十二个人来说——（他几乎是不耐烦地想，好吧，好吧，他们也是十三个人），——现在这片土壤不仅犁过了，甚至已经喧腾起来，他们有了一点空间来思考、回忆和恐惧。他（传令兵）心里想的不是死亡本身，而是这种死法如何不体面：哪怕是被宣判死刑的谋杀犯都比自己的境况要好，有一个小时的固定时间足够用来唤醒勇气去坦然面对死亡，万一勇气没能唤醒还能有足够的隐私空间将其藏匿起来；谋杀犯不会在毫无准备的瞬间同时收到判决书和行刑通知，甚至没有休息时间，只管跑，跌跌撞撞地跑，就像濒死的负重骡子，身上挂着叮当作响的铁链，死神可能会从任何角度把他带走，前后或上方，气喘吁吁，身上满是寄生虫，散发出自身的体臭，连排泄体内的屎尿的隐私都没有。他知道自己在观望什么：在死水中等待那一刻，当权者最终会意识到在他所管辖的地界边缘有一群格格不入的蓝色异类。现在随时都可能发生；他所观望的就是一场赛跑。冬天快要结束了；他们——那十三个人——还有时间，但时间已所剩无几。春天就要来了：那欢快明亮的时光开始变得动感十足，脚下的大地也变得干燥起来；甚至在这之前，英国政府、法国外交部、德国相关部门的人们又会想出什么新的主意，即使还是那种以前不管用的主意。接着，他突然明白了当权者是否了解这十三个人根本不重要的原因。他们无需了解，因为他们既有权力，又有时间；他们无需追踪、揪出并处置这区区十三个人：这些人所从事的副业本身就是当权者的护身符和安慰剂。

而且已经没有时间了。春天已经来了；（现在是一九一八年）美军已经参战，发疯似的从大西洋彼岸赶来，趁着时间还来得及，战争的残局还没完全消失，战争终于取得了突破：旧时的德军残部重新席卷而来，如潮水般掠过索姆省和皮卡第省的小镇，你可能还以为这些小镇已经度过了它们的学徒期呢，一个月后又沿着恩河沿岸洗劫，巴黎办事处的职员再次给那些破旧、无主的公文包上了锁；五月份又轮到了马恩河，这次美军在那些被摧毁的小镇发动了反攻，你可能以为这些小镇已经逃过一劫了呢。此时此刻，他并没有在想什么，他太忙了；最近两个星期以来，他和他那支至今还没开过火的步枪待在一个排里，这是后卫部队的一部分，他忙着回忆如何走回头路，没有时间思考，趁着自己还没失去相信的能力，用昔日时光的一个片段来代替思想的痛苦煎熬，比如在牛津读书的岁月（他甚至还能看到书页），只是现在好像比那时更年轻，年轻得根本不可能已经忍痛走了这么远：

瞧！我犯下了
通奸罪。但那是在
另一个国度；而且
那小妞已然死去。①

所以当事情终于发生的时候，他事先没有得到任何预兆。浪潮停了下来，他又成了一名传令兵。黎明时分他刚从师部回来，两小时后他正在杂役队的一个士兵的床铺上睡着，一名勤务兵来传话叫他去一趟办公室。"你会骑摩托车吧。"上校说。

他心想你明知故问。他说："是的，长官。"

"你去军部吧。他们需要几个通讯员。卡车会在师部那里接你和其他人。"

他甚至都没去想其他什么人。他只是想到他们已经杀死了那条毒蛇，现在不得不处理掉残骸；他随后回到师部，其他营的八名传令兵和一辆卡车已经等在那里了，他们一行九人被卡车专程送到军部成了特别通讯员，一般情况下军部满是通讯员，他们还没得到通知，也不知情，却一点都不疑惑，也丝毫不关心；在这个完好无损、未遭破坏的地方，他的脸上凝固着一副略带痛苦却近乎微笑的表情，因为他很早以前就知道了，这算是陈年旧事了：是的，他想到的是一条比他们预想要摧毁和消灭的还要大的蛇。他在军部也没了解到更多信息，在接下来的两个小时里给自己以前从没接触过的人们飞速收发急件——不是去军士的队部办公室，而是亲自去少校、上校，有时甚至是上将那里，在运输机场和炮队阵地，一排排伪装下的运输机和大炮停在路旁，等到夜幕降临就开始行动，在就位的炮台、航空队联队办公室和前沿飞机场——那张表情凝固、略带苦相、貌似微笑的面孔背后此时甚至不再有疑惑：他在法国当

---

① 出自于英国文艺复兴时期主要戏剧家之一克里斯托弗·马洛（1564—1593）的著名剧作《马耳他岛的犹太人》（1592）第四幕第一场。

了二十一个月的兵可不是白当的，况且其中有五个月还是军官呢，所以当他目睹这一切的时候就知道发生了什么：战争这台巨大而又笨重的机器正在慢腾腾地停下来，想要掉转车头，轰隆隆地朝着一个新的方向进发——这无主的胜利之波已经被退潮耗尽，又被相伴的涨潮带了回来，它的消退不是因为本身的势头减弱，而仿佛是因它自身的成功而产生的垃圾拖了后腿；事后，当他在后方的公路上飞速奔波了数日之后才意识到他路过的地方都是怎样的光景；他后来甚至都想不起来究竟是谁在什么时候哪个地方说："今天早上法军停火了——"这个无名的声音可能来自于一辆过路的卡车，或者另一辆摩托车，或者是他在哪个队部办公室放下一个急件并取走另一个急件的时候；他只是继续飞驰，冲进喷薄而出的太阳，然后才意识到他听到了什么。

等他终于见到人影时已是午后一小时了：一名下士正站在一条乡村小道上的一家小餐馆门前——他在做军官的时候曾在那个营的接待室里见过此人；他放慢速度，停了下来，双腿还跨在摩托车上；这是他第一次中途停车。

"不，"下士说，"只有一个团。事实是，他们此时此刻正沿着整个战线对德军的后援和通讯部门发起又一轮最猛烈的攻击呢。从黎明开始一直没停——"

"可有一个团停火了，"传令兵说，"的确有一个团这么做。"下士根本没有正眼看他。

"他们喝高了吧。"下士说。

"还有，"传令兵轻声说，"你说错了。整个法国前线中午都停火了。"

"可我们不会。"下士说。

"还没呢，"传令兵说，"可能还需要一些时间。"下士还是没有看他。这时下士什么也没说。传令兵轻轻地用对侧的手快速地碰了一下肩膀。"现在这里什么都没有了。"他说。

"他们喝高了吧。"下士说着，还是没看他。

一个小时之后，他到了离前线很近的地方，能够看到从地平线上

063

升起的浓重的烟尘，听到枪炮齐发的激烈喧嚣声；到了三点钟，虽然他在十二英里以外的另一个地方，可是还能听到密集的枪炮声渐渐疏朗，变成了间隔有序的貌似无害的爆炸声，就像是礼炮或信号弹的响声，他似乎能看到长长的整条战线，从海滩顺着法国长长的斜坡一直到古老而疲惫的欧洲屋脊上的树木，到处都蹲伏着脏兮兮、散发着恶臭的士兵，他们四年前就已忘记如何笔直站立，他们既讶异又困惑，无法相信那个事实，他们事先得到警告，但（他现在明白了）肯定还满怀希望；他心想，差点大声说出来：是的，就是这样。不是我们不相信：是我们无法相信，不知道该如何继续相信下去。这才是他们对我们所做的最可怕的事情。这才是最可怕的。

情况就是这样，好吧。事实上，已经过了差不多二十四个小时，尽管他那时并不知道。等他们回来时，军士长已经在等他们了，当天晚上他们又在军部集合——来自他那个师的九个人，来自部队其他单位的或许有二十四个人。"这里谁的级别较高？"军士长问。但他根本没等有人回答他：他又迅速扫视了他们一遍，凭着军人一贯准确的直觉，选了一个三十五岁左右的士兵，此人一看便对其身份略知一二——一九一二年西北边境守备部队的一名被降级的一等兵。"请你履行中士职责，"军士长说，"负责申领晚餐和寝具。"他又看了他们一眼。"我想，不让你们议论也没用。"

"议论什么呢？"有人问，"我们什么都不知道，没什么好说的。"

"那就议论这个吧，"军士长说，"到吹起床号之前你们没事了。继续吧。"当时的情况就是这样。他们睡在走廊的石头地面上；还没等起床号吹响，他们就有早餐供应（丰盛的一餐；毕竟这是在军部）；他们——他，传令兵——听到的军号声是从其他师部、军部、停机坪和补给站传来的，他有一天骑着摩托车去过那些地方，好像就在昨天，以他微不足道的跑龙套（骑龙套）的角色，把战争带到休止、暂停、停顿；早上、中午和下午，后方上下，不是沉浸在一片和平的氛围里，而是沉迷于梦幻般的节日欢庆场景里。又是晚上，同一位军士长在等他们——来自他那个师的九个人和其他二十四个人。"情况就是这样,"军士长说,"卡车等着把你们送回去。"情况就是这样,他心想。你不得不做的,你需要做的,一八八五年前他曾要求过的和为之献身的,此刻他们一伙三十几个人都在卡车上,落日余晖在天边慢慢消逝,就像那如同没有潮涨潮落、没有海岸边际的大海的绝望之情逐渐退去,只留下平和的忧伤和希望;卡车突然停了下来,他马上探出身子去看怎么回事——路上交通拥堵,卡车开不过去,这条路他记得是东南走向,从布伦附近某处开始,此刻密密麻麻地排满了带顶篷、没车灯的卡车,一辆一辆首尾相连地前行,如同一队大象,他们那辆车也不得不把他们原地放下,让他们尽量自己想办法回家,他的同伴们都分散了,只留下他一人站在最后一抹余晖里,货车没完没了地从他身边缓慢经过,直到一辆车上有人喊他的名字,说:"快点,快上来……我给你看点东西。"于是,他不得不跑着赶上去,正准备纵身跃上车,这时他认出来了:是圣奥梅尔弹药库的那个看门老兵,四年前来法国找儿子,曾是第一个给自己讲关于那十三个法国士兵的故事的人。

　　午夜以后过了三个小时,他坐在踏台上,那个哨兵斜靠在射击孔旁边,间或有照明弹嗖的一声飞上天,又扑通一声落了下来,沙沙声消散在油腻腻的黑暗里,远处的大炮不时闪烁,发出砰砰的声响,过一阵子又是一闪,砰的一声。他在讲话,声音里无论流露出怎样的情绪,却不是疲惫——一种梦呓般油腔滑调的声音,显然不仅自己心不在焉,也似乎到哪里都无法引起别人的注意。然而,每次他一开口说话,那个哨兵甚至连脸都没离开射击孔,就会猛然一惊,动作如同痉挛,令人无法忍受,就好像受了刺激,几乎超出了忍耐的极限。

　　"一个团,"传令兵说,"一个法国军团。只有傻瓜才会把战争当作一种状态;代价太过昂贵。战争就是一个插曲,一场危机,一次发烧,目的是为了帮助身体摆脱发烧的状态。这么说来,一场战争的目的就是为了结束这场战争。六千年来我们一直明白这一点。麻烦就在于,我们花了六千年的时间才学会怎么做。而这六千年来,我们误以为结束战争的唯一办法是集结起比敌方更多的团和营，反之亦然，然后扑上去相互厮杀，直到其中一方被摧毁，打到弹尽粮绝，另一方才会停止战斗。我们错了，因为就在昨天早上，一个法国军团仅靠拒绝发起进攻就阻止了我们所有的人。"

这一次，那个哨兵没有动，斜倚着——不如说紧贴在——战壕壁上，头上歪戴的钢盔一动不动，看上去近乎慵懒地从孔隙里窥视着外面，头部和背部显得僵硬呆板——似乎有些刻意地一动不动——仿佛他不是靠在泥墙上，而是靠着身后那安静而空虚的空气。传令兵也没动，但是从他的话语判断，几乎像是已经转过脸来，直接对着哨兵的后脑勺说话。"你看到什么了？"他说，"你看，没什么新鲜的吧？——我们的铁丝网和他们的铁丝网之间的那同一小块臭烘烘的无主、无价值、忙忙碌碌的空地，你都从沙袋孔里看了四年了吧？这同一场战争，我们已经慢慢认识到它不知会如何结束，就像业余讲演者正绞尽脑汁地寻找一个合适的介词？你错了。现在你大可以走出去，最起码在接下来的十五分钟里大概不会被打死。是的，这才新鲜呢：你现在可以走出去，站直了，环视四周——当然，前提是我们真的还能再站直。但我们将学会怎么做。谁知道呢？再过四五年，我们脖子上的肌肉可能会变得足够柔软灵活，这样就又可以俯首低头，等待那致命的一击，就像我们过去这四年来所做的一样；十年以后肯定没问题。"哨兵还是没有动，就好像盲人突然感觉到了威胁，必须借助于其他残存的知觉来解读第一个危险信号，但为时已晚，无力抵抗。"来吧，"传令兵说，"你是个见过世面的人。确切地说，自从昨天中午以来，你已经在这世上见过世面了，即使他们到下午三点才告诉你。其实，我们都是见过世面的人了，四年前就在八月四日那天，我们都已死去——"

哨兵又是一惊，痉挛似的；他用刺耳、沙哑的声音愤怒地低声说道："最后一次。我警告你。"

"——所有的恐惧和怀疑，痛苦和忧伤，还有那些虱子——因为一切都结束了。难道不是吗？"

"是!"哨兵说。

"当然结束了。你出来当兵是……一九一五年,是吧?你也见过不少战争。一场战争结束,你自然会知道。"

"结束了!"哨兵说,"难道你没有听见那该死的枪声,就在外面,就在你眼前?"

"那我们为什么不回家呢?"

"他们能立刻撤掉整条该死的前线吗?留下整个该死的前线空无一人?"

"为什么不能呢?"传令兵说,"战争不是结束了吗?"他似乎搞定了哨兵,就像斗牛士搞定了公牛,对方只有瞪眼看着他的份儿了。"结束了。完了。了了。再也不用列队检阅了。我们明天就回家;到明晚这个时候,我们就把那些行军鞋鞋钉和恩菲尔德雷管的制造商们从我们的老婆和心上人的床上拽下来了——"他马上想到他要踹我了。他说,"好吧。对不起。我不知道你有老婆。"

"再也没有了,"哨兵低声说,声音发颤,"你现在闭嘴好吗?你他妈的能否闭上臭嘴?"

"你当然没有了。你真聪明。高街①一家酒吧的女郎,当然。或者也许是个城市女孩——来自大城市,猎犬沟渠街或柏蒙西区②,快四十岁了,可看起来要年轻不止五岁,也已有过不少麻烦——但谁又没有呢?——可就算她真的有,谁又不愿意选她呢,幸运的是,她懂得欣赏男人,跟那些每趟休假列车一来就换一个男人的年轻雏儿相比——"

哨兵开始咒骂,声音里充满了同样单调的尖刻、疲惫和愤怒,他用以前在马厩和饲料间里以及一定是跟他的旧行当有关的后方所有其他经常光顾的场所听到的那些毫无想象力的枯燥乏味的污言秽语来咒骂传令兵,一直到传令兵迅速而轻松地坐起来,哨兵同时又背过身去

---

① 高街,英国牛津的一条街道,东西走向,西到卡尔法克斯(市中心),东到莫德林桥,被称为"世界上最伟大的街道之一"。

② 二者都是伦敦地名。

看那射击孔,一连串动作就像坏掉的机械玩具那样抽搐痉挛,又用颤抖、愤怒的声音咕哝着说:"记住,我警告过你了。"这时有两个人排成一路纵队,绕过路障,走上了战壕,他们都穿着列兵的军装,看起来没有什么分别,只是军官拄着手杖,而中士戴着V形臂章。

"哨位?"军官说。

"二十九。"哨兵说。军官抬起一只脚踩在踏台上,这时他看到,好像看到了,传令兵。

"那是谁?"他说。传令兵马上站起身来,只是不慌不忙。中士报上了他的姓名。

"他是昨天早上总部特别调遣的传令兵之一。今晚一回来报到就被遣散到防空洞了,被告知原地待命。总之,就是这个人。"

"哦。"军官说。那是在中士报上那个名字的时候。"你怎么没去那里?"

"是,长官。"传令兵说着拿起步枪,十分麻利地转身,顺着战壕往回走,直到身影消失在路障那边。军官一步登上了踏台;两顶钢盔此刻都一动不动地前倾,在沙袋之间就像孪生兄弟,两人都通过孔隙窥视着。随后哨兵轻声低语,离他六英尺远的中士似乎不可能听见他讲话:

"我觉得不会再有什么事了吧,长官?"军官继续朝孔隙外看了半分钟。接着他转身下了踏台,走到战壕的遮泥板上,哨兵也跟着转过身来,中士又跟在军官身后,排成一列纵队,军官边走边说:

"等你下了班,到下面防空洞里待着吧。"说完他们就离开了。哨兵开始朝那个射击孔往回走。随即他停下了脚步。传令兵此时正站在下面的遮泥板上;当他们彼此对望时,照明弹嗖的一声上了天,在空中勾画出一道嘲笑的弧线,又像降落伞一样扑通落下,那微弱的光亮从传令兵仰起的脸上扫过,即使光亮消失后似乎还在他的脸上停留,仿佛那光亮根本未经折射,只是水,或者也许是油脂;他紧张而又气愤地小声嘀咕着,音量比耳语大不了多少:

"现在你明白了吧?我们就不能问什么事,也不能问为什么,只管下到地下的一个洞里待着,等他们来决定应该做什么。不:只是应该怎么做，因为他们已经知道了应该做什么。当然，他们不会告诉我们。除非万不得已，他们是根本不会跟我们讲任何事情的，也不必非得把消息告诉你们其他人，直到我们这一批昨天被抽调的特遣通信兵今晚回来跟你们讲起我们听到的消息。即便到了那个时候，他们告诉你们的也很有限，好让你们保持良好的心态，这样一来，当他们对你说下到防空洞里待着的时候，你便会乖乖听命。不过，要不是我今晚在回来的路上碰上那辆大货车，就连我也不会及时了解到更多情况哦。

"不对：这么说也不对；我只是及时了解到他们在干坏事罢了。因为事到如今，我们所有的人都知道出事了。你难道还不明白吗？昨天早上法国前线那边出事了，有一个团罢工了——闹事了——兵变了，现在我们不了解情况，将来也不会知道，因为他们根本不打算告诉我们。再说，出了什么事并不重要。重要的是这之后会发生什么。昨天黎明时分，一个法国军团做了点什么——做或没做一个前线军团不该做或没做到的事情，其结果，昨天下午三点钟西欧整个战场被迫停火。你难道还不明白吗？你在打仗，你方有哪个单位掉了链子，你最不能做的，不敢做的，就是撤退。相反，你迅速调集你手里的兵力，尽可能又快又狠地投入战斗，因为你知道，一旦敌方发现，哪怕怀疑你方出了问题，这正是他们要做的。当然，双方交锋时，你方会比敌方少了一支队伍，你的希望，你唯一的希望就是只要你能先发制人并最快出击，那么在气势和出其不意上可能会起一点弥补作用。

"可他们没有这样做。相反，他们停火了，士兵被召回，中午是法国人，三个小时后是我们和美国人。而且不只是我们，还有德国鬼子。难道你还不明白吗？要不是敌方也同意，战争中哪有召回士兵的道理？德国鬼子在那种弹幕下蹲伏了那么久，经过了四年的训练，他肯定知道这意味着一场进攻就要发动，然后进攻却没有来，或者失败了，或者也可能是别的什么意外，四年的训练自然已经让他能够猜得对，可他怎么会同意呢；当撤回的消息、信号或命令——管它是什么——传来时，他为什么会同意了呢，除非他有一个和我们同样合理的理由，也许是同样的理由？同一个理由；那十三名法国士兵三年来显然在我们后方想去哪里就去哪里，毫无阻力，那他们为什么不也到德国鬼子那边去呢，既然我们都清楚除非你手里有官方签署的文件，从这里去巴黎要比去柏林困难得多；任何时候你想从这里往东走，都只需要一套英军或法军或美军军装。或许他们根本不需要亲自去，也许只是风，流动的空气，就可以带它前去。或许连流动的空气也不需要，单单空气就够了，通过经年的消耗从不可见、无重量的分子传播到分子，如同疾病、天花一般扩散，或者恐惧，或者希望——我们受够了，我们在这泥泞里的所有人，异口同声地说，这就够了，让我们赶快结束这场战争。

"因为，难道你还不明白？他们做不到。他们不能允许，根本不能停下来，更不要说让它以这种方式自行停止——河里有两艘赛艇，比赛已经开始了，双方船员毫无预警，只管从锁上卸下船桨，众口一词地说：我们不划了。他们还做不到。一切还没结束，就像一场尚未结束的板球或橄榄球比赛，按照双方共同接受、正式地和平认可的一套规则开始比赛，也必须由双方完成，否则整个仲裁理论，那经过考验和证明的、按部就班建造起来的整座政治、经济大厦，各国文明和睦相处之本便会化为泡影。更有甚者：那由钢筋和人类鲜血构成的栋梁，虽细弱又不堪重负，却支撑着那象征着荣耀与威慑的直插云端的民族大厦，年轻人为之献身，被免费甚至有偿地送去赴死，到那些连地图制作者或疆域瓜分者都不曾见过的地方遭遇暴力惨死，百年或者千年以后或许有一名朝圣者偶然发现它，他仍然会说这个地方将永远（反正过去曾经）属于英国或法国或美国。他们不仅不能，不敢：他们不肯。他们早就开始行动了。因为，听好了。在今晚回来的途中，有辆卡车捎了我一段路。车上装的是防空炮弹。卡车排成的纵队几乎有三英里长，全都载满了防空炮弹。想想看吧：三英里长的防空炮弹；想想该有多少炮弹才会用英里来测量哦，显然两个月前他们在亚眠[①]城前可没有这么

[①] 亚眠，法国北部城市，皮卡第大区首府和索姆省省会。这里是法国重要的战略中心，可通达法国北方各地。

多。不过，停战十分钟所需的弹药自然要比抵御区区一个攻势更多吧。负责那辆卡车的是我认识的一个老兵，他在圣奥梅尔的一个弹药库等了三年，等着他的休假申请获批，去蒙斯找他的儿子，儿子四年前的一天下午没有回来，或是不回来，或是回不来，或是不想回来——反正是没见人影。他给我看了一个炮弹。它是空的。不是哑弹：空空如也，完好无缺，只是里面没有榴霰弹；它会被发射，甚至爆炸，不会伤人。从外表看它没什么问题；我怀疑它在伦敦西区俱乐部（或伯明翰或利兹或曼彻斯特或炮弹制造者居住的什么地方）的制造者可能也看不出有什么区别，只有地地道道的高射炮手才能看得出来。这太了不起了，真的；他们昨晚一定在弹药库像海狸似的埋头忙了一整晚，今天在弹药库也一样，改装、阉割三英里长的炮弹——也许他们已经提前准备好了，有备而来；也许四年后就连盎格鲁-撒克逊人也能在战争中学会提前算计——"说着说着，那个声音不再云里雾里了：只是油腔滑调，语速很快，他（传令兵）此刻在那辆行驶的卡车上，他们三个人，他自己、那个老兵和司机，挤在封闭而又无光的驾驶室里，他能感觉到老兵羸弱的身体整个靠向自己，既紧张又兴奋，还记得刚一开始他的声音听起来就像老兵一样又嘶哑又惊讶，但很快就变了：这两个声音交替响起，前言不搭后语，就像两个小孩子似的，在非理性、理性和前后矛盾之中变得毫无逻辑：

"或许你最好再给我讲一遍。我可能不记得了。"

"那个信号！"老兵大声说，"那个公告！让全世界都知道**他**复活了！"

"是防空炮弹发出的一个信号吗？三英里长的防空炮弹？难道用一门炮宣告**他**的降临还不够吗？而且假如一门炮就够了，为什么要耽搁**他的**复活这么长时间，用来运送三英里长的炮弹呢？或者，如果一发炮弹配一门炮，为什么大炮只排了三英里？何不给瑞士和英吉利海峡之间的每门炮都配上足够的炮弹？难道也不通知我们其他人吗？通知我们也来欢迎**他**？何不只用喇叭、号角？**他**能辨认出号角的声音；他们可吓不住**他**。"

"《圣经》上不是说**他**会在电闪雷鸣中复活吗?"

"但是火药可不算哦。"传令兵说。

"那就让人类制造噪音吧!"老兵哑着嗓子喊道,"让人类大喊哈利路亚,用他杀戮的武器来为耶稣欢呼!"——合情合理,奇思妙谈,像孩子似的,同时也很残忍:

"那**他**能把你儿子也带回来吗?"传令兵说。

"我儿子?"老兵说,"我儿子死了。"

"是的,"传令兵说,"我刚才就是这个意思。难道你不也是这个意思?"

"呸,"老兵说,听起来就像是吐了口痰,"**他**能不能把我的儿子带回来又有什么关系呢?不管是我的儿子,你的儿子,还是其他任何人的儿子?我的儿子?甚至我们失去的数以百万计的儿子们,自从四年前的那天起,要是从一八八五年前的那天算起,那就多达十亿了。**他**能使其复活的是那些今天早上八点钟以后可能会死的人。我的儿子呢?我的儿子?"——然后,(传令兵)又从卡车上下来了(车队已经停了下来。前线离这里很近,其实就在他们的下面,或者说今天下午三点钟之前曾经的前线;传令兵虽然以前从没来过这里,但他一下子就明白了。但他二十多个月以来身为步兵已出入过前线多次,七个月以来作为传令兵每晚都出入前线,所以当他走进一个陷阱的时候,像老狼或山猫一样灵敏,毫不怀疑自己身在何处。),沿着纵队向停下来的排头车走去,停在暗影里,看着宪兵们和持枪荷弹的哨兵们分成小队,每辆领头的卡车都有一名向导,每个小队脱离纵队,从公路上走进田野和树林,那后面就是前线;看了没多长时间,因为一名上了刺刀的下士几乎马上就快步绕过卡车走来,他就站在这辆卡车的阴影里。

"回你的卡车上去。"下士命令道。

传令兵报出自己所在营的番号和驻地,亮明身份。

"你他妈的……在这里做什么?"下士说。

"搭个便车。"

"这里不行,"下士说,"走开。快点,走!"——而且(下士)一直盯着他，直到黑暗再次将他隐没；随后，他离开公路，进了一片树林，朝前线走去；（讲着讲着，四仰八叉地躺在了踏台上，就在那个刻板而愤怒的哨兵下面，几乎像是打起了瞌睡，半闭着眼睛，有一搭没一搭地说话，声音油腔滑调，就像在做梦）他又从暗影里看着一队防空兵举着帆布遮盖的手电筒，把空弹壳从其中一辆卡车上卸下来，再把他们自己的实弹扔到车上，开走了，不久他又看到遮盖起来的手电筒光线，看着另外一辆卡车置换炮弹；午夜时分，在另一片树林——或者说这里曾经是一片树林，因为现在只剩下他身后什么地方的一只夜莺了——此时他停下了脚步，背靠着一棵被炮弹摧毁的枯树站下，在那只鸟如白痴般单调重复的叫声之上还能听见那些卡车在黑暗中悄然平稳地缓慢行驶，其实他没在听，只是恰好听到了，因为他当时正在寻找自己弄丢了、放错了位置的东西，即便当他最终精确地回忆起它的确切位置，那也是不对的，在他脑海中快速、平滑地一晃而过，但是不对劲：在亚当里众人曾经活过，在基督里众人终有一死[①]——真的，但不是这个：不是真理有误，而是时候不对，人们需要、渴望的不是这个；他再次排除杂念，又开始冥思苦想，可还是它：在基督里众人终有一死，在亚当里众人——又对，又不对，还是不能带来安慰；然后，还没等他觉得自己头脑清醒起来，正念出现了，顺利、完整、瞬时，仿佛一分钟前就在那里，他却还在为失去它而懊恼不已：

——但那是在另一个
国度；——而且
那小妞已然死去

这一次，照明弹从他们所在的战壕里飞上天空，距离上面的路障还

[①] 此为《新约·哥林多前书》第十五章第二十至二十二节的改写。中文和合本的原文是："但基督已经从死里复活，成为睡了之人初熟的果子。死既是因一人而来，死人复活也是因一人而来。在亚当里众人都死了，照样，在基督里众人也都要复活。"

不到二十米,这次近在咫尺,鬼火般的绿色幽光消失以后,哨兵能够分明看出来那溅落在传令兵脸上的不是他想象中的折射光,也不是与之相似的油脂,而是水。"一条坚固的廊道上有一排不会伤人的高射炮,始于我们的胸墙,宽度正好是高射炮的射程,在任何一边墙内的炮手都会看出即使朝着一架在中间笔直飞行、飞回白色新城①小型机场的飞机都根本没用,因此对于除了将军以外的任何人来说看起来都没什么不妥——如果只要大家都足够忙,感到足够意外,那它看上去、听起来都没什么不妥,也许就连那些推着弹壳跑到大炮那里把它们填实,猛推到位,拉导火索,为了给下一颗炮弹腾地方而把滚烫的弹夹迅速取出来,手上因此烫得起泡的士兵本身都不例外,更不要说前线那些仓皇逃出人们视野,生怕从廊道飞往新城方向的那架飞机上载的不是昨晚在圣奥梅尔(也不知德国佬管它叫什么)装的弹药,即使德国佬坚持不朝新城方向一路撤退,因为航空队的人说反正高射炮手也没击中什么——

"这下你明白我们该做什么了吧,必须赶在德国使节或其他什么人到达巴黎或绍讷蒙,或者任何他要去的地方之前,赶在他与无论什么人准备达成一致意见或是已经达成一致意见,然后回去汇报之前,不是关于接下来要做什么,因为那已经不是问题了:只是关于怎么做的问题。我们甚至无需挑头;法国人,那个法国军团,已经承担起这个重任。我们要做的只是不让它停止、迟疑、停顿,哪怕只是一秒钟。我们必须马上行动,明天——明天?现在已经是明天了;现在已经算是今天了——学那个法国军团的样子,我们整个营:明天早上翻过这座胸墙,穿过铁丝网,不带步枪,什么也不带,走向德国鬼子的铁丝网,直到他们看到我们,有足够数量的人看到我们——他们的一个团或一个营,或者也许只是一个连,或者哪怕只是一个士兵,因为有一个人看到就够了。你们可以做到。整个营的人都听你的,下士级别以

---

① 白色新城,作品中的虚构地方,音译为"维伦纽夫·布兰奇"。也是一家法国低级酒吧的所在地。

下的所有士兵，你是每个没有老婆的人的保险受益人，腰包里装着所有其他人的借据，他们下个月的薪水都是你的。你只需叫他们跟你走；你一换班，我就会去找第一批人，这样他们就会明白你给我担保。然后，当我为他们担保的时候，其他人会看到有你为我担保，这样一来，反正在天亮或日出之前，德国鬼子就会看见我们，欧洲其他人也会看到我们，他们将不得不看我们，没办法不看我们——"他心想：这一次他真的要踹我了，而且是踹我的脸。随后，哨兵的皮靴踢到了他一侧的下巴，趁他身体还没倒下又使劲向后扳他的头，他满脸流淌的汗水被打得飞溅出去，就像唾沫飞散开来，或者也许是树叶断裂后溅出的露珠或雨水，他向后退到踏台上，哨兵又开始踢他，当军官和中士绕过路障跑回来的时候，哨兵还在用皮靴猛踩那张毫无知觉的脸，一边猛踩那贴在地上的脸，一边气喘吁吁地骂道：

"看在基督的份儿上，你现在能闭嘴吗？行吗？行吗？"中士使劲把他拉到下面的遮泥板上。就在中士拉着他的时候，哨兵还是没有停手，不断挥舞着枪托，盲目地朝离他最近的那张脸乱挥乱砍。那是军官的脸，可哨兵根本没等看清楚，回头又朝踏台方向飞奔，中士用一只胳膊紧搂住他的腰，但是——哨兵——还是拼命用枪托击打传令兵正在流血的脑袋，这时中士用另外一只手摸出手枪，大拇指关上保险。

"不许动。"军官说着从他的嘴上抹了一把鲜血，擦到手腕上，狠狠甩掉。"抓住他。"他头也没回地说着，走向下面路障转角，又稍稍抬高了嗓音："二八。给下士传口令。"

哨兵现在口吐白沫，显然都没意识到中士正拉着自己，还在用步枪枪托猛戳，或者至少是戳向传令兵一动不动的血淋淋的脑袋，中士几乎贴着他的耳朵讲话。

"二七……给下士。"一个声音从下面的路障后面传来；然后声音变得微弱，接着又一个声音传来：

"二六……下士。"

"用你的靴子，"中士低声咕哝着，"踢掉他那该死的大牙。"

星期一，星期二，星期三

他看见那架哈里·塔特①的时候已经掉头飞往小机场了。起先他就只是盯着它看，提醒自己在超过它的时候要注意安全；它们看似庞大，飞行速度很慢，一不留神就会错误地高估它们。随后他发现这家伙显然不只是希望，而其实真以为自己能把他干掉——一架哈里·塔特机，里面通常有两个澳大利亚人，或是一位将军兼飞行员，这次无疑是一位将军，因为只有出于某种神秘的原因，比如说军衔极高乃至最高级别的长官，一架R.E.8型双座战斗机才能拦截一架S.E.②并使其回到地面。

显然，对方正是这个打算，他便拉杆减速，飞机仅靠螺旋桨的转动，刚好不至于停摆熄火。的确有一位将军：两架飞机侧对一秒钟左右，对方的观察员座位③上伸出了一只手，手上戴着整洁的白色礼仪手套，不容置疑地打手势命令让他降落，直到他来回摆动双翼示意得令，随

---

① 哈里·塔特，一九一五年起"碟、板"的俚语说法，一九一六年、一九一七年，皇家飞机制造厂投产出R.E.8双翼飞机时，大声说出来的R.E.8名字听起来和塔特很像，所以飞行员给这个机型取了绰号叫哈里·塔特。

② 英军在一九一七年十一月以后开始大量投入S.E.5A型飞机，主要配属海军航空队，一九一八年皇家空军成立后也装备许多S.E.5A型飞机。

③ R.E.8型战斗机上有前后两个座位，前排是飞行员，后排观察员可能是教官、考核员、学员或其他随行人员，并不负责操作飞机。

即掉转方向返航，心里想着：怎么找上我了？我做错了什么吗？还有，他们是怎么知道我在哪里的？——突然他恍惚看见整个天空中满是慢吞吞的R.E.8型双座战斗机，每架飞机里都坐着一位上将，手上拿着一份通过不停狂响的电话机追踪编辑的名单，名单上列有整个前线的每一架不在岗的下落不明的侦察机，这是要把它们从后方各地一架一架地找出来，并命其迅速返航。

抵达机场的时候，他看见那里设置了接地信号带；自从地面飞行学校毕业以来，他还是第一次见到这种信号带，他甚至好半天都没弄清楚这是什么；直到他看见地面上其他的飞机以及正在降落和准备着陆的飞机，他才意识到这是强制紧急信号，指示所有飞机返回机场，因此轮到他着陆时他比其他驾驶S.E.型号机的飞行员降落得更快更猛，其他人因为该型号机的着陆习性不太好而都不愿意这么做。飞机缓慢滑行至停机坪，还没等他关掉引擎，机械师就朝他大喊："食堂，长官！马上！少校要你马上去食堂见他！"

"什么？"他说，"我吗？"

"所有人，长官，"机械师说，"整个中队，长官。还是快去吧。"

他跳下飞机，脚一落地就跑了起来，呼吸富有年轻活力，再过一年他才十九周岁，参战也还没多久，虽说英国皇家空军刚刚成立六个星期，他身上穿的军装却不是转岗老兵穿的在过去残存的旧军团徽章上面叠加了皇家陆军航空队徽章的统一制服，他甚至连正规的旧式航空队制服也还没有：他的军装是英国皇家空军的新式制服，不仅不像军人，还有那么一点娘娘腔，扎着棉布腰带，又没有肩章，就像是新基督教男童俱乐部的成人领队的外套，袖口上镶着淡蓝色窄边，帽徽乍一看上去倒像是陆军元帅，随即你看见、察觉并注意到两边有不起眼的暗金小别针，像是女士内衣上的挂钩，或者说教父们在洗礼仪式上送出的礼物，至于品味如何可要取决于他们的钱包了。

一年前他还在学校里读书，期盼的不是一到十八岁生日就达到参军的法定年龄，而是一到十七岁生日，他对寡母（他是独子）所做的承诺就到期废止了。他做到了，甚至还取得了好成绩，尽管他的心思，他的整个身心，无时无刻不沉浸在对英雄的向往之中，耳畔萦绕着响当当的英雄名录：鲍尔、麦卡登、曼诺克、毕晓普、巴克尔、里斯·戴维斯，最重要的一点，简言之：英格兰。三个星期前，他还在英格兰，在飞行员预备队里等着被派往前线——一名持有证书的固定引擎侦察机飞行员，国王颁发的证书上面写着兹以信任与信心，委任我们值得信赖、深受爱戴的杰拉德·戴维……但一切都已为时太晚，公开宣布的任命不是皇家陆军航空队，而是英国皇家空军。因为就在他得到任命的两天前，也就是愚人节这天，皇家陆军航空队已不复存在：于是，那个三月的午夜对他来说就像是敲响的丧钟。通向荣誉的一扇门关闭了；不朽的征程本身还没有开始，就已经结束了：他得到的不是过去辉煌的航空队的那纸旧委任状，那里有他曾要誓死追随的英雄们，为此他甚至不惜伤透他母亲的心；他得到的不是使艾伯特·鲍尔成为不朽传奇的那纸旧委任状，也不是依然铭刻于毕晓普、曼诺克和麦卡登的无与伦比的战绩的那纸旧委任状；他得到的是全新的，非驴非马，不伦不类。他等了整整一年，默默地迁就着丝毫不为荣誉所动的母亲那颗不可理喻的担惊受怕的心，然后他又受了一年的训练，兢兢业业，就像传说中的特洛伊人一样，只为弥补自身无法对一个女人的眼泪说不而带来的损失。

一切都太晚了；那些为他发明了女士内衣搭扣和军便裤来代替粉色灯芯绒裤、长筒靴、军械带的人已经关上了让他成为英雄的大门，他甚至连前厅都没能进去。瓦尔哈拉神殿[①]里供奉着来自不同国家、不同民族的亡灵英魂，法国人、德国人和英国人，征服者和被征服者，一视同仁——伊梅尔曼、古野尼美尔、波尔克和鲍尔——相似之处不在于死亡那个大共济会，而在于飞行精英联盟这个封闭的小圈子，他

---

① 瓦尔哈拉神殿，是一座纪念历史上著名人物的名人堂，这是一座新古典主义建筑，位于德国巴伐利亚州雷根斯堡以东的多瑙河畔。

们会举起深不见底的酒杯相碰,却不是为他。他们的接班人——毕晓普、曼诺克、沃斯、麦卡登、丰克、巴克、里希特霍芬和南杰瑟——在他们的有生之年依然会纵横驰骋于地面上空,在飞速掠过的峡谷壁般的积云上投下一闪而过的影子,暂时解脱,毫发无伤,铁定已成为不朽的传奇,但这一切都将与他无关。荣耀与英勇当然犹存,只要你能够活下来收获它们。事实上,英勇还会是同样的英勇,可是荣耀却将是别样的荣耀了。而那将会属于他:极乐世界的第二种形式,也许比牺牲的步兵略高一等,但捉襟见肘:因为他不是想到只要祖国母亲需要我,我就要为祖国的荣誉而战的第一人。

而如今,即便残存的荣誉也被剥夺了:三个星期实训,多半是在飞机场上进行火炮射击操作(他做得很棒,连他自己都感到吃惊);一次精心准备的监护飞行——少校、他的飞行指挥官布莱兹曼、他本人,还有另外一个新来的生瓜蛋子——飞到前线,给他们看前线的情形,教给他们如何找到回来的路;昨天午饭过后他待在营房里,正在努力给母亲写信,这时布莱兹曼探进头来,给他传达了官方通知,那个他从十七岁生日起就一直在等的通知:"莱文。明天上岗。十一点。在我们起飞前,我会尽量再提醒你一回,一定要记住我们一直告诉你要记住的那些要点。"然后就是今天上午,他去参加飞行训练,这将成为他最后一次非挑战性的个人飞行演练,从此告别学徒身份,可以说是他的实战首飞,当那架哈里·塔特上面的将军指挥他回到地面的时候,几乎还没等飞机停稳,他就一跃而下,在机械师的再次催促下跑向了食堂,他已经是最后一个了,因为除了还在外面飞行的其他所有人都到了,他看见少校已经开始讲话,一只弯曲的膝盖轻松地搭在桌子的一角上;他(少校)刚刚从空军总部赶回来,他在那里见到了总指挥官,而总指挥官是从波珀灵厄[①]直接过去的:法国人要求停战;中午开始生效——十二点钟。但这并不能说明什么:他们(空军中队)要记住这一点;

[①] 波珀灵厄,位于比利时西佛兰德省的一座城市。

英国人从来没有提出过任何停战要求，美国也没有；而且同法国人并肩作战近四年，他（少校）十分了解他们，还不相信他们提出停战会有什么意义。然而，将会有一段间歇，暂时停火，一个小时或者两个小时，也可能是一整天。可这是法国人的休战；不是我们的——他环视四周，一副漠然、镇定、甚至心不在焉的样子，讲起话来声音和做派还是那么散漫随意，就这样他能不加节制地对整个中队训话一整夜，时而群情激昂，时而吵吵闹闹，然后恢复到足够清醒的状态来应付第二天的工作，事后大家才会反应过来。这就是他即便没有捉拿德国佬的战功，却也是法国空军中队最受欢迎、最有能力的指挥官的其中一个主要原因，只是他（男孩）来这里时间也还不够长，还不知道这一点。但他很清楚，这里有一个来自那座不可战胜的岛屿的真实而又真挚的声音，他不仅要用这一生的十八年，还要用他寿限（在这过程中他很有可能失去）之内的余生来快乐而自豪地捍卫这座岛屿，并且心怀感激地去维护它："因为我们不会放弃。我们不会，美国人也不会。战争没有结束。没有人为我们宣布过这个消息；除了我们，没有人能给我们带来和平。飞行中队会照常待命。继续努力。"

他还没有想过为什么。他只想着什么情况。他从来没听说过战争期间有中场休息。不过，他对战争还知之甚少；现在他才明白自己对战争一无所知。他要问一问布莱兹曼，四下里环顾房间，大家已经开始解散了，他一下子想到布莱兹曼不在这里，接着又想到飞行指挥官们全都不在场：不仅是布莱兹曼，威特和希布利也都不在，威特显然是带领C小组出去执行上午的飞行任务了，这——即C小队仍在坚持战斗——证实了布莱兹曼少校的话；C小组没有放弃，他要是了解布莱兹曼（过了三个星期，他自然应该了解了）就知道B小组也没放弃，他看了一眼手表：十点半，离B小组起飞仍有三十分钟；他还有时间把昨天被布莱兹曼打断的给母亲的信写完；他甚至还可以——既然对他来说战争三十分钟以后就要正式开始了——再另外写一封信，言简意赅，含蓄克制，再带上些许的英雄情怀，万一遭遇不测，检查他的装备、决定应该把什么交还给他母亲的人事后就会看到它：他心里想着巡逻队十一点钟就要升空，十二点钟就要开始休战，那会留给他一个小时——不对，他们飞到前线还要十分钟，那就还剩五十分钟了；如果五十分钟对他来说足够长，至少足够步毕晓普、麦卡登和曼诺克的战绩后尘先开个好头，那么这五十分钟也够他被击落了。他正朝门口走去，突然听到引擎声：一架飞机：正在起飞：随后他跑到飞机库，得知根本不是B小组，感到出乎意料，十分纳闷，便朝中士大声喊道：

"你是说三位飞行指挥官和全体副官都一起出动去执行同一次巡逻任务了？"接着，他听见炮声响起，不同于他以往听过的任何猛烈炮火。这次十分激烈，同时齐发，范围很广——还没等耳朵做出反应，东南方向就已经有了响声，等这边听不到了，西北方向还在响个不停。"他们打过来了！"他大声喊道，"法国人出卖了我们！他们只是让开了道，把德军放了过来！"

"是的，长官，"空军中士说，"要不您还是去队部吧？他们可能正等着你呢。"

"好吧。"他说着便跑了起来，返回空荡荡的飞机场，同一片天空下远处炮火连天，等他冲进队部，发现队部里面还不如一个人都没有呢：下士不但像往常一样坐在电话机后面，还越过那份卷了边的《潘趣先生》杂志[①]看着他，自从三个星期以前第一次见到他，他就一直在看这本杂志。"少校呢？"他大声说。

"在空军总部，长官。"下士说。

"在空军总部？"他喊道，感觉难以置信，边说边又冲了出去：穿过对面的一道门，进了食堂，发现中队里和他一样的新兵全都在这里，就差他一个，大家四下里呆坐着，就好像副官不仅逮捕了他们，还一直坐着看管着他们，副官本人坐在餐桌一端，手里拿着烟斗，蒙斯星带上方佩戴着伤员徽章和观察员的圆圈与单翼标牌，面前摆着中队的

---

① 潘趣雪茄创立人曼努埃尔·洛佩斯根据当时在英国非常流行的一部名为《潘趣与朱迪》的传统木偶剧，于一八四一年在英国境内外发行了这份轻松但略带讽刺的幽默杂志。

棋盘和一份折起的上周日的《泰晤士报》,上面有个棋局;他(男孩)嚷道:"你们难道没听见吗?没听见吗?"他自己的声音太大,所以根本没有听到副官的声音,副官见状也提高了嗓门喊道:

"你去了哪里?"

"飞机库,"他说,"我正要去执行巡逻任务。"

"就没人告诉你要来我这里报到吗?"

"报到?"他说,"空军中士康文提柯哦——没有。"他说。

"你叫——"

"莱文。"

"莱文。你才来三个星期。时间太短,还不了解情况,这个中队的领导都是特别任命的,而且非常称职。事实上,他们给你那些徽章的时候也给了你一本配套的纪律手册,禁止你像这样胡思乱想。也许你还没来得及翻它一翻呢。"

"嗯,"他说,"您想要我做什么?"

"找个地方坐下,闭上嘴。对我们中队来说,中午就停战了。不要再飞了,直到另行通知。至于那些大炮,它们十二点钟就开始。少校提前就知道了。它们会在下午三点钟停下来。现在你也提前知道了——"

"停战?"他说,"难道你没看见——"

"坐下!"副官说。

"——假如我们现在停战,我们就被打败了,已经输了——"

"坐下!"

他闭了嘴。然后,他说:"我被捕了吗?"

"你想要这样吗?"

"对。"他说着坐了下来。现在是十二点二十二分;此刻震颤的不是那尼森墙①,而是墙内的空气。很快,或者说过了一段时间,一点钟,

---

① 尼森墙,食堂为尼森小屋构造。尼森小屋是一种半圆柱形的预制钢结构。一九一六年四月由采矿工程师和发明家彼得·诺曼·尼森设计,战时做临时掩体,战后也作为临时居住房屋。

082

然后两点钟,外面远处激烈的炮火声渐渐小了,阳光斜斜地照进西窗,只留下尘埃颗粒在光线里熙熙攘攘地散开来;快到三点钟了,中队就只有这么几个新手了,连前线在哪个方位都搞不清楚,指挥官还是个无足轻重的可怜的该死的观察员,现在观察员也不做了,只管摆弄着棋盘;他们仍然坐在那里:其他新兵也是——一定是——从英格兰出来时满怀同样的感激、骄傲、渴求和希望——随后,他站了起来,听着周遭的沉寂仍然像一块磨石落入井中那样深重;接着,他们一齐冲出门去,跑到外面,跑进刚才还完好、现在顶上开了大洞的飞机库里,远处飞来的炮弹炸开了墙壁和棚顶,就像一阵飓风一样把它们一把掀开、撤掉,里面只剩下一个长方形的空洞,炸弹炸开的一瞬,耳鼓就像陡然升空时那样遭受重创,听觉一时没着没落的,猛然遁入真空,直到震天动地的爆炸声终于逐渐平息下来。

"看来是结束了。"一个声音在他身后说。

"看来是什么?"他说,"战争没有结束!难道你没听见少校刚才说的话吗?美国人也没弃战!你以为莫纳汉(莫纳汉是个美国人,也在 B 小组,尽管他才出战十个星期,可他已经拿了三分还带一个零头)会放弃吗?即使他们会——"他停了下来,发现所有人都在看他,严肃而冷静,一声不响,就好像他是指挥官一样;其中一个人说道:

"你怎么看,莱文?"

"我?"他说,"关于什么?"问科利尔吧,他心想。他才是这家托儿所的头儿。此刻他又悻悻地想:问科利尔吧——烟斗不离手,头发快要掉秃了,长着一张平淡无奇的胖脸,现在他就是英格兰在法国这块半平方英里的土地上唯一的统治者,她的荣誉和骄傲的守护者,三年前他来法国的时候(他,科利尔,按空军中队的民间传说,在战争开始的头几个星期里,就被一个德国骑兵[①]用长矛挑下马背,之后转做飞行观察员,再次加入战斗不出一个星期,在机上飞行员牺牲以后

[①] 德国骑兵,德国的特殊兵种,高攻击力但生命值较低。

所幸设法从一架F.E.型战斗机的空难里死里逃生,自那以后就成了一个空军中队副官,肩上一直扛着那孤零零的一个星,而且——根据传说——手里总是拿着那支从不冒烟的烟斗)可能也怀揣着同样的情感、信念、渴望——不论你想管它叫什么——正如他自己的一样无法遏制,不能平息,然后就放弃了它,或者说把它丢开了,如同他把战争本身永久地抛诸脑后,安之若素地做着地勤工作,也不再费事劳神地去渴求胜利或者令人血脉偾张的勇气;他想着,哦,对呀,问科利尔吧,接着又想到在食堂里炮火骤停将他的思路打断的那个问题:他也放弃了。很久以前他就放弃了,久得到现在他都不记得自己并没什么损失。——我听见了英格兰落败的丧钟,他暗自对自己说,然后大声地说:"关于什么?那响声吗?没什么呀。听上去就是这样,不是吗?"

下午五点钟,少校被负责指挥该旅的哈里·塔特机的将军叫到了队部外的门廊上,几乎算是得救了。就在夕阳落山之前,两辆卡车开上了飞机场;他从营房里看着,只见车上下来了一个扛着步枪、戴着钢盔的步兵团,他们在队部后面落满尘土的草地上操练了一阵子,然后分成了几个小分队,到了日落时分,中午扮作B小组出去巡逻的飞行指挥官和副官们还没有回来,这比平时出去巡逻的时间要多出三倍,或者说,已经超出了一架S.E.型机的汽油所能维持在空中停留的极限。他和一些杂七杂八的人(少校不在,但有几个年长的人在场——包括步兵军官;他不知道他们去了哪里,也不知道他们什么时候回来)一起吃了晚饭,其中有一半人据他所知也都一无所知,剩下一半人他不知道他们知道多少,是否在意;——这一餐吃了没多久,副官站了起来,站了好一阵子才开口说话,绝不是针对那些年长的人:"没人把你们关在营房里。不过可以这样讲,你能想到的几乎任何地方都不能去。"

"就连村子里也不能去吗?"一个人问道。

"就连白色新城也包括在内,虽然它不是什么罪恶的渊薮。你们不妨都和莱文一起回去,猫起来看他的书。那才是他该待的地方。"接着他又顿了顿。"也包括那飞机库。"

"大晚上这个时辰,我们还去飞机库做什么?"一个人说。

"我不知道,"副官说,"真的。"随后,其他人都纷纷离开了,他却没走,勤务兵清扫完食堂准备过夜的时候他还坐在那里,那辆汽车开过来的时候他还在,汽车没停在食堂门前,而是绕道一直开到了队部,透过那堵薄薄的隔墙他听见有人走进队部,然后里面响起了说话声:是少校、布莱兹曼和另外两位飞行指挥官,即使他没听到那辆汽车开进来,天黑之后也没有S.E.型机降落在这个飞机场。不过,这也没有关系,飞机甚至都不像这些新兵,它们不仅无知无觉,不会问什么,也不会顶嘴,你甚至可以在不需要步兵把守的地方把它们抛弃。他听不见那些声音在讲什么,即便努力也还是不行,他只是在那里坐着,这时说话声戛然而止,过了一秒钟食堂的门开了,副官在门口停顿了片刻,然后走了进来,随手带上身后的门,说道:"回你的营房去。"

"好吧。"他说着站起身来。可是副官关上了身后的门,走进了食堂;此刻他的语气变得十分友善:

"你就不能别惹事?"

"我不能,"他说,"我不知道我还能做什么,因为我不知道如果战争还没有结束,那它怎么才能结束,也不知道如果它结束了,那它怎么还没完没了——"

"回你的营房去吧。"副官说。他走出食堂,走进了漆黑的夜色中,四周一片寂静,他一直朝着营房的方向走去,担心食堂里的人还能看见他,随后额外又多走了二十步,接着便转身走向了飞机库。心里想,他的烦恼大概很简单,其实:他只是以前从来没听过沉寂而已;战争打响的时候他十三岁,将近十四岁,但或许到了十四岁你还是无法忍受沉默:你会马上否认它,立刻开始着手做点什么,就像六岁或十岁的孩子那样:作为最后的杀手锏,在制造噪音也不起作用的时候,如果没有其他密闭和黑暗的空间可以避开它的话,躲进衣柜、碗橱、床铺或钢琴下的角落里;他绕过飞机库的墙角,挑战就来了,他能看到飞机库门下透出一丝亮光,而门不但紧闭着,还上了挂锁——他和这个中队乃至其他中队的其他任何人都从未见过这种情况,他此时一动不动地站在那里,一把刺刀的刀尖离他的腹部只有约莫六英寸。

"好吧,"他说,"我现在该怎么做?"

但是,对方并没有回答。"警卫下士!"他高声喊道。"四号哨位!"随后下士来了。

"莱文少尉,"他说,"我的飞机在这个库里——"

"除非你是黑格将军,佩剑落在里面。"下士说道。

"好吧。"他说着转身离开。在那一刻,他甚至想到了康文提柯那个空军中士;他参军这么长时间以来,已经了解到无论如何很少有喊一句"中士!"不能解决的军情。当然,主要是这个原因,但也有一点别的什么:默契,也许不是他自己和康文提柯之间的,而是他们两个种族之间的——这个面如泥沼的中年男子来自另一个种族,而他认识的那个种族的人全都叫埃文斯或者摩根,除了那两三个是从《旧约》里引用的名字,叫戒律伯、礼拜堂、或者秘密集会[①]——那个性格乖僻、赋予乐感的种族一嗅便知神秘事物的存在,似乎生来就了解人类阴暗、见不得人并且最好永不见天日的出身并与之产生默契,既不害怕也不关心,他们自己那些云山雾罩、乐感十足的名字甚至没人能叫得来,所以当他们从泥沼和堡垒中走出来,走进人们仍在极力忘记自身那不光彩的出身的理性世界时,他们允许自己被冠以来自旧时凶险的希伯来年鉴里的表示嫉妒和敬畏的名词作为名字,而不像其他人那样感到不自在,就像拿破仑在奥地利命人把他的(那个孩子的)的人民召集到他面前,这些人有着很难发音的名字,他便根据他们的长相或居住地或工种说"你叫沃尔夫"或者"霍夫"或者"福克斯"或者"博格"或者"施耐德"。但他只考虑了片刻。只有一个地方能找到答案,但他知道就连这个也不一定说得准。只是没有其他办法了:布莱兹曼和考利的营房(要勇于争当上尉,那也是一个诱人的先决条件:

---

① 此为"康文提柯"一词的意译,主要指非国教教会的秘密集会。

你自己就会有半间房。少校则有一整间。），考利从枕头上抬眼看着他，布莱兹曼从另一张行军床上坐起来，点上蜡烛，跟他讲了实情。

"当然没有结束。离结束还早着呢，你明天要继续出勤。这样你就安心了吧？"

"好吧，"他说，"可是出了什么事呢？现在是什么情况？三十分钟前，一个全副武装的哨兵把我挡在了飞机库前，还把警卫叫了出来，飞机库的门都锁着，里面亮着一盏灯，我能听见有人在做什么的动静，只是那刺刀不让我过去，他们赶我走时我听见来了一辆卡车，看见村子这边有一只手电筒在下面高射炮台附近移动，当然那是在赶着运送新弹药呢，今天中午高射炮也停火了，要它们停火也自然需要很多弹药喽——"

"要我说，你能不能别管，回营房去睡觉呢？"

"好吧，"他说，"我一直想这么做来着，只是想了解情况而已。如果是他们把我们打败了，我也想要尽到自己的那份责任——"

"打败我们个屁。这场战争中谁也不再有能力打败谁了，除非美国将来会——"

"那就欢迎喽。"考利说。但布莱兹曼还在讲话：

"今天早上一个法国军团发动了兵变——拒绝进攻。当他们——法国人——开始调查背后的原因时，似乎好像——不过，已经没事了。"

"怎么没事了？"

"只是他们的步兵团叛变而已。只有驻守前线的部队。但其他军团什么动作都没有。其他人似乎都提前知道这个团会违抗命令，但所有其他人却好像只是一直等着看上面会拿这个团怎么样。但他们——法国人——绝对不冒这个险。他们把那个团从前线上撤下来，换掉了它，架起大炮，在前线遍布重火力网，就像我们今天下午做的一样。给我们自己一点时间看看事实真相吧。情况就是这样。"

"怎么就是这样？"他说。考利拿起一支香烟，叼在嘴里，用一边的手肘撑起身子，去够蜡烛，手突然停顿了一下，不到一秒钟，随即又继续动作。"这段时间德国佬在做什么呢?"他低声说道,"这么说,战争结束了。"

"没有结束,"布莱兹曼厉声说,"难道今天中午你没听见少校说了什么吗?"

"哦,听见了,"他平静地说,"战争结束了。到处都是那些可怜的该死的臭烘烘的步兵,法国人,美国人,德国人,还有我们……所以,这就是他们要隐瞒的吧。"

"隐瞒?"布莱兹曼说,"隐瞒什么?没什么好隐瞒的呀。战争还没有结束,我告诉你吧。难道你刚才没听见我说我们明天有任务吗?"

"好吧,"他说,"没有结束。那么,怎么可能就还没结束呢?"

"因为它就是没有。你觉得我们今天为什么要布设那个火力网呢——我们,还有法国人和美国人——海峡以内的整个前线——用掉半年的弹药储备,不就是要在我们想出对策之前挡住德国佬吗?"

"想出什么对策?他们今晚在我们的飞机库里做什么呢?"

"没什么!"布莱兹曼说。

"他们在我们 B 小组的飞机库里做什么呢,布莱兹曼?"他说。那包香烟放在两张行军床中间充当桌子的货箱上。布莱兹曼侧过身,手朝桌子伸去,还没等碰到那包香烟,考利就已经把香烟递过来了,他平躺着,一条胳膊枕在脑后,没朝这边看,手里的香烟已经点燃了。布莱兹曼接过它。

"谢谢。"他说,又说:"我不知道。"声音严厉而洪亮,"我也不想知道。我只知道我们明天有任务,你也要去。要是你有充分的理由不去的话,那就说吧,我带别人去。"

"没有,"他说,"晚安。"

"晚安。"有人应道。

但现在已不是明天了。绝对不是什么明天:只见东方破晓,继而曙光照耀,然后就是早上。早间巡逻队没有出动,因为要是出动他就听到了,他已经醒了,而且早就醒了。他穿过停机坪去食堂吃早餐时发现，停机坪上也不见一架飞机。食堂里的黑板上一片空白，平日里科利尔偶尔会用粉笔胡乱写上点什么，从来没有人真正去看，他长时间地坐在清理干净的饭桌前，只要布莱兹曼想要见他，早晚就会或多或少看到他坐在这里。从这里他可以看到飞机场那边的那些空无一物、死气沉沉的飞机库，整个漫长得让人昏昏欲睡的上午他就注视着两个小时换一班岗的警卫来回踱步，沉闷的天空下一片沉寂，一个上午什么动静都没有。

然后就到了中午；他看着那架哈里·塔特着陆，一直滑行到队部门前才关掉引擎，从观察员座位上下来一个身穿军用防水短上衣的人，摘掉头盔和防护眼罩，扔进了驾驶舱里，又从里面拿出手杖和红铜色相间的帽子。接下来，所有人都来吃午饭：上将和他的飞行员，步兵军官以及整个空军中队，这是他印象中第一次没有一个飞行小组缺席的午餐，有时候还会是两个小组缺席。将军讲得并没有少校好，因为说的是同一件事，他却花了更长的时间：

"战争没有结束。我们并不需要法国人。我们本来就该干脆撤回海峡港口去，让德国佬占领巴黎。反正这也不会是第一次。改变局势原本就是一番空话，但这也不是他们第一次这么做。但是现在这些都过去了。我们不光是蒙蔽了德国佬，法国人也重新投入到了战争中。权当这是一次休假吧，反正所有的假期都一样，很快就会结束了。而且我觉得你们当中有些人也不会感到遗憾，"——他一一点了他们的名，因为他一直关注着战绩，了解每一个人——"索普、奥斯古德、德马尔奇、莫纳汉——他们非常出色，还会做得更好，因为法国人现在已经得到了教训，那么下一次就该正式放长假了，因为下次停火的时候，战线会转移到莱茵河对岸。我们还有很多仗要打，继续努力吧。"鸦雀无声，大概没有人期待回应，大家随将军走到门外，哈里·塔特的引擎已经发动了，少校帮忙把手杖和红帽子放回了驾驶舱，又把头盔取出来给将军戴上，将军回到哈里·塔特机上，少校说"闪开！"举手敬礼，将军用力握起拳头，朝上竖起大拇指，哈里·塔特便缓缓开动，飞走了。

随后，下午还是什么动静都没有。他仍在食堂里坐着，如果布莱兹曼愿意，就能在这看见或找到他，他现在等待的时间不比上午短，因为他此刻明白了，上午根本就没在等，当时也不认为自己在等，更不要说吃午饭时布莱兹曼必定看到自己了，因为他就坐在餐桌对面。其实，整个空军中队都在等：在食堂里坐着或闲晃——也就是说，那些新来的步兵，生瓜蛋子们，还有德国兵，都像自己一样——白色新城，就连那个被科利尔称作罪孽渊薮的新城，还是禁区（这个事实——那个禁区——可能是它有史以来第一次成为所有不是在那里出生的人趋之若鹜的地方）。他本来也可以回到自己营房的；那里还有一封要寄给他母亲的信没有写完呢，只是他现在没法把它写完，因为昨天的停火事件不仅让他说过的话都失去了意义，还恰好消解了他们的意志和目标的根基所在。

但他最终还是回到营房，拿出了一本书，躺在行军床上去读。也许只是向那些作为骨干和中坚力量的老兵显示，证明他没在等什么。或者，也许是去教他们罢手，放弃。或者，也许与其说是那些骨干和中坚力量，不如说是经过政府训练的那些有勇有谋的人，一个正在遭遇一场尽管暂时却很严重的危机的政府，训练他们从事一项高度专业化的行业，然后这个政府度过了这场危机，解决了困境，便不再需要它，可他还没有机会偿还训练的成本。不是荣誉：只是偿还成本而已。荣誉的桂冠，哪怕现在还不够枝繁叶茂，也是用人类鲜血浇灌的；只有在祖国生死存亡之际才容许这种情况发生。和平摧毁了一切，而那个要在荣誉与和平之间做出抉择的人最好还是让自己的声音小一点吧——

可这不算是读书，《加斯东·德拉图尔》[1] 至少是值得被翻开它看的人读到，哪怕是躺着看。于是，他读了下去，内心平静，无可奈何，

---

[1] 《加斯东·德拉图尔》，作者沃尔特·霍雷肖·佩特 (1839—1894)，十九世纪英国散文家、文学艺术批评家、小说家，其创作理念对唯美主义文学产生巨大影响。该作品是他的未完成遗作，其中七个章节于一八九六年编辑出版，背景设定为十六世纪的法国乱世，被看作佩特笔下有关人物如何对历史环境改变所带来的问题做出回应的小说三部曲之一。

现在不再渴求什么。他现在还有一个未来，此时便是永久；他需要的就是找点事情来打发时间，既然他学过的唯一一项技能——驾驶武装飞机去击落（或者尽力击落）其他武装飞机——现在已经过时了。很快就到晚饭时间了，而吃饭会耗去、打发掉一点时间，如果谁刻意记得要慢慢吃，也许是四个小时，再算上喝茶，每天二十四个小时里甚至去掉五个小时了，然后是睡觉八个小时，或者甚至是九个，如果谁想着那也要慢慢来的话，最后就只剩下不到一半的时间不得不想办法打发了。只是他今天既不会去喝茶，也不会去吃晚饭；他母亲上周寄给他的巧克力还剩下四分之一磅，而比起喝茶和吃晚饭来他是否更喜欢吃巧克力也不重要。因为他们——那些新来的步兵，生瓜蛋子们，还有德国佬——没准明天都要被打发回家，他也要返回伦敦，如果必须回去的话外衣上没有绶带也必须回，但至少也不会把这四分之一磅巧克力化在手里带回去，像个小男孩从市集上迷迷糊糊地回家似的。而任何一个能在二十四个小时里花上十四个小时吃饭和睡觉的人，也应该可以用《加斯东·德拉图尔》打发掉白天里剩下的浑浑噩噩、孤苦伶仃的时光，直到白天不知不觉地融入黑夜：然后睡觉。

接下来就到了明天，刚过下午三点钟，他不仅没在等什么，而且自打他不得不提醒自己没什么好等的，此时已经过去了二十四个小时。这时，中队队部的那名下士突然出现在营房门口。

"有事吗？"他说，"有事吗？"

"是的，长官，"下士说，"有巡逻任务，长官。三十分钟后起飞。"

"整个中队吗？"

"布莱兹曼队长只说是您，长官。"

"就在三十分钟后？"他说，"真该死，怎么就不能——好吧，"他说，"三十分钟。谢谢。"因为他现在不得不赶紧把信写完，不是说这三十分钟不够他把它写完，而是不够他调整情绪，重新相信写这封信是有必要的。除了签名并把它折叠装进信封里，他都根本不用再把这封信拿出来。因为他记得它的内容：

……一点危险都没有，真的。我出来之前就知道我能飞的，而且我在训练场上表现得非常好，就连布莱兹曼队长现在都承认，我不太可能威胁到编队里其他人的性命，所以说，也许等我安下心来，我还是有可能对中队有所贡献的啦

还能再加点什么呢？对一位母亲，而且还是一个失去父亲的独子的母亲，还能说点什么呢？当然，这样说有点消极，但是谁都会明白他是什么意思；谁知道呢？也许什么人会建议加上一段附言：就像这样说：

又及：给您讲个有趣的笑话：两天前的中午他们宣布休战，如果您已经知道了，那就到今天下午三点前都完全不需要为我担心；您本可以心安理得地去吃两天的下午茶的，我真希望您去了，甚至还能待到晚饭时分，不过我确实希望您记住雪利酒总是会影响您的肤色哦。

只是现在就连这句话都没时间再写了。他听到了引擎声；向窗外望去，他看见有三架飞机已经停在飞机库前，引擎运转起来，机械师们正围着它们，而那个哨兵又站回到紧闭的飞机库大门前。接着，他看见一辆怪模怪样的指挥车停在队部旁的那块小草坪上，便在信的末尾处写下"爱你的，大卫"，把信折起来塞进信封，用舌头舔一下封好它，随后又来到食堂，恰好看见少校的勤务兵路过，怀里抱着一套飞行装备走向队部；显然，布莱兹曼根本没离开过队部，只是过了片刻，他看见布莱兹曼从飞机库出来，已经整装待发，由此看来，那套装备不是拿给他的。紧接着队部的门开了，布莱兹曼走了出来，说："好吧，带上你的——"随后停了下来，因为他已经准备就绪：地图、手套、钢盔、肩章，手枪装在连体飞行服的膝部口袋里。接着他们来到外面，朝B小组的飞机库前的三架飞机走去。

"就三个人,"他说,"还有谁去?"

"少校。"布莱兹曼说。

"哦,"他说,"他为什么挑了我?"

"我不知道。随机挑选的吧,我想是。你要是不想去,我可以赦免你。没关系的。我觉得他就是随机把你选中的。"

"我怎么会不想去呢?"他说。然后又说:"我只是觉得——"话未说完便停了下来。

"觉得什么?"布莱兹曼说。

"没什么。"他说。然后他说了自己的想法,其实他也不知道为什么:"我觉得少校大概是发现了我的事吧,当他想从新兵里面挑一个来执勤的时候,他就想起了我——"他便讲了起来:那天早上他本该出去训练的,科目大概是超低空飞行,可他却花了四五十秒直接下降到了地毯式轰炸的高度,驾驶着那架没有任何武器装备的飞机越过了德国佬的战壕,或者至少他认为那是德国佬的前线:"你当时并不会感到害怕;直到事情过去以后,感到后怕。还有——就像牙医的电钻,还没等你张开嘴巴,就嗡嗡地响起来了。你不得不张开嘴巴,心里清楚你会老老实实地张开嘴巴,只是同时你也很清楚:知道自己要张嘴的感觉不好过,张嘴也不好过,因为即便你又把嘴巴闭上了,那玩意还会再对着你嗡嗡地响,而你又不得不再把嘴巴张开,可能就在下一刻,或者到明天,或者是六个月以后,但它会再次嗡嗡响起,你又得再把嘴巴张开,因为你已经无处可逃……"他说:"大概就是这样吧。大概等到为时已晚,你已身不由己,那你也就不会担心被干掉了——"

"我不知道,"布莱兹曼说,"你那次难道连个弹孔都没有吗?"

"没有,"他说,"大概这次就会有了吧。"这一次,布莱兹曼停下了脚步。

"听着,"布莱兹曼说,"这是任务,你知道这个中队的任务是为了什么吧。"

"是的。为了找到德国佬。"

"然后把他们炸飞。"

"你说话的口气很像莫纳汉：'哦，我只是碰巧飞到了敌人背后，炸飞了那个婊子养的笨蛋。'"

"你也是哦，"布莱兹曼说，"来吧。"他们继续往前走。但他只消瞥一眼那三架飞机就明白了。

"您的飞机还没回来。"他问。

"没有，"布莱兹曼说，"我飞莫纳汉的。"说着少校来了，他们开始起飞。在他经过队部的时候，他看见一辆小型封闭式厢型货车从公路上拐了进来，但他当时没时间去看，等到起飞、升空、转弯以后他才能向下看个究竟。这是给宪兵司令的人用的那种厢型货车；他继续攀升进入编队，这时看见食堂后面不是一辆而是有两辆汽车——这不是沾满烂泥的普通指挥车，而是供军长和陆军司令参谋部的那些独立皇家骑兵近卫队的军官乘坐的配有专职司机的那种专车。这时他掠过少校的水平尾翼，在布莱兹曼的对侧拉近，然后继续攀升，只是转向南方，这样他们将直接靠近前线，抵达之后又继续攀升；布莱兹曼晃了晃机翼并掉转机头，他也做了同样的动作，持续的时间足够将威克斯式重机枪①里的子弹排空，全部打进德国人，或者反正是冲着德国人，并把刘易斯式轻机枪在它的象限仪上掉转枪头，也把里面的子弹打完，然后再次靠拢集合。这时，少校在前线上方西北平行调头，继续攀升，现在下方没有任何迹象显示、暴露出前线了，虽然他只见过两次前线，但已经学会如何再次识别它了——英军战壕上空只有两个相隔一英里的防空气球②，几乎正对着它们还有另外两个在德军战壕上空，没有一

---

① 威克斯式重机枪，在S.E.战机上，飞行员驾驶舱前面架着一挺弹带装填的威克斯式机枪，螺旋桨转一圈便发射一次，为了避免击中螺旋桨片，上翼配有一挺带有鼓形弹匣的刘易斯式机枪，通常情况下从转动的螺旋桨上方发射，同时也能提升向上发射。

② 防空气球，一种军用防空气球，一般用橡胶和尼龙膜制成，外加薄金属保护板，利用静浮力升空，自身不具备动力，配备系缆由地面固定。一般放在目标区上空一千米至三千米的地方，用来防止低空突袭的战斗机和轰炸机。

丝尘土，没有一缕薄雾，也没有任何气团，只见不知道从哪里来的一股烟雾漫无目的地盘旋缭绕，无声无息地渐渐散去，新的烟柱又升起来，但是没有大炮开火时的火焰闪动，他曾经见过一次，不过也许在这个高度无论如何是看不到闪光的：此时什么也看不到，只为了一张地图的对应关系，而这张地图现在看起来与将军所说的最后一炮打到莱茵河对岸才会停止的那一天并无二致——为了那一片狭小的空间，在大地不由自主地猛扑上来，把它从光天化日之下、从人类的视线之中掩盖、埋藏起来之前——

他随少校一起改变了航向。他们继续攀升着从英军防空气球的正上方飞过，直奔德军的气球而去。接着他也看到了——一轮齐射冒着白烟在他们正下方和前方迸发出来，接着四个单连发像四个星号一样朝东面飞去。但他来不及细看炮火是往哪个方向打，因为就在同时，德军高射炮朝他们四面八方开了火——或者说本来会将他们团团包围的，因为少校此时略微俯冲下去朝东面飞去。可他还是什么也看不见，除了德国佬那黑黢黢的高射炮。似乎到处都是炮火；他刚好从一阵爆炸的火光中穿过，不由得一阵害怕，身子惊厥地缩成了一团，等着他以前听过的那种刺耳的咣当声和呜咽般的鸣叫声①。但大概是他们此刻飞得太快吧，他和少校其实在向下俯冲，他这才发现布莱兹曼不见了，不知道他是怎么一回事，也不知道他是什么时候不见的，随后他看到了它：一架双座机；他分不清是哪种型号，因为他以前从来没在空中见过德军双座机或者其他德军飞机。接着，布莱兹曼在他前面垂直俯冲下来，他也随布莱兹曼向下俯冲，发现少校突然不见了，也没有多想，他和布莱兹曼几乎是直线下降，德军飞机就在正下方，向西飞去。他能看到布莱兹曼发射的曳光弹②直接击中了它，随后布莱兹曼抽身离

---

① 此指飞机中弹坠毁过程中发出的声音。
② 曳光弹，一种装有能发光的化学药剂的炮弹或枪弹，发射后发出红色、黄色或绿色的光，用于指示弹道和目标。

去，他也发射了曳光弹，只是他似乎很难击中这架双座机，便也只好抽身离去，还没等他脱离险境，高射炮已经在等着他了，就好像德国佬的这些排炮只管向上开炮，才不管它击中了谁呢，甚至都不仔细瞄准。有颗炮弹实际上看起来就在他右首边的高低两架飞机之间炸开了；他心想，我之所以没听见咣当一声，或许是因为这颗炮弹将会在我还没来得及出手之前就将我击落。随后他又看见了那架双座机。或者说，把它的方位暴露给他或他们的不是这架飞机本身，而是英军高射炮爆出的白烟，一架 S.E. 型机（这肯定就是少校了；布莱兹曼不可能这么快就飞过来）朝着火力方向俯冲下去。接着布莱兹曼又出现在他的翼端，此时他们两个在被高射炮打得满是麻点的黑色烟云中全速飞行，就像穿梭在旋风刮起的枯枝败叶之间的两只麻雀；然后他便看到了防空气球，注意到或是想起来或者只是看到了那轮太阳。

他看到了他们所有人——那架双座机显然是干脆利索地从两只德军防空气球中间准确地穿了过来，在高射炮发出的白色光晕中径直飞过来，完美地保持在同一个水平高度，这样就会一直越过无人区并且准确地从两只英军防空气球之间穿过，少校紧跟在这架双座机的后上方，他自己和布莱兹曼则在后面约莫一公里，被高射炮制造的黑云包围着，由于他和布莱兹曼几乎立刻上升到了少校的高度，这四架飞机就像一根绳子上滑动的四颗珠子，其中两架还不是飞得很快。也许是因为他脸上的表情，少校快速地瞟了他一眼便打手势叫他和布莱兹曼重新组成编队。但他并没有收起油门减速，布莱兹曼紧随其后，他们两个从上校身边经过，他心里想，可能我想错了，或许德国佬的高射炮并没有开火，那天我听见的是我方的炮火。他还在想着，稍稍领先于布莱兹曼，他们也拉近了距离，飞入了那架双座机周围笼罩的高射炮白烟之中，此时还没来得及告知炮手们现在可以停火了，最后一柱白烟在他和布莱兹曼身边渐渐消散，双座机还在沿水平线飞行，不慌不忙地朝着午后的太阳飞去，他按下了按钮，轻推操纵杆，朝它直接射出曳光弹，让那曳光弹一直从机尾飞到了机头再原路折回——飞机引擎,飞行员的后脑勺,然后是一动不动坐在那里的观察员,就好像乘一辆豪华轿车在去往歌剧院的路上,观察员身后那架未开火的机关枪从象限仪向后、向下倾斜,就像挂在扶手上的一把收拢卷起的雨伞,随后观察员不慌不忙地转过身,直视着曳光弹,直视着他,故意抬起一只手向上托了托护目镜——一副普鲁士人的面孔,一张普鲁士将军的脸;他在过去的三年里看了太多关于霍亨索伦[①]王储的讽刺漫画,见到一位普鲁士将军时还是认得出的——另一只手朝他举起一个单片眼镜,透过镜片看了看他,然后取下了单片眼镜,重又面朝前方坐好。

接着他便驶离它,从它旁边飞了过去;飞机场此时就在他们正下方,他这才记起高射炮就在他昨晚看见手电筒光亮、听到卡车声的那个村子外面;一个垂直急转弯,他能直接看到下面的炮兵了,朝他们挥了挥手,大声喊道:"来吧!来吧!这是你们最后的机会啦!"他倾斜飞离,再次俯冲回来,用曳光弹直接击穿了大炮,那些圆盘似的苍白面庞一直仰起来看着他射击;他在拉杆拔升时看到另一个以前从没见过的人站在炮位后面的树林边上;他轻轻压下操纵杆,踩下方向舵,这一次迎面撞上了奥尔迪斯[②]瞄准器,又一次拉杆拔升才终于越过树梢,他知道自己原本可以以接近十环的水平命中此人丹田的。随后又回到机场上空;他看到那个双座机摆好了着陆的姿势,而那两架S.E.型战斗机在它上方和后面要赶它下去;他自己即便刚才飞得不是太快,那也太高了;甚至在那次凶险的侧滑之后,还是有可能会蹭掉S.E.机上脆弱的起落架,就连平稳降落都很容易坏掉。但它撑住了,竖立起来;他是第一个降落的,正在跑道上滑行,有那么一瞬间他记不起是在哪里见过它的,随即想起来了,然后一有把握便开始转弯(总有一天他们会给它们装上制动系统;那些飞过它们又活下来的人大概会看到吧。)转弯:瞥见队部附近的什么地方有黄铜和绯红色,步兵呈纵队从队部

[①] 霍亨索伦(1701—1918),德国普鲁士王室。
[②] 奥尔迪斯,英国商标名。

的拐角转过来；他此刻沿着停机坪掉头滑行，速度很快，经过飞机库时看到三个机械师朝他跑过来，他见状挥手示意他们走开，继续向机场的角落里滑行，它就在那里，上周他就是在那个地方看见它的，他关掉引擎下了飞机，那架双座机此时也落了地，就在他观望的时候布莱兹曼和少校也着陆了，这三架飞机簇成一团在跑道上滑行，像极了三只摇摇摆摆的大白鹅，直奔队部而去，那里步兵队列面前的绯红和黄铜色在阳光下光彩照人，熠熠生辉。他穿着飞行靴，略显笨重地跑了起来，等他赶到的时候仪式已经开始了——少校和布莱兹曼与副官、索普、莫纳汉和 B 小组的其他飞行员走在一起，他们中间是三位波珀灵厄防空司令，身穿引人注目的绯红和黄铜色相间的军装，佩戴着闪闪发光的卫队勋章，步兵军官跟在他们后面，他的步兵排成两列纵队分立两边，所有人都面朝着那架德军飞机。

"布莱兹曼。"他喊了一声，但此时少校说了句"闪开！"然后那个步兵军官高喊"举枪——致敬！"行礼中他看着那名德国飞行员跳下飞机，干脆利落地在机翼边上立正站好，而观察员座位上的那个人摘下了头盔和护目镜，随手一扔，不知道从驾驶舱里的什么地方掏出一顶帽子戴在了头上，空着的另一只手像魔术师变出纸牌一样快速地做了个什么动作，戴上了单片眼镜，从飞机上下来，面对那名飞行员用德语快速说了句什么，飞行员便退后一步稍息，然后那个人又对飞行员厉声说了句什么，飞行员又迅速立正，接着那个人又像摘下头盔时那样从容不迫地，但速度还是快得谁也来不及阻止他，从什么地方掏出一把手枪来，还瞄准了片刻，而那个站得笔挺的飞行员（他看起来也就是约莫十八岁的样子）注视的不是那把手枪的枪口，而是那个单片眼镜，那个人朝着飞行员的脸部正中开了枪，几乎还没等对方身体一震后栽倒下去，就已转过身来，把手枪换到另一只戴着手套的手上，并且回敬了一个军礼。这时，莫纳汉跳过了飞行员的尸体，布莱兹曼和索普没来得及把他抓住拦下，就猛地一把将另外这个德国人推回机舱里。

"傻瓜,"布莱兹曼说,"你难道不知道德国佬将军们不跟陌生人斗吗?"

"陌生人?"莫纳汉说,"我可不是什么陌生人。我就是要灭了这个婊子养的。我从两千英里以外来这里就是为了这个:把他们都干掉,我好他妈的回家去!"

"布莱兹曼。"他又喊了一声,但这时少校又说"你闪开!闪开!"他又立正敬礼,看着那个德国人整理好衣服(他连单片眼镜都没掉),把手枪翻了个个,手握着枪管,枪把朝前递给了少校,少校把它接了过来,然后那个人从袖口扯出一条手帕,掸了掸制服的前襟和袖子,也就是刚才莫纳汉碰到的地方,然后看了莫纳汉片刻,单片眼镜后面一点表情都没有,又把手帕塞回袖口里面,咔的一声回敬了军礼,径直朝人群走去,就好像人群不存在一样,他甚至都不需看人群为了给他让道而慌忙躲闪分开,大踏步地走了过去,把三名卫队军官落在后面,从分立两边的步兵纵队中间穿过,朝食堂走去;少校对科利尔说:

"把它搬走。我不知道他们还要不要,反正我们这里不要。"

"布莱兹曼。"他又喊了一次。

"呸,"布莱兹曼说着淬了一口唾沫,恶狠狠地,"我们没必要去食堂。我那里还有一瓶酒。"紧接着布莱兹曼追上他。"你到哪里去?"

"只要一小会儿。"他说。这时,布莱兹曼显然也看到并且注意到了那架飞机。

"你的飞机是怎么一回事?你下来的时候还是好好的呢。"

"没什么,"他说,"我把飞机停在那里,是因为杂草丛里有一个空汽油罐,我们可以把尾翼架在上面。"那个汽油罐就在那里:锈迹斑斑的,在逐渐昏暗的日光下闪烁着微光。"因为战争结束了,不是吗?当然,这就是他们要和那个德国佬将军达成的协议吧。不过,他们为什么要以这种方式呢,而此时只需要有个人拿出一条白色床单或者桌布就行了;他们波珀灵厄一定有桌布,这个德国人在他的指挥部里肯定也有从哪个法国女人那里拿来的一块吧;总有人该为那个可怜的血淋淋的

"的士司机"做点什么呀,他——这和书上写的不一样:他把顺序搞反了;他应该先从自己的外衣上摘下那枚铁制十字勋章,给另外那个人别上,然后再朝他开枪——"

"你这个蠢货,"布莱兹曼说,"你这个十足的蠢货。"

"好吧。花不了多长时间的。"

"别管它,"布莱兹曼说道,"放手吧。"

"我只是想看看,"他说,"然后我就不管了。花不了多久的。"

"然后你就会放手?你能保证吗?"

"当然。不然我还能怎么样呢?我只是想看看。"——说完把那个空汽油罐子摆好位置,抬起S.E.机的尾翼,把它转过来搭在罐子上,刚好合适:比飞行的角度稍好一些:跟水平小角度滑翔差不多,机首恰到好处地低垂下来;布莱兹曼现在真的不干了。

"我要是答应才怪呢。"

"那我就得去找……"他犹豫了一下子:一秒钟;然后快速而狡黠地说道:"……莫纳汉吧。他会帮我的。尤其是我要能赶上那辆厢型货车或者高级官员专车或者不管哪一辆,借上那个德国将军的帽子。或许就那个单片眼镜就够了——不:只要我手里握着那把手枪。"

"记住你自己说过的话,"布莱兹曼说道,"你当时在场。你可看见他们是用什么朝我们射击的,我们是用什么朝那架双座机射击的。曾有那么五六秒钟,你就在他上方。透过单片眼镜,我看着你发射的曳光弹从引擎开始一直把他来回扫了个遍。"

"当时你也在呀,"他说,"来吧。"

"难道你就不肯放手吗?"

"我放手过了。很久以前的事了。来吧。"

"你管这叫放手?"

"它就像留声机上的一张开裂的唱片,不是吗?"

"摆好轮挡。"布莱兹曼说道。他找来两个轮挡,稳住了机身,布莱兹曼钻进了驾驶舱。然后他绕过去查看机首,一切正常;他可以看出来引擎罩有点歪，瞄准器也有点歪，因为他的个子比大多数人要高，可还差一点点。不过，他可以踮起脚尖，他准备用胳膊挡住脸，以防他们昨晚往弹药桶里填装的东西还有残留，当时飞机还没挪出去二十英尺，可他从来没有真正见过他们出击，从那架双座机上反弹出去，正如布莱兹曼所说，有么五六秒钟他就在那架飞机正上空。螺旋桨已经在开启位置，所以射击断续器让子弹飞过去时或在运转或不运转，或者不管在做什么。那么，他只需要将瞄准器的筒身对准挡风玻璃后面布莱兹曼的脑袋，只是这时布莱兹曼从玻璃后面探出头来，又说了一遍："你保证过的。"

"没错，"他说，"不会有问题的。"

"你离得太近了，"布莱兹曼说，"怎么说也是曳光弹。它还是会烧伤你的。"

"是的，"他说着往后退了退，仍然面对着那个射出炮弹的小黑洞，"我想知道他们是怎么做到的。我还以为曳光弹就是本身会燃烧的弹药呢。里面没放弹药，他们到底是怎么做的曳光弹呢？你知道吗？我是说，它们是什么？兴许是面包球？不对，面包会在后膛烧掉的。兴许是浸泡过磷的木屑颗粒。这可有点好笑，是吧？昨晚我们的飞机库锁得牢牢的……外面天又黑又冷，一个武装警卫就在外面来来回回地走，里面有人，大概是科利尔；会玩象棋的人刀子也应该玩得不错吧，连削木头的声音听起来也有点哲思，据说象棋可是哲学家的游戏，或者有可能是一个明天就会成为下士的机械师，或是明天会成为一名中士的下士，即使战争结束了，在回国途中他们也可以给下士升一级的，至少赶在他被遣散之前。或者，也许他们还会保留英国皇家空军，因为很多人一出摇篮就参了军，除了飞行根本来不及学着做别的什么，即使到了和平年代，这些人至少也得时不时地吃饭吧——"他还在往后退，因为布莱兹曼一直挥手让他退后，同时一直保持着与瞄准器对齐的位置；"——出来三年了，什么都没做，然后一个晚上他坐在紧锁的飞机库里，手拿一把削笔刀，腿上堆满了木块，做着鲍尔、麦卡登、曼诺克、毕晓普他们当中任何一个人都不曾做过的大事：打下来一个全须全尾的德国将军；下次休假时就能在白金汉宫里得到那块藤壶似的勋章了——只是不会有了，没有战争就无从休假了，即使有，他们为此颁发什么奖章呢，布莱兹曼？——好吧，"他说，"好吧，我也把脸遮起来——"

只不过他现在其实不需要遮住脸了；火线已经斜着蔓延到地面上，再远一些就要从他的胸膛上烧过去了。于是，他又最后瞄了一眼瞄准器看是否对准了，稍微低下头，交叉双臂挡在面前，说道，"好吧。"此时传来了嘎嘎吱吱的震颤声，他举起的手腕上的表蒙玻璃折射出明灭闪烁的玫瑰色缩影，强光刺目（它们是某种弹丸；如果他离枪口只有三英尺而不是现在的三十英尺左右的话，它们早就像真子弹一样立刻把他干掉了。即使离得这么远，他还是朝着炮火探过身去，不是为了不被击退，而是为了防止被击倒：在这个过程中——向后倒下——角度、模式，本会沿着他的胸膛往上蹿，不等布莱兹曼来得及出手停下，最后一下很有可能会正中他的面门。）咣咣咣咣地重重打在他的胸膛上，他还没感受到热度，就先闻到了布料缓慢烧焦的刺鼻气味。

"把它脱掉！"布莱兹曼朝他大喊，"你扑不灭的！快把飞行服脱掉，真该死！"说完布莱兹曼也开始猛拽外套，向下撕扯，同时踢掉了飞行靴，从连体衣里面挣脱出来，一股看不见火光的闷烧焦味慢慢散开。"你现在满意了？"布莱兹曼说，"满意了？"

"是的，谢谢，"他说，"现在没事了。——他为什么要开枪打死他的飞行员呢？"

"听着，"布莱兹曼说，"从那架飞机旁边走开——"他用一条腿钩住了连体衣，像是要把它用力抛出去，然后一把抓住了它。

"等一下，"他说，"我先得把我的手枪拿出来。要不然，他们会因此指控我的！"他从连体飞行服膝盖处的口袋里掏出了手枪，随手扔进上衣口袋里。

"现在可以走了吧？"布莱兹曼说道。可他一动没动。

"去焚烧炉,"他说,"我们总不能把它就扔这里不管吧。"

"好吧,"布莱兹曼说,"我们走。"

"我先把它扔进焚烧炉,然后去营房跟您会合。"

"那拿到营房吧,让勤务兵把它扔进焚烧炉好了。"

"它也像那张开裂的唱片,是吧?"他说。接着布莱兹曼从腿上拽下了连体飞行服,可他还没有动。

"随后你就回营房是吧?"

"当然,"他说,"还有,我得顺便去一趟飞机库,让他们把我的飞机拉进机库。——可他为什么要开枪打死他的飞行员呢,布莱兹曼?"

"因为他是德国人,"布莱兹曼看似冷静,压抑住怒火耐心地说,"德国人按照规则手册打仗。根据规定,一名德国飞行员如果把一架载有一位德军中将的德国飞机完好无损地降落在敌方机场,则会被视为叛国贼或者懦夫,因此必须得死。那个可怜的该死的倒霉蛋今天早上吃着早餐香肠、喝着啤酒的时候,大概就知道了自己要有什么不测了吧。如果那个将军不在这里开枪打死他,那等他们再把他抓住,很可能就会开枪打死他本人。好了,把那玩意处理掉,快点回营房吧。"

"好嘞。"他说。随后布莱兹曼继续朝前走去,起初他还不敢把那连体工作服卷起来拿着。可他一想,事到如今,这还会有什么关系呢。于是,他把连体工作服卷起来,拎起他的飞行靴,回到了飞机库。B小组的飞机库现在开着门,他们刚把少校和布莱兹曼的飞机牵引进飞机库;德军的军规大概不会允许他们将那架德国双座机停放在英军机库中,但是现在事与愿违,它无疑会迫使至少六名英国人(既然步兵们大概都走了,他们就要充当机械师了,虽然既不习惯用步枪,也不习惯熬一整夜)夜里轮班在周围持枪巡逻。"我的飞机之前出了点故障,"他对第一个碰到的机械师说道,"中了一颗实弹。布莱兹曼上尉刚才帮我把它清除了。你们现在可以把它拉进来了。"

"是,长官。"机械师说。他继续往前走,小心翼翼地提着那卷起来的工作服,绕过飞机库,在黄昏暮色中走向士兵食堂后面的焚烧炉,突然他又一次猛地转身，走进了厕所；里面会是一片漆黑，除非有人已经拿着手电筒在那里了（科利尔有一座锡制烛台；每每进出厕所的时候都会端着它，他看起来可真像从修道院出来的，削发剃度，厚呢短外衣敞着怀，裤子背带在腰间打着结）。光线昏暗，连体飞行服散发出的气味比里面以往任何时候都要强烈。他放下飞行靴，展开工作服，但厕所里漆黑一片，压根什么都看不见：只是闻到缓慢燃烧散发出的浓重焦煳味；他也曾听说过那件事：B小组的一个飞行员去年小腿胫骨中间中了一颗曳光弹，他们到现在还在断断续续给他刮骨呢，因为磷光已经把它腐蚀了；索普告诉他说他们下一次打算把他膝盖以下的整条腿都截下去，看看这样能否阻止继续扩散。当然，那小子错就错在没有推迟那次巡逻任务，比如说到后天（或是明天，就此而言。或是今天，除非科利尔当时不让他这么做。）。只是一年前他怎么能知道？当时他自己也知道中队里有个人没发现它，直到有人用高射炮朝他打空炮弹，即便到那时他似乎还不相信呢。他又把连体飞行服卷了起来，黑暗中摸索了一阵子（适应之后就不会觉得那么黑了。帆布围墙能稍稍透进一点光来，就好像墙外天色已经大亮，而墙里的一天才刚刚开始。）他找到了那双飞行靴。到了外面，天还没有黑下来；还要两三个小时才会入夜，这一次他径直朝布莱兹曼的营舍走去，只在门口逗留了片刻，把卷起的连体飞行服靠在墙边放在门边。布莱兹曼穿着衬衫，挽起袖子在洗漱，他和考利的两张床中间的货箱上有一瓶威士忌放在他们俩的漱口杯之间。布莱兹曼擦干了手，还没等放下袖口，就从漱口杯里倒出牙刷，倒了两杯威士忌，把考利的杯子递给他。

"把它干了，"布莱兹曼说，"如果威士忌能有点用的话，它会烧死病菌，无论考利在里面留下什么病菌，还是你会留下什么。"他们喝了酒。"再来点？"布莱兹曼说。

"不了，谢谢。他们会怎么处理那些飞机？"

"什么会怎么处理？"布莱兹曼问。

"那些飞机呀。我们的飞机。我还没时间处理我的飞机呢。可我本来可以的,如果有时间的话。你知道:里里外外把它清洗一遍。滑行到什么地方——另一架飞机在停机坪上,可能是你的。毁了它,或者一次毁掉两个,趁着他们还没能把它们卖给南美或者黎凡特人。这样就没人穿着一套喜剧将军服就能指挥哪个根本没有参战的空军中队的飞机。也许科利尔还能让我再飞一次。然后我就将它坠毁——"

布莱兹曼手上拿着那瓶酒,稳步朝他走来。"把杯子举起来。"布莱兹曼说。

"不要了,谢谢。我想你不知道我们到底什么时候回家吧。"

"喝,还是不喝?"布莱兹曼又问。"不喝了,谢谢。"

"好吧,"布莱兹曼说,"我给你两个选择:要么喝酒,要么闭嘴——什么都别管——到此为止。你选哪个?"

"你为什么一直说别管了?别管什么?当然,我知道肯定是步兵先回家啦——那些可怜的该死的步兵已经在这泥淖中滚了四年,两周后就自由了,没有理由为了你还活着感到高兴或者惊讶,因为你出征的目的无非就是把步枪擦干净,清点自己身上所剩的军用干粮,这样维持两周就能到家了,所以在战争结束以前没什么理由感到惊讶。当然,他们必须先回家,一劳永逸地扔掉那该死的步枪,可能再过两周身上的虱子也除掉了。从此再也不用做什么了,只要成天工作,每天晚上泡泡酒吧,然后回家搂着妻子睡在干干净净的床上——"

布莱兹曼握着酒瓶,一副像是要用瓶子抡他的架势。"你净说些没用的。把杯子举起来。"

"谢谢。"他说。他把杯子放回到货箱上。——"好吧,"他说,"我已经放手了。"

"那就赶快回去洗洗,然后来食堂。我们再叫上一两个人去米约夫人的店里吃一顿。"

"科利尔今早又跟我们说了一遍谁都不能离开飞机场。他可能会知道的。要结束一场战争大概跟发动一场战争一样难吧。谢谢您的威士忌。"他走出营房。还没等走到门外,他就已经闻到了气味,他俯身拿起工作服，回到自己的营房。屋子里自然没人；可能是有个庆祝会，或许今晚会在食堂里狂欢通宵。他没点灯：脱下飞行靴，用脚把它们推到床下，然后小心翼翼地把卷着的连体飞行服放在床边的地上，在床上躺下来，静静地仰面躺在黑漆漆的营房里，墙壁的阻隔制造出一种天黑的假象，让人以为已到了睡觉时间，闻着慢慢散开的焦煳味，他就那么一直躺着，突然听到伯克嘴里骂骂咧咧地走进来，接着咣当一声门被关上了，伯克说："天哪，什么这么臭？"

"是我的飞行服，"他躺在床上说道，有人点亮了灯。"它烧着了。"

"该死，你他妈的把它拿进来干什么？"伯克说，"你想把营房烧了吗？"

"好吧。"他说着，摆动双腿，从床上起身，然后拿起那件连体工作服，而其他人又好奇地多看了他一会儿，站在灯旁的德马尔奇一只手里还捏着那根燃烧的火柴。"怎么了？今晚没有庆祝会？"德马尔奇还没来得及开口，伯克又开始破口大骂科利尔。德马尔奇说："科利尔把酒吧给关了。"

他走了出去；天还没黑透，他还能看清手表的刻度：二十二时（不，就是晚上十点钟，因为现在也该回归平民生活了）他绕到营房的拐角处，把工作服放在墙边的地上，没有靠墙太近，整个西北墙是一扇巨大的教堂窗户，渐渐隐没在黑夜里，此时他侧耳倾听着，一片寂静里面充斥着许多细微响声，他以前在法国从没听过，也不知道它们在那里存在，因为它们属于英格兰。他记不起以前在英国是否夜里也听到过，或者是否有人跟他说起过，因为四年前这种平静的夜晚之声还是天经地义的，至少是一种社会风尚，他那时还是个孩子，一心期盼的只是一套童子军的制服。随后他转过身；一直到门口还能闻到那股气味，一进到屋里当然就不敢肯定他是否真能闻到了。他们都上床睡下了，他换上了睡衣，熄了灯，规规矩矩地上床，直挺挺地仰面躺下一动不动。有人已经打起了呼噜——伯克经常打鼾，谁要是告诉他总要被他骂——所以他什么都听不到了，只是感受着夜在慢慢逝去，时间那流逝的颗粒发出微弱的沙沙低语声，无论它来自何方又去向何处。他再次轻轻摆动双腿，伸到床下，够到飞行靴，穿好后站起身来，轻轻拿起厚呢短外衣穿在身上，走出了营房，还没走到门口就已经闻到了那股味道，一直走到拐角处后在工作服旁边背靠墙坐了下来，此刻天色并不比二十二点（不，现在是晚上十点钟）时更黑，那扇巨大的教堂窗户只是缓缓地朝东方转动，几乎还没等你察觉，它将又一次溢满光线，继而太阳升起，明天又将来临。

但他们等不到明天了。长长的战线上的步兵将趁着夜色悄悄地爬出他们在里面住了四年之久的这些野蛮、痛苦、致命的散发着恶臭的沟渠、峭壁和洞穴，惊愕地眨眨眼睛，几乎不敢相信，四下环顾，慢慢开始做出半信半疑的猜测，他试着去倾听，十分卖力，因为他当然应该能够听见，这声音比任何一种只是初露端倪的猜测和疑惑都要响亮、嘈杂：西方世界所有女人发出一个声音，从曾经的俄国前线到大西洋再到对岸，有德国人、法国人、英国人、意大利人、加拿大人、美国人和澳大利亚人——不仅是那些已经失去儿子、丈夫、兄弟和心上人的女人，因为那个声音从第一个人倒下去的那刻起就一直在空中回响，军队与那种声音朝夕相处到如今已经四年了；但是昨天或者今天早上或者无论哪个时刻才开始发出的那个声音，来自于若非停战将会在今天或者明天失去一个儿子或兄弟或丈夫或心上人的女人们，现在战争既然已经停止，她们就不会失去什么了（当然不是他的女人们，他的母亲，因为她什么都没有失去，也没冒过什么险；时间还不够长）——一种比纯粹的猜测还要嘈杂得多的声音，如此嘈杂，以至于人们甚至还不能完全相信它，而女人能够并确实相信任何她们想要相信的事情，在欣然解脱的声音和痛苦挣扎的声音之间不做（不想做，甚至也不需要做）任何区分。

不是他那住在兰贝斯对岸的泰晤士河畔的房子里的母亲，他在那里出生，一直在那里生活，他父亲十年前去世之前每天都是从那所房子出发去伦敦金融区，经营一家美国大型棉花公司的驻伦敦办事处；

他们——他的父亲和母亲——成家太晚,如果他就是那个使她出于爱而甘愿忍受痛苦的男人,而她就是那个他要为之(正如历史不断证明的那样——从他在食堂里不得不倾听的谈话之中,他愿意承认至少历史从不打诳语——男人总是这样)在炮口下寻找花环或是月桂树枝的女人。他记得,那是唯一的一次,他和其他两个人一起庆祝得到了委任状,集资去了萨瓦酒店①,麦卡登走了进来,要么是刚又斩获几条绶带,要么是又擒获几名德国兵,很有可能二者皆有,事实上这是不容置疑的,有人起立热烈鼓掌欢呼,不是来自男人而是来自女人,他们三个看着那些在他们眼里愈加美丽、天使般国色天香的女人一跃而起,像一簇簇鲜花似的臣服在那位英雄的脚下;他们眼里看着,心里又是怎么想的呢?不管他们是否大声地说了出来:"等等。"

但是没有时间了;现在他还是只有他的母亲,他绝望地想着女人们怎么会对荣誉毫不动心,而当她们也成为母亲的时候,看到军装就会怒不可遏。突然,他意识到他的母亲在哪里都会是最吵的那个,所有人里面数她最闹,她从来哪怕一瞬间都不想在战争中失去什么,而放眼全世界看来她是对的。因为女人们并不关心战争中谁输谁赢,她们甚至不关心是否有人输赢。接着他明白了,其实这真的不重要,对英格兰而言并不重要:鲁登道夫②能够打到亚眠,然后转向海岸线,踏上自己的战船,跨越英吉利海峡,在古德温暗沙、兰兹角和毕晓普岩之间他认为合适的任何地方发动猛烈攻击,最后也攻占了伦敦,但这也不重要了。因为伦敦代表着英格兰,正如泡沫代表着啤酒,而泡沫毕竟不是啤酒,也没有人愿意浪费太多时间或气力感怀悲痛,鲁登道夫也不会有时间松口气或者沾沾自喜,因为他还得继续包围每一片树林,砍掉每一棵树,卸掉全英格兰的每一堵墙上的每一块石头,更不要说每个酒馆里都有他要抓的三个人,还得一砖一瓦地拆除酒馆才能

---

① 萨瓦酒店,伦敦举世闻名的豪华酒店之一。
② 鲁登道夫,第一次世界大战期间的德国步兵上将。

抓到他们。什么时候能抓住他们并不重要，因为在下一个十字路口还会有另一个酒吧，里面还会有另外三个人，只是欧洲或任何其他地方都没有那么多德国人或别的什么人罢了，此时他展开了连体飞行服；起初只是衣服的前襟上出现了一系列闷烧出来的层层叠叠的圆圈，而此时已经变成了一个破烂不堪的不规则大洞，而且还在不断蔓延，慢慢地向上朝着衣领、向下朝着腰带、横着向两腋继续扩大，到早晨大概整个前襟就都没了。因为它持续不断，坚定不移，不可遏止，不偏不倚；你可以像鲍尔那样依赖于它，而其他人也是这么做的，从麦卡登、毕晓普、瑞斯·戴维斯、巴克、波尔克、里希特霍芬、伊梅尔曼、古野尼美尔、南杰瑟，到像莫纳汉一样的美国人，在他们的国家还没有参战，还没给他们一份值得炫耀的花名册之前他们就已经心甘情愿赴死；地面上、烂泥里的那些军队，那些可怜的该死的步兵——他们所有人都从未要求过安乐窝，甚至也不要求那些头戴铜色军帽、已经极尽其所能的高级军官明天别再让他们失望，他们只是要求巴黎、柏林、华盛顿、伦敦和罗马所代表的国家都承认，承认他们所有的人都曾勇闯危局，而且他们中的许多人已然接受了挑战并因此战死沙场，这是不容置疑、无可争辩的事实；它仅次于勇敢的胜利本身和同样勇敢的失败，于胜利而言，它会赋予荣誉，而于失败而言，它会洗刷耻辱。

星期二，星期三

第二次有人可能见过她或者注意到她，以至于日后还能记得她，那肯定是在老东城门。他们当时注意到她，只是因为她在那里停留许久，一直站在拱门旁边，盯着每一个进门人的脸，还没等前一个人过去，目光便迅速地移向了下一位。

但是，没有人注意到她，也不会记得她。除了她，没有人在城门口附近徘徊，也不会注意到什么。就连那仍在不断拥进城门的人群也未作片刻停留，身还未至，心神早已进了城，他们的焦虑和恐惧也已汇入了这座城市那与日俱增的焦虑和恐惧的巨大洪流。人们从四面八方慢慢拥来，把通向城门的道路挤得水泄不通。

昨天，星期二，军团兵变被捕的消息刚一传到这一带，还没等军团被带回到绍讷蒙任凭那位担任最高统帅的老元帅本人发落，人们便陆续赶来了。他们连夜源源不断地拥进城里，今早仍有人紧跟着军团步其后尘而来，伴着把军团送回这座城市、一刻不停穿城而过的那些卡车扬起的尘土，他们步行而来，乘坐笨重的农用马车而来，一窝蜂地拥入城门。那个年轻女人就站在城门口，目光飞快地扫视着每位路人的面庞，神情紧张却不知疲倦，——村民和农夫、劳工和工匠和收税员和小职员和铁匠：曾为军团效劳的其他人，军团现役士兵的父母和亲属，而这些士兵正因为这个缘故被关押在小镇另一边的监狱里，受到严加看管，命悬一线；——还有其他男男女女，要不是纯粹偶然交到好运，这一次有可能就是在押士兵的父母和亲属了，还有——其中一些人——无疑会是下一批军人家属。

他们头天离家之时对情况了解甚少，进城之前虽遇到或追上一些同道人或被别人追上，却未能打听到更多消息，一行人为了同样的目的而来，怀着同样的绝望和恐惧：他们只知道昨天破晓时分，该军团兵变了，拒绝发动进攻。它并没有在进攻中落败：是干脆拒绝发动进攻，不肯离开战壕，不是在进攻前，甚至也不是在进攻开始之时，而是在事后；——毫无预兆，就连在负责带兵的军官当中军衔最低的准下士也没有得到任何暗示，虽然经过了四年冲锋陷阵已成为正式的战争仪式的一个无可逃避的重要部分，就像在节日或狂欢时节每晚在正式舞会开始之前举行的那场盛大的开场仪式一样，但是军团竟然拒绝例行这一公事；——军团在前一天晚上被调到前线，之前经过了两个星期的休整，本该会让他们领悟到前面等待他们的将会是什么，就算是经验全无的新兵也不例外，更不用说那突如其来的在黑暗中摸索前行的旅途劳顿和密集行动：那些密集出现的大炮影影绰绰地蹲伏一片，关闭了车灯的缓慢颠簸前行的货车和卡车里面装的只能是弹药；然后便是炮火，火力开始集中在敌军占领的山头，声势之大足以让双方前线方圆数公里以内的人都能明白此时此刻将要发生什么，负责剪断铁丝网的小组出去又回来了，破晓时分整个军团都枕戈待旦，鸦雀无声，俯首听命，这时敌军铁丝网上炮弹齐发，将其前线隔离并切断其后方援军；依然没有任何预兆，没有任何暗示；连长和排长们、军官和士官们已带头爬出战壕，回头一看竟无一名士兵随之而动：相互之间没有手势，也没有信号，只是全团三千余人分散在整个前线一人高的战壕里，无需沟通便行动一致，就像——当然，恰好相反——一排落在电话线上的小鸟整齐划一地在同一瞬间飞离；军团所属师的将军指挥官下令其撤出并将其逮捕，当天中午，星期一，整个法军前线和对面从阿尔卑斯山到恩河的德军前线上的所有活动都已停止，除了空中巡逻、间隔响起的类似信号炮的象征性齐射炮火以外，当天下午三点钟，美军

111

和英军前线以及面对他们的从恩河到大海的敌军战线也采取了同样的做法,此刻军团所属师的将军指挥官正派人将军团遣送回位于绍讷蒙的指挥总部,师长本人星期三下午三点钟也会来这里(他们都没停下来想想,更不要说怀疑了,乡间的所有平民老百姓是如何提前两天获知高层军事人员会议的目的和意图,还有具体时间的),而且有了他的顶头上司们——该师所属军团的指挥官和该团所属军队的指挥官——的支持,至少是默许,他将亲自向老元帅请命处决军团的全体士兵。

这就是人们在赶路进城时所了解到的所有情况——老人、妇女和儿童,绍讷蒙的老元帅明天只要动动手指头就可以处决的三千名士兵的父母、妻儿、亲属和情妇——乡下人全体出动,络绎不绝地朝城里汇集,气喘吁吁,步履蹒跚,胆战心惊,不是在恐惧和希望的夹缝中挣扎,而是饱受痛苦和恐惧折磨;他们甚至漫无目的,因为不抱任何希望:并非自愿离开自己的家园、田地和店铺,赶着进城,而是在痛苦和恐惧的驱使下走出茅舍、棚屋和沟渠,被迫来到城市,不管他们愿不愿意:只是出于悲伤,离开了村庄和农田,进入城市,再次融入悲伤的氛围中,因为悲伤和焦虑如同贫困一样会自生自灭;挤进已然拥挤的城市,没有其他想法和欲求,只为摆脱自己的悲伤和焦虑,将其融入城里各种激情和力量的巨大洪流之中——害怕、悲伤、绝望、无能,以及无可匹敌的力量、恐惧和坚不可摧的意志;跟所有人呼吸着同样的空气,参与并分享一切,因此二者兼而有之:一方面是那些哀悼者和被哀悼者,另一方面是那位孤独的银发老人,只身坐在石雕大门、站岗哨兵和市政厅三面具有象征意义的大旗之后,至高无上,无所不能,遥不可及,他手握生杀大权,可以将整个军团置于死地,他曾要过无数人的性命,再多这三千个士兵也无妨,根本不屑于点个头或抬抬手免他们一死。因为他们不相信战争已经结束。这场战争打得太久,不可能像这样一夜之间说停就停,做个了断。它只是自行中止;并非参战士兵,而是战争本身使然,战神刀枪不入,甚至于漠视痛苦的折磨、撕裂的血肉和像盘旋在粪堆上的一波波短暂集结的昆虫那般微不足道的成败交替，对着那些大炮还有呻吟的伤员说道："嘘。安静一会儿。"——从阿尔卑斯山到海岸的那一整片地带已千疮百孔，无从修复，上面遍布着有口难言、有眼难闭的冷漠面孔，他们观望了片刻，一天，两天，等着绍讷蒙的那位银发老人高抬贵手。

经过四年之久，他们已经对战争习以为常。在这四年里，他们甚至学会了如何与它和平共处，比邻而居；或者说，在它脚下匍匐，就像屈就于一个客观事实或自然条件、物理法则——物质匮乏、一贫如洗，担惊受怕，威胁恐吓，一切正如一场欲来又止的飓风、一触即溃的堤岸外的潮水那般令人提心吊胆；还有丈夫、父亲、爱人和儿子们伤残和死去，就好像战争中痛失亲人只是恋爱婚姻、为人父母、生儿育女的一种职业风险似的。不仅战时如此，而且战后亦然，仿佛战神知道或是拥有的唯一一把可用来清扫腾空的房间的就是死神；仿佛每个人一旦片刻沾染到它的泥泞、污秽和肉体恐惧，只有得到了类似绝症的死亡宣判，才能解脱出来；——战神连自身的休息也置之度外，直到它也找到理由掸去它的贪欲燃尽之后的最后一撮冰冷而无用的灰烬，除去它那未竟事业的残渣，才能罢手；无论战争结束与否，军团的士兵们还是不得不在自己气数已尽之前就一个一个赴死，但既然军团作为一个整体要为它的终结负责，那么整团人必死无疑，作为一个整体，以那种早已废除的古老方式赴死，原因不外乎是给行刑者一个机会把他们的步枪登记放回军需库，为了遣散军队、解散武装做好准备。事实上，唯一能拯救军团的方法就是让战争继续进行下去：这会让他们陷入两难困境，剥夺他们的权利：正因发动兵变，军团才阻止了战争；它拯救了法国（法国？还有英国；整个西方，因为自从德国人三月份突破亚眠防线以来，显然还没有什么能够阻止得了他们），而这就是它得到的奖赏；三千名拯救了法国和全世界的士兵将要丢掉性命，并非在这个过程中，而是在既成事实之后，因此，对于这些拯救了世界的士兵来说，他们所拯救的世界不配让他们付出如此代价，——对于他们，军团的三千名士兵，当然不配；他们即将赴死：世界、西方、法国这一切都将和他们再无干系；可对于他们的妻子、父母、儿女、兄弟、姐妹和心上人来说,对于这些丧失了所有而拯救了法国和世界的人来说,一切都至关重要;在他们眼里,自己已不再是结盟抵抗的一个团体,一个民族,面对德军的威胁曾经共患难,有过共同恐惧和困苦,而是孤零零的个体,一个小地区,一个家族,几乎是一个家庭,与他们自己的儿子、父亲、丈夫和心上人将要拯救的整个西欧交战。因为,不管战争的威胁原本还要持续多久,这些心上人、儿子、父亲和丈夫当中至少有一些人还有机会逃过一劫,顶多也就是受点皮肉之苦,可现在,战争所带来的恐惧和威胁虽已不再,他们的父亲、心上人、丈夫和儿子却都得去死。

但是,他们进城后发现这里并不是一面悲伤无奈的平静湖水。相反,这是一口沸腾着愤怒和恐慌的大煮锅,因为他们现在得知军团发动这次兵变并非事先征得所有人的一致同意和谋划,不管是计划好的还是临时自发的,而是受到一支十二个士兵和一名下士组成的小分队的引导、哄骗和出卖才加入的;整个军团的三千名士兵全都被那十三个人引上了歧路,参与并实施了这场犯下死罪的行动,一头栽到了步枪的阴影下,接受死刑的惩罚,这十三个人里有四个,其中包括那名带头的下士,不仅生来不是法国人,而且后来也并没有入法国籍。其实,他们之中仅有一人——那名下士——能讲几句法语。就连军队记录里似乎也没有显示他们的国籍;他们居然在法国加入了法国军团,或者说法国军队,实在是有悖常理,令人匪夷所思,虽然毫无疑问,他们是,一定是钻了某一场语焉不详或记录不清的外籍军团征兵的空子,因为一旦一张纸上有所记录、编号排序、登记日期、签字画押,军队从来不会一劳永逸地丢失材料;军靴、刺刀、骆驼乃至军团有可能彻底消失,再无踪迹可寻,可是它的记录不可能消失,无论最后在谁手里,或者无论是谁最后签署,此人的姓名、军衔和任职都不可能消失。小队里的其他九个是法国人,但只有三个人不满三十岁,有两个人已年过五十。不过,这九个人都有无懈可击的服役档案,不仅向前追溯到一九一四年八月战争伊始,而且还能一直查到他们之中年龄最大的那一位年满十八周岁那天，他是三十五年前入伍的。

到第二天早上，星期三，他们便得知了余下的情况。到那时，这一部分消息甚至都没有等他们到达城里。它就像掠过干草的风或火一样，跑出去与他们在从四面八方通向城里的拥挤的公路上碰面了：进攻前不仅有密集火力作为预警，德军观察哨也肯定看到了法军士兵们拒绝随长官冲出战壕，却并未反攻；因叛乱而不再受信任的军团在光天化日之下被撤换而陷入一片混乱，这时是他们最佳的、极为难得的进攻时机，但德军还是没有发动反攻，甚至都没在离岗和换岗军团会面必经的交通线路上布下火力网，就这样，军团被撤换逮捕之后一个小时，该战区的所有军事活动均已停止，此后过了两个小时，统领该团所属师的将军、他的军长及他们的陆军司令、美国陆军参谋上校、英国总指挥的参谋长在紧闭的房门后，与盟军总指挥会晤。随着报告和谣言密集传来，暴露出的真相是，不仅该师下属的另外三个军团的列兵，还有在它侧翼的两个师的士兵都已提前知道这场进攻即将发动，也知道被选中的这个军团打算拒绝进攻。另外，（参谋官和宪兵军官们大为震惊，也难以置信，此时会同他们的中士和下士们加快了行动的进程，电话机不断发出刺耳的尖叫，电报机一刻不停地嗒嗒作响，通讯员骑着隆隆轰鸣的摩托车在院子里进进出出）不仅是三个师的每个列兵都认识那位外籍下士和他的奇特组合杂牌军，而且最近这两年多来这十三个人行动诡异——几乎没人知道那位不明身份的下士叫什么名字，即便知道也不会发音，他连同其他三个显然来自中欧同一个国家的人究竟是如何进入这个军团的仍是个未解之谜，因为这些人入伍前的履历似乎根本无迹可寻，仿佛横空出世般地出现在军需官的库房里，被发放了制服和装备，其他九个有案可查的人今早之前还无可指摘的法国人和法国士兵，过去两年里的事假和休假都是在作战部队的休息营地度过的，他们不仅足迹遍布整个法国战区，还有美国和英国战区，有时孤身前往，但通常情况下全员行动——所有这十三个人不仅在法国军队，而且还去美国和英国军队，一待就是几天，有时还会一连待上几个星期，他们中有三个人连法语都不会讲，领头的

115

下士法语水平也只够勉强保住他的职位而已；——就是此刻，这些全副武装、身上佩戴各式领章肩章徽章和老鹰花环星星的巡视员和检察官意识到……不是案情重大，而是骇人听闻，难以置信；骇人听闻得难以置信，难以置信的骇人听闻，这可把他们难住了：那一刻他们得知了详情，在那些为期两周的休假中有三次，去年两次，上个月第三次，不到三个星期之前，一天夜里这群人全体从法国消失了，带着他们的通行证、运输和配给许可证从他们的休息营地消失了，两周后的一天早上又再次出现在军中，可他们的通行证、运输和配给许可证上却没有加盖任何印章，完好如新；——骇人听闻且难以置信，因为在过去这将近四年的时间里地球上只有一个地方，十三个身着军装的人能在证件不必被加盖印章的情况下前去，去这个地方其实根本不需要任何证件，只需借着漆黑的夜色，再加上一把铁丝钳而已；他们——巡视员和检察官、监察长和宪兵司令，几个排的士官和宪兵一只手轻托着解开的枪套里的手枪在他们左右两侧护卫——带着一种强压怒火的镇静，正健步如飞地走在连绵不断的队列旁边或中间，队列一直从阿尔萨斯①延伸到英吉利海峡，士兵们满身污迹，风尘仆仆，未着臂章和穗带，只有序号标明其身份，近四年来他们一直夜不成眠地轮流守着绵延的射击踏台上，站在射击孔里探出去的上膛的步枪后面，而此刻他们根本不去看对面的德军前线，仿佛已把战争抛在了脑后，而是盯着他们，那些巡视员、检察官们，那些惶惶不安、怒气冲天、大惊失色的人；直到一个法军观察哨的信号灯开始闪烁，对面德军前线后方的一盏信号灯做出了回应；那个星期一中午，整个法国前线和对面的德国前线陷入一片沉寂，下午三点钟美军和英军前线及其对面的德军前线也如法炮制，于是当夜幕降临之时，两座部署密集的洞穴般的地下战壕像庞贝②和迦太基③两座古城一样陷入死寂，只有火箭

---

① 阿尔萨斯，法国东北部一地名。

② 庞贝，意大利古都，公元七十九年火山爆发，全城淹没。

③ 迦太基，位于非洲北部（今突尼斯）的奴隶制城邦，腓尼基人所建，公元前一四六年被罗马帝国所灭。

116

弹作为警戒不断发出"嗖——扑通"的响声,还有战区后方的机枪不时闪出慢吞吞的火光,响起沉闷的枪声。

于是,在那个星期三早上,他们找到了一个痛苦的发泄口,一个谩骂诅咒的对象,跌跌撞撞、气喘吁吁地穿过那赶了几公里路最终汇集的人群,头顶上城市将它那金色王冠般的教堂尖顶和城堡垛口耸入云端,沐浴在阳光下,人群一窝蜂拥进老城门,与那地下战壕的巨大阴影融为一体。直到昨天,这座城市那刚强孔武的辉煌英姿还安详地从阴影中超然而立,现在却已变得人声鼎沸,乱作一团,拂晓时林荫大道上已经人满为患,还有更多的人尾随飞驰而来的卡车继续拥入城里。

那些卡车飞速穿城而过,很快就把人群远远地甩在了后面。不过,当赶在前面的人们也到达远处那阳光普照的平原上时,卡车队再次出现在人们的视野里,车后拖着一团飞旋的报春花似的淡黄色的沙尘,火速奔向一千五百米外那片涂着伪装迷彩色的拥挤杂乱的监狱区。

但有那么一瞬间,人们似乎无法识别或辨别出那些卡车。人群停下脚步,挤作一团,像一只盲眼之虫猛然闯入阳光里,缩成一团,一动不动,于是行走的动作本身似乎在一片快速消散的涟漪中渐次平息下来,宛如一阵看不见的风沿着一排干枯的麦秸秆吹拂而过。接着,他们便辨认出或者认定了那团飞旋的沙尘,于是便打破僵局,蜂拥上前,此时不再奔跑,因为——老头、妇女和小孩——他们在穿过城市之后已然筋疲力尽,也不再大喊大叫,因为也已声嘶力竭,发不出声音来,但他们仍在气喘吁吁、步履蹒跚地匆忙赶路,逐渐开始——既然他们已出了城——呈扇形在平原上四散开来,故此就不再像一只小虫,而是又变回那在黎明时分席卷了整座城市广场的波涛。

他们没有计划:只会行动,像浪潮一样;正在呈扇形散开到平原上,人们——或人群——似乎像波浪般广度有余,深则不足,快到监狱区时,似乎加快了速度,与海浪靠近沙滩时如出一辙,直到突然撞上铁丝隔离网,停顿了片刻,然后骤然爆开,分成两路,沿着隔离网朝两个方向涌流,一直到再也动弹不得。情况就是这样。本能和痛苦驱使他们开始行动;行动一个小时以来裹挟着他们所有人,对有些人来说是二十四个小时,把他们带到这里,将他们像一堆垃圾一样丢在隔离网旁边(它——监狱区——在那曾被各国称作"和平"的逝去不再的岁月里,曾是一家工厂:一座长方形的砖墙建筑,墙上平静地爬满了常春藤,去年增添五十座由木板和纸建造的几何形状的营房,改装成了一座军队训练场兼物资储备站,用的是美国出资采购的建材,在美国本地用美国机器锯成以编号排序的部件,运到欧洲,再由美国工程师和技工们组装起来,变成了一个难看的怪物,一座纪念碑,一个国家令人咋舌的效率与速度的预兆,而昨天又增添了一些电网路障、几座探照灯塔、一批机关枪座和掩体和一座警卫高架天桥,把它变成了一座用来关押叛乱军团的防止人出入的畜栏;法国工兵和后勤兵仍在继续搭建更多的路障,并在上面缠绕更多的能置人于死地的电线。)然后便将他们抛弃了,让他们挨肩叠背地扎堆躺在这道屏障前,就像一场大屠杀过后正在起死回生的受害者,他们透过紧绷绷的、险恶的、无从攀越的铁丝网朝里面望去,军团却似从未存在过一般消失得无影无踪,而周遭的一切——阳光明媚的春天,欢乐怡人的清晨,云雀声啼的天空,锃光瓦亮的崭新的铁丝网(即便近得触手可及,还是看起来像圣诞金箔那样轻薄脆弱,让那些忙在上面缠绕电网的工作人员显得无关紧要,活像是在为教区节日做装饰的村民们),空荡荡的训练场,以及枯燥乏味、毫无生气的营房,看守他们的塞内加尔[①]人拖着懒洋洋的步子盛气凌人地在天桥上晃来晃去,给身上那套低俗、破烂的制服平添了一种华而不实、矫揉造作的散漫气质,类似于匆匆忙忙地套上在当铺里买的衣服的美国黑脸滑稽说唱剧团——似乎都在沉思般地俯视着他们,若有所思,心不在焉,让人捉摸不透,甚至根本不感兴趣。

情况就是这样。在过去的二十四个小时里他们一心想来到这里,现在终于来了,躺在隔离网下,像海上遇难船只扔掉的货物漂在海面

---

① 塞内加尔,西非国家,首都达喀尔。

上一般光景，他们连倚靠的隔离网都看不见，更不要说能看见里面了，大概花了半分钟的时间便意识到，不是来这里之前没有计划，也不是先前取代计划的行动只有在它有机会进到里面去的情况下才有意义，而是行动本身把他们带到这里是有悖于他们的初衷的，不仅浪费了他们从城里到监狱走这一千五百米路的时间，还有从这里返回城里和城市广场的时间，他们现在明白了自己一开始根本就不该离开，结果是，不管他们往回走的速度能有多快，他们都赶不及了。尽管如此，他们又一动不动地在隔离网上靠了半分钟，里面的杂役队慢吞吞地在与无穷无尽的金属线圈纠缠不休，偶尔停下来一声不响地朝他们投来漠不关心的一瞥，那群衣着俗丽的塞内加尔人则一脸轻蔑，无精打采地在架起的机关枪中间闲逛，在铁丝网内忙着干活的白人和铁丝网外痛苦不堪的白人头顶上，一边抽着烟，一边懒洋洋地用粗大黝黑、刮刀样的大拇指轻抚刺刀的刀刃，根本不屑于看他们一眼。

  就连驻守在阴郁凛冽的大风中纹丝不动的那名飞行员也无法准确地说出究竟人群是从哪个位置最先开始掉头的，好似一只盲眼的无头野兽，显然没有任何器官可以感知危险或选择路线来回避它，但可以在得到通知的瞬间便飞速转向哪一个方向，人群开始拥回城里，像鸟群一样齐刷刷地转身而去，又是脚步匆忙，疲惫不堪却不知疲倦，不单单是坚忍，还有疯狂，令他们不肯服输，他们随即再次穿行在两排一直绵延到城里的军队之间——（显然，这次的队列是一整支骑兵旅，隔着那条清空的路与人数相当的步兵相向而立，还是没带背包，但仍然上了刺刀，还带了手榴弹。路上某处摆放着一架火焰喷射器的喷嘴和绕成圈状的喷管，远处靠近城里，在清空的那条路尽头，还是那架坦克，在拱门背后若隐若现，像一只坏脾气而胆量不足的狗从窝里往外张望）他们似乎既没有对军队的到来做任何评论，也没有注意到军队的存在，更不要说对他们的出现产生什么好奇心了。军队对人群也未予理睬，当然肯定保持了警觉，但是实际上就在人群在两队人马之间穿拥时，他们近乎懒散地坐在马背上，靠着挂在地上的步枪上，仿

119

佛对部队本身和命令他们到此地的将领来说，人群就像是西部的牧群，一旦卷入它本身的旋涡里自行跑动起来，它就一定能保证自身的安全和公众的平安。

他们又一次穿过城市，回到了城市广场上，再次把它挤得满满当当的，一直挤到那座尖顶铁栅栏边上，栅栏内侧那三名哨兵在晨风吹拂的三面旗帜下分立于暗门两侧。虽然广场上早已无落脚之处，人们还在不断地挤进广场，仍然坚信无论有多快从监狱区赶回来，他们还是赶不及的，明明知道一路上绝对不可能有递送死刑令的通讯员从他们身边经过，却仍然认定必定有通讯员来了。可他们还是蜂拥而来，仿佛来晚的最后一批人不能接受那小道消息，而必须亲自见证，或者努力去见证，他们确实没注意到通讯员，确实来得太晚了；此时，就算他们真想一窝蜂地踉踉跄跄、气喘吁吁地奔回监狱区，至少回到他们能听到夺走他们亲人性命的齐射枪声的地方，那也没有可让他们转身往回跑的余地了；在那个比克洛维①和查理曼②年纪还大的石制水池中，他们被困在挤得水泄不通的人群里动弹不得——这时，他们突然意识到他们不会迟到的，他们不可能迟到；无论他们可能怎样算错了时间，走错了方向或记错了地形，正如他们不可能阻止行刑一样，他们也不可能迟到，因为这狂乱紧张、备受痛苦煎熬的一大群人匆忙赶来城里的唯一目的就是，当那个军团的指挥官来向他们面前这座石门后面的那位银发老将军请求批准处决全体军团士兵的时候，他们能在现场，可那位师长到今天下午三点钟才会到呢。

因此他们需要做的就只有等待。现在九点钟刚过。十点钟，三名下士，一个美国人、一个英国人和一个法国人，在各自国家的一个持枪士兵的贴身护卫下，从市政厅后门的拱门里走了出来，换下各自国

---

① 克洛维，此指克洛维一世（466—511），法兰克王国奠基人、国王。

② 查理曼，此指查理曼大帝（约742—814），法兰克王国加洛林王朝国王，八〇〇至八一四年为西罗马帝国皇帝。

家站岗的哨兵，并陪换岗下来的哨兵走回到拱门里面。接下来就到了中午。他们的影子从西面缓缓爬进来，移到了正中间；刚才那三名下士带着三个新的哨兵出来，三个站岗的哨兵换岗后离开了；在早已逝去的被称作和平的岁月里，现在正是人们回家吃饭并且或许还能休息片刻的时候，可现在大家都一动不动；他们的影子渐渐向东移去，又一点点拉长了；两点钟，那三名下士第三次出现了；三组各有三名士兵第三次踏着步，跺着脚，举行这两小时一次的仪式，然后离开了。

　　这一次，有汽车沿着林荫大道飞驶而来，把自己的传令兵远远甩下了。人群刚好来得及手忙脚乱地向后退，让它开进广场，再紧随其后挤回来，这辆车飞速穿过广场，在市政厅门口停了下来，砰然踩下的刹车猛然激起一阵尘土。这也是一辆指挥车，不过上面沾满了灰尘，还结满了干泥块，因为它不仅是从军区来的，而且还是从前线来的，即便车上插着的三角旗上面的确有那代表陆军司令的五颗星。不过，这四年过后，就连孩子们也能看得出来，纵然车上没有旗帜飘扬，孩子们也能认出坐在车上的两个人——那个身材矮胖、挺胸腆肚的人掌管着该团所属的那个师，还没等车停下他便已准备起身了，那个身材高挑、书生气十足的人应该是师长所在陆军集团军总司令的参谋长，坐在前排副驾驶座上的勤务兵还没来得及下车去开后车门，师长便已从车上跳下来，还没等参谋长开始起身，他就已迈着他那两条短小又僵直的、骑兵所特有的罗圈腿，一溜烟地朝那道戒备森严的暗门走去。

　　接着，参谋长也站起身来，从旁边的座位上拿起一个长长的物件，下一秒钟他们——人群——便认出了那是什么，原本一动不动地缩成一团的身体朝前探去，还发出一种声音，这声音并非咒骂，因为它甚至并非针对师长；甚至在听说那名外国下士的事情之前，他们也从未真正责备过他，就算现在对那位外国中士有所了解，虽然他们还会惧怕那位给他们制造恐惧并带来痛苦的师长，但他们也并未责怪他：他不仅是一位法国士兵，还是一位英勇而忠诚的法国士兵，他本可以不多做一件事，不多信一句话，因为正是有了他这样的人，法国才在深陷羡慕与嫉妒的囹圄的情况下坚持这么久立于不败之地——他是一名战士:不单是他自己和他麾下的师的荣誉,还有所有指挥员的荣誉,从班排到军再到集团军,都受到了玷污;他是一个法国人:他的祖国本身已危在旦夕,或者至少其安危受到了威胁。稍后,事情过后,在他们,他们中的一些人看来,在意识到参谋长从车座上拿起的东西有多重要之前的四五秒钟,有那么一瞬间他们几乎有点可怜他:他不单是一个法国人和一名士兵,而且首先得是一个人,然后才能是法国人,才能成为士兵,可他为了获得作为一名英勇忠诚的法国人和士兵的高级特权,不得不自愿放弃他作为人的基本权利,——在这种情况下,人们的权利只能是痛苦和悲伤,而他的权利则是做出这样的裁决;他只能分担人们的丧亲之痛,却永远无法体会那份悲伤;像他们一样,他也是自身权力和地位的受害者。

接着他们看清了参谋长手上拿的是什么东西。是一把军刀。他——参谋长——有两把军刀:军械带上别着一把,手里拿着一把,背带缠在刀柄和刀鞘上,到他也从车上下来时把它夹在腋下。连孩子们都知道这意味着什么:师长自己也被捕了,他们于是发出了那个声音;好像到了现在他们才第一次真正意识到军团士兵必死无疑,——那不是单纯因痛苦而发出的呻吟,而是只得无可奈何只好作罢的嗟叹,几乎算是接受现实了,以至于师长不由得驻足转身,而他们似乎也第一次朝他望去,就好像第一次见到他似的——他都称不上是自身权力和地位的受害者,却同他们一样,是毁了这个军团、使其无权控制其命运的同一时空瞬间的受害者;他孤家寡人,无亲无故,孑然一身,使他成为被社会遗弃的孤儿的,既有那些他将要执行的让人变成孤儿的法令制定者,也有那些他将使之变成孤儿的人;他从他们那里谋得享有坚忍、忠贞、自我克制的高级特权,也因而丧失了仁慈、同情乃至死亡等人类与生俱来的基本权利,可他们早已对他弃之不顾;——他又站立了片刻,回头看着人群,随即转身离去,迈着有力的小碎步朝石阶和暗门走去,参谋长腋下夹着那把收拢的军刀紧随其后,三个哨兵咔嚓一声举枪致敬,师长大步走上台阶,从他们身边经过,还没等别人反应过来就猛地亲自拉开暗门,露出一道漆黑的裂缝,随即走了进去——这个无亲无故、不肯屈服、生来不幸的人的矮胖身影僵直地消失在门内,他再没回头看,直接跨过那道漆黑的门槛,仿佛(对于人群里那些观望的面孔和眼睛来说)走进了深渊或地狱。

现在为时已晚。要是他们能动的话,至少还有可能及时赶到监狱区隔离网那里听到丧钟哀鸣;可现在,他们由于自己动弹不得,因此能够享有的唯一特权就是看着行刑官准备空绳。过不了多久,全副武装的通讯员和开道的摩托车护卫就会出来,发动那些正停在楼间通道里待命的摩托车;汽车会开到门前,军官们本人也会出来——不是那位年迈的最高统帅,也不是那两位军衔略低的将军,甚至也不是师长,他作为这个有罪裁决的始作俑者,不得不亲自观看它的执行才能最终偿清自己的罪责——不是他们当中的哪一个,而是那些宪兵司令和专家:这些人由于业余爱好和姻亲关系的缘故受召入伍,经过像主教般严格的筛选和训练,矢志不渝地服务于不容变更的战争等级制度,在类似于此的场合下充当总监,拥有豁免权,可以全权主持一队人马在正式场合以文明的方式有条不紊地射杀另一队身着同样制服的人,以免有疏漏或者发生侵权;他们所经受的训练就是为了这一刻,为了这个终极目的,就好比人们使尽浑身解数将赛马照顾得无微不至,就是为了它们在圣烈治①或德比②赛马场上越过跨栏,看台上响起雷鸣般的掌声欢呼的那一刻;插着旗帜的指挥车队将要呼啸着飞驰而去,再次驶回监狱,一路把他们远远甩在后面,扬起的尘土扑面而来,他们此

---

① 指圣烈治锦标(St.Leger Stakes),是在英国唐加士达马场举行的赛马比赛,英国经典赛事之一,也是英国三冠大赛(包括二千坚尼、叶森德比和圣烈治锦标)的尾关。此赛事于一七七六年成立,是现存赛马比赛中最古老的赛事之一。

② 指肯塔基德比(The Kentucky Derby),是在肯塔基州路易斯维尔市丘吉尔赛马场举行的比赛,美国第二古老的赛马比赛,也是美国三冠王赛马(包括肯塔基德比、必利时锦标和贝蒙锦标)三项比赛之一。此赛事于一八七 年创立,一八七五年举行了第一场比赛。

时才明白根本就不该离开那里；即使他们可以动身了，也只有以最疯狂的速度才有可能及时赶到监狱区的隔离网，但能听到的也只不过是渐渐停息的枪响回音，能看到的也只不过是慢慢消散的硝烟袅袅，正是这枪声和硝烟使他们失去父亲、儿子和丈夫，可他们现在甚至连转身的余地都没有：整个广场像一团龇牙咧嘴的人脸组成的肉冻，那个声音响起来，并不是大声喊叫，而是半低语半哀号，他们盯着那灰色的坟墓般的建筑群，那两位全副武装、佩戴着荣誉徽章、手持荣耀器物的将军先前像走进英雄之墓一样消失在其中，要是现在真有什么从里面出来的话，那一定是死神，——他们紧盯着它，痛不欲生，呆若木鸡，一步也动弹不得，除非前排的人在骑兵队未能动身之前就扑上去把它灭掉，与它同归于尽，在他们重新集结起一支新的骑兵队所需的时间里，至少再给那必死无疑的军团再多留一点喘息空间。

可是什么也没发生。不久从拱门里出来一名通信兵，但他只是个普通的摩托车骑手通讯员，而且还只身一人；举手投足摆出一副对他们或他们的磨难漠不关心的架势。他看都没看他们一眼，于是那个一直不大的声音停了，他跨上一辆停在那里的摩托车，一脚油门把车发动起来，甚至都没朝监狱区的方向开，而是朝着林荫大道的方向，用双腿向前驱动着那突突直响的机器，因为在人群中根本不可能加快速度来保持平衡，人们只让出一条夹缝来让他过去，待他经过便又在他身后合拢起来，他一路上不断急吼吼地命令人们给他让路，发出了一只迷途野鸭般的孤独无助、急切焦躁的喊声；少顷，又出来两个跟他一模一样的士兵，带着同样的孤高自傲、从容不迫、独来独往的气质，他们也骑上两辆摩托车出发了，半天才能向前挪动几乎可以忽略不计的一点点距离，也伴着这样的喊叫声："让开，你们这群杂种……乌龟孙子王八蛋……"

情况就是这样。接着太阳便落山了。他们伫立在那里，夜幕突然降临，天色渐渐暗下来，蓦地号角齐鸣，整齐划一地响起了不和谐的乐声，整齐划一是因为它们同时响起，不和谐是因为它们吹的不是一个曲调，而是三个：法国人的《鼓鸣致敬》、英国人的《最后的岗位》、美国人的《撤退》，在城内响起，从一座兵营兵站传到另一座兵营兵站，缓慢而有节奏的嘈杂声跌宕起伏，如同有秩序、讲规则的战神用它的铜喉宣告并确认这一天已结束，声音响亮而严肃，回荡在伴着上马和戒除警备口令例行的阅兵仪式的上空，这时先前的哨兵们，即今天的守门警卫，把岗位移交给明天的哨兵们，那六名中士这次亲自来了，每个人都带着他的一名先前的哨兵或新的哨兵，六列士兵踏着沉重有序的步伐，转身面对着与之相对应的身姿笔挺的交接岗同伴，三种不同的语言吼出的口令同号角一样不和谐地齐声响起，伴着短促有力的应答声，哨兵换岗，新来的哨兵里面有三个接岗。随即，老城堡里响起了日落的炮声，声音悠长从容，好似一支闷声鼓槌落到了一只倒置的空碗上，发出空洞而洪亮的鸣响，徐徐地悠然逐渐消散，直到最后严丝合缝地消融在随风飘动的彩旗所发出的低语声中，而后风又停了，这些遍布于战火连天的欧洲大陆的如荣耀之花般鲜艳盛放的各色旗帜也随之降落下来。

  他们现在可以走动了。那逐渐消散的低沉炮声和缓缓降下的旗帜大概是带走了某种令他们一直胆战心寒的东西；他们甚至有时间跑回家吃了饭再赶回来。于是，他们几乎跑了起来，只在万不得已时才走，一旦能跑便又跑了起来，这些人面无血色，不屈不挠，不知疲倦，如同清晨涨起的潮水在暮色中退去一般光景，穿过令人生畏的黑暗，穿过饱受黑夜折磨的城市，拥向狭窄拥挤的贫民区和廉租公寓，而那里正是它的发源地。他们就像从一家工厂里出来的倒班休息的工人，这家工厂疯狂地剥削那些已经排好了班的雇员，让他们没日没夜地赶制炮弹，比方说，为一支节节败退却不服输的军队。他们被烟熏得双眼布满血丝，头发和外衣散发出难闻的恶臭，他们匆匆忙忙地赶去吃饭，然后再赶回来，还在奔向准备好的食物的途中就已经开始吃了，还在咀嚼、吞咽他们根本不会细细品味的食物的时候便又回到了那些铮铮作响、火花闪烁、永不停歇的机器旁边。

星期二，星期三，星期三晚上

一九一六年暮春，传令兵来到了这个营。此前，整个旅已经从佛兰德斯调至皮卡第，士兵们在亚眠附近的兵舍驻扎，临时休整待命，等待补充兵源共赴战场，他们要参加的这场战役就是后来著名的索姆河第一战役[1]——即使对那些能活下来记得卢斯[2]和运河[3]的人来说，这场战役都不仅堪称是令人谈及色变的事件，而且还让他们意识到世上竟然还有比前两者更令人胆寒的东西。

当天黎明时分，他下了由多佛出发的军人休假邮船。一辆卡车让他在布伦搭了个顺风车；他向第一个遇到的人问了路，及时赶到了旅部办公室。他把派遣令拿在手里，希望找到一名下士或中士或最多是旅部副官，但他见到了旅长本人，旅长坐在桌前，桌上放着一封打开了的信。旅长说道：

---

① 索姆是法国北部省份，省会亚眠。索姆河会战是第一次世界大战中规模最大的一次战役，从一九一六年六月二十四日开始至十一月中旬结束。其间英、法军队在法国北部索姆河地区对德军的阵地发动进攻，双方均伤亡惨重，英、法军虽未达到突破德军防线的目的，但钳制了德军对凡尔登的进攻，进一步削弱了德军实力。

② 此指一九一五年九月的卢斯战役。英军首次使用毒气攻击德军，但由于风向突然改变，毒气吹回阵地，伤亡惨重。

③ 此指一九一五年四月德国发动的伊普尔运河毒气战。

"下午好。请您稍等片刻，好吗？"传令兵在一旁等候，看着一名上尉走进了办公室，这名上尉就是后来他即将被分配到那个营中的某个连的指挥官，后面跟着一名瘦削结实、一脸乖戾相的列兵，甚至在传令兵第一眼看来，这名列兵弯如弓形的双腿和双手间看似勾勒出一匹马的形状，旅长急躁地说："稍息，稍息。"随即展开那封折叠的信扫视了一下，看着列兵说："今早特别信使送来的。从巴黎。有个美国人在找你。那人很有本事，动用法国政府通过一些渠道找到了你，然后又特派信使从巴黎来送信。那个人叫——"他又看了一眼那封信，"——托比·萨特菲尔德牧师。"

此刻传令兵也正好看着那名列兵，不仅听见了他说的话，也看到了他说话的神情。那人立刻语气粗暴而坚决地答道："不。"

"长官。"上尉提示他。

"不什么？"旅长说，"一个美国人。黑人牧师。你不知道他是谁吗？"

"不知道。"列兵回答道。

"他好像早就知道你会这么。他让我提醒你一下密苏里。"

"不知道，"列兵说，表情呆板僵硬，声音刺耳坚决，"我以前从没去过密苏里。我从没听说过他。"

"要说长官。"上尉说。

"你说完了？"旅长说。

"是的，长官。"列兵说。

"好吧，"旅长说，"走吧。"于是他们就走了，他（传令兵）此时站得笔直，感觉到而不是看到旅长将那份旅部命令打开，开始阅读，随后抬眼看向他——头部一动不动：只是眼睛快速向上翻了翻，目光停留片刻，又回到文件上去了：（传令兵）心里默想：这次可例外，军衔太高了。又想：下次连上校都不会见到，只会是副官。通常情况下可能是就这样的，再过两个星期也一样，因为一个正式编入作战营的传令兵，其地位跟营里的其他任何人是一样的，且在他们再次回到前线之前，他也必须要做例行公务的"休整"；除去偶然因素，也许会有偶然因素：(传令兵)没有向该营军士长报到，而是碰巧见到的什么人。两小时以后，他走进分配给自己的宿舍，在把工具箱安放在一个空置的角落里的时候，再次见到两小时之前在旅长办公室里看到的那个人——那个一脸乖戾相、近乎桀骜不驯、带着马厩气质的列兵。从外表看来，如果把这名列兵从怀特查佩尔①调到比纽马克特②的围场更远的地方，那么一天过后这名列兵简直就会憔悴至死，但此人不仅重要到有某个美国人或代理人或代理机构专门通过官方渠道来找他，而那个美国人或代理人或代理机构本身也重要到竟可以动用法国政府捎信，可他却重要到拒绝的程度——他这一次正坐在床铺上，一只膝盖上放着一个厚厚的装钱的皮革腰包，另一只膝盖上放着一本脏旧不堪、卷了边的小记事本。三四个列兵轮流站到他面前，他从腰包里给他们每个人都点出几张法国纸币，然后用铅笔头在记事本上做了记录。

到了第二天，又是同样的场景；第三天也是，还有第四天，就在早间点名阅兵仪式之后；那些面孔是不一样的面孔，人数不一，两个，或者三个，有时候只有一个：但总有一点不变，那破旧的腰包比之前瘪了一点，但看起来取之不尽，反正是深不见底，而那铅笔头在那污迹斑斑的记事本上做着枯燥乏味的记录；到了第五天，午饭过后；这一天是发薪日，传令兵快要走到营房了，有一瞬间异想天开地想象着有一些人正在那里排队领钱：一列长队，士兵队列向外延伸排到了街上，等着一个一个慢慢挪进去，弄得传令兵没办法走进自己的宿舍，可他此刻却站在那里看着完全相反的一幕：顾客、客户、患者——无论他们是什么身份——正在把一沓沓脏兮兮、皱巴巴的法国纸币交还到那个腰包里去，那沉闷乏味的铅笔头仍旧在做着那沉闷乏味的笔记；他还站在那里看着，这时他来的第一天早上在旅部接待室里见到的那个勤务兵走进来并挤到队伍前面，对坐在床上的那人说："来吧。这次你

---

① 怀特查佩尔，英国伦敦斯特普尼市区的一个区。
② 比纽马克特，英格兰东南部城市。

算是逃不掉了。从巴黎来了一辆该死的汽车，里面他妈的坐着该死的首相。"——（传令兵）看着坐在床上的那个人不慌不忙地把本子和铅笔头塞进腰包里，系上带子，转身把腰带卷进身后的毯子里去，然后起身跟着勤务兵走了。队列此时散开了，大家正要散去，传令兵对离他最近的人说：

"这是在做什么？那些钱是用来做什么的？他现在走了；你们怎么不去自己拿钱呢，趁他不在没办法给你们记上一笔？"回应他的仍然只是一些充满戒备、鬼鬼祟祟的眼神，目光已然开始游移涣散，他干脆不等他们那副样子：自己也来到了门外，站在铺有鹅卵石的街上，也看到：一辆黑色法国加长轿车，政府高官乘坐的颇有葬礼味道的那种，一名身穿军装的司机和一名法国参谋上尉坐在前座上，一个英国人和一个瘦瘦的黑人青年坐在两个小活动座椅上，在他们身后坐着一名身着名贵毛皮大衣的中年妇女，一看就肯定是一名富裕的美国人（传令兵没认出她是谁，但几乎每个法国人都能认出她来，因为她拿出一部分钱来资助了一支法国空军中队，她的独子在其中做飞行员），还有一个法国人，他不是首相，但（传令兵看出了这一点）至少是哪个方面的一名高级内阁秘书长，坐在他们中间的是一个头戴一顶破旧拉绒大礼帽的老黑人，脸上带着安详高贵的神情，如同理想化的罗马执政官一般；钱袋的主人呆板僵硬地站着，目光定定的却什么也没看，行礼致敬却没有对着任何人，只是做出行礼致敬的姿态而已，随后依旧呆板僵硬地站着，十英尺以外，老黑人探过身跟他讲话，接着老黑人自己从那辆车上下来了，传令兵也看着这一切，其实不仅是传令兵，周围所有人都看到了：还在车里的那六个人，那个把列兵从床上找来的勤务兵，被勤务兵挤散的那缓慢移动的队伍里的三十多名士兵，他们跟着一齐走到街上，也站在宿舍门前观望，也许是等待：他们两个人走到一边去说悄悄话，钱袋的主人依旧呆板僵硬，不容置疑的拒绝态度，那个神色安详高贵、棕色面孔冷静威严的老人仍然在跟他讲话，窃窃私语：过了不到一分钟，黑人转身回到车上去了，传令兵也没有等看

129

到那一幕,当时已经转头跟着那个白人列兵朝宿舍走去,门前等待的那群人分开两边让他进去。随后一窝蜂跟着拥了进去,传令兵拦住了走在最后的那个人,碰了碰他,拉住了他的衣袖。

"那些钱,"传令兵说,"是怎么一回事?"

"是协会的。"那人回答。

"好吧,好吧,"传令兵说,快要失去耐心了,"你们从哪里拿到的?是不是任何人都能……"

"是的,"那人说,"你先从他那里拿十先令①。然后从下一个发薪日开始,连续三十天,你每天还他六便士。"

"如果你还活着的话。"传令兵说。

"对,"那人说,"当你全部还清,你又可以从头再来。"

"可是假如你死了呢?"传令兵说。但这一次那人只是看着他,并不作声,于是他又近乎不耐烦地说道:

"好吧,好吧,我其实没那么蠢;无论是多少,明年的这个时候还活着就值百分之六百了。"但那个人仍然看着他,表情、眼神里带着某种奇怪的东西,传令兵见状赶紧说:"对。怎么了?"

"你是新来的吧。"那人说。

"是的,"传令兵说,"上个礼拜我还在伦敦。怎么了?"

"利率可没那么高,如果你是……"他停了下来,欲言又止,眼睛仍然好奇地看着他,目光十分热切,传令兵感觉自己的目光仿佛被某种外力所吸引,沿着那个人的侧身向下移,看见他抬到胁侧的手:此时那只手飞快地做了一个手势,发出了一个信号,十分简短、迅疾,然后又快速回到了他那穿着卡其色裤子的腿边,贴着它一动也不动了,传令兵几乎不敢相信他看到了那个动作。

"是什么?"传令兵说,"到底是什么?"可现在那人闭口不言,神情高深莫测;那人已经准备转身离开了。

---

① 先令,英国一九七一年以前的货币单位,为一镑的二十分之一。

"你想要知道什么,为什么不问他呢？"那人说,"他又不会吃了你。他甚至不会强求你从他那里拿那十先令,如果你不想拿的话。"

传令兵看着那辆加长轿车又回来了,把狭窄的街道挤得满满当当的,它从哪里来就将回到哪里去:他甚至还没有见到营里的副官,最糟糕的情况下副官只不过是个上尉,而且很可能年纪还没有他大:所以最初的寒暄不会花多长时间,大概也就只是像这样:再过几年,好莱坞会给这样的情境造一个新词:卧底。然后副官说:哦,你就是那个人。你怎么还没拿到军功十字勋章？还是他们把那个也收回去了,连同你肩章上的那颗星？

然后他说:我不知道。我能在这上面佩戴十字勋章吗？

然后副官说:我也不知道。你还有什么事吗？周一才到营部报到呢,你来早了。

接着他就会问:到现在他已经猜出那个美国富婆会是什么人了,因为这两年来,欧洲——至少法国——到处都是那些人——来自费城、华尔街、长岛的大款们,拿他们的钱在法国前线资助了许多救护车队和空军中队——官方非交战国的业余人士组成委员会和机构,正是有了它们,美国拒之门外的就不单是德国人了,而是战争本身；然后他会问道,可是为什么是这里？就算他们有一个机构为首的是一个老黑人,看上去像一个新教徒牧师,为什么法国政府用公务汽车把他送到这里跟英国步兵营里的一个列兵见上两分钟呢？——哦,对,他可以这么问,但除了那个老黑人的姓名之外他很可能会一无所获,而他已经知道他的姓名了,因此假如对方缄口不言的话,那不是他所欠缺的、需要的、一定要得到的信息:这又花了三天的时间,从那个周一开始,那天他去营部办公室报到,正式成为该营大家庭里的一员,可以培训掌管营里通讯事务的那名勤务兵下士了,于是最终把波珀灵厄的参谋长所签署的官方文件拿到了自己手里。那份文件上不仅有那个黑人的名字,还有他领导下的机构或委员会的那个内涵丰富得令人咋舌的名字:法国全球众友会——这个称号,这个名称,如此包罗万象,气势恢宏,信誓旦旦,好像彻底摆脱了人类及其种种痛苦,气冲九天之外,在这苦难深重的地球上一如天上的云影般虚无缥缈。假如他曾希望从腰包主人那里得到什么的话,即便只是这一点点,更不要说更多什么了,他都大错特错:这(失败)损失了他价值五先令的法郎;费尽心思找到他,直截了当地站到他面前,开门见山,唐突地说:

"托比·萨特菲尔德牧师是谁?"然后又一动不动地在那里站了一分多钟,任列兵肆意谩骂够了,最后终于他可以说上一句:"你现在骂完了吗?那么我向你道歉。其实我想要的不过是十先令。"随即看着他的名字被写进那个卷起了角的小本子,拿到了他甚至根本不会去花的那些法郎,所以那些要归还的三十个六便士将会原封不动地物归原主。但他至少跟列兵建立起了工作关系,搭上了话;由于他在营部办公室里有认识的人,他就可以利用这种关系,这一次不必再去拦路讲话了:

"最好不要对外人讲,但我觉得你应该知道。我们今晚要回去打仗了。"那人看着他。"要出大事了。他们派来了很多部队。要打仗了。那些卢斯靠计谋获胜的人不可能永远吃老本,你知道。"那名列兵仍然只是看着他。"这是你的钱。那么你可以保护你自己。谁知道呢?你可能会是活下来的人之一。与其让我们每天只还你六便士,倒不如要求一次性还清,然后把它埋在什么地方。"那人仍然只是看着他,眼神里甚至不带有鄙夷;忽然,传令兵谦卑到近乎自贬地想:他有职业操守,就像银行家对他的客户,不是因为他们是人,而是因为他们是客户。没有同情:他可以面不改色地让任何——所有——客户破产,只要他们上了钩;是他对他的职业,行业,专业的操守使然。这是一种纯粹。不:更有甚于此:这是一种贞操,就像恺撒妻子的贞操[①]一样,——他看到了它;当天夜里,该营参战,他说对了:等战斗结束之后——只剩下百

[①] 典出自古罗马国王恺撒休妻之事。恺撒的妻子庞培亚被疑与人有染,虽然经过审讯,所有人(包括恺撒本人)都相信没有任何实际证据,但恺撒仍与庞培亚离婚,理由是"恺撒之妻不容怀疑"。

分之六十多的士兵了——它永远留在了人们的记忆里，犹如一根滚烫的拨火棍上的焦痕，有些地方比一大摊唾沫宽不了多少的那条小河的名字，以及其他与索姆河有关的名字——阿拉斯、阿尔伯特、巴波姆、圣康坦、博蒙哈梅尔——不可磨灭，只要还有一口呼吸，只要还能哭泣流泪，——这一次（传令兵）说：

"你的意思是外面这一切只是一场完全健康又正常的恐慌，就像股市崩盘一样：有助保持机体本身的健康硬朗？那些死于战争和即将赴死的人都是命中注定，就像那些智力或智慧不足，或小本经营的小商小贩一样，而他们的最终下场就是自寻死路，以保金融大厦屹立不倒？"

对方仍然只是看着他，表情里甚至都不带丝毫蔑视，甚至怜悯：这一次只是静静地等着传令兵把话说完。接着他说：

"怎么样？这六便士你到底是要还是不要？"

传令兵拿走了这笔钱，那些法郎。这一次，他把钱花掉了，第一次看到，想到金融有多像诗歌，要想永存，就需要，要求既有人付出，也有人接受；歌者与听者，银行家与借款人，买家和卖家，在忠诚和信仰方面，双方都要有道德，无可指摘，完美无瑕；心想我才是失败者；我才是那个背信弃义的人呢，这一次把钱花掉了，经常是一下子花完，与任何愿意跟他一起分享的人一起量力而行地大吃大喝一番，履行着每天还六便士的约定，然后再借十先令，一心一意，就像一个在做灵修祷告或赎罪忏悔的罗马天主教徒一样：就这样过了那年秋天，又过了冬天；很快春天就会来临，现在他又该休假了，他既无悲伤，也无遗憾，静静地想着：当然我可以回家，回到伦敦。因为在我主耶稣纪元一九一七年，对于一个被革职的陆军中尉来说，你除了给他一支步枪和一把刺刀以外还能做什么呢，而这些我已经有了；这时，他突然平静地意识到他要用那段自由解脱的时间做什么了，他再也用不上它了，因为它在这世上已无任何用武之地；这一次他要的不是先令而是英镑，要用英镑而不是先令来给它定价，不仅给一场回到人类失去的自由意志犹存的时空的朝圣之旅定价，还给使这场朝圣之旅成为可能的条件定价,他向列兵要了十英镑,并擅自将利率和利息设定为每天还十先令,连还三十天。

"去巴黎庆祝你得到了那他妈的特等军功章[①],是吗?"列兵问。

"为什么不呢?"他说:然后拿了价值十英镑的法郎,带着十五年前就已逝去的青春魂灵,那时他不仅满怀希望,而且信仰坚定,他重新踏上了自己逝去的岁月之旅,围绕着曾经树木茂密的山谷漫步,山谷里立着圣叙尔皮斯教堂的那块灰色朴素的石头,留到最后去看的是他曾在那里生活了三年的那条狭窄弯曲的巷子。他路过巴黎索邦大学,但只是放慢了脚步,并没有拐进去,也经过巴黎左岸其他一些熟悉的地方——码头和桥梁,画廊和花园式的咖啡屋——在那里他曾恣意挥霍自己大把的闲暇时间和不多的钱财;到了第二个孤独又伤感的早晨,喝过咖啡(也看了《费加罗报》[②]:今天是4月8日,一艘几乎满载着美国人的英国客轮昨天在爱尔兰近海被鱼雷击中;他没有流泪,平静地想:这下子他们不得不加入了;我们可以把两个半球都毁灭了)在双叟咖啡馆,随后他又走了那段长长的路,再次穿过卢森堡公园,从那些女护士和伤残军人(来年春天,甚至也许是今秋,就也有美国兵了)以及污渍斑斑的众神和女王们的雕像中间走过,走进沃日拉尔路,抬头一望便已辨认出前方那条窄如裂隙般的塞耳东尼街和那栋他曾称之为家的阁楼(也许加尔涅先生和夫人,即老板和老板娘,还会在那里招呼他),这时他看见了它——那条横幅,那张写着字的布条,贴在以前王公贵族的车马常经过的那座拱门上方,在这贵族云集的旧巴黎近郊做出它夸张而又低调的宣言:法国全球众友会,并且已经有一个贵族随着稀疏但不间断的人流——士兵平民,男男女女,老老少少——走进了一个事后传令兵想来如同梦境的地方:一间前厅,一个接待室,

---

[①] 特等军功章,即大英帝国杰出行为勋章,简称D.C.M.。

[②] 《费加罗报》,创立于一八二五年,其报名源自法国剧作家博马舍的名剧《费加罗的婚礼》中的主人公费加罗。

里面有一个看不出年龄的健壮矍铄、相貌平平的女人，戴着一块像修女的白色头巾，坐在那里织毛活，她说：

"先生找谁？"

"会长先生，夫人，麻烦您了。我找萨特菲尔德牧师大人。"（那个女人）手里的织针咔嗒咔嗒一刻未停，又问：

"先生找谁？"

"办公室主任，夫人。主任。萨特菲尔德牧师大人。"

"啊，"那女人说，"托利曼① 先生"：她仍然在编织，起身走在他前面，带领、引导他：一个铺着大理石地板的宽敞大厅，镀金的飞檐，悬挂着枝形吊灯，配有家具，各式各样的人乱哄哄地挤在这里，里面有一些木制长凳，也有那种在公园看乐队演出时你花几个苏租来的破旧椅子，大厅里回响着沙沙的低鸣，并不是说话的声音，而仿佛纯粹是呼吸声，人们吸气和呼气的声音——肢体伤残或健全的士兵，戴着黑色面纱和袖章的老头和老妪，到处都是身穿丧服、带着孩子的年轻妇女，孩子贴着丧服或裹在丧服下面，她们失去亲人，悲痛无比——在这宽敞的房间里，或一个人待着，或像一家人似的三三两两聚在一起，还有一些公爵、王子和百万富翁也在窃窃私语，他们面对着房间的尽头，那里悬挂着另一条布制横幅，像挂在门口的那条一样也写着字，上面写的字也一样：法国全球众友会：人们没有看那条横幅，没有关注它；不像去教堂礼拜的人们：与之相比还不够肃穆，可能更像是在火车站里等车的人，而火车被无限期延迟了；然后走到一处七拐八转的楼梯时，那女人停了下来，站在一旁，手里仍在不停地织着，连头也没抬，说道：

"请上去吧，先生。"他照做了：他曾穿过云层，此时又爬上了高耸入云端的忘忧峰顶：一个小房间，像是一位公爵夫人在天堂的闺房，暂时被改造成了商务办公室的样子，但伪装很容易被识破：一张新的

---

① 托利曼，来自"全球会"一词音译，前文提到萨特菲尔德"为了方便众人"称呼而改名，化身为"全球会"的代言人。

135

未使用过的、桌面空无一物的桌子,以及三把硬面的未使用过的椅子,桌子后面露出那张神情安详而高贵的脸,脖子上紧紧围着一条白色羊毛围巾,那人正要起身,露出那天青色的步兵下士的制服,制服看起来像是昨天还躺在后勤中士的架子上。在老黑人身后稍后一点的是那个瘦得像竹竿似的黑人青年,穿戴着几乎像是新的法国中尉制服和徽章,他本人则在房间另一头对着他们,声音也都安详和谐,内容却毫无逻辑,就像梦呓一般:

"是的,我过去叫萨特菲尔德。可我改名了。为了方便众人。协会的那些人。"

"哦,全球会。"

"是的。托利曼。"

"所以你那天来是为了探望……我刚刚差点说朋友——"

"是的,他还没做好准备呢。我去看看他是不是需要钱。"

"钱?他?"

"那匹马,"老黑人说,"他们说我们偷走的那匹马。但是我们不可能偷走,即使我们想要偷来着呢。因为它从来不属于任何人,也就偷不走了。它是全世界的马。冠军。不,那也不对。其他东西属于它,而不是它属于其他东西。东西和人都一样。包括他。也包括我。在事情结束之前,包括我们三个。"

"他是谁?"传令兵问道。

"达利先生。"①

"什么先生?"传令兵又问。

"哈里,"那个年轻人说,"他发音就是那样啦。"

"哦,"传令兵说,略带羞愧,"当然。达利先生——"

"好吧,"老黑人说,"他一直撺掇着让我只说阿里就行,但我想我是上了年纪。"于是他讲了实情:他亲眼看到的、观察到的一手信息,

---

① 达利先生,发音有误造成的谐音,可意译为"雾气先生"。

136

以及根据他所看到的、观察到的做出的猜测:这不是全部;传令兵很清楚这一点,心里想,一个主使。如果我既要与野兔一起奔跑,又要与猎狗一起追捕,那我肯定要有一个主使,这时,那个年轻人主动开口说出了答案:

"是副执法官派来的那个新奥尔良律师。"

"是谁?"传令兵问。

"联邦副执法官①,"小伙说,"就是追捕我们的那些人的首领。"

"那好,"传令兵说,"跟我说说吧。"

那是一九一二年,战争爆发前的两年;那匹马是一匹三岁的赛马,像这样一匹马非常值钱,就连阿根廷经营兽皮与小麦的王子在纽马克特的拍卖中为了买下它所花的巨额高价也不会离谱得不像话,即使那出价高得不一般。它的马夫就是那个哨兵,那个揣着账簿和腰包的人。他带着它去了美国,于是在接下来的二十四个月里发生了三件事,不仅完全改变了他的生活,也改变了他的性格,因此在一九一四年末,当他回到英国从军的时候,就好像在他头三个月里消失的密西西比②河谷腹地的某个地方诞生了一个新人,没有过去,没有悲伤,没有回忆。

他不仅是被拉到那匹马的拍卖会上来的,而且是被迫参与拍卖的。强迫他的不是买家,甚至也不是卖家,而是买卖的对象:那份财产:那匹马本身,蛮横跋扈,就连顺着它都不行,更不用说逆着它了。不是因为他是一名出类拔萃的马夫,虽然他可能确实是,甚至也不是因为他是技术一流的马夫,虽然他实际上就是。而是因为那个人和那匹马之间一见面就产生了一种奇妙的关系,并非简单的融洽相处,而是一

---

① 联邦副执法官,联邦执法官分专职和兼职两种,由地区法官任命,需经联邦司法地区的居民组成的陪审员小组审查。执法官任期八年,其职责是发布逮捕状、决定被捕者是否应由大陪审团起诉。

② 密西西比,美国南方州名,福克纳故乡所在地。密西西比河发源于美国中北部湖沼区,南注墨西哥湾,是世界上最大的河流之一。

种密切亲和，并不仅仅是惺惺相惜，而且是身心交融，因此除非那个人在现场或是至少在附近，要不然那匹马就连一匹普通的马还不如：它根本就不是一匹马了：不是不可驾驭，也不是不可捉摸，因为它的行为实际上很好预测；不仅危险，而且实际上，尽管它有那虔诚和神圣的目标和目的——长期的精心饲养和选拔最终让它可以卖个好价钱，去完成它所练就的那个仪式——毫无价值，除了那个人，它不让其他任何人跟它一起进同一座围墙或篱笆里去给他洗刷或喂料，不让其他任何赛马骑师或训练师接近它、骑上它，直到那个人给它下令；而且即便如此，骑手已经上了马，马都不肯跑，直到——无论以怎样的交流方式：声音、触摸，还是其他什么——那个人准许了它自由。

所以那个阿根廷人花钱把马夫也买下来了，钱款存进了伦敦一家银行的第三方账户里，等那马夫被正式解雇、回到英国之后，那笔钱就是他的了。解雇马夫的当然是那匹马，因为没有任何其他什么可以做到，它（那匹马）最后解雇了他们所有人，也给了他们所有人一个解脱，老黑人提到这一点，因为他——他们——他本人和他的孙子——正是在这个时候得到它的：——那匹马在那马夫进入它的生活之前只是不断在赛马中夺魁，但在他到来之后，它就开始不断打破纪录；在它第一次接触到他的手并听到他的声音三周以后，它创下了一个纪录（"那场马赛叫西林格马赛，"老黑人说，"就像我们家乡的肯塔基[①]赛马会。"）该纪录七年后仍未被打破；在它第一次在南美参加马赛时，尽管在海上航行了一个半月，且参加比赛时才下船不过两个星期，它还是创造了一个永远都不可能被打破的纪录。（"不管在哪里。无论什么时候。没有哪匹马能够做到，"老黑人说。）第二天它就被一个美国石油大亨买下，给出的价钱连那个阿根廷百万富翁都无法拒绝，两个星期后乘船到了新奥尔良，老黑人就是在那里遇见它的。每逢星期天，老黑人就去教堂做牧师，其余时间就在它的新主人为肯塔基赛马会专

---

① 肯塔基，位于美国中东部，是一个内陆州。

门设立的马厩里当马夫，照料、训练那匹马；过了两晚，那匹马和那两名马夫，即白人马夫和黑人马夫，一起坐上了火车行李车厢，从一座被泛滥的洪水冲得松松垮垮的支架桥上一头栽了下去：从混乱和灾难中死里逃生，在接下来的二十二个月里那个英国马夫最终成为一名虔诚的浸礼会教徒：一名共济会[①]会员：还是当时在骰子赌博方面技术最有技巧的操控手或玩家之一。

在那二十二个月里有十六个月，五个单独成立却如今坚决联手的团体——联邦政府，接连不断的州警察部队，铁路部门、保险公司以及那位石油大亨的私家侦探——都对他们四个穷追不舍——那匹瘸了腿的马、英国马夫、老黑人，以及那个骑在马背上的十二岁小孩——来来回回四处打探，把伊利诺伊州、墨西哥湾、堪萨斯州和阿拉巴马州之间的密西西比河流域地区上上下下寻了个遍，而那匹马正在那遥远的偏僻地区，靠着三条腿，不停地参加季度赛，且赢了大多数比赛。老黑人在讲这些事的时候严肃、镇定、安详、平静，讲话颠三倒四，语无伦次，犹如在梦呓一般。五年后的此时此刻，传令兵正目睹着联邦副执法官五年前所目睹的一切，并且被卷入其中：不是一次偷窃行为，而是一种热情，一次献祭，一种造神运动——不是一帮带着一匹瘸马逃走的机会主义者，那匹马即便完好无损，其价值在几个星期之前就已赶不上搜寻他所花的费用了，而是那温情传说的不朽华丽篇章，也即人类自身传奇里至高无上的荣耀，始于他的第一对孩子[②]失去整个世界的那一刻，且从那对原型开始，他们便一直在挑战着天堂，仍旧成双入对，在编年史那污秽肮脏、血迹斑斑的书页的映衬下依然不朽：

[①] 共济会，起源于十八世纪的英国，是一种带有宗教色彩的兄弟会组织，也是目前世界上最庞大的秘密组织。该组织自称宣扬博爱和慈善思想，以及美德精神，追求人类生存意义，成员之间用一套密码体系相互联络。

[②] 意指亚当与夏娃的典故。

亚当和莉莉丝①、帕里斯和海伦②、皮拉摩斯和提斯柏③,以及其他所有没有记载下来的罗密欧和他们的朱丽叶。老黑人用这世界上最古老又最闪亮的故事三言两语就把这个罗圈腿、满口粗话的英国马夫描绘成了帕里斯或洛金伐尔④,或是世界上任何其他光彩耀人的强奸犯:爱情故事里注定不会有好结果的壮丽辉煌的疯狂,穷追不舍的不是一份摊开的办公室案卷,甚至不是那腰缠万贯的主人剧烈的挫败感,而是其自身固有的宿命。因为这种故事、这种传说由于亘古长存,它不能被这其中的任何一对情侣所独有,他们只是增加了它的魅力和悲剧性,一次次地被这注定遭受不得善终、无家可归之厄运的每一对情侣所使用、所经历。

他没有说他们是怎么做到的:只说他们做到了:就好像一旦做到了,怎么做到的便不再重要;而且如果某件事必须要做,它被做成了,那么所有的艰辛或痛苦乃至绝望都变得毫无意义:——把那匹发了疯、受了伤的马从残毁的车厢里弄出来,带到河流里,马可以在水里游泳,他们则高抬着马头,使它露在水面上——("他找到一条船,"老黑人说,"如果可以称其为一条船的话。那是用一根木材削成的,还没等你把脚伸进去就翻了。他们把它叫作独木舟。他们那里说话像火鸡咯咯叫一样,就像他们这里一样。")——随后也离开了河流,消失得完全不见了踪影,当铁路侦探们第二天早上到达事故现场时,就好像是洪水本身把

---

① 莉莉丝,最早出现于苏美尔神话,亦同时记载于犹太教的拉比文学。《旧约》里指她是亚当的第一个妻子,由上帝用泥土所造,因不满亚当而离开伊甸园。她也被记载为撒旦的情人、夜之魔女,也是法力高强的女巫,并教该隐如何利用鲜血产生力量以供己用,传说与吸血鬼的起源有关。

② 帕里斯和海伦,根据希腊神话,特洛伊王子帕里斯诱拐了宙斯之女海伦,于是引发了特洛伊和希腊之间长达十年的战争。

③ 皮拉摩斯和提斯柏,古典神话中一对巴比伦恋人,《罗密欧与朱丽叶》便是以这个爱情故事为蓝本的。

④ 洛金伐尔,十九世纪英国作家沃尔特·司各特所著叙事诗《玛密恩》中与情人私奔的传奇人物。

他们三个都冲走了一样。那是一处小丘中,沼泽地里的一个小岛,离坍塌的铁路支架桥还不到一英里,一辆工程列车载着一队工人于第二天早上到达现场,准备重修那座支架桥和铁轨,也是从那里(第一天晚上他们尽可能地让马露在水面上,老黑人被大家留下来照料它。"我只是给它水喝,在它屁股上贴了一块泥巴,不断地驱赶那些叮人的蠓虫、苍蝇和蚊子。"老黑人说。)马夫在第三天黎明回来了,独木舟上放着一个印有铁路公司图案的滑轮组,还带有供他们自己和马吃的食物、做吊索用的帆布,以及固定用的支架和熟石膏——("我知道你现在要问什么了,"老黑人说,"我们哪来的钱弄所有那些东西。他弄来它们,跟他造那条船是一样的办法。"接着又讲述了详情:那个伦敦口音的马夫从没去过比埃普索姆或唐卡斯特离伦敦更远的地方,但在美国待了两年就成了共济会会员和浸礼会教徒,在一条从布宜诺斯艾利斯出发的美国货轮的水手舱里仅待了两个星期就发现或者反正是自己意识到了自己与骰子之间的默契和自己对骰子的痴迷,他在第一次回事故现场时捡到了那个滑轮组,只是因为他恰巧路过时看到了它,其实他本来是要去黑人施工队睡觉的卧铺车那里的,去把他们叫醒。那个白人穿着一条被沼泽地弄脏了的怪异马裤,那些黑人则穿着汗衫或工装裤或干脆什么也不穿,他们在冒着烟的灯笼下蹲在铺开的毯子周围,毯子上散落着一些纸币和硬币,骰子碰撞和滚动发出的叮当声不绝于耳。)——在一片漆黑中——他没有带回一盏灯笼来,没有光;不仅是让人看见灯光会很危险,而且他根本就不需要:心有不屑,甚至心怀鄙视,他从十岁那年开始就对马匹的身体熟稔于心,就像盲人对自己从不敢离开的房间再熟悉不过一样:他也没有带回兽医来,不仅是他不需要兽医,而且是他不想让除了自己和老黑人之外的任何人碰那匹马,即使那匹马允许也不行——他们暂时禁止这匹马参加比赛,把马臀部的断骨复位,并打上定型石膏。

接下来的几周,马臀部的伤势慢慢愈合,那些搜索队将这片沼泽地的每个入口都监控和把守起来,他们继续沿着支架桥下的支流缓慢行进，在那片食鱼腹蛇、响尾蛇和短吻鳄丛生的沼泽地里一边蹚着烂泥，一边粗口咒骂，他们（追捕马的人）早就以为那匹马已经死了，理由很简单，就是它肯定是死了，因为那匹马除去死了而且还死不见尸之外，不可能是其他什么情况，它的主人到最后也就只能得到去找偷窃者报仇的特权。每个星期一次，等天一黑下来，搜索队撤离去过夜之后，那马夫就会驾着独木舟离开，两天或者三天后黎明之前带着新的食物和草料回来；现在是两天再加上三天，因为支架桥现在修好了；夜里火车又从桥上隆隆开过，施工队以及这项收益或收入的来源都消失了，回到了其来源地新奥尔良，此时那个白人自己也要动身前往新奥尔良，在电灯照亮的绿呢台面的桌子上做那些专业游戏的庄家。现在就连年老黑人——（一个养马人，一名马夫，只是出于偶然因素，但成为上帝的一名牧师，却是因为热爱和虔诚，誓与罪孽不共戴天，然而他显然早就心安理得、毫不犹豫地划定了他那刚直不阿的界线，把那匹了不起的伤残马以及所有愿意为之服务的人也包括在内，然后又将它忘记了）——也不会知道他有时候要走多远才能找到另一席在冒烟灯笼下铺着的毯子，或在万不得已时找到那张电灯照亮的绿呢台面的桌子，虽然那上面的骰子在他们皮制杯子里就像恺撒的妻子一样不容指责，但筹码——赌注、金钱——却还在不断增加，不管是得益于他的天赋，还是仅仅出于他的需求所带来的压力。

接下来的几个月，每天不仅可以听到火车再次从修好的支架桥上经过的隆隆声，还可以听到搜索队本身的声音（有时双方甚至不用提高音量就可以对话），搜索又继续展开了。而很久之前的那些骂骂咧咧、蹚着泥水前行的人被受到惊扰的食鱼腹蛇和响尾蛇那懒洋洋的扭动或恶毒的嘶嘶声而吓得发疯似的落荒而逃，他们全都相信那匹马早就死了，早已永远地消失在鳗鱼、雀鳝和乌龟那日夜无休、永不满足的贪欲里，而偷窃者自己逃走了，逃离了那个国家，逃离了那个民族，甚至或许逃出了这个大洲和这个半球，然而搜索仍在继续，因为铁路公司下的赌注是一套昂贵的三饼滑车和超过两百英尺长、两英寸粗的电缆，且保险公司从缅因州波特兰到俄勒冈州都有银行、内海航运线和连锁商店，所以即便是只值一美元的马也不必放弃，更不要说是价值五万元的一匹马，而且那匹马的主人也丢不起那个取之不尽、用之不竭的无底钱袋，不想放弃这笔相当于他还拥有的六十匹赛马的价值总和，为了找那个偷走第六十一匹马的窃贼报仇，而联邦警察甚至比那些只能分享荣耀和报酬的州警察更加患得患失：他们有一个卷宗要结清——直到有一天一条合众社短讯播出，前一晚从华盛顿传给了联邦副执法官，关于一匹靠三条腿跑动的珍贵良种马如何从得克萨斯州威德福的一场三弗隆① 赛马比赛上在众目睽睽之下跑掉，负责或者至少是陪伴它的是一个身材矮小、罗圈腿、几乎不会讲英语的外国人和一位中年黑人牧师，背上骑着的一名十二岁的黑人男孩——（"我们遛了遛它，"还没等传令兵开口，老黑人就说道。"在夜里。它需要多走走，有助于恢复。让它忘记那座支架桥，再做做热身，开始恢复正常。天亮之后，我们又会躲进树林里去。"还有后来发生的事情，他也讲了：他们如何不敢尝试别的事情：参加一场比赛，赛后几乎马不停蹄地直接离开，因为只要那匹三条腿的马赢得一场比赛，全世界都会听到消息，那他们不得不赶在他们听说之前至少一天行动。）——（联邦警察）到达那里迟了一天，得知那个黑人牧师和那性格暴躁、态度轻慢的外国人不知从哪里突然冒了出来，刚好及时给那匹三条腿的良种马报名参加了比赛，那个外国人押了很大一笔赌注，金额（到这次为止）从十美元飙到了一千美元，赌博赔率从一比十降至一比一百，那匹三条腿的马从起跑标飞快地冲了出去，那道栅栏门实际看起来像是从它身后窜出来似的，它速度如此之快，被它抛在身后的赛场甚至可能就像正在进行另一场时间上稍后的比赛，到达终点时遥遥领先，骑师好像完全控制不了它——没有任何人能在栅栏门落下之后把它拉住，更不要说一个在根本未着马鞍、只能紧拉马肚带的情况下骑着那匹马参赛的

---

① 弗隆，长度单位，相当于八分之一英里或二百零一点一六八米或六百六十英尺。

十二岁或者至多十三岁的小孩了（这位提供情报者亲眼目睹了这场赛事），那匹马全速越过终点线，要不是那个倚靠在终点线外的围栏上的白种外国人对它发话，它显然下定决心还要再跑上一圈，而十五英尺以外是根本听不到他的声音的。

他们与那匹马的距离在三天以内的下一个地方是在爱荷华[①]州的柳树泉[②]，接下来的一次是在俄亥俄州的布赛勒斯，再下一次他们几乎落后了两个星期——三个月后在田纳西州东部山区一个偏僻难及的山谷里，不仅离铁路线很远，而且就连电报和电话也无法到达，所以那匹马在那里跑了多场比赛并且获胜长达十天之后，那些追捕它的人才得以闻讯；毫无疑问，这正是他加入、被吸收到共济会兄弟会的地方：因为这是他们第一次逗留时间超过了一个下午，那匹马现在可以在追捕队闻讯之前连续跑上十天而不受打扰，所以当那些追捕者离开山谷时，他们已经落后于那匹马二十天了，因为在花了两个星期在那座三十英里长、群山环绕的碟形山谷里上上下下地耐心打听和倾听之后，再一次，就像在那匹马最初消失的地方一样，他们没有找到任何一个人听说过那匹三条腿的马和两个马夫以及那个小孩，更不要说找到看见过他们了。

这样一来，当他们接下来听说那匹马在亚拉巴马州中部地区时，它已经离开了那里，再次向西行进了，穿过密西西比州时那些追捕者仍然落后了一个月：渡过密西西比河进入阿肯色州，只像鸟儿一样做短暂停歇：并未飞落下来栖息某处，虽然那停歇压根算不上是盘旋逗留，因为那匹马还在跑，再次以那令人咋舌、难以置信的速度（且以令人咋舌、难以置信的赔率；根据报道和传闻，那两个人——上了年纪的黑人神父，还有那满口粗话的白人，承认后者人的身份无异于接受黑

---

① 爱荷华，美国中北部的州名。
② 柳树泉，赛马场上的国际赛道，被称为"西方世界最快的赛道"。

暗之神的使者来代替其货真价实的王子和主人[①]——赢得了成千上万美元）就好像他们那单调乏味的穿越美国之旅还是太慢，不足以让人们注意到，只有在跨越白色围栏时的那些惊人瞬间，人们才得以看见那匹马和那三个随从。

于是，联邦副执法官，也就是协议确立的名义上的追捕首领，突如其来且毫无预兆地发现有件事发生在了他身上，而这件事五年后将会在巴黎发生在一名他连姓名都永远不会知道的英国士兵身上。他——这位副执法官——是一名诗人，不是舞文弄墨的那种，或者不管怎样他眼下还不是，而仍然只是荷马[②]的那些名不见经传的孤儿教子之一，误打误撞出生在新奥尔良一个富有的政界家庭，而依那个家庭的标准看来，他在哈佛的学业是失败的，然后又在牛津荒废了两年，直到被他家人发现，把他领回家去，在家人以撤销全职执法官职位要挟了他几个月之后，他与他父亲达成了妥协，仅担任副执法官一职。所以那天晚上——在阿肯色州，一个繁荣的伐木业小镇上的一间满是新涂的油漆味的旅舍房间里，小镇与去年相比反倒没那么老旧了——他明白了他从得克萨斯州威德福开始就一直拒绝接受的这一切事务到底是什么，然后下一秒他就把这想法永远抛开了，因为尚且有待于发现的不仅仅是答案，还有那个真相；或者说甚至不是那个真相，而就只是真相，因为真相就是真相：它不必是任何东西；它甚至不在乎其自身是否有真相，（副执法官）眼睁睁看着它，丝毫没有胜利的扬扬自得，而是心怀谦卑，因为一个年老的黑人牧师早在两年前一眼就看出了它的苗头——一名牧师，一位神父，曾誓与人类贪欲和愚蠢作对到底，却从最初那一刻开始就不仅怂恿偷窃和赌博，还把自己那不谙世事的孩子的花样年华也一并葬送给了同一项事业，就像古时候撒母耳的父亲对

---

① 一种幽默调侃，含有贬低这名白人、褒扬黑人神父之意，暗讽史上奴隶制对黑人身份的贬抑。

② 荷马，公元前九世纪前后的古希腊盲诗人。

撒母耳①、亚伯拉罕对以撒②所做的一样;他却骄傲全无,因为最后他终于看到了真相,尽管这确实花了他一年的时间,但他至少感到自豪,如他现在所知,自己从一开始就充满热情并带有懊悔地履行了他在抓捕中的职责。所以,十分钟后他把自己手下的次级主管叫醒,两天后在纽约的办公室里说道:"放弃吧,你们永远也抓不到他的。"

"意思是说你抓不到。"马的主人说。

"随你怎么说,"副执法官说,"我已经辞职了。"

"你八个月前放弃的时候就该这么做了。"

"说得好,"副执法官说,"如果这样说你也会感觉好受一点的话。也许我现在尽力要做的是赔礼道歉,因为八个月前我也不知道情况会这样。"他说:"我知道到目前为止你花费了多大的财力。你也知道现在那匹马是什么状况。我会给你开张同等金额的支票。我会把那匹残废马从你手里买下来了。到此为止。"马主人告诉他买那匹马实际上花了他多少钱。价钱跟公众传闻的几乎相当。"好吧,"副执法官说,"我开不了那么大数目的支票给你,但我可以打一张白条。即使我父亲不会永远活在世上。"马主人按了下按钮。一个秘书进来了。马主人简短地跟秘书说了几句,秘书就出去了,取回一张支票放在马主人面前的桌子上,马主人在支票上签了字,然后把它推到副执法官面前。数额比买那匹马的花费和迄今为止追捕的开销之间的差额还要大。支票是开给副执法官的。

"这是你的酬劳,你去把我的马抓回来,把那个英国人驱逐出境,再把我那个黑鬼用手铐铐回来吧。"马主人说。副执法官把那张支票对折了两次,又撕了两下,小心翼翼地把碎纸片扔进烟灰缸里,正要起

---

① 据《圣经》记载,撒母耳是以色列最后的一位士师,也是以色列民立国后的第一位先知、祭司,更是一位伟大的军事家、政治家、宗教家。其父亲以利加拿、母亲哈拿原没有儿女,祷告许愿说,假若主赐给她一个儿子,她会奉献他终身侍奉神。

② 亦为《圣经》典故,亚伯拉罕被称为信心之父,他曾遵照上帝用来试炼他的旨意将他的独生子以撒献祭,但在最后一刻上帝用一只羊救下了以撒。

身离开，马主人的拇指已经按在了蜂鸣器上，这时秘书又把门打开了。"再拿一张支票，"马主人头也没回地说道，"如果逮到偷马的那些人，另加酬劳。"

但他甚至没等那张支票，他一直在俄克拉荷马州，直到他（如今是前副执法官）承担起追捕工作，当时加入追捕队伍，就像那位口袋里有钱的——或者说曾经有钱却把钱输掉或花掉了——年轻列兵曾经加入马尔堡①大陆旅行团的经历如出一辙（且着实在他们当中遇到了同样一致的冷冰冰的近乎鄙视的待遇，而这些人一周前还是他的工作伙伴，恰如那位年轻的列兵会在马尔堡的专业人士中的遭遇一样）。接着，在牛槽和水箱之间的那些阴冷荒凉的小火车站里，戴着宽大帽子、穿着有跟靴子的男人早已围在悬赏告示旁边，给找到那匹被偷的马的人的报酬高得就连美国人以前也从未见过——一张报纸上的照片的翻版，是那个人和那匹马在布宜诺斯艾利斯拍的合照，并且附有关于他们的描述文字——一张面孔现在对于美国（还有加拿大和墨西哥）中部地区的人来说熟悉得就像是一名总统或女凶手的脸一样，十分易于辨认，但关键是那笔钱，那笔奖赏的数目——白纸黑字，言简意赅，勾起了那发财梦，闪闪发光的一大堆美元令人咋舌，舌头只要稍稍动一下，任何人都能坐收渔利，总是在他们前面可望而不可即（当然是指那追捕者啦，而且副执法官此时认为，对于被追捕者亦然），那毒药般的消息传播得比他们的行进速度更快，甚至要快于爱和牺牲那如流星划过天空般的进程，直到整个密西西比－密苏里－俄亥俄流域都肯定腐化变质了，副执法官终于明白了尽头就在眼前：想着难怪人类从来都没能够解决自己在地球上的寿命问题，因为人类从未采取任何行动来教育自己，不是说在如何控制自己的贪欲和愚见方面；它们伤及的仅是零星个案；而是说在如何处理自身那盲目扎堆和盲目自大的特

---

① 马尔堡，位于新西兰南岛的东北角，惠灵顿的正西方，马尔堡地区之西部和南部是南阿尔卑斯山脉的北端。

质方面：看着他们——那个人和那匹马以及那两个黑人，人们可以说不管三七二十一就将其拽上了那条斗争激烈而光彩照人的轨道——注定遭受厄运，根本不是因为激情转瞬即逝（这就是为什么人类从未找到比它更好的字眼，也是为什么夏娃和那条蛇①、玛丽和那只小羊羔②、亚哈和那条鲸③、安德鲁克里斯④和巴尔扎克笔下的非洲逃兵⑤，以及天堂上马、山羊、天鹅和公牛等所有动物，都是人类历史的天国苍穹，而非仅是人类过去的残垣断壁），甚至不是因为强奸就是偷窃，而偷窃是不义之举，不义之举不可占上风，而仅仅是由于印制的悬赏告示上的美元符号后面那个零重复了许多次，看到告示或口口相传获悉的每个人（也就是在加拿大和墨西哥之间、落基山脉和阿巴拉契亚山脉之间能看得见、能听得见的每个人）几乎都会发了疯似的关注那匹马的下落，哪怕只是一点点风吹草动。

不，现在用不了多久了，有一瞬间他心里想着，盘算着一个念头，那就是要以腐败治腐败：用与他先前在纽约提出来要开的那张支票同等的金额，来与告示上的悬赏相抗衡，然后又把那个念头放到一边，因为那样做也会失败：不是因为以腐败治腐败只会让腐败更进一步地蔓延，而是因为那个想法只是创造了一个就连诗人也会视其为诗人的异想天开而已的假象：不管怎样，玛门的大卫在那一刻敲响了玛门的

---

① 《圣经》典故，夏娃在蛇的指引下吃了善恶果，从此能明辨善与恶，但与亚当一起被上帝逐出伊甸园。

② 出自美国经典儿歌《玛丽有只小羊羔》，最早于一八三〇年五月二十四日由美国女作家萨拉·约瑟法·黑尔署名发表在诗集《给我们孩子的诗》中。

③ 出自美国十九世纪作家赫尔曼·梅尔维尔的小说《白鲸》，亚哈是小说的主人公，由于早年出海被白鲸咬掉一条腿而穷其后半生寻求报仇。

④ 出自英国十九世纪作家乔治·萧伯纳的剧本《安德鲁克里斯和狮子》，主人公安德鲁克里斯是提庇留和加利古拉时代的一个来自非洲的奴隶，他对于一只狮子的善举最终保全了自身的性命。

⑤ 此指法国十九世纪作家巴尔扎克的小说《沙漠的爱情》，故事讲述的是一名法国士兵孤身一人在沙漠中邂逅一只花豹，先是与之建立起温情，后又担心它危及自身性命而将其杀死。

歌利亚那黄铜制的、不可战胜的、顽固不化的头颅。① 现在用不了多久了，实际上终点已经在望，因为马跑着跑着（似乎它也知道快要走到尽头了）突然掉头转向南边和东边，穿过密苏里，进入圣弗朗西斯河汇入密西西比河的那个封闭的交叉地带，曾在那里避难的银行、铁路劫匪的鬼魂还时常在那里出没；然后结束了，完了，一切都了结了：一天下午，在铁路支线旁边的一个带有露天游乐场和半英里残缺铁轨的小县城，追捕者乘坐一辆本地厢式货车穿过田野，又相继穿过了小镇、沼泽地和农场，越来越多的当地人聚集了起来，所有人都默不作声地看着，根本没有上前把他们围住：只是观望；此时他们终于第一次亲眼见到他们至今已追捕了将近十五个月的盗贼：那个外国人，英国人正斜靠在坍塌了的马厩那没有门的门框上，仍有余温的手枪的枪托从他脏兮兮的马裤的腰带里突了出来，在他身后是那匹马的尸体，子弹干净利落地一次性射穿了它前额上的星形标记，在马后面是那长着古罗马元老院议员般的脸、穿着那起绒的破旧双排扣礼服大衣的老黑人牧师，再往后，在更暗的阴影里露出那个孩子一动不动的白眼球；当天晚上在监狱里，前副执法官（仍是个律师，尽管囚犯满口污言秽语地强烈否定他的权威）说：

"换作我，我当然也会这么做。但是告诉我为什么——不，我知道为什么。我知道你这样做的理由。我知道这是真的：我就是想听你亲口说出来，我们两个人都把它说出来，这样我就确信无疑了"——已经开口——或是还在——讲话，尽管对方一直在用同一个恶毒污秽、鄙夷不屑的字眼咒骂着："你原本可以随时把那马交出来的，它原本可以活下来的，但事实不是这样：并不只是为了让它活着，也并不是为了人们一直坚信你从它身上赚来的那几千或几十万美元"——这时停

---

① 玛门指贪欲之神，《圣经·新约》中将财富、贪欲和世俗追求人格化的一个凶神。根据《旧约·撒母耳记（上）》第十七章记载，以色列人和腓力士人对战时，牧童大卫利用甩石机弦用石子击中腓力士巨人歌利亚并割下他的首级。大卫日后统一以色列，成为著名的大卫王。

下来,甚至在等待,或者至少是在观望,面露喜色又镇定自若,囚犯仍然还在咒骂,不是朝着他,甚至针对的也不只是他,而是他,那位副执法官,约莫有整整一分钟,言辞犀利、污秽、赤裸裸的,然后前副执法官又开口说话了,语速很快,语气平静而令人宽慰:"好吧,好吧。原因就在于,这样的话那匹马就可以跑,一直跑下去,至少可以一直输掉比赛,至少可以完成比赛,尽管它确实不得不只靠三条腿来跑,它也确实是只靠三条腿跑的,因为它卓尔不群,甚至不需要三条腿来跑,只需要有一条腿末端带有马蹄它就够格成为一匹马了。要不然的话,他们会把它带回肯塔基农场,把它关在妓院里面,那它可就根本连一条腿也用不上了,甚至也用不上从一架靠机械调节为射精节奏的起重机上悬垂下来的吊索,因为一个技术娴熟的老鸨,拿着一只锡杯,戴着一只橡皮手套"——他沾沾自喜,颇为镇定,低声说道:"不断生出更多的小马驹来,他们会在它的余生里用它的睾丸来阉割它的心,可是你救了它,因为任何人都可以生养,但只有那最好的,那勇敢的——"还没等那精疲力竭、单调无趣的咒骂声停下来他就离去了,第二天早上从新奥尔良派来一名最好的律师,那名律师是他在他家族的庞大政治社交圈和他自己半专业和社会关系的范围内所能找到的最好的律师——像这样的律师那个偏远的密苏里小镇上的人们大概还从未见过,当然其他人也从没见过,他竟然赶了四百英里路来为一个无名无姓的外国盗马贼辩护——他给这位律师讲了他在那里的所见:镇上的人那好奇、观望的态度——

"一群暴民,"律师用一种近乎谄媚的腔调说道,"我已经很久没处理过暴民了。"

"不,不,"客户立刻说道,"他们只是在观望,等待着什么,我没有时间去查明是什么。"

然后律师也看到了那个现象。他发现了更多:乘坐他那辆配有专门司机的私人豪华轿车开了一整夜,第二天一早到达,还不到三十分钟就打电话给他那在新奥尔良的客户,因为他赶来为之辩护的那个人不见了，消失了，不是从监狱里逃了出去，而是从监狱里放了出来，律师坐在电话机旁，从这里他可以向外望着那安静得几乎没有动静的广场，此刻没有人站在广场上朝他观望，当然其实也从来没有人在那里看他，但是律师能够感觉到他们的存在——倒不是说那一张张表情阴沉沉、讲话慢吞吞的、模样西部和南方特点参半的脸，而是那种等待、专注的神色。

而且不只是那个白人，那两个黑人也不见了，律师傍晚时分又给新奥尔良拨了电话，不是因为他花了这么久才搜集到这些少得可怜的细节，而仅仅是因为他现在意识到不管他在这里待多久，这就是他通过询问、收买或者只是简单的聆听所能发现的一切：那两个黑人压根从未曾到过监狱，而显然是在监狱和法院之间的某个地方消失得似乎无影无踪，前副执法官的继任在法院已正式将那三名囚犯移交给当地的县治安官去处理了；只有那个白人曾经到过监狱，因为前副执法官在那里见过他，现在他也不见了，与其说是从监狱里放出来，不如就说是失踪了，律师到达五分钟后发现没有囚犯，过了三十分钟发现不存在重罪犯，到了下午三四点钟发现甚至不存在罪行，那匹马的尸体在第一天晚上什么时候也消失了，且没有人曾动过它，也没有人看到过有谁去动它，也没有人听说过有谁可能动过它，或者实际上甚至都不知道它失踪了。

但是，关于去年秋天在田纳西东部山谷的那两个星期的情况，追捕者很早之前就了解到所有该知道的一切了，前副执法官先前已经简要地讲给律师听了，所以对于律师来说，这件事根本没什么神秘而言；他此前已经想好了解决办法：密苏里同样也会有共济会员——对于这一想法，新奥尔良的客户甚至不屑于忽视，更不要说认同了，在电话线的这一头喋喋不休的实际上并不是前副执法官的而是诗人的声音，而律师还在讲话：

"关于那笔钱，"律师说，"他们搜查了他，当然——"

"好吧，好吧。"前副执法官说。——也许是公正，当然是正义，或许还没有占上风,但某种更重要的东西已经占了上风——

"他只有九十四美元和几美分。"律师说。

"那个老黑人把其余的钱放在那件礼服大衣的下摆里。"前副执法官说。——真相、爱、牺牲,以及甚至比他们还更重要的东西:人与人之间的纽带,或人对他的手足兄弟产生的情谊,甚至比松松垮垮地箍在人类那摇摇欲坠的地球上的金制镣铐还要坚固——

"我死定了,"律师说,"当然钱就在那里。我他妈的到底为什么没有——嘘,听我说一下。我在这里没什么好做的了,所以明早他们一开车库,我就开车回镇上。但是你现在已经在现场了,行动总会比我从这里打电话更快吧。联系你手下的人,尽快在河谷上下散发通知——贴出告示,他们全部三个人的描述——"

"不,"前副执法官说,"你必须待在那里。如果再有什么事情发生,那个地方一定会是源头。你必须待在那里保护他。"

"在这里唯一需要保护的就是第一个企图伤害他的人,他赤手空拳,仅靠着一匹三条腿的马,就赚到了像人们认为的那样多的一笔钱,"律师说,"他可真傻。如果他留在这里,他可能已经得到县治安官的徽章了,连竞选都不用。不过,必要的话,我可以从我的办公室打电话解决,直到我们抓住他们。"

"我一开始就说过你不理解,"前副执法官说,"不:你那时还不相信我,即使我试着告诉过你。我不想找到他——他们。曾经轮到我上场击球,三击未中出局了。[①] 你待在那里别动。这就是你派上的用场。"前副执法官说着挂了电话。虽然律师仍然没有动,还没有放下电话听筒,从他的雪茄上冒出的烟就像拿在一只雕刻而成的手里的一支平衡的铅笔那样笔直上升,直到另一个新奥尔良号码接通了,他跟他的机要文书讲话,描述那两个黑人,语速很快,内容简明扼要:

"把从圣路易斯到贝森街的所有沿河城镇都搜一遍。当然,把莱克

---

① 棒球术语。

星顿的木屋、马厩还是其他什么地方都监视起来;如果他自己没回家,他可能会试着把那孩子送回去。"

"您现在刚好就在一个很容易找他的地方,"文书说,"如果那里的治安官不肯——"

"听我说,"律师说,"仔细听着。他绝对不会再出现在这里。他绝对不能被发现,除非他在某个没人认识他的大城市里面因为流浪什么的被逮捕。他绝对不能落进任何当地官员的手里,在小到可能已经听说那匹三条腿的马的消息的任何城镇或村庄都不可以,更不要说可能见到它的地方了。你明白了吗?"

片刻沉默:然后文书说:"这么说,他们真的赢了那么多钱呀。"

"按我说的做吧。"律师说。

"当然,"文书说,"只是您太迟了。那匹马的主人已经抢在您前面了。昨天这里的警察就已经贴出了告示,我怀疑现在各处的警察都有告示了——描述、赏金以及其他一切。他们甚至知道那笔钱在哪里:在那个老黑牧师穿的大衣的下摆口袋里。他经过的房子都不像轮船一样装有无线电报,真是太遗憾了。要不然他就会知道他的身价有多高,他就有资本来跟您做交易了。"

"按我说的去做。"律师说;那是第二天的事情;接着到了第三天,律师已经在法院审判室旁边的法官办公室里建立起了自己的大本营或指挥岗,而这并没有经过法官的同意甚至默许,那法官是一名巡回法官,只按自己法院的行程办事,并不住在镇上,这件事甚至都没有征求过他的意见,也没有得到镇上人们的默许,但是顺应了民意,所以那个法官是否也是共济会会员根本不重要;那天在理发店,律师看见了圣路易斯昨晚的报纸,上面有一张据称是那个老黑人的照片,照常配有描述文字,甚至还有关于大衣下摆里的那笔钱的数目的猜测。理发师正忙着给别的顾客理发,显然是至少瞥了一眼站在那里看报的律师,因为理发师说,"那些追捕他的人可一定要找到他呀。"接着是一片沉默,随即从理发店的另一头传来一个声音,没有专门对着什么或哪个人说话,声调也没有起伏变化:"几千美元呢。"

然后第四天,司法部调查员和来自治安官的担保公司的那个人到达(第一名圣路易斯记者比小石城的合众社记者早一班火车抵达现场),律师从他借来的办公室的小窗里居高临下,静静地看着这两个陌生人、治安官和想必是治安官的两名当地担保人穿过了广场,并未走到银行的前门,而是谨慎地绕到直通总裁办公室的侧门;在那里待了五分钟又出来了,两个陌生人停下脚步,治安官和两个当地人快步分头走开不见了,两个陌生人看着他们离开,随后那个联邦政府官员摘下帽子,似乎对帽子里层仔细审视了片刻,一秒钟。接着他迅速转身,留下担保公司那人还在眺望着广场那边,随后他穿过广场来到市政厅,步履矫捷地走了进去,出来时拎着他那系好带子的提包,在汽车站对面的长椅上坐下来;随后担保公司那人也迈开步子,穿过广场,走进市政厅,又提着包走了出来。

接下来便是第五天和第六天,就连那两个记者都打道回府了,镇上除了律师以外没有陌生人逗留;律师此时已不再是个陌生人了,至于镇上的人是通过什么方式知悉或猜测他此行不是为了起诉而是辩护,他永远也不得而知;在无所事事的等待中,他有时想象着,设想自己跟那个人一起出庭,而他对那人不仅没有期待,也根本无意与之见面——他想象自己不只是又打了一场单调乏味的法律胜仗,而是作为一个——或许是唯一一个——在一场现实中会成为历史纪念仪式的盛典中的重要人物,事实上更甚于此:一个信条、一种信念的肯定,一种不灭信仰的宣言,一种不可动摇的生活方式的设定:美国本身的洪亮有力的声音来自于这个广袤而破败却有着无法征服的处女地的西进喧嚣,那里除了巨大无德的天空以外没有什么能限制一个人的所作所为,就连天空也限制不了他的成功及其同类的吹捧;就连他采取的防御措施都符合美国古老、优雅、深厚的抢劫传统,已有活生生的先例就在这片——或者至少是类似的——土地上确立,由一个更年长、更成功的窃贼确立,而不是由哪个英国马夫或黑人牧师:约翰·莫雷尔[①]本人就是他自己的律师:这场劫掠不是偷窃,而只是小过失,因为在那匹马死去之前有一个悬赏告示,这就相当于一份合法的委托书批准任何人的手去碰那匹马,违反它则纯属背信行为,追捕者有义务举证,因为他们得证明那人一直都没有去找主人,把属于他的财产还给他。

  这是来自于白日梦的天马行空般的意外收获,因为那律师其实从未指望会见到他们两个,因为主人或联邦政府无疑会先逮住他们,一直到第七天早上,监狱厨房响起了敲门声——声音小得几乎听不见,却很坚决:而虽然坚决,却一点也不强硬:只是礼貌,文雅而坚决:在一座密苏里小监狱的后门不常听到的敲门声,在阿肯色或路易斯安那或密西西比的种植园宅子的后门也不常听到,在那里它可能早就变得像在自己家里一样轻松自在了。狱吏的老婆一边在围裙上擦手,一边从洗涤池边转过身来开门,门口站着一个看不出年龄的中年黑人,身穿一件破旧的拉毛礼服大衣,手持一顶拉绒礼帽,她没有认出他来,因为她没想到会在那里见到他,也许是因为他孤身一人,那个男孩,那孩子五分钟以后仍然站在监狱旁边的那个巷子口,他和那个老人都没表示出任何相互认识的迹象,尽管他的祖父——现在跟狱吏铐在一起——其实就跟他擦肩而过。

  可她丈夫立刻认出他来了,不是看他的脸,他连瞟都没瞟上一眼,而是看他的外套:灰尘扑扑的破旧绒面呢大衣——不是这个人,而是这件外套,甚至都不是整件外套,而是它的齐肘深的手提箱般宽大的下摆——这个县和毗邻五个州的警察都封锁了道路,在搜查农用马车、汽车、货运列车、黑人专用客车和车站厕所,在过去六十五个小时之内端着火枪和拔出的手枪,三三两两地冲过台球厅、殡仪馆、黑人廉租公寓的厨房和卧室,试图找到些什么。镇上也一样:狱吏和他那戴

[①] 约翰·莫雷尔,美国历史上的传奇人物,十九世纪上半叶的著名匪徒、罪犯,活跃于密西西比河沿岸,最初是一名盗马贼。

着镣铐的要犯刚一离开监狱,身后就像正在升空的风筝一样聚集了越来越多的一群男人、年轻人和小孩子,在那条通向广场的街道上狱吏还能说自己是领头羊,在穿过广场朝法院走去的路上他看上去还在领头,脚步越来越快,几乎是拖着把他们铐在一起的那条锁链的另一端的囚犯,直到他最终挣脱了,甚至向前迈了一步,实际上跑了起来,然后他停下来转身面对挤上来的人群,盲目地从枪套里拔出手枪,做出无望而愤怒的拒绝姿态,就像是那男孩又变得人格健全,纯洁无瑕,开脱了罪责,转身把他的玩具手枪抛到冲上前来的大象脸上,与其说是恐惧的牺牲品,不如说是受自尊心驱使,他用类似于未成人的男孩的一种尖细凄凉的声音喊道:

"大家停下!这里是法律重地!"——毫无疑问,假如他们朝他冲过来,他会毫不退让,手里仍然举着那把手枪,没有扣上扳机,也不想这样做,在那恪尽职守的最后一秒里不予反抗就死于众人的践踏之下:——一个性格温和的普通小个子男人,你在美国的小镇街道上见过的一万个像他这样的,而且有些个子也没那么小,不仅在广袤的中部村落里,也在东部和西部的分水岭以及高山平原,他们从那裙带关系的无尽资源里接受了工作和任命,自从共和国建立以来的一百多年间它有几乎几百万个子嗣不仅从中维持了他们的日常生计,星期六和圣诞节还能额外得到一点什么,因为它与共和国相伴而生,已经成为其主要根基之一,——在这个案例中,狱吏不知怎地娶了现任治安官的远亲,这让他甚至在十年以后还是感到无尽的惊讶而不解;——一个如此安静、如此温和、如此普通的男人,没有人注意到他在宣誓入职时接受和认可那个誓言的方式:只是别人的不知其名也不为人知的血亲,或许只是姻亲,承诺要勇敢、诚实、忠实,像任何人所能够或应该做到的那样对得起他将要在接下来四年间的职位(执政官下台那一天他便会失去它)上得到的薪酬,转身去迎接他的高潮一刻,正如雄性蜉蝣将其长达一整天的一生都浓缩到繁殖的那个夜晚,随后便撒手离去。可人群并未朝他冲来:只是缓步走来,那只是因为他挡在他们和法院之间，他查看了一下那把拔出的手枪的准星，直到有个声音说："把那玩意从他手里拿走，别等他伤着人。"他们照办了：一只手，既不急切，也无恶意，把那枪从他手里使劲夺走，人群再次骚动起来，朝他拥来，同一个声音响起，与其说不耐烦，还不如说烦躁不安，这一次喊着他的名字对他说：

"滚，艾里。别挡着阳光。"于是，狱吏又转过身去，却要面对另一步棋，他必须重新做出选择：或者永久地默许人类的行为，或者永久地把自己与人类划清界限，以实际行动——不是把自己，就是把囚犯，从铁链的一端或另一端解开——让他得以逃跑。或者不是逃跑，不是逃亡；谁能在那最后一秒质疑那一刻的英雄形象：不是用一把盲目的、机械的、无知觉的钥匙笨手笨脚地开锁的小动作，而是闪电般地挥舞剑或镰刀朝那只背叛他的手腕一砍，然后拔腿就跑，不可避免地将那只鲜血喷涌的残肢断臂高高举起，就像一支不屈的三角旗杆或一杆不败的无头长矛，不是要宣誓请愿，而是要摒弃全人类及其腐败。

可就连这个都没时间做了；他唯一的选择就是保护自己不被人群踩踏，此刻跟他的俘虏肩并肩，确切地说是囚犯稍稍靠后一点，他们走向人群中间，穿过广场，走进法院，一只手牢牢地抓住他的肘部上方，使劲地推搡着他向前走，正如他入职以来夜夜梦见自己一旦抓住个子足够小或性格足够温和的罪犯时力所能及的英勇义举，穿过走廊，上了楼梯，来到法官办公室，那名新奥尔良律师吓了一跳，先是愤怒，后是震惊，随即一丝光亮稍纵即逝，根本没来得及闪现在脸上或者眼睛里，这时那同一个平静而略带急躁的声音说，"这间不够大。我们要用法庭"，他（律师）也站起身来，他们三个人——他自己、狱吏和囚犯，就像洪水裏挟的三架鸡笼——小房间里充满了一种嘶嘶的声音，就好像附在利特尔顿、布莱克斯通、拿破仑、尤里乌斯·恺撒身上所有的可口可乐鬼魂都活跃起来，在交织成一片的沙沙声中回来了，汇成一种骇人的尘封的叫喊声，他们穿过对面那扇门进入了法庭，在这里律师不仅自己一下子摆脱了人群，还设法（尽管块头很大，却身手矫捷：

一个高个子、大块头男人，身穿华丽的深色厚呢外套和一尘不染的凸纹布背心，戴了一个镶着蜂鸟蛋似的独粒珍珠的黑色领结）也救出了狱吏和囚犯，他又一下子用膝盖顶开了那扇将法官席、证人席、陪审席和辩护人席隔开的低栅栏上的旋转门，把另外两个人一把推了出去，自己尾随其后，让门自己旋转回去，这时人群正在一窝蜂地拥向大礼堂。

人们拥了进来，不仅穿过了法官办公室，而且也穿过了后面的正门，现在不仅是男人和男孩们了，女人也都来了——早上八九点钟已经在药店喝可口可乐的年轻女孩，在杂货铺和市场翻看肉和卷心菜或者在干货柜台上匹配蕾丝花边与纽扣的家庭主妇——这时，不仅是小镇，还有整个县，大概所有人都看到了那匹三条腿的马赛跑，多数人都至少每人付出了一两美元（到现在总额已达到三万美元），这是那两个人赢的钱，那老黑人牧师携款逃跑，无疑把它藏了起来——人们似乎在源源不断地集中拥入法庭，走廊、楼梯和空旷的法庭本身都回荡着不紧不慢的隆隆声，类似教堂的硬木长椅一排排地坐满了人，直到最后一阵回声消失在屋顶钟楼里鸽群的冷静而狂乱的振翅声和院落里美国梧桐与洋槐树上麻雀叽叽喳喳的尖叫声中，那个镇定而略显暴躁的声音说——不是哪个人发出来的声音，好像是无人开口，而房间本身在讲话似的："好吧，先生。开始了。"

跟他的囚犯一起站在那道单薄脆弱的栅栏后面，被隔离开来，其实是因在那道就连小孩子都能一抬腿就迈过去的像是某种程度上的自主权或诚实的保障的木制小屏障和那座他还没看到便已经失去兴趣的神圣讲台之间，除了他的两个同伴以外他并不是孤身一人，或者说，尽管他有两个同伴也并不是孤家寡人，事实上是因为他们在场才让他感到孤立无援，律师凝神片刻，望着人们不断拥入这个礼拜堂，它本身就是他最后的部落奥秘的圣地，进来的人们既不鲁莽也无质疑，为什么不呢？这是他的，是他做了决定，建造了它，为之挥洒汗水：不是出于任何特殊需求，也并未抱有任何长久的希冀苦痛，因为他没有意识到痛苦的缺席或长久存在，或者说他没有意识到自己介入了任何有关希望破灭的长篇编年史，但是因为他想要它，能够承受得起，或者他不管能否承受得起都要拥有它：不做象征，不做摇篮，也不做什么哺乳动物的顶峰，或者港湾，让承载他那无法磨灭的梦想的那个不可思议的海螺壳最终从他迷失的开端那未在地图上标明的纬度上发出鸣响，如同那生生不息的大海的声音，众口一词的宣誓声持续低沉地隆隆回响在环形讲台上，在这里铁面无私而漫不经心地占据着主导地位的不是琐屑的权利，而是盲目的正义本身，他所取得的那些胜利散发出挥之不去、无法消除的气味：他吐出的陈烟草沫子和他的汗水。因为首先他不是他而是他们，仅通过选择而成为他们，因为他真实的身份是我，首先他不是一个哺乳动物，至于他那未在地图上标明的纬度，他不仅确知自己六千年前来自于何处，而且还知道大约再过七十年他还要回那里去；至于宣誓，一名自由人的标志是他有着无条件说不的权利，这也对众口一词做出了解释；他在这里有发言权，因为是他建造了它，为它花了钱，除了他还有谁能朝它吐口水呢。也许律师在很久以前年轻的时候读过狄更斯和雨果的作品，他此时目光越过那道薄弱的屏障，没有看向其他那些守规矩、合礼仪、敬畏上帝的密苏里农夫的敬畏上帝的祖父用砖石和灰泥建造的谷仓，而是回望一百年前那座比奥尔良、卡佩或查理曼更加古老的石头大厅，那里直到昨天还挤满了散发着耕地和粪肥气味的木底鞋，它们践踏、玷污、弄脏了那些在世上存在了一千年并仍将流传至少一万年的丝绸与百合装饰；地中海渔夫的帽子，还有鞋匠、搬运工和修路工的工作服，那些把丝绸与百合撕碎扔掉的双手所留下的猩红手印使它们变得干硬，他眺望着它们，不单单感到敬畏，也不仅仅是警觉，而是心怀胜利的自豪：为人类的胜利而自豪，因为在他所有的同胞当中，时间和地理位置将他与这一时刻相匹配：——美国，美利坚合众国，在我主耶稣纪元年一九一四年的这个四月里，至此人类已有一百四十年的时间习惯了自由，因此参加这些严格有序的象征性仪式这项简单而不成问题的权利足以让他安静下来并感到满足；他继续观望了片刻，随后转身敲了敲

手铐,使它发出一种尖利的近乎音乐般的声音,接着低头对狱吏大声怒喝道:

"这是什么意思?难道你不知道一个人不能两次判同样的罪吗?"然后又转身朝房间里的人讲话,声音还是像风琴般浑厚响亮:"这个人已被非法拘捕。法律规定他有权利找律师咨询。我们暂时休会十分钟吧。"他再次转回身来,这一次把其他两个人推出了栅栏门,自己直奔法官办公室门口走去,就连房间后面有五个人站起来走出了正门他都没有回头去看,把黑人和狱吏推进法官办公室,跟着进去关上了房门——根据狱吏事后讲述——脚步没停,继续径直走向对面的门,把它打开,站在门口,这时从法庭里出来的那五个人刚好转过拐角走过来。

"五分钟,先生们,"律师说,"然后我们再到法庭上继续。"他关上门,回到狱吏和黑人站定的地方。可他根本没看那黑人一眼;狱吏感到精疲力竭,勇敢和兴奋的情绪几乎令他昏厥,他有些气愤和不解地发现,意识到虽然律师主动提出来只要十分钟的时间,无论他想做什么,可他显然是打算花上几分钟抽烟,他看着律师从那件貌似五分钟前刚从洗衣妇的熨衣烙铁下取出来的白色马夹背心上方的口袋里掏出那支雪茄——口袋里还装着三支这样的雪茄。随即狱吏认出了它的牌子,由此也便知道了它的价格——一美元——因为他也曾有过一支雪茄(并且在接下来的那个星期日早上把它抽掉了),那是由于一个陌生人记错了,以为是治安官娶了他的,即狱吏的姐姐,而不是他娶了治安官的弟媳的侄女,后来意识到错误的时候既伤心又愤怒,同样的事情再次发生了,可这一次的情况要更糟糕上一千倍:给了他另一支雪茄的那个人什么也没找他要,而他现在终于明白了律师想要什么,目的何在,一直以来意欲何为,他把腐化拉拢他,他这个狱吏的价格定在了一支一美元的雪茄上:这就是那黑鬼卷走的那四万美元,而且藏得如此严实,就连联邦政府都没办法找到。然后,这伤心和愤怒就不是愤怒了,更不要说伤心了;这是胜利和自豪,甚至还有欢愉,因为律师还没等亲眼看见那黑鬼就已经败下阵来了,他(律师)甚至都不想去发现什么真相，直到他（狱吏）准备好了告诉他，他等着律师先开口，此时声音里没有了那风琴声，而是严厉、镇定、冷冰冰的，没有丝毫多余的东西，活像他妻子的那位姻亲叔伯：

"你得把他弄出城去。这是你唯一的机会。"也许他的（狱吏的）声音没那么冷静，也许在一名大城市律师听来也没那么严厉。可是，就连像这样一个大块头的人也能听出其中的决绝，假如他仔细听了，还能听出其中的讥讽、轻蔑和愉悦：

"我还能想到另一个办法。其实，我正在盘算着采纳它呢。"然后他对那黑鬼说："来吧。"说着便迈步走向通向走廊的那扇门，身后拖着那黑鬼，伸手去取腰带扣上的钥匙环，里面有那把手铐钥匙。"你惦记着那笔钱。我可没有。因为它不是我的，我没资格惦记它。那是他的，确切地说，是其中一半；一个黑鬼到底有没有资格拥有四万美元的一半，这不关我事，也不关你事。我一打开这手铐，他就可以去拿钱了。"他转动门把手，打开房门，这时那个声音阻止了他——他身后响起那个严厉镇静、音量并不大的声音，听起来就像有人在搅乳器里面扔了一些小石子：

"我也不会惦记着它。因为压根就没有任何钱。我甚至没打你的主意。我想的是你那些担保人。"（狱吏）听见了划火柴的声音，一转身刚好看见雪茄短粗的一头冒出火焰，第一团苍白的烟雾瞬间遮住了律师的脸。

"那也好，"狱吏说，"我已经在监狱里待了两年。这样我就不用挪窝了。我想我即使进了苦役队也能受得了。"

"呸。"律师说道，不是透过烟雾，而是人在烟雾里面，借助于烟雾讲话，丝丝缕缕、团团簇簇，苍白、浓重、昂贵的气球爆开，消失不见，只剩下那严厉、镇定、不太响亮的声音像一块沙砾或一丸铅弹那样结实而执拗："当你第二次逮捕这个人的时候，你就违法了。你一把他给放了，他就不必去找律师了，因为大概有十二个从孟菲斯、圣路易斯和小石城来的律师现在就等在下面的院子里，一心希望你明智一点，把他给放了。他们不打算把你抓进监狱。他们甚至不会起诉你。因为你没有钱，也不知道哪里有钱，跟这个黑鬼没啥两样。他们打算起诉你的那些担保人——无论他们是谁，不管他们觉得你能为他们做些什么——还有你的——什么来着？姻亲？——治安官。"

"他们是我的——"他刚要说亲戚，可他们不是，他们是他妻子的亲戚；他自己有很多亲戚，可他们当中没有一个——或者就这一点来说，所有的人全部加在一起——在任何地方的银行里都没有足够的存款来付一笔保释金。接着他又要说朋友，可他们也是他妻子家族的朋友。不过，他说什么并不重要，因为那个声音已经说出了他的心思：

"——那就把事情变得更难了；你可能会让你自己的亲属背黑锅，可这些是治安官的朋友，你每晚都得跟他的侄女同床共枕呢。"这也不对，已经有三年两个月零十三晚了，可这也不重要，那支雪茄此时正躺在法官的烟灰缸里冒烟，那个声音说："回到这里来吧。"他又走回来了，拖着那个黑人，他们面对着那件挂着金色犁痕似的一段表链的白马夹站好，那个声音说："你得把他关进哪个监狱能让他们把他扣押得久一点，时间足够用来向他提起一个法律上接受的起诉。第二天或下一分钟他们就可以把他释放，假如他们想要这样做的话；你只需要给他留下一份记录，证明他被一个合法设立的法庭的一位资历合法的官员起诉过，然后当他的律师们起诉你的担保人搞个人非法拘捕的时候，他们就可以让那些人滚一边去。"

"起诉什么？"狱吏说。

"离这里最近的大监狱是哪个？不是县首府：一个少说有五千人的镇子？"狱吏告诉了他。"好吧。把他带到那里去。开我的车；它停在市政厅的车库里；我从这里给我的司机打个电话。只是，你会——可我当然不需要告诉你如何从一群暴民手里神不知鬼不觉地带走一名囚犯吧。"此话倒也不假，这也是狱吏的美梦的一部分；他策划了这一切，自从两年前把手放在《圣经》上宣誓的那一刻起他就把它在头脑里过了一遍又一遍，一直到最后一个辉煌得胜的手势，不是说他真的期待有事情发生,而是要为那一刻的到来做好准备,在他被召唤来向那些默许他担任公职的人面前为自己是否履行了当初的誓言而辩护的时候,以此证明自己不仅称职,而且捍卫了一个男人的荣誉和勇气。

"是的,"他说,"只是——"

"好吧,"律师说,"打开那个混账东西。来,把钥匙给我。"从他手里接过钥匙,打开手铐扔到桌子上,手铐再次发出轻微的悦耳声音。

"只是——"狱吏又说。

"现在从走廊里转过去,关上通往法庭的那扇大门,把它从外面锁上。"

"那也阻止不了他们——拦不住——"

"别管他们。我来应对。去吧。"

"好的。"他说着转过身去,然后又停下来。"等等。门外那些家伙怎么办?"大概有那么两三秒钟,律师一言不发,当他开口时,仿佛房间里没有别人,或者实际上他好像讲话声音并不大:

"五个人。你是一个宣誓入职的执法官员,随身携带武器。你甚至可以掏出手枪。如果你当心一点的话,他们并不危险。"

"好的。"他说着又转过身去,再次停下来,没有回头:只是转过身之后停了下来。"那个起诉。"

"流浪罪。"律师说。

"流浪罪?"他说,"四万五千美元里面有他一半的一个人呢?"

"呸,"律师说,"什么都没有他一半,哪怕一美元也没有。走吧。"可现在轮到他一动不动了;也许他没有回头看,可他也没动,这一次是自言自语,语气也足够镇定:

"因为这件事全是错的。是非颠倒。执法人员把一个黑人囚犯偷偷带出监狱,送出小镇,保护他不被一群暴民带走烧死。这些人一心只想着还以这个人自由身。"

"难道你不觉得法律应该各打五十大板吗?"律师说,"难道你不觉得它也应该保护那些没偷四万五千美元的人吗?"

"是呀。"狱吏说;此时他看着律师,手又放在门把上,却没有转

163

动门把。"只是那可不是我想要问的问题呀。我想你在这个问题上也有了答案,希望是好的——"他自己讲话也变得镇定、缓慢、清晰:"这就是全部了。我把他带到布兰科顿,待久一点,让他受到记录在案的一项合法指控。然后他就可以走了。"

"看看他的脸,"律师说,"他没有一丁点钱。他甚至不知道钱在什么地方。他们两个都不知道,因为从来都没有钱,即便有那么一丁点,那个伦敦小贼早就把它挥霍在妓女和威士忌上面了。"

"你还没回答呢,"狱吏说,"一旦指控记录在案,他就可以走了。"

"是的,"律师说,"先把法庭的门都锁上,然后再回来带走这黑鬼。"

随后狱吏开了门;那五个人站在那里,可他一点都没迟疑:径自走出房门,从他们身边走了过去;然后,他没有像律师所交代的那样沿着走廊走到法庭后门,而是突然转向楼梯,加快脚步,却并未跑起来:只是快步走,下了楼梯,沿着大厅走到他妻子的姻叔的办公室,此时里面空无一人,他走进办公室,绕过隔板,一直走到抽屉那里,拉开它,翻开乱糟糟的一堆旧的释放证明、不完整的传票、纸夹、橡皮图章、磨损的钢笔头,毫不犹豫地从下面取出备用公务配枪,把它塞进空枪套,回到大厅里,爬上对面的楼梯,来到法庭正门,不顾一张脸转过来看他,然后是三张,然后是一打,只管悄悄地把门带上,转动锁眼里的钥匙,将其拔出来放进自己的衣袋里,又匆匆离开了,此时他跑了起来,回到法官办公室里,律师已把听筒放回挂钩上,一把推开电话机,伸手去拿烟灰缸里的雪茄,这才第一次正眼看那黑人,慢慢地吸气—呼气,雪茄恢复了生气,他透过烟雾第一次仔细地审视了一下那张镇定的没有年龄痕迹的罗马议员的脸,窄窄的一小圈花白头发紧贴在谢顶的脑壳上,在那件老旧褴褛、仔细刷过、精心补过的双排扣礼服大衣的衬托下犹如恺撒花环一般,随后他开了口,两个人便展开了唇枪舌剑,语言简练,语气平淡得近乎单调:

"你没有钱,是吧?"

"没有。"

"你甚至都不知道什么地方有钱,是吧?"

"不知道。"

"因为没有钱。从来都没有过。就连那一点点,还没等你见到它,你的白人混蛋兄弟就全都花光了——"

"你错了。你也知道你错了。因为我知道——"

"好吧。也许有整整一百美元。"

"比这更多。"

"比三万美元还多?"此刻仅稍加迟疑;没有犹豫:只是略作停顿:声音仍然洪亮,依旧是我自岿然不动,也不可动摇:

"是的。"

"比三万美元多了多少?……好吧。比一百美元多了多少?……你有过一百美元吗?可曾见过一百美元?……好吧。你知道它比一百美元要多,可你不知道它多了多少。是这样吧?"

"是的。可你不必担心——"

"而且你是回来取你那一百美元的一半的吧。"

"我赶在他回家之前回来跟他告别。"

"回家?"律师飞快地说,"你是说,英格兰?他这样跟你说的吗?"对方镇定自若,态度极其强硬:

"他怎么会跟我说呢?因为他没必要跟我说。一个人来到一个地方,到最后没剩下什么值得花掉或丢掉的了,他是总要回家的吧。可你不必担心,因为我知道你打算做什么:把我关进监狱,等他在报纸上看到消息再回来。你说对了,因为他会这样做,因为他也需要我。而且你不必担心这笔钱是多少;它也足够请得起所有的律师了。"

"就像那面包和鱼的故事①吗?"律师说。可这一次不是停顿;压

---

① 《圣经》典故,出自《旧约·马太福音》:耶稣与门徒出行,见到一大群饥饿的村民,但手里只有五饼二鱼,耶稣便向上帝祈求赐福,然后把它分给众人吃,这点食物竟然喂饱了五千个男人,且不算妇女和孩子。

根就没有回音,心安理得的沉默,最终还是被律师开口打破的:"这么说,是他需要你喽。不过,那四万美元就在他手里。一个有四万美元的人怎么会需要你呢?"又是一阵沉默,冥顽不化,心安理得,又是律师打破的:"你是一名受命教长吗?"

"我不知道。我作见证。①"

"为了什么?上帝?"

"为人类。上帝不需要我。我当然要为他见证,可我主要是为人类做证。"

"人类遭遇的最操蛋的不幸莫过于在上帝面前做一个有效见证。"

"你这话说得不对,"黑人说,"人类满是罪孽和天性,所作所为全都目不忍睹,话说了一箩筐都是不知羞耻,无病呻吟。可是见证不会伤害他。有朝一日他可能会遭受打击,但那不会是撒旦。"这时传来开门的声音,两个人都转过身来,看见狱吏走进了房间,正在用力顶着通向走廊的那扇门,想要阻止它缓慢而不懈的移动,最终房门朝里洞开,把他整个人都顶到了墙上,那五个人从走廊里走了进来,律师没等他们进到房间里来就起身要走,一边走向对面那扇通向法庭的门,一边朝着身后说:"这边走,先生们。"他开了门,站到一旁扶着门:没有命令的手势和动作,甚至没有一丝霸气,他们像五只绵羊一样温顺驯良,动作一致,跟在他身后鱼贯穿过房间,如同五个完全相同的靶子——鸭子或黏土烟斗或星辰——好似串在无尽的锁链上横穿过一座射击场的微缩射程,一直走出门去,律师跟在最后一个人身后,扭头对狱吏或黑人,或者也许是对两个人或者也许根本没对他们,说道:"五分钟。"他尾随其后继续前行,那五个人突然停下脚步,挤在一起,挡住了狭窄的通道,仿佛他们全速撞到了一座看不见的墙上,他从他们中间穿行而过,在众目睽睽之下走进了房间里等待着的拥挤人群;然后又一直穿过了旋转门,走进那个密闭空间,背对着那个挤满人的房间,几

---

① 见证,基督教专用术语,为其所见所闻的真实性做证明,以彰显其美德。

乎就站在十分钟前他才驻足的同一个地方，这一次形单影只，却并不是孤身一人，宛若身处一幅饰带或挂毯似的巨大群像背景之中，所向披靡，审慎睿智，那一长串英雄名录是人类崛起的里程碑——那些强制、逼迫、指导人类辛苦劳作的巨人，其实偶尔起的是引领作用：恺撒和基督，波拿巴、彼得和马萨林，马尔伯勒和亚历山大，成吉思汗、塔列朗和沃里克，马尔伯勒和布莱恩，比尔·森迪，布思将军和普雷斯特·约翰，王子和主教，诺尔曼人，伊斯兰托钵僧，阴谋分子和可汗，不是为了权力和荣耀，甚至也不是为了开疆扩土；这些都只是相伴而来的次要乃至偶然因素；而是为了人类：通过一举把他们中的一些人推到一个方向，通过民治、民有、民享，让地球不那么拥挤，至少是让他们暂且脱离他们的既定轨道；——在那里站了一秒、两秒、三秒，不是接受而是迫使那个众人瞩目的焦点造成完全的视觉冲击，如同在那暮色笼罩的房间里镜子集所有光线于一身，其他的一切也就只有二手的能见度了；四秒，五秒，然后是六秒，呼吸悄无声息，没有叹息，没有呼吸声，除了镀金表链发出的簌簌声和那颗珍珠持续不断的微弱乐音，手掌里仍旧黏糊糊地攥着等在那里的芸芸众生，如同雕塑家把手里的那团柔韧而温顺的泥巴不无耐心地再多握上一会，或如指挥家那平稳却并不柔韧的双手举起的那根轻若无物、细如铅笔、微光闪烁的指挥棒里面充满了喧嚣的愤怒、爱和痛苦。

然后，他伸出手，同时立刻感到目光和注意力的巨大重量仿佛在魔术师之手的控制下全部集中成一道光束照过来，他掏出那只怀表，啪的一声打开它，就在他计算着时针悄然爬行的速度时看到那如同先知的水晶球一般圆润的凹面表盖上影影绰绰地反射出狱吏和囚犯的微缩影像，他们此刻早就该到广场了，或许应该已经到了通向市政厅车库的那条小巷；就在此时房间里传进来一阵越来越响的汽车引擎声，然后是那汽车本身飞速冲进广场的声音，它穿过广场开了出去，以目空一切、无所顾忌的态势向前猛冲，他那傲慢无礼的黑人司机总是这样开车，每当他的主人命令他载上那些他认为地位低于自己或者与这辆车的风光不匹配的乘客的时候——一个自高自大的半达达尼昂[①]式的混血杀人犯,律师让他待在监狱里做了整整一年零一天的苦工,正像驯兽员用铁丝把死去的猎物鸟挂在一只不驯服的猎狗脖子上那样,然后再保释他出来,不是因为他(律师)手里握有他谋杀一名女子的辩护状,而是因为谋杀方式;显然,这个男人手上握有一把出鞘的剃刀,没把那女人赶出小屋,只是一再追赶纠缠着她,律师想象着当时的场景一定很像跳芭蕾,直到那女人挣脱,尖叫着跑出房子,来到月光下的小巷,无疑是跑向她干活的白人厨房寻求庇护,那男人不紧不慢地赶上了她,没有抓住或者去抓她,而只是从她身边跑过去,像外科医生一般干净利落地反手一挥剃刀,在那静止的一瞬间,一切动作都化成了那个明显带有两性特征的、过分讲究的、甚至显得小气的、蕴含着斗牛士般致命暴力的手势,他们两个人在月光下又肩并肩地继续跑了两三步,那女人才倒下去,根本没人看见那男人,刀片本身几乎没有弄脏,就好像他割断的不是一条颈动脉,而是一声尖叫,然后一切便重新归于午夜的万籁俱寂。

那么,律师此时原本可以停下来,说上一句话就让他们再次被抓住,就像斗牛士一抖他的斗篷就让公牛钉在原地不动了,他又开始走动,穿过那扇门走到法官办公室,继续走到市政厅,打点行装,系上带子。可他并没有这么做:这件事他不需要再做更多,如同那个老异教徒,在一口饮尽高脚杯里的酒之前总是倾斜杯子,从那满溢的杯沿上朝壁炉地面至少泼洒一次,不是为了安抚亡灵,而只是对那些跟他刚好同一时辰在这地球上的人们致意;在新奥尔良无懈可击的地区之一最好的一条街上的一所房子里,他拥有一张图片,一幅画,不是复制品,而是已被证明、遭人觊觎的真品,他为此所花的钱他都不愿意再去想,

---

[①] 达达尼昂,又译为"达尔达尼央",是法国十九世纪浪漫主义作家大仲马的历史小说《三个火枪手》(亦译《三剑客》,1844)的主人公,作品描写法国路易十三时代几个火枪手的冒险经历,该人物基于历史上的真实人物原型。

即便在他把它买下来之前它的价值就已得到了专家们的证实,买下之后他又重新估了两次价,两次对方给出的价格都是他所付的价格的一倍半,他当时不喜欢它,现在还是不喜欢,甚至不确定自己知道它是什么意思,可它现在这是他的了,所以他根本不用假装喜欢它,——于是他相信,比其他任何人都更了解真相——他承认买下它只是为了不必假装喜欢它;有天傍晚,他独自待在书房(没有妻子,没有孩子,房子里另外也只有那个身穿白色夹克、脚步轻盈、未被驯服却只是听话而已的混血杀人凶手),他突然发现自己不是在看那个令人心神不安的地中海蓝、橘红、赭石色的静态长方形画面,甚至也不是在看那块在他过去的有生之年里犹如号角般宣告着那座稳如磐石的建筑存在的金字招牌——在它无懈可击的那条街上的那所房子,那多个俱乐部的会员身份,其中有些俱乐部的大门比这个州还要古老,而他父亲的名字从来也没有且没能搅动那些大门后面的风云,还有那些打开他的银行保险箱以及不断增加的证券清单的神秘数字——他是在看对于自身命运的认知,就像是那位老诺曼伯爵的在猎猎风中招展的旗帜一样,在这面旗帜的巨大阴影下不仅是银行家和政客们毕恭毕敬,趋之若鹜,也不仅是州长和中尉们诚惶诚恐,噤若寒蝉,而且还有那摆满丰盛菜肴的餐桌,厨房和后厨或者甚至露天院落和狗舍里每天都有未着佩剑和马刺、没有姓氏的六万人做了最后一次牺牲:他们赤贫状态下的免费礼物,(律师)心想:这其实不完全是我赚的。我没有时间。我根本不必为了赚钱而赚钱;我还没来得及阻止,人类便出于他不着边际、无法估量的愚蠢把它强加于我;他合上那块表,把它放进背心口袋里,然后那个声音就响起来了,甚至没有提高音量,喃喃低语,如同口技,不知来自何处,仿佛不是出自他口而是来自周围环境,这个房间,周边高处那空灵无物的空气本身,或是在高耸云端的影影绰绰的飞檐走壁之间,不是对着那些面孔讲话,而是自上而下,不似声音而似赐福,像一道光似的降临在那些驯良的、坚忍的、扬扬得意的头上:

"女士们,先生们——"随后声音并未抬高:只是尖利、强硬、简洁，就像一条小皮鞭或是一把玩具手枪发出的脆响："民主党人：两年前的十一月四日从美国的选票箱里升起了在这世上前所未有的千年和平繁荣的太阳；两年后的十一月四日我们将看到它再次下落，假如华尔街的章鱼和新英格兰工厂的百万富翁厂主们恣意妄为，等待、观望他们的时机在南方农民和嗷嗷待哺的工厂之间再次树立起一座北方佬的关税壁垒，欧洲旧世界的廉价劳动力已经进入了它自身的和平理性的千年盛世，终于从两千年的战争和战争的恐惧中解脱出来，一心想要以你能接受得起的价格来用你的小麦、玉米和棉花交换你的生活和幸福所必需的工业制品，以你能支付得起的价格来换取你的孩子们的必需品，再次印证了我们的祖先一百零二十六年前在宪法里所规定的自由和自由贸易这项不可剥夺的权利：人类无论随时随地都有权利出售自身血汗劳动的产品，不必惧怕也不必支持那些纽约资本家或新英格兰工厂主，这些人已在挥金如土，这些钱是从他们的血汗工厂的童工身上榨出来的，还把你的血汗劳动的正当利润转移到世界最远的角落，因此不是你的妻儿，而是非洲野人和异教徒华人的妻儿就会拥有好公路、学校、奶油分离器和汽车——"话音未落，他迈步就走，飞快地走到那道栅栏门，这时房间里的所有人不约而同，不慌不忙地站起身来，人群与其说川流不息，还不如说是晃晃悠悠地走向后面的正门，几乎与此同时门口响起一个声音：

"门锁上了。"晃晃悠悠的人群脚步毫不迟疑，干脆掉头回来，变成不绝如缕的人流：一阵低沉空洞的隆隆脚步声，不是跑上前来：只是拖着脚走，人群转头拥入通向法官办公室的狭窄通道里，律师在办公室里迅速地穿过旋转门，此刻站在了他们和那扇门之间；就在他心里想着我犯的第一个错误就是走过来了的当口，他又犯了一个错误。

"大家后退。"他说着举起一只手来，掌心朝外，第一次看到、注意到那些面孔，单个人的面孔和眼睛，此刻已经完全不属于个人了，而更像是单独一张脸不断地朝他逼近，气势逼人，突然他向后退去：没有冲突，没有撞击，而只是团团围住，卷进一个移动的包裹里；他踉跄了一下，但立刻就好像有不知是谁的十几只结实有力的手飞快地伸出来扶住了他，乃至把他推得转了个身，随后又扶住了他，而其他人隔过他伸过手去打开了法官办公室的门，不是把他甩到一边，也不是把他拂到一边，而是将他转移、清除，使他一直退回到墙边，人群一窝蜂穿过这个小房间，走到对面通向走廊的门口，还没等挤满房间就已经人去屋空，于是他就知道从这里出去的第一批人已经绕到法庭的正门并且打开了门锁，结果不仅是走廊上而且整个大楼里再次响起低沉空洞、不紧不慢的隆隆脚步声，他靠着墙又站了片刻，原先洁白无瑕的背心中央多了一个印记，不是弄脏的污迹：仅仅有些模糊，没有匆促了事，只是结实、清晰、轻巧的一只手印。

突然，他愤怒地跳起来，带着不祥的预感，实际上几乎是一跃而起，还没来到窗口就已经知道他会看见何等景象，透过窗子向下看那广场，他们已经停下脚步，狱吏转回身来面朝法院，手在大衣里面摸索着什么；只是现在他们有三个人了，律师心里想，一闪念，漫不经心，丝毫不觉惊讶：哦，对，那个骑马的孩子，他没再去看那正在衣襟后摆下面笨拙地翻找什么的狱吏，而是看着人群以不可阻挡之势不紧不慢地从法院大门口拥出来，如同泼洒的墨汁不断地缓缓流过桌布一样朝着那三个等待的人汇集，同时也开始分散开来，（律师）心想只有当人骑着什么——任何东西，从脚凳到马或讲坛，再到旗杆或飞行器——的时候他才是不堪一击的等闲凡人；他在脚踏实地的行动中是可怕的；同时也带着惊诧、谦卑和自豪在想，他无论块头有多大，无论表面看来在做什么或者正要做什么，却不是一团静止不动的物质，这团运动中的物质不管骑在什么上面，驱动力便不是他而是它，但这团物质本身也会自动朝着一个方向运动，靠他自身那拙劣拼凑起来的孱弱腿脚朝着一个目标行进；——不是成吉思汗的骨质号角，也不是穆拉特[①]的

---

① 穆拉特，奥斯曼帝国苏丹，在奥斯曼帝国时期实际上称作"穆拉德"。

喇叭,更不要说德摩斯梯尼①或西塞罗②的金嗓子,也不要说保罗③、约翰·布朗④、皮特⑤、卡尔霍恩⑥、丹尼尔·韦伯斯特⑦这些人的小号,而是美索不达米亚的海市蜃楼中濒死于饥渴的孩子们,来自北部树林里、背负着全部家当走进罗马的野人,追随摩西四十年的拾荒者,扛着一杆步枪或一柄斧头和改变了美国人种肤色的一袋珠子的那些高个子男人(而且在律师自己的记忆里还有最后一个人物:用他的马撒下的一排粪便以及他的沙丁鱼和番茄罐头的氧化生锈空壳给整个西部美国留下印记的牛仔,他被波涛汹涌般蜂拥而至的一群随身携带拉线器、口袋里装满干粮的男人从地球上彻底消灭了);带着自豪,也怀着敬畏,他心里想着,只有在运动中才会构成威胁,只有在沉默中才会带来危险;他身上的潜在威胁不在于色欲、食欲或贪欲,而在于沉默和冥想:他在自身冲动的驱使下集体行动的能力,陷入思考的沉默之中,然后就是行动,比如进入一个开放的下水道;另外还暗自狂喜,因为没有人比那些达官显贵更清楚这一点了,他们是他的集体呼吸的经营者,是他从事无尽的辛苦劳作的英雄巨人领导者,他们也正是通过遏制和操控他的挥霍无度的潜能来达到利用它的目的,长此以往,乐此不疲:在现今的底特律有一位老派自行车赛手注定会成为世界级的高手之一,他的姓氏在世人口中是一个名词化形容词,他已使半个欧洲的人以家

---

① 德摩斯梯尼(前384—前322年),古希腊著名演说家、政治家。
② 西塞罗(前106—前43年),古罗马著名政治家、演说家、雄辩家、法学家和哲学家。
③ 保罗,即使徒保罗(约3年—约67年),早期基督教领袖之一。
④ 约翰·布朗(1800—1859),美国内战前领导反对奴隶制度的武装斗争的领导人。
⑤ 威廉·皮特,英国历史上一对著名的父子首相,二人都是最伟大的首相之一。父亲老皮特是英国第九位首相,指导七年战争胜利的伟大战略家。儿子小皮特是第十四位首相,也是英国历史上最年轻的首相,也是英国历史上在任时间最长的首相之一,曾以财政改革支撑了对拿破仑的战争。
⑥ 约翰·考德威尔·卡尔霍恩(1782—1850),美国著名的政治家和政治思想家,有"铁人"之称。
⑦ 丹尼尔·韦伯斯特(1782—1852),美国著名的政治家、法学家、律师和演讲家。

庭为单位加入了这项运动，再过二十五年就会有半个地球的人一个个都骑上单车，一千年以后将会从一个已然存在了同样长的时间的物种身上彻底消除两条腿，无疑在那时人类毫无察觉的宇宙震颤将四海注入大陆，也彻底废掉了海里鱼类的鳃。可那种情况还未发生；那样就会带来和平，为了达到那个效果，沉默也必须被征服；人类在沉默中得到思考的空间，因此按照他相信他所想的那样或者他想他所相信的那样诉诸行动：沉默之中，人群在行走，源源不断地穿过广场，拥向那三个等待的人，狱吏一边从大衣下摆下面掏出另外那把崭新的手枪，一边用他那尖细、高亢、缺乏男子气的声音大声喊道：

"大家停下！我数三下！"他开始数数："一——二——"瞪眼直视着那些面孔，甚至是怒目而视，那些人并没有冲向他，看起来也没有朝他走过来，而是高高在上地压将过来，他又一次感觉到手枪既不是从他手里抢拽走的，也不是猛然夺去的，而只是生生被人一把扯掉的，随后又有其他人的手抓住了他。"你们这些该死的蠢货！"他挣扎着喊道。可是怎么说呢？怎么跟他们讲呢？关于钱，你不得不冠冕堂皇，无论谁有钱；如果你不这样做，怜悯弱者对他们来说毫无用处，因为他们从你这里得到的差不多就只有怜悯了。另外，现在跟他们讲已经太晚了，即使没有其他理由，那些坚实的手相当和善，近乎温柔，不仅将他托起，而且甚至是拎起、举起，然后他们居然把他抬了起来，就像两个无亲无故的单身汉在他们中间抬着一个孩子，他的双脚还记得大地的感觉，可是已然踩不到了；然后又把他举得更高，直到他能够从那些脑袋和肩膀中间或者上方看到围成一圈的面孔上的表情不是冷峻，也绝不是愤怒：只是千篇一律的专注，圆圈的中心是身穿破旧双排扣礼服的老黑人和巧克力肤色的半大小子、瘦男孩，他的眼球是佛兰德斯画家知道如何研磨出来的那种不可思议的纯白颜色；接着那个镇定而暴躁的声音的主人又开口了，此刻狱吏第一次能看到他并且认出他来：不是律师，不是商人，不是银行家，也不是其他哪位政界首领，而他自己本人就是一个赌徒，自愿选择了天下最艰难的游戏：

做了一家小型巡回锯木厂厂主,他十五岁就开始在那里工作,充当了寡居的母亲和三个未婚妹妹的唯一经济来源,如今在四十岁时拥有了这家工厂,还有了自己的妻子、两个女儿和一个外孙女,他终于打破了那连呼吸声也听不到的沉寂,开了口:

"你和那家伙在那匹马身上赌赢了多少钱?一百美元?"

"更多。"老黑人说。

"一千美元?"

"比这更多。"此刻人们鸦雀无声,连呼吸声都没有:只有一个巨大的悬念,仿佛整个明媚的四月早晨都探过身来倾听:

"是四万吗?……好吧。四万的一半?你看见了多少?你数了有多少?你能数到一千美元吗?"

"有一大堆。"老黑人说:此时他们开始呼吸:一阵骚动,呼出一口长气,一个动作;这一天,这个早上又是无疾而终,那个声音在讲告别词:

"二十五分钟以后会有一列火车停在车站。火车开走时你们上车,不要回来。我们这里不喜欢有钱的黑鬼。"

"就这样我们上了那列火车,"老黑人说,"坐到了下一站。然后我们下车步行。那地方很远,但我们知道他现在会在哪里,只要他们肯放过他的话——"佐治亚、田纳西和卡罗来纳三州在这蓝色轻雾环绕的山谷里交汇,去年夏天的那一天他似乎忽然从天而降,随行的有一匹三条腿的马、一位老黑人牧师和骑在那匹马上的一个黑孩子,他们在这里待了两个星期,这期间那匹马赢了方圆五十英里以内的所有其他同类,跑得比谁都快,最后有人从诺克斯维尔带来一匹马,试图打败它,随即(他们四个)一夜之间又都不见了踪影,六小时之后来了一大帮联邦探员、地方治安官和特派员,就像是一群群八方云集的州内或国内猎狐者。

"而且我们是对的;他一定是从密苏里监狱直接回来的,因为当时还是六月份。他们跟我们讲了这个情况：一个星期日上午，在教堂里，很可能是牧师先看到了他，因为他已经把脸转过去了，然后其他人才转过头来，也认出了他，他就在门里面背靠着后墙站着，仿佛从未离开过一样——"传令兵也看见了，假如前联邦副执法官在场的话看到的也不过是这些：——那个阴郁野蛮、满口脏话、几乎不善言辞（由于他所说的只言片语偶尔听起来有点像山谷人认为是英语的东西，这情形便愈发严重）的外国人，他顶着杂种、单身汉、无家可归者的光环走路、呼吸，就像一条血统不纯正、遭人遗弃的丧家犬：没有父亲，没有妻子，没有子嗣，或许甚至还是性无能，身体畸形，野蛮而肮脏：这世上有名无分、冥顽不化、无所慰藉的孤儿毫无征兆地给那令人昏昏欲睡的真空带来了一个集诡异、多变、神奇于一身的杂合体，宛如在彗星周围建造一座跑马场一般：两个黑人和那匹马的雄壮伟岸得令人咋舌的残躯，山谷人或这一带的居民以前还从未见过能与它媲美的同类，即便是四肢健全的马也无法跟它相提并论，而在这个国家的马跟任何不能产奶的动物都一样，工作日能拉犁、拉车，星期六运送一袋袋玉米到磨坊，星期日驮着紧贴在它瘦骨嶙峋的身上的一家人去教堂，马背上的人挤到再也挤不下为止，教堂里不仅没有黑人，而且也从来没有过黑人；从六十多岁的老人到十三四岁的少年，人们五十年前离开了他们那地图上未标明的轻雾缭绕的高山居所，一连好几个星期徒步走了数英里，去加入一场无关他们利害的战争，假如他们只是为了保卫他们的土地不被黑人夺取而待在家里，跟外界没有接触；他们不仅仅满足于反对、否定他们自己的地缘政治同胞和他们共同的经济来源，因此必须与交战中的敌人结盟，趁着夜色偷偷地匍匐越过邦联军防线（有一次在十字路口的一家酒馆他们一群人与一支邦联征兵队发生了一场类似于激战的冲突），找到并加入一支联邦军队，不是为了反对奴隶制而战，而是与黑人作对，废除黑奴，将他从那些可能会把黑人带到他们中间的人手里解救出来，完全就像他们从壁炉和门道上方的木钉或鹿茸上取下步枪一样，为的是，比方说，把一个大谈如何把印第安人带回来的商业公司拒之于门外。

也听见了它:"离我们第一次到那里才不过两个星期。是十五天。前两天他们就这么看着我们。他们来自于上上下下整个山谷,步行或骑马、赶骡,或者全家人乘着马车赶来,停在店铺门前的路上看着我们蹲在店铺的门廊上吃奶酪、薄脆饼干和沙丁鱼。随后那些男人和少年就会绕到店铺后面去,我们在那里用栏杆和碎板条以及绳子头搭成一个围栏,这些人会站在那里看那匹马。接着我们就跑马,到了第五天我们已经打败了整个山谷里的每一匹马,甚至赢了山上一块十英亩的玉米地的抵押产权,到了第七天我们在跟那些从邻近县城穿过人所称的豁口一路带过来的马匹比赛。接着又过了六天,山谷里的居民们把赌注都押在了我们的马身上,直到第十五天,他们从诺克斯维尔带来了那匹曾在家乡的丘吉尔赛马场跑过一次的赛马,这一次不仅是山谷居民,还有来自田纳西州那一带各地的人们,来看那匹未着鞍的三条腿的马(我们也从不用缰绳:只有一条独缰套索和一个肚带给这孩子当抓手)如何跑赢来自诺克斯维尔的那匹马,第一次跑了五弗隆,下一次是下双倍赌注跑了整整一英里,这时在它身上押注的人就不光是山谷居民了,还有其他县城的居民,于是田纳西州那一带的每个人,或者少说每个家庭都有人在它的赢利里面有一份——"

"就在那时他被吸收进了共济会,"传令兵说,"就在那两个星期里。"

"十五天,"老黑人说,"对,那里有一座农舍。——接着就在第二天早上天亮之前有个人骑着一头骡子从豁口那边下来了,比他们只早了大约一个小时——"一年后传令兵也听说了这件事,就像老黑人当初听到的一样:当太阳升起来的时候,那辆汽车就停在店铺前面——这是在山谷的土地上留下车轮印记的第一辆汽车,一些老人和孩子也是平生第一次见到汽车,汽车经过了豁口那条路的部分路段,但在余下的路段无疑是连拉带推,很可能甚至要在这里那里把它抬起来才行,县治安官在店铺里面,还有城里来的陌生人穿戴着城里的帽子、领结和鞋子,身上散发着气味,是国产税事务员、财政部税务官的臭气,昨天来的马匹、骡子和马车已川流不息地从峡谷、小丘上下来了，骑马的、坐车的同时下了地，停顿片刻，满怀好奇地静静看着那辆汽车，就好像看着一条中等尺寸的响尾蛇，随即一窝蜂地拥进那家店铺，挤到再也挤不下为止，对面不是那些城里来的陌生人，他们在痰迹斑斑的沙箱里面的那个痰迹斑斑的冷灶前小心翼翼地挤作一团，只看了这些人一眼就不加理会了，而是那名治安官，因为治安官是他们中的一员，拥有了这个山谷里一半人都有的姓氏之一，而且是山谷居民一致推选出来的，事实上，除了他从廉价商店买来的领结不同于他们的工装连衫裤，看起来简直跟他们一模一样，因此就好像山谷居民面对的只不过是他们自己似的。

"他们偷了那匹马，"治安官说，"那个人只想把它要回去。"可是，无人应答：只有那些安静、肃穆、礼貌的面孔，人们在等待着什么，其实没怎么听他讲话，直到那些城里来的陌生人当中有一个用城市口音愤愤地说道：

"等等——"他边说边迈步快速经过治安官身边，一只手伸进系着纽扣的城市外套的前襟里面，这时治安官用他那山区口音平淡地说：

"你等等。"他也把手伸进对方那系着纽扣的外衣里面，同时已经摸到那支较小的手枪，把它从大衣里面拽出来，轻而易举地一把握住那只城里人的小手和这支扁平的城市手枪，以至于它们在他手里看起来就像玩具似的，他没有使劲抢夺，只是轻轻地把手枪从那只手里挤压出来，丢进自己的大衣口袋里，说道："喂，伙计们，我们走吧。"他抬腿就走，他的那些同伴身穿两天前在查塔努加的旅馆里熨烫出折痕的白衬衫、长袖外套、长裤以及擦得锃亮的鞋子，呈密集队形尾随其后，旁观者闪开了一条通道：他们穿过店铺、小巷，人们在他们身后重又聚拢起来：穿过门廊、走下台阶，那条通道仍是不声不响地打开又合拢，直到他们来到那辆汽车旁；那是一九一四年，年轻的山民们还没有学会如何仅拔掉配电盘或者卡住汽化器就让汽车熄火。于是他们便动用了自己知道的方法：从铁匠铺里拿来一把十磅重的锤子，当时就连如何让引擎罩下面的那个玩意动起来的奥秘还都不了解，于是对它下手过重了：砸碎的火花塞的细碎陶瓷粉尘，扯断的电线，撞瘪的管道，甚至还有那些半马蹄形的锤印在无声地散布在喷涌的柴油和汽油中间，那把锤子在光天化日之下还一动不动地搁在一条穿着工装裤的腿上；此时那个城里人一边恨恨地破口大骂，一边用双手乱摸治安官的外衣，直到治安官把他那两只手紧攥在他的一只手里，让他就这样动弹不得；隔着毁损的引擎山谷居民们与他们面对面站着，再一次他们面对的不过只是自己而已。"这辆汽车不归政府所有，"治安官说，"它属于他。他还得花钱请人修理。"

好一阵子沉默。然后一个声音说："多少钱？"

"多少钱？"治安官扭头朝身后说。

"多少钱？"那个城里人说，"据我所知，一千美元吧。也许两千——"

"我们出价五十——"治安官说着，放开那双手，从城里人的头上摘下那顶帅气的珍珠色城市帽子，把它翻过来拿着，另一只手从裤兜里掏出皱巴巴的一小团钞票，抖出一张扔进那顶里朝上的帽子里，伸向人群中站得最近的一些人，似乎是在用那单张钞票做诱饵："下一个。"他说。

"不过他们得快点看，因为还没等牧师做完赐福祈祷让他们站起来并且向他问好，他就已经从那里离开了。但是，虽说他很快离开，但消息还是传开了"：又把详情讲了一下：那天早上教堂里有三十七个人，这就相当于整个山谷的人都在，下午三四点左右，或者说还没等到傍晚，每个小峡谷、每座小山、每条邮路上的人都知道他回来了：独自一人：没带那匹马：破了产，饿着肚子：没再离开：只是消失了，人们见不到他而已：暂时地：于是他们知道自己只需等待，等到那个时刻，也就是那天晚上在那家邮局兼店铺上面的阁楼里——"是那个旅馆房间。他们也用它来执行公务，设置法庭，但多半是用来打扑克和玩骰子游戏，他们宣称自从山谷有了居民、店铺建起来之后那里就一直在经营这些游戏。外面有一段普通的楼梯通上去，供那些律师、法官、政客、共济会员和东方明星使用，但它主要是一段紧钉在外面的后墙上的一架梯子,一直朝上通到一扇后窗,山谷里人人皆知,可他们当中没有一个人承认见过它,更不要说爬过了。里面有一只总是盛满白色山区威士忌的罐子,跟水桶和葫芦瓢一起放在架子上面,山谷里的每个人都知道它在那里,正如他们知道那架梯子却没人见过它一样,与此同时法庭、住宿或会议仍然照常进行":他还讲:

天黑后一个小时,六七个男人(包括店铺伙计在内)蹲在灯下的地板上铺开的毯子旁("那是星期日晚上。星期日晚上他们只掷骰子。不允许打扑克。")听见梯子上响起他的脚步声,看着他从那扇窗户里爬进来,然后就不再看他一眼了,而他则直奔那只罐子,给自己倒了一瓢酒,他们不看他完全是因为他们当中没人愿意白送他一些吃的东西,或是借给他一点钱去买吃的,即便他转过身看到脚边地板上十秒钟之前还不在那里的那枚硬币,半个美元,也照样没人看他,他把它捡起来,打断游戏两三分钟,一个一个地逼着他们否认自己是硬币的主人,然后跪坐进圈子里,押上那枚硬币,掷了骰子,抛下这枚半美元本金,像堆金字塔一般又掷了两次骰子,把骰子递给别人,站起身来,把原先那枚硬币放在地板上他刚才看到它的地方,走到活板门和通向黑漆漆的店铺内部的那架梯子那里,摸着黑下了楼,拿着一块楔形奶酪和一把薄脆饼干回来了,再次打断了游戏,从他赢来的硬币里面取了一枚递给伙计,接过找给他的零钱,靠着墙根蹲了下来,默不作声地吃了起来,只有均匀的咀嚼声,山谷人知道这是他回来之后、十个小时之前重又在教堂现身以来的第一餐;而且是——忽然想起来——自从他十个月以前带着那匹马和两个黑人失踪以来的第一餐。

"他们只管重新接受了他,就好像他从来都不曾离开过。还不止于此。就好像除了他们眼下所见的情形以外其他什么也都没有发生过似的:没有三条腿的马跑赢比赛,从未有过,因为他们很可能甚至从来都没有问过他那匹马最后怎样了,从未有过像我和这个孩子这样的两个黑鬼,从未有人问过他那笔钱里面有多少是他赢来的,密苏里那边的人都那么干,就好像去年夏天到今年夏天之间根本没差——"没有

179

秋天、冬天和春天的间隔，没有橡树和山胡桃树的火红枝叶，没有雨雪凛冽，也没有山坡上的月桂树和杜鹃花在花开花落之间再次进入夏季；那个人本身（传令兵没能听到，也没能听见什么，却仿佛也亲眼看见了）丝毫未变，甚至都没有变得更脏一些：只不过这一次是孤身一人（尽管这一点联邦副执法官可能会看得更清楚）——同一个野蛮而匪气十足的憎恨人类者，头上歪戴着脏兮兮的方格图案的帽子，身穿廉价的仿粗花呢夹克和松松垮垮的条纹灯芯绒裤（"他管它叫骑马裤。足能装得下三个他。他说是一个叫作萨维尔街①的地方为他所谓的爱尔兰贵族阶层第二大公爵定做的。"）他蹲在店铺的前廊上，头顶上方是一些专利药品、烟草和烘焙发酵粉的广告牌，以及治安官、地区代表和地方检察官职位的竞选人的通告和命令（这是一九一四年，双数年；他们已经败下阵来并被人遗忘了，留下来的只有那些个别来自最低投标人的褪色的照片，根本不像他们本人，也没有人期待会像，众人只是希望它们看起来像一名竞选人而已，它们散布于乡间的电话线杆、栅栏、木制桥栏杆和谷仓侧墙，随着日积月累的时间流逝和风雨侵蚀已黯然褪色，就像是一个个惊叹号：警告：呼吁：呐喊）：

"起先只是蹲在那里，无所事事，也无人打搅，甚至没有人去跟他搭话，到了星期日他就会再次出现在教堂里，坐在最后一排，等着赐福祈祷结束后第一个出去。他睡在店铺上面那间旅舍的草垫子上，吃也是在店铺里，因为他第一天晚上赌赢的那笔钱够花了。他本可以找一份工作的；他们还跟我讲了这件事：一天早上，他正蹲在门廊上，有个家伙给铁匠带来了一匹马，这人试图亲自钉马掌，却伤到了后腿，每次他们碰它时那匹马都要上蹿下跳，又踢又踹，尖叫嘶鸣，直到他们最后给它五花大绑起来，为了拔除那只马掌也许还不得不把它放倒，这时他站起身来，走进去，把手放在它的脖子上停留片刻，对着它讲话，随后只是把笼头缰绳拴在环上，抬起那只蹄子，拉下铁掌，把它重新

---

① 萨维尔街，伦敦市区中部的一条著名街道，世界最顶级的手工缝制西服圣地。

安好。铁匠当即许给他一份固定工作，但他根本不吱声，兀自又回到门廊上蹲下，然后就是星期日了，他又来到教堂的后排坐下，不等其他人跟他搭话就先行离开。因为他们看不到他的心喽。"

"他的心？"传令兵说。

"对，"老黑人说，"接着他就消失了，因为他们下一次见到他时便认不出他来了，帽子、外衣和爱尔兰马裤都不见了，身上穿着工装裤、条子斜纹布衬衣。而且他们要看他还得走远了去看，因为他现在是个农夫了，一名雇工，很可能除了食宿、洗衣的费用之外也挣不到多少钱，因为他打工的地方此前就连养活借此谋生的那两个人都入不敷出——"传令兵现在看到的几乎跟联邦局副执法官本人可能会看到的一样多了：——一对没有孩子的、腿脚不利索的中年夫妇；两个厄运的传人，仿佛受到某个共同的最后归宿的吸引而结成了婚姻联盟，与两个巨大财富或皇室地位的继承人有着相同的境遇，——一座单间披屋，几乎是一座棚屋，未着油漆，紧挨着一座陡峭山坡，在一块稀稀落落的玉米地里，尽管卑微却是奇迹的见证，每一棵微不足道的玉米秆所代表的是不仅让人弯腰折背而且令人痛苦心碎的辛苦劳作：自给自足的摩罗神①雕塑，它不曾奖赏过人类付出的血汗，只是消耗了他的肉体；——此人十个月前与巨人和英雄们相伴而行，而就在昨天，没有了马匹，形单影只，孑孓一身，仍旧行走在它那气宇轩昂的巨大阴影里，此时身穿褪色的工装裤，在给一头瘦骨嶙峋的山地母牛挤奶、劈柴火（他们三个人从远处看不分彼此，只是一个戴着那顶方格便帽，另一个穿着裙子）挥着锄头在山坡上那块贫瘠的玉米地里劳作，星期六下午从山上下来蹲在店铺的门廊上，就在他们中间，一言不发却也非聋非哑；第二天早上，星期日，又来到教堂里他的后排座上，总是轮换着穿那种干净的褪色蓝布衣服，这不是他的变身礼服，也不是所

---

① 摩罗神，又称巴力，是个长着牛头的风暴之王，相传能带来毁灭性的洪水或干旱，除非人们的祭品能满足他。后用于泛指引起巨大牺牲的可怖事物。

有那些老也做不完的辛苦劳作的标志，而是用来遮盖和掩藏他那因骑马而弯曲变形的双腿，消除并最终抹去那个趾高气扬、双脚悬空、潇洒驰骋的老单身汉的最后尚存的一丝气息或一抹回忆，因此（眼下是七月份了）只剩下（不是那颗心）头上歪戴的那顶脏兮兮的小格子便帽，在人满为患的大都市郊区的那空落落的田纳西山间讲话（不是那颗心在述说激情和丧亲之痛）：

"随后他就走了。那是八月份；那个星期有马背信使从豁口外面带回了查塔努加和诺克斯维尔的报纸，下一个星期日牧师便为在海那边重又身陷于战争、谋杀和暴死的所有人做了那场祷告，再下一个星期六晚上他们告诉我他在共济会完成了最后的入会仪式，而且那时他们想要找他谈谈，因为查塔努加和诺克斯的报纸每天都从豁口那边送来，他们也在读报：关于那次战役——"

"蒙斯。"传令兵说。

"蒙斯。"老黑人说，——"对他说，'他们也是你们的人，不是吗？'得到的回答根本不算是回答，还不如揍他一下呢。等到下一个星期日，他就走了。尽管这一次他们至少知道他去了哪里，因此等我们最终赶到那天——"

"什么？"传令兵说，"你六月份从密苏里出发去田纳西，八月份才到？"

"不是八月份，"老黑人说，"是十月份。我们步行。现在想停下来了，找工作赚钱吃饭。那可颇费了一番功夫，因为那时这孩子还没长大，我除了养马和布道以外什么也不会，任何时候只要停下来做其中哪个，就有可能会有人问我是谁。"

"你是说你得先把钱交给他，然后才能从里面取出旅行开支？"

"根本没有钱，"老黑人说，"从来就没有过，除了我们必需的，不得已的开销。除了那个新奥尔良律师以外从来就没人相信我们有钱。我们从来都没时间自找麻烦，赢上一大堆钱还得好好看着。我们有那匹马呢。那匹马从不需要什么，也不懂什么，只是一心要在比赛中跑在所有其他马前面,我们不想让它被送回到肯塔基州,只做一匹普普通通的种马了此一生。我们要救下它,让它到死也不懂什么,不想要什么,只要跑在所有其他什么前头就行。起先他有不同的想法,不同的目的。可那没多久。就在我们步行去得克萨斯州的那段时间。我们有一天藏在树林里的小溪边,我跟他谈了,那天傍晚我在小溪里给他施浸礼,让他加入了我的教会。在那之后他也明白赌博是一种罪孽。我们不得不赌上一点,赢上一点饭钱,给它买饲料,给我们自己买吃的。可是仅此而已。上帝也知道。**他**并不反对。"

"你是受命教长吗?"传令兵说。

"我做见证。"老黑人说。

"可你并不是受命牧师哦。那你怎么能给他施坚信礼,让他入你的教呢?"

"小点声,大爹。"年轻人说。

"等等,"传令兵说,"我知道。他也把你吸收进共济会了吧。"

"就算是吧,"老黑人说,"你和这孩子真像。你觉得也许我没有权利让他皈依基督教,可你知道他也没有权利把我收进共济会。但是,你觉得哪件事做起来最容易呢:告诉一个人要像共济会会长认为他应该采取的方式行事,可他只是另外一个想要了解怎样做才对的凡人,或者告诉他天国之王知道他应该如何行事,也就是上帝知道怎样减轻他的痛苦并且挽救他才是对的?"

"好吧,"传令兵说,"那时是十月份——"

"只是这一次他们知道他在哪里。'法国?'我说,这孩子正拉扯着我的衣袖说,'来吧,爷爷。来吧,爷爷。''那是哪一条路?'我说。'也在田纳西州吗?'"

"'来吧,爷爷,'孩子说,'我知道它在哪里。'"

"是的,"传令兵对年轻人说,"我待会再跟你聊。"他对老黑人说:"就这样你们来到了法国。我甚至不会问你们没钱是怎么做到的。因为那是上帝的旨意。不是吗?"

183

"是共济会。"年轻人说。只是他没讲英语：说的是法语。

"是的。"传令兵对年轻人说。他讲的是法语，用他最好的法语：油腔滑调、潇洒狂放的黑话竟然通过那些夜总会从巴黎贫民窟登上了国际沙龙的大雅之堂："我很纳闷是谁替他讲话来着。是你，对吗？"

"总得有人讲话吧。"年轻人说，用更好的法语，索邦的法语，那个大学，老黑人平和、安详地听着，然后说道：

"他妈妈是一个新奥尔良女孩。她懂那鸟语。他就是在那里学的。"

"可是口音不一样哦，"传令兵说，"你是从哪里学来的？"

"不知道，"年轻人说，"我只是随便学到的。"

"你能用同样的方式'只是随便学到'希腊语、拉丁语或西班牙语吗？"

"我没试过，"年轻人说，"我想我能吧，要是它们不比这个难多少的话。"

"好吧，"传令兵说，这次是对那老黑人。"你是离开美国之前加入的共济会吗？"随后便听到了语无伦次、主次不分的述说，也像是梦呓：他们在纽约，一年前还不知道地球延伸到比莱克星顿、肯塔基和路易维尔更远的地方，直到他们上了路，自己实实在在地脚踏着那坚硬、不朽的土地，这些地方被冠以路易斯安那、密苏里、得克萨斯、阿肯色、俄亥俄、田纳西、阿拉巴马和密西西比等名字——而这些字眼在那之前就像那些意为阿瓦隆、阿斯塔罗特或天涯海角的字眼一样没有根基、没有归属。接着马上来了一个女人，一位"女士"，不再年轻，身穿皮草华服——

"我知道，"传令兵说，"去年春天你来亚眠那天，她跟你一起坐在那辆汽车上。她的儿子在她资助的那支法国空军飞行中队里。"

"以前在，"年轻人说，"她儿子死了。他是志愿者，在法国军队服役的第一批阵亡飞行员之一。她就是从那时起开始捐钱资助那个中队的。"

"因为她犯了错误。"老黑人说。

"错误？"传令兵说，"哦，她那死去的儿子的纪念碑是一台杀掉尽可能多的德国人的机器，就因为一个德国人杀了他？是这样吗？你这样跟她讲时就像是那天早上你在树林里跟那个盗马贼谈话一样，然后在溪水里为他洗礼并且拯救了他吗？好吧，回答我。"

"是的，"老黑人说着继续讲下去：他们三个人几乎像是天神下凡一般接二连三地走过一些地方：从大概是派克大街的一处公寓，到了大概是一间华尔街的办公室，再到另一间办公室，房间里：一个还算年轻的男人一只眼睛上遮着黑罩，有一条假腿，大衣上别着一排袖珍勋章，一个年长一些的男人扣眼里插着类似于玩具玫瑰花苞的一个小小的红色物件，对那位女士讲着鸟语，接着又对那年轻人说——

"一位法国领事？"传令兵说，"在找一个英国士兵？"

"那是凡尔登。"年轻人说。

"凡尔登？"传令兵说，"就是去年——一九一六年。你们一直走到一九一六年——"

"我们边走边打工。然后大爹爹听见他们——"

"他们有太多人了，"老黑人说，"成年男人和年轻男孩，一连行军几个月，下到一个泥泞的沟里去互相残杀。他们人太多了。没有地方躺下来安安静静地休息。你能杀死的只是肉体。你无法消灭他的声音。如果有足够多的肉体，而根本没有地方躺下来安安静静地休息，那么你也能听见它。"

"即使它什么也没说，只问为什么？"传令兵说。

"一个人对你说，告诉我为什么，告诉我怎么办，给我指条路吧。还能有什么比这更糟心的吗？"

"你能给他指条路？"

"我可以有信仰。"老黑人说。

"这么说，因为你有信仰，所以法国政府把你派到了法国。"

"是那位女士，"年轻人说，"钱是她付的。"

"她也有信仰，"老黑人说，"他们全都有。现在钱不再重要了，因为事到如今他们都明白了，只靠钱什么事也做不成。"

"好吧，"传令兵说，"反正，你来到了法国——"随后听着他继续讲：一艘船；布莱斯特有一个少说由一两人组成的委员会，即使他们只是一些负责催命的军官、参谋，也许不是专列，但至少是一列比非军事车辆有优先权的火车；那所房子、宫殿，回响着空洞的响亮回声，已经在巴黎等着他们了。即使公爵府的大门上方还没有旗帜飘扬，还没有想到写成文字。可是过不了多久，那房子、那宫殿也没空多久：先是一些身穿黑衣的女人，老年妇女和抱着婴儿的年轻女子，然后是那些身穿被战壕熏染得污迹斑斑的天青色军装的伤残男人，他们进来在那硬邦邦的临时长椅上坐上一阵子，甚至不完全是来看他的，因为他还在一门心思地追踪他的同伴的下落，他的那个"达利先生"，接着讲述了这个过程：从巴黎陆军部到国务院，到唐宁街，到白厅，然后再远到波珀灵厄，直到那人的去向最终被查实：他（那匹纽马克特赛马及其传说在白厅里也是耳熟能详，记忆犹新）若是愿意，本可以去给元帅本人做马夫的，但他却跟伦敦人一起应征入伍，后来由于没学会如何裹上他的螺旋绑腿，他被打发到一个岗位上，有可能在整个服役期间都困在骑兵卫戍部队的马夫兼铁蹄匠兼维修工的职位上，好在他教会了负责征兵的中士一种美式的掷骰子方法，这才得以脱身，现已在诺森伯兰郡的边防作战营当了两年列兵。

"只是当你终于找到他时，他却不肯跟你讲话。"传令兵说。

"他还没准备好呢，"老黑人说，"我们可以等。还有足够的时间。"

"我们？"传令兵说，"你，还有上帝？"

"是的。即使明年战争结束。"

"战争？这场战争？上帝是这样跟你说的吗？"

"好吧。嘲笑**他**吧。那**他**也承受得了。"

"除了嘲笑以外我还能怎样？"传令兵说，"比起眼泪来，**他**难道不是宁愿这样？"

"**他**有雅量承受全部这两样。他们对**他**来说全都一样；**他**可以为两者感到悲伤。"

"是的，"传令兵说，"它太多了。它们太多了。太过经常。去年还有一次，叫作索姆河战役；他们现在颁发绶带，不是因为勇敢，受到足够的惊吓的话所有的人都会勇敢。你肯定听说过这件事；你肯定也听说过他们。"

"我也听说过他们。"老黑人说。

"全世界的法国友人，"传令兵说，"只为了信仰，为了希望。就那么一点点。这么少。只是一起坐在那间饱含痛苦的房间里相信并且希望。这就够了？就像你生病时需要医生那样：你知道他单单把手放在你身上治不好病，你对他也没有这样的期待：你只需要有人说'相信并且希望。打起精神来。'但是，假定现在找内科医生已经为时过晚；此刻能起作用的唯有外科医生，他已经对流血见怪不怪了，派他去到那个血淋淋的地方。"

"那么**他**也会想到这个。"

"那么**他**为什么没把你送到那里去，而是让你待在这里，住着宫殿，有热饭吃，穿着没有臭虫的干净衣裳？"

"也许是因为**他**知道我不够勇敢。"老黑人说。

"假如**他**派你去，你会去吗？"

"我会尽力，"老黑人说，"假如我能胜任，我是否勇敢对**他**对我都不重要。"

"信仰和希望，"传令兵说，"哦，对了，我刚才穿过楼下的那个房间；我看见他们了；我沿着这条街走，纯粹是碰巧看到门上那块牌子的。我本来是要去别的地方，可现在我也来了。但不是为了信仰和希望。因为人类能忍受一切，只要他还剩下什么，剩下一点点什么：他的正直，作为一种刚强、坚忍的生物，他不仅不必抱有希望，而且甚至不必相信什么，也不必担心缺失什么；刚强、坚忍到电光火石，天崩地裂，无论什么情况，到那时他就不复存在了，这一切都将不再有意义，就连他的刚强坚忍，到最后那一刻也是一样。"

"好吧，"老黑人平和、安详地说，"也许明天你就要回去了。那么现在去吧，利用这所剩无几的时间好好享受你的巴黎去吧。"

"啊哈,"传令兵说,"巴克斯大街和维纳斯,我们以死向您致意,哈?难道你不会管它叫作罪孽吗?"

"邪恶是人类的一部分,邪恶、罪孽和懦弱,与忏悔和勇敢一样。你得相信所有一切,或者干脆什么都不相信。相信人类无所不能,或者一无是处。如果你愿意,你可以从这边走出去,不会遇见任何人的。"

"谢谢,"传令兵说,"或许我需要遇见什么人呢。为了信仰。不是具体信什么:只是相信而已。走进楼下的那个房间,不是要躲避什么,而是去直接面对它,从人类中间逃离一小会。甚至不是要看那面旗帜,因为他们当中有些人甚至有可能大字不识,而只是在同一个房间里稍坐片刻,带着那个誓言,那份承诺,那种希望。真希望我可以做到。希望你可以做到。希望任何人都可以做到。你知道这其中最为孤独的体验是什么吗?不过,你当然知道:你刚才讲过了,就是呼吸。"

"召唤我吧。"老黑人说。

"哦,对——真希望我能这么做。"

"我知道,"老黑人说,"你也还没准备好呢。不过,等你准备好了,召唤我吧。"

"准备好什么?"传令兵说。

"当你需要我的时候。"

"我能需要你做什么呢?明年战争就结束了呀。我要做的只是活下去。"

"召唤我吧。"老黑人说。

"再见。"传令兵说。

他们从他来的原路下了楼,仍然待在那个貌似大教堂的巨大房间里,不仅是最初那批人,还有新人陆续不断地到来,不是为了来看那面有字的旗帜,只是为了与那个单纯的无往不胜的誓言共处一室稍坐片刻。而且他刚才说对了:现在是八月份,法国有了身穿美军制服的士兵,还不是作战部队,而是单打独斗,还在学习中:他们有一名上尉和两名副官奉命驻扎这个营，先从参加过索姆河战役的老兵那里吸取经验，以便使自己胜任，带领着他们自己的同胞进入那个古老而熟悉的屠宰场；他心里想：哦，对，再过三年，我们将会把欧洲的资源榨干。然后我们——德国佬和盟军一起——将会把整个战场完整地搬到大西洋对岸的草原，登上那个美洲处女地的大舞台，就像是一个巡回吟游诗人团。

接下来就到了冬天；后来再回忆起来，他似乎觉得这一天其实很有可能是人子纪念日①，一个灰色、寒冷的日子，那个村落的城市广场上的灰色铺路石就像小溪水面下的鹅卵石，在泛起的涟漪中闪闪发亮，这时他看见一小群人聚集起来，也便加入进去，然后出于好奇，从那些穿着卡其色衣服的潮湿肩膀上望过去，看到一小丛战火熏染的天青蓝，看起来，至少是一眼看上去像是为首的那个人佩戴着一枚法国下士徽章，那些异乡人的陌生面孔不约而同地带有一种迷惘的神情，就像——至少是其中一些人——单凭匹夫之勇便抵达了某个地点、位置或处境，但对于匹夫之勇却已失去了信心，其中三四个人实际上是外国人的面孔，让他想起了人们普遍认为是法国外国军团从欧洲监狱里招募的那些人。如果说他们刚刚还在交谈，等他一出现并被认出来，他们就停了下来，那些面孔，那些穿着卡其色衣服的潮湿肩膀上面的脑袋转过来，认出了他，脸上立刻现出试探、矜持、警觉的表情，自从他当过军官的消息从连部办公室渗透到下面（大概是通过一名下士职员），他就已经熟悉了这种表情。

于是他走开了。他在连部办公室了解到他们的行为完全符合军队礼仪：他们有通行证，前来拜访位于英国战区的几座村庄里他们中的一、二、三个人的家。然后，他就开始从这个营的随军牧师那里打听为什么。不是了解为什么：是打听。"这是一个行政问题，"随军牧师说，"已经

---

① "人子"是《新约》中记载的对主耶稣基督的一种称呼，另外一种是"上帝之子"；"人子纪念日"是指安息日，在基督教徒来说应是为星期日。

有那么一两年了。现在就连美国人大概都跟他们很熟了。他们就这么出现在部队宿营地,都有合乎规定的通行证。大家认识他们,当然也关注他们。麻烦是,他们还没有——"这时停下来,传令兵看着他。

"你刚才想说,'还没有做坏事'吧。"传令兵说。"坏事?"他温和地说。"问题?对于前线战壕里的士兵来说,想想和平是个问题吗?归根到底,如果我们有足够多的人想要停战的话,那就可以停战,想想又有什么害处呢?"

"想想可以;不要议论。那就是兵变了。做事有办法,不做事也有办法。"

"向恺撒俯首听命吗?"传令兵说。

"我不能讨论这个话题,只要我戴着这个。"随军牧师说着,一只手朝着袖口上的王冠飞快地指了一下。

"可你也有这个呀。"传令兵说着,也用手指了指衣领和上衣领口里面的黑色 V 字。

"上帝保佑我们。"随军牧师说。

"或者我们保佑上帝,"传令兵说,"也许时辰到了":他也从那里走开了,冬天也已沿着它的轨迹来到了春季,还有即将结束这场战争的下一场决战,在这次决战中他将会再次听到他们的消息,从军队驻扎区(眼下有三个)的后方地带传来谣言,(眼下)那三个情报区仍在观望,但是尚且按兵不动,因为他们还没造成实际损失,至少目前还没有;事实上,传令兵现在开始认为他们已经与那个士兵的自然而笃定的信念达成了一个官方接受乃至盖棺定论的和解,那士兵相信他至少不会被杀死,因为一批批妓女已被井然有序地送到后方地带,来向人类那浑然天成的正常欲望表示妥协,(传令兵)愤愤地、安静地想,正如他先前所想:他的原型只有人类的邪恶的自然天性要对抗;这个人面对的是总参谋部所有那些刀枪不入的猩红与黄铜色相间的军装。

这一次(又到了五月份,他在一只钢盔下面看见的第四张面孔,两天前这个营又参战了,他刚从白色新城的军部走出来)当他再次看见那辆巨大的黑色汽车时，传来了士官们发出的一阵响亮的口哨声和一片举枪致敬的咔嚓声，他一开始还以为那上面载满了法国、英国和美国将军，直到他发现只有一位是将军：那位法国将军：随后便认出了他们所有人：在后座上的将军身边，那张罗马人的面庞上方的那顶素蓝色头盔尚未落满征尘，尚未浸染硝烟，就像一颗未经雕琢的蓝宝石，那件佩戴着下士标志的天青色外衣一尘不染，还有此时身穿美国上尉制服的那个年轻人坐在英国参谋少校身边的第二只折叠式座椅上，传令兵脚步未停，半个身子转过来朝向汽车，停顿了一步，随后又垫上一步，脚跟咔嗒相碰，敬了个礼，铿锵有力地对参谋少校说："长官！"接着又对那位法国将军——一位帽子上缀满星星、看样子至少是一位陆军司令的老人，用法语说道："将军先生。"

"早上好，我的孩子。"将军说。

"能否允许我跟您的同伴，那位长官下士说句话？"

"当然了，我的孩子。"将军说。

"谢谢您，我的将军。"传令兵说，随后对老黑人说："你又错过了他。"

"对，"老黑人说，"他还没准备好呢。别忘了我去年跟你说的话。召唤我吧。"

"你也别忘了我去年是怎么跟你说的，"传令兵说着退后一步，再次站定。"不过，无论如何，祝你好运；他不需要。"他说着又碰了一下脚跟，敬了个礼，又对那名参谋少校说，或者也许根本没对任何人讲话，声音洪亮而空洞："长官！"

就这样吧，他心里想；他再也见不到他们两个人中的哪一个了——那张肃穆而高贵的脸，那个严肃而异想天开的孩子。可他想错了。还没过三天，他就站在了那条黑色公路旁边的沟渠里，看着那些卡车朝着前线开来，车上装满了那位圣奥梅尔的老守门人跟他讲过的那种空防空炮弹，还不到四点钟他就醒了，血涌上来使他呻吟，令他窒息，随即他转头吐了出来（他的嘴唇被划破了，有两颗牙齿要掉下来——又吐了一次，牙齿已经掉落了——此时他记起来有步枪托打在他的脸上），已经听到（就是它把他吵醒，将他唤醒）那种沉寂所带来的恐怖。

他马上明白了自己身在何处：他总是在这里睡觉或值班：躺在（有人甚至把他的毯子盖在了他身上）小山洞墙上凿出的土台子上面，这里被当作营部防空洞的前厅。而且他是孤身一人：没有持枪卫兵坐在他对面，他此刻意识到自己原以为会有，就连镣铐也没给他上：只有他一个人躺在熟悉的土台子上面，显然是自由的，四周寂静无声，不仅是地面上，而且地下也是如此：对面的电话总机没有话务员，什么声音都没有——说话声，脚步声，传令兵、连队指挥员和士官们来来往往的声音——在四十英尺地下的狭小空间里，一个正常运作的营部指挥所的所有那些乱中有序的声音——本应来自防空洞本身；——只有堆在一起的大量泥土发出的无声喧嚣，盖过了所有地下动物——獾、矿工和鼹鼠——发出的响动，让它们不被人听到。他的手表（奇怪的是，它没有被打碎）显示十点十九分，他在这下面分辨不出是上午还是下午，只是觉得不可能，一定不是下午；他不可能，也肯定不会在这里一连待了二十个小时；上午那七个小时也太长了吧。那么他至少清楚他们会在哪里，整个指挥所的人——上校、副官、军士长和接线员，电话线临时被剪开和加长了——还有上层，蹲伏在胸墙后面，透过潜望镜越过那片空旷、沉寂的废墟，紧盯着对面的前线，而对面的德国敌军也会蹲伏在胸墙后面，透过潜望镜越过那春天的荒凉，凝视着这片沉寂之地，同样充满期待、警觉和讶异。

可他还是没动。不是因为有可能已经为时太晚；他已拒绝相信这一点，因此便打消了这个念头。是因为那个全副武装的士兵可能就在这防空洞里，守卫着那里唯一的出口。他甚至想过弄出点动静来，发出一声呻吟，把那人吸引进来；他甚至想好了要对他说什么：你难道不明白吗？我们不知道他们想要做什么，好像只有我一个人觉得恐惧或惊慌。如果我错了，我们反正早晚都得死。如果我对了，你在这里开枪打死我，我们肯定都得死。或者还有更好的：开枪打死我吧。我将是这整整四年间从容不迫地死去的唯一一个人，身上穿着干燥的衣服安然赴死，而不是气喘吁吁，苟延残喘，腰部以下都沾满臭烘烘的污泥，或是筋疲力尽，身心俱损，浑身上下大汗淋漓。可他没这么做。他不需要。防空洞里也空无一人。那名持枪卫兵可能在楼梯顶端，而不是楼梯脚下，可上校和他的连部办公室、潜望镜也说不定也在那里或者那附近；而且，他不得不面对，冒着哪里有步枪开火的危险，它在哪里并不重要，因为里面只有（为他准备的）一颗子弹，而他身上的装备却能够盛得下全部的时间，以及人类的全部。

他立刻找到了他的头盔。当然，他没有了步枪，可他刚一打消这个念头就有了收获：军士长的办公桌后面有一支步枪斜靠在墙上（哦，对了，他身上的装备在需要时给予他的东西就连他自己的武器都比它更高级），是的，它还在军士长的办公桌里面呢：星期一签发给他的出入军部的通行证，因此他根本没想到会在通向战壕的那五十二级台阶顶端见到一名卫兵：只有他先前就知道的那间改造变身的连部办公室——上校、副官、军士长、电话机、潜望镜之类，军士长回过头来看他的时候，他已经话到嘴边了。

"上厕所。"他说。

"好吧，"军士长说，"老实点。上完回来这里报到。"

"是，长官。"他说。两个小时以后，他又回到了树林里，两个晚上之前他曾在那里观察在高射炮位四周移动的那些手电筒；又过了三个小时，他看见那三架飞机——它们都是S.E.5型机——出现在空中，到目前为止空中已经四十八小时没有飞机了，看到并听到在空旷的前线方位上方响起疯狂的炮弹轰鸣。然后他也看到了那架德国飞机，望着它笔直地箭一般飞过来，看起来速度不是很快，周围同步环绕着密密麻麻的白色英国高射炮弹，穿过无人区折了回来，那三架S.E.型飞机也有黑色德国高射炮弹环绕相跟，它们急速攀升，朝着那架德国飞机俯冲下来；他看着其中一架紧咬住那架德国飞机的尾部，约莫有那么一、两分钟，这两架飞机显然是被曳光弹上面的细线死死地捆绑在一起。而那架德国飞机仍在若无其事地继续平稳飞行，下降，就在它从他头顶上经过时还在下降，炮位后面——附近——是他的藏身之处，炮弹带着高射炮所特有的歇斯底里的狂野怒气朝着它开了火；下降，就在树林上方消失不见了，他突然意识到它去了哪里：白色新城外围的那座小型机场，四平八稳地消失，不慌不忙地下降，最终被那一团类似于怒气的空寂气氛所吞噬，那三架 S.E.5 型机拉起来，最后嗡嗡地上升飞走了；仿佛这还不足以告诉他该怎么做，他看见其中一架飞机圈子兜到最高处，一个鹞子翻身，他僵在原地一动不动，看着它有预谋地俯冲下来，直奔那高射炮位而去，机头轻摆，曳光弹闪烁，径直冲向了炮位，那组炮手静静地站在它周围，它一直下降再下降，越过了他认为为时已晚、不可救药的那个瞬间，觉得它将要不可避免地一头撞到高射炮上四分五裂，然后飞机拉到地面水平的位置，他亲眼看着曳光弹嗒嗒地飞快掠过地面朝他飞来，这时他直接面对着那飞快闪动的曳光弹，看到它后面上方的飞行员戴着头盔和护目镜的脸，如此之近，假如他们再次相见，大概会彼此相认——两个人僵持对视了片刻，那电光火石、命悬一线的瞬间（事后他甚至会记起他的腿上迅速遭受了轻轻一击，仿佛他被一根手指快速地轻弹了一下），那飞机拉平，一阵强劲的气流呼啸而下，它急速上升，继续攀爬，直到隆隆的轰鸣声渐渐远去，他还没有动，在那逐渐消散的咆哮声中一动不动地僵在原地，他烧焦的毛料制服下摆散发着淡淡的硫黄气味。

这就足够了。他不想靠近那座新城小型机场，走到第一个路障就停下来，他对下士说，他们中间隔着不是一支步枪而是一挺机枪："我是一名传令兵，来自第 X 营。"

"我帮不了你，"下士说，"你不能从这里过去。"其实他并不想这么做。此刻他完全明白了。十小时之后，他在巴黎，身穿白色新城宪兵制服，再次穿过这座惊魂未定的城市里的那些黑暗寂静的街道，这里不仅到处都是法国民事警察，而且还有三个国家的军警驾着全副武装的汽车在街上巡逻，随后他再次从拱门上方的那面有字的旗帜下穿过。

星期三晚上

对于等在旧东城门内的那个年轻女子，城市广场上一哄而散的人群在远处发出了一阵长长的空洞、微弱的声音，听起来十分遥远而不似人声，宛如泼水声，或是一大群候鸟的振翅声。她注意力被吸引，偏过头去，一只瘦削的手紧抓住那块褴褛披肩在胸前的打结处，似乎在漫不经心地侧耳倾听。那声音充满了这座狂暴的城市和蓝绿色的苍穹之间的橘黄色落日余晖，渐渐消散而去。

然后她回到老拱门下，这条公路就在这里通往市里。此时几乎空无一人，只是偶尔有稀疏的行人走来进城，这是最后一批人了，老弱病残；当她转回身的时候，仍旧苍白疲惫的脸上几乎已变得平静，就连早上的痛苦也已耗尽，最终被这一天的观望和等待消磨了痕迹。

她随即不再朝公路那边张望，放开了披肩，拂了拂前胸衣襟，停下手来，整个身体一动不动，手却隔着衣服摸索着，不知在找什么，仿佛自己也不清楚将会摸到些什么。她突然把手伸进了衣服里面，掏出了那样东西——那块面包皮，将近十二个小时以前那个男人在林荫大道上给她的，还带着她的体温，从表情上看她已经全然忘记了它，甚至不记得把它放进怀里这回事了。接着她又把这块面包忘在了脑后，用一只细瘦、贪婪的手抓着它送到嘴边，一边像小鸟啄食一样飞快地小口撕咬着，一边又朝着城门口观望，一些人正步履艰难地缓步走进门来。因为这些人都是老弱病残,剩下来的残渣——老的老,小的小,来晚了,不是因为他们走得更远,而是因为他们中有些人已经活得太久,有马车可以借给他们或与他们分享的亲朋好友都早已过世,而其他人才刚来到这世上不久,还没有朋友有能力拥有马车,而且已在三年前的贝修恩、苏榭和贵妇人路战役中丧失亲人,沦为孤儿——所有的人都在以最弱小者的步伐朝着城里缓慢地挪移。

她突然跑起来,嘴里仍然嚼着面包,从那暮色笼罩的老拱门下飞奔过去的时候也还在咀嚼,她绕过了正要进城门的一个老妇人和一个孩子,脚步未停,只是像飞奔的马那样一跃便倒了步子,一甩手把面包皮抛到身后,一边用手掌将其推向那空洞、毫无阻力的空气,一边奔向那沿着几乎空落落的公路走来的一群人——一个老头和三个女人,其中一个人抱着孩子。抱孩子的女人一见她便停下脚步。第二个女人也停下来了,而其他人——拄着一支单拐、提着一个打了结的小布包的老头和靠在老头的胳膊上、看似瞎了眼的老妪——还在继续向前走。这时,年轻女子跑过他们身边,奔向抱孩子的女人,在她面前站下,苍白的脸上再次露出急切、狂乱的神色。

"玛莎!"她说,"玛莎!"

那个女人立刻应答了,说了些什么,语速很快,不是法语,而是一种充满刺耳而短促的辅音、节奏断断续续的语言,与她的面孔十分相称——这是一张来自中欧腹地的古老山区的农民面孔,黝黑、红润、镇定、丑陋、率直、干练,尽管她马上又换成没有口音的法语,但这张脸跟她怀里的孩子的脸毫无相似之处,那个孩子长着蓝眼睛,面色红润,从佛兰德斯向西越远便越少见了。她立刻讲起法语来,看到那个年轻女子就似乎意识到无论对方是否曾经懂得另外那种语言,她现在已经听不懂也记不得它了。牵着瘸腿老头的瞎女人停下脚步,转过身来,正要往回走;这时你会头一次注意到第二个女人的脸,在那抱孩子的女人停下脚步时她也跟着一同停下了。她们的脸长得几乎一模一样,无疑是一对姐妹。乍一看,第二张脸要更老成一些。紧接着,你会发现它要年轻得多。然后你就意识到它根本看不出年龄，不是适合所有年龄，就是没有年龄；它是弱智者所特有的一张平和的脸。

"小点声，"抱孩子的女人说，"若是没有其他人，他们是不会枪毙他的。"随后瞎女人把老头拉起来。她面对着所有人，却又不专门针对哪个人，一动不动地倾听年轻女子的呼吸声，一等捕捉到它的位置便迅速转向她，蒙着白翳的双眼狠狠地盯着她。

"他们抓到他了？"她说。

"我们都知道是这样，"抱孩子的女人飞快地说。她又迈开脚步。"我们继续走吧。"

可那瞎女人没动，在路上茫然地笔直挺立，挡住去路，仍旧面朝着年轻女子。"你呀，"她说，"我不是说那些听他讲话的傻瓜，他们该死。我是说那个外国人，那个杀了他们的捣乱分子。他们抓住他了？回答我。"

"他也在那里，"抱孩子的女人说着又要走，"来吧。"

可那瞎女人还是没动，只是说话时把脸转向了抱孩子的女人。"我问的不是这个。"她说。

"你听见我说他们也要杀了他吧。"抱孩子的女人说。她又迈步上前，像是要用手去碰那瞎女人，让她转身。可还没等碰到她，那个看不见的女人却已猛然抬起手来，把她的手打落。

"让她回答我。"她说。她又转向了年轻女子。"他们还没枪毙他吗？你怎么不说话？来的时候你可是有满肚子的话要说呢。"可那年轻女子只是呆呆地看着她。

"回答她。"抱孩子的女人说。

"不。"年轻女子轻声说。

"这么说，"瞎女人说。她没有理由眨眼，也没有眼睛可眨，可除了眨眼以外没有别的字眼表述了。接着，她开始在年轻女子和抱孩子的女人之间飞快地来回转头。还没等她开口，年轻女子似乎胆怯了，带着害怕和期待的神情盯着瞎女人。瞎女人的声音一下子变得柔和、平静。"你也有亲人在那个军团里,是吧?丈夫——兄弟——心上人?"

"是的。"抱孩子的女人说。

"是哪样?"瞎女人说。

"三样都是。"抱孩子的女人说,"一个兄弟。"

"也是心上人吧,或许?"瞎女人说,"喏,说吧。"

"是的。"抱孩子的女人说。

"那就是了。"瞎女人说。她把脸转回到年轻女子这边。"你呢,"她说,"你可以假装你是本地人,可你骗不了我。你口音不对。而且你——"她又猛地转回身去,对那个抱孩子的女人说,"——你连法国人都不是。你们两个先前不知从什么地方一冒出来,说什么把马车借给了一个孕妇,我就知道了。也许你能骗过别人,他们除了眼睛什么都没有,只管看到什么就相信什么。可我不是。"

"安吉莉卡。"老头用微弱、颤抖、干涩的声音说道。瞎女人没有理睬他。她面对着两个女人。或者说,三个女人,还有第三个:一直没有说话的姐姐,看她的样子谁也猜不出她是不是要开口说话,即便开口也不会用语言来表达人们惯于表达的熟悉的情绪:怀疑、讥讽、害怕、震怒;虽然年轻女子以教名称呼她妹妹,但她还没跟对方打招呼,停下脚步只是因为妹妹停下来的缘故,显然在以极大的耐心静静地等着妹妹继续前行,在每个人讲话时她都去看说话人,态度安详,心不在焉。

"这么说,那个谋杀法国人的捣乱分子是你的兄弟啦。"瞎女人说。她仍然面对着抱孩子的女人,朝着年轻女子的方向一偏头。"她说他是她的什么人来着?也是兄弟,或者也许是叔叔?"

"她是他的妻子。"抱孩子的女人说。

"他的婊子,也许你是这个意思吧,"瞎女人说,"也许我面前的还有两个吧,即便你们两个的年龄足够当他的祖母了。把那孩子给我吧。"还没等对方有所动作,她再次向光线一样准确无误地转向了那孩子微弱呼吸的方向,一把从她的肩头抢下孩子,扛到了自己的肩上。"凶手们呀。"她说。

"安吉莉卡。"老头说。

"把它捡起来。"瞎女人厉声对他说。是那个打了结的布包；瞎女人仍然面对着其他三个女人站着，只有她清楚他把它掉在地上了，就连老头自己都不知道。他弯腰捡起它，小心翼翼地一只手与另一只手交替着从拐杖上方挪到下方，动作极其缓慢，然后又同样一点一点地把手挪上来。他一起身，她不用看就准确无误地伸手抓住了他的胳膊，边走边拉着他紧跟在她身后，另一个肩膀上高高地扛着孩子，一双瞎眼默然地盯着先前抱孩子的那个女人；她不仅拉着老头，而且领路的其实也是她。他们继续朝前走，穿过老拱门。夕阳的最后一抹余晖已然从平原上消失了。

"玛莎。"年轻女子对先前抱孩子的女人说。这时姐姐开了口，还是头一次。她也提着一包东西——一只小篮子，上面盖着一块纤尘不染的布，布的四边都整齐地塞在篮子里。

"那是因为他与众不同，"她说，语气里流露出平心静气的胜利喜悦，"就连那些小镇上的人们都看得出来。"

"玛莎！"年轻女子又喊了一声。这一次她紧紧地抓住对方的胳膊，用力拉扯着。"他们都是那么说的！他们要杀了他！"

"原来如此。"姐姐说，还是带着那种平心静气的胜利喜悦。

"得了。"玛莎说着就要走。可是年轻女子还紧紧地拉着她的胳膊不放。

"我害怕，"她说，"我怕。"

"我们什么都做不了，只能站在这里害怕，"玛莎说，"现在我们都在一条船上了。同生共死，无论是谁来划船，谁来掌舵，谁来付钱给艄公。得了，走吧。我们要是继续赶路，那还赶得及。"她们继续走向那暮色笼罩的旧拱门廊道，走了进去。人群的喧嚣声此刻已经安静下来。不过，它很快又会响起来，城里的人们吃过晚饭便会匆匆赶回城市广场。可此时发出的声音是朴实、平常、内敛、克制的，不再是思考、希望、恐惧之声，而是发自肺腑的从日常生活中升华的和平之声；

与其说空气被暮色浸染，不如说弥漫着炊烟，炊烟从窗子、门洞、烟囱里，从鹅卵石上架着的铜锅和燃烧的明火上飘散出来，锅里汤汁满溢，篝火在炙烤的大块马肉、汤锅、围坐锅旁的男人和孩子们脸上、弯腰在锅里使叉弄匙的女人们身上投下玫瑰色的光影。

也就是说，刚才还是这样的情形。因为当那两个女人和年轻女子走进城门时，在她们目力所及的街道上人们全都停下来一动不动，四周一片死寂，流言传播得几乎跟痛苦一样快，尽管她们再也没见过瞎女人和老头。她们只看到最近的篝火旁背对着自己蹲在地上的人们转过脸来，正在弯腰或起身的女人也转过脸来，一只手上举着的叉子或汤匙悬在汤锅上方，不远处的另一堆篝火旁的人们也转过脸来，接下来的第三堆篝火旁的人们起身站起来看，玛莎迟疑了一秒钟，年轻女子又抓住了她的胳膊。

"不，玛莎！"她说，"不要！"

"胡说，"玛莎说，"我们现在同在一条船上，我不是跟你讲过吗？"她抽出胳膊，动作不算粗暴，继续往前走。她稳步走进火光里，走进烹肉的稀薄热气中，蹲在那里的人们面无表情，脑袋像猫头鹰一样随着她转动。她停下来，隔着密密匝匝的那圈人，面对那个手持汤匙的女人站定。"愿上帝今夜和明天与这里的所有人同在。"她说。

"你们终于来了，"那女人说，"杀人犯的婊子们。"

"他的姐妹，"玛莎说，"这个女孩是他的妻子。"

"我们也听说了。"那女人说。下一堆篝火旁的那群人已经离开了，后面那一群人也走了。但是，三个外乡人中间只有那年轻女子似乎意识到整条街上的人们悄然围拢过来，人群越来越密集，并未盯着她们看，全都垂下眼帘，或是稍稍侧过脸，只有骨瘦如柴的孩子们在盯着她们看，目光却不在三个外乡人身上，而是在姐姐手提的盖篮上面。玛莎瞟都没瞟一眼他们中的任何人。

"我们有吃的，"她说，"我们会跟你们分享，借用一下你们的火。"她没有回头，用山区方言说了句什么，一只手伸向身后，姐姐将篮子的提把递到她的手上。她把篮子伸向拿汤匙的女人。"给你。"她说。

"把那篮子递给我。"那女人说。蹲着的那圈人里有个男人从玛莎手里接过篮子递给她。那女人不慌不忙地把汤匙放回锅里，转着圈搅动了一下，转头嗅了嗅升腾的热气，然后一松手扔下勺子，回身从那人手里接过篮子，向后一抡胳膊，把篮子朝玛莎的头上甩了过来。它转了一圈，里面的盖布仍然平整如初。它打在玛莎的肩头，反弹回去，又转了一圈，东西（是食物）全都撒了出来，然后砸在姐姐的胸前。她接住了它。也就是说，尽管没人看见她出手，她此刻却轻易地单手在胸前接住空篮子，同时看着那个扔篮子的女人，饶有兴趣，态度安详。

"你们不饿吧。"她说。

"我们看起来像是需要你们的食物吗？"那女人说。

"我刚才是这么说的，"姐姐说，"你不必生气。"接着那女人从锅里一把抄起汤匙，朝姐姐扔了过来。可它没有打中。事实上，当那女人弯腰乱摸一通，寻找另一个武器（一个装了半瓶醋的红酒瓶）的时候，她意识到那勺子没打到人，而三个外乡人谁都没有躲闪，勺子一出手就好像消失在半空了。她在扔瓶子的时候根本看不见那三个女人。它打到了一个男人的后背上，反弹回来，消失在涌动的人群里了。人们冲上来，把三个外乡人逼进一个小圈子里，像是一群猎狗在围堵一只被困住却仍未束手就擒的动物，困兽本身并不可怕，但因为违反了全部的追逃规则而把他们完全弄糊涂了，于是，如同一群安静下来并且暂时停止低吠的猎犬一样，人群甚至停止了呐喊，只是把三个女人围在中间，暂停了骚动，目瞪口呆地看着，直到那个扔汤匙的女人冲破人群，举着一只马口铁杯子和两个煤球冲进来，没有目标地投掷出去，人群这才又开始边喊边挤，玛莎转过身去，一只手半搀半扶着年轻女子，另一只手推着姐姐继续往前走，脚步稳健，人群在前边让开一条路，后边又围拢上来，整个一圈人起伏波动，看上去像水流里的一个小旋涡那样移动前行，随后那女人尖叫着冲了过来，俯身去拾铺路石子里的一堆马粪，开始把这些酷似煤球但在颜色和韧性上逊色一筹的干粪蛋子乱扔一气。玛莎停下脚步，转过身来，年轻女子几乎吊在她的臂弯上，姐姐躲在她的肩膀后面观望，那张看不出年龄的脸上流露出好奇的神情，各种各样的杂物——食物残渣、垃圾、棍棒、铺路石子——像雨点一般落在她们周围。她的嘴角突然现出一丝血痕，可她没动，过了一阵子，她那一动不动的姿态似乎也挡住了子弹，龇牙咧嘴的人群只是又朝她们大声叫喊着，喧嚣声充斥了整个巷子，从一座墙传到另一座，那些回声不仅带有疯狂的特质，而且还有大声哄笑的成分，随着力度的增强而变得回旋繁复，一个一个巷子，一条一条街地传出去，最终也一定会沿着林荫大道两旁的那些体面的房子一路撞击回荡。

因为巡逻队——是一支宪兵司令的骑兵队——在第一个拐角处朝人群迎面而来。他们猛冲过来，人群散开，炸了锅。叫喊声一下子升高了八度，没有过渡，像是翻纸牌一样，三个女人再次停下脚步，看着人群重又朝她们滚滚拥来；她们则站在水流奔涌的真空地带，看着人流分开，从左右两侧掠过，从奔跑的战马前后和身下穿过，马蹄嗒嗒地踏在石子路面上，迸出火花来。尖叫声飘散在整个城市骚乱的巨大喧嚣声中，巷子除了三个女人以外已然空无一人，巡逻队的士官队长把马拉住，勒紧了缰绳，那马散发出一股浓烈的尿臊气，摇头晃脑地挣扎了一番，与此同时他低头对她们怒目而视。"你们住在哪里？"他说。她们没有作答，只是仰头看着他——面色苍白的年轻女子、态度镇定的高个子女人、匆忙投来安详的赞许目光的姐姐。士官侧耳倾听了片刻远处的骚乱声。然后他又看了看她们。"好吧，"他厉声说道，"趁着你们还能跑，快点出城去吧。快点。走吧。"

"我们也有资格来这里呀。"玛莎说。他怒气冲冲地低头看了看她们，他和那马在充满痛苦和愤怒的天幕上映出高大而清晰的轮廓，逐渐隐没在黑暗中。

"难道他妈的全世界的人都聚到这里来把一个混蛋钉上十字架吗？无论如何军队会收拾他的。"他说道，语气里带着明显的恼怒。

"是呀。"玛莎说。随后他便走开了。他放开马的缰绳；它的铁蹄嗒嗒地踏在石子路面上，迸出火花；身后卷走了那股热烘烘的气味，强烈的臭气片刻逐渐消散，马蹄声也随之消失在城市的喧嚣声中。"来吧。"玛莎说。她们继续前行。一开始，她似乎要领着她们离开那喧嚣声。但是不久，她好像是在领着她们掉头直奔那喧嚣声而去。她拐进一条巷子，然后又进了另一条更小、更空的巷子，里面空无一人，看起来像是房屋建筑的背阴处。可她像是知道要往哪里走似的，至少清楚自己在找什么。她几乎是在架着那个年轻女子了，姐姐主动上前，把空篮子换到另一只胳膊上，分担了年轻女子的一半重量，接着她们走得飞快，一直来到巷子尾，转过围墙，这里就是玛莎先前要投奔的地方，就好像她不仅知道这个地方，而且以前还来过——一座空荡荡的石头畜栏、牛棚或马厩，隐没于这座城市那夜色遮蔽下的侧翼。石头地面上甚至还有薄薄的一小堆干草，进到里面虽然还能听到外面的声音，但她们仿佛已经与那骚乱和愤怒达成了停战和解，不是说人群将对她们网开一面而撤离这座城市，至少说人群不会再逼近这里了。玛莎没有讲话，只是扶着年轻女子站在那里，姐姐放下空篮子，跪在地上，像小女孩打理玩偶屋那样，动作干脆麻利地把干草铺匀，取下身上的披肩铺在干草上面，仍旧跪着帮玛莎把年轻女子放倒在披肩上，玛莎也从肩头取下了自己的披肩，她把它接过来盖在了年轻女子身上。然后，她们也分别在年轻女子两边的干草上安顿了下来，玛莎把年轻女子拉到怀里取暖，姐姐伸手拿过篮子，脸上甚至没有露出得意的神色，动作还是像孩子一般笨拙而突兀，同时又十分敏捷，至少效率很高，无论如何富有成效，尽管大家在篝火旁那女人把篮子朝她扔过来的时候都看到篮子倾空了，可她还是从那篮子里拿出了一块比两只拳头稍大一点的破面包。玛莎还是没说话。她只是从姐姐手里接过面包，把它掰开。

"分成三份吧。"姐姐说着，接过玛莎掰下的第三块面包放回篮子里，她们又躺倒下来，年轻女子在两人中间，一起吃着面包。这时，天几乎全黑了。残余的那点微光似乎都集中在破旧的门楣那里了，发出一种类似于残破的晕轮般的朦胧柔光，门外的世界只比石屋里面稍

203

亮一点——阴冷潮湿的石屋似乎不会传递也不能容纳而是如同散发潮气一般自觉发出这座不知疲倦的城市的低鸣声——一种不再困扰耳膜而只是扰人心智的声音，就像一只生病的狗崽或一个生病的孩子发出的呼吸声。但是，当另一个声音响起的时候，她们停止了咀嚼。她们是同时停下来的；她们坐起身来时也是不约而同，仿佛有一根撑杆把她们连在一起，每个人都是一只手里举着一块面包，侧耳倾听着。这声音藏在第一种声音下面，躲在它背后，也是人声，但绝不是同一个声音，因为前一种声音里面有女人的声音——那具有哺乳动物古老的、无穷的潜能的众声喧哗，不是受苦受难的潜能，而是悲伤、哭泣的潜能，对痛苦有着惊人的承受力，可以毫不羞耻、毫无自知地将其转化成声音，由腺体传递到舌头，无需经过思考的过渡——这新一种声音是由男人发出的，尽管她们不知道囚犯被关在哪里，甚至也不知道（还没有人顾得上告诉她们）军团就被关在什么地方的一个监狱里面，但她们马上就明白了它是怎么一回事。"听见他们的声音了吧？"姐姐平静地说，语气里带着惊讶和高兴的赞许，她听得十分入神，直到玛莎起身弯腰去扶那年轻女子，她这才抬起头来；于是，姐姐又一次马上不假思索地伸出她那笨拙而麻利的手，从玛莎手里拿过剩下的面包，把它和她自己的那一块重新放回篮子里，跟第三块放在一起，然后跪起身来帮她扶起那年轻女子。她用欢快而期待的语气说："我们现在要去哪里？"

"去找市长吧，"玛莎说，"拿上篮子。"她照办了；她还得收起那两块披肩，稍稍耽搁了一点时间，等她站起身来，玛莎已经挽着年轻女子走到了门口。但是，姐姐还是迟疑了片刻，没有跟上去，站在那里紧抓着披肩和篮子，微微扬起神情专注、喜悦、讶异的脸来，充满低沉嗡鸣声的余光给这潮湿的小石屋里带来的不仅是这座城市的痛苦和愤怒，而且还有城市本身那不可动摇、坚不可摧的荣耀。即便在这只有一个畜栏的石头马厩里，它似乎在闪闪发光的微缩景观中升起，尽管黑夜降临，但那高高的塔楼和塔尖在阳光下耸入云端，穿越地球上古老的瘴气迷雾，使得那些闪亮而辉煌的巅峰或许永远不会被黑暗笼罩，不可征服，亘古长存，巍峨挺立。

"在这里他会佩上一把好剑的。"她说。

日落前不久，围住这片新营地的最后一段铁丝已经拉好并且连上，通上了电流。随后整团人都被赶出了营房，除了那十三名单独关押的特殊囚犯。他们没被释放，而是被驱赶出来，不是被卫兵联队，也不是哪支游走于各个营房之间的行动迅速、警觉精干、武装到牙齿的特遣队，而是独立的塞内加尔士兵。他们有时会端着上了刺刀的步枪，有时只是举着刷刀或短手杖似的裸刺刀，有时赤手空拳，毫无预兆地突然出现在每个房间，把里面的人赶出来，不屑一顾地把他们推推搡搡地轰到门口，甚至不等人都走完再跟上，就随着人流一起走了，还没到门口每个人就已经混入队伍中间，还在奋力地朝队伍前列挤，用反转的步枪或刺刀把为自己辟开一条通道，即便是被人流裹挟也比其他人走得更快，不仅高出众人一头，而且仿佛骑在人们头上，他们衣着俗丽花哨，皮肤黝黑，目空一切，犹如从野地里、地球对面未驯化的田地上连根拔起的斑斓树木，在被城市污染的商业运河的凝滞水流上方僵硬而笔直地移动。当每一组人走进它所在的连队队列时，领头的其实是那些塞内加尔人。他们到这时也一刻不停，甚至不等队列变成双行，更不要说排成队列了，便兀自大踏步地走一两步，仍旧端着上了刺刀的步枪或是刺刀，像是捕猎狮子或羚羊时使用的长矛和刀子似的，一个一个地消失不见了，正如他们先前出现一般情形。

于是，当手无寸铁、胡子拉碴、光着脑袋、衣衫不整的军团开始自动集结成老绵羊似的排连编制时，他们发现根本没人理睬，自己被抛弃了，就连刚才把他们赶出营房的那些刺刀也不见了。不过，军团还在继续整队，寻找过去熟悉的队列，从黑暗的营房里出来之后在刺眼的落日余晖里眨巴了一阵子眼睛。随后他们开始行动。没有得到任何部门的指令；各个班、排在原有的排头和排尾的标记之间列队站好，像是在某种不为人注意的微弱重力的牵引下开始漂移，在营房的空隙之间流入各个连，在阅兵场上流入各个营，然后停了下来。还未形成一个团，只是未成形的一群人，其中只有班、排自成一体，如同一个被驱逐的城市只有家庭是完整的组织，一家人待在一起，不是因为家庭成员有血缘关系，而是因为他们同吃同睡，悲伤和希望与共，彼此争斗了那么久，此时在高不可攀的铁丝网、探照灯、机枪台和态度傲慢的慵懒卫兵下方依偎在一起，一动不动地眨着眼，一切都在落日中投下剪影般的轮廓，仿佛在铁丝网十分钟以前接通致命电流的同时也将他们全部处以电刑，把他们都变成了恒久不变的雕塑。

就在城市里开始新一轮骚乱的时候，他们仍旧依偎在一起。太阳已经落山，号角声响起又归于沉寂，老城堡里发出震耳的炮声，劈啪作响，余音回响，挤在一处的军团已逐渐隐没在阅兵场中央的一片模糊阴影之中，这时平原上传来第一声微弱的呐喊声。可他们一开始什么也没做，只是变得越发安静，就像狗听见了人耳根本无法听到的音域内高昂的警笛声似的。事实上，当他们开始发出那种声音的时候，那根本不是出自于人类，而是动物，不是喊声，而是嚎叫，渐渐隐没在暮色中仍旧挤作一团的无形人群就像是一团原生质，在海洋第一次分裂而形成的海底上没有眼睛，没有舌头，一动不动，也发不出自己的声音，而是伴随着原始潮汐那排山倒海的交合所发出的巨大喧嚣声而悸动哗然，而在他们头顶上的天桥和平台上塞内加尔人懒洋洋地靠在他们的步枪上，或是将用过的弹夹改制成的打火机的小火焰凑到香烟上，无风的天气里火焰十分平稳，仿佛黄昏暴露了光天化日所隐藏的秘密：电击将他们化为静止的焦炭，却在各处零星地随机留下了一块块尚未熄灭的煤块。

暮色似乎也向他们暴露出了那扇亮着灯的窗户。它在原先工厂主楼的那座曾经爬满常春藤的旧墙上；也许他们甚至已经看到了站在屋里的那个男人，尽管那扇窗户本身就够显眼的了。他们开始一窝蜂地冲过场院，发出的不是叫喊声，而是号叫声。但是，夜色降临得更快；还没等他们穿过阅兵场，这群人就已经完全隐没在夜色里了，只有声音，那号叫声，滚滚而来，撞到亮着灯的窗户和窗内那个男人一动不动的身影下方的墙上再反弹回来，发出震耳欲聋的回声，号叫随即再次喧嚣回荡。接着，号角声急促响起，笛声尖啸，一支队列密集的白人骑兵迅速转过街角，抡起步枪的枪托朝人群猛击，把他们从那面墙边推开。

当卫兵朝他们冲击来时，下士仍然站在窗口，俯视着楼下骚乱的人群。他们十三个人关在一间空荡荡的、密不透风的小房间里，只有一扇窗户，显然它在这座工厂还只是作为工厂使用的历史过往曾经是一个保险库。天花板中央孤零零地亮着一只光线昏暗的电灯泡，灯泡外面罩着铁丝网，就像是捕鼠夹的末端。他们早上天亮不久被成群押进这个房间，灯就一直亮着；既然用的是美国人的电，或者也就是说，提前一天已由美国远征军的供需服务部按天缴了费，它便从此长明不灭了。于是，随着白昼逐渐屈服于夜晚的统治，靠墙静坐在地板上的十三个人的脸非但没有暗淡地没入阴影之中，反倒是更加清晰地浮现出来，面色甚至不算苍白，由于胡须未剃，反而显得更有阳刚气，为他们平添了一份愈发令人生畏的侠肝义胆之气。

在塞内加尔人开始从营房里驱逐军团士兵时，场院里第一次产生了一阵骚动，可牢房里倚墙而坐的十三个人表面上对此无动于衷，除了在十二个人之间隐约相互传递着一种更为彻底的沉寂和凝滞——一张半转微侧的脸，一道几乎不易察觉的目光从侧面迅速投向第十三个人，坐在他们中间的那位下士，他——下士——一动不动，直到第一声咆哮隆隆地穿越阅兵场，波涛般地轰然撞在那扇窗子下面的墙上。然后，下士站起身来，动作与其说悄然无声，小心翼翼，不如说如山民般轻松自如，他走到窗边，双手轻轻搭在栏杆上，就像先前搭在卡车后挡板上端的栏杆上一样，站在那里向下俯视呐喊的人群。他似乎没在听：只是观望，看着它潮水般漫过场院，在窗下发出无声的撞击轰鸣，苍白幽暗的光线映出了人们的身影——一只只拳头紧握，一张张苍白的面孔即便是嘴巴大张在喊叫，他也可能已经认出来了，毕竟四年间跟他们一起蹲伏在弹痕累累的胸墙后，或是在猛烈的炮火或密集的弹幕下咬紧牙关死守在弹坑的臭烂污泥里，或是在夜间巡逻队头上嘶嘶爆开的照明弹下纹丝不动地屏息平贴在地面上。号角狂响，警笛尖啸，骑兵部队冲垮了人群的侧翼，慢慢把它卷走。这时他一动不动。看上去完全像个全聋的人，饶有兴味地观望着，却既无惊讶，也无忧虑，看着这场大难临头或是众声喧哗的哑剧上演，由于这对他来说完全是鸦雀无声的，所以他感受不到威胁，甚至也没有担心。

接着走廊里咔嗒咔嗒地响起了沉重的皮靴声。下士从窗口回转身来，这一次其他十二张面孔也同时转了过去，并且随着墙外看不见的脚步声同步转动着，直到脚步停了下来，他们都朝门口看去。门打开了，猛然被推开，一名中士（这一次不是塞内加尔人，甚至也不是白人骑兵，而是宪兵司令手下的人）站在门口，颐指气使地一挥胳膊。"起立。"他说。

师长仍然走在参谋长前面，稍作停顿，挪到一边，等着副官把门打开，随后便走进了房间。它不及一间现代音乐厅那么大。事实上，早在已故公爵夫人或侯爵夫人的时代，它只是一间闺房而已，至今还带着那种高贵却毫无生气（或许那些公爵夫人或侯爵夫人当中有一位认为这是牢不可破）的富足印记，那些帷幔遮蔽的壁龛、壁柱支撑的带有圆形装饰图案的天花板、水晶枝形吊灯、壁式烛台灯、镜子、旋转烛台、镶嵌细工古玩架、摆放着陶器古玩的玻璃柜，还有一块白色地毯，被战火漂白的长筒靴像陷入战壕污泥中一般，齐着脚踝扎入了月亮的冷脸里面，它铺在地板上洁白而柔软，云朵般烘托出地毯尽头三位老将军比肩齐坐的气派场面。

他们坐在一张巨大的长方形桌子后面，身后有一排副官和参谋垂手而立，桌面上空荡荡、平展展的，就像是骑士或主教的石棺一样有一种华丽的朴素，三个人都戴着老花镜，每人面前放着完全相同的厚厚一叠用夹子夹起的纸。这群人全都身穿土黄色或天青色的衣服，系着黄铜色与猩红色相间的皮带，看起来反常而怪诞，既有学究气质，又有异国风情，像是一伙锦衣华服的森林野兽被放在了文明世界的办公室环境里，不慌不忙地等待什么，气定神闲，几乎昏昏欲睡，而三名老将军对着眼前同样是权力道具的无聊文件坐等时机，时辰一到无需加以评判，甚至不必定罪问责，而只需把这些碍手碍脚的文件和服饰抛到一边，立即行刑便可。

窗户开着，窗帘和窗扇都打开了，进入房间的不仅是午后的阳光和空气，还有城市的喧嚣——不是声音，因为人声并没有传到这里，就连师长和参谋长刚刚在外面广场上听到的突然爆发的骚乱也听不到了。不如说是一种感觉，光线本身的一种特质，下面人群的密集面孔反射的光线，就像来自于浑水的光线一样向上折射，透过敞开的窗户照进房间里来，在天花板上持续不断地轻微律动、颤抖，但是没有人注意到它，就连那些为了没完没了的琐事不停地来回跑腿当差的职员和秘书都不会注意到，除非碰巧抬头向上看，就像此刻，有什么事情让人脉搏稍稍加速了跳动，因此当师长和参谋长走进来时，房间里的每个人都望向门口。不过，几乎就在他们进来的同时，连那期待也消失了，折射的光线又在徒劳地兀自律动了。

师长以前从未见过这个房间。他此时根本没看它。他只是走进来，僵在那里迟疑了一刹那，参谋长从他右侧走上前来，与他并排而立，他们之间的军刀换到了参谋长的左臂肋下。接着他们几乎是步调一致地踏着长长的白色地毯一路走到桌前，同时停下脚步，站得笔直，参谋长敬了个礼，从肋下取出那把已失去效力的军刀，把它放在桌上，军刀松松垮垮地裹在它那带扣悬垂的皮套里，就像是一把胡乱卷起的雨伞。参谋长口头述职，正式履行了辞职仪式，师长目光直视前方，心里在想：是真的。他马上就明白了我的意思，又想，不对：还要更糟：早在有人从接待室过来为他们两个通报之前，老人就已经知道他的事情了；两个早晨以前在观察哨的那一刻，他的事业就已终结，显然他大老远赶来，只是为了证实所有知道老元帅威名的人所相信的那一点：老人记住了他所见过的每个士兵的姓名和面容——不仅是他从圣西尔调去任职的那个团的老兵，以及他所统领的军队里每天都会打头碰面的各级指挥官，而且还有他们的参谋、秘书和职员、师、旅长及其参谋，团、营、连长及其勤务兵、通讯员和传令兵，他亲自嘉奖、责骂或惩罚过的列兵，以及他三四十年前仅仅走马观花地快步检阅过一次的部队的那些军士长和分队、排、班等无军衔的队列官们，他把他们一律都称作"我的孩子"，就像他称呼自己那年轻帅气的私人助理、年长的贴身勤务兵和专职司机一样：一个身高六英尺半高的巴斯克人①，长着一张堪称年轻女孩杀手的面孔。他（师长）没有看到任何动作；他记得一进门时老元帅手里捧着一叠打开的文件。但此时文件合上了，还被轻轻推到了一边，老元帅已然摘下了眼镜，把它轻轻拿在手里，这只布满斑点的老人的手几乎完全藏在浆洗得洁净如新、笔直硬挺的老式白衬衣那可拆卸的宽大圆袖口里，师长望着那双没戴眼镜的眼睛，直视了一秒钟，想起了拉尔蒙曾经说过的话：假如我是恶人，我会憎恨和恐惧他。假如我是圣人，我会哭泣。假如我是智者，无论善恶与否，我会感到绝望。

"怎么了，格拉格农将军？"老将军说道。

师长目光再次水平盯视前方，望向老将军的头顶上方，他又口头重述了那份报告的内容，一进房间他就已经认出它来了——跟打字稿一字不差，是由他本人签字、军长批准的，此刻它的蜡纸油印件一式三份就摆在三位将军面前。他说完之后停顿了片刻，就像是讲师停下来翻页或从水杯里抿一口水似的，然后他又第四次重复了关于处决全团的正式请求；他态度坚决，镇定自若，而面前的桌子上摆放着葬送他的事业的三座大山，曾被集团军总司令称作他的荣耀丰碑的三个翻版。他第四次把这个团从他的那个师的花名册上删去了，仿佛两个早晨之前它已在一阵机关枪猛烈扫射下或者一次地雷爆炸中消失了。他没有改变初衷。就在三十六个小时以前，他作为它（或者任何军团）的师级指挥官的荣誉和节操迫使他预见到自己不得不提出这个申请；

---

① 巴斯克人，西南欧民族，主要居住在西班牙北部、法国南部以及拉丁美洲各国。

就在下一秒钟,他也意识到自己是对的,而迫使他提出这个申请的压力,与促使他有机会成为指挥官并为此押上荣誉和生命的缘由,原本如出一辙。正是这种荣誉和节操感,在善念面前为他赢得了作为少将的三星军衔,此刻还是出于这个原因,而不是善念本身,使他提出了如此请求,做出如此强迫行为。

因为善念本身无需这样的行为来证明。正如集团军总司令早上几乎对他言明那样,他现在所说的与桌上摆放的文件根本毫不相干,有的也只是巧合而已。两天前在观察哨的那一刻他发现自己不得不提出这个申请,而说这番话还更要早得多。酝酿是在他得知自己即将被派往军官学校之时,诞生是在他接受委任之日,它已同手枪、军刀和中尉徽章一起成为在他有生之年与他同命运、共生死的那些装备的一部分;同期与之相提并论的是不断穿过手枪转轮的那些实弹中的一颗,为他履行自己曾以名誉担保所给予的自愿扣押权的那一刻做好准备,为平民口中所谓的霉运、于士兵而言的耻辱而遭受惩罚,只是其中这份——任何——霉运眼下就是此时此刻,当这一需要促成了此番演说,却同时拒绝了那颗子弹。事实上,眼下在他看来,演说和子弹二者不仅生来便具有相似性和同源共时性,而且还有更多:它们朝着共同的目标行进,甚至还都没有受到目标的影响,但从源头上就呈现出颇为相似的不协调性:——从土地里挖掘出来的一团杂质,在高温下变成黄铜,在强大而巧妙的压力下则变成弹壳;来自一个实验室,一撮、一勺、一粒泥土和空气的原始运动的产物,二者在一小块锁定的槽段塞后面被压缩整合,全部微缩成了一个千分尺比例的后膛和钻孔,甚至还不在其识别范围之内,就像一个通过电话从职业中介所聘用来的男仆;——半个欧洲与另一半开战,最后成功地将半个西半球拖下了水:一个计划,一个大手笔的设计,有着高尚的理念和唬人的内涵(和希望),甚至不是总指挥部这三位老将军及其训练有素的专家、顾问们在组织有序的正规会议上构想出来的,而是源自于三个分割大洋的国家本身彼此之间的愤怒和恐惧,就像是土壤里同时长出的叶片一样,在华盛顿、伦敦和巴黎同时完美授粉，然后诞生于一次委员会议，这会议甚至都不是在总指挥部召开的，而是在奥赛码头①的严密把守的紧锁的房门后面——在委员会里面，训练有素的军事专家像献身于上帝的修女一样义无反顾地投身于战争，其人数不及那些未曾受过军训，甚至没有披挂上阵的人——首相、总理、部长、内阁成员、议员和大臣们；还有比他们为数更多的人：制造军需品、鞋子和罐头食品的大企业董事长，低调无名却无所不能、赚钱轻松的神父牧师；还有数目甚至超过这些的其他人：政客、说客、报业老板和出版商、教会的受命教长，以及有偿债能力的大型机构、兄弟会和机构的所有其他委托旅行代表，这些组织靠胁迫或诱骗来控制人类德行及其所有的大众价值，使其据此做出肯定或否定的判断；——所有那强大得令人生畏的大型组织，它们在和平时期管理着所有的民主事务，在战争中才真正独当一面，达到自己真正的事业巅峰，通过固若金汤的秘密联盟为半个地球制订一项旨在毁灭一座前线阵地的宏伟计划，而那灭绝一个民族的狂热意图使之显得更为宏大；一切尽在秘密会议上，与会者的意见如此一致，以至于老将军根本不必表态，只消主持会议即可，这位头发花白的最高统帅脸上的表情讳莫如深，很久以前就已赢得除了相信人类永世不变的愚蠢以外不相信任何人、任何事的权利，他君临天下，目睹了这个计划的诞生，然后一直观望，甚至不需要控制它，任由它不折不扣地沿着既定的路径发展，从结盟的国家到选定的国家，从基层部队到集团军，到野战军，再到特种部队；所有那庞大、冗长而复杂的编年录最后都被精简为一次军团向一小片高地发动的进攻，这片高地由于面积太小而无法在地图上显示，只有它周边地带的人们知道它，即便这样也仅仅知道一个数字和一个昵称而已，其得名要追溯到不到四年前有人意识到你从它的顶峰比从底端或许能看得再远上那么四分之一英里；这一进攻任务不是分派给哪个师的，而是由它自身的地形特点

---

① 此处为法国外交部的别称，因位于此码头而得名。

和地理条件决定的,因为可供选择的方案若不是这里就无处可选,非它莫属,他所在的师被迫受命,原因在于这场进攻已被预先设定了失败的结局,而在所有部队当中让他带的师打败仗所付出的代价会最小,正如另一场战役可能是哪个能够最为轻易地渡过一条河或拿下一个村庄的部队;他此时意识到没有必要由任何人来预见这场兵变,因为兵变本身并不重要:仅有那场败仗就足够了,至于如何、为何失败,没有人在意,而为了达成那个目标而免费附赠的这场兵变,唯一的目的就是为了让他引起这些人的注意,把他带到了这张桌子前面,桌上在那卷起的剑鞘里面躺着他那断送的事业的尸身,他被剥夺了那颗子弹,不得不第四次重复了那段话,讲完后便停了下来。

"整个团,"老元帅说,这次轮到他重复了,语调亲切,令人捉摸不透,不带有任何讯息,听上去近乎温和,漫不经心,几乎缺乏人情味,"不仅是这个团伙头目和他的十二门徒。无论如何,他们当中有九个是法国人,可是居然也让他给带坏了。"

"没有什么团伙头目,"师长说道,语气严厉而生硬,"这个团闹了兵变。"

"这个团闹了兵变,"老元帅又重复了一遍,"想想假如我们真的这样做。倘若你的师里有其他团得知了这个消息又会怎样?"

"把他们枪决呗。"师长说。

"还有你们军里的其他师,位于你的左右翼的其他部队。"

"把他们枪决呗。"师长说着,态度又变得强硬、镇定,老元帅这时转过头去快速地悄声给他左右两边的英国将军和美国将军做翻译,随后再转回头来对参谋长说了句什么。

"谢谢您,将军。"参谋长敬了个礼。可师长没有等他,已经来了个一百八十度向后转,又让参谋长稍稍晚了半步,因为他得做出自己的姿态,就连一名训练有素的中士教官在完全没有防备的情况下也不会比他动作更流畅,其实还需再多迈两大步才能回到师长的右首边,没有跟上——或者几乎没有跟上——这次又是这样,于是老元帅的贴

213

身副官走到了师长的身旁，参谋长本人还落后半步，他们再次踩着白地毯走向此刻敞开的大门，宪兵司令手下的一名军官在门口等着，已经准备好了举枪致敬，但还没等他们来到他面前，师长就已经走在那名副官的前面了。

此后，副官紧跟在一侧，不是师长，而是参谋长，在他左侧一丝不苟地迈着步子，回到敞开的门口，门外等着那名宪兵军官，师长穿过大门走了出去。

就这样，副官不仅从这个房间里抹去了这柄上缴的军刀的所有意义，而且也从中消除了有关战争的全部粗暴推论。他迈开步子，脚步快速而轻盈，甚至稍有一点趾高气扬，走向那扇敞开的门，门外的师长和宪兵军官都已消失了身影，就仿佛他拒绝上前为师长开门（即便师长已经提前拒绝了这样的礼遇，并没有等他上前开门），借此不仅报复了那位初级将领对高级将领的优先权的冒犯，而且他把这位初级将领当作了工具来设定他自己和参谋长那无可救药的局外人身份，与这房间及其容纳的一切所代表的意义都毫不相干——上尉个子很高，身材瘦削优雅，二十八或三十岁上下，有着一名耐看的日场剧偶像演员的面孔和身板，可能是来自另外一个星球的生物，落后于时代，并且不为所动，刀枪不入，彻底无家可归，以至于完全把这个星球或可能偶然落脚的任何其他星球当成了自己的家园：甚至不要等到明天，而是就在它的前一天，回光返照般地被打发回一个世界，在这里这个失魂落魄的人收拾起残局，在他往昔的混乱废墟之中继续有气无力地挣扎片刻——一个在战争中没有位置、无所事事的家伙最终生存下来并全身而退，无论战争的无情开局或是四分五裂的混乱国家的绝地反击给他带来是福是祸，他还不如袍冠加身（再加上象征贵族身份的金色穗带，因为他比任何公爵之子看起来都更像嫡传阔少），身姿轻盈地穿过牛津或剑桥某学院的四方院落，迫使那些看着他和参谋长的人不得不宽恕这种清除战争遗臭的举措，这种恶臭甚至从他们身上穿的制服上散发出来，结果只给他们留下这身衣冠行头来作秀。他迈着轻快、从容的步伐快步抢到参谋长前面，紧抓住门把手，关上房门，碰上了门闩，然后再转动把手，打开房门，脚跟咔嗒一声并齐，不是立正，而是腰部以上笔直地微微前倾，等着参谋长走出门去。

随后他关上房门，转过身来，在开始往回走的那一瞬间又停下了脚步，此刻显然是想试图彻底清除那个进入房间的二手的战争谣言；他在逐渐消失的辉煌记忆长廊顶端，一动不动地站了片刻，周身散发出一种漠然孤寂、温文尔雅的气质，就像第二、第三幕独自站在舞台上的丑角，幕布落下或升起，他站在那里微微侧头倾听。接着他迅速迈开他那柔若无骨的长腿，朝着最近的窗户走去。可还没等他迈出第二步，老元帅便开了口，轻声用英语说道："让它们开着吧。"

副官竟未予理睬。他大踏步地走到窗前，上半身探出去，伸手去够向外开的窗扇，正要把它朝里拉，却停了手。他用法语说道，声音不大，不动声色，语气里流露出一丝稍纵即逝的惊异："看起来像是有一群人在跑道上面，等着这扇不值钱的窗户打开——假如他们有这样一扇窗户的话。不，他们看起来像是在看一间着火的当铺。"

"开着吧。"老将军用英语说道。副官再次停了下来，半掩窗扇。他转过头，也用英语说道，语调很完美，没有任何口音，甚至连牛津腔、比肯山调也没有：

"为什么不让他们进来做个了断呢？他们听不到外面发生了什么事情。"

这一次，老将军讲的是法语。"他们不想知道，"他说，"他们只想受罪。开着吧。"

"是，长官。"副官用法语说。他重又推开窗扇，回转身来。与此同时，对面墙上的双扇门有一扇打开了。某种看不见的力量把门打开了整整六英寸，随即停了下来。副官甚至都没朝它瞟上一眼。他继续走回房间，用那毫无口音的完美英语说，"先生们，该吃晚餐了。"两扇门重新悄然合拢了。

老将军随着其他两位将领站起身来，可是仅此而已。当房门在最后一位副官身后关上的时候，他已经重新落座了。接下来，他把合起来的文件夹往边上推了推，把眼镜收进破旧的眼镜盒里，又把眼镜盒放进制服上衣的口袋里，系上扣子，此刻他独自一人待在巨大的豪华房间里，下午的光线正从天花板上消失，城市的烦恼喧嚣也随之逐渐消散，他一动不动地坐在椅子上，雕花的座椅背高出他的头顶，就像是帝王宝座的靠背一样，他的双手藏在巨大的豪华桌案下面，桌面也遮住了他身体的其余部分。在他那堆闪亮的穗带、星标和纽扣下面，他显然不仅是纹丝不动，更像是被钉住了一样，看起来就像一个男孩，一个孩子，蜷伏在金色的坟墓废墟之中，而这座坟墓里不是迷失在黑暗中的一名骑士或主教，而是在午后的光天化日之下被基督徒们亵渎了的一名苏丹或法老（或许其本身就是那具木乃伊）。

接着，双扇门的同一扇又打开了，完全与先前一般情形，有整整六英寸，没有露出手来，只是发出极其细微的声响，甚至给人的印象是，假如它愿意的话，它可以不发出任何声响，发出的只是人耳听觉范围内的绝对最低音，打开那六英寸，接着就不动了，直到老将军说："好吧，我的孩子。"然后，门开始关闭，既然声音已不再必要，它便毫无声息地半掩回去，在它即将与另一个门扇合拢之时又停了下来，没有停顿便又开始敞开，仍旧悄然无声，此刻却相当迅速，快得敞开了足足有十八英寸，下一刻推动它的什么人或什么物就免不了要现形，暴露他或它的真身，在老将军还没来得及开口之前。"不。"他说道。门扇停下不动了。它没关，只是不再移动，看起来像一只轮子那样没头没尾地吊着，一直保持着平衡，直到老将军再次开口："门开着吧。"

然后，门关上了。这一次是全部关闭，老将军站起身来，绕过桌子，走到最近的那扇窗前，就像迈过一道门槛似的穿过了这一天的尽头，正式进入了黑夜，因为当他从桌子一头转过来的时候那三组卫兵的集结号声七零八落地响起，在他穿过房间的时候院落里传来了嗒嗒的皮靴声和步枪撞击声，当他走到窗口的时候两名卫兵已经面对面相向而立，只待三声撤退号角的第一个音符响起便开始正式交接。但是，老将军似乎无心观看。他只是站在窗前，下面的广场上聚拢着一动不动的人群，人们靠着铁栅栏耐心地等待；门这一次迅速地打开了，他也没回头，年轻的副官走了进来，手里端着一架电话机，身后的电话线就像一个战利品长长的尾巴似的拖过了白色地毯，他走到桌后，伸出脚去拉过一把椅子坐下来，把电话机放在桌上，一只手拿起听筒，另一只手一抖便露出腕上的手表，一动不动地把听筒贴近耳朵，眼睛盯着手表。而他却只是站在那里，稍稍离开窗子一点距离，略微朝一边偏过身子，把窗帘掀开一条缝，假如广场上有人想到要抬眼向上看的话就会看到他。两名卫兵摆出了稍息的姿势，七零八落地响起的刺耳口令声淹没在金属碰撞声和跺脚声之中；下午已过，但还没到夜晚，整个边界线一片静默，连呼吸声都没有，直到号角再次响起，这一次响了三声，缓慢而有节奏，带着刺耳的和谐，院落里有三个声音也齐声响起，显得无比陌生，两组全副武装的士兵僵硬地摆好了对阵的姿势，就像是宗教祭祀的部落仪式。他可能没听到电话铃声，因为副官已经把听筒举到了他的耳边，他只是对着话筒打了个招呼，然后听了一阵子，又说了一个字，放下了听筒，也坐下来等待，号角声有节奏地哀鸣着，像是火红落日下的雄鸡一般，然后渐渐停息。

"他已经落地了，"副官说，"他下了飞机，拔出手枪，命令他的飞行员立正，开枪打穿了他的脸。他们不知道这是为什么。"

"他们是英国人，"老将军说，"这就够了。"

"当然，"副官说，"我很惊讶他们很少遇到麻烦，就像在欧陆战争中一样。他们的任何一场战争都是如此。"他说："是，长官。"他站起身来。"这条线上，在这里和白色新城之间我开通了五个站点，以便于您随时掌握他的动向——"

"跟他的目的地没办法区分开，"老将军说着没动，"这就够了。"副官把听筒挂回去，端起电话机，绕过桌子，把软塌塌的长长的电话线缠绕起来，拖过了地毯，最后轻轻一拽把身后缩短的线圈拖出门去，又把门关上。就在此刻,落日的炮声沉闷地响起:声音不大,更像是公开宣布这是一个真空地带,仿佛回到了被爆炸清空的子宫,而战争中这循环往复的日子一下子化作了一个响亮的回声;从窗外传来了三个街区的刺耳喧嚣声和三条向下卷的拉火绳的簌簌声。这时,同一个门扇又打开了整整六英寸,暂停片刻,然后继续无声地自行打开,老将军仍然站在那里,三种不同语言发出的古怪声音还在大声咆哮,三块寄托着温情、被赋予神秘色彩的破布下方三个护旗卫兵的脚步声回荡在铺着石子的院落里,那缓慢而有节奏的金属碰撞声逐渐消散在众声喧哗的夜色中。

栅栏外面的人群此时动起来,人流拥过广场,朝着林荫道的各个岔路口散去,清空了广场,还没走出广场便已逐渐销声匿迹,仿佛夜晚轻轻地长出了一口气,就将人类那逆来顺受的雾气全部一扫而空;老将军此刻站在这座城市上方,已然见惯了人类的坚忍并且不为所动的这座城市现在甚至不再为他们的喧闹所累。或者说,与其说夜晚把人群从这座广场上隐去,不如说它把广场隐没在人类旷日持久的痛苦及其不可战胜的尘土之中,而这城市本身并未摆脱其中哪一个,只是凌驾于二者之上。只有坚忍才能固若磐石,比愚蠢更加难以克服,比悲伤更加长久,由于他们的坚忍,这座黑暗而沉寂的城市从黑暗而空虚的暮光中破茧而出,犹如隆隆的雷声般降落下来,因为它是人形雕像,坚如磐石般的力量,一层又一层地从明暗错落的迷宫里执着升起,这座迷宫就像一只巨大的蜂巢,其顶冠白天有太阳比肩争辉,夜晚则有璀璨群星环绕近旁。

居于首位的是那三面旗帜,还有服务于它们的三位至高统领:一个正式任命的神圣三头政治,一群恒定不变的行星般遥不可及的明星,如大主教般强大的三位一体集团,像在随行人员众星捧月之下的红衣主教般风光显赫,似在盲从如流的众人追捧之中的婆罗门[①]般人多势众;

[①] 婆罗门,印度种姓制度中的最高种姓,也用来称呼其种姓中人员。

然后是三千名次级将领,像是他们的教堂执事、祭司和身份等级各异的家眷,以及他们的侍祭,还有搬运圣体匣①、圣体和香炉的人:负责卷宗、地图、备忘录的上校和少校,负责通讯及更新卷宗和地图等差事的上尉和中尉,实际搬运卷宗和地图匣并用生命保卫它们、接电话并跑腿打杂的中士和下士,凌晨两三四点坐在闪烁的电话总机旁、顶风冒雪骑着摩托车、开着星条旗标汽车、给那些将军上校中校少校上尉煮饭铺床刮脸剃头擦拭皮靴铜扣的列兵:那编织严密的等级体制里处于最底层的下等人:这座城市挤满了众多的高级将领和他们那闪亮登场的副官们,以至于不仅中尉、上尉们,就连少校、上校们也一文不值,能把他们与平民百姓区分开来的原因只是他们身着制服,这些人当中甚至还有一个谷底:那些实际上曾经进入、走出战区的人,他们官居少校,有时甚至是上校,流落到这个流光溢彩、没有硝烟的城市,尽管没有人知道军队的新陈代谢机制那古怪奇特的痉挛对一个人什么事情都做得出来,只是不会把他弄丢,这个机制无所不知,无从遗忘,无论如何永远也不会丢掉任何东西——一个纸片,一份未完成的记录或没写完的备忘录,不管它有多么微不足道或无足轻重;他们中的一些人总在那里,人数不多,但是足够了:排长或班长,连长和副营长,身上染着前线的尘污,他们在丛丛簇簇、星星点点的星衔和纵横交错的警棍、穗带、铜扣和猩红领章中间踟蹰前行,不知所措,遭人忽视,脸上带着愚痴农夫的迷惘神情,身上散发着田野和马厩的气息,被召唤到城堡,大宅子,来做出解释或接受惩罚:一个受伤的男子,没有胳膊,没有腿,或者没有眼睛,被人盯着看,人人脸上都是相同的惊愕、厌恶、拒斥的怜悯、震惊和盛怒,就像看见一个人正午在熙熙攘攘的商业区街角抽羊角风似的;然后是那些平民百姓:安提帕②和他的

---

① 圣体匣,天主教教堂中用来存放代表耶稣为世人赎罪的身体的祝圣面饼的小柜。
② 安提帕,此指希律安提帕(前21—39年),公元前四年至公元三十九年期间为加利利的分封小王。

朋友们以及朋友们的朋友们，商人、王子、主教，作为捧场者和赦免者对行动进行管理、为意图而喝彩、为失败的结果开脱罪责的行政主管，还有远在罗马的提比略①的所有甥侄和教子以及他们的朋友及其丈夫、妻子的朋友，这些人都来跟将军们共餐，把弹药、枪炮、飞机、牛肉和鞋子卖给将军们的政府，为了让他们用来抗击敌军。而他们的秘书、通讯员和司机由于要提公文包和开车，所以延迟入伍；还有一些人在这座城市进入四年战争时期之前实际上就已经作为一家之主生活在城市的大大小小街道，甚至是穷街陋巷之间，在这四年之中以及在战争结束且被人遗忘之后仍将继续在这里生活下去（如他们所愿）——市长和市民，医生、律师、主管、巡查员和法官，这些人没有接到罗马的提比略的特别来信，不过他们接触到的仍然是将军、上校，并非上尉、中尉，即使他们被限制在客厅里、餐桌旁；而酒馆老板、铁匠、面包师、杂货商、工人所接触到的既不是上尉、中尉，也不是中士、下士、列兵，因为是他们的妻子坐在小吧台后面织着毛活，精打细算，拿出那些苏来换面包和蔬菜，在河边的石阶上敲打洗濯内衣；那些女人不是主管或面包师的妻子，她们没做战争生意，而是由于战争而做生意，正如这些将军中间在某种意义上有两千九百九十七个只算是一人，所有的女人也都一样，无论参谋上校在进房间时起立与否，或者说无论她们是靠着微薄的津贴跟特勤军团上尉住在同一层楼上，还是为通讯下士煮汤，或者她们自己成群结队地以爱情的名义配上了对，也许甚至是在一名中士的花名册上，冒充一名士兵领取军用干粮或靴子，对方在上前线之前不必重新穿上军装和外套，因为那个为他登记和注销这份爱情的中士或许从未让他有机会脱掉军装和外套，于是她往往会在那个夜晚怀着一个死人那仍旧温热鲜活的精子睡去；最后是那些绝对的匿名者，那无名无姓、毫无个性的芸芸众生乱糟糟地挤满了旧耶路撒冷，还有旧罗马，总督和帝王不时地扔给他们面包，或者是一个马戏团，

---

① 提比略（前42—37），公元十四年至三十七年为古罗马皇帝。

就像在昔日白雪皑皑的哑剧里逃跑的牧羊人朝着追上来的恶狼一点点掷去他的午餐，然后是一件衣服，最后一招就是那小羊羔了——那些昨天赚了钱今天花的劳动者，并不总是理解自己的所作所为是乞讨和盗窃的乞丐和小偷，城门和庙门下甚至不知道自己不是健全人的麻风病人，这些人既不属于军队，也不是商人、王子和主教，既不能从军队合约里得到任何好处，也不指望在单纯的生存中自饱私囊，却与一个民族的俗世痛苦相伴的挥霍浪费同呼吸、共命运；还有那奇特的固定少数人，每次无论什么机会都被剥夺，根本无缘享受他们国家逐渐耗损的资源命脉所给予的财富狂欢，他们总是倒霉运，亲属和朋友以及他们的亲属和朋友也都没有任何有权有势的亲属、朋友或赞助人，这些人实际上一文不名，毫无改善的希望，也无自尊心的激励，只是传承了忍耐的品格——一种忍耐的能力，即便在自己的土地上或城市里作为勉强被收留却不享有权利的外来人生活了四年，这使得他们在持续的忍耐之中变得毫无希望和自尊可言，乞求或希冀的仅仅是行使忍耐权的许可，就像一种永生不朽。它从那忍耐和痛苦的尘埃里升起，来自于黑暗的哥特梦境，承载着那哥特梦境，长着拱门状或扶壁形的翅膀，被骑士和主教、天使和圣徒和小天使半推半就地挟持着升上那高高的塔尖和顶峰，那里有妖怪、恶魔、怪兽和两性人的石雕在逐渐暗淡的苍穹的衬托下发出冰冷、无声的叫喊。老将军放下了窗帘，从窗前回转身来。

"你可以关上——"他说。然后他停了下来。他仿佛并不是预料到这个声音，而干脆就是事先知情，因此当声音从窗户里传进来的时候他已经一动不动地站定了——那是一种细若游丝的喧嚣声，穿过这座城市远远地传来，此时并没有散布开来，而是局限在某个区域，奇怪的是当它开始移动时却仍然受其源头的局限，就好像它是对准了不比一个人块头更大的某个特定的小物体，不是呐喊声在移动，而是目标在呐喊声达到之前便已缓慢撤退——他没有转身回到窗前，只是在窗边站定。马蹄声突然在广场上嗒嗒地响起，一队骑兵一路小跑着穿过广场，上了通往老东门的那条林荫大道，加快速度继续前行。然后，马蹄声似乎一度消失，被呐喊声淹没了，突然之间骑兵队策马冲进喧闹的人群，就像投入一团没有分量的枯树叶之中，在他们中间炸开，猛地把他们冲开、掀翻，下一刻如同半人马怪兽般重又完整地现身，动作迅猛，悄无声息，落入那犹如一片完整可见的云朵似的疾风骤雨般的喧嚣之中，即便在骑兵队无疑已经走远以后，这片云仍继续翻卷，在轻微的疯狂起伏中爆裂开来，就在另一个声音响起之时还在翻卷、起伏，逐渐减弱并消散开来。声音来自他们下方，一开始根本不是声音，而是光线，从城市远方的平原上平稳缓慢地弥漫过来：只有男人的声音，几乎是大合唱，音量未见提高，却随着天色渐亮而越来越密集，充斥着这城市的高耸暗影背后的低矮地平线是一道光线，而不是一波声浪，在它之上、在它之内的更近处旋转着掠过一阵歇斯底里的尖叫声和哭喊声，宛如火花入水般销声匿迹，即便在那些声音本身带着嗡嗡的回音鸣响停息下来之后依然充斥着地平线，像是一轮逐渐消退的落日，又像没有热度的北极光，在这个背景的衬托之下这座黑色的巨型城市犹如一座固定的铁塔一般全速冲出地球，轰鸣着直冲云霄，奔向涌动的星尘，在纹丝不动、了无生气的星辰中间像一艘铁质轮船般不动声色地傲然挺立着。

这一次，老将军从窗前转过身来。那个门扇此刻打开了约莫三英尺，门边站着一位年纪很大的长者，根本没有立正，只是站在那里。他的身材几乎像个孩子，没有弯腰、驼背，用皱缩这个字眼来形容也不恰当。他短小精悍，四肢齐全，没有皱纹，他那漫长生命的椭圆曲线现在几乎快要回到原点了，在生命之初，人面色红润，完美无瑕，没有记忆，也没有悲伤的肉体，没有毛发，没有头发，嗷嗷待哺，他会再次拥有三样东西，且不需要更多：一个胃口，几根寻求温暖的表皮神经，一些能够安睡的细胞。他不是一名军人。尽管他不仅穿了一件厚重的正规步兵背扣式大衣，而且还戴了一顶钢盔，背上挂着一支步枪，但这只会让他看起来更不像军人。他站在那里，戴着眼镜，穿着也许是从它的第一任（或者最后一任）主人身上扒下来的那件褪色的军大衣——上面还有一些军士臂章和部队番号摘除后留下来的深色条块，前襟上就在下摆向后折叠的印痕上方被什么东西（显然是刺刀）扎穿过的地方有一条整齐缝合的针脚，在过去的二十四小时之内它被某个眼神不济的人细心刷拂并手工熨烫过——经过一家清洗灭虱工厂加工后再由一处军需救济站发放给他，还有那擦得锃亮的钢盔和步枪看起来就像是私人收藏的十二世纪长矛一样精心保管、未加使用，他从未开过这杆枪，也不知道如何开枪，即便整个法国军队里面有那么一个人肯给他一发实弹，他也不会开火，也不愿接受它。他给老将军做了五十多年侍役（除了中间有十三年的间隔，四十多年前老将军还是一名上尉，有着几乎毋庸置疑的光明前途，那天他不仅从军队名单上消失了，而且也从到那时为止自以为了解他的所有人的视野里消失了，直到十三年以后才重新出现在军队名单上，还是带着旅长的军衔重返人间，无人知晓他从哪里来以及其中的缘由，尽管他们很清楚他是如何得到提升的；他的第一桩公务就是找到他的旧侍役，把他从西贡①的物资供应部职员岗位上调回来，恢复了原先的职务、级别）；他站在那里，婴儿般的皮肤透出健康的粉色，忠诚不贰的气质使他具有超越年龄的安详，他头脑极其冷静务实，武断轻信得无可救药，出主意、提建议和发表意见时固执己见，极端蔑视战争及其带来的所有后果，坚定、忍耐、忠实、桀骜，他几乎隐身在他胡乱拼凑起来的拙劣的战备行头里面，以至于看上去酷似某位古代公爵府上的一位年迈仆人，身着某个远古事件的年度纪念礼服，门庭的昔日荣辱成败早在他出生以前就已成往事，即便他曾经知晓也早已忘记了它的内涵和意义，这时老将军穿过房间绕回到桌子后面重新落座。随后，老侍役转身走出门去，旋即又回来了，手上端着一个托盘，上面有一只普通的汤碗，有可能是从军士餐厅里面拿来的那种，也或许是来自部队本身的普通食堂，还有一

---

① 西贡，越南的一座城市，现称胡志明市。

个小石罐、一块面包头、一柄焊锡制的破烂汤匙和一块折叠起来的一尘不染的锦缎餐巾,他把托盘放在了老元帅面前的桌子上,在他俯身、起身、站直之时那杆擦得很漂亮的步枪锃光瓦亮地反射出耀眼的光芒,他用充满慈爱的、霸气十足、不容分说的眼神望着老元帅的一举一动,老元帅拿起那块面包,动手把它掰成碎块放进那只碗里面。

  他十七岁进入圣西尔军校,除了他辉煌命运的那个片段即便是在这里也无法逃脱,他似乎已把令人眼花缭乱的外部世界彻底抛在了身后,带来的只是一只盒式吊坠——一个陈旧的雕金小物件,一看就很值钱,或者至少看上去很体面,类似于一只密面表,显然能够装得下两幅肖像;能装得下的也只有这个了,因为他的同班同学从来没有人见它打开过,其实他们得知他有这个物件,只不过是由于有一两个同学有天碰巧在军营澡堂里看见它吊在他脖子上挂着的一根链子上,就像一枚耶稣受难十字架。就连这一知半解也迅速地被那个命运的意义冲淡了,那种宿命甚至就这些大门也无法将其阻断——他不仅是一位内阁大臣的外甥,而且还是那家巨型军火制造国际联合会的董事长的教子,这些军火只需在每个子弹和炮弹壳头部所做的印记上面做几处改动,便适用于整个西半球和半个东半球的几乎每一种军用步枪和轻型野战炮。不过,即便如此,由于他的童年是在管教甚严的封闭环境中度过,直到上了军校才接触到圣日耳曼郊区以外的世界,而始于巴黎近郊的圈子甚至都从未听说过他,只知道这是一个男子的教名。他是一名孤儿,独生子,家族里的最后一名男性后裔,自幼在伏吉拉尔大街①他母亲的长姐的那所阴郁隔绝的房子里长大——她是内阁大臣的妻子,那位内阁大臣本身不过是一个无名之辈,一个残忍无情、野心膨胀的普通男人,他需要的只是机会,用妻子的钱和人脉得到了它,而且——他们膝下无子——合法收养了她的娘家子嗣,把他的姓氏用连字符跟自己的连缀起来,那孩子在即将长大成人之时,不仅作为继

---

  ① 伏吉拉尔大街,巴黎街名,位于圣日尔曼卢森堡区的中心地带。

承人继承了他的单身汉教父的权力和财富,那位钢铁锻造商会主席曾是他父亲最好的朋友,而且除了他的姨妈在圣日耳曼郊区的沙龙常客、他们的佣人和他的导师们,其他任何人还来不及把他的面孔与他的显赫背景、光辉前程联系在一起。

就这样,在他进入军校时,即将跟他同窗四年的同班同学(很可能再加上教职员工)以前从未与他谋面。还没等其他人把他的面孔跟他的伟大姓氏联系起来,他已早到了大约二十四个小时,但有一个人除外。这个人也不是毛头小伙子了,而已是一个成年男子,二十二岁,两天前就已到校,毕业那天将会仅次于他名列第二,在那第一天下午就开始相信,并且在接下来的十五年里仍旧相信,他在那张十七岁的面孔上一眼就看到了命定的希望所在,那也将是法国荣耀和前程的复兴(这是一八七三年,在巴黎投降和正式沦陷之后两年)。至于其他人,他们最初的反应无异于外面的世人:惊讶、诧异,一时间完全不相信,不相信他,这个年轻人,竟然会来到这里。不是因为他外表文弱,貌似经不起折腾;他们只是凭空给那张面孔加上了弱不禁风的气质,他初来乍到之时似乎不打算走进大门,而是一动不动地定格在门框里,自那一刻起这种文弱不堪的气质就不容分说地将其牢牢锁定为异类,无疑与战争见习生们那钢筋铁骨的虎狼之势完全格格不入,倒像是一个从大教堂的彩色玻璃窗下来的人物被不可思议的命运驱使着走进了堡垒要塞的断壁残垣之中。而是因为对他们来说,他的光辉前程是世袭皇太子的天堂。在他们看来,他都不能算是一名命运眷顾的天之骄子:他是独一无二的天之骄子;对于军校里的人们,对于从巴黎近郊到巴黎这个字眼变得模糊的远郊圈子里的所有人,他甚至不是一个巴黎人,也是独一无二的巴黎人:一生下来就是百万富翁和贵族,孤儿和独生子,不仅本身就是家族继承人,拥有的钱财比任何人知道的都多,除了那些为它们守护、看管、增值的律师和银行家以外,而且继承了那位作为国家首位内阁成员的伯父那不可估量的权威和影响力,尽管另有别人优先承袭了头衔,还有那位名字家喻户晓的教父的权威和影响力，而这位教父的大名本身就是敲门砖（一名钢铁锻造商会主席的门），由于他们之间的牵连和责任，或者（一位单身汉的门）由于他们共同的生理和社会性别，这一点就连一位内阁大臣也望尘莫及；他不得不迁就大多数人，只为招来所有的灾难中举世无双的那一种：消耗——或者如果必要的话，缩短——他的生命的特权——以那种举世无双的方式：年轻、男性、未婚、贵族、富有，生于巴黎，故而安于巴黎：那座城市也就是全世界，因为它在所有的城市里至高无上，是所有的男人都梦寐以求、情有独钟的对象，不仅是在她处于荣耀巅峰的时候，而且还在——正如此刻——她跌入屈辱谷底的时候。的确，从来没比此刻更受人追捧了，就在这谷底之中；从来没有比此刻更有甚者了，因为这在任何其他城市都会成为屈辱的经历。作为世界的巴黎，而不是法国的巴黎，她从未像现在这样遭受玷污，这种屈辱不仅是受人仰慕的永恒和完美的一部分，因此对它们来说非常必要，而且因为这是巴黎所独有的那种辉煌的屈辱，只有巴黎才有能力享有，也正是这种独一无二的能力使她成为世界的巴黎：被征服——或者说，未被征服，因为作为法国的巴黎，她凛然不可犯，法国其他地区（而且，因为她也是世界的巴黎，还有世界的其他地区）臣服于铁蹄之下受尽屈辱，可她却幸免于难，——百毒不侵，刀枪不入：人人心向往之，文明世界的不可撼动的堡垒，永远的不贞、不毛之所在，欲壑难平的处女地：正是通过每一次不留痕迹的不孕的杂交，这位情妇重新恢复了她那无果的贞洁，对于每个有幸并有福被允许进入她那饥不择食、贪得无厌的轨道的年轻男子来说她是夏娃和莉莉丝的二合一体；获胜的德国佬侵略者本身与其说是被成功冲昏了头，不如说是被他这突如其来、难以置信的去处，在香气弥漫的客厅里拖着短靴走路，像天生拥有无价好命的人一样做梦，而有着不朽生命的她给这种命运赋予了短暂而不朽的神性，其交换的筹码只是他的年轻人的青春韶华。

然而，他来到了这里，在这个职业军人候选者的班级里只是另一个无名之辈，不单单是在军队的僵化等级体制之中，而且还在接下来的五十年间将要为了生存而挣扎的一支军队里面，需要从战败的混乱和屈辱中突围出来，既为了不被当作令世人恐惧的威胁，也为了作为一座丰碑而受到世人尊敬。一个盎格鲁－撒克逊人，而且几乎任何一个美国人都能，都将在他来这里的选择之中读出一个年轻人的梦想，他会在这梦里看到自己，不是通过某种无法弥补的牺牲行为，像安德洛墨达①那样把这座令人艳羡的城市从她的困境中拯救出来，而至少是尼俄伯或拉结②的一个孩子那样匆忙拿起宝剑和盾牌。但这不是拉丁人、法国人的思路；于他而言，这座城市没有什么可拯救的困境，他已用她那流浪的莉莉丝的一绺发丝勒死了所有男人的心；她未曾生育，没有儿子：他们是她的情人，当他们去打仗时她为了荣耀而躺倒在那不贞、不腐的祭坛前。

　　因此，只有那一位同学曾经不相信这样的说法：不是那个年轻人拒绝接受天堂，而是天堂拒绝接受它的子嗣后人；把他放在现在的位置上的不是他，而是他的家族，他根本就没被剥夺继承权，而是被剥夺了特权，遭到了隔离歧视：逼迫他参军的这个家庭——对他们来说，他们的名声和地位——无论他已成为或代表了什么样的威胁，最好不过是使它孤立、把它隔离，最坏则是为它最终的耻辱结局建碑立墓，而且——对他来说——一个躲避后果的避难所。因为他仍旧是他自己，男性、独身、继承人；家族成员仍会使用权力和影响力，即便他们不得不因为他没能成为他可能——应该——成为的样子而孤立、隔离他。事实上，他的家族甚至没有为他花钱赎身。相反地，他们将会在那个伟大姓氏的原初光芒之上再增添一道令人炫目的光彩，这光彩来自于他的帽子和衣袖上有朝一日将要佩戴的金色穗带。因为就连那一个不肯人云亦云的同学都相信与那个班上的所有人（不久还会有高年级的

---

　　①　安德洛墨达，希腊神话中的埃塞俄比亚公主，仙女座之女，宙斯之子珀尔修斯的妻子，把丈夫从海怪手里救出。

　　②　尼俄伯是希腊神话中的神，她的十四个儿子因自夸而全被杀死，她后因悲伤而化为石头；拉结是《旧约》中的人物，雅各布的两个妻子之一，约瑟和便雅悯之母。

三个班）同吃共眠的是一个四十岁就能当上将军的人——只要有任何机会在接下来的三十年以内打上任何一场配得上那个姓氏的败仗——国家会以法国元帅之名将其埋葬。

只是他没有利用这种影响力，至少在接下来的四年里没有。他根本不需要这样做。他不仅以全班第一名的成绩毕了业，而且还得了军校有史以来的最高分；有传言说他一出军校便有上尉军需官的职位等着他上任，就像是剧院或餐馆门口侍者手里备好的帽子或外套一样，而他的成绩单出色得让他那些无论毕业分数如何都不会有如此待遇的同班同学对此甚至无法心生嫉妒。然而，当他再度出现在他们的视线之中的时候——就在第二天，班上其余同学刚刚开始赴任前的两周例行休假——他竟没有得到那个上尉职位。他不是作为上尉在土伦①现身，看上去跟四年前几乎没什么不同：与其说文弱，不如说弱不禁风，他的薪水簿分文未动，他用不上它，就像乞丐用不上国王的马蹄铁工的钉子，而国王用不上乞丐的施舍箱一样，他那简单的副官行头没有用过，他的战争手册也从未翻开过（当然还有那个挂坠盒；他的同班同学还没把它忘了；事实上，他们现在已经知道了那里面的两帧肖像画上是什么人：伯父和教父：的确是他所背负的十字架，他的护身符，他的圣骨匣），但他没有得到上尉任职，就像从消防出口或后门小巷离开剧院或餐馆的客人或老主顾在走上林荫大道时没能取回帽子或外套一样。

但是——除了那一条——他们相信自己知道答案。这是一个姿态，不是那个年轻人的，而是家族的——一个权势阶层表示谦虚审慎的姿态之一，他们的权势大得足以担负得起谦虚审慎；他们，还有他，都在等待同一个结果：与漆黑午夜同色的灵柩般的豪华大车平稳地开来，带来的不仅是仿佛用丝绒垫托着公爵宝冠一般，前来呈送上尉委任状的文职秘书，而且还有那位大臣伯父本人，他会陪着外甥走回奥赛码头，在周围没人的时候带着冷冷的怒气甩手扔掉那套寒酸的非洲

---

① 土伦，法国东南部港市，海军基地。

副官行头，就像一位红衣主教从一名跪倒的献祭者的长袍里扯出一本马丁·路德①讲义来一般情形。但是，这种场面也没有出现。汽车来得太迟了。因为，尽管他被派驻的那支部队两周以后才开拔，人员都还没有抵达兵站，但是他仅过了一夜就动身去了非洲，去了野战勤务直系部队，悄无声息，几乎是鬼鬼祟祟的，带着与其他人将要得到的同样卑微的陆军少尉军衔和同样寒酸的装备。

于是此刻，那些有可能曾对他心怀嫉妒的人（不仅是他的圣西尔军校同期生，那些没有大臣伯父和主席教父的低班生和高班生，而且还包括那些有父母和监护人却没有内阁成员和钢铁锻造商会主席的职业军人，他们憎恨他不是因为他被授予上尉官衔，而是因为他没有接受它）不必再这样嫉妒了。因为他们现在明白自己永远也无法超越他：他们将会一劳永逸地免受妒忌之苦，因此也就一劳永逸地摆脱了憎恨和恐惧的困扰，他们这三个人，外甥、教父、伯父，现在走得飞快，他们铁下心来不顾漫长的裙带关系传统，年轻人匆忙赶往他的伯父和教父的势力和意志力大行其道的遥远边关，那个地方除了间或有督查来巡视以外无人可及；家族的野心没有边界，助长它的力量也无可限量。他们已经打赢了与嫉妒的持久战，从中赢得了豁免权，将会无拘无束；当他重新现身时，也就是说两年后的今天，将是一位二十三岁的上校，他会远远超越任何人羡慕和妒忌的范围，更不要说他们这些人了。或者，也许连两年的时间也花不上，一年大概就足够了，他们如此笃信的不只是那伯父、教父的权势，还有贪欲本身：富于同情心的人们，无所不能，无所不知，无处不在；有朝一日，奥赛码头就会轻舒一口气，在那狂热的非洲海滩上会冠冕堂皇地拍打着一阵全民异口同声的浪潮，声音足够大，时间足够长，不仅为了把事实产生的情境本身搅浑，而且为了分散那些对他们感到好奇的人的注意力；剩下的只有那个没有

---

① 马丁·路德（1483—1546），德国宗教改革家、神学家、翻译家、圣诗作家，十六世纪欧洲宗教改革的倡导者，基督教新教路德宗创始人，他所著《罗马书讲义》可谓划时代的巨著。

过去的主角及其成就，在一个没有昨天的舞台上交叠重合，就像是一场哑剧的两个假面，从文学那了无生气的储藏室里重获新生，因为到了那时他将不仅已从恐惧和憎恨中逃脱，而且也已从论资排辈本身的那僵化死板的长长拼图中脱身，如同一个女孩逃离童贞一样义无反顾；他们这时将会——能够——甚至看着他无动于衷，心境平和，不受任何记忆中的痛苦所困扰——甚至会再次看到他乘着总督的汽车，穿过旌旗飘扬、列队检阅的部队，从奥兰街道上欢呼的人群中经过，就坐在总督本人的右首边：二十三四岁的英雄，绝不只是拯救了一个帝国的哪一部分残骸碎片，而且还在苍穹下再次摆出了一只鸟的凶猛姿态，尽管事实上它与七十年前朝着整个欧洲、非洲，还有亚洲俯冲下来的那些老鹰相比只不过是它们身上掉落的又一片羽毛，他们此刻看着他毫无嫉妒之心，甚至没有怨恨之意，只是带着惊异和仰慕，不单单是为了法国，而是为了不可战胜的人类；——在非洲的艳阳之下和孤寂之中过了两年，这位英雄看起来依旧带有少女的气质，依旧像青春期的女孩子一样弱不禁风，带着令人难以置信的娇弱稚嫩，而同时却也无比坚韧，如同铸造车间里丝丝缕缕的轻雾或水汽一般无拘无束、有气无力地飘荡在沉重的混凝土机床中间；此时浮现的只是那更为耐久的品质，因为它已得到证实——不：重新证实——弱不禁风，既脆弱又同时凛然不可侵，因为这品质到了另一个人身上就会不仅带来伤害，而且还会造成毁灭：就像是古老故事里的圣徒，义无反顾、不容争辩地把自己的贞操提前出卖给送她渡过河流、进入天堂的摆渡人（也是一个盎格鲁－撒克逊寓言，因为只有盎格鲁－撒克逊人才会深信以那样低廉的代价买到的任何东西果真能够换来圣徒的身份）；——关于那个英雄，绵羊般温顺的欢呼人群当中没有一个人质疑，甚至没有一个人纳闷，他何时何地做过什么，跟什么、跟谁对阵取得了胜利，而他却对那喧嚣声置若罔闻，穿过这座欢庆的城市来到码头，那艘驱逐舰（也许是巡洋舰，肯定是驱逐舰）将把他带到他的巴黎，在那里取得胜利，然后再把他送回来，成为一支部队的首领，一个部门的司令，也许甚至干脆坐上总督的宝座。

然而,这一切也未曾发生。他一越过地中海便失踪了;当他们根据调令追踪时却发现他又离开了那个港口基地,在那里只待了不到一夜就奔赴内地去执行指派的任务了,港口没有人知道确切地点和具体任务。可他们早就料到了。他们相信自己连他会在哪里都知道:不是那种只因路途遥远、遥不可及的天涯海角,比方说布拉扎维①,那三张苍白的面孔——指挥官州长、新副官、混血翻译官——在那里会死气沉沉地论资排辈,互相倾轧,和蔼亲切却讳莫如深,性情暴躁,象形文字似的令人捉摸不透,就像美国印第安图腾柱一样带着黑暗伊甸园的天真;那是一个真正遥远的地方,不是被迫离群,而是主动索居,甚至是带有攻击性,让人难以接近,比如沙漠腹地之中的绿洲,比洞穴更加隐蔽不见天日,比游猎路线更加迂回曲折——一座丝质的帐篷散发着燃烧熏香的刺鼻气味,伐木工的板斧在木楔上凿出梦幻般的沉闷回声,挑水夫脚下响起轻悄的步伐,他坐在狮子皮的矮沙发上等待不知何时会不疾不徐地到来的命运的分娩。然而,他们想错了。他在到达港口的当天就离开了,去了一个像加尔各答黑洞②一样名震圈子的兵站——一个小型前哨,不仅离最近的一处貌似文明的要塞或者据点五百公里,而且离最近的补给站六十多公里——一块极小的荒芜围地,一名中士率领一个排驻守此地,这些人来自于一个外籍军团营,都是从整个欧洲、南美和黎凡特的贫民窟里招募的社会渣滓:——一口井,一根旗杆,一座千疮百孔的黏土孤楼,坐落在阳光炙烤下的沙漠荒地上,活着的人很少有人见识过这般场景,部队被派到这里来接受惩罚,或者冥顽不化的罪犯被送来遭受隔离,直到酷热和单调的环境与他们先天、后天的邪恶将他们与人类永世隔绝。三年前,他从港口基地直接

---

① 布拉扎维,刚果共和国首都。

② 加尔各答黑洞,位于印度西孟加拉邦首府加尔各答的一座小型地牢,一七五六年孟加拉的纳瓦布在此囚禁了一百四十六名英国俘虏,仅有二十三名得以生还。

去了那里，（作为在场的唯一一名军官，实际上也是唯一一个白人）不仅完成了他自己的一年轮值，而且还代替他的继任履职，如今继任的继任的任期也已超过了十个月；在刚刚得知此事的最初那一刻，他们——那个人除外——感到震惊，觉得好像地球本身停止了转动，强权本身也于事无补，因为无论七八年前或者十年前这个外甥给家族的希望和梦想带来的是怎样的挫败，就连那位伯父和那位教父都没能拉他一把，这就是事实，直到那一位同班同学发现了全部真相并且扭转了局面。

他是诺曼人①，一位卡昂②医生的儿子，这位卡昂医生的祖父在巴黎学习艺术的时候跟卡米尔·德穆兰③交上了朋友，后来成了他的狂热门徒，直到罗伯斯庇尔④把他们两个人处决，曾孙也是来到巴黎学习绘画的，可他放弃了自己的梦想，为了效力于法国便来上军校，因为他的曾祖父曾经为了人类的福祉而放弃了前程，上了断头台：尽管他长着农民特有的宽大骨骼，但他自从十七岁迷上绘画，到了二十二岁时就比以往任何时候看上去都更加弱不禁风、脆弱乖戾了，——一个长着苍白、松弛的银盆大脸，眼神充满热切渴望的男子，看了一眼那个对于全世界其他人来说无异于任何十七岁普通青年的人，便彻底为之倾倒，就像一个鳏寡已久的六十岁男子见到一个情窦未开的小女孩一样，他结识了那三个人物——伯父、外甥和教父——如同捡起许多纸质玩偶，把它们翻转过来再重新放下，位置和姿态保持原样，只是颠倒了乾坤。虽然这还要等上几年才能实现，实际上几乎要等十年，自打他们看着奥兰身后那片阳光普照的近海接受了他孱弱的脚步，然后

---

① 诺曼人，十世纪在诺曼底定居者的后裔。

② 卡昂，法国卡尔瓦多斯省的省会城市。

③ 卡米尔·德穆兰（1760—1794），一位法国记者、政治家，在法国大革命期间扮演重要角色。

④ 罗伯斯庇尔（1758—1794），法国大革命时期雅各宾派领袖、革命家。他是自由主义新闻理论发展历史上的一位主要代表人物，他的理论思想是：政府的职能是指导具体的和道德的国家力量朝着最终实现共同富裕的目标发展。

了然无痕地在他身后合体如初,就像一幅图画的背景,不仅没有留下痕迹,而且还无孔可入;不仅是一幅背景图,而且更是爱丽丝[①]的魔镜,他穿过它不是一脚踏入了太虚幻境,而是随身携带着太虚幻境,从无到有地创立了它:自那天起过了四年,他还待在那个荒无人烟的、阳光刺目的、没有未来可言的哨所;曾经不论他是否为一个真正的威胁,现在他是个难解之谜,如鸵鸟埋首于沙地一般让军事委员会的人感到迷惑,他们要把他强行拽回巴黎,至少是回到他当初宣布放弃的那个脆弱不堪的骄奢淫逸的小圈子里;自那天起过了五年,从那项职责自愿延续的第六轮开始,其实这项职责在落到他身上之前应该可以落到军队名单上(包括各个地方的每一个人)的每个军官头上的,而且(挪用公款罪如此严重,他的家族不得不让他隐姓埋名,这样一来搞乱的不仅仅是资历,还有那经年雷打不动的军队轮休表)就连卡萨布兰卡、奥兰、阿尔及利亚的咖啡馆都不曾见过他的人影,更不要说巴黎了。

　　然后,自那天起过了六年,他也从非洲遁形了,没有人知道他的去向,除了那位充满热切渴望的诺曼同学,不但无人知晓,而且那个天之骄子的江湖传言也失去了根基,身后只留下了军队名单上的一个姓名而已,还是旧日的少尉军衔没变,但是后面什么标注也没有:没有阵亡,去向不明;就连这也还要再等上两年,到时候曾经害怕过他的所有人,不仅是那个圣西尔班级,还有它的后继者,全都分开了,散布在三杠旗[②]飘扬的地界之内,直到那天下午他们五个人,包括那位诺曼同学和一名参谋上尉,偶然相遇在奥赛码头的一间会客厅里,此时正围坐在最近的那家咖啡馆门前边道上的一张桌子旁边,参谋上尉离开圣西尔才不过五年的时间就已经做了四年的上尉,他是拿破仑公国的一名后裔,该公国的创建人或接受者曾经做过屠夫,然后成了共

---

　　① 爱丽丝,十九世纪英国著名作家刘易斯·卡罗尔的童话作品《爱丽丝漫游奇境》(1865)与《爱丽丝镜中世界奇遇记》(1871)中的人物。

　　② 三杠旗,指法国国旗的蓝、白、红三色图案。

和党人，后来又支持帝国事业，变成一名公爵，他的儿子是一名保皇党人，然后又加入了共和党——仍然活着，还是公爵——后来又做回保皇党人：于是，四个看着他、听他讲话的人里面有三个心里在想，这才是真正的天之骄子，而他正在谈论的另外一个人十一年前曾拒绝了它，这才了然醒悟，第一次意识到，既然这个人的背后只是一些银行业主和控股人，那么不单单是那个人现在会有怎样的发展，还有——有了那样的家庭、背景和权势——他原本可能会抵达怎样无与伦比的顶峰；参谋上尉用那间会客厅来行使他的上尉职责，其他四个人里面的三个在亚洲兵站服役三年后当天早上不约而同地前来报到，第四个人是个低级军官，刚一出军校大门就被派到这里来了，他们五个人碰巧在拥挤的露台上聚集到了狭小的桌边，其中三个——包括那位诺曼巨人，与其说他坐在他们中间，不如说他居高临下，身材庞大，一副病怏怏的样子，看上去就像一块巨石一样毫无生气，只是他的脸庞肌肉松弛，面带饥饿的神色，双眼充满了热切的渴望——听着粗鲁、直率、野蛮、愚钝、自大的参谋上尉粗声大气地讲述着埋没在永无出头之日的荒野小哨所里几乎被人遗忘的那个少尉，声音大得其他桌上的人都转过头来看他：少尉本应成为不仅是所有职业军官的，而且是各地所有豆蔻少年的偶像标杆和希望所在，如同波拿巴是全体士兵的楷模，对于每个没有祖先的、首先达到贫困标准的法国人也是如此，可他居然情愿把生命和良知看得如此低贱：让（参谋上尉）感到不解的是，那沙漠里面有什么会比军需上尉的军衔更为重要呢，竟让少尉指挥官坚守了六年，他所统领的只是八棵棕榈树环绕的一口发臭的水井，还有十六名没有国籍的亡命徒；那里有什么是奥兰、卡萨布兰卡乃至巴黎比不了的呢——在那顶弥漫着骆驼臭气的帐篷里面有着怎样的天堂——那老迈而疲惫的肢体熟谙了古老的快感之道，就连蒙马特[①]的妓院（乃至圣日耳曼的闺房）都闻所未闻，然而却是如此的短暂易逝，

---

① 蒙马特，巴黎北区，十九世纪艺术家和作家聚会及居住地。

最初带来的是极大的满足，而最终却只留下真实的厌恶，以至于这位苏丹似的绝对统领只过了六年就一定要离开它——

"离开它？"三个人中的一个问道，"你是说他已经走了？他实际上终于还是离开了那个地方？"

"不完全是，"参谋上尉说，"等到接替他的人来了他才走。毕竟，他接受了一个对法国的誓言，尽管他，即使他保有钢铁锻造商会的权力。他失败了。他丢了一匹骆驼。还损失了一个人，即使他在入伍五年的多半时间里都如同监禁——"他讲述了详情：这名士兵出自于一个马赛大染缸，最终注定会成为一个女人的灾星，十八年前他败坏了一名女孩，使她生病，然后诱骗她当了妓女，最后把她谋杀了，此后十八年就是在这样一个荒野前线驻地度过的，因为这个地方——被世界遗忘的边陲——是地球上唯一一个使他得以继续行动、呼吸，供他吃饭、穿衣的地方：他现在害怕的是他有可能会做什么事情，促使有人要把他提升为一名下士或中士，这样一来便迫使他回到距离任何一个规模大到足以拥有一名民事警察的社区的行程在一天之内的某个哨所，在那里他见不到一张陌生面孔，却有某个陌生面孔会看到他；他——这个士兵，骑兵，跟那头骆驼一起消失了，显然是落入了附近的里夫①帮派或部落手中，而这正是卫戍部队驻扎于此的借口，也是部队全副武装的理由。而且，尽管此人也是政府财产的一部分，即使价值不算高，但那匹骆驼毕竟也是算数的。可哨所指挥官显然没有做任何努力去把他们找回来；于是，他们——他的听众们——可能会说指挥官在这个事件中的唯一失职就在于他避免了一场地方战争。这样说不对。他没有阻止一场战争：他只是没有发动它。这不是他在那里的目的，也不是他被考查并认定有能力担任指挥官的原因：不是不发动战争，而是保全政府财产。就这样，他失败了，昨天他的正式解职申请已经递到了将军副官的办公桌上——

参谋上尉还在讲话，诺曼人就已经站起身来；他们至少有四个人

---

① 里夫，住在北非里夫山地区的柏柏尔族人。

235

知道他是如何听说指挥官职位空缺的，可就连这几个人都不知道他是如何设法接替这个职位的——一个没有家庭、毫无影响力，也没有钱的人，事实上在他的事业上根本没有什么优势或庇护而言，除了他那病恹恹的庞大身躯还有那么一点值得怀疑的耐力，还有在圣西尔班上排名第二的成绩；由于这个排名，他已成为工兵少尉，而且由于这个排名和他的孱弱之躯，再加上他刚刚完成了中南半岛的野战勤务差事，从现在起一个成家立业的职位已经稳稳到手了，很可能就在巴黎，一直做到退休年龄为止。但在一个小时之内他到了军需总长本人的办公室，利用而且是平生第一次（很可能也是最后一次）特意利用排名第二的成绩来争取这个在将军办公桌前立足的机会，他不可能知道，或者做梦也想不到，有朝一日他自己将会坐在这张办公桌后面，轮到他大权独揽地做出那关乎每个身穿法国军装的人的去向和生计的裁决。

"你？一个工兵？"那个男人当面问道。

"他也是，"——声音急切，真诚，与其说强人所难，不如说只是不容拒绝而已，"这就是原因，你知道。记住，我在班上排名第二，仅次于他。他离开以后，第一就归我了。"

"那你记得这个，"对方说着，轻轻敲了敲面前桌上的那份医疗报告。"这就是为什么你在休假结束后不能回西贡，为什么从现在开始你要去总部基地的原因。至于那个，你活不过一年，在那个——"

"你刚才要说'黑洞'，"他说，"这不正是它存在的目的么：为了冠冕堂皇地除掉那个已被证明在人类组织里面无处存身的自我？"

"人类？"

"要么说，法国。"他说；十三天以后，他骑在骆驼背上，目光扫视着明晃晃、没有标记、绵延数英里的漫漫长路，如同千年以后的第一位朝圣者看着几乎辨认不出的垃圾堆，当地导游信誓旦旦地告诉他这里曾经的过往，当然不是各各他，而是客西马尼[①]，他看着一丛破败

---

① 客西马尼，基督被犹大出卖被捕之地。

光秃的棕榈树之中的那根旗杆和阳光漂白的墙垣;落日时分,号角响起,他笔直地站在这景物里,带着献祭的悲壮感,帝国铠甲那七零八落的穗带此刻落到了他的身上;夜幕初降,两头骆驼在那个等待的传令兵头上发出低沉的咯咯声,刚好在耳力能及的范围以外,他站在大门边,身边就是那个六年前在昔日的班级上排名第一的那个人,他们二人几乎看不见对方,只听见安详、柔和的声音,声音里充满了苦难的激情和希望的渴求:

"我知道。他们以前觉得你在逃避。他们一开始很怕你。然后他们断定你只是个傻瓜,居然坚持要在五十岁时当上法国元帅,而不是四十五岁,在二十一、二、三、四、五岁时利用权势躲开了四十五岁来临的指挥棒,到了五十岁便再无力招架它了;利用这种权势来逃避那种权势,利用这个世界来逃避那个世界;让你自己摆脱肉体而不必赴死,不必失去意识你便已摆脱肉体:不是逃避它,你无法免除它的影响,你也不想这样:只要摆脱它,总是记得你只是与它休战,其代价是无时无刻不能懈怠的警惕,因为没有了那种意识,肉体便不再为你存在,也就无从摆脱它了,因此你在任何地方都没有什么可摆脱得了。哦,是的,我知道:英国诗人拜伦的梦想、希冀或请求是,所有活着的女人只有一张嘴来供他亲吻:这个登峰造极的天之骄子把一切肉体都置之度外,仍旧保持其童贞之躯,由此便包容了一切肉体。可我心知肚明:他寻求一座沙漠,不似西缅①,而似安东尼②,利用米特拉达梯③和黑利阿伽巴卢斯④不仅是为了争取到一个受人蔑视和嘲笑的栖

---

① 西缅,出自《新约·路加福音》第二章第二十五至三十五节,耶路撒冷圣殿的一个祭司,在耶路撒冷见到婴儿耶稣的虔诚老人。

② 安东尼,即马克·安东尼(约前83—前30年),古罗马政治家和军事家,恺撒最重要的军队指挥官和管理人员之一。

③ 米特拉达梯,出自古希腊神话,太阳神密特拉(或密多罗)的儿子。

④ 黑利阿伽巴卢斯,即埃拉伽巴卢斯(约203—222),罗马皇帝,公元二一八年至二二二年在位。

身之地，而是为了进入狮子躺下休息的洞穴付出代价：他们——那些曾经怕过你的人——相信他们看到了野心和贪欲自身在一个十七岁孩子面前不攻自破——看到了当那位伯父和那位教父都无法应对你的罪行或贪污行为的时候，那整个强大的、至今不可撼动的残酷无情和巧取豪夺的霸权便暴露出了它有恃无恐、外强中干的本质，就好像使那位伯父和那位教父俯首听命于斯的野心和贪欲如此贫瘠和浅薄，以至于贪心本身已经把那些曾经代表了它的最大支柱和至尊权力与荣耀的人彻底抛弃了。

"这是不可能的。那种情况不仅不可信，而且不可忍。贪婪不会消亡，不然人就要否认自己呼吸。这不是贪婪：它的整个伟大、光荣的历史都会否定这一点。它没有，不会，也不能消亡。不只是一个国家里的一个特权家族能够借助于它并且因着它如彗星般地青云直上，不只是所有国家里的一个精英国家被拣选出来继承那笔恢宏的遗产；不仅是法国，还有所有曾经崛起、长久坚持并因此得以历史留痕的政府和国家，它们源自于它，依赖于它并且借助于它，永久地铭刻在人类当今的奇迹和往昔的荣耀之中；文明本身是它的通行口令，基督教是它的鸿篇杰作，沙特尔[①]和西斯廷教堂[②]，金字塔和赫拉克勒斯之门[③]下面的岩石构筑的火药库是它的祭坛和纪念碑，米开朗基罗[④]、菲迪亚斯[⑤]、牛顿、埃里克森[⑥]、阿基米德和克虏伯[⑦]是它的神父、教皇和主教；它长长

---

① 沙特尔，法国北部城市，位于巴黎西南，以其著名哥特式的圣母大教堂而著称。

② 西斯廷教堂，位于罗马城中，属梵蒂冈。

③ 赫拉克勒斯之门，位于土耳其第三大城市伊兹密尔以南的以弗所古城遗址，上面雕刻着希腊神话中的大力神赫拉克勒斯像。

④ 米开朗基罗（1475—1564），意大利文艺复兴时期的画家、雕刻家、建筑师和诗人。

⑤ 菲迪亚斯（约前480—前430），古希腊的雕刻家。

⑥ 约翰·埃里克森（1803—1889），瑞典裔美国海军工程师，十九世纪最具创造力的工程师和发明家。

⑦ 阿尔弗雷德·克虏伯（1812—1887），德国实业家，世界著名的火炮制造商。

的、不朽的荣耀花名册——恺撒、巴尔卡家族①、两个马其顿人②、我们自己的波拿巴，那个俄国伟人③，以及那些头发火红如炬、阔步穿过北极光的巨人④，还有所有并非英雄却默默发光的次要人物、匿名之士，他们至少成就了英雄们的伟业——将军和司令，光荣的下士和普通士兵，著名的勤务兵和传令兵，董事长和联合会主席，医生、律师、教育家和教士，经过了十九个世纪已将天子⑤从湮没无闻之中拯救出来，把他从区区一个温顺懦弱的土地继承人变成了它的商会主席；还有那些根本没有姓名和头衔可隐匿的人——从那些在高高的石垛上开凿雕刻、挥洒汗水的人，那些粉刷天花板、发明印刷机、刻制枪管膛线的人，一直到最后那一个不屈不挠地发出声音的人，要求的只是在罗马的狮穴里谈论希望、在加拿大森林里的印第安火葬柴堆上低唤上帝之名的权利——再继续一成不变、穷追不舍地追溯到人类的简单记忆所无法记录的远古时代。这不是贪婪：它不会消亡；假设米特拉达梯和黑利阿伽巴卢斯的继承人利用了他的遗产，为了逃避他的被继承人：米特拉达梯和黑利阿伽巴卢斯仍旧还是黑利阿伽巴卢斯和米特拉达梯，从奥兰仓皇而逃的做法依然只是鼠辈之举，因为狸猫精⑥从父母亲那里遗传了耐心，而整个圣西尔—土伦—非洲的行程只是一场逃亡，正如少女逃离色狼时奔向的并不是庇护之所，而是隐私之地，这隐私刚好足

---

① 巴尔卡家族，公元前三世纪迦太基最著名的寡头家族之一。

② 指亚历山大大帝（前356—前323），马其顿帝国国王，亚历山大大帝国皇帝，世界历史上著名的军事家和政治家，欧洲历史上伟大的四大军事统帅之首（亚历山大大帝、汉尼拔、恺撒大帝、拿破仑）。另外一位应为马其顿王国的重建者安提柯一世（前382—前301），被认为是亚历山大大帝去世后最伟大的军事家。

③ 疑指阿列克谢·阿列克谢耶维奇·勃鲁西洛夫（1853—1926），俄国杰出的军事家、骑兵上将，俄军在第一次世界大战中的代表性人物。

④ 此指一八四五年英国探险家约翰·富兰克林率领的北极探险队，百余人全部遇难，堪称北极探险史上最大的一次遇难事件。

⑤ 天子，古以君权为神所授，故称帝王为天子。

⑥ 狸猫精，该典故出自于莎士比亚的著名悲剧《麦克白》里的三个女巫。

239

够让这场胜利大逃亡铭刻于记忆，把它的战利品转化为一份奖赏。这不是贪婪，它就像贫穷，自生自灭。由于它能持久，甚至不是因为它是贪婪，而是因为人类的本性，历久弥坚，长存不朽；历久弥坚不是因为他长存不朽，而长存不朽是因为他历久弥坚；贪婪亦然，从来都不会放过不朽的人类，因为他在贪婪里、从贪婪中获得并保有他的不朽——那巨大的、无所不包的、富于同情的，只对他说，相信我吧；纵然你的怀疑有七十乘以七重，你只需再一次相信。

"可是我知道的。我当时就在那里。我看见了：十一年前的那一天：中止在那只战争铁胃里，其实并不脆弱：只是被锁定、隔离在脆弱之中，就像是毛玻璃里面的小人；不是穿过爱丽丝的镜子进入太虚幻境，只是隔离而已，道德上的对立，义无反顾的背叛；如果你的梦里还依然有着富丽堂皇、金光闪烁的林荫大道以及你那旧时摇篮和废弃宅邸所在的城郊小区，那它也只是作为梦境与你的过去永远密不可分，却与你的命运永远水天相隔；梦境纠缠不休，你和梦想遭受千锤百炼，你自身与那痛苦和渴求一刀两断，永不复焉；与如今已成年的那个年轻人藕断丝连，就好像此处这个光秃秃的荒野小站与那命运永远密不可分一样，——从来都不是那位伯父和那位教父的私人领地，而是那场献祭仪式必要的虚构成分，专为这个时间、这个空间来设定，某个特定的时空场所，——不是那个年轻人：那种文弱不堪的特质；不是为了考验那年轻人，而是为了考量脆弱本身：测度、评估、考量；从来都不是一个顽劣乖戾的逃亡小孩，从来也不是用折磨、饥饿来强制和胁迫的伯父、教父，但是他们所有人的三位一体仍旧完好如初，因为它从未改变，作为一个整体来考量那种脆弱对于命运和奉献的影响力，他们把沙漠当作检验标准，就像旧时的士官生在他作为普通乡绅的最后一夜通常会独自跪在小教堂的石板地上，面前的软垫上摆放着明日授勋用的崭新马刺。

"他们就是这么想的：不是人类放弃了贪欲，而是人类放弃了自己；他自身那孱弱的血肉之躯辜负了他：血还在流，只是现已冷却下来，进入了他短暂而喧嚣的生命的第二个阶段,这时他肚皮里装的东西比荣耀或王权要好,然后就会继续进入第三个也是最后一个阶段,此刻对于茅坑的期待远比一个女孩披散在枕头上的发丝来得更动人。这就是他们心目中将会是你的命运终点的地方。而且,从现在起再过十年,他们不会比现在更明事理。因为即便再过十年你也等不来你的转机、你的荣耀一刻。那要花更久的时间。需要一个新时代、新纪元、新世纪,根本记不得我们昔日的激情和失败;与上一个不同的新世纪,不同于人类上一秒发现上帝而下一秒便失去了他的那个世纪,要在他的希望和需求的记录中设定一个新标志;甚至还得再过二十多年,那一天才能到来,你再次现身的那一刻,没有了过去,仿佛你就从来没有存在过似的。因为等到那时你对于他们来说已不复存在,除了在彼此的记忆里:一个门外汉,不仅没有生命,而且只是作为一个神话融入了共同的回忆之中:不是他们中任何一个的私有财产,因为你将会属于所有人,只有当你的监护人们碰巧从天涯海角(即法兰西帝国)相聚一处,把碎片拼到一起,让你暂时变得完整起来,你才能成为统一的有机体;你将会轻飘飘地横躺在法国的土地上,从莫桑比克①到密克隆岛②,从魔鬼岛③到条约口岸④,就像记忆中已然模糊的一种气味,一个日渐淡忘的字眼,一个习惯,一个传说——一座被链锯切割作若干纪念品的雕像,仅在布拉扎维、西贡、卡宴⑤、塔那那利佛⑥的咖啡馆

---

① 莫桑比克,此指莫桑比克海峡,西印度洋的一条水道,是世界上最长的海峡,东为马达加斯加岛。莫桑比克和马达加斯加曾沦为葡萄牙和法国的殖民地,马达加斯加于一九六〇年六月二十六日宣告独立,莫桑比克人民共和国于一九七五年六月二十五日正式宣告成立,海峡北端的科摩罗群岛也于一九七五年七月六日正式独立,海峡地区逐渐摆脱了殖民统治。
② 密克隆岛,北美洲东部岛屿,法国海外领地。
③ 魔鬼岛,法属圭亚那沿海安全群岛之一岛。
④ 条约口岸,指的是法国在海外侵略扩张的势力范围,殖民时期的特殊产物。
⑤ 卡宴,法属圭亚那首都。
⑥ 塔那那利佛,马达加斯加首都。

或餐厅的桌边才会变得完整,就在那么一刻或一个小时严丝合缝地成为一体,就像士兵们从香烟盒里拿出女演员、将军和总统的照片来匹配和交换一样;不是一个喘气的大活人的影子,而是一个人工合成物,如同保育员用手在幼儿园的灯和墙之间摆出普通家常物什的组合,让孩子带它入梦:一个气球:一只鸭子:潘趣诺小丑玩偶①:法国光荣号②船模:一只猫头——倒投到奥兰后面、你会消失其后的那幅乏味无趣的帷幕上的一个阴影,不是太阳投下的阴影,而是那张军需官上尉的委任状,你的拒绝令他们首先感到的是恐惧和愤怒,直到二十年以后你和你那两位有权势的亲戚都会变得不真实,只有那张褪色的羊皮纸是真实的,仅仅因为你的拒绝也把它变成了有关你的传说的一部分——在那张破旧的、现已不会带来伤害的皮纸文书的裂缝旁边徒劳地悬垂着它那褪色的封蜡和饰带,你就从这裂缝里消失在最古老的喜剧之中:青春飞逝,被遗弃的人逐渐老去,却有着不屈不挠、以身相许的追求,卑贱、坚定、不气馁、不可改变、令人恐惧的不是威胁,而是忠诚,直到最后那些曾经怕过你的人会看着你超越敌意,惊诧不已:然后是不屑一顾:接下来是不现实感,最终完全出离了你的种族和同类,进入文学那尘封的杂物间。

"可这不是我,"他说着,咄咄逼人地走上前来,只见一个高大骨感的身形,病恹恹的,怒气冲冲地低声咕哝着:"因为我可不傻。十一年前当我看见你站在那扇门里的时候就立刻明白了。我当时就知道。我当然不会在这里亲眼看到它(我的最后一次体检报告,你知道:那不可思议、令人惊叹的事物,一条人命长达数年,然后——布尔人③怎么说来着?——一张写满医生术语的干巴巴、灰扑扑的纸页就把它打发了。他们当然说得不对。我是说奥赛码头的那些人。他们根本不想派我来在这里,因为他们觉得这么做只会让办事员的工作量加倍,他

---

① 潘趣诺小丑玩偶,意大利滑稽戏或木偶剧中的小丑,类似于英国传统儿童木偶戏《潘趣和朱迪》中的潘趣。

② 法国光荣号,建于一八五九年,世界上第一艘实用型挂帆式海上装甲舰。

③ 布尔人,南非荷兰移民后裔。

将来不仅要找人替换我，而且还要把我从军队名单上除去，甚至还没等我走完来这里的这段旅程就把我的继任派来），我起初有点伤心，因为我曾经以为你可能需要我。我是说，需要我不仅仅是为了我对人类境遇尚且保有古老的希望。——没错，"他说，尽管对方一直不吭声，"笑吧，嘲笑那个梦，还有那个徒劳的希望。因为你无论要去哪里都能回来，不需要任何人帮忙。请注意，我不问去向。我刚才要说的是'要找到你将需要当作工具来利用的人或什么'，可我也及时把话咽了回去。所以你至少不需要对此嗤之以鼻，因为我知道你想去哪里就去那里，无论去哪里，只为等时机一到，人类活着的希望来临的那一刻，你再从那里回来。我可以拥抱你吗？"

"非得这样吗？"对方说。随后："应该吗？"然后飞快地说："当然。"但是，还没等他动，高个子已经弯下腰，那巨大而扁平的身影赫然俯将过来，抓住小个子男人的手吻了吻，又放开了它，然后直起身来，几乎像长辈，一位母亲那样用双手捧住对方的脸颊，片刻才松开手。

"上帝与基督同在，"他说，"走吧。"

"这么说，我就要拯救法国了。"对方说。

"法国，"他说，既不唐突，亦无轻蔑，"你将拯救人类。永别了。"

接下来有将近两年的时间，他是对的。也就是说，他几乎错了。他不记得那头骆驼或幼崽——无论它是什么——一点也不记得；只有一瞬间——很可能，无疑，在奥兰的基地医院里——一张面孔，一个声音，大概是一名医生吧，惊叹的不是他没有保住关于那段凶险而空旷的旅程的记忆，而是他居然还能保住性命；接下来就没什么大不了的了，只是赶路：地中海：然后他平静地意识到，没有兴奋，没有喜悦：只是平静，几乎心不在焉，还不能（这也不重要）抬起头来亲眼去看，这就是法国，欧洲，家园。然后他就能挪动头部了，也能举起双手，即使那具庞大的诺曼农民的身躯的确看起来仍在它那透明的罩子之外；他说，虚弱地大声说，带着一种心平气和的惊诧，虽然有气无力，但至少声音响亮："我已经忘记了冬天是什么样子。"他此时整日斜倚在策马特镇①上方的那座玻璃门廊上，望着马特洪峰②，不去看那日子一天天按部就班、不可名状地渐渐逝去，而是看着微不足道的大地，因为那座伟岸的山峰仿佛用一只巨手总是把一抔光线捧到下一座山峰。不过，那只是身体的缘故，它正在复原；不久以后它就会强壮起来，或许不像以往那么好，甚至也还不是以后最好的状态，而是恢复到必要的程度，因为它们全都一样，——只是躯壳：不是那份记忆，因为它能铭记不忘，甚至一刻都没有忘记两年前在奥赛码头露台桌边的那张年轻面孔，他们当时大老远从巴黎跑来，就是为了见他——

"不是巴黎，"对方说，"凡尔登。如今我们正在那里建筑防御工事，他们再也过不来了。"

"他们？"他平静地说，"现在太晚了。"

"太晚了？胡说。那份狂热和愤怒仍旧还在，我敢向你保证。它就像是与生俱来；他们大概都无法避免。可是还得再过几十年，也许是整整一代人，它才能再到抽风的地步。"

"对我们来说不晚，"他说，"对于他们，太晚了。"

"哦。"对方说，根本没听懂；他很清楚。然后对方说道："我带来了这个。在你刚刚动身去非洲之后发布的。你大概还没见过吧。"这是公报上的一页纸，泛黄褪色，几乎过了三年，对方把它展开，他看着那份冷冰冰的墓志铭：

提升陆军中校：
（姓名）副中尉
一八八五年三月二十九日

离职退休：

---

① 策马特镇，位于瑞士瓦莱斯州。
② 马特洪峰，阿尔卑斯山峰之一，位于瑞士与意大利之间的边境。

（姓名）陆军中校

一八八五年三月二十九日

"他没有回巴黎吧,"对方说,"就连法国也没回——"

"没有。"他平静地说。

"这么说,你大概是最后一个见过他的人了。——你见了他,不是吗?"

"是的。"他说。

"那么,你也许连他去了哪里都知道吧。他现在的去向。"

"是的。"他平静地说。

"你是说,他自己告诉你的?我不信。"

"是的,"他说,"无稽之谈,不是吗?我不能说是他告诉我的,只能说他应该是告诉过什么人。他在一座西藏喇嘛庙里。"

"一座什么?"

"是的。东方,早上,就连死人,死去的异教徒,都面朝那个方向而卧,所以它的儿子站起来投下的第一道微弱的阴影就能打破他们的安眠。"这时他能感觉到对方在看着他,脸上带着某种神情,可他还不想去管它,对方开口讲话时声音里也带有某种语气,可他也还不想管它。

"他们也给了他一条绶带,"对方说,"是红色的那种。他不仅为你保住了你的职位和要塞,大概还拯救了非洲。他阻止了一场战争。当然,他们事后不得不除掉他——要求他辞职。"

"好吧,"他平静地说。接着又问:"什么?"

"他弄丢的骆驼和士兵:那个谋杀凶手——你不记得了?当然了,如果他告诉过你他要去哪里,那他也跟你讲了那件事吧。"对方正看着他,注视着他。"涉及一个女人——不是他的,当然了。你是说,他没跟你讲?"

"不是,"他说,"他跟我讲了。"

"那我自然就不必讲了。"

"是的,"他又说,"他跟我讲了。"

"她是个里夫人，本地人，属于这个村子、部落、殖民地，管它是什么，这就是在那里设置哨所、驻扎部队的原因；你肯定已经看出来了，既然你去过那里，——一个奴隶，值钱：好像不是谁的妻子、女儿或宠儿，反正报告上是这样写的：只是可以买卖的。她也死了，跟十八年前马赛的那个一样；那男人迷倒女人的能力真是致命的呢。接着，第二天早上，那头骆驼——是他的——指挥官的——私人坐骑：也许是一个宠物，假如你能——想要——养一头骆驼做宠物的话——和他的饲养员、骑手、驯养人，管他们是什么，一起失踪了，过了两个黎明，饲养员回来了，走着回来的，完全吓坏了，从酋长那里得到了最后通牒，头人转告指挥官，勒令指挥官在第二天黎明之前交出那个人（有三个人受到牵连，但上司只要主犯就满意了）要他为女人的死和把她当作战利品买卖之事负责；不然，酋长和他手下的人就会包围哨所，把它连同卫戍部队一举摧毁，他们很可能这么做，如果不是马上行动，那也自然会在下一任监察长前来视察之前的近十二个月之内。于是，指挥官便连夜派了一个志愿者悄悄溜走，赶在那份最后通牒黎明生效、这个地方被包围之前，赶往附近的哨所去搬回救兵。——不好意思，你刚才说什么？"可他并没有开口，僵在原地，现在他自己正是脆弱的一方，刚刚死里逃生，惊魂未定。

"我还以为你刚才说'选一个'呢，"对方说，"他无需做出选择。因为这是那个人唯一的机会。他本可以随时逃脱——存储食物和水，十八年间的几乎任何一个夜晚都可能偷偷溜走，也许会抵达海岸线，或许甚至是法国。可接下去他又能去哪里呢？他只能逃离非洲：永远无法逃避自己，逃不开旧时的宣判，当时救他一命的只有他的军装，而且也只是在光天化日之下穿着才能起作用。可他现在可以走了。他甚至都不必逃跑，他获得的不是特赦，而是免罪；从现在开始，整个法国的帝国大厦都将为他担保，替他洗清罪责，即便他搬到救兵回去太晚也无妨，因为他不仅有指挥官的口谕，还有一份签署的文件来为他的行为担保，并且借此命令所有的人为其兑现奖赏。

"这样一来,指挥官不必选择他:只需接受他;落日时分,卫戍部队列队集合,那个人从队列里站了出来;这时,指挥官本该从他自己的胸前取下勋章,把它别在那个牺牲品的胸前,可指挥官当时还没得到那绶带呢(哦,对,我也想到了那个盒式吊坠:从他自己的脖子上取下链子,把它挂到那罪犯的脖子上,可是与去掉一个害群之马或保留一颗老鼠屎比起来,那应该更适合留给他火箭般飞速上升的进程中某个更美好、更值得长久回味的时刻)。因此,无疑就是在这个时候,他给了他那份签署的文件,把他过去做的事情一笔勾销,这个人不知道的是踏出队列的第一步就已经使他摆脱了呼吸所能给他带来的其他一切;此人敬了个礼,向后转,正步走出大门,融入了黑夜之中。投入了死亡的怀抱。刚才有那么一刻我以为你又开口说话,正要发问呢,假如那道最后通牒到明天黎明才生效,那么里夫茜长是怎么发现一名侦察兵试图当夜出走,于是在那侦察兵将要通过的旱谷口设下埋伏的?对呀,怎么发现:这个人在咽气之前挣扎着发出最后一声呐喊或尖叫表示谴责和抗议的时候,大概自己就是这么问的,因为他那时也不知道还有绶带这么一回事。

"走进黑暗:夜里:旱谷。进入地狱;这连雨果都没想到。因为从他的遗体残骸看来,他是拖了大半夜才死掉的;第二天破晓时分,大门上方的哨兵遭到了袭击,然后那头骆驼(当然不是走失的那头肥硕的,而是一头邋遢患病的老骆驼,因为死去的那个女人很值钱;而且,在一份交通事务处的报告里一头骆驼看上去跟另一头没有两样)小跑着进了门,身上拴着那具尸体,尸身上没穿衣物,大部分肌肉也都脱落了。就这样解除了围困和封锁;敌人撤退了,日落时分在号角声中指挥官带着一支行刑队掩埋了唯一的伤亡人员(除了那头更好的骆驼:毕竟,那女人生前很值钱),然后你接替了他的职位,他离开了,一名佩戴着玫瑰形花结的陆军中校流落到一座喜马拉雅喇嘛庙里面,身后什么都没有留下,除了他所挽救的法兰西小小一隅,它成了在他的哄骗下挽救了它的那个人的陵墓和衣冠冢。一个男人,"对方望着他说。"一个人。"

247

"一个杀人凶手,"他说,"两度谋杀——"

"滋生于一个法国粪坑,生来就要杀人。"

"可他被全世界的粪坑都抛弃了:由于他自暴自弃,两次失去国家,两度没有祖国;由于他生不如死,他两次失去了世界;没有人要他,因为他连自己都不要了——"

"可他是个男人。"对方说。

"——用法语讲话、思考,只因为他没有国家,有必要使用那种国际通用语言;穿法国军装,因为只有法国军装才是地球上唯一的一个地方,能让杀人犯安全藏身而不受他的罪行牵连——"

"但是,承担这一切责任,至少是毫无怨言地承受帝国的沉重伟业中属于他的那一份而无所回报,这是很少有其他人敢于或能够做到的;甚至于以他自己的方式处事立身:记录清白,只有一点点贪杯,一点点小偷小摸——"

"到目前为止,"他喊道,"——只有小偷小摸、鸡奸、同性恋——到目前为止。"

"——这些是他提防下士或中士的委任状的唯一方式,下了委任状就相当于判了他的死刑。凡事不求人,直到他那盲目无明的、毫无价值的命运跟他的纠缠在一起,而他已经竭尽了钢铁锻造商会和法国军队的资源,现在沦落到了在人类自身的猪塘和粪池里四处为家的地步;由于他已自暴自弃,除了身上穿的军装和上油护理的步枪以外什么都不欠法国的,应征在一个排的前线阵地上填补一人宽的空间,他不索取回报,也没有任何期待,只是希望仍旧冥顽不化地死在一张军营的铺位上,可他被哄骗着为国家献出了他的生命,就连做准备的机会都没有,而这个国家要借平民之手抓住他并在十五分钟之内把他送上断头台。"

"他是个男人,"对方说,"即便死了,天使们——正义的化身——仍旧为他而战。你那时不在,所以也没听说过这个。那是在签署那份颁发玫瑰形勋章的嘉奖令的时候。办事员(私生活中是一名业余的阿尔卑斯山登山运动员)捧着羊皮纸递给坐在办公桌后面的总司令官要求签名,他趔趄了一下,碰翻了一只一升装的墨水瓶,墨水洒在文件上,不仅弄脏了获奖者的姓名,而且还把整个功绩记录都搞得一塌糊涂。于是,他们制作了一张新的羊皮纸嘉奖令。它一拿到办公桌上,还没等总司令伸手拿笔,不知从什么地方刮来一阵风(如果你认识马特尔将军的话,你就知道无论他在哪个房间里逗留的时间足以需要脱帽,这个房间一定密不透风的)——风不知从什么地方刮来,把那张羊皮纸刮出了二十米,飘过房间进了火炉,它像赛璐珞一样噗的一声就消失不见了。可这有什么用呢,在他们之间只有蹩脚神话里的那些燃烧的宝剑,还有那钢铁锻造商会出产的那些发出打鼾似的沉闷响声的左轮手枪、打嗝般嗒嗒喷火的马克沁式重机枪?就这样,他去了一座西藏喇嘛庙。去忏悔。"

"去等待!"他喊道。"去做准备!"

"是的,"对方说,"那也是他们的说法:那一天①。那么,也许我最好赶回凡尔登去,也继续准备和等待,既然我们现在都提前得知了将来会用得上这两样。哦,我知道了。那一天我不在,没像你那样在那扇大门前看到了他的脸。可至少我传承了它。我们都传承了它:不仅是那个班级,还有所有在你和他之后到来的其他人。至少我们现在明白了我们传承了些什么:只有恐惧,没有痛苦。一位预言家事先给我们发出了警告,因此让我们得以解脱。于是留下来的只有对那个人的敬重。"

"一个杀人犯。"他说。

"但是一个男人。"对方说着便走了,撇下他也许还没完全从死亡之中站起来,但至少是再次背对着死神;却也足以意识到他那年迈的同龄人的人数正在不断地减少:意识到他的事业之舟赖以漂浮的蓄水池的水位正在不断下降,照这样的速度很快就会搁浅。事实上,总有一天他会明白它已搁浅,任何潮水、波浪或洪流都再也无法将它挽回:他穷其一生都笃信不移的假如不是他的耐力,至少是那耐力包装下的

---

① 原文为德语,下同。

巨大躯壳；接着在下一刻他将会明白，无论搁浅与否，它——他——永远都不会被抛弃；那座大厦接受了这具嶙峋之躯的奉献，总会确保在他和零之间至少有一个数字，即使它不过是他自己的；因此那一天来临了，那一天，敌军潮水般涌来，不是穿过凡尔登，因为二十五年前那个早上他的来访者是对的，他们不会从那里通过，而是佛兰德斯，走得如此快，如此远，以至于一支散兵游勇的穷寇部队在巴黎出租车上与他们相遇，扣押了他们以备那绝望一刻的不时之需，他仍然在那玻璃门廊后面，听到旧时圣西尔班上排在他这个第二名前面的那个第一名如今在西欧所有穷途末路的结盟民族已是排位第一的首领，他说，就是在这里我将来也会看到它的开端，然后两个月以后他站在一张办公桌后面，面对着桌前那张他已三十年未见的面孔，四十年前在圣西尔的大门前他第一次见到它，从此便铭记在心了，如今看起来没怎么变老，依然镇定沉着，身体以及面孔以下的双肩仍旧弱不禁风，却是注定要——不：不是注定：是有潜力——把人类的痛苦和恐惧，最后还有他的希望，这些骇人的重负扛起来，他看了他片刻，随后说："军需总长的任命在我的权限之内，我可以免费赠送。你愿意接受这个职位吗？"他自言自语道，带着一种平和的辩解语气，不抱什么伟大的、孤注一掷的希望，有的只是简单的理性、逻辑：我甚至会看到结局，也能看到它化为现实。届时我甚至会亲临现在。

然而，如十分钟前的来访者所预言，那是二十五年以后的事情了；此刻他躺在那里，脸上流淌着平静的泪水，护士手里拿着一块折叠的布片，弯下腰对着他讲话，他十分虚弱却仍旧不肯屈服，冥顽不化，不可救药，身处绝境却心怀希望，这名护士不加区分地用了两次"他"，就好像她也知道真相似的：

"对，他曾经是个男人。可他当时还年轻，比孩子大不了多少。这些泪水不是痛苦，只是悲伤。"

此时，房间里的灯火已经点亮，枝形吊灯、壁式烛台灯和旋转烛台。窗户都已经关上了，包括窗帘和窗扇；房间看上去像一只潜水钟一样隔水悬挂在城市的呢喃声上方，人们已经开始在下面的广场上再次集结。水罐和汤碗已经不在了，老将军在光秃秃的桌子后面再次就座，两位同事分立两侧，不过他们中间还有第四个人，就像落入金鱼缸里的一只喜鹊那样不协调，那样荒谬可笑——一名满脸络腮胡子的平民坐在老元帅和那个一身穿黑白两色服装的美国人中间，在盎格鲁－撒克逊人看来这件衣服是穿来参加宴会、勾引女孩或从事其他暗中消遣活动的正式礼服，在欧陆和南美人看来则是分裂其他政府或推翻他自己的政府的刻板制服。年轻的副官面对他们站着。他用法语快速而流畅地说："囚犯都在这里。白色新城的汽车二十二点到达。那个女人来说汤匙的事情。"

"汤匙？"老将军说，"我们拿了她的汤匙吗？把它还回去。"

"不是，长官，"副官说道，"这一次不是。三个外乡女人。外国人。是市长大人的事务。"片刻，老将军坐在那里一动不动。可他声音不带任何情绪。

"她们偷了那汤匙？"

副官的声音也不带任何情绪：语气生硬，语调平淡："她把那汤匙朝她们扔了过去。它不见了。她有目击证人。"

"谁看见她们中哪一个捡起汤匙把它藏起来了？"老将军说。

副官站得笔挺，目视前方。"她还扔了一只篮子。里面满是食物。同一个人半空中把它接住了，食物没撒出来。"

"明白了，"老将军说，"她是来抗议一个奇迹的吗？或者只是来证明有这样的事？"

"是，长官，"副官说，"您也想见那些证人吗？"

"让那几个外乡人等着，"老将军说，"只要原告。"

"是，长官。"副官说。他又从房间尽头的小门里走了出去。尽管他几乎就在下一秒重新现身，但他还没来得及给任何人让路。他回来时并不是昂首挺胸，而是跌跌撞撞，不是走进来的，而是飘进来的，因为他站在那里,赫然耸立,比那些挤作一团的围着披肩或扎着头巾的女人不止高出半头,也不止高出一整头,而是高出了半个人,为首的是一个身材矮胖、健硕的五十多岁女人,她刚好在白色地毯边上停下脚步,就好像它是水似的,迅速地把房间环视了一圈,然后又快速瞟了一眼桌子后面的那三个老男人,接着就带领她的团队准确无误地朝老司令走去,而那副官终于在门边得以脱身。她毫不迟疑地走出来,踏上那漂白的地毯,直截了当地用洪亮的声音说道:

"好吧。甭想把自己藏起来——躲在市长背后也没戏;你们人太多也做不来。要是搁在过去,我会说这个国家的魔咒就在于市长的腰带和佩剑像森林里面的树木一样多得数不清;现在我总算明白了。经过了四年的战乱,就连孩子们都能一眼认出一位将军——假如你在需要他的时候就能见到的话。"

"那么又会是一个奇迹了,"老将军说,"既然你的第一个推论被第二个的混乱逻辑所证明。"

"奇迹?"那女人说,"呸。这奇迹就是被外国人占领了四年以后我们还能剩下点什么。现在,连美国人都来了。法国已经沦落到了这般光景,你们不仅非要抢走我们的厨具,甚至还要引进美国人来给你们打仗?战争,战争,战争。难道你们还没受够它吗?"

"毫无疑问,夫人,"老将军说,"你的汤匙——"

"它不见了。不要问我在哪里。问她们好了。或者更好的办法:派你手下的一些下士和中士去搜查她们。她们当中确有那么两个就连中士都不愿意伸手到她们的衣服下面去摸。可她们不会有人反对。"

"不行,"老将军说,"除了军旅生活的简单风险以外,不该给下士和中士提更多的要求。"他叫了副官的名字。

"长官。"副官说。

"去现场吧。找到这位女士的汤匙,把它还给她。"

"我,长官?"副官喊道。

"带上一整个连。你出去的时候把囚犯们放进来吧。——不:先让那三个军官进来。他们来了吗?"

"是,长官。"副官说。

"好。"老将军说。他转向两名同事,欲言又止,然后对那名平民开了口;在他讲话的时候,那平民起身从椅子上一跃而起,带着一种受了惊吓、困惑不解的神情。"这样就能解决那汤匙的问题了,"老将军说,"我认为你剩下来的问题就是,那三个外乡女人抱怨说她们今晚没地方睡觉。"

"那个呀;而且——"市长说。

"对,"老将军说,"我很快就要见到她们了。与此同时,你能否负责给她们找住处呢,或者我——"

"当然可以,将军。"市长说。

"谢谢你。那么,晚安。"他转向那个女人,"还有你。别闹了;你的汤匙会物归原主的。"现在轮到市长被裹挟着,推搡着——这次是一只喜鹊落在鸽群里,抑或是母鸡,或者也许是鹅——回到大门口,副官扶着门等他出去,然后脸上带着难以置信的惊讶表情回头看着老将军。

"一柄汤匙,"副官说,"一个连。我还从来没有领导过一个人,更不要说是一个连了。即使我胜任,知道如何做,我怎么才能找到那把汤匙呢?"

"你当然能找到它了,"老将军说,"那将会是第四个奇迹。现在,去叫那三个军官吧。不过,先把那三位外乡女士带到你的办公室里,让她们在那里等我。"

"是,长官。"副官说。他走出去,把门关上了。门又开了;三个男人走了进来:一名英国上校、一名法国少校、一名美国上尉,两名低级军官在上校两侧,直挺挺地走过地毯,面对桌子立定,上校敬了个军礼。

"先生们,"老将军说,"这不是一场阅兵式。它甚至都算不上一次调查,只是验明正身而已。——劳驾,椅子,"他头也没回地对众星捧月般站在他身后的那群参谋说,"然后是囚犯。"其中的三名副官把椅子挪了过来;由于这个房间的一端很像圆形竞技场的一端,或是美国

253

露天体育场的一部分，三位将军和三个新来的人坐在半圆形的开口处，身后是一排副官和参谋，搬椅子的副官当中有一人继续走向较小的一扇门，把门打开，站在一边。还没等那些人走进来，他们就已经能闻见气味——前线特有的那种淡淡的、挥之不去的、臭烘烘的气味：发臭的烂污泥、烧焦的无烟火药、烟草、尿骚、人粪。随后那十三个人走了进来，前面领头的是那个肩上挎着步枪的中士，殿后的是另一名列兵，头上没戴帽子，脸上没刮胡子，外国人，身上仍有战火硝烟的痕迹，他们带来的还有另一种混合气味——谨小慎微，机警戒备，只是还有一点恐惧，但多半只是警觉，中士用法语快速下了两个命令，让他们立定站成行，他们在整理队列时动作有些笨拙。老将军转向那名英国上校。"上校？"他说。

"是，长官，"上校立刻应答，"是下士。"老将军转向美国人。

"上尉？"他说。

"是，长官，"美国人说，"是他。比尔上校说对了——我是说，他不可能是对的——"但是，老将军已经朝那中士开了口。

"让下士留下，"他说，"把其他人带回接待室，在那里等着。"中士向后转大声下令，可下士已经迈了一步跨出了队列，没有立正却也接近立正的姿势了，另外十二个人转身站成纵队，持枪的列兵打头，中士殿后，穿过房间走向门口，没有出门，只是走向门口，因为排头兵趔趄了一下，一队人顿时挤作一团，随后向后退去，这时老将军的私人副官走进来，从他们身边经过，然后自己也退到一旁，等着队列从他身边走过去，中士走在最后面，随手在身后把门带上了，再次把副官独自一人留在门口，他一下子泄了气，左右为难，还是大惑不解，感觉难以置信，但此时没有生气：只是乱了阵脚。英国上校说道：

"长官。"但是，老将军在看站在门口的那个副官。他用法语说："我的孩子？"

"那三个女人，"副官说，"在我的办公室呢。既然我们抓住了她们，何不——"

"哦，对，"老将军说，"由你全权负责。告诉参谋长，这算是一次侦察行动，时长——比方说——四个小时。那应该足够了。"他转向英国上校。"当然了，上校。"他说。

上校迅速站起身来，紧盯着下士——面色红润，冷静镇定，不是警惕，只是警觉，那张山民的脸在观望，彬彬有礼，只是警觉地看着他。"伯根，"上校说，"你不记得我了？比尔中尉？"可那张脸还在看着他，带着礼貌、质询，却没有困惑：只是茫然地等待。"我们还以为你死了呢，"上校说，"我——看见你——"

"我可不光是看见，"美国上尉说，"是我葬的他。"老将军朝上尉微微抬了抬手。他对英国人说：

"怎么讲，上校？"

"那是在蒙斯，四年以前。我当时是一名副官。那天下午，他们……①抓住了我们，这个人就在我的排里。他被一杆长矛刺下马。我……看到那杆长矛在折断以前尖端穿透了他的后背。后面的两匹马踩着他飞奔过去。踩在他身上。我也看到了，是后来的事。我是说，就那么一两秒钟，他的脸朝着最后那匹马看，然后我——我是说，接下来他就面目全非了——"他说着，仍然死盯着下士看，声音反而变得更加急迫了，因为声音的主人现在可有得要应对了："伯根！"可那下士仍然只是在看他，礼貌，专注，茫然。随后他转过身来，用法语对老将军说：

"对不起。我只懂法语。"

"这我知道。"老将军也用法语说。他用英语对英国人说："那么，这不是那个人喽。"

"不可能是，长官，"上校说，"我看见了那柄长矛的尖端。我看见了那些马跑过去之后他的脸——而且，我——我看见了——"他停下来坐定，军人气十足，红色肩章、军衔徽章和象征着七八百年前军团

---

① 该段两处省略号应该为粗话。

在克雷西①和阿金库尔②作战时所穿盔甲的链穗使他熠熠生辉,而他的脸却被衬托得死灰一般。

"告诉我,"老将军温和地说,"你看见什么了?后来你又见到他了,事后?也许我已经知道了——蒙斯有你们古代英国弓箭手的鬼魂?——无袖皮革短上衣和紧身裤,石弓,他在他们中间,身穿卡其色军装,头戴钢盔,手持恩菲尔德式步枪?这就是你当时看见的情形吗?"

"是,长官。"上校说。然后他坐直了身体;他大声说道:"是,长官。"

"但是,这是否有可能是同一个人。"老将军说。

"抱歉,长官。"上校说。

"你不会说哪个是对的吧:他是,或者不是那个人?"

"抱歉,长官,"上校说,"我必须得相信点什么。"

"即使只是死亡?"

"抱歉,长官。"上校说。老将军转向美国人。

"上尉?"他说。

"这可就把我们大家都难住了,是吧?"美国上尉说,"我们所有三个人;我不知道谁最惨。因为我不只是看着他死去:是我给他下了葬,就在大西洋中部。他的名字叫——曾经是——不,不可能,因为我现在正看着他呢——不是布热宗艺。至少不是去年的事情。那是——他妈的——抱歉,长官——是布热祖夫斯基。他来自匹兹堡后面的一座煤矿小镇。我就是那个给他下葬的人。我是说,我指挥一组人给他下了葬,还念了祷告词:你知道的。我们当时是国民警卫队;你们大概不知道那是什么意思吧——"

"我知道。"老将军说。

"长官?"上尉说。

---

① 此指克雷西战役,一三四六年,英军以英格兰长弓大破法军重甲骑士与十字弓兵,是英法百年战争中的一次经典战役。

② 此指阿金库尔战役,一四一五年,英王亨利五世重创兵力数倍于己的法军,是英法百年战争中一次以少胜多的战役。

"我明白你的意思,"老将军说,"继续。"

"是,长官。——平民百姓,自发组织了我们自己的连队,去打仗赴死,为了亲爱的老拉特格斯①——诸如此类;选出我们的军官,知会政府谁会得到什么军衔任命,然后搞到战争法规,在委任批复下来之前尽可能多记住一些内容。因此,去年十月份流感袭来的时候,我们正在来这里的路上,死了第一个人的时候——那是布热祖夫斯基——我们发现我们中间除了我以外还没有人读到手册里有关如何给死去的士兵下葬这一部分内容——我当时是他妈的少尉——我碰巧是在我们离开的前一天晚上之前发现的,因为一个女孩放了我的鸽子,我想我知道为什么。我是说,那是什么人,那家伙是谁。而且你知道是怎么一回事:你会想出所有的报复手段,让她后悔;你就躺在那里死了,她不得不从你身上跨过去,现在太晚了,好家伙,难道那还治不了她——"

"是的,"老将军说,"我知道。"

"长官?"上尉说。

"那个我也知道。"老将军说。

"你当然知道——记得,不管怎么说,"上尉说,"没有人会活那么久,我不在乎怎样——"说到这里,他努力控制住自己。"抱歉,长官。"他说。

"不必,"老将军说,"继续。所以,是你葬了他。"

"于是,那天夜里,只是出于偶然或者好奇,也许是个人兴趣,我仔细研究了一下假如有人想要事后把我除掉而让山姆大叔②的账目平衡的话他会怎么做,所以当布热——"他稍作停顿,迅速地瞟了一眼下士,但只有一秒钟,甚至比这更短:几乎算不上停顿:"——第一个人死了,我被选出来了,亲自前去与验尸官证实这是一具死尸,签署死亡证明,操练行刑队,然后下令把他从船舷丢到了海里。不过,等到两周以后我们到达布雷斯特的时候,他们所有其他人也都训练有素了。

---

① 疑为美国新泽西州的拉特格斯大学,此指拉特格斯的毕业生、老校友。
② 山姆大叔,美国的昵称。这句玩笑话是指杀人偿命。

因此你们看我们现在落到了怎样的地步。我是说,他;遇到麻烦的人是他:假如我去年十月份把他葬在了大西洋中部,那么比尔上校就不可能一九一四年在蒙斯看见他被杀。假如比尔上校一九一四年看见他被杀,那么他此刻就不可能站在这里等着你明天枪毙——"他突然完全停了下来。他飞快地说:"抱歉,长官。我刚才没有——"

"是的,"老将军说,声音礼貌、温和、语调平淡,"那么,比尔上校搞错了。"

"不,长官。"上尉说。

"那么,你说你亲自证实了这个人的死亡,并且亲眼看见他的尸体沉入了大西洋,你是想收回你的陈述吗?"

"不,长官。"上尉说。

"那么,你相信比尔上校的话喽。"

"如果他这么说的话,长官。"

"这可不算回答。你相信他吗?"他眼望着上尉。上尉镇定地回望着他。然后,上尉说道:

"我证实了他的死亡,并且安葬了他。"他对下士说,用蹩脚的法语:"这么说你回来了。我很高兴见到你,希望你旅途愉快。"他又转头看着老将军,像对方一样镇定,也同样礼貌而坚定,这次看了好半天,直到老将军用法语说:

"你也会讲我的母语。"

"谢谢您,长官,"上尉回答说,"其他法国人都不认为这是法语。"

"不要贬低自己。你讲得很好。你叫什么名字?"

"米德尔顿,长官。"

"你有……二十五岁了吧,也许?"

"二十四岁,长官。"

"二十四。有朝一日你会成为一个非常危险的人物,假如你现在还不是的话。"他对下士说:"谢谢你,我的孩子。你可以归队了。"他头也不回地朝身后说了一个名字,尽管在下士向后转的同时副官已经绕过桌子，陪在他身边向门口走回去，穿过那扇门走了出去，美国上尉刚好转过头来，与那双平静如水且高深莫测的眼睛对视了片刻，那个礼貌、和蔼、近乎温柔的声音响起："因为那个人的名字也叫布热祖夫斯基。"他坐回到椅子上；在那身蓝色与猩红相间并有金色、黄铜和皮革点缀其间的闪亮行头的重压下，他看上去还是给人一种活像乔装打扮的孩子的错觉，那五个人即便仍然坐着也像是站着，将他团团围在中间。他用英语说："我待会得离开你们一会儿。但是勃鲁姆少校讲英语。当然不如你们讲得好，也比不上米德尔顿上尉的法语，可也应该够用了；我们的盟军一员——比尔上校——看见他被杀了，还有另一个人——米德尔顿上尉——安葬了他，所以剩下来我们能做的事情就是亲眼见证他的复活，这方面没有人比勃鲁姆少校更在行了，他是一九一三年从军校毕业后来到该团的，因此可以说他在这名无处不在的下士到来之前就已经来了，而且此后一直都在那里。那么，唯一的问题是——"他停顿了一秒钟；仿佛他一动不动就已将他们扫视了一圈：弱不禁风的身体，精致的面庞美丽、安详、令人生畏。"——是他先认识他的：比尔上校一九一四年八月在蒙斯，勃鲁姆少校同年同月在沙隆[①]——当然是在一九一七年米德尔顿上尉海葬他之前了。可那只是理论上而已：身份——假如真有这个的话——已被确立（的确，从来就没被质疑过）：剩下的只有故事重述，勃鲁姆少校会做的。"他站了起来；除了两位将军，其他人也都迅速站起来，尽管他飞快地说："不，不，请坐，请坐，"可那三个新来的人还是站着。他转向法国少校。"比尔上校在比利时有他的幽灵弓箭手；至少我们可以把它跟我们在恩河上的大天使相提并论。当然你可以给我们把这个也算上——在我们的前线半空中巡游的巨大幽灵，每次当他们最多、最厚重、最密集、最像大天使的时候，我们的下士或许也身在其中，跟他们一起缓缓踱步——夜间火力照例仍在继续，强度只是让一个头脑清醒的人埋头待在战壕下面，庆幸他

[①] 沙隆，全称"索恩河畔沙隆"，法国东部城市，在第戎以南的索恩河右岸。

有一条战壕可以埋头,可这个下士就在战壕外面,在胸墙和铁丝网之间,像和尚在他的修道院里一样若无其事地踱步,而那些巨大、明亮、无形的幽灵在他身边和头顶上的暗夜里不紧不慢地走来走去?或者,也许他并不是在踱步,而只是像一名农夫察看他的萝卜地一样,倚靠在铁丝网上若有所思地看着那满目疮痍的虚空?来吧,少校。"

"我的想象力很平庸,长官,"少校说,"不能跟您相提并论。"

"胡说,"老将军说,"罪行——如果真有的话——已经确立无疑。如果有的话?确立?我们根本都不需要确立它;他甚至都不仅仅是提前接受它:他只当它不存在。目前剩下的只有找到减轻罪责的理由了——怜悯,如果我们能说服他接受怜悯的话。来吧,告诉他们。"

"还有那个女孩。"少校说。

"是的,"老将军说,"婚礼和葡萄酒。"

"不是,长官,"少校说,"现在不完全是这样。你看,我能——你们怎么说?——否认①——驳斥②——反着说——"

"反驳。"美国上尉说。

"谢谢,"少校说,"——在这里反驳你们一下;我的大多数人都能应对军团里流传的简单的流言蜚语。"

"跟他们说说吧。"老将军说。于是少校便打开了话匣子,不过这是在老将军离开房间以后——一个小女孩,在一座恩河小镇上由于某位著名巴黎外科医生没能给她做手术而即将失明的一个小孩,那个下士向附近两个师的官兵征税,这里收一个法郎,那里收两个法郎,直到攒够了外科医生的费用,把那孩子送到他那里手术。还有一位老人;他在一九一四年有妻子、女儿、外孙和一座小农场,但拖了太久才撤离,等他强迫自己离开他所拥有的财产时已经太晚了;他的女儿和外孙在第一次马恩河战役③结束时的混乱中失踪了,他的老妻冻死在路边,老

---

① 原文为法语。

② 原文为法语。

③ 马恩河战役,又名马恩河奇迹,是第一次世界大战西线战场的一次战役,发生在一九一四年九月五日至十二日,以英法联军合力打败德军告终。

人则得以独自回到重获自由的村子里,一个忘记了姓名、忘记了忧伤及一切的白痴,只是微微呻吟着,流着口水,在军队厨房的废弃物中翻找食物,睡在他曾经拥有的那块土地上的沟渠和树篱里,直到下士利用他的一次假期在法国南部地区的一个边远村落里找出来老人的一位远亲,再次向军团征税,凑集了足够的钱财把他送到那里去。

"好吧。"少校说。他转向美国上尉。"怎么说呢,感人[①]?"

"你跑题了,"上尉说,"我真希望他还在场,那样我就能听你当面跟他说了。"

"呸,"少校说,"他是法国人。只有德国佬元帅才没人能跟他说得上话呢。得了,你才跑题了呢,怎么从他身上扯到我这里来了。因为现在该说那婚礼和葡萄酒了——"然后他讲述道——蒙福孔[②]后面的一个村庄,就是过去的这个冬天,因为他们是美国军队;他们刚刚拿到薪水,正在玩一场掷骰子游戏,地上乱七八糟地堆满了法郎纸币,当那法国下士走进来时美军连队里有一半人都围在旁边,他一言不发便开始去捡那些散落的钱币;有那么一会儿,一场真正的国际冲突爆发在即,直到下士极力沟通,解释这到底是怎么一回事:一场婚礼:一个年轻的美国兵,还有一个女孩,兰斯[③]附近某地的一个孤儿难民,在当地小酒馆当牛做马地做苦工;她和那个美国青年已经——已经——

"他的连队的其他人会说他已经搞大了她的肚子,"美国上尉说,"可我们现在明白你的意思了。继续。"于是少校便继续讲了下去:事情的结局是整个连队不仅都参加了那场婚礼,还包办了它,负责张罗此事,买下了村子里的全部葡萄酒,邀请全体乡民来吃晚餐;而且还包办了这桩婚姻:送给新娘一件结婚礼物,足够让她凭自己的实力成为一位贵妇人,在她自己租用的房间里等着,直到——如果——她丈夫下一

---

① 原文为法语。
② 蒙福孔,法国巴黎郊区地名,那里有巴黎最大规模的绞刑场。
③ 兰斯,法国东北部城市。

次能从前线上回来。然而,那将是在老将军离开房间以后的事情;此刻,那三个新来的人给他让路,他绕过桌子,停下来说:

"跟他们说说吧。再告诉他们他是如何获得那枚奖章的。我们现在想要做的不是减轻罪责,甚至不是怜悯,只是慈悲——假如有这种可能的话——假如他也愿意接受的话。"他转身径直走向那扇小门;就在这时,门开了,把那名囚犯带出去的副官在门边立正站好,等着老将军出门,然后跟上,在身后随手把门关上。"什么事?"老将军说。

"他们在德蒙蒂尼的办公室里,"副官说,"最年轻的那个,那女孩,是个法国人。年长的其中一个是一个法国人的妻子,一名农夫——"

"我知道,"老将军说,"那农场在什么地方?"

"不在了,长官,"副官说,"过去在一个叫作维也纳圣女的村子附近,圣米耶勒①以北。一九一四年所有人都撤离了那里。周一早上,维也纳圣女就在敌人的前线下方。"

"那么,她和她丈夫不知道他们是否还有一座农场喽。"老将军说。

"不知道,长官。"副官说。

"啊。"老将军说。然后他又问:"什么事?"

"从白色新城开来的那辆汽车刚刚进了院子。"

"好,"老将军说,"向我们的客人致意,把他领到我的书房。在那里给他上晚餐,征得他的同意,请他一小时以后接见我们。"

副官的办公室是三年前才筹建的,木匠们在以前的一个舞厅、后来的一个法庭凿出——或是凿进——一个角来。副官每二十四小时就来看一次,在这期间显然至少进去过一次,因为角落的一个架子上挂着他的帽子、外套,还有一把非常精美的、整齐地折叠起来的伦敦雨伞,跟帽子和外套并排挂在一起,那件外套像一件和服或一把扇子一样怪

---

① 圣米耶勒,第一次世界大战中著名战场,一九一八年九月十二日,美国远征军在西线战场上发动了收复圣米耶勒突出部之战,这是第一次世界大战期间首度由美军组织实施的大规模进攻战役,也是第一次世界大战中最大规模的空战。

异而不协调，直到你意识到它出现在那里的理由很可能与房间里的唯一其他两个引人注目的物件相同：空荡荡的桌面两端分开摆放着两座青铜雕像——一匹精致的、奔腾的马单腿立起，身姿轻盈，不分雌雄，一个昏昏欲睡的野人头像，后者不是锻造或铸模的，而是戈蒂耶－布尔泽斯卡[①]用合金手工雕刻的。否则，除了桌子对面倚墙而立的一张木制长凳以外，小隔间里空无一物。

当老将军走进来的时候，那三个女人坐在木凳上，两个年长的在外侧，年轻的那个在她们两个中间；他看都没看她们，径直朝办公桌走过去，年轻女子这时快速地猛然动了一下身子，仿佛要站起身来，但其他两个人中的一个伸出一只手拦住了她。然后，她们又坐好，一动不动，看着他绕过桌子，在两座青铜雕像后面落座，然后朝她们看过来——那张严厉的红润面孔几乎就是下士的翻版，只是二人年龄不同；那张安详、平静的脸却一点都不显老，或许根本显不出年龄；她们中间是那个女孩的紧张、痛苦的脸。然后，就好像得到了一个信号，也仿佛她在等他完成就座的社会礼仪，那个平静的女人——她紧抓着放在膝头的一只柳条篮子，上面整齐地盖着一尘不染的布片，四边塞得严严实实的——开口了。

"无论如何，我很高兴见到你，"她说，"你看起来可真是表里如一。"

"玛雅。"另一个年长的女人说。

"别不好意思，"第一个女人说，"你没办法否认。你该高兴才对呀，因为这么多人都不像他自己。"她正要站起身来。另一个女人又说：

"玛雅。"她又抬起手来，可第一个女人已经挎着篮子朝着办公桌走去，走到桌前时她抬起另一只手，似乎想要用手去碰那篮子，然后把手伸出去放在桌面上。手里拿着一只长柄铁匙。

[①] 戈蒂耶－布尔泽斯卡（1891—1915），法国雕塑家，创立了一种粗凿的、古朴的"直接雕刻"的艺术风格。第一次世界大战开始后，他加入了法国军队，死于一次战斗，年仅二十三岁。

"那个友好的年轻人,"她说,"至少你应该为此感到羞愧。派他夜里带着那些士兵在城里四处乱跑。"

"新鲜空气对他有好处,"老将军说,"他在这里得不到多少。"

"你本可以告诉他的。"

"我从未说过你拿了这个。我只说过我相信在需要的时候你会把它拿出来的。"

"给你吧。"她松开汤匙,把这只手轻轻放在握着盖得严严实实、仍旧整整齐齐的篮子的那只手上。随后,她马上不动声色、不慌不忙地朝他微微一笑,面容安详,没有露出任何责难之意。"你真的无能为力,对吗?你真的做不到。"

"玛雅。"坐在凳子上的女人说。还是立竿见影,却不慌不忙,笑容马上消失了。不是被什么代替了:只是消失了,面不更色,不带责难,面容安详。

"好的,妹妹。"她说。她转身走回长凳那里,另一个女人已经站起身来;那女孩再次猛然动了一下身子,也要站起来;这一次,高个子女人用她那坚硬、细瘦的农妇的手用力抓住她的肩膀,把她按了下去。

"这位是——"老将军说。

"他的妻子,"高个子女人厉声说,"你觉得应该是谁呢?"

"啊,对。"老将军说着,看了看那女孩;他用温和、平淡的语调说道:"马赛的?土伦的,或许是?"随后说出了地区、街道的名字,还一字一顿地念出了那条街道的俗称。那女人刚要开口回答,老将军却把手指向了她。"让她来回答。"他说,然后对那女孩说:"我的孩子,稍微大点声说话。"

"好的,长官。"女孩说。

"哦,对,"那女人说,"一个婊子。除此以外你觉得她还能怎么来这里呢——搞到文件跑这么远,来到这个地方?这也算是为法兰西服务吧。"

"可她也是他的妻子呢。"老将军说。

"现在是他的妻子，"那女人更正道，"接受这一点，无论你相信与否。"

"两者我都做得到，"老将军说，"你也得相信我的话。"然后，她动了一下，放开那女孩的肩膀，朝办公桌走过来，其实已经快到了桌前，却停下脚步，仿佛刚好在那个位置她的声音对于仍然坐在长凳上的两个女人来说只是喃喃低语，她开口道：

"你想先把她们打发出去吗？"

"为什么？"老将军说，"那么，你就是玛格达。"

"是的，"她说，"不是玛莎：是玛格达。在我有了一个弟弟之后才叫玛莎，时隔三十年之后又不得不跨越半个欧洲来面对这位拒绝保他性命的法国将军。又不是礼品：怎么能拒绝？即便是礼品，这样做也不对：怎么能把它收回去？"她站在那里，个子很高，一动不动，低头看着他。"这么说，你竟然认识我们。我刚才正要说'不记得我们，因为你从未见过我们'。可那八成也不对，你那时确实见过我们。如果是这样，你就会记得我们，即使我那时还不到九岁，玛雅只有十一岁，因为我今晚一看见你的脸，我就知道如果不得不回忆起曾经见过的事物，它从不需要逃跑、躲避、害怕、恐惧或者伤心。玛雅也许没意识到这一点——玛雅现在也一样，她也大老远地跑到法国来看着她那同母异父的兄弟被人夺取性命，即使她回忆往事也不需要害怕、恐惧、伤心——可我不是这样。如果你当时见过我们，也许玛雅就是你现在想起我们的原因：因为她那时十一岁，在我们国家，十一岁的女性不再是女孩了，而是女人。可我不想那样讲，不是因为这对我们的母亲来说都算是侮辱，更不要说对你了——我们的母亲身上有什么特质——我不是指她的脸蛋——不属于那个村子——那个村子？在我们的全部山区，整个国家——而你肯定——已经？拥有——某种整个地球都最好要提防、担心和害怕的东西。那种侮辱可能就是邪恶本身。我不是指那种普通的恶。我是指恶魔，仿佛其中有一种纯洁，一种严厉，一种妒忌，就像在上帝身上的那样——一个严密的谎言，无法妥协、让步或替代。其中有一个目的，一个目标，仿佛不仅是我们的母亲，还有你，你们两个人都情不自禁；而且不仅是你们，还有我们的——我和玛雅的——父亲：不是你们两个，而是你们三个，做的事情不是你们想要的，而是你们必须做的。人们，男男女女，不会选择恶，接受它，进入它，而是恶通过试炼选择了那些男人和女人，证实并考验他们，然后永久地接受了他们，直到时机到了，他们被消耗一空，最终无法行恶，因为他们那时已不再拥有邪恶所需要或利用的东西；然后它就将他们毁灭。所以说，不仅是你，一个陌生人偶然间碰巧来到一个远在天涯的国度，我们祖祖辈辈在那里出生、生活、死亡，根本不知道、不好奇、不关心我们的大山的另一边可能会有些什么，甚至地球是否会也延伸到那里。不仅仅是一个男人偶然间到了那里，他有足够的资本吸引、迷倒、诱惑一个软弱、脆弱的女人，然后就找到了一个不仅软弱、脆弱，而且美貌的女人——哦，对，美貌；假如这就是你不得不找的借口，她的美貌和你的爱情，那么我会是第一个原谅你的人，既然恶魔妒忌的对象不是你，而是她——就是为了毁灭她的家园，她丈夫的信心，她孩子们的平静，最后是她的生活，——逼迫她丈夫把她抛弃，只为让她的孩子们失去父亲，然后害得她在一家路边旅店后面的牛棚里面死于难产，只为使他们沦为孤儿，最后获得权利——特权——职权，无论你想怎么措词——来判处那个最小的孩子，也是唯一的男孩死刑，只为从此抹去她所背叛的那个名字。因为这还不够。远远不够。肯定是比那更大的事情，更加恢宏，更加可怕：不是我们的父亲离开我们的山谷走了那么远的路去找寻一张美丽的面孔，来做他的姓氏的继承人的母亲，可找到的却是那个结束它的致命的灾星；不是你碰巧犯了错，被打发到那里去邂逅那张美丽的致命的脸；不是她在矜持和美德方面如此柔弱，却被那张脸注定了要与它们无缘；——不是你们三个人被迫到了那里，就是为了从人类历史上抹去一个姓氏，因为出了我们的山谷到底还有谁曾听过，或者在意那个姓氏呢？但是却为你们中的一个缔造一个儿子来判处死刑，仿佛是要拯救地球，拯救世界，拯救人类历史，拯救人类。"

她把双手举到胸前，停留在那里，一个手的拳头放在另一手的掌心里面。"你当然认识我们了。我的愚蠢之处就在于还自以为需要给你带来证据。所以现在我一点也不知道该拿它怎么办，什么时候会用到它，就像是一把只能砍一下的刀，或是一把只有一颗子弹的枪，我不能冒险过早地拿出来，也不敢等到太晚。也许你也都知道了剩下的事情；我记得自己错得有多离谱，居然还以为你不认识我们呢。也许你的脸在告诉我你已经知道剩下的事情了，还有它的结局，虽然你不在现场，可你遭遇了你那命中注定的一劫——或者至少是她的——并且一走了之。"

"那就跟我说说吧。"老将军说。

"——我一定要说吗？这就是结局吗？那些绶带、星衔和穗带已把这四十年变成了长矛和子弹，可是其中竟没有一个能挡住女人的口舌？——或者试图告诉你，也就是说，因为我不知道；我那时才九岁，我只是看见并且记住了；玛雅也是，即便她十一岁了，因为那时她已不必仅仅因为亲眼看到了什么而为它感到害怕或伤心。不是说我们有必要看看它，因为它伴随了我们的整个一生，还有山谷里的多数人的一生。它已经是我们的了，我们的——山谷的——骄傲（其中还掺杂一点点敬畏），而另外一个山谷也许有一座山峰或冰川或瀑布——那个斑点，那面空落落的白墙或圆顶或塔楼——无论它是什么——在我们的整个山谷里，阳光首先照到的是它，最后离开的也是它，在我们蜷伏的河谷失去了它所捕捉到的那一点阳光以后很长时间，这里还有阳光。可它也不高；高也不是形容它的恰当字眼；照那样你无法——我们没有——测量它的方位。它只是比我们任何人都爬得更高，甚至牧民和猎人。不是比他们有能力爬得更高，而是比他们实际爬得更高、敢于爬得更高；不是神殿或圣所，因为我们也了解它们，了解住在那里、经常出入、为它们服务的那一类人；还有山民，在他们成为神父之前，因为我们了解他们的父亲，我们的父亲了解他们的祖父，因此他们只是后来带着残存的信仰成为神父的。相反，它是一个鹰巢，就像是雄鹰栖息的地方，人们——男人们——来到此处，仿佛穿过空气本身（是你),来时没有留下更多痕迹(对,是你),去时也没有(哦,对,是你),像雄鹰一样(哦,对,也像你;如果说我和玛雅那时曾见过你,那么我们不记得了,如果你除了听我们的母亲讲起以外曾经见过我们,那我们也不记得你是什么时候见到我们的了;我差点说如果我们的父亲曾经亲眼见过你本人,因为他当然见过了,那么你就会自己确保这一点:一位高尚可敬的绅士有着绅士风度,而且还勇敢,因为这需要勇气,而我们的父亲为了那一点点其他的什么已经失去了太多,根本成不了大气候)到那里不是为了跪在石板地上发抖,而是要思考。想想看:不是我们还以为是思考的那种虚幻的希望和愿望和信仰(其实主要只是等待),而是某种猛烈的严苛的专注,它随时——明天,今天,下一刻,这一刻——将会改变地球的形状。

"不高,高度只够站在我们和天空之间,就像通往天堂的一处驿站,因此难怪当我们死去的时候其余的人相信灵魂大概不会止步于此,可至少是停顿下来把彩票交出一半;难怪当我们的母亲春天失踪了那一周的时候,我和玛雅知道她去了哪里;没有死:我们什么也没有埋葬,因此她不必经过它。可是,当然在那里,因为她还能在哪里呢——那张脸从一开始就不属于我们的山谷,在这个地方格格不入,更不要说就连我们,她的孩子们都能感觉、察觉到的,那张脸在我们的山区、在任何地方的我们的同类中间都没有位置;除了那里还能在哪里?不是需要思考,被纳入那个可怕的巨大的情境,因为就连她的脸及其背后的东西也没办法与之相提并论,但至少是可以呼吸、沐浴在那激烈的冥想的氛围之中。奇怪的是,她居然回来了。不是山谷的人们感到纳闷,而是我和玛雅。因为我们那时是孩子,所以我们不知道:我们只是观望、看见、编织、捆扎我们所拥有的暗藏玄机的简单线索,极力这样做;对我们来说,事情很简单,那张脸,她身上的那种特质——无论它是什么——反正从来都不属于我们和我们的父亲,即使它曾是一个人的妻子和其他人的母亲,最终也只是做了从一开始就注定要做的事情。可她回来了。她没有永久地改变那所房子、那个家,还有生活的全部，她像那样离开时已经做到了，归来只是使得她先前留在那里的一切变得复杂起来；反正她一直是外人和过客，回来也就不过如此罢了。因此我和玛雅，即便是孩子，甚至比山谷里的人们更清楚这种局面不会维持太久。那个孩子，另一个孩子，下一个冬天就会有一个新弟弟或者新妹妹，对我们来说毫无意义。即使我们是孩子，我们也知道婴儿是怎么一回事；在我们国家还不至于年龄小到不懂事的地步，因为在我们国家，我们那艰苦无情的山区，人们利用，不得不利用、要求儿童，也没有别的什么可利用，就像猛兽猖獗的平原上的人们使用枪支和子弹一样平常：为了防御、保护自己，生存下去；我们不像我们的父亲那样看，他没把那个孩子看作罪孽的烙印，而是他可能已经教育自己去忍受的某种东西的不可改变的证明。他没把她从自己的房子里赶出去。不要那样认为。是我们——包括她。他只是打算自己离开，离开家、过去，以及所有一切被人们称作家的梦想和希望；愤怒，无能，被激发的男子气概——哦，对，还有心碎：为什么不呢？——把一切抛在脑后。是她切断那条红线离开了，大着肚子，因为过不了多久就要生了，时间已经到了冬季，也许我们不会计算妊娠期，可我们已经见了够多的大肚子女人，可以猜个八九不离十了。

"于是我们离开了。那是在夜里，天黑以后。他一吃过晚饭就走了，我们当时不知道他去了哪里，现在我会说，或许只是在追逐黑暗、孤独、空间和沉默，找寻对他来说那里没有的，或是在其他任何地方都没有的东西。我现在也知道了为什么我们——她——向西走，能赚钱的地方我们一度也去过，直到我们再也付不起车费，不得不走路，因为她——我们——从那所房子里没拿任何东西，除了身上穿的衣服和我们的披肩，还有玛雅装在那边那同一只篮子里的一点食物。在这里我也可以说：'可你是安全的；这还不够'，但是我不说，不会对你讲，因为你身上有那种让老天爷也最好退缩避让的东西。那么，我们当时步行，还是向西：那一周里我们在那个地方或许没能学会思考，可她至少记住了一点地理知识。然后就没有食物了，我们只能靠乞讨了，但是，即使我们还有钱坐车，也要不了多长时间了。接下来就是那天晚上,我们离开家的时候已经是冬天了,此时是圣诞节,圣诞节前夜;现在我不记得我们是被人从旅馆里赶出来还是被直接拒绝了,或者也许又是因为我们的母亲想要跟人类切断那条红线。我只记得那稻草、漆黑的马厩和寒冷的天气,但不记得是玛雅还是我穿过雪地,跑回去敲那扇紧闭的厨房门,直到有人来——终于有了光亮,那盏灯笼,那些陌生的外乡人面孔挤在一起,从上往下俯视着我们,然后就是血、泉水,湿淋淋的:我,一个九岁的孩子和一个十一岁的白痴姐姐努力尽我们所能保住一点隐私,把那被凌辱、背叛、抛弃的放纵的裸露肉体遮盖起来,而她握紧的手在摸索着找我的手,她试图要说话,那只手仍旧紧握,紧紧抓住它不放,即便是我已经给了她我的保证,我的承诺,我的誓言——"

她站在那里低头看着他,一只手紧握的拳头放在另一只手的手掌上。"不是为了你:是为了他。不,这样说不对;那时为你发了誓,为了这一刻,三十五年前的那个夜晚,她第一次用力把它攥进我的手里,试图要说话;我即便当时只有九岁也肯定知道有朝一日我会跨越半个欧洲,把它带给你,正像我即便才九岁也肯定知道把它带给你也徒劳无益。一场宿命,一个冥冥中注定的劫数,单是接触到我的皮肉便被传递给我,强加于我,还没等我打开它看里面,猜测、推断那张脸的主人是谁,还没等我——我们——找到那个钱袋,找到把我们带到这里来的那笔钱。哦,你出手很大方;没有人否认这一点。因为你当时怎么可能知道即将为你买来豁免权,让你必为年轻时犯下的愚蠢错误的后果负责的那笔钱——倘若那孩子是个女孩,一份嫁妆,倘若是个男孩,一块山坡上的牧场和一群可在这牧场上放牧的牛羊,将来给他娶一个妻子,这样一来还有那些将你那愚蠢之举的搭档永久地拴在你的脆弱的地界以外的孙辈——却起到了完全适得其反的效果,通过支付我们的贝鲁特[①]之旅并且——用剩余的钱——达成它的最初目的:一份嫁妆?

---

① 贝鲁特,黎巴嫩一港口。

"因为我们原本可以待在那里的,在我们的山区,我们的国家,在我们了解、也了解我们的同类中间。我们原本可以就待在那家小旅馆,留在我们曾经待过的那个村子,因为人们真的很和善,他们对弱者、孤儿和无助的人能够给予怜悯和同情,因为这是真正的怜悯和同情,他们是弱者,是无助和孤苦伶仃的人,尽管你当然无法也不敢相信:谁敢只相信人们是要被买卖、被榨干,然后被丢弃的呢?事实上,我们在那里待了将近十年。我们自然要干活,在那家旅馆——厨房里,跟奶牛待在一起;也在——为——那个村子干活;虽然玛雅智力有缺陷,可她对牛和鹅那类头脑简单、不好斗的动物很有一套,那类动物不像狮子和牡鹿,只管满足于做简单的牛和鹅;可我们在家里也是要干活的,因此尽管他们很和善,也许正因为他们很和善,他们起先试图劝我们回家。

"可我就不。这个劫数或许是他的,但是加速它、完成它的诅咒至少是我的;我就是那个怀揣秘密法宝、护身符的人,不是为了记住、珍惜:没有关于以身相许、被迫离弃的定情信物:而在我的衣裙下贴身收藏的就像是一个烙印、一场高烧、一个煤块、一根尖头棒那样驱赶着我(现在我就是他的母亲;驱动他的那个劫数先要驱动我;我在九岁、十岁、十一岁时就是两个人的母亲了——年幼的弟弟,还有比我大两岁的白痴姐姐——直到我在贝鲁特给他们两个找到了一个父亲)走向那一天、那个时辰、那个时刻、那个瞬间,他将用他同样的血来让这一个得到解脱并为另一个赎罪。对,劫数是他的,可至少我是它的侍女:为了把这个带给你,我必须把它有用的理由也带给你;为了把这个带给你,我必须把那个物件一并随身带入你的轨道,是它制造了那种需求并使之成为必要。更糟糕的是:在把它带入你的轨道的同时,我自己制造了那个需求,而这纪念物,作为留给我的最后一个孤注一掷的筹码,却无法满足它。

"一个诅咒和劫数,终究会败坏收留我们的那种友善氛围,因为你已经在千方百计地问我们到底是如何设法穿过小亚细亚来到西欧的,我会告诉你。不是我们。而是村子里的人。不:是我们所有人一起:一个联盟。法国:一个单词,一个名字,一个称号,意义重大却没有根基,就像是谢恩祷告、星期二、检疫隔离这些名词,深奥难懂而不同寻常,不只是对我们,而且是对那些无知、善良的人们,我们在他们中间找到了孤苦伶仃、无家可归的避难所:在我们来到他们中间之前,他们几乎没听说过法国,也不在意它:所以说,他们似乎通过、借助于我们跟它达成了一种活生生的默契,却根本不知道它在什么地方,只知道它在西方,而且我们——我,拖着另外两个人跟我一起——必须去那里:很快整个村子都认识了我们——山谷,地区——叫我们小法兰西:三个人打算去往——奔向——投身于——法国,就像可能要去某个遥不可及的状态或情境的其他人一样,比如一座女修道院或珠穆朗玛峰峰顶——不是天堂;每个人都相信自己一找到时间把注意力真正集中到它上面,他就在去往那里的路上了——可是,某个独特的、个体化的、隐秘的地方,其实没有人真正想要去那里,除了在闲时无聊的遐想中把它当作了出发的原点、准备过程的见证,从而给那个地方投射了一种群体荣耀。

"因为我们根本从未听说过贝鲁特;只有比我们更年长、更世故的人才知道贝鲁特是一个卫戍区,官方的,更不要说知道它是一个法国殖民地了——其实它就是法国,离我们那里最近的法国。更确切地说,真正的法国可能会更近,可那是经由陆路,因此十分昂贵,而我们很穷;我们的旅行不得不靠时间和闲暇。当然有那只钱袋,可它大概无论如何也不会以最快的路线把我们三个人都带到法国,即使没有比这更好的理由保留那只钱袋了。于是,我们就花费了自己拥有最多的资源,只有最穷的和最富的人们才能这样旅行;只有那些富得没有时间、穷得没有闲暇的人才会快速走完旅程:走海路,只花一点钱就把我们三个人送到力所能及的最近的官方认可的真正的法国边界,而且还能尽可能剩下一些钱。由于我此时已经十九岁了,我身上有比那只钱袋更能互惠互利的东西,我们只需要从那里面使上一点钱,就能让我不是两手空空地进入以最快的速度找到的法国丈夫的婚姻领地,他将是我们三个人的护照,确保我们得以进入那个国度,而我们的弟弟的命运定数就在那里等待着他。

"这就是来贝鲁特的原因。我以前从未听说过它,可既然村子里的人们都对这次航程有信心,我为什么要怀疑它呢?他们毫不怀疑,在他们或上帝的有生之年,贝鲁特会出现在轮船的尽头,那位法国丈夫将在那里等着我。他确实在呢。我以前就连他的名字都没听说过,我也想不起来我们见面的情况了:只记得没过多久,他当时是——现在也是——一个好人,一直是我的好丈夫、玛雅的兄弟、他的父亲,我显然要经历他带给我的所有痛苦,除了最初要容忍他的痛苦,我曾经——仍将——试着做他的好妻子。他是卫戍部队里的一名士兵。也就是说,他在服兵役,因为他的出身是农民,他刚好服满兵役;哦,是的,就是那么凑巧;再过一天,我就会错过他,这该告诉我,警告我,面对我们的是宿命,不是命运,因为只有命运是笨拙的,没有效率,拖拖拉拉,而宿命从来不会。可我当时不知道。我只知道我们必须到法国,我们做到了:那个农场——我甚至不想费口舌告诉你它在哪里——"

"我知道它在哪里。"老将军说。她一直都一动不动,因此她已经安静得不能再安静了——身材很高,呼吸如此平静,以至于看起来似乎没在呼吸,紧攥的拳头紧紧地握在另一只静止的手掌里面,低下头看着他。

"那么我们已经进入正题了,"她说,"当然了,你已经知道那个农场在哪里了;否则你还能怎样才能了解到,有哪个地方不太情愿允许我埋葬你曾经爱过——至少是曾经贪恋过——的那副血肉之躯的骨血呢?你甚至已经提前知道了我最后要向你提出什么要求吧,既然我们两个都知道这——"她没有松开手,攥紧的拳头微微一动,然后又回到了另一只手掌之中,"是徒劳无益的。"

"是的,"老将军说,"这我也知道。"

"而且也提前批准了,因为到那时他将不再构成威胁?不,不,先不要回答;让我相信得再久一点,我以前从不会相信任何人,包括你,能够控制自然流露的同情心的内在变化，就像是人不能控制他的肠胃蠕动一样。我刚才说到哪里了？哦，对，那个农场。在去贝鲁特的那艘轮船上，我听见他们谈起登陆和港口；到了贝鲁特我就知道什么是避难所了，现在终于到了法国，我相信我们——他——已经找到了它们。家园：他们以前从未有过一个家：四面墙和一只壁炉，在一天结束时可以回得去，因为他们也是他的墙和壁炉；工作不是为了报酬，也不是为了获得睡在干草仓或在厨房门口吃剩饭的特权，而是因为那份完成的任务同时也是他的选择，要在玩忽职守和完成任务之间做出选择。因为他已经不只是一个天生的农民了：他是个好农民，仿佛他作为农民的一半血液、背景和传承都沉睡在不定时的悬念中，直到他的命运定数找上了他，并将他与陆地相匹配，那足够美好、宽广、丰饶和深邃的土地，因此到了第二年末他就是我丈夫的继承人了，即便我们有了自己的孩子，那他也仍将是联合继承人。而且不仅是家园，也是祖国；他那时已经是法国臣民了；再过十年他也将成为法国公民，一位法国的公民，彻头彻尾的法国人，他那无名的出身就会一笔勾销，好像从未有过。

"那么现在终于我们——我、他——可以把你忘掉了。不，不是这样：我们忘不了你，就是因为你，我们才到了这个地方，最终找到了这个港口、避难所，如同他们在船上所说的那样，我们可以在这里抛锚，系紧绳索，安全着陆。此外，他也忘不了你，因为他还从未听说过你呢。倒不如说，我原谅了你。现在我终于可以停止寻找你，不再烦恼，不必拽着其他两个人走遍世界，为了找到、面对、指摘、强迫，无论是什么情况；记住，即使我从九岁起就是两个孩子的母亲了，可我那时也还只是个孩子。以前好像是我在一无所知的情况下误解了你，应该向你道歉并感到羞愧，而你凭借你的智慧一直知道他适合得到的那份补偿；因为他那无法抹去的一半农民出身，跟你的任何其他关系、交道带给他的只会是灾难，甚至也许到了摧毁他的地步。哦，对，想必你已经知道这段历史了，不仅是我们身在何处，还有我们在那里生活得怎样和做些什么，希望——对，相信——在那里，你已经刻意做出了这样的安排和计划，即使你也许没有预料到我会把它完好无损地放在你自家门口——不仅是他的避难所、港湾和家园，也是我们的，我和玛雅的：我们所有四个人，不只是你自己和你亲生的那个，还有其他两个出身完全与你无关之人，全都被永久地打上了这个无法修补的亲缘关系的烙印，而那种同样的激情创造了三个人的生命，永远改变了你自己的生命进程，或者至少是生活模式；我们四个人加在一起甚至抹去了那种激情的无可挽回的过去，那是你未曾参与过的过去：于你自身而言，你剥夺了你的前任的权利；于我和玛雅而言，你彻底消除了他的家长权威；于玛雅而言，作为她的第一个孩子，你甚至向你自己证实了它的贞洁的战利品。还有：于我们两个而言——这次不算玛雅，因为她没有理智，缺乏智商，所以没有能力威胁到你，由于她本身不懂得什么是伤害，甚至对你来说也是刀枪不入的，因为弱智者只知道损失和缺席；从未体验到痛失亲人的感觉——可我和他不仅让你得到宽恕，甚至还可以使你免除罪责，就好像在你完成计划之初已经预见到此时此刻，已经派人向我传达了你所抛弃的死去的情妇的最后的权利和特权：在她把她的沉沦的罪责全部推到你身上的同时，大肆吹嘘着她的忠贞美德。

"我甚至也不需要原谅你：关于那对双方可行的、既非同情又非无情的停火协议中，我们四个人是一体的，我们既不需要也没有时间浪费在相互原谅或责备上，因为我们都够忙的了，忙着支持、平衡你提出的赎罪条件和你主张的我们的——他的——赔偿。我以前看见你的脸也不会想起什么，现在我开始相信我永远不会这样，也永远不会不得不这样：即使——即便——那个时刻最终来临，你将不得不、不能再避免面对彼此，他一个人就够了，他将不再需要我的批准或支持。不，我所原谅的是过去本身，现在终于可以原谅了：用所有那些无济于事的怨恨和愤怒来交换他力所能及的家园——港湾——避难所，他能胜任并且有条件这么做——还有：假如他有选择权的话，他自己也会做出这个选择——你匿名促成了它,无论你实际上是否有意让它落在法国,既然他在这里不受你摆布,我们其他两个人也可以这么做。然后,他的军校班级的同学被召集起来了。他几乎是跃跃欲试地去了——不是说他如我所知原本可以不做这样的选择的,可你也知道有各种各样的方式接受你根本无法拒绝的事情。可他几乎是跃跃欲试地去了,完成了他的任期——我差点说服刑,可我不是说过他几乎是跃跃欲试地去了吗?——然后他就回家了,我那时以为他摆脱了你——你和他达成了某种平衡,在责任和威胁之间达成了一个停火协议;他是法国公民,现在不仅在法律上,而且在道义上也是法国人了,因为他的出生日期证明了他作为法国人的法定权利,他刚刚脱去的军装证明了他作为法国人在道义上的权利和价值;他不仅摆脱了你,而且你们现在也相互摆脱了彼此:你免除了责任,因为你给了他生命,现在你又为结束他的生命给他创造了安全感和尊严,因此你什么也不欠他的;他免除了威胁,因为你现在再也伤害不了他,也就不必再害怕他。

"是的,终于摆脱了你,或者我是这么认为。或者说,你摆脱了他,也就是说,因为应该害怕的那个人是他。如果他身上还有对你的任何一丁点危险的话,他自己就会把它根除,通过所有方式里最有把握的那一种:婚姻,一个妻子和家庭;有那么多经济责任要承担和履行,他没有时间花在追逐道义权利的梦想上面;一个家庭,孩子们:最为牢固、最牢不可破的纽带使他于人无害地融入了他的现在,让他义无反顾地交付给未来,将他一劳永逸地与过去的悲伤和痛苦(当然,在我所指的意义上他没有这些,因为他还从未听说过你)绝缘。可我好像是错了。凡事涉及你总是错的,每一次我自以为了解你因他而生的念头、感受和恐惧,可是全都错了。从来没有比现在错得更离谱了,显然你开始相信用给他自由、让他自立来收买他的做法只是使其暂时不能为害,根本杀不死它,婚姻会使得他的威胁加倍,因为他的孩子们当中的任何一个都可能对一座农场的贿赂无动于衷。任何婚姻,就连这一个也是。起先事情看似你自己的骨肉在极力为你保驾护航,使你不受这个威胁,仿佛出于某种孝忠的本能。我们很早以前便为他筹划了婚姻，既然他获得了自由，已经长大成人，成为一个公民，继承了那座农场，因为我们——我和我丈夫——现在明白我们不会有孩子，他一了百了地（我们当时是这么想的）完成了兵役，所以我们开始做这个打算。只是他拒绝了两次，两度婉拒了我们为他挑选的品行贤良、财力殷实的合适人选，而且拒绝的方式让我们无从判断他是对那女孩说不，还是对婚姻体制本身。也许二者兼而有之，他毕竟是你的儿子，尽管据我所知他甚至还不知道你的存在；也许二者兼而有之，都是从你身上继承的：摒弃体制，因为他自己的出身就没有它；对于配偶十分挑剔，因为对他来说一次激情也就足够了，因为这就是全部，他也感觉到、渴望着、相信自己应该得到它，至少要与他自己的传承相匹配。

"或者，对你来说，情况比这还要糟糕：不愧是你自己的儿子，都不去找你报仇雪耻，而是寻求以牙还牙：拒绝了我们那两个富裕且又贤良的人选，选择的那个人甚至都没有卖掉一个去换另一个，而是在拿一个做交易的同时把她们两个都卖掉了？我不知道，我们不知道：只知道他拒绝、婉拒了，而且是以那种我跟你说过的方式，与其说拒绝，不如说否定，以至于我们只是以为他还没准备好，他还想多要一点年轻人作为单身汉的无牵无挂的自由，他只是重新获得了它——重新获得？找到——就在昨天他脱下军装的时候。这样我们也可以等，我们说到做到；又过了一段时间，可我们还以为时间富余得很，因为婚姻天长地久，婚后有的是时间。然后——突然，毫无预警，对于我们这些只知工作和面包、不懂得政治和荣耀的人来说——到了一九一四年，至于是否有足够的时间，或者他的等待是否正确，都已不重要。因为他现在也不等了；第一周他就走了，身上穿的旧军装还散发着阁楼箱子里的樟脑丸味，可即便如此也没有我们动作快捷；你知道那座农场在哪里——过去（不：现在还在，因为它不得不留在原地，只为能成为你将最终给予我们的东西的基地），所以我也不必告诉你我们离开时它是怎样的，因为你所从事的职业的一部分就是对付那些迷茫痛苦的平民百姓，为了给你打胜仗腾出空间而让他们无家可归。

"他甚至都没等他的同班同学召唤。一个陌生人可能会猜想这是一个年轻的单身汉想要抓住战争这最后一根稻草来逃避婚姻，可那陌生人当然是错的，如他两年后自己亲身证明的那样。可我们心里更清楚。他现在是法国人了。法国要他为那尊严、权利、安全感和独立所付出的回报只是他心甘情愿地保卫它和他们，他就是要去做这件事。然后，突然间，你的名字响彻了整个法国（也连同整个西欧）；就连法国的每个孩子都认得你的脸，因为你将拯救我们——你，就要成为人上人，不是指挥我们的军队和我们盟军的部队，因为他们不需要指挥，而那恐惧和威胁也是他们的恐惧和威胁，他们需要的只是被引领、安慰、打消疑虑，你就是那个能够做到这些的人，因为他们对你有信心，对你笃信不移。可我知道得更多。不是更清楚：只是更多；我只需把这个拿给任何一家报纸——"她那只攥紧的手又一次在另一只手掌里轻轻移动。"——而且我现在不仅知道你是谁，还知道你是做什么的、你在哪里。不，不，你并没有发动这场战争来进一步证明他是你的儿子，是法国人，而是既然这场战争在所难免，他自身的命运、宿命将会利用它来向他的父亲证明他自己。你看？你和他在拯救法国的过程中即将合二为一，他在他卑微的位置上，你在你高高在上、无人匹敌的位置上，胜利本身会是你们终于面对面相见的那一天，他还是没有军衔，拥有的只是那已用行动证明的勇敢、忠诚和奉献精神，你将在他的胸前别上象征并肯定这种精神的那枚勋章。

"当然是那个女孩了；你所害怕的他对你实施的复仇和报复：一个妓女，一个马赛婊子做了你那有着高贵血统的孙辈的母亲。他在第二年休假时给我们讲了她的事情。我们——我——当然也说不，可他也讲了你的事情：永久地服从他的意志的能力。哦，是的，他给我们讲了她的事情：他说是一个好女孩，由于她自身的宿命，境遇所迫，人为压力（有一位老祖母），过着不属于她的人生。他说对了。他一把她带到我们面前，我们就看出来了。她是一个好女孩，反正现在是这样，自那时起就是这样，也许如他所想一直是一个好女孩，或者也许只是因为她爱他。无论如何，我们哪里有资格反对他和她交往呢，如果这件事证明的是爱情的力量：拯救一个女人，也给她带来宿命的厄运。可现在无关紧要了。你永远都不会相信，也许是你不敢冒这个险，碰这个运气，说他终归是不会认你的：这个婊子生下的孩子们不能继承他父亲的姓氏，而只能用我父亲的。你永远都不会相信他们并不比他更清楚自己身上流的是谁的血脉，除了这一点以外。可现在太晚了。一切都结束了；我曾想象过你在那最后的胜利战场上第一次面对他，把一枚勋章别在他的外衣上；相反，你会第一次见到他——不，你根本见不到他；你压根不会在场——他被绑在一根柱子上，你去见他——如果你要见他的话，可你不会吧——背对着他和行刑队那瞄准的步枪。"

那只手，紧攥的那只，轻轻一动，猛然一抖，快得几乎没被眼睛捕捉到，那个物件似乎在空中闪了一下，未及现身便已经抖落在空荡荡的办公桌的桌面上，仿佛自动弹开，一下子静止不动了——一只破旧的小镂金链坠，像密面表那样打开，露出一对圆形浮雕来，象牙材质上面绘有袖珍图案。"那么你其实有母亲。你确实有。那天晚上当我第一次见到里面那第二张脸的时候，我以为那是你的妻子或心上人或情妇，我恨过你。可我现在明白了，我为此道歉，曾把这样一种引发人类热烈的憎恨的弱点嫁祸于你的品格。"她低下头看着他。"那么，我还是等到太迟才把它拿出来。不，这样说也不对。无论任何时候都太迟了；无论我选择什么时候把它当作一件武器来用，手枪都会走火，刀锋落下就会粉碎。那么，你自然明白我接下来该提什么要求了吧。"

"我知道。"老将军说。

"当然会提前得到批准啦，既然他对你不再构成威胁。可至少现在让他接受这个链坠还不算太迟，即便它也救不了他。至少你能向我做这个保证。来吧。说出来：让他接受它至少还不算太迟。"

"还不算太迟。"老将军说。

"这么说他非得死？"他们相互对视，"你自己的儿子？"

"那么，除了我在他出生时就已经留给他的东西以外，难道他在三十岁时还想从我这里得到更多吗？"

根据它的大小和方位，被老将军称作他的书房的这个房间大概就是那间卧室，老侯爵最宠爱的女侍臣或者也许是侍女的单间，尽管现在从表面看来它也许曾经是从一座英国乡居原封不动地移来的图书馆，然后再把里面的那些书籍和家具都清空。除了一面墙以外，书架全都空了，而那面墙的架子上也是空的，除了简单的一排与老将军从事的职业相关的课本和手册以外，这些书全都整齐地堆在一个架子的一端。在这下面，靠墙而立的是一张狭窄的单人行军床，在折叠整齐、一尘不染的灰色军用毛毯下面没有枕头；床尾处放着老将军那张破破烂烂的野战折叠书桌。除此以外，房间里还有一张沉甸甸的、貌似维多利亚风格、近似美国式的办公桌，周围放着四把椅子，上面正坐着四位将军。桌面上残留的德国将军的剩饭已被清除；一个传令兵正端着最后一只盛着脏碟子的托盘走出去。老将军面前摆着一套咖啡器具和几只咖啡杯，一只托盘上面放着酒具和玻璃杯。老将军把咖啡杯斟满，传给大家。然后他拿起了其中一瓶酒。

"烈酒，将军，当然了。"他对德国将军说。

"谢谢。"德国将军说。老将军斟满玻璃杯递过去。老将军根本没跟英国将军对话，他只是把那瓶葡萄酒和一只空玻璃杯递给他，连同另一只空玻璃杯。

"既然某某（他叫了那位美国将军的名字）将军已经在你左边了。"他没有直接对着任何人讲话，又叫了那位美国将军的名字："——按照惯例餐后不喝酒。不过，毫无疑问，今晚他会把它喝干。"然后对美国人说："除非你也想喝白兰地？"

"葡萄酒，谢谢您，将军，"美国人说，"因为我们只是暂时中止一个联盟：不是彻底废除它。"

"呸。"德国将军说。他坐姿笔挺，佩戴着一些闪亮的奖章，透过磨砂玻璃单片镜（既没有吊绳，也没有系带；不在他的脸上，也不在他的头上哪个部位，比方说耳朵，而是像一只眼球那样牢牢地嵌在他的右眼窝里）目光直勾勾地、蒙眬地怒视着美国将军。"那些联盟。每次正是错在这里。这个错误我们——我们德国，还有你们——还有你们——还有你们——"他在讲话时冷冷的目光直愣愣地从一张脸跳到另一张脸上。"——每次总是要犯，就好像我们从来不会有长进似的。而且这一次，我们将要为此付出代价。哦，对，我们。难道你们没有意识到我们跟你们一样清楚正在发生什么事情，在接下来的十二个月之内这件事的结局会是什么？十二个月？呸。坚持不了十二个月；再过一个冬天就见分晓了。我们比你们清楚——"对英国将军说"——因为你们此刻正在溃败逃亡，没有时间做其他的事情。即使你们不会逃跑，大概你意想不到吧，因为你们不是一个擅长打仗的民族。可是我们擅长。我们的民族使命就是为了荣耀和战争；它们对我们来说不是什么神秘的事物，所以我们知道自己看到的是什么。因此我们会为那个错误埋单。既然我们会，你们——还有你们——还有你们——"那冷冰冰、死气沉沉的目光再次停在美国人身上。"——你们只想着晚点来可以少冒风险就分得一杯羹——也必须要埋单。"然后他不看他们中的任何人；几乎像是迅速地悄悄吸了一口气，稳住自己的情绪，却仍然态度严厉，仍然保持镇定。"不过，请原谅，拜托了。现在说这个太迟了——这一次。我们的问题眼下迫在眉睫。而且，首先——"他站起身来，把他揉皱了的餐巾扔到桌子上，举起斟满的白兰地酒杯，动作如此迅速，他的椅子向后一挪，在地板上发出刺耳的刮擦声，要不是美国将军快手扶住它，它早就翻倒在地了，德国将军直挺挺地站在那里，举着白兰地酒杯，他的紧身军装像金属铠甲一样没有一丝皱褶，相比之下英国人那式样简单的外套就像猎场看守人穿的闲适夹克衫，美国人的服饰就像化装舞会上扮演五十年前的士兵用的私人定制礼服，老将军的则像是妻子从搁了樟脑丸的阁楼衣箱里取出来剪去了一部分，然后在剩下的布料上缝了一些穗带和彩缎。"干杯！"德国将军说着，一口饮尽了白兰地，顺手把空酒杯从肩膀上向后一抛，酒杯摔到墙上碎掉了。

"干杯。"老将军彬彬有礼地说。他也喝干了，但他把空酒杯放回了桌上。"请原谅我们，"他说，"我们的处境跟你们有所不同，我们可摔不起法国酒杯。"他又从托盘上拿起另一个白兰地酒杯，动手把它斟满。"请坐，将军。"他说。德国将军没动弹。

"这是谁的错呢？"他说，"我们已经——对，两次——被迫摧毁法国财产。不是你我的错，不是在座的我们的错，不是我们任何人的错，我们所有人不得不花上四年的时间在两座铁丝网后面互相较劲。是那些政客，那些平民白痴在他们可恶的国际政治交易中造成一些重大失误，却逼着我们每一代人不得不去纠正——"

"请坐，将军。"老将军说。

"悉听尊便！"德国将军说。随即他控制住自己。他僵硬地转了四分之一圈，脚后跟并拢，面对老将军立正。"刚才我失态了。还请您原谅。"他又向回转了四分之一圈，但这一次没有脚跟并拢的动作。他的声音变得温和起来，反正是音量小了一些。"同样的错误，因为总是同样的联盟：只有一些棋子移动并交换了位置。也许他们不得不继续进行下去，犯同样的错误；作为平民和政客，他们也许身不由己。或者，作为平民和政客，也许他们不敢。因为在我们将会建立的那个联盟之下，他们会是第一个消失的。想想看，如果你们还没有想过：这个联盟将会主导整个欧洲。欧洲？呸。整个世界——我们德国，跟你们法国，还有你们英国——"他看起来又控制住自己，过了一秒钟转向美国将军。"——跟你们为了——带着你们的美好祝愿——"

"一位少数派股东。"美国人说。

"谢谢你，"德国将军说，"——一个联盟，将要征服整个地球的联盟——欧洲、亚洲、非洲、岛国；——为了完成波拿巴未竟的事业、恺撒梦想的伟业、汉尼拔在他短暂的一生中还没来得及做的事情——"

"谁会当皇帝呢？"老将军说。语气如此礼貌温和，众人一时未解其中意。德国将军看着他。

"是呀,"英国将军同样温和地说,"谁呢?"德国将军看着他。面部毫无表情:只是单片镜从那只眼睛上掉落下来,滑到脸上,然后再从军装上掉落,在空中翻滚时闪了一两下,一只抬起的手掌把它接住,那只手握住它,然后又张开,那单片镜已经捏在了大拇指和食指中间,即将再次归位;事实上,它后面没有眼球:没有伤疤,甚至也没有愈合的缝线:只剩下那没有眼睑的空眼窝俯视着英国将军。

"或许现在,将军?"老将军说。

"谢谢。"德国将军说。可他还是没有动弹。老将军把斟满的白兰地酒杯放在他面前仍然空着的地方。"谢谢。"德国将军说。他还在凝视着英国将军,从袖口里抽出一条手帕来,擦了擦单片镜,把它重新放回那只眼球里;此时,那不透明的椭圆形玻璃向下凝视着英国将军。"你知道我们为什么要恨你们英国人,"他说,"你们不是军人。也许你们成不了军人。这样也罢;如果真是这样,你们没办法避免;我们不会为此恨你们。我们甚至不是因为你们不努力而恨你们。我们恨你们的原因是你们根本不屑于努力。你们参与了一场战争,跌跌撞撞地蒙混过关,甚至存活下来了。因为你们的小岛,你们不可能变得更大了,你们很清楚这一点。而且正因为这一点,你们知道自己早晚将会卷入另一场战争,可这一次你们又是根本不做准备。哦,你们派了几个年轻人去上军校,他们在那里被完美地教授如何骑马和宫廷换岗;他们甚至会把这个仪式完整地用于稻田、茶园、喜马拉雅牧羊道旁边的小哨所,并因此得到一点实践经验。但是仅此而已。你们等着敌人真正来敲你们的前门吧。然后你们出门御敌,完全就像是一个村子在一个冬夜被惊扰起来,骂骂咧咧地去抢救一个燃烧的草垛——收拾起你们从地沟里扫出的垃圾,你们的贫民窟、马厩和小围场里的杂物;他们甚至不会穿得像个军人,只是穿着犁地挖沟的农夫和赶车的马夫的服饰;你们的军官看起来就像是参加一场农舍派对的人跑出去抢一场野鸡狩猎的残羹冷炙。你们看到了吗?抢在前面跑出去,手里只提着拐杖,说着'来吧,伙计们。那边像是敌人来了,他们看起来好像有不少人,可我敢说还不算多'——然后溜溜达达地走过去,甚至不回头去看是否有人跟在他们身后,因为他们不需要看,因为他们有后援,确实跟在后面,还是骂骂咧咧,满腹牢骚,还是没有准备,可他们跟上来赴死,还是骂骂咧咧,满腹牢骚,还是平民百姓。我们不得不恨你们。这里面有一种不道德的成分,一种令人发指的缺德行为;你们甚至没有轻视荣誉:你们只是对它不感兴趣;感兴趣的只有资产。"他站得笔挺,镇定自若,低头凝视着英国将军;他冷静地说,声音里带着平静而无边的绝望:"你们是猪猡,你知道的。"然后他说,"不,"此时他的声音里还有一种难以掩饰的怀疑和义愤,"你们更糟糕。你们真是令人难以置信。当我们在同一阵营的时候,我们会赢——总是这样;全世界都把胜利的功劳记到你们头上:滑铁卢[①]。当我们跟你们作对的时候,你们会输——总是这样:帕斯尚尔、蒙斯、康布雷[②]和明天的亚眠——你们竟然都毫不自知——"

"请听我说,将军。"老将军用他那温和的口气说。德国将军根本没有停顿。他转向美国人。

"还有你们。"

"猪猡?"美国人说。

"作为军人,"德国人说,"你们也好不到哪里去。"

"你是说,差不到哪里去,是吧?"美国人说,"我昨晚刚从圣米耶勒回来。"

"那么,也许你明天可以去亚眠看看,"德国人说,"我给你指路。"

"将军。"老将军说。这一次,德国将军停下来,看着老将军。他说:"还没说完呢。我是——你们怎么说来着?——乞求者。"他又说

---

① 滑铁卢,比利时中部城镇。根据历史记载,一八一五年六月十八日拿破仑军队曾在此遭到最后的失败。

② 康布雷,法国北方北部省一城市,位于斯海尔德河畔,康布雷战役是一九一七年英德双方在该地区的一次交战。

了一遍："乞求者。"然后他开怀大笑,也就是说,他那只桀骜不驯、冥顽不化的假眼以下的部位都在笑,他压根没对任何人讲话,甚至不是自言自语:只是针对那愤怒、顽固的怀疑而已:"我,一名德国中将,跑出来八十七英里来请求——对,坚持让——一个英国人和一个法国人去打败我的国家。我们——我——原本可以干脆拒绝与你们在这里会面,以此来拯救它。我如果现在直接退场,也可以拯救它。今天下午我原本可以在你们的小型飞机场把那支手枪用在我自己身上的,我用它来在失败的情况下保持这个——"他用一只手飞快地做了一个简单的手势;不动声色地指了指自己身上穿的全套军装——腰带、铜扣、穗带、徽章,等等——"所代表的东西的完整性,它已经赢得了权利代表我们中那些穿着它死去的人为之献身的一切,并且仍旧保有这种权利。然后这个错误,神父、政客和随波逐流的平民百姓们犯下的这个愚蠢的错误,现在即将停止,因为事实上它已经停止了,就在三天以前。可我没有停下来。我不会停,结果就是在接下来的一年之内我们——不仅是我们德国——"他再次不动声色地指了指他的军装,"——我们努力纠正他们的错误,可他们会完蛋、了结;我们德国也是,因为现在我们已经跟他们密不可分——哦,对,我们德国也是,让美国人尽情地从侧面骚扰我们吧;他们也不会经过凡尔登;到明天为止我们就会把你们——"对英国人说"——赶出亚眠,可能也许赶进你们所称的战壕,到了下个月你们的人——"此时对老将军说"——巴黎的人,在去西班牙或葡萄牙的路上就会把你们的神圣的官方护身符塞满公文包。可那就会太迟了,一切都结束了、完蛋了;从现在起十二个月,我们——对于这件事来说不是他们,而是我们,我们德国——将不得不恳求你们按照你们自己的条件来保全他们的性命,因为他们的命运已经不可能再跟我们分割开来了。因为我首先是一个军人,然后是一个德国人,然后是——或者希望成为——一个胜利的德国人。但是,那连第二位都排不上,而只能排第三。因为这个——"他又指了指军装"——比任何一个德国人,甚至比任何一场胜利都更重要。"这时他看着他们的所有人;他的声音十分平静,几乎像是聊天:"那是我们做出的牺牲:整个德军对抗你们的一个法国军团。可你们是对的。我们在浪费时间。"他看了看他们,迅速地,仍旧站得笔直,只是身体不再僵硬。"你们在这里。我呢……"他又看了看他们;他再次开了口,"呸。反正我们暂时不需要什么秘密。我距离这里八十七公里。我必须回去了。如你所说——"他面对美国将军;他的脚后跟再次碰在一起,声音在这个安静、隔音的房间里格外响亮"——这只是休战:不是废除合约。"他仍旧一动不动,飞快地将目光从美国人移到英国人身上,然后又转回来。"你们十分令人钦佩。可你们不是军人——"

"所有的年轻人都很勇敢。"美国人说。

"继续,"德国将军说,"说吧。就连德国人也是这样。"

"就连法国人也是,"老将军温和地说,"如果你坐下,我们是不是更自在一些?"

"等一下,"德国将军说,他看都没看老将军一眼,"我们——"还是纹丝不动,他从一个人看向另一个"——我和你们两个彻底讨论过这件事,当你们的——我怎么说呢?正式的或是联合的?——总指挥被阻止跟我们接触的时候。我们在必须要做什么的问题上已有共识;这从来都不是问题。我们彼此疏远了四年,现在只需要共同决定在这短时间内付诸行动——我们,一边是德国人,而你们,英国和法国——"他转向美国人;又碰了一下脚跟"——还有你们美国人;我没把你们忘了。——在另一边,每个人都用半只手牵制住对方,因为另外那一只半被要求用来保护我们的后方,避免受到我们自己的政客和神父伤害。那次讨论中,在你们的总指挥加入我们的讨论之前,关于决定有人说过些什么?"他又说,"决定。"他这次连"呸"都没说。他再次飞快地从美国人看向英国人,目光又回到美国人身上。"你说呢?"他说。

"是,"美国将军说,"决定意味着选择。"

德国将军看了看英国人。"你说呢?"他说。

"是,"英国将军说,"上帝保佑我们。"

德国将军停顿了一下。"什么？"

"抱歉，"英国将军说，"那我就只说是好了。"

"他说，上帝保佑我们，"美国将军说，"为什么？"

"为什么？"德国将军说，"是在问我吗？"

"这一次我们两个都说对了，"美国将军说，"至少我们无须应对它。"

"那么，"德国将军说，"也就是说，你们两个。我们三个。"他坐下来，拿起揉皱的餐巾，把椅子拉近桌前，举起斟满白兰地的酒杯，向后一靠，又坐直了身体，恢复了那种刻板正式的专注姿态，就像他先前站着给主人敬酒时一样，因此即便是坐着，他的刻板姿态也有一种无声、可见的特质，如同脚跟无声的碰撞，那只斟满酒的杯子与不透明单片镜的僵硬凝视位于同一水平面上；又一次，他一动不动地迅速扫视其他酒杯。"请斟上，绅士们。"他说。可是英国人和美国人都没动。他们只是坐在那里，德国将军隔桌与之相对而坐，僵硬地举着酒杯；他毫不气馁，泰然自若，甚至不带轻蔑，说道："那么好吧。剩下的事情就是让你们的总指挥熟悉一下我们先前讨论中他也许有兴趣听的部分。然后就可以正式批准我们的协议了。"

"正式批准什么协议？"老将军说。

"那就双方共同批准。"德国将军说。

"批准什么？"老将军说。

"那份协议。"德国将军说。

"什么协议？"老将军说，"我们需要一份协议吗？有人因为少了哪一份而感到遗憾吗？——葡萄酒在你那里，将军，"他对英国人说，"斟上，传过来吧。"

星期四，星期四晚上

这一次是一间卧室。那张严肃而高贵的脸陷在枕头里，从下颌上系着的一顶法兰绒睡帽下面看着他。睡衣也是法兰绒的，领口在喉咙处开着，露出一只小布袋，不是新的，也不太干净，显然里面装着某种散发出阿魏胶①气味的东西，项链一般挂在一根脏兮兮的绳子上。年轻人身穿一件浮花织锦缎的睡袍，站在床边。

"它们是空包弹，"传令兵轻轻地说，嗓音干枯，"那架飞机——它们一共四架——直接穿过了爆炸的碎片。那架德国飞机从未偏离航道，飞得也并不快，就连我们的一架飞机紧咬住了它的机尾也不受影响，离它大约五十英尺开外，有那么一分多钟的时间，那时我其实能看见那个曳光弹进到它里面。同一架——飞机——我们的——朝我们俯冲过来，冲向我；我甚至感到枪膛里射出的什么东西击中了我的腿这里，就像是一个孩子从管子里朝你吹过来的一颗豌豆，除了气味不一样，臭烘烘的，是燃烧的磷味。你看，里面有一个德国将军。我是说，在那架德国飞机里面。必须有；要么我们不得不派人过去，要么他们不得不派人过来。由于是我们——或者说法国人——发起的，首先想到的，显然我们有权利——特权——责任来做东道主。只是从下面看一定要

---

① 阿魏胶，植物树脂。

像那么回事；他们不能——无论如何不敢——同时同步发布一个命令，让双方的每个人都闭上眼睛数一百下，于是他们只能退而求其次，让他们瞒不住的任何人看起来都会觉得一切正常、正规——"

"什么？"老黑人说。

"你难道还没听懂吗？因为他们没办法让它就这样不了了之。我是说，让我们停下来。他们不敢。要是他们让我们发现自己可以轻易停止一场战争，就像挖沟挖累了的人们决定大模大样、悄无声息地停止挖沟那样——"

"我是说那件制服，"老黑人说，"那个警察的制服。你确实拿了，不是吗？"

"我不得不拿，"传令兵耐心地说，语气平静得令人惊骇，"我必须出来。还得回去呢。至少回到我把我的军装藏起来的地方。过去两条路哪个都够难通过的，进来或出去。可现在回去几乎是不可能了。不过，不要为此担心；我只需要——"

"他死了吗？"老黑人说。

"什么？"传令兵说，"哦，那个警察。我不知道。大概没死。"他有点惊讶地说道："我希望没有。"他说："我前天晚上——两个晚上之前，星期二晚上——得知他们打算做什么，不过我那时当然没有证据。我试图告诉他。可你了解他，你大概自己也试着告诉过他你无法证明或者他不愿意相信的事情吧。所以我需要另想办法。不是向他证明，让他相信它：没有足够的时间像那样浪费。这就是我来这里的原因。我想让你把我也变成一个共济会员。或者可能连这都没有时间了。所以你就给我演示一个姿势——像这样——"他猛然起身，用手在肋骨下方的低处轻弹了一下，尽可能接近他当时能做出的猜测，或者至少是记忆中两年前他来到这个营那天那人的情形。

"这就够了。只能这样了；剩下的我会连蒙带骗地混过去——"

"等等，"老黑人说，"慢慢跟我说说。"

"我正要说呢，"传令兵说，还是耐心得出奇，"营里的每个人都欠他以后几个星期的薪水,前提是他们能活着挣到这笔钱,他能活着从他们手里收回这笔钱。他把他们都变成了共济会员,或是至少让他们相信自己是共济会员,因此便成了债主。你看,他拥有他们。他们无法拒绝他。他需要做的只是——"

"等等,"老黑人说,"等等。"

"难道你没听懂吗?"传令兵说,"要是我们所有人,整个营,至少一个营,整个前线有一支部队发起,领头——把步枪、手榴弹什么的全都扔在战壕里:干脆空着手从胸墙后面爬出来,穿过铁丝网,然后空着手向前走,不是举手投降,只是张开双手,表示我们没有伤人、杀人的武器;不是跑,跌跌撞撞的:只是像自由人那样朝前走,——只是我们中的一个,一个人;假设只有一个人,然后把他变成一个营;假设我们整个营,一心只想回家把自己洗干净后穿上干净衣服去工作,晚上喝一点啤酒,聊聊天,然后躺下睡觉,不必害怕。也许,只是也许,很多德国人也不想再打仗,或者也许只有一个德国人不想再继续下去,放下他的或者他们的步枪、手榴弹,也空着手爬出来,不是投降,只是让每个人都能看到他们的手里没有伤人或杀人的武器——"

"假如他们不是这样呢?"老黑人说,"假如他们朝我们开火呢?"可传令兵根本没把话听完。他还在继续讲。

"难道他们明天就不会朝我们开火吗?一旦他们从恐惧中缓过神来,一旦绍讷蒙、巴黎和波珀灵厄的人以及今天下午在那架德国飞机里的什么人有时间碰头,交换信息,确定威胁、危险具体在哪里,清除它,然后再次发动战争,他们就会这么做:明日复明日,直到这游戏的最后一条正式规则被执行完毕,最后一个被毁灭的玩家被清除出视线,胜利就像俱乐部展示柜里的足球比赛奖杯一样被供奉祭奠。这就是我想要的全部。这就是我努力去做的全部。可你也许是对的。那么,你跟我说说看吧。"

老黑人咕哝了一声。他安详地咕哝着。一只手从被子下面伸出来,把被子掀开,他一抬腿挪到床沿,对身穿睡袍的年轻人说道:"把我的鞋子和马裤递给我。"

"听我说,"传令兵说,"没时间了。两小时以后天就亮了,我必须得回去。你干脆告诉我怎么做那个手势,发那个信号。"

"这么短的时间你学不会的,"老黑人说,"即使你学会了,我也要去。也许这就是我也一直在寻找的机会。"

"你刚才不是说德国人有可能朝我们开火吗?"传令兵说,"你不明白吗?这就是了,这就是风险所在:如果有一些德国人的确出来了呢?然后他们就会朝我们开火,双方开火,他们一方开火,我们也开火——朝着我们所有的人火力齐发。他们不得不这样做。他们不会有别的选择。"

"那么你改主意了。"老黑人说。

"你就给我演示一下那个手势、那个信号吧。"传令兵说。老黑人又咕哝了一声,态度平和,几乎漫不经心,甩动双腿下了床。那件尚未穿过、一尘不染的下士军装整齐地挂在一把椅子上,鞋袜也整齐地摆在椅子下。年轻人已经把它们捡了起来,他此刻跪在床边,撑开一只袜子,等着老黑人伸脚进去。"难道你不害怕吗?"传令兵说。

"不谈这个话题,我们不是早就把它隔过去了吗?"老黑人恼怒地说,"而且我知道接下来你想说什么:我打算怎么去那里呢?我可以这么回答:我来到这法国,还从来没有遇到麻烦;我想我可以再走上六十英里。我知道这个说完了你还想说什么:我也不能穿着这件法国军装去那里,除非有将军跟我一起去。不过,我不需要回答这个问题,因为你自己已经回答了。"

"这次要干掉一个英国兵吗?"传令兵说。

"你刚才说他没死。"

"我刚才说他也许没死。"

"你刚才说你希望他没死。千万别忘了这个。"

传令兵是哨兵将要见到的最后一个人。事实上,他是哨兵那天早上见到的第一个人,除了换岗的卫兵,他送来了早餐,此时坐在那里,步枪在他身边,靠在防空洞里对面的土架子上。

到现在为止，他已经被捕将近三十个小时了。情况就是这样：他被逮捕了，仿佛两个晚上之前用枪托猛击对方的结果不仅是使一个他再也无法忍受的声音安静了下来，而且是莫名其妙地将他与人类隔离开来；仿佛那令人瞠目的逆转，即四年的泥泞、血腥以及与之相伴而来的痉挛般的沉默突然中止，将他抛到了这块深埋地下的土台之上，丝毫不见其他人迹，除了有一批批轮值的卫兵给他送来食物，然后坐在他的对面，一直到他们换岗。昨天，还有今天早上，按照预定的流程，值班军官的中士侍卫突然出现在洞口，大声喊着"闪开！"他起身脱帽，卫兵敬礼，值班军官本人走了进来，对着那本华而不实的条例手册，油腔滑调地快速读道："有无任何异议？"还没等他回答就又走开了，其实他也没想回答。可是就这么结束了。昨天他一度试着跟一个值班卫兵讲话，随后其中几个也试着跟他讲话，可也就是仅此而已，因此事实上，在过去的三十多个小时里他在脏兮兮的台子上或坐或卧或躺下睡觉，闷闷不乐，无可救药，嘴里骂骂咧咧，怒吼咆哮，甚至谈不上等待，而只是在苦挨时光，等着他们最终决定拿他或者沉默，二者或其中之一怎么办，揣摩着他们是否或何时才能拿定主意。

然后，他看到了那个传令兵。与此同时，他看到了手枪已经拔出来了，传令兵击打卫兵，打在一只耳朵和头盔檐之间，在他倒下时抓住他，把他掀翻在土台上，回转身去，哨兵看见从他身后进来一个模样滑稽可笑的士兵——貌似包裹起来的油泥，制服上衣的下面几粒纽扣扣不上，大腹便便不是由于久坐，而是年龄的缘故，再往上看，头盔下面是一张巧克力色的面庞，四年前他曾经试图贬低、否认它，想把它打入他那的尘封过往。

"这就有五个了。"老黑人说。

"好吧，好吧，"传令兵迅速回答道，语气粗暴，"他也没死。你难道不觉得到现在为止我已经学会了如何去做吗？"他快速地对哨兵说道："你现在也不必担心了。我们需要你做的只有老实待着。"可是哨兵看都没看他一眼。他在看那老黑人。

"我告诉你不要管我。"他说。回答他的是传令兵，语速同样很快，语气也同样粗暴：

"现在太晚了。因为我错了；我们不想让你老实待着：我们想要的是沉默。来吧。注意，我有手枪。必要的话我会用上它。我已经用了它六次了，但只用了枪托。这次我会扣动扳机。"他对老黑人说，语速很快，语气粗暴，声音里几乎带着绝望，"好吧，这个人得死。那么你提个建议吧。"

"你逃脱不了罪责。"哨兵说。

"谁还指望逃脱？"传令兵说，"这就是我们为什么不能浪费时间。来吧。你有你的投资要保护，这你知道的；像这样的一段喘息时间会给他们重新开始的机会，更不要说发现只是让这些穿军装的男人整天厮混在一起太久会发生什么事情了，一旦他们再次把我们控制在射程以内，大概整个营都会被全部消灭掉。可能就在今天下午吧。他们昨天从空中接过来一个德国将军；毫无疑问，在昨天晚餐之前他到了绍讷蒙，我们的头头脑脑，还有美国的，都已经在等他了，在传递波尔图葡萄酒之前（如果德国将军喝红酒的话，不过，为什么不呢，因为即便整个人类历史还没能证明，我们有四年的时间向自己证明了这一点：一个足够成功的两足动物一旦当上将军，几乎在它失去人性的那一刻就已不再是一名德国人、英国人、美国人、意大利人或法国人了）整个事情就这么定下来了，无疑他已经在回去的路上了，双方只是在等他离开，就像你中止了一场马球比赛，因为来看球赛的一个王公贵族策马离开了赛场——"

哨兵——在他的余生——将会记得它。他马上明白了，传令兵说要用上手枪的话完全不是儿戏；这话也立刻得到了验证——反正枪托是用上了——在隧道里他还没看清楚，差点就一头栽到了摊手摊脚地倒在地上的值班军官和他的中士副官身体上。可他觉得不是硬邦邦地顶在他腰部的枪口，而是那个声音本身——油腔滑调、镇定而急促、决绝而绝望的声音传得很远，把他们一股脑地卷到了下一个防空洞里，

一整排人在土台上或躺或坐,一齐转过脸来看他们,传令兵用枪口把他推进去,然后又把老黑人也推了进去,说道:

"做手势吧。快点。做吧。"——那个紧张、镇定、绝望的声音到这时还没停止,哨兵觉得它从来都没停止过,"好吧,他当然不必做手势。他不做也足够了。他是从外面进来的。其实我也是,可你们现在根本不必怀疑我,只要看看他就够了;你们中的一些人也许能认出来那件军装上面霍恩的特等军功章。不过,不要担心;霍恩没死,正像史密斯先生和布莱索中士也没死一样;我已经学会了用这枪托——"他把枪举起来让大家看了一眼,"——现在得心应手了。因为我们的机会来了,结束这一切,罢手不干了,放弃它,不仅是杀戮、死亡,这只是噩梦的一部分,还有腐朽、臭气和浪费——"

哨兵将会记住它,仍旧不为所动,只是默许而已,还是相信他在等,等着他或者他们中的两三个人立刻趁传令兵不备,将其制服,他听着那油腔滑调的声音时断时续地响起,看着那些扬起的面孔也在倾听,依然相信他在那些脸上看到的只是震惊、愕然,很快就会一致地变成跟他自己相称的一副刀枪不入的表情:"要不是巴黎的战争部给他发了通行证,我们两个都不会再回来的。所以你们甚至都还不知道他们对你们做了些什么。他们把你们关在了这里——从英吉利海峡到瑞士的整个前线。根据我昨晚在巴黎看到的情况——不仅是军事警察,法国、美国的,还有我们的,而且也有民事警察——我原本想不到他们还能剩下足够的人用来封锁什么。可是他们做到了;上校本人今天早上不可能回去的,除非通行证上有绍讷蒙城堡里的那个老头的签字。这就像是另一个前线,守卫它的全部三军将士都来自赤道下面和半个地球那边,都不会说他们身上穿的军装所代表的国家的那种语言,却会穿着它死在这个寒冷和潮湿的地方——塞内加尔人、摩洛哥人、库尔德人①、中国人、马来人、印度人——还有听不懂口令也看不懂通行证的

---

① 库尔德人,西亚的穆斯林游牧民族,主要居住在伊朗库尔德斯坦和高加索南部。

波利尼西亚、美拉尼西亚的蒙古人和黑人：他们或许只能靠死记硬背来识别那种神秘难懂的象形文字。可你们不是这样。你们眼下根本出不去，出去也甭想再进来。我们面前不再是无人区了。它此刻在我们身后。从前，机枪和步枪后面的那些面孔至少脑子里是高加索人的思想，即使他们不会说英语、法语或美语也无妨；现在，就连他们的思想也不是高加索人的了。他们是异类。他们压根不必在乎。他们四年来一直想要干脆杀死德国人，逃出这白人的寒冷泥泞的凄风苦雨之地，可是以失败告终。谁知道呢？他们把法国人、英国人和美国人都困在了这里，一旦全部消灭掉，明天就有可能踏上返乡的旅途。所以我们现在无处可逃，除了朝东走——"

这时，哨兵动了一下。其实他还没采取行动，现在还不敢：他只是稍稍挪了一下身子，使姿势变得更加扭曲僵硬，他此刻开了口，声音尖刻刺耳，满口污言秽语，对着那些目瞪口呆、全神贯注的面孔咒骂起来："你们打算任由他们这样胡来吗？难道你们不清楚我们所有人都脱不了干系？他们已经杀了史密斯中尉和布莱索中士——"

"胡说八道，"传令兵说，"他们没死。我不是刚刚告诉你们我学会了使用枪托吗？是他出的钱。就是这样。营里的每个人都欠他的钱。他想让我们坐在这里什么都不做，直到他赚到了这个月的利润。然后他想让他们再重新来过，这样我们就愿意跟他打赌每月二十先令，赌我们三十天之内会死。这正是他们要做的事情——再度开战。你们昨天都看见那四架飞机了吧，还有那高射炮。高射炮用的是一些空包弹。德国佬的飞机上有一个德国将军。昨晚他就在绍讷蒙。他肯定去了那里；否则，他到底来这里做甚？不然为什么要乘着一阵云彩般的高射炮空包弹一路飘将过来，而有三架 S.E.5 型战斗机用空包弹做出要把他打下来的姿态呢？哦，是的，我就在现场；前天夜里我看见了那些运炮弹的卡车，昨天我就站在射出这些炮弹的其中一架大炮后面，其中一架 S.E. 型战斗机——那个飞行员当然还只是个孩子，太年轻了，他们不敢提前通知他，让他知道事实和真相不是一码事太冒险了——俯冲

295

下来,直接朝大炮开了火,用什么东西击中了我的军装下摆——无论是什么——它实际上一下子刺痛了我。还能怎样,除了允许一个德国将军来拜访盟军最高统帅集团之中的法国、英国和美国将军,而不惊扰我们剩下这些天生不是将才而只是人类的两足动物?而且,既然他们——他们所有四位——都众口一词,无论他们各自迫于环境压力要用哪种蹩脚、生僻的民族方言来对话,这件事大概根本没花他们多少时间吧,德国将军很可能此时已经在回去的路上了,甚至都不需要空包弹来掩护,因为那些大炮将要装满实弹,只等他一离开就恢复、掩盖、永久消除这个令人发指、难以置信的意外事件。所以你看,我们没有时间犹豫了。我们可能还有不到一个小时。不过,一个小时就足够了,只要我们所有人都参与,全营的人。不是要杀掉军官;他们已经放弃杀戮,休战三天。另外,我们都参与的话也不需要这么做。要是有时间,我们甚至可以抽签:一个人对付一个军官,只消按住他的双手,待其他人走过去即可。可这枪托更快,其实没什么杀伤力,等到史密斯先生、布莱索中士和霍恩醒过来的时候他们会告诉你们的。以后再也不要去碰手枪、步枪、手榴弹和机枪了,一劳永逸地爬出战壕,穿过铁丝网,然后空着手朝前走,刺激一下那些德国人,谅他们也不敢出来见我们。"他飞快地说,流露出孤注一掷的决绝,声音里带着平静的绝望:"好吧:用机枪炮火来迎接我们吧,你们会这样讲。可那德军高射炮昨天也是空的呢。"他对老黑人说:"现在,给他们做那个手势吧。无论如何,它代表着兄弟情谊与和平,你们不是已经证明这一点了吗?"

"你们这些蠢货!"哨兵喊道,只是他没说蠢货:从他几乎不善辞令的贫乏语言中冒出的是恶毒的污言秽语,他此时开始挣扎,刚刚在盛怒之下嫌恶地扭动着身体甩脱了那把手枪,便意识到他的后脊背上没有了那个硬邦邦的小铁环,传令兵只是紧抓着他,他(哨兵)虎视眈眈地看着周围,怒视着那些面孔,他先前以为它们做出的一副惊讶表情也只是愤怒的前兆,可现在却阴森地朝他逼近过来,看起来完全相同,不约而同地显得异常陌生,直到许多坚硬的手按住他,让他挣扎不得,传令兵此刻面对着他，举起的手掌上平托着那把手枪，朝他大喊大叫：

"住手！住手！你们自己选择，但是要快。你们可以跟我们走，或者吃我一枪托。但是要做个决定。"

他将来会记得此情此景；他们此时就在上面，在战壕里，他能看见一个在沉默中爆发的人群，少校、两个连长和三四个中士已经隐没在人群中，或是被人群吞噬了（他们已经控制住了掩体里值班的副官、军士长和下士通信兵，以及还在床上睡觉的上校），战壕里左右双向都能看到士兵从他们的掩体和洞穴里走出来，在阳光下眨巴着眼睛，仍是一副茫然的样子，同时脸上浮现出难以置信的惊异神情，随后又不约而同地流露出半信半疑的希望。那些坚硬的手仍然牢牢地抓着他；它们把他抬起来抛到射击踏台上，然后越过胸墙边缘扔了下去，这时他已经看见传令兵一跃而起，转身向下伸手把老黑人拉上来，拉到自己身边，而其他人则从下面向上托着，他们两个人现在站在胸墙上，面对战壕，传令兵的声音尖细而高亢，带着那种孤注一掷、不屈不挠的绝望：

"手势！手势！做给我们看吧！来吧，伙计们！假如这就是他们所谓的活着，你们也想要永远活在这些条件下吗？"

然后他又开始挣扎。他甚至不知道自己要做什么，不由自主拉拉扯扯地猛烈扭动身体，嘴里咒骂着把那些手甩脱、打飞，根本没有意识到为什么这么做，目的何在，直到他发觉自己已经到了铁丝网里面，于是他掉转头来，朝身后那些拥挤的身体打去，从入口处一直挤到夜间巡逻队使用的迷宫般的通道上，听见自己的声音最后一次不肯妥协地抗议道："让他们都他妈的去见鬼吧！你们这些混蛋！"他此时匍匐前进，不是第一个穿越铁丝网的，因为当他站起身来跑的时候发现老黑人在他身边大口喘气，他朝老黑人大声喊道："你他妈的真是活该！两年前我不是就警告过你离我远点？不是吗？"

接着传令兵来到他的身旁，紧抓住他的胳膊阻拦他，拉着他回转身来，大声喊道："看看他们！"他照办了，看见了他们，看着他们手脚并用地爬行穿过铁丝网上的豁口，仿佛是从地狱里出来的，脸颊、衣服、双手等全都弄脏了，他们在泥土里像动物似的滚了四年之久，似乎已经牢牢地沾上泥土所特有的那种不可名状的单一色调，等到站起身来之时感觉仿佛这四年来双脚一直没有踏在土地上，而在此刻浴火重生，从炼狱回归光与空气的世界，就好像身上永远染着炼狱那不可名状的单一色调的鬼魂似的。"还有那边！"传令兵喊道，又拉他转身，直到他也看见了那边的情形：远处的德军铁丝网隐约一阵骚乱、律动，分辨不出所以然，直到也有一些人站直了身体；于是，他突然感到一阵恐惧和慌乱，另外还有某种他还没来得及理解和辨别的情绪，只知道、意识到那种慌乱；不是他一个人的慌乱，而是大家共同的慌乱，不仅是这个营，而且还有那个德军营、团或是无论其他什么编制，两支队伍朝对方迎头跑去，手无寸铁地彼此靠近，直到他能够看到、分辨出每个人的脸，但仍然像是同样一张面孔、同样一副表情，然后他突然明白了，他自己看起来也是这样，他们所有的人都一样：迟疑、惊奇、不设防，然后他也听见了那些声音，知道自己的声音也在其中——一种微弱的低声呜咽在那令人难以置信的寂静之中响了起来，像是迷途的鸟群发出的唧啾呢喃，凄凉无助而又毫无防范；随后他明白了另外那一种情绪是什么，甚至还没等德军的还有英军的两座铁丝网后面都突然疯狂地射出火箭弹来。

"不！"他大叫起来，"不！不要向我们开火！"他根本没有意识到自己说的是"我们"，而不是"我"，这大概是平生第一次，肯定是四年来第一次，也没有意识到下一秒钟他又说了"我"，他猛地转过身来对老黑人高声叫道："我跟你说什么来着？难道没告诉你别跟着我吗？"只是跟他面对面站着的不是老黑人，而是那传令兵，这时第一批炮弹席卷而来。他没听到炮声，也没听到两批密集火力的呜咽般的隆隆声，在那最后一刻既没看到也没听到什么，他的半个身子从脚跟、肚脐一直到下巴都被火焰完全包围，只听得传令兵的声音穿过那无声的冲天火光：

"他们杀不死我们！他们办不到！不是他们不敢：是办不到！"

不过，他能坐在这里的时间当然是屈指可数，因为过一阵子天就该亮了。当然了，除非明天的太阳真的不再升起，就像他们在所谓辩证法的那个哲学分支里教你的那样，你努力死啃这门功课，只为修完他们称作哲学的那个学科，而这种说法完全是为了有争论的可能性。不过，他何不天亮之后坐在这里，或者干脆坐上一整天呢，既然这么做的唯一的条件限制就在于主管的注意力会被号角或警笛声吸引到这里来，他会上前强行阻止一个身穿少尉制服的年轻人背靠着一间尼森小屋的外墙坐在地上；况且还有造成了昨天局面的那个大环境，昨天有三架相当昂贵的飞机在空中上下翻飞，机上的威克斯式重机枪里面填满了空包弹，这个大环境很可能也废除了那一条限制。

随后，第一条限制就被打破了，因为现在就是白天了，不知不觉间黑夜就已经过去了：这一次不是诡辩，而是他不知道黑夜消逝得这么快，这么迅速。或者，它也许就是诡辩，因为就他所知，只有他一个人一直看着它消逝，而既然只有他醒着看它消逝，对于仍在睡梦中的所有其他人，它依然存在，就好比暗影中的树木不再是绿色是一个道理；由于他看着它消逝，却还不知道它去了哪里，因此对他来说也还是黑夜。紧接着，几乎还没等他来得及开始费一番思量，把那个问题想清楚并彻底放下，起床号便吹响了，搅乱了他的思路，这个声音（那个声音：对于以前从未听过它、甚至从未听说过它的人：破晓时分在靠近前线的一座小型机场上响起的号角声，这里的人们连枪都没有，手里只有地图和被莫纳汉称作活动扳手的东西）令他一跃而起：那个大前提下禁令的废除此时再次被废除。事实上，假如他还是个刚从军校出来的新兵，他就会明白发现他坐在那里的任何人不管是谁，将会以什么罪名向他提出指控：没刮胡子，站起身来，他意识到他甚至都忘记了自身的问题，在那里坐了一整夜，心里想着他今后不会再有任何问题了，就好像在那恶臭中静静地坐那么久已经剥夺了他对它的嗅觉感应，或者也许是减弱了那身连体飞行服的气味，而一站起来便发现二者都恢复了。其实有那么一刻，他有一搭无一搭地想着要把卷起的飞行服打开来，看看燃烧的面积已经扩散到多大了，但是假如他那么做，把空气放进来，燃烧可能会蔓延得更快，他这么想着，心平气和而略带惊讶地听见自己自言自语道：因为它得一直烧下去；就是这样：不是烧完为止，而是要一直烧下去。

至少他不愿意把它带进去，于是他把它放在墙根，绕到营房前面，走了进去——伯克、汉利和德玛奇还没醒来，看来至少对一些人来说那棵树还没变绿——他拿起剃须用具，再次拎起了连体飞行服，走进了盥洗室；那棵树在这里也不会变绿，假如在这里不会，那么在厕所里自然也不会。不过，现在它会变绿，因为太阳此时已经出来了，他的脸又变得平整光滑，飞行服在他的腋下悄然散发着臭气，他能够看见食堂周围有人走动，突然记起自己从昨天午饭以后到现在还没吃过东西。不过，手里还拿着飞行服，他突然意识到这飞行服还能当饭吃呢，便回转身来，迈开步子。他们——有人——已经把他的飞机开进机库停好，于是，他踏着自己投下的长长的影子，径直走向汽油罐，把飞行服放进去，站在那里，内心平静而空虚，随着时间的推移，影子不可避免地一点一点地缩短。天看上去可能要下雨的样子，可它反正总是这样；也就是说，在那些不用巡逻的休息日里天总是下雨，他还不明白为什么，他毕竟刚来没多久。"不过，你会明白的，"摩纳根对他说，"等你第一次参战就明白了，你会觉得好吓人。"——他说的是"虾仁"。

眼下一切都还好啦，刚才正要起床的那些人应该已经吃过早餐，其他人会一直睡到午饭时分；他甚至可以干脆不去营房，把剃须用具直接带到食堂：他停下来，怎么也想不起来他上一次是什么时候听到的，那种陌生而恍如隔世的声音——北边和东边传来的那种密密匝匝、厚重无声的愤怒低语；他确切地知道它会在什么地方，因为他昨天下午才刚从那个地方飞过，心里平静地想着我回家太早了。要是我整夜不眠，本来会看到战火再起——侧耳倾听，脚抬起来一半就一动不动了，听着那嗡嗡声渐次增强，达到最强音之后持续了一时、一会，然后便戛

300

然而止，在他的耳畔又回旋了片刻，直到他发现自己实际上听到的是一只云雀的叫声：他刚才是对的，连体飞行服起到的作用甚至超过了实际，或许甚至超出了预期，使得他安然无恙地撑到了午饭时间，此时已过了十点钟。假如他能吃饱，当然，那些食物——鸡蛋、培根和果酱——毫无滋味而言，因此只有这一点他没猜对；不过，很快，他连这也错了，一个人在空荡荡的食堂里不紧不慢地吃个不停，直到终于有勤务兵对他说烤面包都没有了。

情况远远超过那连体飞行服所能预谋甚至梦想的，因为午饭期间营房本身会空无一人，他可以利用这段时间躺在床上看点书，他曾经想过利用巡逻的间隙时间读书——主人公在他自身那一次次单调乏味的英勇的冒险行动之间，替代性地过着英雄们的生活：布莱兹曼站在了门口，他又读了一两分钟，方才抬起头来。"去吃午饭？"布莱兹曼说道。

"早饭很晚才吃，谢谢。"他说。

"喝点什么？"布莱兹曼说。

"晚点再喝吧，谢谢。"他说：终于挪了窝，随身带着那本书；那里有一棵树，他在第一个星期里发现了它——一棵老树，两条巨大的根就像是椅子的两只扶手，在堤岸上的开口上方，经过那座小飞机场通往白色新城的那条公路穿过这里，在这里你可以像坐椅子一样坐下来，根部支撑着手肘，手肘再托着那本书，安然远离战争，却又是它的一部分，没那么遥远，在那些他们称之为战争的岁月里：他们显然还没决定现在该把这个状态称作什么。于是，此刻还有足够的时间，布莱兹曼到现在就会明白今天早上那是什么了：他平静地思考着，在开始行动前那本敞开的书还托在手里：对，事到如今他会明白了。他不得不决定是否告诉我，可他会做出决定的。

也没有任何理由把那本书拿到营房去，因为他还能再读一点，走进布莱兹曼的营房，然后再离开，书页仍然合着，一根手指夹在书里做标记，依旧无目的地漫步；反正他从来没有快步走过，最后停下脚步，心里空落而平静，只是眨了眨眼睛，放眼朝空旷的机场望去，那排关闭的飞机库、食堂和办公室,一些人在那里进进出出。不过,人不算多;显然,科利尔已经取消了白色新城的禁令;不久他又会看着傍晚来临,突然想到康文提柯,但只是一瞬间,然后就不再去想了,因为他能对康文提柯说什么呢,或者他们能对彼此说什么呢?"哦,弗莱特,布莱兹曼上尉告诉我说我们一个营的人今天早上放下枪,爬出了战壕,穿过了铁丝网,遇到了一支同样手无寸铁的德国部队,直到双方阵地朝他们开了火。所以,我们现在需要做的一切就是袖手旁观,时机一到就把那个德国将军带回家。"然后康文提柯说:"是,长官。我听说了。"

此时,他正看着夜幕降临,落日洒下余晖,他在走向汽油罐的路上根本踩不到任何影子了。不过,他几乎马上开始稍稍加快了步伐,不是想起来那件连体飞行服的事情,而是那燃烧的闷火;自从他把它扔在汽油罐里,现在已经过去了十二个多小时,可能已经烧得没剩下什么了。可他还算及时:只是罐子本身太烫,碰它不得,他便只好把它踢翻,将飞行服翻倒出来,但还得等它稍稍冷却下来。它变凉了:不是夜色渐浓,而是夜晚已然来临,五月份这个时节在家乡几乎算是夏夜了;在厕所里,那棵树又不再是绿颜色了:挥之不去的只有那飞行服散发出的臭气,他算是白费心了,把它扔进洗涤池之后它便自行展开,完全暴露在空气里,做了一次最后的了断——燃烧慢慢散发出的浓烈刺鼻的气味此时化作了有形可见之物,层层叠叠地渐次蔓延开来,现在几乎消散殆尽了——只有可怜的一点点残留物,但也许一开始有那么一刻,黑暗的表面和泻落的水流上面只有一点火星,他又走了几步,其中一个小隔间里面的门上有一个木制门闩,你若先到便可以抢占先机,他先抢到了,闩上了那道黑暗中看不见的门,从军装上衣口袋里掏出那把无影无形的手枪,用拇指推开了保险盖。

那个房间里再次亮起了灯,水晶吊灯、壁式烛台灯和旋转烛台,窗帘和窗扇再度关闭,把人潮拥挤的城市中那无眠而痛苦的嗡嗡低语声关到了外面;又一次,面色苍白、衣装闪亮的孤独的老将军看起来像一个华丽俗艳的玩偶,他正要把剩下的面包皮碾碎扔进那只空碗里,小门突然打开了,年轻的副官站在门口。"他到了?"老将军问道。

"是,长官。"副官说。

"让他进来,"老将军说,"接下来不要放其他人进来。"

"是,长官。"副官说着走出去,把门关上,少顷门又开了;老将军没动,只是悄然把那块完整的面包皮放在空碗旁边。副官走进来,在门边笔直地垂手而立,军需总长进门向前走了一两步便停了下来,顿了一下,副官回身走出去,在身后把门带上了,军需总长又多站了一会儿——这个身材高大瘦削的农民面带病容,双眼露出饥饿和苦闷的神色,两个老男人互相注视了片刻,然后军需总长抬了抬一只手,然后又放下了,他一直走到了桌前,迎面站下了。

"你吃晚饭了吗?"老将军说。对方根本没有回答。

"我知道发生了什么,"他说道,"是我授权批准的,否则也不会发生。可我想要你亲口告诉我。不是承认,而是坦白:证实这件事,当面对我说我们确实做了。昨天下午有个德国将军被人从对面阵地带到这里,带到这所房子,进到这所房子里。"

"是的。"老将军说。可对方还在等,铁了心似的。"我们当时就是这么做的。"老将军说。

"然后,今天早上,一个手无寸铁的英国士兵营遭遇了一支手无寸铁的德国部队,中间隔着一道防线,随后来自双方阵地的炮火成功将二者统统消灭。"

"那么,我们确实做了。"老将军说。

"我们确实做了,"军需总长说,"我们。不是我们英、美、法联军对抗他们德国军队,也不是他们德国军队对抗我们英、美、法联军,而是我们对抗所有人,因为我们也不再是我们自己了。一种遁词,不是我方迷惑、误导敌人的,也不是敌方迷惑、误导我们的,而是我们背叛了所有人,因为所有人只是出于自我防御的恐惧而不得不摒弃我们;我方没有使用密集火力来阻止敌方举着刺刀和手榴弹冲向我们,敌方也没有这样做,可是我们双方都使用密集火力去阻止手无寸铁的人去接触对方手无寸铁的人。我们,你和我以及我们所有怙恶不悛且无可救药的同类;不仅是你、我和这道铁丝网后面我们那严密牢固、满怀妒忌的不可挑战的等级体制,以及那道铁丝网后面我们的德国对手的,而且还有更多、更糟糕的:散布在地球上的我们这个被遗弃的无家可归的小物种整体,不仅不再属于人类,而且甚至不再属于地球本身,因为我们不得不孤注一掷地下了这个最后的卑劣赌注,为了保住我们在这里的最后一席朝不保夕、岌岌可危的位置。"

"坐下吧。"老将军说。

"不,"对方说,"我曾经是站着接受这个任命的。现在我可以站着辞去它。"他飞快地把一只无肉的大手插进军装上衣口袋里,然后又抽出来,不过,他再一次站在那里,手里握着那份折叠的文件,低头看着老将军。"因为我过去不仅是信任你。我是爱你的。从四十七年前我在那扇门里看到你的第一眼起,我就相信你是上天注定来拯救我们的。你被命运之神从你那矛盾重重的背景中拣选出来,做了一个与自己的过去自相矛盾的人,为了摆脱人类的过去,成为普天之下那个没有恐惧、软弱、怀疑等复杂情绪羁绊的人,正是这些情绪使得我们其他人无法拥有你的能力;而你以你的超群能力甚至会帮助我们从自身软弱和恐惧所带来的失败中解脱出来。我指的不是今晚外面的那些人——"这一次,那只握着折起的文件的大手迅速做了一个笨拙的指点手势,它似乎在这个灯火通明、与世隔绝的房间里隐约勾勒出外面充斥着痛苦低语的黑暗空间的整个范围,甚至远及前线本身——铁丝网、战壕至少这一次挤得满满当当,悄无声息,枪炮沉寂了,人们在惊愕和怀疑中等待着,带着警觉、困惑和半信半疑的希望。"——他们不需要你们,他们有能力拯救自己,正如他们三千人四天前所证实。他们只需要防御、保护,不受你们的伤害。没有期待,甚至也没有希望:一切只是理应如此,只是我们辜负了他们。这一次不是你,你就连自己想做的事情都没做,只是做了你必须做的事情,因为你就是你。可我和我那少数几个级别够格、权威和地位足够的同类,仿佛上帝那天亲自把那一纸任命书放到我的手里时已经为三年后的这一幕做好了准备,一旦我辜负了他们和**他**就要把它收回去。"他猛然挥手,一抖手腕,把那张折叠的纸页抛到了桌上,落在碗、水罐和仍旧完整的那一小块面包前面,老将军的那两只青筋暴露、斑斑点点的手分开放在两边,略微弯曲,一动不动。"现在亲手交还给你吧,因为我那时是从你手里把它接过来的。我洗手不干了。我知道:从我自身的角度来说,从一开始就不该接受它,现在还回去太迟了,因为只要我那时明白它所带来的后果会是什么,我最初就应该很清楚自己是没有能力应对这样的后果的。我有责任。这个责任我来负,过错在我,仅仅在我;假如没有我,没有你三年前那一天给我的这一纸委任状,那么你就不可能这么做。根据这个权限,我当时本可以事先拦住你的,即便是事后我也可以阻止它发生,收回成命。当你——所有驻法盟军的总指挥——作为军需总长统领我们和英军、美军的铁丝网以西的整个欧洲战场,我原本可以宣布包括白色新城(或者随便任何一个你可能会威胁到的其他地点)在内方位点一百度①的整个区域处于饱和状态,禁止载着空防空炮弹的卡车进入这个区域,有多少人驾驶那些卡车就禁止多少,甚至还可以宣布该区域绝对饱和,因此禁止那一个编外德国人②从里面出来。可我没有。所以我要负的责任甚至比你还大,因为你没有选择。你都没能随心所欲,只是做了你能做的,你别无他法,生来就注定了别无选择。而我在能做什么和想做什么之间,在应该、必须和不能之间,在必须和不敢之间,在想要做和不敢做之间,都有个选择余地:可以做出那个选择,却发觉自己害怕了。哦,是的,害怕了。不过,既然你害怕人类,我为什么就不能害怕你呢?"

"我并不害怕人类,"老将军说,"恐惧暗示了无知。哪里没有无知,

---

① 此指罗盘主方位,两个相邻罗经点之间的夹角。
② 即参与高层会晤的那个德国将军。

305

你便无需恐惧：只有尊重。我不害怕人类的能力，我只是尊重它们。"

"还有利用它们。"军需总长说。

"提防它们。"老将军说。

"无论害怕与否，你应该这么做。有朝一日你会这么做。当然，我不会。我上了年纪，不中用了；我有过机会，失败了；现在什么人——什么事——还想要或需要我参与呢？什么粪堆或垃圾堆，最糟糕的就是塞纳河畔的那一座，它那金色半球[①]被席卷整个欧洲的战争糟蹋了，糟蹋它的那个人还不及你呢，他跟所有的欧洲军队搅在一起，就为了输掉一个微不足道的政治帝国，而在这里你集结了两个半球的全部军队，最后甚至还有德国军队，把这个世界输给了人类。"

"你能让我说几句话吗？"老将军说。

"当然，"对方说，"我没告诉过你我曾经爱你吗？谁能控制得了？你敢于操控的也只有发过的誓，立过的约。"

"你说他们不需要我来从我和我们的手里拯救他们，因为只要放任不管他们，他们就会自己拯救自己，就会一直保护自己不受我和我们的伤害。那你认为我们是如何在时间和地点上及时应对这种情况的呢——就在整整四年间的所有时刻当中的这一特定时刻，就在那千里战线上的所有前线阵地的这一特定地点？仅靠保持警觉吗？不光是在这个特定的地点和时刻保持警觉，而是准备在这个特定的地点和时间来应对、调集和取消每个训练有素的士兵曾经通过训教而当作战争和战役的一个因素来接受的东西，就像他必须接受后勤管理、气候变化、弹药失效一样；漫长四年岁月是由许多灾难重重、岌岌可危的时刻构成的，一千公里征途是许多由灾难重重、岌岌可危的地点构成的——这些时刻和地点之所以灾难重重、岌岌可危，是因为我们还没找到任何比人类更适合的对象来管理它们？你觉得我们是怎样及时知悉情况的呢？你难道不了解吗？

---

① 指路易十四时期建成的金色半球顶建筑，是用来安置伤残军队的荣军院，现如今也是军事博物馆。

既然你相信人类的能力，你一定了解它们吧？"

此刻对方停了下来，一动不动，咄咄逼人，身形庞大，面容呈现出病态和饥饿的神色，仿佛因先知和绝望而重新获病。不过，他的声音平静，几近温柔。"怎样？"他说。

"是他们中的一个人向我们告发的。他自己班上的战友。他的一个熟悉的亲信——一向如此。正如他或他们，或者至少他们中的一员惯常所做的那样，而为了他，一个人将自己奉为生命或视若自由、荣誉的东西置于危险境地。他的名字叫作波尔切克。那个星期日的午夜，他请了病假，我们本应一个小时之内就知悉此事，只是没想到显然一个叛徒（你若愿意，就这样称呼他吧）也不得不公然蔑视军规戒律。因此我们根本不可能及时知悉，知悉就已经太迟了，师长本人在破晓前一个小时已经去了一个前沿哨所，而他同样没有理由待在那里，要不是一名中尉（一个目无尊长、冥顽不化的奇葩，既然他把他的故土看得比他的权限分界线更加神圣，那么他的事业多半也就到头了；他自然会得到一个嘉奖，但仅此而已，对他那大胡子所寄予的最大尊重只能露出这位中尉的徽章来①）直接给军部打了个电话，坚持要跟管事的人讲话。我们就是这样得到消息的，只有一点点时间来消除这件事的影响，与敌方取得联系，也给他提供一条退路，使其不至于引发混乱。"

"那么，我刚才说对了吧，"对方说，"你当时害怕来着。"

"我尊重他，把他看作一个口才好、有行动力、易受一己之利驱动的人。"

"你害怕了，"军需总长说，"你有两支部队都曾打过一次败仗，还有一支尚未参加过大规模战役的经验，在这种情况下你仍然设法让欧洲最强大、最善战、最忠诚的军队陷入僵持，却不得不请敌方帮忙对抗简单的人那简单、一致的希望和梦想。不，你害怕了。而且我也该害怕。这就是我为何把它拿回来的原因。它就摆在那里。摸摸它，

---

① 意为剪去他的胡须。这里表达了对中尉不羁外表和越界行为的不满态度。

把你的手放在上面。或者相信我的话,它是真的,还是老样子,没被玷污,因为耻辱在我身上,是我在一场战役中间逃避责任,与你的官衔相伴并存的是清除造成一次失败的那个人的权利和特权。"

"可你能把它拿回到这里,还给我吗?"老将军温和地说道。

"为什么不能?难道不是你亲自把它交给我的吗?"

"可你能吗?"老将军说,"你敢吗?让我帮你个忙,更不要说从我手里把它接过去了。这等好事,"老将军的语气仍旧温和,声调几乎没有起伏,"一个人就要死了,是那种世人所谓的最卑鄙、最可耻的死法:在保卫他自己的——至少是养育他的——国土的过程中因怯懦而被处决。这个无知的世界就会这么说,因为他们不会知道他因为坚持原则而被谋杀,而你却由于愤愤不平的自我裁决而无法为之冒生命和名誉的风险。可你并不想要那种活法,而一味要求被解职。一个姿态。一种牺牲。这能和他相提并论吗?"

"他不愿意接受那种活法!"对方喊道,"要是他愿意——"然后停下来,张口结舌,带着不祥的预感和绝望,只听见那个温和的声音继续说:

"要是他愿意,假如他接受他的生活,保住他的性命,他早就放弃了自己所做的姿态和牺牲。要是我今晚给他一条性命,而你所说他的牺牲代表的希望和梦想,我就等于宣布其无效。通过明天早上夺取他的性命,我将永远确立这样一个信念:他根本没有白活,更不要说白死了。现在告诉我,谁害怕呢?"

此时对方转过身去,慢慢地,身体有一点摇晃,就像盲人一般,等到再次面对那扇小门的方向才停下来,好像不是看见它,而是通过某个不那么精准的其他次要感官确定了它的位置和方向,比如嗅觉,老将军一直看着他,等到他完全转过身去,这才开口说:

"你忘了拿上你的文件。"

"当然,"对方说,"我确实忘了。"他猛地转回身,飞快地眨着眼睛,伸手在桌面上摸索了一阵子,摸到了那份折叠的文件,把它放回军装上衣口袋里,然后又站在那里飞快地眨着眼睛。"是的,"他说,"我刚才忘了。"接着他再次转过身去,身体仍旧有一点僵硬,但此刻几乎是走得飞快,径直穿过那漂白的地毯,朝门口走去;门立刻打开了,副官走了进来,用手扶着门,笔直地立正站着,等着军需总长走过去,他动作略显生硬笨拙,人看起来高大、瘦削、陌生,然后他停下来,把头转过一半来说:"再见。"

"再见。"老将军说。对方继续向前走,这时到了门口,几乎就要跨出门去,开始稍稍低下头,好像长期以来已经习惯了个子高于多数门框,此刻几乎就站在门框里停下来,头仍旧微微低垂,没有完全转向老将军这边,老将军一动不动地坐在那里,衣着像儿童玩偶一般俗丽,面前放着那只没有用过的饭碗、水罐和仍旧完整未碎的面包。

"还有点别的事情,"军需总长说,"要说。别的事情——"

"与主同在。"老将军说。

"当然,"军需总长说,"就是它。我刚才差点说了。"

门咣当一声开了,肩上背着步枪的中士率先走了进来,后面跟着一名端着步枪的列兵,步枪上了刺刀,长度令人难以置信,他像是一名躲躲闪闪地穿过栅栏缺口的猎人。他们在门两边分别各就各位,十三名囚犯齐刷刷地转过十三颗脑袋,安静地看着另外两个人抬进来一张连着长凳的长条木制餐桌放在牢房中央,然后又走了出去。

"先把我们喂肥,是吧?"一个囚犯说。中士没有回答;他正在用一根金质牙签剔着前门牙。

"如果他们接下来会拿来一块桌布,那么再接下来就会是一位牧师了。"另一个囚犯说。可他说错了,不过随后端上来的那些碗碟盆罐(包括一个小汽锅,显然是用来盛汤)数量几乎还是一样让人紧张不安,紧接着又有一个人送来了一整篮瓶装酒和一大堆器皿、餐具,中士嘴里仍旧衔着那根牙签,绕着、隔着它开口说道:

"先等等。至少让他们把手和胳膊拿开别碍事。"尽管囚犯们还没有行动，并未冲向餐桌，冲向食物：他们只是挪过来，围成半圈，站在那里观望，这时第三名勤务兵把葡萄酒（有七瓶）放在桌上，又开始摆放那些杯子、餐具，无论人们想要怎么称呼它们——几个马口铁杯子，从集体食堂的整套餐具里拿出来的几只小盘，两三只有裂纹的平底玻璃杯，军用水壶从侧面一分为二剖开做成的两个大肚酒壶。

"不必道歉，伙计，"那个自作聪明的机灵鬼说道，"就是这样，它一头有底，另一头有洞。"然后那个拿酒来的士兵紧跟着其他两个快步走向门口，出门而去；端着刺刀的列兵再次把那七英尺长的武器东躲西闪地挪出门去，转过身为中士扶着半开的门。

"好吧，你们这些杂种，"中士说，"猪猡吃食吧。"

"说你自己吧，长官，"机灵鬼说，"要是我们必须在臭气熏天的猪圈里进餐，那我们更愿意待在自己的猪圈里。"突然间，他们不约而同地，仿佛并非事先有计划或受教唆，甚至没有得到预警，而是像突然背后有一阵风袭来似的，他们全都转向中士，或者针对的不是中士，不是人类卫兵，而只是那些步枪、刺刀、上锁的铁门，没有行动，没有冲向他们，而只是朝他们高声呐喊——一种嘶吼，声音很大，没有语言，不是威胁，也不是指控：只是对怒不可遏的反驳表示肯定的一种齐声嘶吼，它在中士出去把门砰的一声关紧之后又持续了一阵子。随即他们便停了下来。不过，他们还是没有急于奔向餐桌，还在犹豫，围成半圆，几乎是怯生生的，只将它团团围住，像兔子一样寻着餐桌上飘来的香气翕动着鼻子。他们浑身污垢，仍旧散发着前线的气息，忐忑不安，或许还有绝望；胡须未剃，脸上没有惊惧，也没有怨恨，只有倦色——这些人所承受的已经不仅仅是超出预期的，而是更甚于他们自认为所能承受的，而且他们知道事情还没算完——带着一种诧异，甚至恐慌——无论接下来还会有什么，他们也还要承受呢。

"得了，下士，"一个声音说，"我们来吧。"

"可以，"下士说，"留点神。"可大家还是没有一窝蜂地冲上前来。只是聚在一处，扎了个堆，几乎是不经意地互相推搡起来，不是出于饥饿,而是由于人们还在观望迟疑——至少眼下还是这样——与一个童话的消逝保持一致,仍旧坚守在这个逐渐消逝的童话边界,漫不经心地骂骂咧咧,不特别针对谁,也并不急切:只是互相挨挨挤挤地坐到了固定的长凳上,五个在一边,六个在对面的另一边,这时,第十二个人把牢房里的一个高脚凳拉到餐桌的一端给下士坐,然后他自己坐在长凳对面另一端的空位置上,就像是狄更斯笔下小酒馆后屋里的副主席——一个饱经风霜的、矮墩墩的壮实男人,长着蓝眼睛、红头发和布列塔尼①渔夫的胡子,像是一名船长驾着他自己那只结实牢固、勇敢无畏的小舟——船上无疑装满了走私违禁品。下士在碗里盛满了饭,他们一个一个地相互传递下去。可还是没有食欲。一种缩手缩脚的拘谨气氛,可即便如此,他们几乎失去了耐心,每个人手里高举着粒米未沾的勺子,看起来就像是一组船员或是一个游行队列。

"这看起来很糟。"一个人说。

"其实更糟,"另一个人说,"事情很严重。"

"这是缓兵之计,"又一个人说,"一个兼职汽车修理工煮了这一餐饭。所以说,假如他们肯费这么大力气——"这个人才刚开口。

"等等。"留着布列塔尼渔夫胡子的人说。坐在他对面的男人是个矮个子,肤色很黑,下颚被一道痊愈的旧伤疤撕扯得扭曲变形。他飞快地说了句什么,用一种几乎难以分辨的地中海方言——米甸人②或许是巴斯克人。他们面面相觑。突然,另外一个人开口了。他看起来像个学者,几乎像一名教授。

"他想让我们做饭前祷告。"他说。

下士看着那米甸人。"那就做吧。"那人又飞快地说了些什么,根本听不懂。貌似学者的人又做了翻译。

"他说他不会。"

---

① 布列塔尼,法国西部的一个地区。
② 米甸人,亦称以实马利人,《旧约》所载与以色列人密切相关的游牧部族。

"有人会吗?"下士说。他们又一次面面相觑。然后,一个人对第四个人说:

"你上过学。你来说吧。"

"也许他说得太快,已经说完了呢。"另一个人说。

"那就说吧。"下士对第四个人说。那人说得飞快:

"祷告。祝福。谢恩。这样可以吗?"

"可以吗,卢卢克?"下士问米甸人。

"是的,是的。"米甸人说。他们现在开始吃饭。布列塔尼渔夫胡子拿起一瓶酒来,朝下士微微一举。

"可以吗?"他问。

"可以。"下士说。另外六只手抄起了另外几瓶酒;他们吃了起来,一边斟酒,一边还把酒瓶传来递去。

"缓期执行,"第三个人说,"在我们吃完这餐饭之前,他们不敢对我们下手。不然,我们整个民族都会对此感到侮辱并奋起反抗,我们把这看作艺术之首。这个主意怎么样?我们干脆错开时间,每次吃一个菜,每小时一人吃,吃上十三个小时;我们会一直活到……将近明天中午——"

"——到时他们就会再管我们一餐,"又一个人说,"我们再把那顿饭错开吃到晚上,然后再把晚饭吃到第二天晚上——"

"——最后吃着吃着我们就老了,再也吃不动了——"

"那就让他们杀了我们吧。谁在乎呢?"第三个人说,"没有人。喝过咖啡之后那个中士杂种就会带着他的行刑队进来。你们看吧。"

"没那么快,"第一个人说,"你们也别忘了我们所谓的首要美德。节俭。他们会等到我们消化并排泄完这一餐。"

"那样他们有什么好处?"第四个人说。

"肥料,"第一个人说,"想象那个角落,花园里的那块地用这一餐的精华上了肥料——"

"叛徒们的粪肥。"第四个人说。他长着一张殉道者的充满梦想和怒气的脸。

"那样一来,那些玉米、扁豆、土豆不都要上下颠倒着生长了吗?或者,即使没办法把头埋进土里,无论如何也要把它藏起来?"第二个人说。

"住嘴。"下士说。

"或者,不仅是那块地的角落,"第三个人说,"明天我们会把腐肉留给法国——"

"住嘴!"下士说。

"基督宽恕我们。"第四个人说。

"哎哟呦,"第三个人说,"那么我们可以把他叫来。他不需要害怕尸体。"

"你想让我叫他们闭嘴吗,头儿?"布列塔尼渔夫胡子说。

"快别说了,"下士说,"吃吧。到了后半夜你们就会希望有什么话题可以拿来嚼嚼舌头了。留到那时再谈论哲学吧。"

"还有俏皮话。"第三个人说。

"那我们就要挨饿了。"第一个人说。

"或者是消化不良,"第三个人说,"假如我们今晚听到的多半是些俏皮话。"

"快别说了,"下士说,"我已经跟你们说了两次。你们想让自己的肚子说你们已经吃饱了,还是想让那位中士回来说你们吃完了?"于是,他们又开始吃,除了下士左首边的那个人,他刚要把叉了食物的餐刀送往嘴边,却又一次中途停了下来。

"波尔切克没在吃东西,"他突然说道,"他连酒都没喝。怎么啦,波尔切克?担心你的肚子除了荨麻以外什么也不出产,没办法及时跑到茅坑,让我们都得睡在荨麻丛里吗?"他招呼的那个人刚好紧挨在下士的右首边就座。他长着一张老于世故、近乎英俊的都市人或者也许是郊区人的面孔,胆子很大,却一点也不自大,戴着冷静沉着的面具,只有在你冷不防捕捉住他的眼神的时候,你才意识到他有多机警。

"在绍讷蒙休息了一天大概也没治好他的肚子吧。"第一个人说。

"不过,明天早上军士长的致命一枪会治好他的。"第四个人说。

"也许这会治好你们所有人,让你们不再对我不吃不喝的东西有这么大的热情。"波尔切克说。

"怎么啦?"下士对他说,"星期日晚上我们出来之前你请了病假。现在还没好吗?"

"那又怎样?"波尔切克说,"这是问题吗?星期日晚上我闹肚子。我还没好,可这还是我的事情。我刚刚坐在这里忍着,也不怎么为我不吃的东西操心,可有些闲来无事的旁观者却在操心,因为我不吃东西。"

"你想找茬闹事吗?"第四个人说。

"使劲敲门吧,"下士对布列塔尼渔夫胡子说,"告诉中士我们要报告有人病了。"

"现在是谁在找茬闹事?"还没等布列塔尼渔夫胡子行动,波尔切克就对下士说。他举起了斟满的酒杯。"来吧,"他对下士说,"把它喝干。如果我的肚子今晚不喜欢喝酒,就像让所说的那样,明天早上那个军士长一枪就让它全都迸出来了。"他对他们所有人说:"来吧。为和平干杯。我们为之努力了四年,现在不是终有所得吗?来吧,举起杯来!"他抬高了嗓音厉声说,声音、面容、神情里瞬间流露出某种近乎激烈的情绪。与此同时,同样的兴奋、压抑的激情似乎传递给了他们所有人;他们也举起了酒杯,只有一个人例外——长着山区人面孔的第四个人,他个子不如其他人高,脸上带着某种稍纵即逝的痛苦,近乎绝望,他突然把举到一半的酒杯停了下来,其他人干杯的时候却没有喝,大家砰地把形色各异的杯子放下,又去伸手拿酒瓶,这时外面传来一阵沉重的皮靴声,门又一次咣当打开,中士和他的列兵走了进来;他手里拿着一份打开的文件。

"波尔切克。"他说。波尔切克一时没有反应。随后,那个没喝酒的人打了一个激灵,尽管他马上控制住自己,但是当波尔切克默默地站起身来的时候,他们两个同时都站了起来,所以中士刚要再喊波尔切克的名字,却停了下来,来回打量着这两个人。"怎么?"中士说,"哪一个?难道你们连自己是谁都不知道吗?"无人应答。除了波尔切克,其他人齐刷刷地望着那个没喝酒的人。"你,"中士对下士说,"你难道不认识自己手下的人吗?"

"这个是波尔切克。"下士指着波尔切克说。

"那他是怎么一回事?"中士说。他对另一个人说:"你叫什么名字?"

"我——"那个人说;他又飞快地扫视四周,没有看什么,也没有看谁,目光里充满了痛苦和绝望。

"他名叫——"下士说,"我这里有他的文件——"他把手伸进军装上衣口袋,掏出一张污渍斑斑、卷了边角的纸来,显然是一份团部调令。"皮埃尔·布克。"他飞快地报出一串数字。

"这份名单上没有布克,"中士说,"他在这里做什么?"

"不知道,"下士说,"他周一早上就莫名其妙地跟我们混在一起了。我们谁都不认识一个叫皮埃尔·布克的人。"

"他怎么不早说呢?"

"有谁会听呢?"下士说。

"是这样吗?"中士对那个人说,"你不是这个班的人?"那个人没有吭声。

"告诉他。"下士说。

"不是。"那人悄声低语道。随后他大声说:"不是!"他摇摇晃晃地站起身来。"我不认识他们!"他说着,摇摇晃晃,跟跟跄跄,差点从长凳上向后仰翻,似乎想要逃跑,但中士按住了他。

"这得交由少校解决,"中士说,"把那份命令给我。"下士把它递给他。"你们出来吧,"中士说,"两个都出来。"房间里的人们这时都能看到门外还有一队全副武装的士兵,显然是刚刚到达,正等在那里。两名囚犯径直走出门去,后面依次跟着中士和传令兵;铁门咣当一声在他们身后关闭,把房间及房间所包含、象征、预兆的一切都关了起来;门外,波尔切克讲话甚至没有压低嗓音:

"他们答应给我白兰地。在哪里呀？"

"闭嘴，"中士的声音说，"你会得到你该得到的东西，千万别露怯。"

"最好是这样，"波尔切克说，"要是我得不到，我或许知道该怎么办。"

"我跟他讲过一次，"中士的声音说，"他这一回要是不闭嘴，你就让他闭嘴。"

"乐意效劳，中士，"另一个声音说，"没问题。"

"把他们带走。"中士的声音说。不过，在铁门的回响还没停止之前，下士就已经开口讲话了，声音不大：只是反应很快，语气仍旧温和，并不强硬：只是坚决：

"吃饭。"同一个人试图再说点什么，但下士又一次制止了他。"吃吧，"他说，"下一次他就要把它拿出去了。"可他们被免去了那个麻烦。房门几乎马上打开了，但这次进来的只是中士，单独一个人，十一颗脑袋齐刷刷地转过去看着他，他隔着杯盘狼藉的桌子与下士相对而立。

"你。"中士说。

"我？"下士说。

"对。"中士说。下士还是没动。他又说：

"你是说我吗？"

"对，"中士说，"过来。"下士于是站起身来。他迅速地扫了一眼此时已从中士转向他的十张脸——脏兮兮的脸，胡须未剃，神情紧张，长时间睡眠不足，面容憔悴，但表情坚毅，在某个方面完全一致——不完全是信任，也不是依赖：或许只是一致、单一而已。

"你来负责，保罗。"他对布列塔尼渔夫胡子说。

"好吧，"布列塔尼渔夫胡子说，"在你回来之前。"可这一次走廊里空荡荡的；还是中士亲自在他们身后带上门，转动那把沉重的钥匙，把它装进口袋里。他——下士——本以为会看到全副武装的士兵林立，可四下里不见一个人影，直到待在市政厅的那个灯火通明的房间里的人们最后一次派人去叫他们。然后，中士从门口转回身来，这时他——下士——意识到他们有点赶时间：完全不是鬼鬼祟祟，甚至算不上蹑手蹑脚：只是加快节奏，飞快地从走廊上走回来，他已经在走廊上来回走了三趟——一次是昨天早上卫兵们把他们从卡车上带到牢房里，昨天晚上两次是卫兵们把他们带到市政厅再带回来，他们的——他和中士的——沉重皮靴没有响起清脆的回音，因为（这里先前是一座工厂，而这工厂是最近才开的）这些不是石头，而是砖头，发出的是一种沉闷的声音，听起来似乎更响，因为这一次只有四只脚，不是二十六只脚外加卫兵。于是，对他来说，似乎没有其他的出路，只有那一个出口，从那里进去没有终点，只有继续前行，他正要穿过那个铁门紧锁的小拱门，却被中士拦住，让他转回身来，这个地方和附近都没有其他人，以至于他连头盔和步枪的轮廓都没认出来，这时，那个人从外面开了锁，拉开门给他们放行。

　　他也没有马上就看到那辆汽车，中士没有碰他，只是与他保持相同的步调和飞快的速度，似乎只是并排齐步走而已，一直走出大门，来到一条小巷，对面是一堵白墙，马路牙子上停着一辆深色的大汽车，他刚才没有注意到，因为四周寂静无声——不是刚才回响着他们的皮靴声的那种地下洞穴般的空寂，而是一种没有出口的沉寂，小巷里只有他本人、中士和两名哨兵——一个为他们开了锁，一个在他们身后上锁，两人各自守住大门的一边——不是阅兵时的稍息姿势，而是放松的状态，步枪戳在地上，一动不动，神情漠然，似乎丝毫没有察觉到那些对他们也同样视而不见的人，就在这座城市远处传来的那种绵绵不断的嘈杂低语声中他们四个人仿佛被置于一个寂静的真空。就在这时，他看到了那辆车。他没有停下来，只是稍一迟疑，中士只用肩膀轻轻地碰了他一下，他便继续往前走了。司机根本没有下车来；中士拉开了车门，那肩膀再加上一只手结结实实地按着他的后背催促着，因为他此时已经停下了脚步，直挺挺地站着，站在原地，也挪不动脚步，即便车里传出的那个声音说，"上车吧，我的孩子"；随后他又站了片刻，这才弯腰上了车，上车时看到了穗带发出的苍白光芒，还有深色的宽大斗篷衬托出的一张扁平的面孔。

然后，中士把车门关好，汽车马上就开动了，仅此而已；车上只有他们三个：老人官居高位，不必随身携带致命武器，即使他还没有老到无法使用它的地步；司机两只手都在忙于开车，即使没有背对着他，四天以后怎样也不会记得举起的不只是一两条手臂，而是有二十到一千条手臂，一触即发，想要取他性命；出了小巷，老人仍旧无语——无论是指路还是命令——他戴着穗带镶饰的无敌军帽，身披深色的斗篷，坐在他对面的角落里，不是回城里，而是在城市边缘疾驰，越来越快，在空无一人的郊区那狭窄的道路上穿行，有节奏地发出空洞的回声，飞快地转了几个弯，仿佛汽车本身知道他们去向何方，在城市边缘兜了一个大大的圆圈，现在地面开始上升，因此他开始明白他们很可能要去的地方，地面下沉，城市本身朝着他们倾斜过来；这一次老人还是没有开口讲话：汽车停了下来，隔着那顶看似颇具分量的条纹、穗带镶饰的军帽下面的高贵、精致侧影，他看不到城市广场的影子，他们还没到城市上方那么高的地方，却仿佛城市那不倦、不眠的焦虑都集中在了那一处，呈现出明暗错落的光线来。

"好了，我的孩子。"老将军说：这一次不是对着他，而是对着那司机。汽车继续前行，这时他明白了他们要去往何处，因为从这里再往上走也就只有那座老罗马城堡了。但是，如果说他起先一惊，本能地感到了一种纯属感官的恐惧，那么他并没有表现出来。而且，在那一瞬间，理智也告诉他，没有道理。在一座地牢里面秘密处决你，那样做将会毁掉的正是他们停战把你们十三个人全部带到这里来要达到的目的，这也前所未闻：他只是坐在那里，身体笔直，有点僵硬，他还从来没有完全靠进座椅里面坐过，保持警觉，但相当冷静，镇定而机警地迅速观察四周，汽车这时挂了二挡，却仍然开得很快，绕过最后几道盘旋的急转弯，终于看到石头城堡仿佛重重地倾倒下来，如一片阴影一般重重地压在他们身上，汽车转过最后一个拐角，已经无路可继续前行，终于停了下来，打开车门的不是他或司机，而是老将军自己开门下了车，手扶车门，等他下了车，重新站直身体，他正要回头去看，老将军说，"不，先别。"自己掉头就走,他跟在后面,走上最后那段陡峭、崎岖的坡道,他们在这里不得不步行,老城堡没有耸立在他们头顶,而是趴伏在那里,不是哥特式,而是罗马式:不是从人类过去的愿景中一直耸入云端,与星辰为伍,而是在星辰的衬托下直指人类的死亡宿命,犹如一只紧握的拳头或一枚盾牌。

"现在转过身去看看它吧。"老将军说。可他早已转过身,正在观望——顺着黑色的柏油坡道往下看,直视城市那颤抖的心脏,它那碗状的夜色中灯火密布,就像暗夜的风中四散飘零的闷烧秋叶,痛苦和不眠的人群汇集于此,比星辰还要密集,仿佛所有的黑暗和恐怖都一股脑倾泻而下,如同一阵波涛涌入城市广场,悸动难平。"看看它。听听它。记住它。一个重要时刻:然后把它关到窗外去。忽视那种痛苦。你让他们害怕、受罪,可明天你就会把他们从中解脱出来,而他们只会恨你:一次是因为你给他们带来恐惧而对你感到愤怒,一次是因为你帮他们消除恐惧而对你心怀感激,还有一次是因为这两者全都打动不了你。因此,把它关到窗外去吧,让自己解脱吧。现在看看更远处吧。地球,或者它的一半,地平线之至都已人满为患。当然,天黑了,可只是从这里看而已;它的黑暗仅仅在于隐姓埋名,一个人可以像合上幕布一样把自己的过去关在身后,不单单是在绝望中他才必须这样做,而且即便是为了寻求自我安慰和单纯保护隐私的缘故他也想要这样做。当然了,此刻在黑暗中,他只能朝着一个方向走:西方;只有半个地球处于黑夜——西半球——此刻他别无选择。但那已经大得足够包容他一年的隐私了,因为这种状态仅会再持续一年,然后整个地球对他而言就都是自由之地了。他们会要求召开一次正式会议,谈条件,就在这个冬天的某个时候;到明年之前我们甚至会取得我们所谓的和平——短暂的。我们不会提出这个要求:他们会——德国人,当今地球上最好的战士,其实两千年以来一直如此,因为就连罗马人都无法征服他们——整个世界上唯一一个不仅对荣耀而且对战争有着满腔热情和奉献精神的民族,他们发动战争的原因甚至不是征服和扩张,而是把它作为一份职业，一项业余爱好，也正是由于这个原因他们会输掉这场战争：他们是地球上最好的战士；不像我们法国人和英国人，当其他一切都失败的时候才孤注一掷地接受战争，即便在进入这最后环节的时候也对它没有信心；可是他们呢，德国人将近四年前穿过比利时前线，以后就没再退却一步，自那以后的每个决定不是没做，就是他们做的，即便他们自己清楚再打赢一场战役就毁了自己，现在也不肯罢手；或许再赢上两次，甚至三次（数字无关紧要），然后就不得不投降，因为战争这个现象就像阴阳同体：胜利和失败的原则同居一体，必要的对手、敌人只是他们相互消磨对方的温床；中间没有阻断他们的胸膛和隔板，让他们保持简单的正常距离，让他们没有机会进行就连性高潮也无法让他们解脱的交配行为，从而打消这个念头，重新归于健康，因此这种恶行只能变得愈发可怕，能够置人于死地；这是迄今为止人类发明的最为昂贵、最为致命的罪恶，相比之下人类愚昧地相信有能力毁灭自己的麻风、酗酒、赌博等那些正常现象就像是儿童棒棒糖之于酒瓶、妓女和纸牌。这罪恶早已深入人类的骨髓，变成了衡量他的行为的一个光荣准则，他所嗜好的血腥屠杀和光荣牺牲的国家祭坛。更有甚者：一个支柱，无关乎他的国家霸业，而是关系到他的民族存亡；我和你把战争看作是最后一个政治筹码；我当然不会，可你愿意——能够——看着它变成阻止破产的最后一处避难所；你愿意——能够，假如你愿意——看到有朝一日一个由于人口过剩而濒于破产的国家向它所能说服的最为富有、最为情绪化的对手宣战并且以最快的速度将其打败，为了用征服者的军需仓库来养活它的人民。但是，那不是我们今天的问题；即使它是，单凭与最终的胜方结盟，我们——法国和英国——将发现自己处于皆大欢喜之中，我们的胜利所得几乎跟德国的失败所失一样多。我们的——你若乐意，可以说成我的——问题更加迫在眉睫。要考虑天下大业。你现在将拥有它的一半；到元旦之前你很可能拥有它的全部，所有的广袤大地，除了人们称之为欧洲的这一点微小的脓肿——而且谁知道呢？总有一天，稍加谨慎，略花心思，如果你若愿意的话，就连它也不在话下。开上我的车吧——你会开车，是吧？"

"是的，"下士说，"去哪里？"

"好了，"老将军说，"开上我的车。如果你真会开车，引擎盖上的那面三角旗会带你去往德国防线以西的欧洲任何地方；如果你车开得好，盖子下面的引擎会把你带到海岸线——布雷斯特或马赛——两天之内就到；我把通行文件都准备好了，随你选择任何一条船，登上它并指挥它的船长。然后是南美——亚洲——太平洋诸岛；快点关上那扇窗；永远把它锁上，不再去想那个离经叛道、徒劳无益的梦。不要，不要，"他语速很快，"一秒钟也不要怀疑我是否卑鄙地误解了你的人品——星期一你在五分钟之内就让那场战争变得毫无意义，而那德国人本身，欧洲最好的战士，用了将近四年的时间也没能打破这战争的对峙僵局。当然了，你会得到一笔钱，只是账目刚好够与自由相抵，就像老鹰或土匪所拥有的自由一样。我不是用钱来贿赂你。我给你自由。"

"抛下他们不管？"下士说。

"抛下谁？你再看看。"他飞快地伸出手来，朝着下面那昏暗、无眠的城市迅速比画了一下——一个甚至谈不上轻蔑的手势，毫无意义：只打了一个响指，然后便不见了，再次消失在那件漆黑的斗篷里面。"不是他们。自从星期一以来他们去了哪里？既然他们已经受够了，何不赤手空拳一块砖、一块砖地把那些墙拆掉呢？他们的人手早都够把墙举起来了。或者，何不把那扇门从合页上扯下来？单凭一只手就能把它锁起来了。你们试图为他们牺牲，何不这样让你们所有的人都逃脱呢？在你们控制下的——或者你们觉得在自己控制下的——那另外两千九百八十七人去了哪里——在星期一黎明时分？假如他们也相信你们都是从人类理想、希望和信仰构筑的坚不可摧的军械库里拿起了刀枪长矛，那么你们一穿过那道铁丝网，他们何不也放下武器，干脆跟你们走？就连那区区三千人——他们人数也足够了——何不推倒砖墙，拆掉那扇门？他们只要信你五分钟就足够去冒你知道自身所冒的风险——没有了那十二个人的三千人，那十二个人一直到现在都跟你一起被关在那同一道与世隔绝的砖墙之内。他们到底在哪里呢?他们中的一个,你自己的同胞,血亲兄弟,大概还是同宗同种,既然你们曾经一度都是亲骨肉——一个名叫切特拉尼的人背叛了你[①],另外一个不管是否叫作切特拉尼,不管与你是否血亲,至少过去是——或者至少曾被吸纳进——代表着你的信念和希望的兄弟会——波尔切克已在星期日的午夜时分把你出卖了。看到了吗?你甚至有了一个替身来满足你的需要,如同上帝在那个下午拿出一只羊羔来救下了以撒一样——如果你能把波尔切克当作羊羔的话。明天我要把波尔切克带来,大张旗鼓地用严明军法来处死他;你不仅能替他所背叛的那三千人报仇雪恨,而且还将重新受到下面所有那些人的责难,他们由于需要狂热地诅咒你,甚至根本无法入眠。给我波尔切克,你就可以拿去自由。"

"还有十个人呢?"下士说。

"试试看吧。我们要留在这里;我打发那辆车回去,命令他们开锁,打开那扇门,然后让那所房子里的每个人都从那里消失,不要理会任何人,那些人对他们视而不见的——悄悄地开锁打开那扇门,打开那扇大门,消失不见。过不了多久那十个人也会拒绝相信你——也会背叛你,假如你把那个选择称作背叛的话。"

"可你也清楚,"下士说,"十分钟以后就不是十个人了,而是一百人。十小时以后就不是一千人了,而是一万人。十天以后——"

"是的,"老将军说,"这我已经看到了。我不是说过吗?我不会恶意误解你的人品。哦,是的,我们这样说吧:你带来的威胁。不然,我为什么主动提出来要买我的——我们的——安全感,用的是多数人不仅不想要而且恰好相反,应该害怕并且逃避的事情,比如解放和自由?哦,是的,我明天早上就能毁掉你,保全我们自己——暂时保全。确切地说,是在我的有生之年。但只是暂时。如果我必须这样做,我

[①] 此人原名叫彼得·切特拉尼,背叛后改名为皮埃尔·布克,后来还想重新归队,却遭到卫兵阻拦,小说结尾处前与传令兵一起前去看望下士的姐妹。

就会去做。因为我在人类的能力和局限的范围内信任人类。我不仅相信他有忍耐力，能够坚持下去，而且他必须忍耐，至少坚持到他为自己发明、开发、制造出一个比他自身更好的工具来代替他。拿走我的汽车和自由，我会给你波尔切克。收下这所有极乐当中的最高形式：同情、怜悯：对于几乎无法避免会给你带来致命伤害的人，原谅他能够带来极度快感——那种胶水，你们的哲学家教你相信能把地球黏合在一起的那种催化剂。拿去整个地球吧。"

"还有十个人呢？"下士说。

"我忘记他们了吗？"老将军说，"我不是说过两次了吗？我从未误解过你。你不必威胁我；我知道问题在于他们，不是你；我们要谈判的不是你，而是他们。因为为了你的利益，我必须除掉你们全部十一个人，这样可以把你的威胁和牺牲的价值放大十倍。为了我的利益，我也必须放过他们，让他们向全球人见证你抛弃了他们；因为，让他们尽管随心所欲地大声说话，爱说多少就说多少，爱说多久就说多久，谁还会相信他们宣扬的这种信仰的价值——价值？有效性——当你作为它的预言家和煽动者选择了你的个人自由而不是为之殉道的时候？不，不，我们不是两个希腊人、亚美尼亚人或者犹太人——或者就此而言，也不是诺曼人——交换一匹马的两个农民：我们是两个代言人，也许是自荐的，反正是拣选的，无论如何被认定了，与其说要保卫，不如说要检验两个有害无益的环境，它们必须相互对抗，而且——其中一个——必须消亡，这不是我们的错，而只是因着它们相遇的竞技场实在是条件匮乏且有着重重限制：我捍卫这个世俗庸常的世界，无论我喜欢还是不喜欢它，它客观存在，我没有要求来到这个世界，可既然我在这里，那在我有限的时间里不仅必须逗留，而且意欲逗留于此；你捍卫一个神秘莫测的王国，它承载着人类那无限的希望和无限的潜能——不：激情——对于非客观存在的事物。不，它们不完全是有害，其实也没有可比性；它们甚至可以并存在这个有限的竞技场里面，若不是因为你的那一个对我的这一个造成了干扰，它们可以而且也会如

323

此。因此,再说一遍:拿去整个地球吧。现在,我知道你会这样回答:还有十个人呢。"

"还有那十个人呢。"下士说。

"那么拿去整个世界,"老将军说,"我会承认你是我的儿子;我们一起关上这扇开向歧途的窗户,把它永久锁死。随后我会为你打开另一扇窗子,让你看到一个连恺撒、苏丹、哈里发等人①都未曾见过,提比略、忽必烈和东方皇帝们做梦都想不到的世界——不是罗马和巴亚②:那只是掠夺者大肆强取豪夺的车站,是神经末梢最后一次耗竭的妓院,随后他们便回到那些阴郁的沙漠,从那里夺取更多的东西,或者回去面对他们的直接下属派来的雇佣杀手的刀剑,这些人急不可耐地想要彻底除去他们对这二者的需求;不是华夏神州:诗人的奇思幻想与伊斯兰教徒的天堂一样很难变为现实——一个他逃离的象征和一个证明逃离的需要的理由,从他那无法逃脱的故土的那些臭气熏天的小巷中或是滚烫灼热的沙土里;也不是忽必烈的行宫,它甚至不是一个诗人的圆满完整的梦境,而是一个嗑了药的英国人的闪电,那道使其触电的灿烂光芒令他根本无法长时间正视,因而无法用语言描述下来;③——这些都只是世界历史的苍穹中偶然闪现且稍纵即逝的星座;可巴黎就是世界,正如天空就是星座的集合体,——不是说在巴黎任何人都能拥有所有这些——罗马、神州和行宫——前提是他有一点权势背景,也不需要数着钱过日子,因为你不想要这些:我没有误解你,不是已经说过两遍了吗?可那巴黎,只有我的儿子才可能从我这里继承——那个巴黎,我在十七岁时根本没有抛弃,而只是暂时搁置

---

① 恺撒特指罗马皇帝,苏丹是某些伊斯兰国家统治者的称号,哈里发是伊斯兰教国家政教领袖的尊称。

② 巴亚,意大利坎帕尼亚的古代城市。

③ 此处暗指英国十九世纪浪漫派代表诗人塞缪尔·泰勒·柯勒律治(1772—1834)及其诗歌代表作《忽必烈汗》(1797)。柯勒律治一生是在贫病交困和鸦片成瘾的阴影下度过的,而那首片段的抒情诗是他在一七九七年一个夏天梦中偶得之作。

一边，只为我成为一名父亲的那一天做多重准备，把它传给一位配得上拥有那么巨大、可怕的遗产的继承人。其中有一个宿命，一种命运：我的和你的，不可分割的一个整体。权力，无与伦比，不可估量；哦，不，我没有误解你：——我生来就是那个现成的权力的继承人，把这份遗产暂时交由第三方保管，为了成为打败、征服并毁灭这世上唯一威胁到它的那个因素的联盟的无从争辩、不可挑战的首领；你有权力和天赋可以说服三千人接受一种确凿无疑、立竿见影的死法，而放弃一种基于科学验证的数学百分比的悬而未决的死法，而你最多只有一万五千人的一个师来应对，何况还是两手空空。倘若你要对付的是整个世界，而且我把我的遗产给你用，那你还能做不到——不想做——什么呢？一个国王，一个皇帝，如果他对人类的控制力分量很轻且范围有限，那么只能维持到另一个人出现为止，这个人有能力带给他们更多、更血腥的竞技表演和更多、更甜美的面包？呸。你会是上帝，永久地操控人类，通过一个比他的色欲和贪欲本身远远更为强大的成分：通过他那沾沾自喜的、无法根除的愚蠢，以及他被引领、被迷惑和被欺骗的不灭激情。"

"那么，我们同盟——联盟，"下士说，"你有那么害怕我吗？"

"我已经尊重你了，我不需要害怕你。我可以没有你。我将会这样，我打算这样。当然，那样你就见不到它了——那种评论有多悲哀：殉道的最后一颗最苦的苦果，如果没有它，殉道本身就不可能存在，因为那它就不会是殉道：即使有些人不相信你是否做对了，你甚至无从知晓——还有悖论：只有自愿放弃知道自己正确的特权，才有可能让你正确。——我知道，不要说出来：如果我可以没有你，那么你就可以没有你自己；对于我，你的死不过是当作杀手锏留到最后再出的一张王牌，而对于你，它其实是王牌中的王牌。这也不尽然：我曾提到过贿赂这个词；现在我已经出价了：我是老人，你是年轻人；过上几年我就会死，虽然今天我用一张好牌赢了你，明天你可以用你的遗产来扳回这一局。因为我也要冒那个险。千万不要说——"他停下来，这一次从斗篷里迅速抬起手来说:"等等。先不要说出来。——然后选择生吧。在你回答那个问题之前要好好想一想。因为那只钱袋现在空了:里面只剩下一样东西了。选择生吧。你还年轻;甚至在打了四年仗以后,年轻人仍然相信他们自己是刀枪不入的:其他一切都可能会死,可他们不会。这样一来,由于他们无法想象、接受可能到来的终结,所以他们不需要过高地珍惜生命。但是,你早晚会变老,到那时就会看到死亡。然后你就会意识到没有任何什么——没有任何什么——没有任何什么——权力、荣耀、财富、享乐,甚至没有痛苦的自由,像简单的呼吸、简单的活着那么珍贵,即便有不得不回忆的遗憾和无法修复的衰败躯体;单是知道你还活着——听听这个吧。事情发生在美国,在一个遥远的地方,我认为那是一个印第安名字:密西西比:一个为了某种卑鄙的理由而实施了一次残忍的谋杀的男人——为了获利,也许是报仇,也许只是为了摆脱一个女人,转而去娶另一个女人;这不重要——他在被审判时仍然高呼无罪,在被定罪和宣判时仍然高呼无罪,甚至在绞刑架下的死囚牢里也仍然高呼无罪,直到神父到来;当然不是第一次,也不是第二次,也许连第三次也不是,而是过了不久,一段时间以后:杀人凶手最终交代了他对人类犯下的罪行,从而与上帝达成了和解,过了不久,几乎就像是凶手与神父交换了位置和身份:现在不是神父,而是凶手成了强大的一方、冷静的那一个,如磐石般坚强、镇定,不是抱有战战兢兢的希望,而是怀着信念和不可动摇的信仰,神父本人现在可以赖以获得力量和勇气了;这样一直持续到行刑那天早上,凶手盼着那一天到来,几乎带着一种不耐烦的情绪,就好像实际上在为抛弃这可怜、短暂的尘世的那一刻而有点焦躁不安,这尘世带给他这个结局,要求这样的赎罪,接受了他的谅解;直到上了绞刑架:据我所知,在密西西比它在室外,在监狱的院落里,临时围上一排高高的挡板屏障,让主角离世的这一幕至少避开那些变态好奇者的目光;不过,他们还是会来的:赶着牛车,坐着马车,从数英里以外赶来,带着午餐盒;男男女女,老老少少,站在高高的栅栏外面一字排开，等着铃声、钟声，还是别的什么来宣告灵魂的逝去，然后再敲响，放他们回家去；其实，他们能够看见的很少，站在套索下方的那个人在这整整一个星期里已经摆脱了那具可怜的凡胎肉体，这也是赎罪所能从他身上剥夺的全部家当了，他镇定自若、平静淡定地站在那里，那条微不足道的套索已经绕在他的脖子上，他视野之内的最后一片天空以外，是他的神学教给他那很快就会到来的轮回，附近一棵树上的一条枝丫探过了屏障，仿佛送上祝福，这是地球为他赦罪的最后一个姿态，尽管他很早以前就已切断了与这世界之间残留的最后一条脆弱的连线；这时，突然有一只小鸟飞上枝头，停在那里，展开它那小小的歌喉——不到一秒钟之前他一只脚已从尘世的悲伤和痛苦踏入了永恒的和平，此刻却抛下天堂、救赎、灵魂永生及一切，用力想要挣脱捆绑住的双手，以便摆脱那套索，大声喊着：'无罪！无罪！我没有杀人！'可那地上的陷阱，尘世上的一切，在他脚下塌陷了——皆因一只小鸟，一个身形轻盈、生命短暂的生物，还没等太阳落山，老鹰就可能会朝它俯冲下来，某个闲来无事的男孩也会用陷阱、石灰或随意射出的弹丸将它毁灭——不过，明天、明年还会有另外一只小鸟，另一个春天，重新长出叶子的同一条枝丫，另外一只在那上面唱歌的小鸟，只要他在这里听到它，只要他活下来——你听懂我的意思了吗？"

"是的。"下士说。

"那就把那只小鸟拿去吧。放弃信仰，交代罪行，说你错了；说你领导了——领导？你什么也没领导：你只是参与了——一场没能前进的进攻。从我手里拿去性命吧：请求宽大慈悲并接受它。我可以把它给你，就算是一次军事行动失败也无妨。指挥你所在的师的将军将会——他已经——要求做一次牺牲，不是以法国或胜利的名义，而是以他有瑕疵的履历的名义。但是，戴上这顶帽子的人不是他，而是我。"

"还有十个人呢。"下士说。

"他们会恨你——直到把你忘记。他们甚至会诅咒你，直到忘记自己诅咒的是谁，什么缘由。不，不：关上那扇开向那毫无根基的梦想的窗子吧。打开另外这一扇；也许你将会——能够——在窗外只看到一片灰暗——除了那条枝丫，它总在那里；那条孤零零的枝丫总是等在那里，随时迎接那身形轻盈、生命短暂的负担。拿去那只小鸟吧。"

"不要害怕，"下士说，"没什么可怕的。都不值得。"

有那么一会儿，老将军似乎根本没有听见下士的话，他站在对方那高山般的身躯面前矮了一头，那顶镶着条纹、缀着金色穗带和沉重的金叶子的蓝色和猩红色相间的军帽看上去无比沉重。然后他说道："害怕？不，不，害怕人类的不是我，而是你；不是我，而是你相信只有死亡才能拯救人类。我比你更明事理。我知道他身上有种东西，使他可以比他发动的那些战争更为长久；他身上有比他所有的恶行都更为耐久的东西，即便算上那最后最骇人的一个；甚至比此时所面对的这下一个奴性化身都更为长久：他受制于他自身那缺乏创意的好奇心所带来的可怕后果，可他将用那一种经过考验的、真实有效的古老方法来解放自己，奴隶们总是这样解脱自己的：通过给他们的主人们灌输奴隶们自身的恶行——当下是指战争的恶行，以及另外一种根本不是恶行的东西，而是人类永生的标志和保障：他那不可动摇、永不磨灭的愚蠢。他已经开始在他的天井、他的露台和他的前廊下面安装轮子；即便在我这个年龄，我有一天也能够看到他曾经的房子已变成他的床、炉子、剃刀和备用衣物的储藏间；你和你的同龄年轻人有朝一日能够（记得那只鸟）看到他将发明自己的私人定制气候，把它连同炉子、浴室、床、衣物、厨房及一切统统都搬进他的汽车，他曾经称作家园的场所将从人类词汇中消失：这样他就根本不必下车了，因为他不需要这样做：整个地球就是一片不间断的由机器控制的混凝土路面，没有了山脉，没有了河流，没有了树木、灌木、房屋或可能形成死角或对视野造成威胁的任何东西，人类出生时没有外衣，龟缩在各式各样的封闭外壳之中，每个人都装着轮子并戴着像手套那样的罩子，地下水库里伸出的各种管子合起来朝他一喷，瞬间便给他注入了活力，助长了他的肉欲，满足了他的贪欲，激发了他的梦想；四处疲于奔命，忙个不停，人数早已算不清了，直到最后死于计速表标盘上的自动断路器的咔嗒一响，早已清除了骨骼、器官和内脏，没有了集体觅食的必要，只剩下一具日渐锈蚀、没有气味的躯壳——他不从这壳里面出来，因为他不需要，可是过了不久他就出不来了，因为他不敢，因为这壳将是他唯一的保护，使他免于他的那些战争制造的冰雹般泻落的废铁屑的伤害。因为到了那时，他的那些战争已把他远远抛在后面，从而使他变得一无所有；他的孱弱躯体将不再能维持、承受、参与这些战争，甚至无法到场。他自然会极力坚守阵地，一时也做到了；他会建造更大、更快、更牢固、更大火力的坦克，他会制造更大、更快、更能承重、更具杀伤力的飞机；有一阵子，他会陪伴，指挥它们，自以为控制它们，即便他最终意识到他所对抗的不是另一个持不同政见或反对他的国界理念的孱弱凡人，而恰恰是他身居其中的那个恶魔本身。不是某人因为一时不喜欢他而朝他发射子弹。是他自己亲手制造的弗兰肯斯坦[①]将用高温将他活活烤焦，用高速将他活活闷死，在它捕食猎物时凶猛俯冲下来，将他的内脏生吞活剥。于是，他便无法再与它和平共处，而它会再多给他一点时间，允许他保有那个自欺欺人的无害幻觉，让他以为自己可以在地面上用按钮来控制它。随后那样也不行了；它不再对他的声音做出应答，一年又一年，十年复十年，几个世纪即将过去了；他甚至已经忘记制造它的基地的准确位置，他与它的最后一次联络将是他从他那逐渐冷却的洞穴里哆哆嗦嗦地爬出来的那一天，他蜷伏在他那像一个漂亮的几何图形似的废天线的柔弱触角中间，冒着一阵叮当作响的标盘、仪表、指针以及无血的铁皮碎片雨中，看着他们最后两个人在最后濒死的天空背景下展开最后一场大肉搏，天空甚至已被剥夺了黑夜，回荡着两个机械的声音朝彼此吼出的多音节、无动词、无意义的爱国口号。

[①] 弗兰肯斯坦，英国女作家玛丽·雪莱（1797—1851）于一八一八年所著的同名小说中的主人公，故事情节主要是一个年轻的医学研究者创造了一个最终毁灭了他自己的怪物。该名词用来泛指危及创造者的事物。

哦，是的，他会活下去的，因为他身上有种坚忍的素质将会使他在这最后的没有热度的血红残阳中生存下来，甚至超过那块最终毫无价值、不再受潮涨潮落影响的慢慢冰冻起来的岩石，因为在那蓝色的无边天际上出现了下一颗星球，它已经回荡着他登陆的喧嚣声；他那细小的、无尽的、不朽的声音还在讲话，还在策划；而且在那里最后一声丧钟的鸣响彻底消散之后，仍有一个声音还在：他的声音，还在策划着建造更高、更快、更响的什么；它虽比以往任何时候都更有效率、更响亮、更快，却同样有着旧时的原始缺陷，因为它最终也将无力将他从地球上根除。我不害怕人类。我更明智：我尊敬和钦佩他。而且自豪：他为自己有关天堂的那种幻想感到自豪，而我则为他确确实实拥有的那种不朽更自豪上十倍。因为人类和他的愚蠢——"

"终将继续。"下士说。

"他们会变本加厉，"老将军得意地说，"他们将会占上风。——我们要回去吗？"他们回到了那辆等候的轿车，下了山；他们再次环绕着远处人潮拥挤的城市广场，穿行在那片回声响亮而空无一人的周边地带。然后又来到那条小巷，汽车放慢速度，再次停在那扇上锁的小门对面，门前正在扭打的五个人上方有四支上了刺刀的步枪在挥舞、抖动着，像是在发出愤怒的呼喊。下士看了一眼正在扭打的那群人，轻轻地说：

"现在是十一个人了。"

"现在是十一个了。"老将军也轻轻地说；斗篷下那只纤细、娇嫩的手又做了一个引人注目的手势。"等等。我们看一会儿吧：一个被放出来的人，此时显然想奋力杀回去，尽管他知道那个地方将是他的死牢。"于是，他们又坐了一会儿，看着第五个人（两小时之前被前来找波尔切克的同一批卫兵从牢房里带出来的那个人）这个身材矮壮的人怒气冲冲，在他的四名抓捕者的手里奋力扭动，显然不是要离开那扇小门，而是朝着它的方向，这时老将军下了汽车，下士尾随其后，他还是没有抬高嗓音，说道：

"这里出了什么事，中士？"这群人蓦地停了下来，脸上带着紧张的神态。那名囚犯回头看了看，然后挣脱身，转身跑过人行道，朝着老将军和下士跑来，那四名抓捕者跟上来，再次将他抓牢。

"站住，你！"中士嘶嘶地说，"立正！他名叫皮埃尔·布克。他根本不属于那个班，不过，我们没有发现这个错误，直到他们中的一个——"他瞟了一眼下士"——你——尊驾出示了他的团部调令。我们发现他试图跑回去。他不承认自己的名字；他还不肯把那份命令叫出来，我们就把它从他身上抢过来了。"他一只手按住这个愤怒的矮个子男人，一只手从衣袋里掏出那份卷了边角的文件。囚犯立刻一把从他手里夺走了。

"你撒谎！"他对中士说。他们还没来得及阻止他，他就把那份调令撕成了碎片，又将飞旋的碎片一把抛在老将军脸上。"你撒谎！"他对老将军大声喊道，猛然散开的一团纸屑像一阵无风、无重量的雪片或羽毛似的，飘散在那顶所向无敌的镀金军帽四周，那张阅历丰富却无可信奉的脸显得冷静、漠然、高深莫测。"你撒谎！"那个人再次大喊。"我不叫皮埃尔·布克。我是彼得——"刺耳的、几乎有乐感的中东口音里增加了一些成分，辅音多得几乎难以分辨。然后他转向下士，迅速跪倒下来，紧抓住下士的手，用那种令人费解的语言又说了些什么，下士也用这种语言回应，而这个人仍然蜷伏在那里，紧抓着下士的手不放，下士又用这种语言说了些什么，似乎是在重复他自己说过的话，只是用了一个不同的宾语，也许是名词，然后又说了第三遍，在句子结构、上下文或方向上又略微有所改变，那人听了便有所动作，站起身来，笔直地面对下士立正，下士又开口了，那人转过身去，做了一个潇洒的直角回转的军人动作，那四个抓捕者再次快速逼近，这时下士用法语说：

"你们不需要抓他。把门锁打开就好。"但是，老将军还是没动，裹在深色的斗篷里的身体纹丝不动，沉着镇定，就连一丝困惑都没有；只是不露声色，很快开口说道，声音里没有刻意强调什么：什么都没有：

"'原谅我，我不知道我在做什么'。然后你说，'做个男子汉'，可他没动。然后你又说'做个切特拉尼'，他还是没动。然后你说'做个军人'，他变成了一名军人。"随后他转身上了汽车，坐在角落的位子上，那件柔软、宽大的外衣将他裹住，又一动不动了；中士飞快地穿过人行道跑回来，又在下士的肩膀后面站好；此时，老将军本人开口了，用那种语速很快、没有元音的语言：

"变成了一名军人。不：重新做回了一名军人。晚安，我的孩子。"

"再见，父亲。"下士回答他。

"不是再见，"老将军说，"我也很有耐力，我也不会轻易放弃。记住你是在用谁的骨血在跟我对抗。"随后用法语对司机说道："现在我们回家吧。"汽车开动了。随后他和中士一起转身，中士再次站在了他身边，就在他的肩膀后面，没有碰到他，走回了那扇铁门，其中一个哨兵为他们开门，等他们进去，然后关上门，上了锁。又一次，他根据先前的思维定式，轻车熟路地刚要穿过走廊走向那间牢房，中士再次拦住了他，让他转身，这一次走进一条只能容得下一个人、比任何人都要矮的通道——一条单向秘密通道，似乎直接通向监狱最深处的腹地；中士这时打开了一扇坚固的门，等下士进去之后把门关上了，这一次的确是一间小牢房，比一个大壁橱大不了多少，里面有一张睡觉用的一人宽的长凳，一只便溺用的铁桶，还有两个人，全都沐浴在一盏灯发出的刺眼的灯光里。他们中一个人长着一张狂妄自大的脸，脸上带着鲁莽、讥讽的表情，一副吊儿郎当、风流倜傥的样子，连细长的小胡子都莫不如此；他甚至还戴着那顶肮脏的贝雷帽，脖子上系着围巾，嘴角上耷拉着熄灭的香烟，双手插在衣袋里，一只脚漫不经心地搭在另一只上面，就像先前斜靠在狭窄的蒙马特小巷的墙上一样，另外那个个子较矮的人站在他身边，带着一只瞎眼狗似的平和而耐心的忠诚——一个长得像猿猴的矮胖男人，空空的两只大手纹丝不动地垂着，几乎垂到了膝盖，仿佛在衣袖里有绳子吊着，他长着一颗又小又圆的猴脑袋，面团似的脸上五官挤作一团，嘴角流着一丝口水。

"请进,"第一个人说,"这么说,他们找你要钱了,是吧?叫我拉平;辖区里的人都能证明。"他没有把手从衣袋里抽出来,用胳膊肘轻轻推了推他身边的那个人。"这是卡塞泰特——简称马儿。我们正在进城的路上,嘿,马儿?"第二个人嘶哑地发出一个分辨不清的单音节来。"听见了吗?"第一个人说,"他能像任何人一样说'巴黎'。再跟他说说,叔叔——我们明天要去哪里。"另一个人又一次发出那个浓重、湿润的音节。他说得没错;下士现在可以分辨出它来了。

"他穿着那件军装做什么?"下士说。

"啊,那些婊子养的吓着他了,"第一个人说,"我也不是指德国人。你不是说他们在你们整个军团里只枪毙一个人就满意了吧。"

"我不知道,"下士说,"难道他不是一直都这样吗?"

"有烟吗?"另一个人说,"我抽完了。"下士掏出一包香烟来。对方头都没动一下,从嘴里吐出烟蒂,从那包香烟里拿出了一根。"谢谢。"下士取出一只打火机。"谢谢。"对方说。他拿起打火机,啪地打着火,点上那根烟,已经——或者仍然——在讲话,香烟上下抖动,双臂交叉在胸前,两只手各自轻轻握住另外一个胳膊肘。"你刚才说什么来着?他一直是这个样子吗?才不。上天飞了几回,可他还是好好的,直到——什么?"下士面对他站着,伸出手去。

"打火机。"下士说。

"请再说一遍?"

"我的打火机。"下士说。他们相对而视。拉平的两只手腕微微一抖,手掌朝上一翻,手都是空的。下士面对着他,手还伸着。

"耶稣,"对方说,"不要伤我的心。不要对我说你看见我把它怎么了。如果你看到了,那他们就是对的;他们只是白白多等了一天。"他又用一只手飞快地做了个动作;当手再次张开的时候,那只打火机就在上面。下士拿走了它。

"酷毙了,是吧?"对方说,"一个人根本不是他的恶行的集合体:只是他的习惯而已。我们现在在这里,过了明天早上,我们两个人就都用不上它了,到那时谁拥有它就不重要了。可你还是把它要回去了,因为你习惯了拥有它,而我不得不想办法把它偷走,只因为那也是我出自本能的一个习惯。也许这就是他们兴师动众地为明天上午的事情做准备的原因——让整个卫戍部队列队展览,只是为了给三个卑鄙的杂种戒除呼吸这个坏习惯。嘿,马儿?"他对第二个人说。

"巴黎。"第二个人声音嘶哑地说。

"当真,"另一个人说,"这就是他们明天要给我们戒掉的一个习惯:忙活了四年还没去成巴黎的坏习惯。不过,这次我们就要成功了;这位下士将要跟我们一起去,为我们做证。"

"他做了什么坏事?"下士说。

"没什么,"对方说,"应该说我们。谋杀。是那个老太婆的错;她只要告诉我们钱藏在哪里,然后放老实点,闭上她的嘴。可她却躺在床上大喊大叫,我们不得不闷死她,否则我们就到不了巴黎——"

"巴黎。"第二个人那湿润、嘶哑的声音说。

"因为这就是我们想要的一切,"另一个人说,"他努力要做的一切:我们努力要做的:就是去巴黎。只是人们不断误导他,把他朝错误的方向打发,放狗咬他,警察总是说滚,快滚——你知道是怎么一回事。于是那天我们就搭伴一起走——那是一九一四年在克莱蒙费朗[①]——我们不知道他上路有多久了,因为我们不知道他有多大年纪。只知道已经有好久了,他那时只不过是个孩子——甚至在你想到自己得找一个女人之前,就先想到你得去巴黎了,嘿,马儿?"

"巴黎。"第二个人哑声说。

"——每当他能找到工作的时候就做点事,在马厩和树篱里面睡觉,直到他们又放狗咬他或者叫警察来抓他,让他滚,却根本不屑于告诉他应该走哪条路,这时你会以为法国就没有其他人听说过巴黎,更不要说想要——非得——去那里了。嘿,马儿?"

---

① 克莱蒙费朗,法国中南部城市。

"巴黎。"第二个人说。

"然后那天我们在克莱蒙偶遇,决定搭伴一起走,然后事情就有了转机,那时正在打仗,你只需要穿上一件政府工作人员的蓝色西装,就摆脱了警察、平民和整个人类;你所需要做的只是知道要朝谁行礼,行礼时手脚足够麻利。于是我们带着一瓶白兰地酒去找一个我过去认识的中士——"

"人类?"下士说。

"当然,"对方说,"看着他你可能想不到,可他能在黑暗中像鬼魂一样悄没声儿地走,甚至像猫一样看得见东西;把这盏灯关上一秒钟,他就会从你衣袋里拿走那只打火机,让你根本觉不出来——于是他现在也就着了道——"

"他学得那么快?"下士说。

"当然了,我们不得不对他的双手当心一点。他从来都没有恶意,你瞧:他只是自己不知道它们有多强大,就像上个月的那天晚上。"

"这么说,你们处得很好喽。"下士说。

"这简直小菜一碟。——于是他现在也就着了道,有时也能骑马,由政府来付钱,眼下离法国越来越近了;这才过了一年多一点,我们就一直到了凡尔登,哪个德国兵都会跟你说它就在巴黎隔壁——"

"而且一切都还好吧。"下士说。

"为什么不呢?——假如你在和平时期不能放心地把你的钱存进一家银行,那么战时你还能把它放在哪里呢,除了烟囱上面、床垫下面或钟表里面?或者说,其他任何你觉得可以把它藏起来的地方,因为这对我们来说无关紧要;这位马儿长着一只能够嗅出十法郎钞票的鼻子,就像猪能嗅出松露来一样。直到上个月的那天晚上,那是老太婆的错;她需要做的只是告诉我们它在哪里,然后安静地躺着,闭上她的嘴巴,可她不吃这一套,她一定要躺在床上大喊大叫,这时这位马儿就不得不让她闭嘴了——你知道:没有恶意:只是稍稍卡住她的喉咙,让我们能得到一点点安宁去找找它在哪里。只是我们忘记了那双手,当我回来的时候——"

"回来?"下士说。

"我在楼下找钱。——回来,已经太晚了。于是,他们把我们逮住了。你还以为这下子就让他们满意了呢,尤其是他们都把钱要回去了——"

"你找到钱了?"下士说。

"当然。就在他让她保持安静的时候。——可是不行,这还不够——"

"你们拿到了钱,带着它逃跑了,然后又掉头回来了?"

"什么?"对方说。

"你们为什么改了主意?"下士说。过了一秒钟,对方说:

"再来一根。"下士又给了他一根香烟。"谢谢。"他说。下士把打火机递了过去。"谢谢。"对方说。他啪地打着,点上香烟,又盖灭了打火机;他的两只手又开始做那个快速而纷乱复杂的手势,然后停下来,一只手以连贯的动作把打火机抛回给下士,双臂再次交叉起来,手掌按住相对的胳膊肘,讲话时香烟上下抖动。"我刚才说到哪儿了?哦,对。——可他们觉得不合适;只是把我们体体面面、安安静静地带出去枪毙还不够;他们非得把马儿带到什么地方的一个地下室里,把他吓得魂飞魄散。罪有应得,你瞧?保护我们的权益。只是逮住我们还不够;我们必须坚持说我们做了坏事。只有我一个人这么说还不够;马儿也必须对着苍天把它大声喊出来——无论这是什么意思。可现在没事了。他们现在无法阻止我们了。"他转身在第二个人的后背上迅速地狠狠一拍:"明天早上去巴黎,孩子。雷打不动。"

门开了。又是那个中士。他没有进来,对下士说:"再来一次。"然后站在那里扶住门,等着下士从他身边经过。然后他关上门,把它锁上。这次是监狱长的办公室,他——下士——推断是另一位士官,这时却看见那张清理过的办公桌上摆放着最后圣餐的器具——大茶壶、大水罐、披肩、蜡烛和耶稣钉在十字架上的受难像——他这才注意到站在他们身边的那个人的外套上刺绣的小十字架,另外那位中士也在关他们之间的那道门,以便他和神父单独相处,神父抬起手来,在看不见的空气里画了那个看不见的耶稣受难标记,下士在门边停留了片刻,也并未感到惊讶:只是再次警觉起来,看着他:此刻如果房间里有第三个人的话,他会注意到他们的年龄很相近。

"进来吧,我的儿子。"神父说。

"晚上好,中士。"下士说。

"你不能叫我神父吗?"神父说。

"当然可以。"下士说。

"那就叫吧。"神父说。

"当然可以,神父。"下士说。他进到房间里面来,安静而迅速地再次看了看桌子上的圣器,神父同时也在观察他。

"不是那个,"神父说,"还不到时候。我是来赋予你生命的。"

"那么,是他派你来的喽。"下士说。

"他?"神父说,"你所说的他是指谁,除了万物生命的给予者?上帝已经托付给你保管的东西,为何还要派我来这里给你呢?因为你所指的那个人,尽管位高权重,他只能从你身上夺走它。你的生命从来都不是他给你的,因为尽管他有那些星星和穗带,在上帝面前他也只是一小撮转瞬即逝的腐朽尘埃。把我派到这里来的不是他们两个中的任何一个:不是已经给予你生命的上帝,也不是从来都没有权限支配你或其他人的生命的那个人。是职责驱使我来到这里。不是这个——"他用手碰了碰衣领上那个刺绣的小十字架"——不是我的衣服,而是我对上帝的信仰;就连上帝的传声筒都不是,而是作为一个人——"

"一个法国人?"下士说。

"好吧,"神父说,"是的,一个法国人,如果你愿意这样讲。——命令我来这里命令——不是请求,要求:命令——你保住你从未有过、也无从拒绝的生命,为了救另一个人。"

"为了救另一个人?"下士说。

"你所在的军团的这个师的指挥员,"神父说,"他也要死,他所熟悉的整个世界——他所熟悉的唯一世界,因为他把生命奉献给了这个世界——将会认定这是他的失败,而你将会把它看作一次胜利,并为之赴死。"

"那就肯定是他派你来的,"下士说,"来敲诈吧。"

"要当心啦。"神父说。

"那就不要告诉我这个,"下士说,"告诉他。假如你告诉我的这件事我只要不做就能救格拉格农一命的话,我无论如何已经做不到也不可能做了。那就跟他说吧。我也不想死。"

"要当心啦。"神父说。

"我指的不是那个人,"下士说,"我是指——"

"我知道你指的是谁,"神父说,"这就是我为什么说要当心的原因。当心你冷嘲热讽地把你自己的世俗骄傲强加于他的是什么人,他在两千年前死去的时候提出的条件是人类将永不、永不、永不而且再也无需、无需、无需用宗主权来控制他人的生死——使你和你所指的那个人免于承担那可怕的负担:使你免于服从宗主权凌驾于你的生命之上的权利,使他免于将宗主权置于你的生命至上的必要性;使可怜的凡人永远免于因压迫而感到恐惧、因责任而感到痛苦,否则掌控人类宿命和命运的宗主权将给他带来恐惧和痛苦以及诅咒,当**他**这样回答诱惑者:把属于恺撒的东西都还之于恺撒[①]的时候,他便以人类的名义拒绝了控制人类的诱惑,拒绝了那无尽、无边权力的可怕诱惑。——我知道,"他抢在下士开口之前快速地说:"把属于绍讷蒙的东西都还之于绍讷蒙。哦,对,你说对了;我首先是一个法国人。那么,你现在甚至可以引用这份记录来还击我,对吧?好吧。请便。"

"这份记录?"下士说。

"《圣经》。"神父说。下士看着他。"你是说你连它都不知道?"

[①] 《圣经》典故,出自《新约·马太福音》第二十二章第十五至二十一节。相传耶路撒冷大祭司想要逮捕耶稣,但耶稣在民众中享有盛誉,因此需要一个把柄作为借口。为此派了一个奸细到耶稣身边,故意问耶稣:"到底应不应该向罗马纳税呢?"耶稣反问道:"刻在货币上的头像是谁的像呀?"奸细回答:"是恺撒的像。"耶稣便这样巧妙作答。

"我不识字。"下士说。

"那我来替你引用,为你申诉,"神父说,"不是他以及他的谦卑、怜悯和牺牲改变了这个世界,而是异教、血腥的罗马以他的殉道做到了这一点;三百年间不断有怒不可遏、冥顽不化的梦想者把同样的梦想带出了小亚细亚,直到终于有人找到了一个足够愚蠢的恺撒把他钉上了十字架。你是对的。可他也没错(我现在所说的这个他不是指上帝,我是说那边的那个白房间里的那个老人,你一直努力把你自由意志和自主决定的权利和职责推卸到他的肩上)。因为只有罗马才可能做到、完成它,就连他(我现在是指上帝)也知道、感觉并察觉到了这一点,尽管他是一个怒不可遏、冥顽不化的梦想者。因为他甚至亲口说过:我要把我的教会建造在这岩石上①,即使他没有——也永远不会——意识到他所说的话的真正意义,仍旧相信他在讲诗性隐喻、同义词、寓言——那岩石意指摇摆不定、没有常性的心,教会意指虚无缥缈的信仰。甚至不是他的第一个最宠爱的谄媚者读出了那个意义,此人也像他一样一无所知且冥顽不化,最终自己也被那无法驾驭的梦想之火烧死了,就像他一样。是保罗②,首先是一个罗马人,然后是一个人,再其次才是一个梦想者,因此在他们所有人当中只有他能够正确地解读那个梦,并且意识到,为了万古长存,它就不能是一个模糊、虚幻的信仰,而必须是一个教会、一个机构、一种行为道德准则,人类能在其中行使他那自由意志和自主决定的权利和职责,不是为了得到类似于黑暗中抚慰儿童安眠的睡前故事的这样一份奖赏,而是独当一面地安然应对他所安身立命(无论他是否会明白其中的缘由并不重要,因为他现在也能够应对自如了)的这个艰难持久的世界的奖赏。不是受困于被人类称为心灵的那张希望、恐惧和理想的孱弱蛛网,而是持之以恒地扎

---

① 《圣经》典故,出自《新约·马太福音》第十六章第十五至十八节。根据英文原文的上下文,"岩石"一般有两种阐释:一为彼得(耶稣十二门徒之一,原为渔夫),二为耶稣自身,前者摇摆不定,后者矢志不移。《圣经》中译本多取后者,故译为"磐石"。但此处应取前者之意。

② 特指使徒保罗,基督教初期教会主要领袖之一,《新约全书》中的书信大都出于他手。

根在，立足于那块岩石，它的同义词是那片坚实、耐久的土地上播了种的资本，人类总得以某种方式应对，否则就是自取灭亡。那么你看，他是对的。不是他，也不是彼得，而是保罗，他只是三分之一的梦想者、三分之二的人，后者的一半是罗马人，因此他能与罗马抗衡。他做了更多：通过还之于恺撒，征服了罗马。还有更多：毁灭了它，因为曾经罗马今何在？如今剩下来的只有那块岩石，那座城堡。还之于绍讷蒙。你为什么要死呢？"

"你跟他说吧。"下士说。

"你的梦想会让另一条命灰飞烟灭，救救它吧。"神父说。

"你跟他说吧。"下士说。

"记住——"神父说，"不，你记不住，你不知道，你不识字。那么，我还得身兼二职：辩护人、代言人。把这些石头变成面包，所有人都将追随你。①他回答说，人不能只靠面包活着。因为他也知道这一点，尽管他是冥顽不化、怒不可遏的梦想者：他被诱导着去诱惑、引领人类，不是用面包，而是用那面包的神迹，这是欺骗、妄想和错觉；被诱导着相信人类不仅能够、愿意而且甚至渴望那样受蒙蔽，即便当那个神迹带来的错觉引导他到了这般地步，那块面包在他的肚子里会再次变成石头并将他毁灭，他自己的孩子们还是会急不可耐地抓住那个机会，把那个即将毁灭他们的神迹的幻象牢牢地抓在手里。不，不，听听保罗的话吧，他不需要神迹，不要求殉道。挽救那条生命。你不能杀戮。②"

"你跟他说吧。"下士说。

"明天你尽管去死，如果必须的话，"神父说，"但是，现在救救他吧。"

"你跟他说吧。"下士说。

"权力，"神父说，"不仅是那简单神迹的诱惑所给予的控制这区区地球的权力，而是控制宇宙本身的更为可怕的权力——对人类凡俗宿

---

① 出自《新约·马太福音》第四章第三、四节。

② 出自《旧约·出埃及记》第二十章第十三节。

命和命运的支配会赋予**他**那种控制整个宇宙的可怕权力，若不是**他**把那第三种也是最可怕的永生诱惑抛回到诱惑者的牙齿上的话；假如**他**曾犹豫或屈服，它就会将**他父亲**的王国毁掉，不仅是在地球上，而且还有天国，因为那会毁灭天堂；借助于敲诈这种卑劣的手段就能获得的东西，如果用人类希望和理想或者上天所拥有的对人类自身有着欲罢不能的控制力和吸引力的东西来衡量的话，又能有什么价值呢：人类在厌倦了自由意志和自主决定的重负，厌倦了他对于这一个的权利和对于那一个的职责的那一刻，他只需找到一个先例就可以理直气壮地把自己从最近的悬崖上抛下去，对他的**缔造者**提出挑战，说：让我下落吧——如果**你**敢？"

"你跟他说吧。"下士说。

"救救那另一条命吧。就算是自由意志的权利在于你自己去死。可你选择的责任不是你的。那是他的。是格拉格农将军的生死呀。"

"你跟他说吧。"下士说。他们相互对视。然后，神父似乎做了一个可怕的微弱的抽搐动作，是打算讲话还是不讲话还不是很清楚，就像是做了一个姿态一般，他说出一句告别词，不是为了打败谁，不是表达失望，甚至也不是表示绝望，而仿佛是自我克制：

"记住那只小鸟吧。"

"那么，确实是他派你来这里的喽？"下士说。

"对，"神父说，"他派人叫我来。还之于恺撒——"他说，"可是他回来了。"

"回来了？"下士说，"他？"

"不肯认你的那个人，"神父说，"他背叛了你。摆脱了你。可是他回来了。现在他们又是十一个人了。"他动了动身子，面对着下士。"也救救我吧。"他说。然后，他双膝跪倒在下士面前，双手抱拳在胸前并拢。"救救我。"他说。

"起来，神父。"下士说。

"不。"神父说。他在外衣的前襟里摸索了一阵子，掏出卷了边的祈祷书，书页从前面几行起就污渍斑斑的；神父把它颠倒过来，向上举，它在夹着窄窄的紫色缎带书签那一页似乎是自动打开了。"那就读给我听吧。"他说。下士接过那本书。

"什么？"他说。

"临死前的祷告词。"神父说，"可你不识字，对吧？"他说。他拿回那本书，两只手把它紧握在胸前，仍旧低垂着头。"那就救救我吧。"他说。

"起来。"下士说着，伸手去拉神父的胳膊，不过，神父已经开始起身，现在站起来了，笨拙地摸索了一会儿，把那本书放回外衣里面；他转过身去，动作仍旧僵硬笨拙，似乎有点站立不稳，看起来像是要跌倒，但在下士碰到他之前便又稳住了自己，朝门口走去，一只手已经朝它或墙壁抬了起来，也许只是抬起来而已，仿佛他也变成了盲人，下士看着他，最后开口说道："你忘了带上你的行头。"

神父停下来，可还是没有回头。"是的，"他说，"我刚才忘了。"然后他说："我忘了。"随即回转身来，走回到办公桌前，收拾起那些物件——脸盆、水罐、披肩和耶稣受难像——笨拙地用一只胳膊揽住或托着它们，朝蜡烛伸出手去，然后又停了下来，下士一直在看他。

"你可以让人把它们送过去。"下士说。

"对，"神父说，"我可以让人把它们送过来。"转身又走向门口，再次停下脚步，片刻之后抬起手来朝门伸去，不过，下士此刻已经走到了他的前面，用指关节在木头上敲了两三下，过了一会儿门便打开了，中士出现在了门口，神父又站了一两秒钟，把他那拢作一堆的神秘的象征物什紧抱在胸前。然后他振作起来。"对，"他说，"我可以让人把它们送过来。"然后就从那扇门走出去了；这一次，他没有停顿，中士追上去说：

"要我把它们拿到礼拜堂去吗，神父？"

"谢谢你。"神父说着把它们交给了中士：现在他空着手，继续向前走；他已经安全了：外面，户外只有春天的暗影，在空白无光的墙上以及在它们之间是春天的温柔夜色，风情万种，弥漫在空荡荡的无顶的廊道、胡同,他能看到远处的尽头有一段铁丝篱笆,狭窄的小道上间隔排列着投下生硬刺目的光线的路灯,夹杂着塞内加尔哨兵的红眼般的烟头光亮;在那片黑暗的平原以外,以及在整个平原以外,是这座无眠的城市闪耀的不眠的微光;此时他能够记起自己曾几何时第一次看到他们,最后见过他们,终于赶上了他们,那是两个冬天以前在贵妇人路附近——在孔布勒①、苏榭②后面,他想不起来了——石子铺路的广场在那个温暖的夜晚(不:温暖的夜晚,也还只是秋天,再过很短的一段时间,人类的最后那个在劫难逃的倒霉冬天即将始于凡尔登③)已经又变得空无一人,因为他晚到了几分钟,又错过了他们,一些人七手八脚地指给他看,有些热心人南辕北辙地告诉他方向,事实上有太多热心的声音指了太多的方向,直到终于有一个人陪他走到了那个村落边缘,告诉他确切的路线,甚至指给他看远处那片杂乱无章的农场——一个有围墙的院落环绕着房子、牛棚和其他,此时正值黄昏,他看见他们,一开始是他们八个人安静地站在厨房门口的台阶周围,然后又看见了两个,下士和另外一个人,身穿粗呢或油布围裙坐在台阶上,下士正在清理一只禽鸟,小鸡仔,另一个人在朝一只碗里削土豆,而在一旁的更高处台阶上站着那位提着大水罐的农妇和一个孩子,女孩约莫十岁左右,两只手上满是马克杯和玻璃杯;然后,在他观望时,另外三个人跟农夫本人从牛棚里走出来,提着几只牛奶桶穿过院落。

他没有走上前去,也没有暴露自己:只是看着那女人和孩子用手里的水罐和饮水器具交换了碗里盛着的那只鸡和牛奶桶,把这些食物端进了房子里,农夫把水罐里的水倒进下士端着的马克杯和玻璃杯里面,下士依次传给其他人,随后他们按照敬酒的礼仪喝了起来——为

---

① 孔布勒,法国皮卡第大区索姆省的一个市镇。
② 苏榭,法国诺尔-加莱大区北部的一个市镇。
③ 此指凡尔登战役。这是第一次世界大战中破坏性最大、时间最长的战役,战事从一九一六年二月二十一日延续到十二月十九日,德法两国伤亡人数仅次于索姆河战役,被称为"凡尔登绞肉机"。

平平安安地工作干杯,为平平安安地过完一天干杯,为期盼安安静静地吃完灯下一餐干杯,诸如此类——然后天黑了,夜幕降临,真的是黑夜,因为第二次见到他们是在凡尔登,这是寒冷刺骨的法国之夜,也是寒冷刺骨的人类之夜,因为法国是人类精神自由的摇篮,就在凡尔登的真实的废墟现场,就在能够真切听见高德和瓦尔蒙[①]的痛苦的范围之内;这一次他也没有走上前去,只是站在远处观望,被那些沾染着灰尘和痛苦的后背如墙一般地隔离开来,那十三个人站在圆圈的中心,是否在交谈,是否在演说,他无从得知,也不敢去听;心里想,是的,甚至在那时我也不敢;即使他们不需要交谈或演说,因为单纯相信就足够了;心里想,是的,那时有十三个人,即便到现在还有十二个;心里想,即使只有一个人,只有他,也就足够了,远远够了,心里想就是那个人站在我和安全之间、我和安全感之间、我和和平之间;尽管他熟悉那个院落及其周边的环境,可他一时失去了方向感,就像在你摸黑或从一扇门进入一座陌生的建筑,然后光天化日之下再从里面出来或从另一扇门出来的时候,这种现象时有发生,尽管眼下不是这种情形,他心里面波澜不惊地默想,是的,在他派人来找我的那一刻起我大概就知道我应该从哪扇门出去,那是留给我的唯一一条出路。这样只持续了一两秒钟或者甚至更短的时间:一阵极其短暂的眩晕袭来,瞬间站立不稳,接着石墙和砖瓦便重新恢复了它井然有序、万劫不复的位置;一个拐角,一个转弯,哨兵就在他记忆中的位置上,没有来回踱步巡逻,只是稍息站立在那扇小铁门旁边,步枪立在地面上。

"晚上好,我的孩子。"神父说。

"晚上好,神父。"那个人说。

"请问我能不能借一下你的刺刀?"神父说。

"我的什么?"那个人说。

"你的刺刀。"神父说着,伸出手去。

[①] 凡尔登战役中沃、杜奥蒙两个著名要塞的杜撰代名词。

"我不能那么做,"那个人说,"我在巡逻——站岗。下士会——值班军官可能会来——"

"就跟他们说是我拿走的。"神父说。

"拿走的?"那个人说。

"要走的。"神父说,手还是继续伸着。"来吧。"然后他便动手了,不是很快,从那个哨兵的腰带上拔出了刺刀。"跟他们说是我拿走的。"神父说着,转身就走。"晚安。"也许那个哨兵还应声回答了;也许是在这空寂的小巷里再次响起最后一声消散的回音,这是最后一个温暖而有人性的声音表达了温暖而有人性的抗议或惊讶,或者只是不加质疑地为当下做个辩护,只因为这是当下;然后就没有声音了,他心里想这是一支长矛,那么我应该把那支步枪也拿来,然后就没有声音了:他心里想这是左边的,而我是惯用右手的,心里想可至少上帝**他**没穿步兵外套和卢浮宫①商店的衬衫,因此我至少可以穿那个,他解开外套,向后一甩,然后又解开衬衣,这时他能感觉到那细小的刀尖冷冰冰地抵住他的肉体,然后冰冷尖利的刀锋嘶嘶地进入,它开始发出一种尖细的喊叫声,仿佛是对它自身的迅捷感到惊讶,可当他低头看它时,刀尖才刚消失,他大声地说,语气平静:"现在怎样?"可**他**也不是站着,他心里想**他**被钉在那里,**他**会原谅我的,然后一边朝后侧一旁倒去,一边稳稳地把住刺刀,让刀柄先碰到砖地,随即他微微侧身,面颊贴在余温尚存的砖地上,此时他开始发出沮丧和绝望的尖细叫声,直到他的手夹在了刺刀的安全鞘和他自己的肉体之间,提醒他现在大可停止叫喊了——一股又甜又浓的温热鲜血一下子从他的嘴里汩汩地喷涌出来。

汽车喇叭不断地嘀嘀鸣响——没有怒气,没有焦躁,甚至也没有厌烦,其实只有高卢人所特有的一种经年不衰的麻木不仁的漠然——

---

① 卢浮宫,世界上最古老、最大、最著名的博物馆之一,位于法国巴黎市中心的塞纳河右岸,始建于一二○四年。

法军指挥车缓慢地穿过城市广场，仿佛在用喇叭声轻柔而坚决地拍打着聚集的人群，使他们两边分开，以便为它的通行打开一条通道。这辆车不大。上面没有飘着哪位将军的三角旗，事实上也没有任何徽章标志；只是一辆明确无疑的法军小型机车，开车的是一个法国士兵，上面还坐着三个士兵，这三个美国列兵四个小时之前在布洛瓦[①]的连部办公室里相遇，法军的这辆车把它们接上，他们此前彼此还从未谋面，此时两个坐在后面，一个在前座跟司机并排坐着，汽车按着喇叭，蜗牛一般穿过拥挤的人潮中那些疲惫、苍白、无眠的面孔。

　　后座上的两个美国人当中有一个把头探出车外，热切地四下里张望着，不是在看那些面孔，而是看着城市广场四周的那些毗邻的建筑。他用两只手展开一张大地图，这地图曾被多次折叠、打开并重新折起。他相当年轻，棕色的眼睛像母牛一样充满信任且毫无警戒，长着一张对人无比信赖、乡村气息十足的开朗面孔——一张农夫的脸，注定要热爱他那份和平时期的农耕遗产（他将继承他父亲的事业，而他父亲在爱荷华州养狗，用丰饶的谷物把它们养肥，拿到市场上去卖），原因很简单，那就是一直到他消化能力正常的日子结束之前（接下来三十分钟内将要发生的事情自然会不时在他眼前回放，但只是在梦中，如梦魇般挥之不去），他还从未想到他有可能找到任何更加值得热爱的东西——他急不可耐地把身子探出车外，完全不顾他正在缓慢穿行而过的人群，急切地说道：

　　"是哪一座？是哪一座呢？"

　　"哪一座什么？"坐在司机旁边的美国人说。

　　"总部，"他说，"市政厅呀。"

　　"等你进去就知道了，"另一个人说，"你主动请缨就是来看它的吧。"

　　"我也想从外面看看它，"第一个人说，"这就是我为什么自愿来做这事的原因，管它是什么呢。你问他吧，"他说着指了指司机，"你会

[①] 布洛瓦，法国中部城市。

说蛙语①。"

"这次不行,"另一个人说,"我的法国人不用这种房子。"不过,这反正没有必要了,因为他们两个同时看见了那三个哨兵——美、法、英——把守在那扇门的两侧,汽车紧接着就马上拐进了大门,这时他们看见整个院子横七竖八地停满了分别安装着那三种不同旗帜的摩托车和指挥车。不过,这辆车没有停在那里。既然眼下挡了它道的是它自己的耐撞的同类,而不是不堪一击的孱弱的人类血肉之躯,它便箭一般地在其他车辆中间横冲直撞了一番,掉头时径直撞向那堆巴洛克式的可怕玩意的后尾部("现在要怎样?"前座上的那个人对这位爱荷华人说,后者仍旧把身子探出车外,朝向那座建筑的令人眩晕的钝锯齿状轮盘。"你觉得他们会请我们从前门进去吗?"

"没关系,"爱荷华人说,"这就是它在我想象中的样子。")一个美国警察站在地下通道旁边,用手电筒朝他们发出信号。汽车一鼓作气地冲到他身边停下来。他打开车门,但由于那爱荷华人正忙着把地图重新折叠起来,第一个下车的是前座上的美国列兵。他名叫布赫瓦尔德。他的祖父曾是一所明斯克②犹太教堂的拉比③,后来有个哥萨克中士用一只装了马蹄铁的马蹄敲碎了他的脑袋。他的父亲是一名裁缝;他本人出生在布鲁克林④的一座没有电梯和热水供应的旧公寓大楼四层。在美国禁酒令⑤通过之后两年内他两手空空,只有一架改装的军需品刘易斯式机枪,却将成为一个统领整个大西洋海岸线——从加拿大一直到那天晚上他们要占用的任何一个佛罗里达⑥海湾或沙坑——的百万美元

---

① 蛙语,轻蔑语,指法国话。
② 明斯克,白俄罗斯首都。
③ 拉比,犹太教教士。
④ 布鲁克林,美国纽约西南部的一区。
⑤ 禁酒令,指美国一九二〇年一月二日生效的禁止酿造和售酒的《沃尔斯特法令》,主要是为了杜绝贪杯及其引发的社会问题。
⑥ 佛罗里达,美国东南部的州名,位于大西洋和墨西哥湾之间的半岛。

帝国的沙皇。他长着一双浅灰、近乎无色的眼睛；他身材此时还算结实颀长，不过，到了差几个月就满十年以后的某一天，当他躺在价值万元的棺材里，四壁环绕着比棺材还要再贵上一半的插花丛中，他会看起来圆润丰满，几近肥胖。那个军警把身子探进了汽车的后部。

"来吧，来吧。"他说。爱荷华人下了车，一只手里拿着那张折叠得很蹩脚的地图，另一只手拍打着衣袋。他像足球前锋一样虚晃一招，抢到布赫瓦尔德前边，冲到了车头处，把地图举到一只前车灯的灯柱之中，还在拍打着衣袋。

"妈的！"他说，"我把铅笔弄丢了。"第三个美国列兵这时也下了车。他是个黑人，黑得很彻底，不打一点折扣。他以一种芭蕾舞演员的优雅姿态下了车，不造作，不浮华，没有娘娘腔，而是既阳刚又俏皮，或者更好，兼具两性特征，没有矫揉造作的成分，而那爱荷华人转了个圈，这一次闪转腾挪地从他们三个人中间穿了过去——布赫瓦尔德、警察和黑人——举着他那张正在迅速解体的地图，一脑袋扎进汽车里面，对警察说："把你的手电筒借给我用一下。我肯定是把它掉在地上了。"

"废话少说，"布赫瓦尔德说，"来吧。"

"是我的铅笔哦，"爱荷华人说，"我是在我们上次路过的那个大镇子上买的——它叫什么来着？"

"我可以叫来一个中士帮忙，"警察说，"需要吗？"

"别。"布赫瓦尔德说。他对那爱荷华人说："来吧。他们里面大概有铅笔。他们在这里也能读书写字。"爱荷华人从汽车里退出来，站直了身体。他开始重新折叠那份地图。他们尾随着警察，穿过院子，来到地下通道前面的空地，走了下去，爱荷华人的目光沿着这所大楼那高耸冲天的轮廓一直望上去。

"对，"他说，"当然了。"他们下了台阶，穿过一扇门；他们便走进一条狭窄的石头通道；警察打开一扇门，他们来到一间接待室；警察在他们身后把门关上。房间里有一张小床、一张书桌、一部电话、一把椅子。爱荷华人走到桌前，开始翻动上面的文件。

"你无需查看就能想起以前来过这里,对吧?"布赫瓦尔德说。

"不是为了我自己,"爱荷华人说着,把那些文件翻了个遍,"是为了跟我订婚的那个女孩。我以前答应过她——"

"她也喜欢猪猡①吗?"布赫瓦尔德说。

"——什么?"爱荷华人说。他停下手,转过头来;身子仍旧一半俯在书桌上方,他用他那温和、开朗、信任、毫无警戒的目光看了布赫瓦尔德一眼。"为什么不呢?"他说,"猪猡有什么问题吗?"

"好吧,"布赫瓦尔德说,"那么,你以前答应过她的?"

"是呀,"爱荷华人说,"当我们得知我要来法国的时候,我答应带上一张地图,在上面标出我去过的所有地方,尤其是你们经常听说的那些地方,比如巴黎。我勾了布洛瓦,还有布雷斯特,我自愿做这事就可以来巴黎了,现在我一找到铅笔就勾上绍讷蒙,这是整个事情的大本营哦。"他又开始翻桌子。

"你打算拿它做什么?"布赫瓦尔德说,"这张地图。等你把它带回家以后?"

"给它装上相框,挂在墙上,"爱荷华人说,"你觉得我要拿它做什么呢?"

"你确定你要把这个标在上面吗?"布赫瓦尔德说。

"什么?"爱荷华人说。然后他问:"为什么?"

"难道你不知道你自愿来做什么吗?"布赫瓦尔德说。

"当然,"爱荷华人说,"为了有机会来看绍讷蒙呀。"

"我是说,难道没有人告诉你来这里要做什么吗?"布赫瓦尔德说。

"你参军时间不太长,对吧?"爱荷华人说,"在军队里,你不要问自己要做什么:你只管去做。其实,在任何军队里的处世之道都是永远不要好奇他们为什么要做某件事,或者事成之后他们打算如何处理,你只管去做,然后闪身离开,不要让他们碰巧看到你,再找事让你去做,但是他们会不得不想出什么要做的事情,然后到处找人去做。

---

① 猪猡,警察的俚语说法,带有攻击性。

他妈的,我看他们这里也没有铅笔。"

"也许桑博①有吧,"布赫瓦尔德说。他看着黑人。"除了一张三天有效的巴黎通行证,你为什么主动要求来做这事?也是要来看绍讷蒙吗?"

"你刚才叫我什么来着?"黑人说。

"桑博,"布赫瓦尔德说,"你不喜欢?"

"我的名字是菲利普·曼尼哥·比彻姆②。"黑人说。

"继续。"布赫瓦尔德说。

"拼写是麦尼考尔特,但发音是曼尼哥。"黑人说。

"哦,别吵了。"布赫瓦尔德说。

"你有铅笔吗,伙计?"爱荷华人对黑人说。

"没有。"黑人说。他看都没看爱荷华人一眼。他仍然看着布赫瓦尔德。"你想要拿它做什么吗?"

"我吗?"布赫瓦尔德说,"你来自得克萨斯③哪个地区?"

"得克萨斯,"黑人带着迷惑不解轻蔑地说道。他瞟了一眼右手的指甲,然后麻利地在肋骨处蹭了蹭它们。"密西西比。这事一结束就去芝加哥④住。去做殡仪员,如果你好奇的话。"

"殡仪员?"布赫瓦尔德说,"你喜欢死人,嗯?"

"在这整个该死的战场上难道就没有人有一支铅笔吗?"爱荷华人说。

"没有。"黑人说。他站在那里,个子很高,身材细瘦,一副松松垮垮的姿态;完全镇定自若;突然,他朝布赫瓦尔德投去了女性化的挑衅一瞥。"我喜欢这工作。那又怎样?"

"那你知道自己主动要求来做什么,是吧?"

"也许是,也许不是,"黑人说,"你为什么主动要求来?除了一张三天有效的巴黎通行证?"

---

① 桑博,曾用于称呼黑人,已成为禁语。
② 比彻姆这个黑人姓氏在福克纳其他小说也出现过,也译为布香。
③ 得克萨斯,美国南部的州名,此指密苏里州得克萨斯县。
④ 芝加哥,美国伊利诺伊州东北部港市。

"因为我爱威尔逊。"布赫瓦尔德说。

"威尔逊?"爱荷华人说,"你认识威尔逊中士?他是全军最好的中士。"

"那我不认识他,"布赫瓦尔德说,眼睛没看爱荷华人,"所有我认识的士官都是婊子养的。"他对黑人说,"他们告诉你了,还是没告诉你?"这时,爱荷华人开始在他们两个之间看过来看过去。

"你们这是怎么了?"他说。门开了,是一个美国军士长。他快步走进来,迅速地看了看他们。他手里拿着一只公文包。

"你们谁负责?"他说。他看了看布赫瓦尔德。"就你吧。"他打开公文包,从里面拿出一样东西,伸手递给了布赫瓦尔德。是一把手枪。

"那是一把德国手枪,"爱荷华人说。布赫瓦尔德接过了它。军士长又把手伸进那只公文包;这一次是一把钥匙,房门钥匙;他把它递给了布赫瓦尔德。

"做什么的?"布赫瓦尔德说。

"拿着它,"军士长说,"你们不想就这么一直自己待着,对吧?"布赫瓦尔德接过那把钥匙,把它和手枪一起放进了自己的衣袋。

"你们他妈的这些杂种为什么不自己做呢?"他说。

"这么说,我们非得这么大老远派人去布洛瓦找人来半夜吵架哈,"军士长说,"来吧,"他说,"赶紧把事了了。"他转身要走。这一次爱荷华人大声说道:

"喂,"他说,"这是怎么一回事?"军士长停下脚步,看了看爱荷华人,然后又看了看黑人。他对布赫瓦尔德说:

"看来他们已经给你装傻充愣了吧?"

"哦,装傻充愣,"布赫瓦尔德说,"不要瞎操心。放烟幕弹也没办法控制局面,说不定装傻充愣就是他的一个习惯、风俗或消遣活动的一部分呢。另外那个人就连什么是装傻充愣都不懂。"

"好吧,"军士长说,"那就交给你了。你们准备好了?"

"等一下,"布赫瓦尔德说。他没有回头去看另外两个人,他们站在桌边,望着他和军士长,"要做什么?"

"我还以为他们都告诉你们了呢。"军士长说。

"我们想听听你怎么说。"布赫瓦尔德说。

"他们在他那里遇到了一点麻烦,"军士长说,"要从正面下手了,这对他本人好,更不要说其他人了。可他们似乎无法让他明白这一点。要从正面把他干掉,用一颗德国子弹——明白吗?你们现在明白了吗?他在周一上午的那场进攻中就被杀死了;他们现如今给他提供了一切便利:那天上午他就不该出现在那里——一名中将,他这一生的其他时间都安全地待在后面说给他们点颜色看,伙计们。可是,不。他亲自到了那里,带头冲锋陷阵,为法国这个养育他的国家赢得胜利。他们甚至要再给他颁发一枚奖章,可他算是看不到了。"

"他抱怨什么呢?"布赫瓦尔德说,"他知道自己难逃辞咎,是吧?"

"哦,当然,"军士长说,"他知道自己死定了。那不是问题。他对此毫无怨言。他只是拒绝让他们那样做——发誓他要让他们朝他背后开枪,而不是正面,就像任何军士长或新任少尉一样觉得自己彪悍到吓不住,坚强到伤不着。你知道:让整个世界看到,干掉他的不是敌人,而是自己人。"

"他们何不干脆按住他,把他干掉?"布赫瓦尔德说。

"得了,"军士长说,"你总不能直接按住一名法国中将,朝他脸上开一枪吧。"

"那我们应该怎么做呢?"布赫瓦尔德说。军士长看着他。"哦,"布赫瓦尔德说,"也许我现在明白了。法国士兵不明白。也许下次会是一个美国将军,那么三个蛙佬[①]就有机会去一趟纽约了。"

"是的,"军士长说,"假如他们让我选择将军的话。你们现在准备好了?"

"是的。"布赫瓦尔德说。可他没动。他说:"对。不过,为什么是我们呢?假如他是一个蛙佬将军,为什么蛙佬们不做?为什么非得找

---

① 蛙佬,青蛙一词为"法国佬"的俚语说法,有侮辱之意。

我们来呢?"

"也许是因为只有美国步兵这杂种他们才能用一趟巴黎之旅来贿赂呢,"军士长说,"来吧。"

可布赫瓦尔德还是没动,他那苍白冷峻的双眼若有所思,目光坚定。"来吧,"他说,"透露点内幕吧。"

"如果你们要退出的话,为什么不在离开布洛瓦之前就退出呢?"军士长说。

布赫瓦尔德骂了一句粗话。"说来听听,"他说,"我们赶快做个了断。"

"好吧,"军士长说,"他们也没提供太多信息。蛙佬们将不得不朝那个青蛙军团开枪,因为它是青蛙。他们星期三不得不把一位泡菜①将军带到这里,解释他们为什么要射杀那个青蛙军团,英国佬赢了。现在他们要枪杀这个青蛙将军,来解释他们为什么把那位泡菜将军带到了这里,我们赢了。也许他们抽了签。现在可以了吗?"

"可以!"布赫瓦尔德突然厉声说。他骂了一句。"可以。我们赶快做个了断吧。"

"等等!"爱荷华人说,"不!我——"

"别忘了你的地图,"布赫瓦尔德说,"我们不回来了。"

"我没忘,"爱荷华人说,"你们觉得我为什么坚持了这么久?"

"好,"布赫瓦尔德说,"这样,当他们以兵变之名把你送回家坐牢时,你就可以在上面也勾上莱文沃思②了。"他们回到走廊上,沿着它前行。走廊上空无一人,每隔一段距离就有一盏灯光昏暗的电灯。他们没有看到其他的生命迹象,突然仿佛感觉到他们在从这里走出去之前显然不会看到了。这条狭窄的走廊没有下降,没有更多的阶梯了。就好像它洞穿而过的土地像电梯一样下降,保持了走廊本身的完整,与外界隔绝,除了他们的皮靴声以外毫无任何生机和声响,粉刷成白

---

① 德国佬的俚语说法,有贬义。
② 莱文沃思,美国堪萨斯州东北部城市名。

色的石墙在历史沉积的全部重负下不动声色地渗出了大量的水珠来，被压在它们上面的那座大厦所代表的那些过时旧传统一层一层地禁锢起来——君主政体、革命、帝国和共和制，伯爵、农民将军和无套裤党①、堤坝、特别法庭②和断头台，自由、博爱、平等和死亡，还有人民，总是在忍耐中占上风的人民，这群人，这一小撮，此刻挤挤挨挨地走得飞快，直到爱荷华人又喊道：

"不，我告诉你们！我不——"这时，布赫瓦尔德停下来，让大家都停步，转身对爱荷华人平静而愤怒地低语道：

"滚。"

"什么？"爱荷华人喊道，"我不！我能去哪里？"

"我他妈的怎么知道？"布赫瓦尔德说，"这里那个抱怨鬼又不是我。"

"来吧。"军士长说。他们继续前行。他们来到一扇门前；门上了锁。军士长开了锁，把门打开。

"我们要复命吗？"布赫瓦尔德说。

"不必找我，"军士长说，"你甚至可以把那支手枪留作纪念。那辆车会在你们下车的地方等着。"他刚要关门，布赫瓦尔德飞快地朝房间里扫了一眼，伸出一只脚抵住门，又用那种刺耳、镇定、愤怒、克制的声音说道：

"基督，那些婊子养的就不能给他请个神父？"

"他们还在找，"军士长说，"两小时之前派人去监狱区请神父，他还没回来呢。他们好像找不到他了。"

"那么我们按说该等他喽。"布赫瓦尔德说，语气严厉、镇定，还有难以掩饰的愤怒。

"谁说的？"军士长说，"拿开你的脚。"布赫瓦尔德照办，门关

---

① 无套裤党，指来自下层阶级的激进派革命家。十八世纪的法国社会上层穿长及膝盖的紧身套裤和长筒丝袜，而普通平民则直接穿粗布长裤。这个说法首先是从贵族口中说开来的，带有鄙夷的口气。

② 特别法庭，特指第一次世界大战期间的兵役免除审理处。

上了,在他们身后当啷一声上了锁,他们三个在一间小牢房里,一间粉刷得亮白的斗室,只有一盏没有灯罩的电灯和类似于农夫挤奶时用的三脚凳,还有那位法国将军。确切地说,那是一张法国人的脸,从它的表情和气质上看已经长时间见惯了各种军衔,足以称得上是一张将军的脸,除了徽章、密密麻麻的一片绶带、武装带和皮革绑腿以外,披挂着它们的军装是一名骑兵中士平时穿的那种朴素的军用上衣和裤子,他站在那里身体笔直而僵硬,就好像笼罩在一片正在消散的光晕里,这是他刚才猛然站起身来的动作引起的,这时他用法语厉声说:

"立正!"

"什么?"布赫瓦尔德对身边的黑人说,"他说什么?"

"我他妈的怎么知道?"黑人说,"快点!"他气喘吁吁地说,"那个爱荷华杂种。快点动手吧。"

"对,"布赫瓦尔德说着便要转身,"那就抓住他。"他继续转身朝向那个爱荷华人。

"不,我告诉你们!"爱荷华人大叫。"我不要——"布赫瓦尔德手脚灵活地打了他一下,那一击看似根本没有太大动作,可那爱荷华人猛地向后撞到墙上,然后又滑落到地上,布赫瓦尔德又及时回转身来,刚好看见黑人一把抓住法国将军,那法国将军一转身面对墙壁,转头将面颊贴在墙上,当布赫瓦尔德啪地打开手枪保险时,他用法语朝身后说:

"开枪吧,你这个婊子养的人渣。我决不转身。"

"把他扳过来。"布赫瓦尔德说。

"把他妈的保险扳回去!"黑人怒目而视,上气不接下气地说,"你想把我也打死吗?来吧。把我们两个人都打死吧。"布赫瓦尔德合上保险,不过,在他们搏斗时他手里仍然举着这把手枪,他们三个人或者其中两个把法国将军从墙边拉开,距离足以使他转过身来。"揍他几下,"黑人喘着气说,"我们得把他打晕。"

"你他妈的怎么才能把一个死人打晕呢?"布赫瓦尔德上气不接下气。

"来吧,"黑人喘息着说,"就几下。快点。"布赫瓦尔德出手了,掂量着这一击的分量,他说对了:那具躯体瘫软下来,黑人扶住了他,可他没有失去知觉,眼睛睁着,向上看着布赫瓦尔德,然后看着布赫瓦尔德举起手枪,又咔地打开了保险,那双眼睛里没有恐惧,甚至没有绝望:只有不屈不挠的警觉和理性,事实上,在布赫瓦尔德的手开始扣动扳机的同时他显然已经敏锐地察觉了,爆炸突然引发的激烈运动不仅把他的脸转了过去,而且把整个身体也掉转过去,结果等到尸体倒地的时候那个圆孔其实是在耳后。布赫瓦尔德和黑人站在它上方喘着粗气,枪管抵在布赫瓦尔德的腿上还有余温。

"婊子养的,"布赫瓦尔德对黑人说,"你为什么不按住他?"

"他滑下去了!"黑人喘息着说。

"滑你个头,"布赫瓦尔德说,"你没有按住他。"

"你才是婊子养的!"黑人气喘吁吁。"我站在那里按住他等那颗子弹穿过他再来找我吗?"

"好吧,好吧,"布赫瓦尔德说,"我们得把那个枪眼堵上,再打他一枪。"

"把它堵上?"黑人说。

"对,"布赫瓦尔德说,"如果你连如何把一个杂种身上打错的洞堵上都不知道的话,你他妈的还做什么殡葬师?用蜡就行。去拿一支蜡烛。"

"我去哪里找蜡烛?"黑人说。

"出去到大厅里大声喊,"布赫瓦尔德说着,把手枪换到另一只手上,从衣袋里掏出门钥匙递给黑人,"不停地大喊,直到找到一个蛙佬。他们肯定有蜡烛。在这个操蛋的国家里,他们至少有一样东西无需我们从两千英里以外带过来给他们吧。"

星期五，星期六，星期日

　　一大早又将迎来一个明媚的春日，漫天飞舞着四季常在的云雀；塞内加尔军团的俗丽军装、武器和叮当作响的装备，甚至还有那些乌黑的面孔，似乎在春光中闪闪发亮，伴着军士们那来自赤道部落的神秘叫喊声，它们鱼贯进入训练场，排成三行，围起一块长方形的空场，面对新近安插的对称并排而立的三根木桩站好，它们就在一个长条的坑或沟的边缘，几乎已被四年的战争废弃物填平——铁皮罐头盒、酒瓶、旧餐具、破厨具、皮靴，还有那些乱麻般的生锈废线圈——里面的泥土早已被清空，在训练场的尽头构筑了一条横向贯穿的铁路路基，它将在背后承受那些没有打进肉体和木头里面的子弹。随后他们各就各位停下来，把武器立在地上，稍息站立，然后放松下来，这时传来一阵嘈嘈切切的急促不清的说话声，没有喜庆气氛：只是群聚的嘈杂，就像在市场门口等着开门的人们发出的那种；在这叽叽咕咕的嘈杂声中，常年相伴却几乎从不示人的苍白的打火机爆出的火光在那从不离身的香烟之间轮番闪动，从一支传到另一支，这些乌黑闪亮的面庞并未望向那一队正在干活的白人士兵，那些人把木桩四周的最后一抔土夯实，拿起自己的工具，像一群离开干草地的收割者一样拉拉杂杂、散散漫漫地退下去了。

　　随后，远处有一只号角响了一两声，塞内加尔士官大喊一声，穿着花里胡哨的队列不慌不忙掐灭了香烟，以一种懒懒散散，几乎是漫不经心的从容做派进入了戒备状态，按照口令稍息而立，城市卫戍部队的军士长那背扣式的长外衣外面系着一把带皮套的手枪，他走进那块空地上空着的那一边，来到三根木桩面前停下来站定，伴随着这位新来的士官喊出的尖利粗暴的口令声，那支兵变的军团排着队鱼贯进入空场，挤在一起，仍然像是些弃儿，头上没戴帽子，手里没有武器，依旧胡须未剃，一副异邦人的样子，身上仍然沾染着恩河、瓦兹河与马恩河的泥土，在塞内加尔人俗丽服饰的映衬下看起来就像是一群来自另一个星球的憔悴、苦恼、无家可归的难民，虽然有点骚乱，却是安静的，甚至井然有序，或者至少庄重得体，突然这时他们有一小撮人，是十一个，猛然冲出来，队列参差不齐地一起跑向那三根木桩，随即同样参差不齐地面对木桩双膝跪下，与此同时军士长一直在喊话，一名士官的声音接了过去，一小队塞内加尔人快步走出队列，绕过来穿过空地，将跪倒的人们团团围住，把他们拉了起来，动作并不生硬，让他们转回身来，把他们赶回同伴中间，就像在驱赶一小群暂时迷途的羔羊。

　　这时，几个骑马的人飞快地从后面上来，就停在训练场外，在它后方；他们是小镇驻军少校及其副官、宪兵司令副官和三个传令兵。军士长大声喊口令，整个队列（除了那个弃儿军团）伴着长长的一声金属碰撞声立正，军士长转身隔着那一排像木桩般笔直站立的塞内加尔人的脑袋向小镇驻军少校敬了个礼，小镇驻军少校开始检阅队列，命令全体稍息又立正，随后再把它交还给军士长，军士长又下令全体稍息，转身面对三根木桩，这时一位中士率领一队士兵押着三个没戴帽子的囚犯不知从哪里突然冒了出来，三人穿插着走在他们中间，士兵们飞快地将三人绑在了三根木桩上——自称拉平的那个人，然后是下士，然后是被拉平称作卡塞泰特或马儿的那个长得猿猴似的家伙——让他们面向空地的开口处站好，不过他们现在看不见那块空地，因为此刻一位中士带着另一个约莫二十人的班挡在了他们和空地之间，中士停了下来,直角转身,让士兵们背对三个死囚稍息而立,接着军士长又朝那三个死囚走去,迅速检查了一下将拉平捆到木桩上的绳子,然后又走向下士,(军士长)把手伸向下士外衣上别着的军功章,快速低语道:

"这个你不想留下吧?"

"不想,"下士说,"没必要毁了它。"军士长把它从他的外衣上扯下来,并未使蛮力:只是动作很快,然后迈步要走。

"我知道该把它给谁。"他说着,走向第三个人,那人流着口水说,毫无惊慌之色,甚至并不急切:只是怯生生的敦促语气,就像是你对某个陌生人讲话,原指望对方满足你的紧急需求,可他可能已暂时忘记了你的需求,或者忘记了你的存在:

"巴黎。"

"好吧。"军士长说。然后他也走了;现在这三个五花大绑的人只能看见站在他们前面的那二十个人的后背,不过,他们还能听见军士长的声音,他再次命令队列全体立正,从大衣里面抽出一份折叠的文件和一个破旧的皮革眼镜盒,打开文件,戴上眼镜,大声地朗读文件上的内容,他双手捧着在微拂的晨风中轻轻翕动的纸页,声音清亮而尖细,在阳光和煦、云雀飞舞的虚空中显得格外孤单凄凉,那些死气沉沉、啰唆冗长的法庭用语制造了一种人类已走到生命尽头的浮夸造作的错觉。"奉法院院长大人之命。"军士长苍白无力地念道,他重新折起文件,摘下眼镜折叠起来放回盒子里,把这两样东西都收好;命令那二十人向后转过去面对三根木桩;拉平此刻使劲向外拉扯着他那根绳子,试图隔着下士去看那第三个人。

"你看。"拉平焦急地对下士说。

上子弹!

"巴黎。"第三个人说,声音嘶哑、湿润、急迫。

"跟他说点什么吧,"拉平说,"快点。"

瞄准!

"巴黎。"第三个人又说。

"没事了,"下士说,"我们等。我们不会把你丢下。"

下士的木桩可能是坏掉了,甚至腐烂了,因为尽管一排齐发的子弹仅仅干净利落地斩断了把拉平和第三个人捆到他们的木桩上的绳子,使他们的尸体瘫倒在每根木桩脚下,但是下士的尸体,连同木桩以及捆绑的绳子一起,像一个整体似的向后翻倒在后面填满垃圾的壕沟边缘;当军士长手持还在冒着轻烟的手枪,从拉平移步走到下士这边时,他发现木桩栽倒时把它连同它的重负一同卡在了一团带有倒刺的旧铁丝网里面,其中一条向上伸出来圈住了木桩顶端和那个人的头部,就像是要借着下落之势把它们二者一齐一股脑地拖进那无名的大地深处,还之以清白之身。铁丝生了锈,坑坑洼洼的,无论如何也无法把子弹挡飞,但军士长还是小心翼翼地用脚尖将它轻轻踢开,然后又把枪口抵在了下士的耳朵上。

训练场一清空(其实还没等清空;塞内加尔士兵行列的队尾还没消失在连队的队列里面),杂役队就已经拉着手推车来了,车上装着他们的工具和一块折叠的防水油布。带班的下士从车上取了一把钢丝钳,走到军士长身边,军士长已经砍断绳索,把下士的尸体从断裂的木桩上放了下来。"给你,"他说着把钢丝钳递给军士长,"你不打算把一块柏油帆布浪费在他们中的哪个人身上,是吧?"

"把那些木桩拔出来吧,"军士长说,"给我两个人和那块柏油帆布。"

"好吧。"下士说。下士走开了。军士长从那根锈铁丝上剪下了大约六英尺长的一段。当他站起身时,那两个人拿着那块折叠起来的柏油帆布,站在他身后看着他。

"把它展开。"他指着它说。他们照办了。"把他放进去。"他说。他们抬起下士的死尸,在头部抬的那个人看到血便有点怨言,他们把它放在柏油帆布上。"继续,"军士长说,"卷起来吧。然后把它抬到手推车上。"他跟在他们身后,杂役队的带班下士忽然也不盯着他看了,其他人突然又开始忙着从土地上拔除木桩。军士长也没再说话。他只是用手势指挥那两个人抬起车把手,他自己走在后面,拉住手推车的一角作为中轴,推动另一角来把握方向,然后同时推着两边向前走,载了重物的手拖车斜穿过训练场,朝着铁栅栏与那座旧工厂的墙壁呈直角相交的地方走去。他(军士长)也没朝身后看,那两个拉着车把手的人现在几乎是一路小跑,以免小车从他们身上压过去,他们直奔那个转角而去,在某一刻他们肯定也看到了栅栏外面的那驾高大的两轮农用马车,车辕中间是一匹膘肥体壮的农耕马,旁边有两个女人和三个男人,军士长停下了手推车,与推动它的方式如出一辙:自己停下脚步,从后面两角把住手推车,把它抵在栅栏凹进去的地方,然后他自己走过去站在栅栏边上——他是一个五十多岁的男人,年龄尽显无遗——这时,两个女人中个子较高的那个——面色红润,皮肤黝黑,神情坚毅,这张脸像男人一样帅气——走上前来,站在铁丝网的另一边。第二个女人没动,她个子较矮,体态更胖,五官更柔和一些。可她在看栅栏边上的那两个人,侧耳倾听着,此刻面无表情,却有一种天真无邪、安详平和、满怀希望的神情,就像厨柜上的一只洁净却未点过的油灯。

"你刚才说你丈夫的农场在哪里?"军士长说。

"我跟你说过了。"那女人说。

"再跟我说一遍吧。"军士长说。

"在沙隆那边。"女人说。

"在沙隆那边多远?"军士长说,"好吧,"他说,"离凡尔登有多远?"

"在维也纳处女附近。"女人说。"圣米耶勒那边。"她说。

"圣米耶勒,"军士长说,"在军事区。还要更糟。在战区。一边是德国人,另一边是美国人。美国人呢。"

"美国兵要比其他士兵更可怕吗?"女人说,"是因为他们初来乍到吧?是这样吗?"

"不,妹妹,"另一个女人说,"不对。是因为那些美国人年纪轻轻就来了。这对他们来说很容易的。"栅栏边上的两个人没有理睬她。他们透过铁丝网望着对方。然后女人说：

"战争结束了。"

"啊。"军士长说。

女人没动，也没有做手势。"这还能是什么意思呢？还能怎么解释呢？需要什么理由吗？不，根本不需要理由：是以同情、怜悯、绝望为由吗？"她看着军士长，态度冷淡，没有悲伤，有些不近人情。"为它开脱罪责吗？"

"呸，"军士长说，"是我请你来的吗？有人请你了吗？"他朝身后挥了挥钢丝钳。其中一个人松开了手推车的把手，过来把它接过去。"剪断最下面的那一根。"军士长说。

"剪断？"那人问。

"就是它，真是稀罕！"军士长说。那人刚要弯腰，可军士长已经从他手里一把夺回了钢丝钳，自己弯下腰去；最下面那根紧绷的铁丝轻轻发出一声几乎带有乐感的响动，弹跳着卷曲起来。"把它从车上弄走，"军士长说，"麻利点。"他们此时明白了。他们把那个柏油帆布裹起的长长的物件从车上抬下来，放到地面上。那女人走到一边，三个男人等在栅栏边上，又拉又拽地把那长长的物件拖过地面，穿过铁丝网的空隙，然后抬上了马车。"等等。"军士长说。那女人停下脚步。军士长在大衣里面摸索了一阵，掏出一张折叠的纸页，透过栅栏递给她。她打开看了一会儿，脸上什么表情都没有。

"对，"她说，"一定是结束了，既然你已经拿到了行刑书。我要拿它做什么呢？镶在镜框里，挂到客厅的墙上吗？"军士长把手伸出铁丝网，从她手里抢过那张纸，另一只手又摸出那个破旧的眼镜盒来，然后仍然拿着那份打开的文件，双手把眼镜架到鼻梁上，瞟了一眼那张纸，然后猛地把它揉皱，塞进侧兜里，从大衣里取出另一份折叠的文件，从铁丝网里递出去，在那女人接过去之前使劲甩了甩，把它打开，声音里强压住怒火说："说你不需要这个吧。看看这上面的签名。"那女人看了。她以前还从来没有见过它，那细小、模糊、浅淡的潦草字迹看起来神秘难懂,其他人也很少见过,但在欧洲的那一半地区当天若有人称职到要盘查核对一个签名的地步,那他就会立刻辨认出来。

"这么说,他也知道他的儿子的同母异父的姐姐的丈夫的农场在哪里喽?"她说。

"呃,"军士长说,"比圣米耶勒还远吧。假如你们在半道上哪个地方看见一扇镶着珍珠的镀金大门,那个也能让你们通行无阻。——还有这个。"他说着又从衣袋里伸出手来,探出铁丝网,张开手露出那个暗淡的青铜小徽章和它色彩斑斓明艳的绶带,那女人又僵住了,没有伸手去碰,个子高高地站在那里,低头看着军士长摊开的手掌,直到他感觉到另一个女人在看他,便正视着那平静而纯真的凝视目光;这时,她说道:

"他其实还挺帅的呢,妹妹。他也没那么老。"

"呃!"军士长又说,"给你!"他说着把那枚奖章胡乱地塞到高个子女人手里,她不得不接着它,随后他又迅速从铁丝网里把手抽了回去。"走吧!"他说,"你们快走!从这里滚开!"他此刻呼吸有点急促,肝火上升,几乎要发怒了,这跟他的年龄很不相称,他又感到第二个女人在看着他,但他没有正视她的目光,扬起头来对着那个高个子女人的背影大声喊道:"你们以前有三个人。另外那一个在哪里——他的婊子,不管她是什么——曾经是什么?"然后,他不得不去正视第二个女人的眼睛,那张脸现在不再纯真,而是洋溢着无尽的希望,对着他温柔地甜甜一笑,说道:

"没关系。别害怕。再见。"然后他们就走了,五个人和马车:速度飞快;他转身从车上拿起那段锈蚀的铁丝,把它扔在最下面那根剪断的铁丝旁边。

"再把它拴上吧。"他说。

"战争不是结束了吗?"其中一个人说。军士长近乎粗暴地转回身去。

"可是军队没有,"他说,"就连战争都没办法消灭军队,你觉得和平又能拿它怎样呢?"

她们这一次穿过旧东城门时都坐在了马车上,玛莎拉着缰绳高高地坐在座位一端,姐姐坐在另一端,女孩在她俩中间。她们高高在上,不在缓步出城的密集人群之中,而是在它上方,不是身处其中,而是像一条小船似的漂浮其上,她们三个人就像是浮在一个狂欢节游行队列上面驾着一辆彩车出了城,犹如乘坐着一辆无腿、无轮的巨型马车,在逐渐消散的痛苦中被四散的人群裹挟着出了这座痛苦的城市,仿佛坐在莫名其妙地欢庆胜利的一群人的肩头;事实上,被人抬得如此之高,以至于还没等那些肩膀的主人现身,也没想到要抬眼朝上看看他们抬的是什么,假想、猜测一下车上装了些什么,或者干脆吓得落荒而逃,她们就已经几乎到达旧城门了。

这不是一种踌躇、一种退缩,而更像是一种隐身、一种让步:踯躅前行的马车周围的一圈空地蓦然加宽,就像水从一个浮子周围退落,让这浮子到这时才意识到、发现这不是在水上,而是在陆地上,不是由一个媒介支撑,而是通过马腿和车轮跟大地相连;人群在向后退,仿佛一度扛着它的那些肩膀卸下的不仅是担子,还有对那担子的重量和存在的认可,人群不断相互拥挤着远离马车,甚至还把这讯息向前传下去,仿佛潜移默化地预告着它的到来,直到马车仍未到近前却很快打开了一条通道,使得马车此时比人群跑得更快,人群里的面孔根本不朝它看,这时姐姐玛雅开始从她那一端的高座上低头朝他们大声喊话,语气并不强硬,也没有训诫的意味;只是执着而安详,仿佛在对孩子们讲话:"来吧。你们不欠他什么,你们不需要憎恨。你们没有伤害他,为什么要害怕呢?"

"玛雅。"妹妹说。

"也无需感到羞愧。"玛雅说。

"别说了,玛雅。"妹妹说。玛雅回到座位上。

"好吧,妹妹,"她说,"我无意吓唬他们:只是为了安慰他们。"

可她继续观望着他们，神态愉快而安详，马车继续前行，腾出来的空间在车前不断移动，仿佛那空地本身也在自行为自己清出前行的空间，结果当她们来到旧城门前时，拱廊那里已经完全空了出来，人群迟疑着在它两旁分流，让马车通过；这时人群中突然有个男人摘下帽子，然后又有一两个，马车从拱廊下穿过的时候仿佛已经离开了这座四周笼罩着一片似乎隐约可见却静默无声的沙沙声的城市。"你看，妹妹？"玛雅带着胜利的喜悦，安详而平静地说："只是为了安慰他们。"

现在她们已经出了城，漫长笔直的公路在此分岔，像轮轴连着的辐条一样四通八达；公路上方间或缓慢地飘过一小团云朵般的尘土，尘土之中人们或单人或成群，有时也乘着马车，这座城市清空了自己；叛乱军团士兵的父母和亲属先前在惊讶和恐惧中朝它飞奔而来，使得这些旧城墙间群情激愤、痛不欲生的氛围更是变本加厉，此刻逃离它的时候似乎并没有感到如释重负，反倒是羞愧难当。

她们没有回头去看，不过，它还是在那里，蹲伏在平坦的旷野上方，依旧盛气凌人，灰蒙蒙的一片，古罗马城堡像是为它加冕的一顶皇冠，它慢慢变得模糊不清，直到终于不见了踪影，她们还是没有回头看它一眼去了解它，而是自顾自地跟在那不肯加快脚步的强壮、迟缓、沉重、小心翼翼的农耕马后面赶路。她们随身带着食物，因此无需停下来，除了中午在树林里待上一小会儿，给那马吃草、饮水。这样，她们仅仅在那些村子里穿行——那些沉默、呆滞的面孔，各式各样的帽子摘下时发出同样微弱的一阵似乎隐约可见却静默无声的沙沙声，几乎就像是有一个骑马侍从或信使在前面宣告她们的到来一样，那个女孩坐在两个年长的女人中间，蜷伏在披肩里，玛莎板着脸直视前方，只有另外那位姐姐玛雅四下里张望，神态安详平静，从不讶异，也不惊讶，而那匹马毛茸茸的蹄下发出沉重的脚步声，缓慢地回响在鹅卵石间，直到那片沙沙声也被抛在身后。

赶在天黑以前，她们到达了沙隆。眼下她们在军事区了，正在接近五天前的一个交战区，不过，那里现在已经没有战事了，至少是安静的；不管怎么说，它仍然还是军事区，因为马头前突然站了一个法国中士和一个美国中士，把马拦下了。"我有通行证，"玛莎说着取出文件递过去，"给你。"

"留着它吧，"法国中士说，"你们在这里不需要它。全都安排好了。"然后她又看到了别的什么：六个法国士兵抬着一架便宜的木棺材走近了马车后部，她刚在座位上转过身来，他们便已经把棺材放到地上，正从马车上拉那具裹着柏油帆布的尸体。

"等一下。"玛莎说，声音响亮刺耳，眼睛里没有泪水。

"告诉你，这是安排好的，"法国中士说，"你们坐火车去圣米耶勒。"

"坐火车？"玛莎说。

"哎呀，妹妹！"玛雅说，"坐火车！"

"别激动，"法国中士对玛莎说，"你们不必花钱。安排好了，确实是。"

"这驾马车不是我的，"玛莎说，"是我借来的。"

"我们知道，"法国中士说，"将来会还的。"

"可我必须把他从圣米耶勒运到维也纳处女——你刚才说圣米耶勒，对吧？"

"为什么跟我争吵呢？"法国中士说，"我不是跟你讲过好多次了，这一切都是事先安排好的吗？你丈夫会赶着你们自家的马车在圣米耶勒接你们。下车吧。你们所有的人。就因为战争刚停，你们就以为军队除了哄老百姓开心，没有其他事情可做了吗？来吧。你们耽搁了自己的火车；比起这个来，它还有更多的事情要做呢。"

然后她们看见了那列火车。尽管铁轨几乎就在她们身边，可她们先前没注意到它。这是一个机车头和一节车厢，人们把这种类型叫作四十加八①。她们从马车上下来；此时已是黄昏。法国士兵们刚把棺材盖钉死；他们把它抬起来，三个女人和两名中士跟在后面走向车厢，

---

① 四十加八，特指法国于十九世纪七十年代推出的能载四十人或八匹马的四轮有篷货运列车车厢，曾用于两次世界大战。

再次停下来等士兵们把棺材抬进敞开的车门里，然后再自己爬进去，又抬起棺材，一直向前抬到视线以外，然后重新现身，一个接一个地跳回地面上来。

"你们上车吧，"法国中士说，"不要抱怨没有座位哦。有很多干净的稻草。还有，给你。"是一条军毯。她们三个人都不知道他是从哪里拿出来的。或者说，她们先前也没注意到它。然后，美国中士对法国中士说了句什么，无疑是用他自己的母语，因为她们什么也没听懂，直到法国中士用法语说"等等"①；她们就站在那慢慢暗淡下来的光线里，直到美国中士提了一只木制装货箱回来，箱子上面印着稀奇古怪的军械或装备符号，可这也不重要，美国中士把箱子放在门前，她们马上就明白了其中的缘由，也许略带一点点惊讶，依次爬到箱子上，随后钻进了车厢，里面几乎一片漆黑，只有未上漆的棺木发出一道苍白无形的微光。她们找到了稻草。玛莎把毯子铺在上面，她们坐了下来；这时又有人跳了上来，弯腰钻进车厢里面——一个男人，一名士兵，门口还有一点光线，从侧影的轮廓上看是一个美国兵，两只手端着什么，她们闻到了咖啡的香味，美国中士俯下身来对她们说，声音很大：

"这是咖啡。咖啡。"②他摸索着放下三只马克杯，玛莎拿起来分发给大家，随后感觉到那个男人的坚硬大手捏住了她的手和杯子，引导她把咖啡壶嘴伸进那只杯子；他好像预料到她会猛然抽回手，用他自己的语言大喊"小心！"一两秒之后花生烘烤机般的尖利汽笛声响起，并非预告列车突然开动，而是伴随着车身猛地一震，车厢似乎没有经过任何过渡便从静止一下子疯狂提速，他身体靠着墙稳住自己；一股灼热的咖啡从她手里的马克杯中蹿出，泼到了她的腿上。接着，他们三个人也好不容易靠在墙上稳住自己，摩擦般的汽笛声再次尖利响起，就好像真的是摩擦：这声音不是迫近的警告，而是一种抗议，表达了

---

① 原文为法语。

② 原文为法语。

无知觉的痛苦和对它所碾过的坚硬的黑土地、它所疯狂钻入的黑暗天空的巨大重量、它所稳稳劈开的恒定存在而不可侵犯的地平线的控诉。

这一次,美国中士跪了下来,仍旧靠在墙上,又用两只手朝马克杯里倒咖啡,但这次只斟了半杯,他们倚墙而坐,分几次喝下了那杯给人带来安慰的香甜的热咖啡,车厢穿过黑暗飞速前行,他们在黑暗中相互看不到对方的人影,车厢另一端的那口棺材发出的微光也不见了,他们自己静止不动的身体与车厢的速度相匹配,化成了和谐一体,要不是引擎不时发出没有弹性的震颤和痛苦的尖叫,它仿佛根本没有在动。

等到灯重新亮起时,车厢已经停下来了。这就是圣米耶勒了;他们告诉她去圣米耶勒,这便是了,即使没有那第六感,即便过了将近四年,人快到家的时候会有感觉。因此,列车一停下,她就要下车,对着那个美国中士说:"圣米耶勒?"因为至少这个他应该听得懂,随后她带着一种急切的绝望,甚至开口说道,"我男人和我——我丈夫①",随后停下来,此时中士开口了,又用了一两个他的法语词汇里面的少数另类单词:

"不,不,不。注意。注意②。"就在车厢的黑暗中,他朝她用双手做了一个向下的手势,就像一名驯兽师命令狗坐下一样。然后他就走了,光线较亮的门口片刻显现出他的身影,她们等着,在寒冷的春日黎明里挤在一起取暖,女孩在她们两个中间,是否现在睡着,是否夜里已经睡过一觉,玛莎说不清楚,不过,从呼吸声听来,姐姐玛雅是睡着了。中士回来的时候,天已大亮;她们三个无论睡着没有,现在全都醒了;她们能够看见星期六的太阳开始升起,听见那永恒的四季常在的云雀叫声。他又拿来一些咖啡,把咖啡壶又加满了,这次他还拿来了面包,非常大声地说:"吃吧。吃吧。"她们——她——此刻能看见他——一

---

① 原文为法语。

② 原文为法语。

个面部棱角分明的年轻人,脸上带着一点别的什么——不耐烦或怜悯,反正她也分不清是哪个。她也不在乎,又想试着再一次跟他交流,只是沙隆的那个法国中士说过一切都安排好了,突然意识到自己能够信任这个美国中士,并不是说因为他一定知道自己在做什么,既然他显然是奉命一直跟着她们,而是因为她——她们——无能为力。

于是,她们吃了面包,又喝了那滚烫的甜咖啡。中士又不见了,她们等着;她无从判断或猜测等了多久。然后,中士又一跃钻入了车厢,她知道时候到了。这一次,跟他一起上来的六个士兵是美国人;她们三个站起身来,又等着这六个士兵把那口棺材推到门口,抬到地上,她们现在看不见它了,就好像那棺材突然自己逃出门去不见了,她们三个人尾随到了门口,中士从门口跳下去;门下面又为她们放了一只箱子,她们踩着它下了车,进入另一个明媚的早晨,从黑暗中出来之后眨巴了一会眼睛,这是没有雨也没有下雨征兆的那个星期的第六个明媚的早晨。接着她看到了那辆马车,她自己的或者她们自家的,她丈夫站在马头旁边,这时六个美国士兵把棺材拖上了马车,她转身对美国中士用法语说"谢谢",他突然有点笨拙地摘下帽子,用力握了握她的手,飞快地用力摇了几下,然后是另一位姐妹的手,他重新戴上帽子,根本没看那女孩一眼,也没主动去跟女孩握手。她绕过马车走到她丈夫站的地方——一个身穿灯芯绒衣服的身材魁梧强壮的男人,身高不及她,明显比她年长。他们拥抱了一下,然后四个人全都转身回到马车旁,聚在一起踌躇了片刻,如人们惯常所做的那样。但是时间不长;座位容不下四个人,但那女孩已经决定了,她从车辕爬了上去,又从座位上爬了过去,钻进车里蜷伏起身子,挤在棺材旁边,缩进披肩里,她的脸显得疲惫而缺觉,此时明显需要肥皂和水。

"哎,对呀,妹妹,"姐姐玛雅说,声音里透出开心和讶异,近乎愉快,仿佛觉得解决方法如此简单,"我也到后面去坐吧。"于是,那位丈夫把她扶上车辕,经过车座,也在棺材的另一边坐下来。接着,玛莎无需他人帮忙,身手矫健地爬到了座位上,那位丈夫随后也拉着缰绳上

369

了车。

他们已经在城市边缘了，所以他们不需要穿城而过，只要绕城而行。尽管这里其实并无城市可言，周围没有界线从乡野里划定出一座城市，因为它连战区都算不上：它是一个交战区，城乡合并，不分彼此，就在一个庞大的军队集中营下面，美国军队和法国军队并非沉得住气，而仿佛是被钉住了似的动弹不得，悬垂在那沉寂和静止的巨大空间下面，抑或身处其中——战斗带来的所有混乱全都处于一种凝滞状态，像是被催了眠：一动不动、静默无声的运输车，一堆堆的弹药物资，不久他们就要经过一排排蹲伏的大炮，朝向东方，仍然有炮手值班，却也并非沉得住气，没在等什么：只有沉默，过去四年一直坚守的阵地突出部此时已然沉寂下来，他们顺着战线前行，看到的是战争的遗迹，或是六天前留下来的战争印记——弹坑累累的田野，顶部被夷平的树木，而受到炮火摧残的树干上今春已经顽强地抽出了一些碧绿的嫩芽——这片熟悉的土地他们已有将近四年未见了，却熟悉依旧，仿佛和平时期的人类活动所具有的那种古老的真实性就连战争也没能磨灭殆尽。但是，他们绕过了曾是维也纳处女的那片废墟，她好像忽然想到这里或许还会有什么让她感到忧虑和恐惧的事情；这时她才用车厢里另外两个人听不见的声音对丈夫说："房子。"

"房子没被毁掉，"丈夫说，"我不知道为什么。可那些田地、土地。全毁了。全毁了。要花上几年才能恢复。他们现在还不让我动手。他们昨天允许我回来的时候禁止我耕地，得等他们翻查一遍，把那些可能还没爆炸的炮弹都找出来。"

丈夫说对了，因为这里就是那座农场，土地坑坑洼洼的（不太严重，其中有些树木居然还有树冠），在她农忙时节跟丈夫并肩干活的地方有些弹坑，这也曾是身后马车上躺在那口廉价棺材里的那位兄弟的生活，有朝一日原本还将会是他的生活，可她如今把他带回来长眠于此。然后就是那所房子；丈夫是对的；它没有任何损伤，除了一面墙上有一个坑洞，一个由小洞组成的边缘凹凸不平的大孔，大概是被一架机枪打的，丈夫压根没看那房子一眼就从马车上下来了（略微有点僵硬；她第一次注意到他的关节炎似乎加重了），他走过去，站在那里眺望着他那被毁坏的土地。她也没进到房子里面，喊了他的名字；然后她说道：

"来吧。我们先把这个事情做完。"于是，他走回来，进了那所房子；显然他昨天也随身带回来一些工具，因为他马上拿着一把铁锹出来了，又上了马车。尽管这一次是她拉着缰绳，仿佛她确切知道自己想去哪里，马车又跑起来，穿过长满野草和野罂粟的田野，间或绕过炮弹坑，一直向前走了约莫半公里，来到一座堤岸上的一棵古老的山毛榉树下，这棵树也逃过了炮火的摧残。

在这里挖土更容易些，他们所有人轮流挖河堤，包括那女孩，尽管玛莎极力劝阻了一次。"不，"她说，"让我挖吧。让我做点什么吧。"不过，即便这样他们还是花了很长时间，直到在堤坝上挖得足够深，能够盛得下这口棺材，四个人把棺材又推又拉地移进他们挖好的坑里。

"军功章，"丈夫说，"你不是想把它也放进去吧？我可以打开这匣子。"但是，玛莎根本没有应答，她自己率先拿起那把铁锹，丈夫随后把它从她手里接了过来，堤坝终于又平整了，除了那些铁锹印子；接着就到了下午，等他们回到那所房子时已临近傍晚时分，（三个女人）走进房子里，丈夫继续走到马厩里去安置那匹马过夜。她将近四年没见到这所房子了，此时也没停下来去查看它。她穿过房间，把那枚奖章扔进了空荡荡的壁炉里，几乎是随手丢进去的，然后转过身来，没怎么仔细去看房间的状况。这所房子未被毁损：只是内部被洗劫一空。一九一四年搬家那天他们尽可能地装了一马车，丈夫昨天又把东西拉了回来——足够的碟子和床单，毫无价值的物件，她当时坚持要把这些保留下来，宁愿扔掉他们回家后实际需要的一些东西；她现在根本想不起来自己那时的所思所想：他们是否会回来，那个痛苦的日子实际上是否也许就是家园和希望的末日。此刻她也没有试图回忆，径直走进了厨房；丈夫已经拿来了食物和点炉子用的燃料，玛雅和那女孩正要在炉子里生火；她又对那女孩说：

371

"你怎么不去休息一下?"

"不,"女孩又说,"让我做点什么吧。"这时已掌灯;临近天黑,她这才注意到丈夫还没从马厩那边回来。她立刻就明白了他去了哪里:他一动不动,在这最后一点微弱的光线里几乎不见人影,正在看他那已化为废墟的土地。这次她走上前去碰了碰他。

"来吧,"她说,"晚饭好了。"在闪着灯光的敞开的门口,她又伸手拦住了他,直到他看见姐姐和那女孩在火炉和餐桌之间走动。"看看她,"她说,"她现在什么都没有了。她都没正式嫁给他。她只是爱过他。"

可他除了他的土地以外似乎无法记起任何事情或为任何事情而伤心;他们吃过晚餐,他和她又躺在了熟悉的椽子下面熟悉的四壁之间的那张熟悉的床上;他立刻睡着了,而她却僵硬地躺在他身边难以入睡,他突然甩了一下头,嘴里咕哝着大喊一声,"农场。土地:"把自己吵醒了。"什么?"他说,"怎么了?"

"没什么,"她说,"接着睡吧。"因为她突然明白了,他是对的。斯蒂芬死了;一切都完了,结束了,了结了,一去不复还。他见过她的弟弟,可她也曾是他的母亲,她现在知道自己不会有自己的孩子了,而她从他婴儿时期就养育他;法国、英国,还有美国,到现在大概已经有很多女人献出了自己的儿子的生命,为了保家卫国、维护正义和权利;她又有什么资格要求独一无二的哀悼特权呢?他是对的:只有这座农场、这片土地才不受炮弹和战火的侵袭。当然要付出劳动,可能甚至要花上几年的时间,可他们四个人都能干活。还有:他们的疗伤和他们的运气就是他们面临的工作,因为工作是能够击败悲痛的唯一麻药。更有甚者:修复土地不仅可以减轻悲痛,而且这座微不足道的农场还可以证明他没有白死,他们哀悼不是为了生气,只是为了哀悼本身:若非这样就什么都没有了,在悲痛和虚无之间只有懦夫才会选择虚无。

就这样,她终于睡着了,没有做梦;一个梦都没做,以至于她都不知道自己是否睡着了,直到有人在摇晃她。是姐姐;在她身后站着那女孩,脏兮兮的脸上带着梦游者的倦容,只要一点点肥皂和水以及一周的正常饮食,这张脸可能就漂亮如初了。现在是黎明,然后她,玛莎,也听到了那个声音,还没等姐姐大声喊:"你听,妹妹!"丈夫也醒了,躺了片刻,在凌乱的被单之间猛然坐起。

"炮声!"他喊道,"炮声!"他们四个人犹如舞台上的活人群像一般又呆立了十到十五秒钟,这时一阵轰隆隆的连发炮声似乎径直朝着他们滚来;在均匀的爆炸声之上或之下传来了从房顶上飞过的炮弹的呼啸声,他们虽然听到了,可还是动弹不得。随后,丈夫行动起来。"我们必须从这里出去。"他说着便摇摇晃晃地从床上跳下来,要不是她一把抓住他,把他扶住,他就一下子跌倒了,他们四个人穿着睡衣跑出房间,然后跑出房子,从一个屋顶、一块天花板下面出来,却跌跌撞撞地赤脚跑到了充满雷声和魔鬼般呼啸声的另一处下面,也还没意识到这一阵炮火还差二三百米就击中了房子,三个女人跟在那位丈夫身后,他似乎知道该去哪里。

他的确知道:田地里有一个巨大的弹坑,一看就是大榴弹炮干的,他们四个人在露水深重的杂草和血红的罂粟花丛中踉踉跄跄地奔跑,跳进那个弹坑,丈夫把三个女人按在朝向弹幕的那一边下面的坑壁上,他们蜷伏起来,低下头,几乎像在祈祷,丈夫不停地叫喊着,声音像蝉鸣一样细若游丝,绵延不绝:"土地。土地。土地。"

其实确切地说,除了玛莎以外其他人都是如此。她甚至都没有低头弯腰,高高的个子站得笔直,从弹坑的边缘向外望着,她看到那阵炮火没有击中那房子,干净利落地绕过了房子和农舍,显然是有意为之,就像一把镰刀绕过一丛玫瑰似的,一大团夹杂着火花的尘土朝东滚滚飞去,炮弹爆炸的火光飞快地明灭闪过,像一大群来势汹汹、遮天蔽日的迁徙的萤火虫一般消失在田野尽头,飞过时身后只留下巨大的隆隆声,那团尘土仍然挂在半空,随后便开始慢慢消散。

接下来,玛莎开始朝坑外爬。她爬得迅速而坚决,像山羊一样身手敏捷,丈夫紧抓住她的睡裙一角,又去抓她的赤脚,被她向后踢开,她爬出了弹坑，穿过杂草和罂粟丛猛跑起来，一路上躲过那些稀稀落落的旧弹坑，一直跑到了那一长条弹幕近前，仍旧蜷伏在弹坑里的三个人能够看到她在那密集的新弹坑之间闪转腾挪地跳跃前行。随后，田野里布满了奔跑的男人——一队法国和美国士兵拉拉杂杂地从她身边赶过去；他们看见一个人，不是军官就是中士，停下来朝她手舞足蹈地做手势，他的嘴巴张开，无声地喊了一阵子，随即也转身跟其他人一起继续狂奔而去，他们三个人此刻也从弹坑里爬出来，跑了起来，在那些新弹坑、消散的尘土和逐渐散去的刺鼻火药味之中跌跌撞撞地奔跑。

起先他们连堤岸都找不到了。当他们终于找到它时，那棵山毛榉树已经不见了：消失得无影无踪，没有留下什么可以用来标定方位的。"它以前在这里，妹妹！"姐姐喊道，可玛莎没有应答，继续使劲往前跑，他们跟在后面，直到也看见了她显然已经看到的场景——木屑碎片，仍旧完整地长着树叶的枝条，散落在一百米之间；当他们赶上她的时候，她手里拿着一块未着漆的浅色新木头做的棺材碎片；她喊着丈夫的名字，轻声说道：

"你得回去拿铁锹来。"但是，还没等他转身，那女孩已经从他身边经过，疯狂地跑起来，方向准确无误，像小鹿一样轻盈地跳过那些弹坑和残存的野草以及生命力顽强的罂粟花，越跑越远，朝着那房子跑回去。那是星期日。等到那女孩带着那把铁锹一路跑回来时，他们便轮流挖土，挖了一整天，直到天色黑得看不见了。他们又找到了那口棺材的一些残渣碎片，可是那具尸体却不见了踪影。

明　天

他们还是十二个人，只是这一次为首的是一名中士。车厢是专用的，只是仍然是三等座；车座是从前面的车厢里挪过来的，地板上放着一架崭新的空空的军用棺材。他们当中有十三个人午夜离开了巴黎，还没到圣米耶勒就已经酩酊大醉了，因为这次任务、这项使命并非令人愉快的那种。西欧地区在十一月份已取得了和平与胜利（就在五月份的那次假停战之后六个月，战争十分难得地给自己放了一个星期的假，这让人有一种不真实感，故而只是作为稀罕事留在了他们的记忆里），而且一个男人即便身上仍旧穿着军装，也有可能觉得自己已然不受昨天的尸骨所累，至少在他们发动下一场进攻之前是这样的。于是，作为补偿，他们额外得到了一份葡萄酒和白兰地的配给，由中士负责给大家按需分发。可这名中士一开始也不想当这份差，他性格内向，阴沉寡言，火车一离开巴黎就拿了一本色情杂志，把自己关进了前面的一个空包厢里。不过，他们中的两个人（其中一人在一九一四年前还未参军的时候曾是个拧门撬锁的老手，而且打算一脱掉军装就回去重操旧业）察觉到这是个机会，等中士在沙隆一从他的包厢里走出来（他们不知道他为什么出来，也不为此操心：也许是去厕所；可能只是为了公务），他们就溜进了包厢，打开中士的手提箱，从里面取出两瓶白兰地来。

在圣米耶勒,这趟巴勒迪克①快车卸掉了他们乘坐的这节车厢,挂到凡尔登区间慢车上,他们(除了中士)已经醉得不轻了;等到天刚亮时区间车把这节车厢留在了凡尔登废墟之中一条修好的支线上,他们醉得更厉害了;事到如今,中士也发现自己的手提箱被洗劫过了,清点了剩下的酒,随即便是盛怒之下的一顿暴风骤雨般的咒骂,再加上他们自身的状态,于是一开始根本就没注意到那个老妇人;到这时才注意到有貌似是一个委员会的一群人在等他们,好像他们的抵达时间和来意都已被事先通报了——除一人以外都是清一色的男性,镇上的工人和近郊乡下的农民,一小群人聚在一起,静静地看着他们,看着中士(拿着手提箱)对他们怒吼、咒骂,那个老妇人立刻从这群人里冲出来,拽了拽中士的衣袖——一个乡下女人,乍一看比近看的实际年龄要老,脸上皱纹丛生,一副看起来疲惫不堪的样子,好像最近都没怎么睡觉,此刻却因为精神紧张而焕发出一种狂热的渴求和希望。

"嗯?"中士终于开口道,"什么事?你想要什么?"

"你们要去要塞堡垒那里,"她说,"我们知道为什么。带我跟你们一起去吧。"

"你?"中士说道,他们此刻都在听着。"去做什么?"

"是忒阿杜勒,"她说,"我的儿子。他们告诉我说他一九一六年战死在那里,可他们没把他的尸体送回家来,他们也不让我去那里找他。"

"找他?"中士说,"过了三年?"

"我会认出他来的,"她说,"就让我去看看吧。我会认出他的。你有母亲,想想如果你死了,他们没把你送回家来,她会有多伤心吧。带我跟你们一起去吧。我肯定会认出他的。我会立刻认出他来。带上我吧。"她紧抓住他的胳膊不放,他试图甩脱她。

"放手!"他说,"没有命令,我不能带你去那里,即使我愿意也不行。

---

① 巴勒迪克,法国北部城市,洛林大区默兹省的省会,市区位于奥尔南河河谷和马恩河-莱茵河运河之滨。

我们有任务要完成；你去会碍事的。放开！"

可她还是不肯放开中士的胳膊，四下里望望正在看着她的其他人，她脸上的表情热切而坚定。"小伙子们——孩子们，"她说，"你们也有母亲——你们中的一些人——"

"放手！"中士说着把手提箱换到了另一只手上，这一次成功地摆脱了她。"滚！走开。"他搂住她的肩膀，手提箱紧贴着她的后背，迫使她转过身来，推着她走过站台，走向一直在静静观望的人群。"那里现在什么都没有了，只有腐尸烂肉；你就是去了也找不到他。"

"我能找到，"她说，"我知道我能。告诉你，我变卖了农场。我有钱。我可以给你钱——"

"我不要，"中士说，"虽说假如我说了算，你可以去那里找你的亲人，顺便再把另外一个给我们带回来，我们就在这里等你。可是你不能去。"他放开了她，近乎温柔地说，"回家吧，不要再想这件事了。你丈夫跟你一起来的吗？"

"他也死了。我们以前住在莫尔比昂省。战争结束时我卖掉了农场，来这里找忒阿杜勒。"

"那么，从哪里来的就回哪里去吧。因为你不能跟我们走。"

可是她走到刚才的人群那里就停了下来，转回身来再次站定观望，疲惫无眠的脸上仍然带着热切、执着、不服输的神情，中士回到自己带的班里，停下脚步，再一次用含蓄内敛的目光狠狠地剜了他们一眼。"好吧，"他终于开口说，"你们如果看东西不重影的话，我们走吧。因为我不想在这里多待，再这么胡闹下去，非得又出人命不可，何况已经有两具臭烘烘的死尸了。"

"先喝点怎么样？"一个士兵说。

"你试试看。"

"想让我帮你提箱子吗，头儿？"另一个士兵说。作为回答，中士干脆利落地骂了一句娘。他转身就走，他们拉拉杂杂地跟了上去。一辆卡车，厢式货车，正在等他们，车上有一名司机和一个下士。他们

377

把空棺材从车厢里拉了出来，搬到卡车上，推进去，然后自己也上了车。车上有稻草可以坐；中士本人坐在棺材上，腿上放着手提箱，一只手还紧握着提把，好像是提防着他们中的一个人或者所有人试图从他手里把它抢走。卡车开动了。

"我们不吃早餐吗？"一个士兵说。

"你已经喝了你的那份，"中士说，"抢先把它偷走了。"但还是有早餐吃的：一家小酒馆里的吧台供应面包和咖啡，这家酒馆在炮火中奇迹般地毫发未损，只是新装了一个美国制造的铁皮屋顶，从周围环绕着它的那一大片东倒西歪的残垣断壁里面朝上支棱出来。这也是预先安排好的；这顿饭巴黎方面已经付了钱。

"天哪，"一个人说，"如果军方已经开始从平民那里购买食物了，那他们一定是很想要这具尸体。"中士吃早餐的时候把手提箱放在他面前的吧台上，揽在两臂之间。接下来他们又上了那辆卡车，中士紧抓着腿上的箱子；此时卡车缓慢地行进在碎石瓦砾堆和旧弹坑之间，他们从敞开的后门就能看到满目疮痍的城市——被炸毁的砖石建筑如高山丘陵一般高低林立，人们已经在忙着清理废墟了，有相当多的美国制造的铁皮屋顶耸立其间，数量多得令人惊叹，它们像银子似的在早晨的阳光下闪闪发亮；美国人或许没有全程参战，可至少在为战后重建埋单。

确切地说，中士可能看到了这般情形，因为还没过默兹[①]桥并到达拐角处，他手下的人就几乎同时陷入了一种类似于昏迷的状态，将来在那个拐角处会竖立起五座雄伟的浅浮雕像，在具有象征意义的石头堡垒的背景下朝着东方凝视，目光坚定，不屈不挠。或者说，中士有可能会看到车外的情形，因为他坐在那里，双臂环抱着放在腿上的手提箱，就像一位怀抱病儿的母亲，士兵们四仰八叉地相互倚靠着躺卧在稻草上，他专注地继续盯着他们看了十分钟的光景，卡车这时早

[①] 默兹，法国东北部省份，默兹河自法国东北部流入比利时经荷兰注入北海。

已驶出了城外。随后他站起身来，怀里还抱着箱子；卡车的车厢前端有一小块滑动挡板。他拉开它，跟坐在司机旁边的下士快速地低语了一会儿，然后打开手提箱，把里面几乎所有的酒瓶都拿出来递给下士，只在里面留下了一瓶白兰地，然后重新锁上箱子，坐回到棺材上，又把箱子抱在膝头。

眼下，卡车爬上修复的公路，沿着默兹高地蜿蜒前行，中士从敞开的后门里至少能看见在眼前渐次展开的废墟焦土——地球的尸身，有一部分土壤被火药、人类的鲜血和痛苦污染且永久酸化，再也不能滋养生命，仿佛不仅被人类弃置，而且被上帝永久抛弃了似的：弹坑、旧战壕、绣铁丝、被剥皮和烧焦的树木、像是被炮弹炸得面目全非的头颅般的小村庄和农场，这些已开始消失在疯长的野草丛中，而这些野草由于缺乏滋养而暗淡无色，它们并不是从大地表面温柔地长出来的，更像是来自于地表以下数英里的地狱，仿佛恶魔亲自动手试图来掩藏人类对他的大地母亲所做的暴行劣迹。

接下来是千疮百孔的要塞堡垒，尽管法国和人类文明不再需要它了，可它依旧屹立不倒；如今战争已结束两年有余，大面积的腐朽也该有所缓解了，战后两年多它的存在也只是污染空气而已，即便再过两倍的时间仍是这样，可它还是岿然不动。因为中士胸前紧抱着箱子，一站起身来用脚把他们踹醒，他们就已经闻到了气味：他们原本以为进了堡垒才会开始行动；不过，等到中士骂骂咧咧地把最后一个人踹下卡车的时候，他们就明白了其中的缘由——一大堆白骨和头盖骨，其中一些还被一条条、一块块看起来像是棕色或黑色皮革的东西盖住了一部分，还有靴子、血污的军装，间或出现一具裹在柏油帆布片里的完整尸身，在那垛石墙上的一个矮门边上；他们看见又有两名士兵身穿屠夫围裙，鼻孔和下半张脸裹着布片，从那个矮门里出来，合伙抬着一辆没有轮子的二人手推车，上面堆满了一九一六年要塞保卫者的陈旧尸体残片。很快这里就会耸立起一座大教堂，一座人骨教堂，高地上方圆数英里都能看到它，就像一座隐约带有未来主义风格的巨型灰鹅雕像，或是一只由能工巧匠用灰色石头堆砌出来的、并非出自雕刻家之手的禽龙①——一个狭长的巨型大殿周围壁龛环绕，每个壁龛里面都点了一盏长明灯，每个入口处的拱顶上都刻有名字，这些名字都取自于部队名单，并非身份名牌，因为不会有尸体与它们匹配了——大殿下方是一个巨大的深坑，现已难分难解地粘连在一起的无名的人类白骨将被铲入大坑并埋葬于此；对面的斜坡上将竖立起白森森、齐整整的一排排基督教十字架，上面镌刻着能被辨认出来的尸骨的姓名和部队番号；在它后面的另一座山坡上林立的不是十字架，而是一排排圆形墓碑，执拗地朝着麦加圣地所在的方向微微倾斜，整齐划一地侧向那边，几乎是井然有序，碑上刻着晦涩难懂的象形文字，因为这里的尸骨的身份也被辨认出来了，这些男人千里迢迢地从炽烈骄阳和沙滩上、从故土和熟悉的事物中来到这里，在这北方的暴雨、泥泞和严寒里做出这最后的牺牲，为了他们几乎一无所知的一份事业，尽管他们的长官可能用他们的母语向他们解释了其中的缘由，可这些长官自身也往往对此知之甚少。然而，此刻这里只有堡垒的土黄色残垣断壁屹立不倒，两侧是形似巨型蘑菇的混凝土制圆形机枪凹座，还有那垃圾堆，两个身穿屠夫围裙的士兵在垃圾堆上清空手推车，然后抬着空车转过身来，在下楼梯之前从口鼻上紧裹的破布条上方看了他们一会儿，目光就像噩梦中的梦游者那般呆滞而无倦意，却是视而不见，见而不识；到处弥漫着挥之不去的臭气，仿佛那些摆脱了人类束缚的人类牺牲品遗留给人类的是三年来对他而言已经无法破解的东西，而且还会延续三十年乃至三百年之久，以至于目前有待于他做的事情只是抛弃它，躲避它。

他们看了看那堆垃圾，然后又看了看那土黄色石墙里的低矮门洞，两个抬车的士兵看上去像是一头扎了进去，仿佛跌入了地球深处的腹地；他们还不知道现在他们自己的眼神也是那种噩梦般呆滞而无倦意

---

① 禽龙，恐龙的一种。

的凝视了。"天哪,"一个士兵说,"我们从那堆垃圾上随便取一个,赶快离开这里吧。"

"不行。"中士说;他的声音里如果说有报复的恶意,不如说有压抑的欣喜期待——假如他们听出来的话。他自一九一四年九月份以来一直身着军装,却未曾成为一名军人;他可以再穿它十年,也还是成不了军人。他天生是当军官的材料,做事细致而可靠;他的队列从不会乱,归队一向准时。他既不喝酒,也不抽烟;一生从未听见过枪炮声,除了业余运动员星期日早上在他出生并生活的小卢瓦尔村①附近朝着随便什么活物开枪发出的砰砰声,直到应祖国需要参军。也许这就是他被委以此任的原因。"不行,"他说,"命令说要向凡尔登进发,再从那里挺进瓦尔蒙堡,在那里的地下墓穴里取一具无人认领且无法辨认身份、无姓名和番号的法国士兵的全尸,把它带回去。那才是我们要做的事情。你们继续走吧:前进。"

"我们先喝点吧。"一个士兵说。

"不行,"中士说,"以后再说。先把它搬到卡车上吧。"

"得了吧,头儿,"另一个士兵说,"想想看,下面那个洞里该有多么臭。"

"我说了,不行!"中士说,"继续走!前进!"他没有率先下去;他在后面驱赶,像赶牲口一样轰着他们一个个低头走进石窟,依次走下那陡峭的石阶,一头扎进地球的腹地,潜入那潮湿阴暗的深处,但是过了不久,台阶终于通向了平坦的隧道,他们看见一道晃动的微弱红光显现,不是电灯,它太红,也太不稳定,而是火把的光线。它们是一些火把;有一支固定在墙上第一道无门的开口旁边,此时他们能够看见彼此,口鼻被他们能在自己身上找到的肮脏手帕和破烂布片遮住(其中一人显然什么都没有,只好用大衣领口遮住脸孔),一个紧挨

---

① 卢瓦尔村,又译"罗亚尔",位于法国中部;卢瓦尔河是法国最长的河流,向西流入大西洋。

着一个地前行,然后停下脚步,因为开口里走出了一位军官,脸上遮着一条丝绸手帕,只露出眼睛来;他们后退挤靠在狭窄通道的墙壁上,中士提着箱子走上前来行礼,把军令呈送给那位军官,军官打开它快速瞟了一眼,随后转过头去,朝着身后的房间发了话,一名下士拿着一支手电筒和一副折叠担架走了出来;他的脖子上挂着一副防毒面具。

接着,下士举着手电筒在前面领路,最前面的士兵扛着那副担架,他们又继续在阴湿滴水的墙壁之间穿行,脚下的地黏湿油滑,很容易失足滑倒,经过墙上那些无门的开口时能够看到里面有一排排上下铺双人床,在一九一六年的那五个月里士兵们其实学会了在沉闷的雷声和大地的震颤下安眠,地面上那股气味生动鲜活,仿佛依旧势不可当地参与了生命的运动,与其说气味越来越重,不如说变得越来越熟悉——一种陈腐的死亡气息,世人早已熟知,却永远也无法根除它,所以早晚有一天会习惯于它并且再也闻不到它——一种隐秘、幽闭的气息,注定见不得光,不仅仅是腐朽的气味,另外还带有恐惧、陈汗、旧粪和坚忍的气息;恐惧逐渐减弱,到一定程度若非昏迷就要发疯,在间歇的昏迷中变得不再让人感到恐惧,而是发出恶臭。

更多的士兵成双行队列经过他们身边,遮着面孔,推着满载的小车,抬着担架;突然,脚下出现了更多陡峭湿滑的台阶;台阶脚下,隧道出现了一个急转弯,不再有混凝土铺路、砌墙、建顶;随着下士转过弯便不再是隧道,而是一个开凿的洞穴,一面墙上挖出的一个巨大壁龛,在战争的高潮期没有其他办法处理在堡垒以及被轰塌和土埋的彼此相连的机枪坑里面被枪杀的尸体、被枪杀并肢解的尸体,隧道接下来还会向远处继续延伸:一个木制壁板的洞穴,高度还不够一个人在里面长身直立,穿过洞穴他们看到一片稳定的白光,一看便知只能是电灯光,他们看着另外两名头戴兜帽、身穿围裙的士兵抬着一副担架出现了,这一次担架上是一具完整的尸身。

"在这里等着。"下士说。

"我接到的命令是——"中士说。

"……① 你接到的命令,"下士说,"我们这里也有规矩。我们有自己的做事方式。在这个地方,你服的可是现役,伙计。你的人给我派两个,还有那副担架。不过,你也可以来,假如你不怕鼻子遭殃的话。"

"我正有此打算,"中士说,"我接到的命令说——"可下士没等他说完就继续往前走了,两名士兵抬着担架跟上,中士走在最后,弯腰低头进入了前面的通道,胸前还紧抱着那只旅行箱,就像是抱着一个生病的孩子。他们没走太久,就好像下一段路还会有更多的选择;在其余十个人看来,中士几乎马上就钻出了洞穴,怀里仍然紧抱着箱子,后面跟着两个士兵,抬着担架,一路跌跌撞撞地小跑,担架一放下,走在后面的下士连脚步都未停便绕过担架,朝楼梯那边走去,中士喊住了他。"等一下,"中士说着把箱子夹到了腋下,从大衣里面取出他的命令和一支铅笔,抖开了折叠的文件,"我们在巴黎也有规矩。它是个法国人。"

"对。"下士说。

"全都在这里。什么都不缺。"

"对。"下士说。

"没有身份名牌和部队番号。"

"对。"下士说。

"那就签字吧。"中士说着把笔递给走到近前的下士。"你,"他对站得最近的那个人说,"向后转,弯腰。"此人照办,中士在他弓起的后背上把文件展平,下士签了字。"你们的中尉长官也要签字,"中士说着从下士手里拿过铅笔,"请你去告诉他一声。"

"行。"下士说着又迈开了脚步。

"好吧,"中士对抬担架的人说,"把它从这里抬出去吧。"

"先别,"第一个担架手说,"我们要先喝点酒。"

---

① 原文这里略去骂人的脏话。

"不行，"中士说，"等我们把它弄上卡车再说。"他本不想接受这个任务，其实他的确不该来这里，因为这一次他们十二个人步调一致地上前抢走了箱子，并无恶意，也不粗暴，只是手脚麻利：压根就没有群情激昂，但是几乎不近人情，几乎漫不经心，就像你从墙上扯下一份去年的日历来拿它点火一样；那个以前是扒手的惯犯这一次甚至毫不掩饰自己的行动，就在众目睽睽之下掏出他的工具，其他人挤在他周围，看着他打开箱子。或者他们觉得自己之所以能够如此迅速而轻易地抢走箱子，是因为他们与中士相比人多势众，他们低头盯着箱子里唯一的那瓶酒，起先是震惊，然后是盛怒，接下来便感觉到恐惧，中士站在他们身后，带着一种报复和胜利的快感俯视着他们，不紧不慢地呵呵大笑。

"其余那些去哪里了？"一个人说。

"我扔了，"中士说，"倒掉了。"

"倒掉了，妈的，"另一个人说，"他卖了吧？"

"什么时候？"又一个人说，"他啥时有机会卖掉？或者倒掉呢？"

"坐卡车来这里的路上呗，趁我们都睡着了。"

"我没睡着哦。"第二个人说。

"好吧，好吧，"前扒手说，"他拿它做了什么，有那么重要吗？酒没了。我们就喝这一瓶吧。你的瓶起子呢？"他对第三个人说。可那人已经拿出了瓶起子，正在开酒瓶呢。"行，"前扒手对中士说，"你去向长官汇报吧，我们带上它，把它放进棺材里。"

"好，"中士说着提起了空箱子，"我也想离开这里。我可不需要喝酒来证明我不喜欢这个差事。"他继续前行。他们一个一个地传递酒瓶，迅速喝干那瓶酒，把空酒瓶抛到了一边。

"好吧，"前扒手说，"把那玩意抬起来，我们离开这里。"因为他已经是这伙人的领头羊了，至于这是什么时候的事，没有人会说，也没有人知道，甚至谁也不在乎。因为他们此刻都没喝醉，不是一群醉鬼，而是一群疯子，他们抬着担架在那陡峭的楼梯上近乎狂奔的时候，胃里残留的那最后一点白兰地已经冷却、凝固,像一个个冰球一样。

"那么,酒在哪里呢?"挤在前扒手身后的那个人说。

"他把它给了坐在卡车前座上的那个下士,"前扒手说,"趁我们睡着,从那小窗口递过去的。"他们冲出了地道,重见天日,又呼吸到了清新的空气,卡车等在那里,司机、下士与一群人站在不远处。他们都听见了前扒手的话,把担架扔到地上,马不停蹄地冲向卡车,却被前扒手拦下了。"等等,"他说,"让我来。"可那些丢失的酒瓶根本不在卡车上。前扒手回到了担架旁。

"把那个下士叫到这边来,"一个人说,"我知道怎么叫他开口说在哪里。"

"愚蠢,"前扒手说,"如果我们现在闹事会怎样,你难道不知道吗?他会给宪兵队打电话,让他们逮捕我们,然后从凡尔登的副官那里调来一个新卫兵。我们不能在这里下手,要等到回了凡尔登再说。"

"到凡尔登能怎样?"另一个人说,"买酒吗?拿什么买?即便用上抽水泵,你从我们这群人身上也抽不出一个法郎呀。"

"莫拉克可以卖掉他的手表。"第四个人说。

"可他愿意吗?"第五个人说,他们全都看着莫拉克。

"现在甭想,"莫拉克说,"撬锁兄说得对;首先要做的事情是回到凡尔登。上来吧。我们把这东西弄进那个匣子里。"他们把担架抬到了卡车旁边,又把床单裹起的尸体抬上车。棺材盖子没有钉上;里面有一把锤子和一些钉子。他们将尸体推进去,不知道也并不在意脸朝上还是朝下,重新盖好盖子,钉上足够的钉子把它盖严。然后,中士带着他那只空箱子从后门爬上来,又在棺材上坐定了;下士和司机显然也已就位,卡车即刻启动,十二个人靠墙坐在稻草上,此时都很安静,外表看来就像守规矩的孩子那样乖,可实际上已迷心窍,什么事情都做得出来。在回凡尔登的路上,他们不时相互交谈,态度平和,懒洋洋的,尽说些不相干的话,等真正进到城里,卡车停在了旁边有哨兵伫立的一道门前:一看便知是指挥部;中士正要从棺材上起身。随即,撬锁贼做了最后一次努力：

"我知道命令说我们不仅要去瓦尔蒙把尸体弄出来，还要把它运回巴黎，路上是可以喝白兰地的。我说得没错吧？"

"要说你错了，是谁误导了你呢？"中士说。他又低头看了撬锁贼片刻。然后他转身朝门口走去；他仿佛也意识到了撬锁贼的领导地位："我得在这里签一份公文。把它带到车站，搬到那节车厢里去，到那里等我吧。然后我们就吃午饭。"

"好吧。"撬锁贼说。中士跳下车走了；还没等卡车重新启动，整个气氛就立刻变了，仿佛他们的脾气秉性都大不一样了，或者说不是改变，而是他们摘下了面具或披挂；就连讲话也都变得短促、快速、简洁、隐晦，有时甚至没有动词，就像是不需要沟通，只是用一种预先就能彼此心领神会的方式互相提词而已。

"莫拉克的手表。"一个人说。

"等等，"撬锁贼说，"先去车站。"

"那就让他快点，"另一个人说，"我来吧。"他说着就要起身。

"等等，我说过了，"撬锁贼说着一把抓住他，"你想引来宪兵队吗？"于是他们不再作声，只是一动不动地坐着，酝酿着行动，在静默中酝酿着爆发，就像是用力在推金字塔的一群人，仿佛在开动的卡车后面带着激情和需要忙不迭地暗自发力。卡车停了下来。他们急着起身下车，前几个人还没等车停稳便着了地，伸手去抬棺材。站台上空无一人，或者他们是这么想的，如果他们注意观察的话就不会这么想，可他们其实并没有注意，压根就没朝那边看，只管把棺材拖出卡车，抬着它穿过站台，朝着等在旁轨上的那节车厢奔去，几乎要跑起来了；这时，有一只手拽住了撬锁贼的衣袖，在他肘边响起一个急促的声音：

"下士先生！下士先生！"撬锁贼低头去看。是早上那位儿子死于凡尔登战役的老妇人。

"走开，奶奶，"撬锁贼说着甩脱了胳膊，"得了。打开那扇门。"

可那老妇人还是紧抓住他不放，声音里仍旧带着那种可怕的急迫感:"你们已经找到了一个。有可能是忒阿杜勒呢。我会认出来的。让我看看他吧。"

"走开,我说!"撬锁贼说,"我们忙着呢。"尽管撬锁贼是领头羊,但并不是他而是其他人中的一个突然悄声嘶嘶地说道:

"等等。"棺材的一端已经搭到了车厢地板上,他们四个人正把它抬起来用力往里推,只是下一秒钟他们都想到了同一个主意,所有人都停下来回头去看,说话人继续说道:"你早上说卖掉了一座农场。"

"卖掉了我的农场?"妇人说。

"钱!"对方从牙缝里低声嘶嘶地说。

"对!对!"老妇人说着在披肩下面忙乱地摸索了一番,从里面取出了一个古老的手提袋,几乎有中士的提箱那么大。这时,撬锁贼挺身而出。

"等一下,"他回头说道,然后转向老妇人,"要是我们让你看看他,你愿意买两瓶白兰地吗?"

"要三瓶。"第三个人说。

"而且要先付钱,"第四个人说,"那匣子里是什么人,她根本看不出来。"

"我看得出!"她说,"我认得出来!就让我看看吧。"

"好吧,"撬锁贼说,"去买两瓶白兰地吧,然后就让你看看他。现在快点去,趁中士还没回来。"

"好,好。"她说着转身而去,步态僵硬、笨拙地跑了起来,手里紧握着那个提袋,一路穿过站台。

"好嘞,"撬锁贼说,"把它弄进去。你们一个人去卡车里取锤子。"幸运的是,他们得到的命令不是把钉子钉死,而只是暂时把盖子钉上(尸体明摆着是要被拾掇得更体面一些,或者到达巴黎时反正能与它起到的作用相称),所以他们能够轻而易举地撬开那些钉子。他们撬开了钉子,打开了盖子,随后闪身躲开那股朝他们喷薄而出的淡淡臭气,这气味就像轻烟一样隐约可见——向腐败和腐朽的最后一次软弱无力的告别，仿佛尸体本身带着一个小男孩的幸灾乐祸的恶意，为了这个时刻或是为了一个类似的时刻囤积了三年之久。然后，那个老妇人回来了，胸前紧抱着两瓶酒，还是跑着，或者至少是小跑，此刻上气不接下气，颤颤巍巍的，像是体力衰竭，因为她到了门前连阶梯都爬不上来了，于是他们有两个人跳下去，把她抬进了车厢。另一个人从她手里接过酒瓶，尽管她似乎没有察觉。过了一秒钟左右，她好像还是没有看到那口棺材。等她看到了，半跪半瘫在棺材前头，掀开油布，露出那张五官模糊的面孔。他们——讲话人——是对的；她从那面孔上看不出什么来，因为它已经没有了人形。然后他们明白了，她压根没有在看：只是跪在那里，一只手放在那张脸上，另一只手摩挲着它剩余的头发。她说：

"对。对。这是忒阿杜勒。这是我的儿子。"她突然站起身，一下子变得很有力气，面对着他们，身体向后倚靠在棺材上，一个一个地快速看过去，直到找到了撬锁贼；她的声音也变得冷静有力。"我要带走他。"

"你说过只是看看他。"撬锁贼说。

"他是我的儿子。他必须回家。我有钱。我可以给你们买上一百瓶白兰地。或者是现钱，如果你们想要的话。"

"你打算给多少？"撬锁贼说。她一点都没有迟疑。她把那个没打开的提袋递给了他。

"你自己数吧。"她说。

"可你打算怎么从这里带走这东西——这个人呢？你扛不动它哦。"

"我有一辆马车。自从昨天我们听说了你们来做什么的消息，它就一直停在那边的车站后面。"

"怎么听说的？"撬锁贼说，"这可是公务。"

"有关系吗？"她几乎不耐烦地说，"数吧。"

可撬锁贼还没打开提袋。他转向了莫拉克。"你跟她去取车，带到那一边的窗子前面。要干脆利落。兰德里现在随时都会回来。"这没花多长时间。他们把窗子拉起来;几乎与此同时,莫拉克把车子拉过来了,农用的高头大马受了惊吓,迈着沉重的步子飞奔过来。莫拉克一把将它拉住;车厢里的其他人已将裹起来的尸体稳稳地架在了窗台上。莫拉克把缰绳递给了坐在他身边的老妇人,从座位上弯过腰来,把尸体拉到马车上,纵身跳到车旁的地面上;这时,车厢里的撬锁贼把手提袋从窗子里扔出来,扔到了马车上。

"去吧,"莫拉克对老妇人说,"快点从这里滚开。快。"然后她走掉了。莫拉克又回到车厢里。"多少钱?"他问撬锁贼。

"我拿了一百法郎。"撬锁贼说。

"一百法郎?"另一个人难以置信地惊呼道。

"是的,"撬锁贼说,"即便这样,明天我就会感到羞愧的。但这就够每人一瓶的了。"他把钱递给最后讲话的那个人。"去买酒吧。"然后对其他人说:"把那盖子盖回去。怎么,你们还在等什么:等着兰德里帮忙吗?"他们盖好了棺材盖子,把钉子装回旧孔里。但凡有一丁点谨慎,他们就会想到要在棺材里先放上点什么压压分量,可他们不在乎什么谨慎。酒童①回来了,胸前紧抱着一只褴褛的柳条筐;还没等他进车厢,他们就一把抢去,将那些酒瓶递给拿着瓶起子的人,他一个个地迅速开了瓶。

"他说要把篮子送回去。"酒童说。

"那就拿回去吧。"撬锁贼说:然后就不再讲话了;木塞还没等拔掉,他们就在七手八脚地抢夺酒瓶了,因此等中士一个小时以后回来,他简直气坏了——不是愤怒;暴怒——怒不可遏。可这一次他无计可施,因为他们都已经真正陷入了昏迷,四仰八叉地躺在那肮脏不堪的稻草上面打鼾,稻草、尿液、呕吐物、洒掉的白兰地和空酒瓶,一片狼藉,在忘忧的酒力下他们达到了那种刀枪不入、百毒不侵的境界,临近傍晚,

---

① 酒童,该典故出自于希腊神话,暗指牧羊童伽倪墨得斯,宙斯化作鹰把他掠走,让他成为为众神侍酒的酒童子。

车厢挂上了引擎，把他们拉到圣米耶勒，抛在了另一条侧轨上，黄色的强光透过窗户照亮了车厢，把他们唤醒，车厢外壁的锤击声惊醒了撬锁贼。

他紧抱着隐隐作痛的头，眼睛一张开便迅速闭上，强光令他难以忍受，他觉得自己还从未见过日出制造出如此刺目的光线来。几乎像是电灯光；在这强光之下他不知道怎么才能起身，即便他勉强站起来，摇摇晃晃地稳住了脚，也不清楚自己是怎样完成了这个壮举。他把身子靠在墙上，一个个把其他人踹醒，至少让他们恢复了知觉。"起来，"他说，"起来。我们得离开这里。"

"这是在哪里？"一个人说。

"巴黎，"撬锁贼说，"已经是明天了。"

"哦，天哪。"一个声音说。因为他们此刻全都醒了，醒来不是回忆起了什么，就连在昏睡中他们也并没有忘记，只是像梦游者醒来发现自己站在四十层楼外的窗台上那样幡然醒悟。他们这时酒醒了。他们甚至来不及感觉身体不适。"天哪，是喽。"那个声音说。他们站起身来，摇摇晃晃地稳住脚跟，颤颤巍巍，哆里哆嗦，踉跄着走出门去，挤作一团，对着强光眨巴着眼睛，直到适应了它。只是电灯光而已；时间还是昨天晚上（或者也许是明天晚上，此刻他们既不知道，也不在意）：两盏探照灯类似于战争期间高炮连用来对付夜行飞机的那一种，光柱笔直地对准车厢，梯子上的人在强光下正将一些黑色的长条葬礼旗帜钉到车厢上檐；他们对这些人——这些东西——未加理睬。这也不是巴黎。

"我们还在凡尔登呢。"另一个人说。

"那么，他们把车站挪到铁轨另一边去了。"撬锁贼说。

"无论如何，这不是巴黎，"第三个人说，"我得喝点了。"

"不行，"撬锁贼说，"你们喝点咖啡，吃点东西吧。"他转向酒童。"你那里还剩下多少钱？"

"我都给你了。"酒童说。

"他妈的,"撬锁贼说着伸出手来,"别来这一套。"酒童摸出一小卷纸币和一些硬币。撬锁贼拿过来飞快地数了数。"够了,"他说,"来吧。"车站对面有个小酒馆。他带头走了进去——一个小吧台前站着一名身穿乡下式样的灯芯绒大衣的男子,穿着粗布衣裳的农民或工人坐在两张桌子旁边喝着咖啡或葡萄酒,在玩多米诺骨牌,撬锁贼领着这群人走进来的时候所有人都转过头来看他们,他们朝吧台走过来,一个身穿黑衣的胖女人说:

"先生们?"

"咖啡,女士,如果有面包的话也来点。"撬锁贼说。

"我不要咖啡,"第三个人说,"我想喝酒。"

"当然,"撬锁贼强压怒火,稍稍压低了嗓音,"你就待在这里,等人来抬那个匣子吧,更不要说打开它了。我听说在你爬上断头台之前他们总会给你喝上一杯的。"

"也许我们可以再找一个——"第四个人开口道。

"闭嘴,"撬锁贼说,"喝你的咖啡吧。我得好好想想。"这时,一个新的声音响起。

"怎么了?"此人问道。"你的人遇到麻烦了?"是他们进来时就一直站在吧台前的那个人。他们看着他——一个身材敦实的矮胖男子,显然是个农民,年纪不像他们想象的那么大,长着一颗坚硬、倔强的圆脑袋,大衣领口上镶着一段丝带——大衣不是最好的,可是还不错,其实跟撬锁贼自己身上穿的那件不相上下;也许这就是他跟他们搭话的原因吧,他和撬锁贼相互打量了一会儿。

"你从哪里来的?"撬锁贼说。

"孔布勒。"陌生人说。

"我也是。"撬锁贼说。

"你们有难了?"陌生人说。

"你是怎么知道的?"撬锁贼说。

"看,兄弟,"陌生人说,"或许是你们离开巴黎的时候得到了密令吧,可自打今天下午你们的中士从那节车厢里出来之后就瞒不住了。他到底是什么人？改良派的牧师？他们说英国和美国有这种人。他当然是有毛病，好像一点儿都不在乎你们喝醉了。让他烦心的好像是，你们是怎么瞒着他又搞到了十二瓶白兰地的。"

"今天下午？"撬锁贼说，"你是说现在还是今天？我们这是在哪里？"

"圣米耶勒。今晚趁你们躺在那里，他们把那么多黑布钉到了你们的车厢上，让它看起来像是一辆灵车。明天一早就会有一列专车来接你们，把你们拉到巴黎。有什么不妥吗？出了什么事？"

撬锁贼突然转过身去。"借一步讲话。"他说。陌生人尾随其后。他们稍稍离开众人一段距离，站在吧台和后墙之间的角落里。撬锁贼说话很快，却把事情原原本本都讲了一遍，陌生人默默地听着。

"你们需要另找一具尸体。"陌生人说。

"这还要你来告诉我？"撬锁贼说。

"怎么不要？我就有一具。在我的田里。我第一次耕田的时候发现了它。我报了警，可他们还没有处理呢。我有一架马车，来回需要四个小时。"他们互相对视着。"你们有一整夜的时间——也就是说，从现在开始。"

"好吧，"撬锁贼说，"多少钱？"

"这得你来说。你知道自己有多需要它。"

"我们没钱哦。"

"你真让我伤心。"陌生人说。他们互相看着。撬锁贼不错眼珠，提高了声音。"莫拉克。"莫拉克走上前来。"手表。"撬锁贼说。

"稍等。"莫拉克说。它是瑞士机芯，纯金的；他一见它就想要一只，最后在一名躺在弹坑里身负重伤的德国军官手腕上找到了，那天晚上，他，莫拉克被派去跟一支巡逻队一起去抓一个活口，或者至少是一个活着能讲话的人，他与队伍走散了。他先看到的是那块手表，然后才看见手表的主人，此人在爆炸之前刚好及时跳进了弹坑里，他在尸体发出的炫目镁光中看见那块表在熠熠发光，接着又看到了那个男人——一名上校,显然被子弹打穿了脊梁,因为他看起来只是身体瘫痪了,神智还算清醒,甚至没有感到太多痛苦;要不是看到那只手表,这正是他们被派出来寻找的人。就这样,莫拉克用他的双刃短刀把他给杀了(要是在这里开枪的话很可能会给自己引来一阵炮火),拿走了手表,就在自己的铁丝网外面躺着,直到巡逻队(空着手)回来找到了他。虽说一两天之内他似乎没办法鼓起勇气戴上那块手表,甚至不敢看它一眼,但他忽然记起当时他的脸是被熏黑的,那个德国人不可能看出来他是做什么的,更不要说他是什么人了;再说,那个人现在已经死了。"等等,"他说,"等一下。"

"好的,"撬锁贼说,"你就在那边车厢里等着,他们会来取那匣子。到那时我不知道他们会怎么处理你,可我知道的是,你若想跑他们会怎么办,因为那就算是逃兵了。"他伸出手来。"手表。"莫拉克解下手表,把它递给撬锁贼。

"至少还得再弄点白兰地。"他说。陌生人伸手去拿撬锁贼手里的表。

"哇,在那边看着。"撬锁贼说着,他把手高高举起,摊开的手掌上托着那块手表。

"当然了,你们会得到白兰地。"陌生人说。撬锁贼握住表攥紧,手垂了下来。

"多少钱?"他说。

"五十法郎。"陌生人说。

"两百。"撬锁贼说。

"一百法郎。"

"两百。"撬锁贼说。

"表呢?"陌生人说。

"车呢?"撬锁贼说。他们花了四个小时多一点,("不管怎样你得等他们钉完那黑布,离开那个车厢再说。"陌生人说。)他们有四个人("再来两个就够了,"陌生人说,"我们可以直接把车赶过去。")——他和陌生人坐在马车上,莫拉克和另外一个人在他们身后,先是向北,再向东出了城，趁天黑来到乡下，那马不必引导便自己认得路，知道它要回家，黑暗中稳稳地一溜儿小跑，马车轰隆轰隆地嘎嘎作响，上下颠簸却不见前行，移动的似乎是路边的树木，那些树从暗影中闪出，在他们身边缓慢地朝后退去，一直退到天际。可他们确实在前行，（对撬锁贼来说）似乎没完没了，路边的树木突然变成了一排稀稀拉拉的木桩，那马仍然无需引导，猛然向左一转。

"军事防御区，是吧？"撬锁贼说。

"对，"陌生人说，"美国人九月份攻破了它。那边是维也纳圣女，"他说着用手一指。"它可遭了殃。就在那边顶角上。没多远了。"可最终还是花了更久才走到那里——一个农庄和一座农家宅院，没有点灯。陌生人勒住马，把缰绳递给撬锁贼。"我去拿把铁锹。我打算再搭上一块柏油帆布。"他没去多久，回来后把铁锹和折叠的柏油帆布递给后面的两个人，自己重又坐上马车，拉住缰绳，马向前一跃，执拗地转向院门，陌生人猛地拉住了它。然后就到了篱笆墙里的一扇门跟前；莫拉克跳下车，打开门让马车通过。"让它开着吧，"陌生人说，"等我们出来时再关。"莫拉克照办，车经过他身边时他一跃跳上了马车；他们来到一块田里，土地犁得很松软，无人驾驭的马还是自己选对了路，不是一条直路，而是弯弯曲曲的，有时几乎是走回头路，可撬锁贼还是什么也看不到。"哑弹壳，"陌生人解释道，"以旗为栏，直到他们把弹壳都找出来。我们犁地时只是围着它们划圈圈。听以前就在这里的女人和老人们讲，去年五月休战之后战火又起，就在那边的田地里。它属于一户姓德蒙特的人家。男主人当年夏天死了；我想，一周之间就在他的地界上打了两仗，对他来说太过分了。现在是他的寡妻和一个雇工在打理它。不是说她需要他；她使犁使得跟他一样好。还有另外一个人，她姐姐。她负责做饭。她脑子有毛病。"他站起身来，凝视前方；侧影映在天幕上，他用手敲了敲一侧的额头。突然他掉转马头，让马车一下子停了下来。"到了，"他说，"大约五十米开外，在那座把我们隔开的堤岸上，原先那里的山毛榉原本是这乡下最好的一棵。我祖父说就连他的祖父都不记得它啥时还是幼苗来着。大概是开战当天它也没了。好吧,"他说,"我们把它弄出来。你们也不想在这里浪费时间吧。"

他指给他们看当初自己是在哪里犁地时刨出了那具尸体,他又把它埋了起来,还在那里做了记号。它埋得不深,他们什么也看不到,过了这么长时间,或者也许是因为只有这一具尸体,也几乎没什么气味,很快就将长长的一堆不可分割的轻骨和布片挖出来,裹进柏油帆布里,抬上了马车,那匹马以为这次当然它该去马棚了,于是便踏着犁过的松土继续用力迈开沉重的步伐小跑起来,莫拉克关上了篱笆门,不得不再次跑过去拉住马车,因为那匹马小跑着绷直了缰绳,再次转头朝院落里猛跑,陌生人不断地用马鞭去拦它,直到把它扳回来,走上回圣米耶勒的公路。

约莫过了四个小时多一点,可也许路途本该这么远。小镇上此时一片黑暗,他们出发的小酒馆笼罩在一簇暗影之中,与更大的一团暗影相隔开来,当其他九个人上前来围住马车的时候,它又被分割成了不同的形状。马车没停,继续朝着那节车厢稳步前行,黑色旗帜加身的车厢已经完全融入了夜色之中。可它就在那里;留守的人又把钉子拔起来了,因此只消掀开顶篷,把那只柏油帆布包裹从窗子里拖进去抛下,然后再把钉子固定好就可以了。"敲钉子吧,"撬锁贼说,"现在还有谁在乎噪音呢?白兰地在哪里?"

"还不错。"一个声音说。

"你们开了几瓶?"

"一瓶。"一个声音说。

"怎么算数的?"

"你只要数一下剩下的就知道了,我们何必要撒谎呢?"

"好吧,"撬锁贼说,"出去吧,关上窗户。"于是他们又下了车。陌生人一直没从马车上下来,这一次马确实要回家了。可他们等不及对方离开了。他们一齐转过身去,忙不迭地跑了起来,在车厢门口拥挤推搡了一阵子，终于一头扎回他们那辆黯然无光的灵车里，如同回到子宫一般光景。现在他们安全了。他们有了一具死尸，也有了酒，可以打发夜间时光了。当然了，还有明天，还要去巴黎，可上帝自有安排喽。

姐姐玛雅用围裙下摆兜了一些新收的蛋，穿过院落，朝房子这边走来，脚下的一群白鹅让她看上去就像踩在绵软的云朵上一样。它们将她团团围住，仿佛带着温柔和热切的渴求；其中两只，左右各一，与她完全保持一致的步调，紧贴着她的裙子，它们那上下起伏的长颈平贴在她那行走的身侧，头部稍稍上昂，坚硬的黄喙像小嘴一样微微张开，冷冷的毫无生气的双眼似乎露出一丝朦胧的狂喜：她直接登上门廊，打开房门，迅速迈步进门，关上了房门，那群鹅挤挤挨挨地围住门廊，飞上、走上门廊，贴在木门上，伸长了脖颈，头向后仰着，像是马上就要昏厥的样子，嘶哑尖利的叫声毫无乐感，略带痛楚、悲哀和难以平复的忧伤。

这里是厨房，临近正午，弥漫着浓郁的汤羹气味。她一刻也不停歇：把那些蛋放好，揭开炉子上沸腾的锅子上的锅盖看了一下，手脚麻利地在木桌上摆了一瓶葡萄酒、一个玻璃杯、一只汤碗、一块面包、一条餐巾和一把汤匙，然后穿过房子，从通往巷子和巷子外面的田地的前门走出去，她已经看到他们了——那马、耙和拉车的男人，四年前她的妹夫死后他们一直雇佣这个人，她妹妹自己例行仪式般地到田间巡视一番，她把手和胳膊探进肩头挂着的袋子里面，然后伸出来朝外一挥一扬，这在人类自古有之的姿势或行为中算得上第二古老的了，她——玛雅——这时跑了起来，在系着红布条的小木桩围住的旧弹坑之间蜿蜒前行，弹坑里茂密的枯草掩住了那些未引爆的炮弹。她边跑边喊，声音明亮安详，传出去很远：" 妹妹！那个年轻的英国人来取勋章了。他们有两个人，正从巷子里走过来呢。"

"他带了一个朋友？"妹妹问道。

"不是朋友，"玛雅说，"这个人在找一棵树呢。"

"一棵树？"妹妹说。

"对，妹妹。你看不到他吗？"

她们也来到巷子里，看到了那两个人——显然是两个男人，可是即便隔着那段距离，其中一个看起来行动不太像人类，稍后再走近些，与旁边另一个蹒跚前行的高个子相比根本不像人类，他步态缓慢，东倒西歪，上下起伏，就像是一种直立行走、貌似原地踏步的巨大昆虫，然后玛雅说："他拄着双拐呢。"在双拐敲击地面的双响节奏声之间，那条单腿打着节拍摆动不已，不知疲倦，也不屈不挠；无休无止，一往无前，无疑越走越近，直到他们看见那一侧的胳膊自手肘以下也不在了，而且（现在很近了）她们眼下看到的根本连一个完整的人都算不上，因为这具可见的肉身有一半是狰狞的深红色伤疤，从破败的卷边毡帽开始，沿着鼻梁整齐地劈开面部，穿过嘴和下巴，一直到衬衫领口。但这似乎只是外观表象，因为那声音洪亮有力，丝毫不带自艾自怜，他用流利、完美的法语跟她们打招呼，只是跟他一起的那个男人有病——一个骷髅般的瘦高个子，倒是全身无损，但看起来活像流浪汉，肮脏的帽子下面是一张病恹恹、傲慢无礼、让人难以忍受的面孔，帽檐上支棱着一根长长的羽毛，让他看起来至少有八英尺[①]高。

"德蒙特夫人？"第一个人说。

"是的。"玛雅说，笑容明媚、温柔，不带怜悯之色。

那个架着双拐的男人转向他的同伴。"好吧，"他用法语说道，"就是她们。走吧。"可玛雅没等他回答，就用法语对拄拐男人说：

"我们在等你们呢。汤做好了，你们从车站走过来一定饿了吧？"随后她又转向另一个人，不用法语讲话，而是改用儿时的巴尔干母语："你也来吧。你也要多吃一会儿哦。"

"什么？"妹妹突然厉声说道，随后也用同样的山区土语对插着羽

[①] 约等于二点四四米。

毛的男人说:"你是切特拉尼?"

"什么?"插着羽毛的男人用法语粗暴地大声说,"我讲法语。我也要喝汤。我可以付钱。明白吗?"他说着把手伸进衣袋里。"看吧。"

"我们知道你有钱,"玛雅用法语说,"进屋吧。"此时来到厨房,她们看清楚了第一个男人的全貌:深红色的伤疤并不止于发际线,而是把头颅也分割成了一个烧焦的、僵硬的可怕球体,那一侧没有眼睛,没有耳朵,嘴角皱缩成一团硬皮,就好像与另一部分不是同一张脸,那半边脸正在讲话,待会还会咀嚼和吞咽;那件肮脏的衬衫在领口处系着磨损褪色的布条,她们不知道这是英国军团领带;礼服污渍斑斑,左胸口上有两枚勋章吊在花里胡哨的绶带上;粗花呢裤肮脏褴褛,一条裤腿卷上去,用一根电线系在大腿下面。这个英国人拄着双拐,在厨房中间站了片刻,以警觉、镇定、冷峻的目光环视四周,他的同伴站在门里,就在他的身后,疲惫的脸上表情傲慢,神色惶惶不安,头上还戴着那顶帽子,上面的羽毛几乎触及天花板,就好像他是从那里悬垂下来似的。

"这就是他生前住过的地方呀。"拄拐人说道。

"是的,"玛莎说,"你是怎么知道的?你怎么知道到哪里来找我们?"

"喂,妹妹,"玛雅说,"他要是不知道我们在哪里,怎么会来取勋章呢?"

"勋章?"英国人说。

"是的,"玛雅说,"不过,先喝你们的汤吧。你们都饿了。"

"谢谢。"英国人说。他扭头指了指身后的那个人。"还有他?他也有份吗?"

"当然。"玛雅说。她从桌上拿了两个碗,走到炉边,她没有主动去帮他,妹妹玛莎行动没那么快,也没帮上忙,他把一条腿甩过木凳,双拐架在身旁,还没等门边的那个健全人迈步,他就已经在开那瓶葡萄酒了,玛雅掀起锅盖来,身子转过一半来对着第二个男人,这一次用法语说:"坐下吧。你也来吃。现在没有人介意了。"

"介意什么?"插着羽毛的男人厉声问道。

"我们忘记了,"玛雅说,"先把帽子摘了吧。"

"我可以付钱给你,"插着羽毛的男人说,"你不会白给我什么的,对吧?"他把手伸进衣袋,等手再伸出来的时候便开始抛撒硬币,把它们朝桌上扔过来,钱币叮叮当当地散落一地,他走上前来,一屁股坐在英国人对面那张无背的凳子上,急不可耐地伸手去取酒瓶和玻璃杯。

"把你的钱捡起来。"玛雅说。

"你自己捡吧,要是你不想让它待在那里。"男人说着哗哗地倒酒,斟满酒杯,直到溢出来,然后把酒杯送到嘴边。

"别喝了,"玛莎说,"给他汤喝。"她走了过去,与其说站在英国人背后,不如说在他头顶上,双手交叠,她那红润、严肃的村妇面庞垂下来看着他,像男人的脸一样勇敢而俊俏,他伸手拿酒瓶斟酒,放下酒瓶,举起酒杯,随即目光越过酒杯看着她。

"祝您健康,夫人。"他说。

"可你是怎么知道的?"玛莎说,"你是什么时候认识他的?"

"我不认识他。我从来都没见过他。我听说过他——他们——那是在我一六年回来的时候。后来我了解到它是怎么一回事,此后便没必要见他了——只是等着他,别碍他事,等他准备好了再找我——"

"把汤端来吧,"插着羽毛的男人厉声说,"我不是给你看过了吗?这钱足够买下你们的整座房子了。"

"是的,"玛雅在炉边说道,"耐心点。不会等太久。我会替你们捡起来的。"她端来了两碗汤;插着羽毛的男人还没等她把碗放下便一把抢过去,一边狼吞虎咽地吃,一边抬起眼帘,用凶恶乖戾的目光盯视,玛雅俯身蹲在他们脚边,捡起桌子下面和四周散落的硬币。"只有二十九块,"她说,"应该还有一块。"插着羽毛的男人仍然举着碗斜着凑在脸上,又从衣袋里掏出一个硬币,啪的一声拍在桌上。

"这下你满意了吧?"他说,"再给我盛满。"她到炉边盛了汤,把它端回饭桌,他又在杯子里斟满酒,动作恣意粗暴。

"你也吃吧。"她对拄拐的人说。

"谢谢,"他说着,看都不看她一眼,目光仍旧盯着高高在上、冷脸相向的妹妹,"约莫在那时,或是在那段时间里,或是刚好就在那时,或是此后的某个时刻,我这才醒过来,在英格兰的一家医院里。所以,直到第二年春天我才说服他们放我回法国,去绍讷蒙,终于找到了那个军士长,是他告诉我你们在哪里的。只是当时你们有三个人。还有一个年轻女人。他的妻子?"高个子女人只是俯视着他,冷漠、镇定,表情高深莫测。"或许是,他的未婚妻?"

"对,"玛雅说,"这就是了:他的未婚妻。就是这个词。喝你的汤吧。"

"他们当时就要结婚了,"玛莎说,"她是个马赛妓女。"

"请再说一遍?"英国人说。

"但不再是了,"玛雅说,"她那时正在学着做一个农夫的妻子呢。趁汤还没凉,快喝吧。"

"好的,"英国人说,"谢谢,"眼睛还是不看她,"她后来怎样了?"

"她回家去了。"

"回家?你是说,回到那个——回到马赛了?"

"妓院,"高个子女人说,"说出来吧。你们英国人。还有美国人。为什么你的法语在那个词上卡壳了?它跟其他词没什么区别呢。——她也要活命哦。"她说。

"谢谢,"英国人说,"但她本可以留在这里呀。"

"是的。"那女人说。

"可是她没有。"

"没有。"那女人说。

"她不能,你知道,"玛雅说,"她有个老祖母要奉养。我觉得这很令人敬佩。"

"我也是这么想的。"英国人说。他拿起汤匙。

"这就对了,"玛雅说,"吃吧。"可他还在看着妹妹,汤匙停在碗上方。插着羽毛的男人这次也没等着要求被服侍,迈动双腿跨过凳子,自己把碗拿到炉边，连碗带手一齐伸进锅里，然后端着汤水横流的碗回到了桌边，玛雅已经把他的钱币排成了整齐的一小摞，英国人还在看着那位高个子的妹妹，跟她聊天：

"你那时也有丈夫吧？"

"他死了。当年夏天。"

"哦，"英国人说，"死于战争？"

"死于和平，"高个子女人说，"他们终于放他回了家，还没等他着手犁地，战争又爆发了，他大概是觉得自己没办法再忍受一次和平了吧。就这样他死了。怎么了？"她说。他已经舀起了一勺汤。他又停了下来。

"什么怎么了？"

"你还想让我们做什么？指给你看他的坟墓吗？"她只说"他的"，可他们都明白她的意思。"确切地说，是我们自认为的他的坟墓？"所以英国人也只说"他的"。

"有什么用？"他说，"他完蛋了。"

"完蛋？"她厉声断喝道。

"他不是那个意思，妹妹，"另一个女人说，"他只是想说，兄弟尽了他的最大努力，拼尽了全力，现在他不必再担心了。他现在要做的就是安息。"她看着他，神态安详，没有讶异，也毫无怜悯。"你想笑，是吧？"

他于是大笑起来，声音洪亮、浑厚、爽朗，还能动的那边嘴巴张开大笑起来，那只独眼与她——她们——对视，镇定自若，毫无怜悯，也在放声大笑。"你也可以笑，"他对玛雅说，"不是吗？"

"哦，当然，"玛雅说，"喂，妹妹，"她说，"勋章。"

就这样，再次走进那条巷子，现在是三枚勋章了，而不是他先前带来的两枚——肮脏的礼服前襟上别着三块镌刻着象征图纹的铜片，吊在三根如狂欢节般明亮、像落日余晖般华丽的彩色条纹绶带上晃动着，熠熠发光。他面对她们，把那两根拐杖撑在腋下，用他仅存的那只手摘下了破损的毡帽，挥手潇洒地做了一个刀枪不入的姿势，又重新戴上帽子，角度歪斜、近乎张扬，然后转过身去，单腿伴着双拐那循环往复、永不停歇的节奏，又开始有力、稳定而不知疲倦地摆动起来。但他在行进：沿着巷子，朝着他和插着羽毛的男人的来路，即使微不足道的进展与付出的巨大努力不成比例。不知疲倦、持续不断、不屈不挠地向前走，越走越远，身影也越来越小，直到他最终不再像是向前行进，看似全景图上固定的一个黑点，动作猛烈却没有进展，也不孤独：只是孑然一身，天下再也找不出第二个来了。随后他就不见了踪影。

"是呀，"玛雅说，"他走得够快了。他有足够的时间到那里。"随后她们两个转回身来，尽管是妹妹停下脚步，好像只有她终于想起了另外那个人，插着羽毛的男人，因为玛雅说："哦，对了，他也有足够的时间。"因为他不在屋里：屋里只有那张脏兮兮的桌子、汤碗和翻倒的酒杯，汤汤水水泼洒得到处都是，葡萄酒和汤的污渍积作一小摊水，浸泡着被玛雅堆叠整齐的那一小摞硬币；整个一下午，高个子的妹妹回去下地播种了，玛雅清理了厨房和脏盘子，一把扫倒硬币，再把它们摞起来，天色暗下去了，那些硬币静默地发出了如金字塔般的光泽，这样直到天黑，她们回到厨房，掌了灯，他突然从暗影之中走出来，在歪斜的羽毛下显得高大、枯槁，用他那嘶哑难听的嗓音说：

"你们跟那钱有仇吗？继续吧。来拿——"他抬手一拂，又把它们扫到地上，这时，高个子的妹妹开口说话了。

"她已经替你捡了一次。不要再捡了。"

"给你呀。拿去吧。你为什么不拿呢？我为它拼死——拼活——这是我一生中唯一通过诚实劳动挣来的血汗钱。我就是为了这个——挣了钱，然后费尽千辛万苦找到你们，把它交给你们，可现在你们不肯收下。给你呀。"可她们只是看着他，态度疏远而镇定，一个冷淡平静，另一个带着那种乐观阳光、毫无怜悯的安详平和，他最终略带惊异地说道："那么你们不肯收了。你们真的不肯呀。"他又看了她们一阵子，然后来到桌边，捡起硬币，把它们放进了自己的衣袋里，转身朝门口走去。

"这就对了，"玛雅说，声音安详，没有怜悯，"走吧。路不是很远。你不必再绝望太久了。"他听了转身而去，在门口盘桓片刻，脸色铁青愠怒，表情只剩下了傲慢，帽子上那根从未摘去的长羽毛与门楣相交，在身后春夜的茫茫黑暗的映衬下他就像是吊在一根绳子上似的。接着他也不见了。

"你把鸡鸭关起来了吗？"高个子妹妹说。

"当然了，妹妹。"玛雅说。

这是一个灰暗的日子，尽管这一年并不灰暗。事实上，自从六年前的那一天开始，时间一直也不算灰暗。那一天，那位死去的英雄从西欧乃至整个西方世界的脸上驱走了所有的不祥预兆，香榭丽舍大街从协和广场到凯旋门的那一段路两旁静静地站满了脱帽致敬的人，就连达官贵人们也屈尊步行加入了前来敬拜的人群。只有天气是灰暗阴沉的，仿佛是在为他哀悼，老天爷欠了他（并会永远欠着他）在没有恐惧和忧虑的和平中哀悼的权利和特权。

他躺在他那华丽的棺椁里面，全身上下披挂整齐，佩戴着勋章（原件都已存放在荣军院①，那是他自己的祖国的总统、盟国的国王和总统们亲手别在他的胸口上的，他们的军队是在他的统领下取得了胜利的，而这些将随他一起归于他来时的尘土中而去的都是一些复制品），他的元帅权杖放在他胸前交叠的双手下面，身下是由黑布和绒球披挂的马匹拉着的弹药车，身上盖着他在它的生死存亡时刻尽职尽责地为之增添了荣耀和勇气的那面旗帜；身后跟着缓慢匀速前行的护旗仪仗队，高举着一些其他国家的旗帜，它们军队和命运都曾尊他为至高统帅。

但这些旗帜都没有排在第一位，因为弹药车后面紧跟着（或者说蹒跚而行，步伐并未与其他人保持一致，似乎已将一切置之度外，兀自沉浸在自己的世界里）的是那个老迈的勤务兵，比他活得更长久，身上穿的军装和头上戴的钢盔都未曾沾染过战火硝烟，佝偻的肩头上倒挂着的步枪也从未发过一弹，却由于精心护理而熠熠发光，像是一

---

① 荣军院，即伤残军人疗养院。

只擦拭干净的公用汤匙、一支起居室里的拨火棒或一个枝形大烛台,手里托着的黑色天鹅绒垫上是那把入鞘的军刀,他的头稍稍前倾,就像一名手捧十字架残片或圣徒骨灰的老侍祭。后面走来的是两名中士马夫,牵着同样是黑袍加身的战马,上了马刺[①]的靴子反转插在马镫里;再后面才是那些旗帜、蒙上的鼓[②]、将军们被黑纱遮住了军衔标志的军装、教士们的长袍法冠和圣体匣、使节们的素色细平纹布衣和丝绸礼帽,在灰暗哀伤的天空下伴随着沉闷的鼓点声和樊尚堡[③]方向传来的间隔一分钟的隆隆炮声,沿着弥漫着悲痛情绪的宽阔大道前行,两旁是全世界一半国家在旗杆上降下一半以示哀悼的国旗,有异教徒和军人随行的仪式:死去的首领、奴隶和战马,象征着他的荣耀的勋章,他用以获得荣誉勋章的武器,护送它们随他一道入土归尘的是承袭了他的封地、承载着他的荣耀的小男爵们——王子和主教、士兵和政治家、王国和帝国的准继承人、共和国的大使和个人代表,无名百姓的卑微人群紧跟在他们这些达官贵人身后,也在护送、保卫他沿着林荫大道走向象征着至高无上荣耀的那座巨大、安详、胜利、永恒的凯旋门,如同奉上祭祀或殉葬品一般。

它高昂挺拔地朝向那灰暗哀伤的天空,无法征服,不可一世,它之所以万古长存,不是因为它是石头建造的,也不是因为它的韵律和对称美,而是因为它为这座城市加冕的象征意义;在大理石地面上,就在凯旋门耸入云端的中心下方,长明灯的小火焰在五年前从凡尔登战场上抬下来的那些长眠的无名尸骨上方燃烧着,葬礼队伍继续行进至凯旋门,人群在它后面悄然无声、毕恭毕敬地两边分开,将那座神圣的纪念碑团团围住。队列停下来,骚动、混乱了一阵子,最终又恢

[①] 马刺,一种较短的尖状物或者带刺的轮子,连在骑马者的靴子后跟上,用来刺激马快跑。

[②] 用胶皮或兽皮,为了取得鼓点低沉的音响效果。

[③] 樊尚堡,位于巴黎东部,建于十四世纪,主要由要塞、教堂和两座阁楼组成,曾为法国皇家城堡。

复了礼节性的静默，只有那弹药车还在继续前行，随后直接停在了凯旋门和长明灯火焰的前方，此时只有一片寂静和哀悼的氛围，还有远处每隔一分钟便传来的隆隆炮声。

突然，从王子、教士、将军和官员中间走出来一个男人，也是全身戎装，勋章加身；法国第一人：诗人、哲学家、政治家、爱国者、演说家，他没戴帽子，面对弹药车而立，远处刚又传来一阵经久不息的隆隆炮声。随后他说：

"元帅。"

可是无人应答，远处的大炮再次发出了它那有规律的哀鸣。此人随即再次开口，这一次声音更加响亮，语气急迫；毫无霸气：一声呐喊：

"元帅！"

然而，应答的还是只有哀悼的挽歌，这是胜利的、哀伤的法国的挽歌，欧洲的挽歌，还有从海那边远远传来的挽歌，那里的人们曾经穿上军装，在他的率领下从苦难走向和平，而他如今躺在了弹药车上覆盖的旗帜下面；在更遥远的地方，人们从未听说过他的名字，甚至都不知道自己因着他才保有了自由。演说家的声音此刻回荡在悲痛的氛围里，让四面八方的人们都能够听到它：

"这就对了，大将军！安卧之时永远要面朝东方，法兰西的敌人总是看到它就要留神了！"

就在这时，人群突然一阵骚动，一窝蜂地挪到了一边；可以看见警察的帽子、斗篷和高举的警棍朝着混乱之处奋力挤了过来。可是还没等他们来到跟前，人群里突然蹿出了什么——不是一个人，而是一个直立行走的伤疤，拄着双拐，他有一条胳膊和一条腿，没戴帽子的脑袋整个一侧都烧得焦黑，没有头发，没有眼睛，没有耳朵。他身穿一件肮脏的礼服，左胸上别着一枚英国军队卓越行为十字勋章和一枚法国军功章，吊在如同理发师招牌那般五颜六色的绶带上：(法国这一枚）大概就是法国民众先前不敢阻拦他出头的原因，即便到了此时，当他以拄拐人所特有的那种野兽般的可怕冲撞姿态前行的时候也还是不敢抓住他,把他拖回去,于是他便冲到凯旋门周边的空地上,一直跑到弹药车跟前。然后他停下脚步,把双拐支撑在腋下,单手紧握住胸前的法国勋章,他也以洪钟大吕般的嗓音喊道:

"你也听我说,元帅!这是你的:拿着它!"他从肮脏的上衣上面一把扯下了那枚被他视为自己的圣殿护身符的勋章,向上抡起胳膊,朝后一举,准备把它扔出去。他显然很清楚在自己扔出这枚勋章的那一刻会发生什么,便做出一副公然挑衅的姿态来;他手里高举着勋章,甚至还停下来回头看了看人群,人群这时看上去几乎像是蹲伏的困兽,身上拴着的皮带一时间绷得很紧,等着他自行放弃庇佑的那一刻。他放声大笑起来,没有得意之色:只是不肯屈服,用他那半边还能大笑的残脸,然后回过身来,把勋章朝着弹药车抛了过去。当人群朝他冲将过去的时候,他的声音再次回响在那充满恐惧的空气里:"你们也曾帮忙把人类火炬传递到那暮色之中,那里已然没有了他的身影;这是他的墓志铭:决不让他们过去。①无论我的国家是对,还是错。这个地方永远属于英格兰——"

然后他们抓住了他。他就像是消失在一个由人头和肩膀构成的浪头下面,一只手突然举起一支拐杖来,貌似有人正要拿它打他。这时,警察围拢过来(他们足有几十人,从四面八方赶来)把它夺走,其他警察迅速挽起手臂,站成一条警戒线,慢慢地将人群逼退。现在仪式和肃穆的氛围已丧失殆尽,典礼官们吹起尖利的口哨,主典礼官亲手紧拽拉弹药车的马匹的缰绳来掉转马头,朝着马夫高声喊道:"继续!"剩下的队列毫无秩序地挤作一团,一时间体统尽失,他们匆匆忙忙地尾随弹药车,场面几乎一片狼藉,仿佛是从灾难过后的废墟上逃离的情形。

引发骚乱的那个人此刻躺在一条死胡同旁的偏僻小街上的阴沟里,他是被两名警察抬到那里的,他们赶在他煽动的暴民杀死他之前救下

---

① 原为法语口号,表达御敌捍卫阵地的决心。第一次世界大战期间法国将军罗伯特·尼韦尔在凡尔登战役中使用过,故而闻名并广为流传。

了他。他仰面躺着，昏迷不醒，面色颇为平静，一只嘴角稍稍有点流血，那两名警察站在他身边。不过，眼下群情已不再激昂，单凭他们身上穿的制服似乎就足以挡住尾随而来的那群人了，大家围成一圈，站在那里俯视着那张毫无知觉的安详面孔。

"他是谁？"一个声音说。

"啊，我们认识他，"一个警察说，"一个英国人。从战争一开始，他就不断地给我们找麻烦；他这不是第一次侮辱我们的国家，让自己的国家蒙羞了。"

"也许这一次他要死了。"另一个声音说。这时，躺在阴沟里的那个男人睁开了眼睛，放声大笑，或是试图要大笑，一开始呛到了，他使劲别过头去，像是要把嘴巴和喉咙里呛到他的东西吐出来，而另一个男人推开人群，走到了他跟前——一个老人，个子很高，瘦骨嶙峋，一张大脸上带着疲倦和病容，一撮花白的军人式小胡子上方的双眼露出殉道者的热望和痛苦的神色，身上穿着一件褴褛的黑色大衣，领口上别着三条褪色的小绶带。他走过来，跪在他身边，用一只胳膊支起他的脑袋和肩膀，把他的头稍稍偏过去一点，让他吐出鲜血和破碎的牙齿，能够开口讲话。或者，不如说是开口大笑，这就是他接下来做的第一件事，他躺在老人的臂弯里，先是扬起脸对着围住他的一圈面孔大笑起来，然后自己用法语说：

——"没错，"他说，"颤抖吧。我死不了。永远不会。"

"我可没笑，"老人低头看着他说，"你看到的是泪水。"

完

一九四四年十二月
奥克斯福——纽约——普林斯顿
一九五三年十一月

译后记

福克纳的国内译介始于二十世纪三十年代，七十年代才逐渐展开，到了八十年代已成规模。[①] 在长篇小说译介方面，一九八四年十月上海译文出版社首开先河，出版了李文俊先生翻译的《喧哗与骚动》，随后福克纳的其他主要代表作也便渐次有了中译本：一九八八年李文俊译《我弥留之际》、一九九六年李文俊译《去吧，摩西》、一九九七年陶洁译《圣殿》、一九九八年蓝仁哲译《八月之光》、二〇〇〇年陶洁译《坟墓的闯入者》、二〇〇九年蓝仁哲译《野棕榈》，等等。同时，早期的福克纳研究也初见端倪，国内学者陆续推出评论集与专著，其中较有影响力的主要包括：一九八〇年李文俊主编《福克纳评论集》、一九九七年肖明翰著《威廉·福克纳研究》、一九九八年陶洁主编《福克纳的魅力》、一九九九年李文俊著《福克纳评传》。从一九三四年五月《现代》杂志刊登的论文《近代美国小说之趋势》（赵家璧与英国评论家密尔顿·华尔德曼合作）有史以来第一次出现福克纳（当时译作"福尔克奈"）的名字，到二〇一三年陶洁著《福克纳研究》面世；从一九三四年《现代》杂志首次发表福克纳短篇小说中文版《伊莱》（又译为《艾莉》）到北京燕山出版社将陆续推出《小镇》《大宅》《寓言》及《福克纳短篇小说集》等福克纳作品拾遗系列，国内的福克纳译介至今已经走过了八十余年的岁月，历经了将近一个世纪的风风雨雨。

我与福克纳的缘分始于师从陶洁先生。她是国内早期的福克纳译

[①] 具体参见陶洁《福克纳研究》，上海：上海外语教育出版社，二〇一三年。

介者之一，像李文俊、蓝仁哲二位福克纳专家一样兼具译者与研究者的双重身份，同时她还曾通过助力北京大学英语系举办两届"福克纳国际研讨会"（1992、1997）来积极推进国内的福克纳研究事业，使得莫言、赵玫等一批中国当代作家最早感受到福克纳作为现代派作家、意识流小说家的文学魅力。出于这样的因缘，在我读博伊始便认真考虑过是否要以福克纳为研究对象做我的博士论文，但最终还是没有步我的大师兄刘建华老师的后尘选择福克纳为研究对象。原因很简单：短时间内把福克纳的作品啃下来，实在非我所能。随后，我选择了与福克纳同时代的现代南方女作家卡森·麦卡勒斯作为博士论文的选题，总算跨进了美国南方文学研究的领域，但福克纳从此便像一座迷雾缭绕的高山一样时隐时现地扎根于我心中了；对我来说，福克纳代表着美国南方文学的一个巅峰，我隐约感觉到总有那么一天我要朝着这高山之巅艰难跋涉，踏上我的朝圣之旅。

没想到的是，这个朝圣之旅一拖便是十年，而我却在不经意间朝它迈出了第一步。二〇一三年，我获得国家留学基金委全额资助，到加州大学伯克利分校访学，这期间惊奇地发现英语系开设的课程里到处都是福克纳的身影，福克纳的多部作品在不同的文学、文化、写作课程里均被列为指定书目，作为课堂讨论的研究对象。此外，也正是在这里，偶然间得到的一份"福克纳与约克纳帕塔法国际年会"通知，这让我第一次萌发了亲近福克纳的念头。于是，就在那个七月，我从阳光明媚、微风清凉、空气澄澈的加州夏季之中一步踏入了热情如火、湿热难耐、暑气蒸腾的密西西比酷暑里面，在奥克斯福小镇上倾听着福克纳的乡音，在山楸橡树宅邸里想象着福克纳的感受，在广场书店里浏览着福克纳的文字，在密西西比大学礼堂里体味着福克纳的深度，并且混迹于福克纳学者和读者中间被福克纳带来的生命激情所感染。我被告知，福克纳家族中最后一个姓"福克纳"的人，即福克纳的侄女兼养女迪恩，已于两年前过世。正在为错失良机而扼腕叹息之时，我与刚刚结识的从国内专程赶来参会发言的代晓丽老师有幸得到了迪恩的第二任丈夫拉里·史密斯先生的关注和照顾，他不仅专门派车载着我们一道去参加镇上的纪念活动，而且特意赠送了一些书籍和资料给我们，还委托我转交一本由他亲笔签名的迪恩回忆录《靠近太阳的每一天》(2011) 送给我的导师陶洁先生。虽然我曾百般声明自己并不是福克纳研究者，此番来访多半是"追星"之举，但在感动之余，我竟当场许诺以后要为福克纳译介事业尽一份绵薄之力。事后一年间，每每想到此事便有悔意，懊悔中夹杂几分焦虑：福克纳的作品难度令人望而生畏，我不禁感到无从下手。

然而，又是一个没想到，世间竟有如此多的机缘巧合。临近二〇一四年年底，陶老师从美国发来邮件说北京燕山出版社委托她编一本福克纳短篇小说精选，其中包括一些至今尚无译本的拾遗篇目，问我是否感兴趣。想到我的福克纳之约，我就答应下来了，这样便有了转年北京燕山版《福克纳短篇小说集》的参与。几乎就在接受任务的同时，出版社编辑尚燕彬老师问我是否有意接手福克纳《寓言》的翻译，我当时吓了一跳：这部作品出版于一九五四年，一经推出便接连斩获美国国家图书奖、普利策奖这两个美国国内的顶尖文学奖项，至今过了半个多世纪居然无人问津，其难度和冷僻完全可以想见。犹豫再三，我签下了这份合同，就连陶老师也没有料到我会如此无知无畏。在这历时两年的翻译过程中，我经历了人生中的又一次磨难，个中滋味一言难尽。值得一提的是，二〇一六年七月我再度踏上了福克纳故乡之旅，这一次不再是简单的活动参与者，而是提交了自己的一篇福克纳小论文，作为发言人登台亮相，同时我此行的目的更重要的则是寻求帮助，希望在福克纳的朝拜者当中能够找到《寓言》的知音。但是，结果令我大失所望，或许是因为年会主题的缘故，这一届"福克纳与南方印第安人"研讨会完全不似三年前的"福克纳与非裔美国人"那般火爆，参会者寥寥，且多半是一些年逾古稀、岁岁来访的"铁杆粉丝"，其中读过《寓言》并愿意分享感受的人更是"踏破铁鞋无觅处"。我此番匆匆赶去，又在一周之内悻悻而归，回来后继续投身于这项孤立无援的翻译事业。

遥想当年《寓言》完稿付梓之时，福克纳虽已功成名就，诺奖桂冠加身，但他还是对这部呕心沥血之作倾注了极大的热情，寄予了很高的期望。如福克纳学者和读者所知，这是他一生中唯一一部留下写作提纲的作品,而且这份提纲还颇为醒目地写在了山楸橡树宅邸的卧室墙上,留待后人纷纷前往驻足观望。他以极大的勇气迈出了自己毕生熟悉的领域,从美国南方腹地把深邃的目光投向了遥远的欧洲战场,大胆尝试新的创作题材、新的表现手法,试图将整整一代人的亲身经历和所思所想都浓缩在这部小说里面,事实上打造了一部堪称宏大叙事,甚至在公众看来很有"用力过猛"之嫌的鸿篇巨制。但就在这宏大叙事之中回响着时代的主旋律,那是对现代社会中人类境遇的历史性反思和前瞻性警示,有待于后人去发掘回味,并且引以为戒。福克纳视之为作家的职责所在,为此他甘愿遭受误解和贬抑,乃至不惜"写下这样一部有损于他个人声誉的作品";的确,"他抛下到目前为止无懈可击的强项,将自身的弱点投入写作之中。这个做法不失为勇敢之举。对于那些想要从中受益的人来说,它也包含着洞见"。[1]

如福克纳在诺贝尔致辞中所说,作家有义务"通过提升人类的心灵,提醒他们牢记勇敢、荣誉、希望、尊严和同情这些昔日的光荣,来帮助人类生存下去,这是作家的荣幸。诗人的声音不仅是人类的简单记录,而且还是能够帮助人类持续和获胜的支柱之一"。同样的,译者也有义务帮助读者跨越语言隔阂,捕捉到这些超越时空、属于全人类的"洞见",分享并传承这人类思想的宝藏。可以说,我的福克纳之旅才刚刚开始,它就从《寓言》开始,我坚信此生一定不虚此行。

在此感谢厦门大学校长基金对我的福克纳作品译介项目的资助和支持,感谢恩师北京大学陶洁先生一直以来言传身教的教诲和鼓励,感谢厦门大学外文学院刘晴、叶桂香、周晋、邹静四位助研同学的倾力奉献。最后还要感谢北京燕山出版社及编辑,是他们的信任、宽容和理解使得这项艰巨的翻译任务在两年间终得完成,以飨读者。

二〇一七年四月于福建厦门

---

[1] Michael Novak, "Introduction" in *A Fable*, Signet Modern Classics, 1968, p. viii.

图书在版编目（CIP）数据

寓言/（美）威廉·福克纳著；林斌译.
-北京：北京燕山出版社，2017.6
ISBN 978-7-5402-4534-4

Ⅰ.①寓…Ⅱ.①威…②林…Ⅲ.①长篇小说—美国—现代Ⅳ.①I712.45

中国版本图书馆CIP数据核字(2017)第107892号

寓　言

［美］威廉·福克纳 著
林　斌 译
主　　编/李文俊
责任编辑/尚燕彬
装帧设计/小　贾　张　佳

北京燕山出版社出版发行
北京市西城区陶然亭路53号　邮编100054
全国新华书店经销
北京市松源印刷有限公司印刷

开本 880×1230　1/32　印张 14　插页 4　字数 375,000
2017年11月第1版　2017年11月第1次印刷

定价：48.00元

版权所有　盗版必究